2022-2023

浙江散文精选

陆春祥 主编

浙江文艺出版社

图书在版编目（CIP）数据

2022—2023浙江散文精选 / 陆春祥主编. -- 杭州 ：浙江文艺出版社，2024. 8. -- ISBN 978-7-5339-7701-6

Ⅰ. I267

中国国家版本馆CIP数据核字第2024ST9907号

责任编辑　沈路纲
封面设计　吕翡翠
责任校对　牟杨茜　萧　燕
责任印制　吴春娟
营销编辑　周　鑫
数字编辑　姜梦冉　诸婧琦

2022—2023浙江散文精选

陆春祥　主编

出版发行　浙江文艺出版社
地　　址　杭州市环城北路177号
邮　　编　310003
电　　话　0571-85176953（总编办）
　　　　　　　0571-85152727（市场部）
制　　版　浙江新华图文制作有限公司
印　　刷　浙江海虹彩色印务有限公司
开　　本　710毫米×1000毫米　1/16
字　　数　421千字
印　　张　31.25
插　　页　2
版　　次　2024年8月第1版
印　　次　2024年8月第1次印刷
书　　号　ISBN 978-7-5339-7701-6
定　　价　78.00元

尽力猛扑而朗朗仓仓

◎ 陆春祥

西湖孤山南麓，有三忠祠，奉祀袁昶、许景澄、徐用仪三人。袁昶（1846—1900）为桐庐人，我的老乡。他殿试二甲，官至三品。庚子事变，力谏清廷不可纵容义和团滥杀洋人与外国开衅而遇害。袁昶诗文、书法、藏书、刊印、西学等，诸业皆有突出成就。

辛丑春节，我一直在读袁昶的日记。袁的日记，持续时间长，从同治六年（1867）三月开始写，从无中辍，一直到被害前。他的日记还不是一般的记事，侧重在求知问学、克己慎思上，目的就是迁善改过。

看一则"癸酉正月"：

癸酉元日帖子。元日书红云，癸为揆度，酉象闭门。士君子必有闭关千日，研几极深之思，而后有揆度庶务，洞若观火之量。静存仁也，动察智也。

这一年是同治十二年（1873），鸡年春节，袁昶二十七岁。一个甲子后的鸡年，我父亲出生。袁昶逝后，一个甲子零一年，我也出生了。这样看来，袁昶其实离我很近。不过，年轻人袁昶，思想已经成熟，他虽三十岁中进士，却早已饱读诗书，有着自己独立的见识。

他解释"癸酉"，别有见地。

"癸为揆度"，就是评估现实情况。为什么他关注现实？从他的经历可以看出，他时刻将读书人的目的与责任和现实紧密相连，虽是保皇派，但在处理义和团滥杀洋人的事件上，眼光却远大，做事不能只顾情绪不计后果，虽被杀，不数月遂昭雪，谥"忠节"。"酉象闭门"，这是从字形上说"酉"字。闭门干什么？你若要有对事情洞若观火的眼光，则必须闭关千日，将冷板凳坐穿，如此才会形成自己别样的眼光，处理好各种政务。袁昶曾任江宁布政使、光禄寺卿、太常寺卿等，在各个岗位上都有建树，芜湖还建有"袁太常祠"纪念他。

静存仁，动察智。胸中有仁义，决事才有智慧。这不是一个死守书斋不知变通的读书人，他将所学与现实、读书与修身、思考与反省紧密结合。

写完那则"癸酉正月"，已经过去整整一年。

又一个年三十夜，袁昶吃过年夜饭，往桐庐城里闲逛。桐君山上祈福的钟声不时撞耳，富春江两岸的爆竹尖叫着频频蹿向空中。街上行人已经开始聚集，小儿成群追着叫着倏忽跑过。袁昶抬头望星空，但见北斗星的斗柄已经指向东方，他内心不断感叹，还有几个时辰，旧的一年转瞬即过，混混与世相处，兔起鹘落，如弹指一刹那，而自己却学业未精，德行也没有进步，真让人惶恐啊。

严格自律的袁昶，每日三省己身。袁昶日记中，他悟出的人生格言，多得让我双眼停不下来，仅以甲戌年（1874）摘要举例：

人惟无欲，始能刚耳，有欲恶能刚。耐坚苦者，始能进德耳，耽安佚者，则丧德矣。（甲戌正月）

不作无益之事，不道无益之言，不损无益之神，不发无益之虑。

心无二用，自今后作一事竟，再作一事，则心体不疲。（甲戌二月）

抄录七十二岁的黄元同《求是斋记》句：天假我一日，即读一日之书，以求其是。《畏轩记》句：读经而不治心，犹将百万之兵而自

乱之。（甲戌六月）

抄录《孙思邈方书》句：口中言少，心中事少，腹中食少，自然睡少，依此四少，神仙诀了。（甲戌七月）

境遇耐得一天是一天，学问长得一天是一天，精神养得一天是一天，嗜欲淡得一天是一天。（甲戌九月）

尽力猛扑，将七阁、四库、三藏、九流、二氏，朗朗仓仓，一齐装满布袋肚子内，此师南皮之法也。（同上）

不见己之善，惟见人之善。不见己之善，故所诣日进，惟见人之善，故无怨于世。（甲戌十二月）

特别喜欢"尽力猛扑"这一句，活画其读书信念与志气。

袁昶要扑向什么？四库、七阁，指清代收藏《四库全书》的七座藏书楼总称；九流，乃秦至汉初的九大学术流派；二氏，佛道两家。南皮，借代以籍贯为南皮的张之洞为创始人的学派，该派以汉学、旧学为体，以西学、新学为用。袁昶的阅读，如牛饮，如鲸吸。如此写下阅读的贪念，他暗自笑起，耳边似乎突然响起《双射雁》中穆桂英的唱词："那绣绒宝刀仓仓朗朗朗朗仓仓放光明啊。"嗯，猛扑，唯有尽力猛扑，胸中才会有光明一片啊！

尽力猛扑而朗朗仓仓，越读越有趣，宛如袁昶就站在清丽的富春江边，沐着五月的微风，张开双臂，身子前倾，跟我摆那个猛扑的动作。

（原载《浙江散文》2022年第4、5、6期合刊卷首）

目录 ▼

三秦草木中遥望长安 / 阿剑   1

远去了鼓角铮鸣 / 柏兰   6

被拴住的人 / 半文   12

刘承干和张元济的友情交往 / 蔡圣昌   16

一片繁华海上头 / 曹凌云   20

白茅与苍耳 / 柴薪   25

乡村物语 / 陈野   28

纯粹学者夏承焘 / 陈大新   33

等　待 / 陈峰   36

葛岭路 13 号 / 陈富强   41

如此，甚好 / 陈犟   47

铁塔的生命力 / 陈荣力   52

画面上的喊声 / 陈士彬   56

焕新归来的草鞋 / 陈新森   60

掸蓬尘 / 陈兴兵   65

我的影子是河流 / 陈于晓   69

贵门记 / 陈瑜　　　　　　　　　　　　　　74

听　瓦 / 陈冶勇　　　　　　　　　　　　　80

雪，落在一只云雀的身上 / 崔砺金　　　　　84

江风吹醒少年的黑发 / 方向明　　　　　　　87

留不住一个黄昏 / 傅淑青　　　　　　　　　92

新旧交替时刻 / 顾艳　　　　　　　　　　　95

香椿和香椿色 / 郭梅　　　　　　　　　　　98

缘溪行 / 黄美丰　　　　　　　　　　　　　101

睡眠这件事 / 简儿　　　　　　　　　　　　105

明天会更好 / 蒋孝辉　　　　　　　　　　　108

朋友老牛 / 金慎言　　　　　　　　　　　　113

人生三层塔 / 金锡逊　　　　　　　　　　　116

迁徙与展复 / 来其　　　　　　　　　　　　119

风雨泽随 / 李舫　　　　　　　　　　　　　124

花朵的味道 / 李鸿　　　　　　　　　　　　130

养　猫 / 李利忠　　　　　　　　　　　　　135

花木清香远 / 李俏红　　　　　　　　　　　137

金鸡山读云 / 李振南　　　　　　　　　　　143

离岛的日子 / 厉敏　　　　　　　　　　　　146

画布上的松庄 / 练云伟　　　　　　　　　　152

巷道里的出租房 / 梁翰晴　　　　　　　　　156

退　潮 / 林杰荣　　　　　　　　　　　　　161

在四月里 / 凌晓祥　　　　　　　　　　　　166

向往花山 / 刘涵　　　　　　　　　　　　171

江南旧屋 / 刘会然　　　　　　　　　　　174

天山赠我一轮王昌龄的月亮 / 卢山　　　180

我与鲁迅先生 / 卢江良　　　　　　　　185

我能够为你们做些事，感到非常高兴的 / 陆建立　190

蒙着面纱的画像 / 罗帆　　　　　　　　194

柿子红了 / 罗芹仙　　　　　　　　　　199

"扯绳"往事 / 毛柯柯　　　　　　　　　205

与　琴 / 孟红娟　　　　　　　　　　　210

溪流中的鱼 / 倪田金　　　　　　　　　214

小吃胜大餐 / 潘江涛　　　　　　　　　217

点亮生活，点亮梦想 / 潘玉毅　　　　　222

日落之前 / 庞文辉　　　　　　　　　　228

蒙童之字纸儿 / 钱国丹　　　　　　　　234

西子湖畔迎亚运 / 邱仙萍　　　　　　　239

溪边的杏梅 / 裘七曜　　　　　　　　　242

源自山野，源自心灵 / 裘山山　　　　　246

我和你都长大了 / 瞿冬生　　　　　　　252

一只蟹的县城 / 沈潇潇　　　　　　　　257

沙地稻麦香 / 沈小玲　　　　　　　　　261

一辈子的味道 / 盛新虹　　　　　　　　267

芙蓉花园 / 施立松　　　　　　　　　　271

青年是纱裙 / 舒鑫婷　　　　　　　　　275

茉莉知我意 / 苏敏　　　　　　　　　　280

遇　见 / 孙敏瑛　　　　　　　　　　287

炊粉皮 / 他他　　　　　　　　　　　293

马臻墓漫笔 / 陶剑刚　　　　　　　　297

花　事 / 汪群　　　　　　　　　　　302

"秘境"松阳记 / 王必胜　　　　　　　306

俯瞰沧海桑田 / 王楚健　　　　　　　312

草木松阳 / 王寒　　　　　　　　　　317

在这疾驰的人间 / 王加兵　　　　　　323

松阳的契约 / 王剑冰　　　　　　　　331

里山坞 / 王秋珍　　　　　　　　　　336

柔　软 / 吴梅英　　　　　　　　　　341

静若一棵树 / 吴燕萍　　　　　　　　346

秋　祈 / 吴艺　　　　　　　　　　　352

生命，刹那间的终结 / 吴芸　　　　　357

男子簪花 / 徐惠林　　　　　　　　　359

舌尖地图原乡 / 徐剑　　　　　　　　363

海上花开 / 徐琦瑶　　　　　　　　　371

千年鸟道 / 徐伟军　　　　　　　　　377

一抹会奏乐的青釉 / 鄢东良　　　　　382

时间都去这儿了 / 严国庆　　　　　　387

茧花，世间最美的花 / 杨崇演　　　　391

沽酒三田漾 / 杨静龙　　　　　　　　395

有趣的黄永玉 / 杨新元　　　　　　　398

苦瓜记 / 姚立雄　　　　　　　　　　404

泉州印象 / 姚之忆　　　　　　　　　408

与树为邻 / 叶琛　　　　　　　　　　411

胭脂鱼生 / 叶青　　　　　　　　　　417

跟着运河走人生 / 叶炜　　　　　　　421

汪曾祺六题 / 叶燕钧　　　　　　　　431

过　行 / 尤慧莲　　　　　　　　　　437

西湖的眉眼 / 俞天立　　　　　　　　443

晒　盐 / 虞燕　　　　　　　　　　　447

记得你的微笑 / 张绍光　　　　　　　452

父亲的岛和我的这片海 / 张一芳　　　456

从康平路到前丁街 / 章云龙　　　　　460

点点鸟，鸟会飞 / 赵霞　　　　　　　463

风水宝地 / 赵宗彪　　　　　　　　　467

一世界 / 郑春霞　　　　　　　　　　469

龙顶来 / 郑凌红　　　　　　　　　　474

寻幽思古思远楼 / 周胜春　　　　　　477

文武双全岳少保 / 朱光明　　　　　　482

春到田庐 / 朱礼卓　　　　　　　　　487

三秦草木中遥望长安

◎阿剑

西北有嘉木。

这些树，沐浴着时间的云烟，春如轻纱夏成装，秋天不可言说，冬天则窠石枯枝，天地萧索，是真正诗意地栖居在大地上的灵魂。

汉文兄从南太平洋回国还乡，要我陪着转转。我明白他的意思。我说：陪你去看看那几棵树吧。

第一站就去了蓝田县辋川镇。

川水流过川内欹湖，环凑涟漪，以成辋川。汉高祖刘邦与秦军的最后决战宛如昨日。战事毕，平日里就成了一条过路的衢道。山野静好，四省八乡的先民们到此边界，歇个脚，有的就此留下。有了饭铺酒馆、南北杂货，建了文昌阁、观音殿、关帝庙，就有了城镇。而还有一棵树站在那里，始终如一，携带着岁月磨灭不去的气质与根魂。

晨光熹微。晚年王维在此处建辋川别业，当起隐士。鹿苑寺的这棵银杏，便是王维当年手植，据说树龄已有近1300年了。靠在一处墙下，我们远远地看它金黄的叶子随风辗转飘落在辋川烟雨中，仿佛那个隐于诗与画的故人。风中，它想必在言说。"树木是圣物。谁能同它们交谈，谁能倾听它们的语言，谁就能获悉真理。它们不宣讲学说，它们不注意细枝末节，只宣讲生命的原始法则。"（黑塞语）墙头木芙蓉正开得闹，一棵老槐树洒下浓重余荫，像是专为庇护远徙而来的路人。

汉文姓吕，是炎帝后裔姓，五岁时随父亲从山西太原到了西安，便认此地为故乡。

汉文说：先前一直有憾，觉得自己终究没有根，其实不该。想先祖们经商谋生，建屋造房，本就是为了现实的生活，苍茫大地上漂泊，偶尔停驻一地，就此留下，于是便成了后人的故乡。后人也会继续往前走，寻找更后人故乡的第一站。太原或西安，哪里不是吾乡呢？

高速公路两旁飞快掠过的树，它们的叶子浓浓淡淡，枝丫怀抱着虚空的浑朴轮廓。从地平线渐至最后的晨光，是熨帖至极的渐变的粉红与湛蓝，值得大声赞叹，却又是每天的日常。树树皆秋色，山山唯落晖，古人心思与我们一般，只是并未见到我们眼前的景象。比如黑魆魆远山下绵延的城市，高架桥在空中划过好看的弧度，疾驰的汽车以神仙的速度穿州过府，高架电缆像远古巨人般伫立。而大地还是原来的大地。我们无法用合适的语言叙述，空怀着那颗古仁人之心。海德格尔晚年住在黑森林里，说诗人行进在郊野风光中，不仅诗人的疆域，而且远古女神即古老的命运女神的居所都归属到这片郊野风光中去，远古女神居住在诗意疆域的边疆……词语、语言归属到这个无限神秘的郊野风光的领域中，在这个领域中，诗意的道说比邻于语言天命般的渊源。

树是一座座建在大地上的神庙。

车行至长安区罗汉洞村，远远看到那株银杏。这是进入古树名木保护名录的。周围群峰连绵，层峦叠嶂，孕有繁茂森林及众多古木。这树据传是当年唐太宗李世民亲手栽种。我们计算着树龄，看满目金黄，落叶宛如金毯，想象时间是如何从枝叶间一点点地滴落。

我说：事非经过不知难，一棵树居然活过了千年的风霜雨雪，足以证明先人们见山开洞、逢河架桥的百死千难，正是铁的事实。

树是大地的见证者。

我们默默地看着树，想象当年唐太宗建起金黄如斯的文明，更把一脉风流沿丝绸之路远远地播散到已知的半个多世界之中。这树当年初长，还青葱如五陵少年，不想竟将一段人类的辉煌延续至今。我对汉文说：长安千年古都，我且陪你去看看文庙那里的树。到时已是午后，西安碑林博物馆南墙外侧青墙寂寂，殿阁长立。东西两侧共三株古槐，树干粗壮，树皮皲裂，三四根粗壮的树枝仍在萌发新叶，树冠覆盖的面积足足遮住了半边街。想象当年长安城夹道两侧都有国槐种植，见证过多少盛唐风流。

树是长对了的木头。有时它慢慢长成斗拱、梁柱、榫卯，匹配人们刮、砍、凿、刺的明代或北欧法度。而令我们拜倒的眼前这几棵瘦骨嶙峋的古槐，当年曾身遭兵火、砍斫、捧杀、围观、嘲讽、背叛，至今还扯动着我们骨头里数十载的年轮嘎嘎作响……

汉文说：不想你一路已带着我拜谒了三种树。隐逸山野的树、文治武功的树和文脉相传的树，仿佛时空穿梭，那些历史还枝繁叶茂地站在我们面前呢。

我说：其实这些年你也是一颗树的种子，飘到了先祖无法想象的地方。

那是1992年，汉文说：墨尔本，澳大利亚南端的城市，一个无雨的异乡，我每日里挤在几个土耳其人和东欧人之间。那时我在墨尔本大学视觉艺术学院进修，平时就在弗林德斯火车站广场替人画像。刚开始，每天到唐人街抱上一堆方便面，白天黑夜地。有一阵我甚至怀疑自己得了胃癌。一天，坐在广场老位置上，捏着炭精条呆坐着，天就落起了雨。当时唯一的感觉是，那是多么古典的、中国的雨。直到看见路边树干被包上铁皮的桉树（防止树袋熊爬上去）的叶子滴下雨滴，濡湿了画纸，才明白上天的启示。于是让国内寄来了毛笔和墨汁，还有大刀的宣纸。你无法想象那有多绝——用水墨给人现场画像。这一招真把那些老外给镇住了。

汉文说：我并非说一棵树，或者一场雨拯救了我。我是指其中一种特别的文明。所谓大道之行，在我看来就是先祖们直立行走，面对宇宙洪荒，活泼泼以力抗争、浪迹天涯的姿势。是野力与蛮劲的呵呼，沙粒划过脸庞，血与汗沉于土的艰辛。是终究明白了自身，从来处来，到去处去。

树，是地域的塑造者。我对汉文介绍说：你知道八水绕长安也曾广植南方的柑橘和竹林，而你不知道远离故国的这些年，这方水土与草木竟有了原先的气象呢。雨线北移不断越过秦岭，三秦大地上森林覆盖率大幅提升，就像毛乌素沙漠，植被以一种近乎狂暴的速度在疯狂恢复，靠南端的一部分，已经快成为真正的森林了。更远处，巴丹吉林沙漠腹地，以前的绿洲开始大面积恢复。黄河上游，植被也开始大面积恢复，专家甚至在河套地区发现了兰花。荒凉了快千年的河套平原重现汉唐时期的胜地气象，史上的丝绸之路，或许能让我们这代中国人重新目睹吧。

我说：索性再带你去看一棵奇特的树，作为我们此次参观的结尾吧。

学府大道中段，一棵264岁高龄的"钉子树"矗立在市政道路中间。这是一棵皂荚树。城市道路拓展，延伸到它的脚下。道路一侧，两位鹤发鸡皮的老者坐在矮凳上，摆弄着一把陶壶，瞅一眼车水马龙，不时抿一口，倒像是另两棵长在人群里的树。我们走过去，递一根烟，老者便笑，说自家本是长安区水磨村人氏，打小在这棵树下生活呢。树身上某处，便是他们当年不经事留下的痕迹。现今每日是定要坐在这里，看看树，喝一口茶的。——嘹咋咧！

我们也笑。

我说：汉唐气象，大师云集，头顶上始终还有一个"道"，一种君子从道不从君的精神。而真正要"道通天地",人首先要学会谦卑,遵循自然与天理之道。或许就是因为这个道,让我们选择为一棵树让道。

汉文喃喃说:所谓望得见山,看得见水,记得住乡愁,大致如此吧。

他的声音有些颤抖,像满树的叶子在风中哗啦啦作响。

我明白他。

特别这次他回国办展,那些画布上形态各异、铺天盖地的树。

我明白他所有的树,以及今天我陪他一一看过的三秦古树,仿佛沿着时间的根脉溯流而上。

那些树长在国土之上,时间之中,同时也在我们心中。

当群山奔波成曲线,河流也如是,当先祖们在大地上哭歌笑骂,颠沛流离,当我们的手指在空中划出时间的波峰波谷,我们知道,始终还有一棵棵树,风雨无惧,把沧桑压进骨头的年轮里。人如川流,木叶青黄,还有亘古不变的东西在里面。

我们站在城楼上,吹南来北往的风,看满眼的绿。看那些团团簇簇的树。看一轮落日圆满无憾。看远方,一条永恒不竭的绿色的河流,从天地玄黄、宇宙洪荒处,汩汩流淌,西出阳关,南下汪洋,奔赴我们已知的广阔世界。

看那些树站在它们一平方米的国度,牢牢抓住脚下的大地。

它们的根系在更深处连接在一起,数千年了,未曾断裂,延绵不绝……

(原载《延河》2022年8月上半月刊)

阿剑,浙江作协会员,衢州市诗创委副主任。作品见于《星星》《扬子江》《诗歌月刊》《诗潮》等各类期刊。入选浙江作协新荷人才库。出版诗集《姑蔑志》、多人诗合集《无见地》。

远去了鼓角铮鸣

◎柏兰

一

婺城沙畈之行，一路青山绿水的景致，让我在肆意徜徉中感慨万千！

夕阳的余晖，温情脉脉地倾泻在卢文台的墓碑上。

我一个人静静地徘徊在墓碑背后的一条小路上，仰望着墓地里一棵约有两百年树龄的香樟树发呆。

我静默墓前，与相隔两千年的你默默心语，将军，你听懂了吗？

二

这方土地上流传的两千年前"白沙老爷"治水的故事，可谓家喻户晓，妇孺皆知。

史载：卢文台，字高明，幽州范阳人。汉成帝末，为步兵校尉，后授骠骑将军。王莽篡汉，卢谢病，免归顺；建武三年（27）率部三十六人从宜阳退隐到辅苍停久（今婺城区沙畈乡停久村），垦田卢畈，首筑白沙溪堰，引水灌田。其后数百年，经百姓共力，筑起三十六堰，沿岸百二十余村受益。乡民怀其惠，立庙以祭，尊为"白沙老爷"。

遥想白沙老爷卢文台，从燕赵出壮士的幽州大地，一路披荆斩棘，建功立业，官至西汉辅国大将军。其中的浴血奋战、九死一生的经历，都藏在他的心海里，从不轻易示人的。

功成名就后，该颐养天年了吧，抑或淮阴侯韩信的结局敲响了汉臣们的警觉，抑或出生在北方、征战沙场半生的卢文台将军，已经厌倦了刀光剑影的日子，更厌倦了北方的尘土飞扬。

于是，你几乎在突然间做出了一个看似草率，实为深谋远虑的选择。那就是，不想为半生功名所累，只想带着一帮跟随你南征北战的老部下，轻装简行，去江南，去江南。去江南好好体会一下江南人悠闲的农耕生活；去江南好好体会一下那些你只有在画中才能看到的丹青墨色；去江南醉卧溪水旁，洗却满身的疲惫和伤痕；去江南隐姓埋名，自耕自足，做点你自己想做的事情，逍遥安稳地度过余生。

于是，文韬武略、足智多谋的卢大将军，率性而为、特立独行的卢大将军，敢想敢干、雷厉风行的卢大将军，在一个月色朦胧的深夜，挂剑于厅堂，带着你的老部下三十六人，从中原大地宜阳日夜兼程直奔南方而来。

一路走来"山重水复疑无路"，一路走来慷慨激昂多悲壮，一路走来风尘仆仆多释然。走啊，走啊，向南走，向南走……走着走着，远去了鼓角铮鸣，走进了江南水乡。走着走着，走进了金华的南山辅苍。

这个金华南山深处叫辅苍的小山村，白沙溪水像一条青龙环绕着整个村庄，流水汩汩流淌，滋润着世世代代在此生活的村民。

只见此处地域广阔，沃野肥润，竹木茂密，山峰耸立，山水清丽，峡谷悠长。山穷水尽之处，柳暗花明，别有洞天。满山坡青葱的毛竹，四季常青，那奋力向上的枝叶，在山风的吹拂下，摇曳着多姿的身影，传递着云天外的信息。

村民们勤于耕作、乐施好善。骨子里的淳朴善良深深打动了你和你的三十六位部下，一开始你们是试探着住下来看看情况，慢慢地你们被这里醇厚的民风和世外桃源的美景所感染，于是，你们一行停下来很久没有再走的意思，于是，这个村的名字便成了"停久"。于是，这叫"停久"的小山村，成了你后半生的新"战场"。

江南夏季雨水丰沛，白沙溪上游山区每年夏季大雨滂沱，常有山洪暴发，使得下游平原村庄被波涛汹涌的洪水破堤改道，给整个流域造成极大的灾难。

于是，你开启了你隐居生活后的大展宏图，一定要治水，一定要治好水，要确保当地村民年年岁岁旱涝保收。让他们生活富足、安居乐业成了你最大的心愿。

于是，李冰的"都江堰"工程被你和你的部下效仿。你们在崇山峻岭中，垦辟田畴卢畈，自食其力。依靠山区仅有的材料毛竹、石头和泥土，历经几代人，终于开凿成白沙溪三十六堰。

这是怎样的创举和开拓精神啊，一双双曾经挥舞刀枪的有力大手，再次拿起砍刀，在五峰上不知疲倦地辛勤劳作着……

这是怎样的智慧和凝聚力的体现啊，你白天布衣草鞋跟大家一起上山砍毛竹，晚上在茅草房里就着如豆的灯光，规划着筑堰坝的图纸。有时候，你还跟你的部下，通宵达旦地讨论着治水的大计。

一日日，一年年，你不辞辛劳，总是冲锋在筑堰坝工程的最前沿。繁重劳碌的工地上，总能见到你矫健敏捷的身影；人头攒动的筑堰现场，总能听到你有条不紊地在指挥的声音。

三

为了尽早筑好堰坝，造福于民，你不知踏破多少双草鞋，走遍白沙溪的上下游，走遍金华南山的每一个角落。你总是晓之以理、动之以情，给乡民们不厌其烦地讲述着筑堰坝的益处，给他们描绘一个旱涝保收、五谷丰登的美好前景。你善于调动一切人员的积极性，有钱的出钱，有力的出力。你承续着你当年带兵打仗的传统和策略，制定严格的管理方案。而你自己一如既往地身先士卒。吃苦在前，享受在后是你人生的信条。你的三十六位部下和当地四面八方的乡民，无不为你的果敢睿智、胸怀苍生所感佩！

你率部和当地百姓利用河流水势落差拦水筑堰，堰坝呈"一"字形，开渠引水灌田，先后筑成三十六堰，你完成了浙江省最早兴建的水利工程之一。

久经沙场的你啊，同样把"知己知彼，方能百战不殆"的精髓，用在了筑坝建堰上，你因地制宜，在大山上取材，你们先将毛竹剖成几股，再将河床上的石块装进剖开的毛竹篾笼里。

装满石块的篾笼，再用篾条紧紧箍扎实，然后将一条条装满石块的篾笼连接起来。于是，长长的篾笼成了白沙溪上一道蜿蜒连绵的风景线。随着时代的发展，后改用黏性更强的石灰来巩固堰坝。堰坝基础工程完成后，你又忙着建泄水闸。

一代代敬仰你的白沙溪的乡民和他们的子子孙孙，继承和发扬光大了你们的技艺，直到筑起白沙溪三十六堰。它在旷古邈远的时间，一直泽被着浙南山区人民的生活。

从此，"古婺都江堰"造福了一代代金华南山的乡民；从此，金华南山白沙溪两岸成了金华的大粮仓；从此，白沙溪两岸的乡民世世代代深切缅怀着你的丰功伟绩；从此，你的名字镌刻在八婺大地上，你成了百姓心中至高无上的"白沙大帝"；从此，一代代君王为感念你为民造福的卓越贡献，一而再，再而三地对你进行诰封，其中四次封侯，三次封王。

你本心恬静，无意浮华，带着部下来江南隐居。只缘来到金华南山后，不经意中，还是以你的文韬武略造福了一方。在你百年长眠于南山后，当地人尊重你的意愿，你的墓地叫"隐圣丘"，在墓地旁边为你建造了一座"隐真祠"，即现在的祖塆庙。

四

所有的故事都被浓缩在大山里，所有的故事都被收拢在三十六道古堰中，所有的故事都在代代相传中铭记你，所有的故事都在清澈见底的溪水里照得见人心。

疲惫被风吹走，丹心被月映照。每当收获的时节，你的故事哦，都被涓涓溪水奔流相告：那曾经挥舞的铁锤、铿锵的石钎、磨烂的锹柄以及你们双手、双脚上的一道道血印都被大山一一铭记，铭记成澄碧蔚蓝的天空下，青山绿水的模样；铭记成心灵天幕上，一座不可逾越的丰碑；铭记成辽阔苍凉的清梦里，盛开的一簇火红的山茶花。

一座用汗水和心血凝成的两千年前的古老水利工程，泽被后世的恩惠，必将与日月同辉。

七次诰封的殊荣，在中国历史的进程里有几人能够做到？七次诰封的殊荣，在历代功勋卓著的名单里唯你独尊。七次诰封的殊荣，足以说明历朝历代当权者和地方百姓对你的认可和推崇！

你隐居后心系众生，造福众生，福泽众生，那份初心从未改变。你理应受到世代的敬仰。你堪称一个纯粹的，毫不利己、一心为公的人民的公仆。"白沙大帝"的美誉是众生的肺腑之言，是众生心中一杆秤称出来的神人、可敬可亲的人。祖塆庙里的供奉是苍生万代对你的敬仰和追思！

一个异乡人在异乡呕心沥血抒写着治水的传奇，真可谓："骏马登程往异方，任寻胜地立纲常。年深外境犹吾境，日久他乡即故乡。"

三十六堰今犹在，不见当年治水人。孤坟宿草疯长，遗庙苍松淡然，傲立白沙溪畔，静立历史长河，笑看春秋激荡，只留后世，一缕心香。

（原载《浙江文化和旅游》2022年第3期）

柏兰，笔名山谷幽兰，江苏金湖人，现在金华市工作。出版散文集《山谷幽兰》。

被拴住的人

◎半文

村庄里的物事，都是被拴住的。

狗，被一根链子拴住。一根两米长的链子，一个项圈，被一条狗紧紧绷着，"汪呜汪呜"地喊了一辈子，喊得脸红脖子粗，还是没能挣脱。一只羊是被一条麻绳拴住的，围着木桩，绕一圈路，吃一圈草，偶尔"咩咩"两声，从来没有跟一根绳子红过脸。一头牛更容易拴，随便一截草绳就拴了一辈子。人轻轻地牵着，草绳松松地悬在那里，牛慢慢地走在那里。人一走，牛就跟着往前走。牛温和、听话，草绳没见绷直过。

猪被一个猪圈拴住，鸡被鸡窠拴住，鱼被一池水拴住。一棵树、一根草是被一条根拴住的。早年的时候，要是狠狠心，来一阵风，还能把自己连根拔起，换个地方继续活。越长大，根越粗，终于长到怎么都挣不脱了，只能一个劲地往上长。不过，就算是换个地方，又怎么样？还不是一样被根拴着。

村里的桌子、凳子，也是被拴着的。新做的桌子、凳子，都要被翻过来，在桌肚子、凳肚子上写上"钱生记"。写完，刷三道漆，这字就长在那里，永不褪色。一张桌子一条凳子就被这三个字拴住。村里有人家做红事白事借了去，没两天，就能被准确地送回来。哪张桌子回哪家，哪条凳子回哪家，清清楚楚，不会弄错。哪天到光二家做客，感觉屁股下那条凳子有些熟悉的味道，翻过肚子一看，"钱生记"。吃完饭，凳子就被顺手牵回钱生家了。吃饭的碗要简单些，一般就锔一个字："生""二""财"。"生"是钱生家的，"二"是光二家的，"财"是金财家的，一个字就拴住一个碗。不论跑到谁家去了，饭吃到底，一看，碗底有个"生"字，洗干净，就被送回来了。送回来时，碗底还要卧个鸡蛋，或两根酱瓜。在村庄里，一只碗飘来荡去，不能空着。这是礼数。

村子里很多物事，都是被几个字拴住的。新买了箩、筛、扁担、锄头，就写上字。箩写边上，筛写背上，扁担写肚子上，锄头写柄上。写完字，就拴住了。干完活，扔田里，扔路上，像一头牛拴了草绳，不会丢。

房子也是被拴住的。一幢房子修好，还修了院子，院门会被钉上一块窄窄的蓝色的牌子，写着"乐园村5组38号"。几个字就把一幢房子拴住了，天长地久地蹲在那里，比一条狗一只羊一头牛都要老实，不叫，也不挣。只等着时光一点一点把它啃旧，啃回到一块土里。

人，大概是村庄里最强大的物事。猪狗牛羊、鸡鸭草树、桌椅碗筷，都是被人拴在那里的。只有人自己在四处游荡，脖子上没拴链子草绳，身上没刻字戴牌。事实上，人也是被拴住的。张花站在院门口喊一声："钱生，吃饭了。"钱生不管在百米之内，还是在千米之外，都被这一声喊拴住，远远地牵回了家。一个名字，就是一根绳子。母亲一声喊，就是一根绳子，远远地拴住了一个人。

事实上，拴住一个人的绳子有很多，只是人不知道。光二是被一个女人拴住的。他从河南逃荒来乐园时，走过一千个村庄，路过一万户人家，吃过冷饭，嚼过生米。他以为乐园和其他村庄一样，只是路过。不想那个叫春梅的女人，给他盛了一碗热粥。一碗热粥下肚，光二打结的眉头就舒开了，这一碗完整的热粥把他拴住了。春梅没有牛，他就给她当牛。一到春天，就心甘情愿地给春梅翻地。一到秋天，就甘心情愿地为她收谷。春梅没有桌子，他就为她种一棵水杉苗，守着它长大，守了十年，直到它长成一张桌子。春梅没有儿子，他就给她一个儿子。这个儿子一落地，就彻底把他拴死了。光二给他会飞上天的竹蜻蜓，给他上学，给他买脚踏车，给他造房子，给他娶妻子，给他领儿子，给他儿子的儿子做竹蜻蜓，买玩具。这一拴，就拴了一辈子。

拴了一辈子还没完，在他闭眼时还想着，他还没看着儿子的儿子生儿子！也就是死，把拴着他的那绳子割断了。要不然，还能一直拴着，拴到下辈子，下下辈子。

人是很容易被拴住的。钱生说要削一根扁担。削扁担的时候，他要先去找一根毛竹。乐园没有山，找一根毛竹不容易。走了一百户人家，终于找到一根，发现还缺一把竹刀。他又去借竹刀。借竹刀的时候，遇见光二，光二说他家的犁辕坏了。借了竹刀，就顺便帮他把犁辕修修。于是，钱生就提着竹刀去找一根木头。没有山的乐园，木头也不好找。他就提着竹刀，等着光二种的那棵水杉长出大木杈子。等着一棵树长大那几年，树上的喜鹊"喳喳"两声，落下一坨鸟屎，打在钱生头上。钱生一狠心，打算先去做一把弹弓，射下这一窝喜鹊。他去冯铁匠那里找了根很粗的铁丝做弹弓架子，找李裁缝买了二尺牛皮筋做弦，又把穿了十年的雨靴帮子剪了，做皮子，用来裹子弹。做完发现没有子弹，就坐到苦楝树底下，等着苦楝村开花，等着苦楝树结楝子。

苦楝花终于开好了，结成苦楝子还要两个月，钱生忍不住要先下个河洗个澡。洗澡的时候，忍不住先摸个鱼。摸了一条八两重的小鲫鱼，忍不住先上岸，烧个腌白菜蒸河鲫，又忍不住先喝他三两高粱烧。喝完高粱烧，忍不住先睡他十年八年。等睡醒过来，早已经忘记削扁担那一回事。先喝一碗白米粥再说。

喝完白米粥，钱生浑身舒坦，坐到村口等钱进。钱进是钱生的儿子，进了城，就望不到背影。钱生坐在村口，被一个村口拴住。村里人，都是被村里的物事拴住，大的小的，拴在一个村庄，一辈子都没能走出去。想那钱进，终于进了城。城里能拴住一个人的物事就更多了。房子、妻子、车子、票子、工作，随便一本书、一支笔、一个碗、一个人，都能把人拴住。钱进肯定被拴在城里了，再回不到乐园了。

生在村里，长在村里，老在村里的人，村庄就是一个桩。那些进了城的年轻人也一样，城市是一个更粗更高的桩。钱生在村口等了一辈子，等到整个村庄的人都走完了，也没把钱进等回来。只好骂一句：狗日的！光二没等到儿子的儿子生儿子，我钱生是儿子都没等回来就老了。

还好。那条叫黄四的狗，还拴在手上。不清楚是钱生拴着黄四，还是黄四牵着钱生，慢慢地往回走。那个拴着钱生和黄四的房子，"乐园村5组38号"，一动不动，安安静静地蹲在那里，没有进城，没有远走他乡，就这么安静地蹲着。说实话，在村庄里，人和房子，不是房子拴着人，也不是人拴着房子，只是相互拴着，像一对患难的兄弟。在城里，怕也是。

人，都是被拴着的。心甘情愿被拴着。一个不被拴着的人，有时，会变得很轻，像一片树叶。风一吹，就飘到天上，再找不到回家的路。

（原载《散文》2023年第1期）

半文，杭州人。业余作文。曾在《散文》、《散文》（海外版）、《山花》等发表习作，有作品收入《中国精短美文精选》《中国散文年选》《三十年散文观止》等。

刘承干和张元济的友情交往

◎蔡圣昌

　　一个是海盐出版商，一个是南浔藏书家，他们之间的友情交往持续了四十多年，为我们今天文人交往树起了一面旗帜。

　　刘承干和张元济相识于辛亥后。从南浔搬到上海的时候，刘承干广为搜罗图书，并预备刻书出书。此时，张元济已在上海商务印书馆担任编译所所长，不久又担任经理。

　　《张元济全集》（第一卷）收录张元济致刘承干书信254件，并附刘承干书信9件。其中第一封书信写于1913年1月11日。

　　"兹有友人陈韫山君向业旧书，熟于板（版）本之学。闻阁下有意搜罗，愿以善本贡纳。谨为介绍。"

　　"敝友王佩初，湘中名孝廉也。因开矿失败，欲斥其藏书，以还逋负。昨交来宋本《吕东莱集》三册，嘱呈台览，并问可否收购。渠意欲售千六百元。……兄若有意，再订期相见。"

　　张元济生于1867年，1892年登进士，1902年进入商务印书馆，历任编译所所长、经理、董事长等。刘承干生于1882年，他比张元济小了十多岁，所以刘承干对张元济特别尊重。每一次刘承干给张元济写信，都称张元济"菊生老伯"，因张元济号"菊生"。而张元济给刘承干的书信，也谦虚地称刘承干"翰怡仁兄"，自称"弟张元济"，可见张元济对刘承干也非常尊重。

仔细阅读张元济致刘承干的书信，可以发现他们初期的交往主要在交流刻书和藏书上。张元济的商务印书馆先后影印出版宋椠古籍二十余种，订正了许多讹误之处，而刘承干的藏书为其提供了许多帮助。比如张元济翻刻宋本《王荆文公诗注》六册、《姚牧庵集》八册、《程北山集》、《徐节孝集》、《清江三孔集》等古籍，都从刘承干处借得古籍帮助校对。而刘承干在刻书"景宋四史"的时候，也借张元济涵芬楼所藏宋本古籍校勘。他们的互通有无，堪称文人佳话。

古人在农历三月初三有"修禊"民俗，东晋时王羲之跟名流在绍兴兰亭修禊，留下千古绝唱《兰亭集序》。一千五百六十年以后，1913年的农历三月初三（阳历4月9日），刘承干和另一位南浔丝商周庆云做东邀请沪上名流在徐园修禊，当时刘承干写信给张元济邀请其参加，但是张元济因有事未能出席。1913年4月9日张元济给刘承干来信："徐园修禊承招，极愿趋陪。如能抽身，当将《三国志》首册带呈台览。如不克到，可否请阁下于今日午后五时至五时半枉临敝寓一观，藉以决定。"果然张元济因为工作繁忙没有赶上修禊。当那天修禊活动结束以后，刘承干便邀了郑叔问以及文秘沈醉愚一同乘马车到长吉里去拜访张元济。

徐园修禊张元济没有参加，刘承干感到遗憾，当即邀请张元济明日到家中再聚会。据刘承干日记记载："1913年农历三月初四晚，在老宅宴客，缪筱珊、许子颂、张菊生、杨芷晴、陶拙存、章一山、费景韩先后至，醉愚陪焉。在洋房内观旧书，缪带来三种，系莫友芝家藏书，由王雪岑交缪，托为销售者，……稍坐入席，至十点钟始散。"

1941年1月，张元济因为前列腺开刀住大华医院，刘承干赶去探望。1月2日日记记载："至大华医院望张菊生病，（因小便不通，于初二日第二次开刀）割去摄护腺，晤其郎仲木。据云，开刀后伤口出血不少。"1月21日记载："至大华医院望张菊生病，见面后谓疮口已全好，饮食亦如常，惟人消瘦（轻20磅），夜间不能多睡耳。"

中华人民共和国成立后，张元济受毛主席邀请，去北京参加中国人民政治协商会议，被选为全国委员会委员。当时刘承干从报纸上读到消息，他当时马上给张元济家里打电话，张家很明确回答他，报纸所登完全属实。当他得知张元济从北京回来了，又立马赶去探望。

这是1949年10月23日下午，张元济从北京开会回来的第三天，刘承干约了平湖绅士徐眉轩一同来到张元济家，坐定后，刘承干就迫不及待地询问张元济到北京的情况。张元济告诉刘承干，他在北京和毛主席吃了两次饭，是和诸暨的周孝怀一起。张元济向毛主席汇报江浙人民生活贫困，毛主席说，等到解放军过到南方，情况会好转。第二次吃饭时，陈毅也同座。张元济还对刘承干说，毛主席招待我们吃饭都是非常简便的中餐，盛饭也是他自己盛的。哪里像我们吃饭都有下人伺候。听了张元济的叙说，刘承干感觉非常震惊，他对共产党开始有新的认识。

张元济到北京期间，特意去拜访了一位老儒叫傅增湘。傅增湘（1872—1949），字沅叔，号润沅。光绪二十四年（1898）登进士，为中国近代著名藏书家。傅增湘在目录学、版本学方面有非常高的造诣。1922年刘承干去北京为溥仪大婚贺喜，曾经跟傅增湘吃过好几次饭，还向傅增湘赠送自己刊刻的书籍，因此傅增湘对刘承干很有好感。张元济见到傅增湘的时候，傅身体已经很差了。当傅增湘见到张元济时，就马上跟他打听刘承干的情况。当时沪上有许多老朋友，可是他唯独对刘承干特别关心，这也让张元济非常意外。

中华人民共和国成立初期，大部分知识分子生活贫困，中央决定成立文史馆，吸收部分知识分子为文史馆员，让他们发挥特长，也让他们有一份收入。因此许多知识分子都希望自己能够加入文史馆。那段时间，刘承干非常忙碌，他找张元济，找周孝怀，因为他们二人担任了文史馆的馆长和副馆长，刘承干便经常去拜会张元济和周孝怀，将几位朋友的履历交给他们，希望他们帮助说项提名。当时许多文人知道刘承干跟张元济、周孝怀关系密切，都纷纷找他，希望他能够帮助推荐，其中有桐城人、国学大师叶玉麟，有嘉兴钱熊祥，有平湖葛荫梧，有老儒曹叔彦等。

《求恕斋日记》1952 年 11 月 7 日记载："访张菊生，请其为钱冲甫（钱熊祥）等提名，渠为文史馆事并不过问，系由周孝怀、江翊云、徐森玉三人专司提名之事，若欲渠将名单转交，亦无不可。"

1953 年 4 月 8 日记载："至周孝怀处，据谈，文史馆馆长为张菊生，副馆长江翊云、李青崖、陈已生，评议委员会若干人，渠为评议员之一，已接到聘书。……余以高吹万履历请其提名，渠谓与高吹万亦相识，许之。"

1952 年至 1953 年期间，张元济一度身体很差，卧病在床，刘承干就三天两头过去探望。1952 年 4 月 27 日，刘承干赶去探望张菊生，张卧病在床，拿出珍藏多年的银质九世祖鹿鸣宴杯给刘承干欣赏，刘承干看见上面刻着"顺治甲午顺天乡试鹿鸣宴"几个字，反复抚摸一阵。张元济又拿出《唁陈叔通丧偶诗》见赠。这些生活细节，印证了张刘二人感情弥笃。

刘承干、张元济、周孝怀如今都已作古，今天我们读到他们当年交往的温馨文字，依然是那么亲切，那么值得回味。

（原载《联谊报》2023 年 9 月 12 日，有删节）

蔡圣昌，浙江作协会员、浙江省散文学会会员。有小说和散文发表于《书屋》《湖南文学》《海外文摘》《散文选刊》等。出版作品集《阿采：蔡圣昌小说集》《苕溪月下吟》《沪上名士刘承干》等。

一片繁华海上头

◎曹凌云

阳春三月，惠风和畅，七十八岁高龄的北宋诗人杨蟠出任温州知州，那一年是宋哲宗绍圣二年（1095）。他见温州郡城襟江带海，水网密布，人口安宁。郡城北门外的瓯江口，江水泛着微波，江上帆影漂流，两岸是宽广的滨海平原，田畴多稼，炊烟袅袅。杨蟠不禁感慨，作《咏永嘉》（温州在古时曾叫永嘉）："一片繁华海上头，从来唤作小杭州。水如棋局分街陌，山似屏帏绕画楼。"

温州瓯江口区以这种动静结合的形态，构成了温州城区的基底，成为繁荣城市的缘由之一。瓯江口区对我来说是多么的熟悉，我生于斯，长于斯，开蒙启智、求学工作、成家立业于斯。我时常行走在瓯江口岸，有时会一直走到东海岸边，看潮涨潮落，船来船往。瓯江口又像一本读不完的书，写满了广为人知又神秘莫测的故事。

瓯江河口的平面形态呈喇叭形，潮差大，江流海潮相互激荡，自古以来海上交通贸易发达。外海直接面向东南亚及整个环太平洋地区，也是历代航海与探险者乘风破浪、扬帆远航的终点和起点。在古代航海活动中，据说在秦汉时期，中国东南沿海就有勇敢者用漂流的方式远航日本列岛和朝鲜半岛。是否有温州人，没有记载。

有据可查的是在唐朝，温州与宁波、台州有十分频繁的海上运输。温州商船借用海上航线直达日本，并与日本保持密切的往来关系。唐会昌二年（842），日本名僧惠运乘坐一艘楠木建造的商船，借助季风，从日本经过六天漂洋过海抵达温州，然后去五台山朝圣。

南宋至元朝，由于龙泉窑瓷器崛起，龙泉青瓷成为瓯江港最主要的出口商品。南宋绍兴元年（1131），温州设立市舶司，实行对外开放，青瓷、漆器、木材、丝织品、蠲纸、茶叶和食盐等物资，通过船舶源源不断运往国内外各地港口。瓯江港区也停泊着众多来自日本、高丽以及东南亚等地的外国商船，瓯江港成为瓯江流域、浙南以及毗邻地区内外贸物资的集散和中转枢纽港，海上贸易进入了前所未有的繁荣阶段。

元朝的文献记载着温州港的繁华景象。最为直观的，要算留存至今的元代宫廷画家王振鹏的绢本水墨手卷《江山胜览图》，在长达九点五米的画面上，纪实性地描绘了元代的山水风情，全面反映了瓯江港口的海运码头和船运活动场景。画作中共有六十八艘船只，有海船、江船，有即将到港的远洋大船，其中四桅船是当时最先进的船只，可张十二张风帆，载重约三百吨，配备水手两百余人。

元贞元年（1295），温州人周达观奉命作为元政府派遣的友好使团随员，从明州（今宁波）出使真腊（今柬埔寨）访问，于次年抵达该国，居住一年后返回。当时正是吴哥王朝国势兴盛、文化灿烂的黄金时代。周达观在真腊遇到一位温州同乡薛氏，薛氏已"居番三十年矣"，在当地娶有家室，以经营对外贸易为主。周达观把自己的所见所闻撰成《真腊风土记》，此书在国内外享有盛誉。

瓯江口有辽阔的淤泥质滩涂。淤积的泥沙少部分来自瓯江，大部分来自长江。从卫星图上观察，长江江水激荡而下的泥沙注入东海后，随着海潮（水动力）先到台湾岛附近，再回旋到温州海域沉降滞留下来。日复一日，年复一年，形成了一望无际的滩涂。人们为了获取土地，对滩涂进行围垦，深挖沟渠，培高田地。这些土地成了温州的"大粮仓"。

瓯江口一带鱼类资源丰富，其中中华鲟、鲥鱼、花鳗鲡最为珍贵，凤尾鱼、香鱼、鲈鱼最受温州人欢迎。人们在滩涂或近海挖蟹捕鱼，淳朴的劳作场景如诗如画，是瓯江口最常见的人文景观。明代官员王瓒、蔡芳编撰的《弘治温州府志》，论及永嘉盐场，有这样的文字："沿海皆沙涂，亭民取咸潮溉沙晒卤煮盐，鱼虾百利亦在焉。其取鱼也，有簖有簿（箈），有网有缉。"温州沿海居民不仅对"鱼虾百利"认识深刻，而且有多种捕捞手段，比如"有簖有簿（箈），有网有缉"。

温州周边沿海流动的渔船，也时不时迎潮逆流来到瓯江口捕鱼。清朝到民国，许多来自福建的"公婆船"进入瓯江口作业，有着闽人特有的习惯与风俗。清朝诗人戴文俊在《瓯江竹枝词》里写道："公婆船小惯迎潮，相守孤篷暮复朝。喜煞龙头鱼罢贡，海天如镜种蚶苗。"公婆船，也叫连家船，船长十余米，宽约五米，多为一船一户。夫妻俩依靠船只默契地在江中撒网捕鱼，用捕获的鱼鲜换取粮食和生活必需品。还有竹枝词这样写道："公婆船，公婆掌，一公一婆渔以养。"

新中国成立之初，瓯江口东门埠还有公婆船一百多艘。他们在舢板船中间搭上篷盖，把柴米油盐及生活用具备在船上，夫妻俩吃住在船中。每天出江，渔公站在船头展开双桨"咿呀咿呀"地划到江中，选好捕捞点，手一挥，把一张渔网抛成圆弧形状，"唰唰"有声撒入江中。以前温州城内城外河道纵横，公婆船也进入小河。渔公上岸喝点小酒，渔婆上岸购买东西。也有个别渔公渔婆赚了一些钱，不再捕鱼，在东门开店铺，在温州落户籍。

我对瓯江口最初的记忆是关于滩涂，我家离瓯江口不到一公里，我小时候时常到滩涂上捕捉鱼虾蟹贝。瓯江口滩涂层次分明，潮上带长着许多碧绿的蒲草，有人会来割去做草鞋。潮间带时而被潮水淹没，时而又暴露出来，水动力强，植物难以生长，却是为数众多的水生生物的栖息地和一些洄游鱼类的繁殖地，有各种蟹、螺、蛤、蛏子、弹涂鱼等。我用细长的拉线去套巧圆儿（招潮蟹），我在滩涂上做洞穴，引诱蝤蠓（也叫蝤蛑，锯缘青蟹）进洞便于我捕捉，我还用小铁锹挖弹涂鱼。潮下带总是波涛滚滚，虽是喜光性藻类生长的乐园，但我不敢涉足。

参加了工作后，我一次次地在瓯江口游走，在南岸经过东门、朔门、龙湾、灵昆等港口作业区，在北岸多去瓯北、清水埠、七里港、黄龙等港口作业区。码头前停泊着大大小小的轮船，桥吊威武地矗立着，集装箱堆积成山。许多堆场、仓库的面积都有数十万平方米。装卸货物的工人忙忙碌碌。岸边的岩石、柱桩、台阶上，有藤壶生长，一丛丛、一片片，有的被铲掉了，露出石灰质的底座，有的伸出蔓脚捕食，温州人叫它"触嘴"。江风吹拂，海鸟时而在高空时而贴着水面轻快地飞翔，轮船鸣着汽笛，终日进进出出。

近十年来，温州的瓯飞工程引人注目。它是一个宏大的工程，与民生息息相关。它是从瓯江口到飞云江口的围垦工程，是目前国内规模最大的单体围垦项目，共计四十九万亩，相当于温州建成区面积的一点六四倍，总体规划分两期进行。我多次从滨海大道转入瓯飞园区，看到道路密集如网，各种车辆呼啸而过，一栋栋竣工不久的企业办公大楼、厂房和颇有规模的商品住宅区、公寓群楼别具一格，在广阔的景观带和无边的海风中伫立。当然，如何解决围海工程与海洋保护之间的矛盾与问题，需要慎之又慎的研究和论证，需要进一步观察和认识，不能鲁莽行事。

杨蟠是章安（今属浙江台州）人，在温州任知州不到三年，用诗歌盛赞温州风光。温州是我的家乡、我生长的地方，它赋予我充沛的生活资源，成为我文学创作的母体；对于温州，我自然比杨蟠更充满情感。

（原载《人民文学》2023 年第 8 期）

曹凌云，1968 年 8 月出生，温州人，中国作协会员，浙江省散文学会副会长，浙江省文联、作协全委会委员，温州市文联党组成员、秘书长。在国内有关报刊发表散文、纪实文学三百余万字，作品入选中国作协定点深入生活项目、浙江省文化艺术发展基金项目等。

白茅与苍耳

◎柴薪

白茅扬花吐絮。一大片一大片野生的白茅花，洁白如雪，随风摇曳，像日本画家新海城画作里的景致。白茅的花比芦苇的花小，比芒草的花小，或者像是两者的袖珍版，但比芦花密，比芒草花多，洋洋洒洒，密密麻麻，有席卷之势。

唐诗中关于白茅的诗句太多了，一抓一大把，多得似乎要从《全唐诗》中溢出来了。比如马戴《题庐山寺》"白茅为屋宇编荆，数处阶墀石叠成"，贾岛《题韦云叟草堂》"白茅草苦重重密，爱此秋天夜雨淙"，杜甫《堂成》"背郭堂成荫白茅，缘江路熟俯青郊"，温庭筠《烧歌》"吹火向白茅，腰镰映赪蔗"，李商隐《梦泽》"梦泽悲风动白茅，楚王葬尽满城娇"，岑参《至大梁却寄匡城主人》"长风吹白茅，野火烧枯桑"，等等。

白茅是多年生的草本植物，茎粗、壮、长，顶部有白色的簇状、丝状的绒毛，毛茸茸的。白茅生命力顽强，充满韧劲，耐阴又喜阳，不挑剔土质，断了茎秆还生根。无论在阴暗的山沟、山坞，还是在贫瘠的坡地、洼地，或土质差劲的土地上都能迎风生长。

在古代，白茅曾经是神权的代表。白茅被作为召唤神明的法器，被用来包裹祭祀宰杀的动物。白茅也是美人的代表，先秦时期，古人就用初生的白茅比喻美人的样子。《史记》有记载，"五利将军亦衣羽衣，立白茅上受印，以示弗臣也"。《诗经》中也记载过白茅："手如柔荑，肤如凝脂，领如蝤蛴，齿如瓠犀。""柔荑"便是指白茅开花的样子。

在我的故乡，人们叫白茅为"白茅草"或"白茅草根"。叶子可以编蓑衣，根可食。我小时候在池塘边的坡地上拔白茅草根吃过。白茅草根色白，但不是洁白，是那种像乡人自制蜡烛的蜡白，或者说是象牙白。其根有节，一节一节，像甘蔗的节，或者就像是小甘蔗。味清甜、甘冽，也像甘蔗。

去往严家淤码头的衢江边有一条苍耳簇拥的小路，小路两边的苍耳长得郁郁葱葱，枝繁叶茂，左边的往右边挤，右边的往左边挤，小路似乎被苍耳挤小了、瘦了、窄了，失去了原有的模样。

苍耳在古时候曾作为野菜，穷苦人家在年岁歉收或饥荒时会去原野上采苍耳嫩苗食用。《诗经》中有"采采卷耳，不盈顷筐"之句。苍耳是一年生草本植物，高可达90厘米。根纺锤状，茎下部圆柱形，上部有纵沟。叶片三角状卵形或心形，近全缘，边缘有不规则的粗锯齿。脉上被糙伏毛，上面绿色，下面苍白色。瘦果倒卵形。苍耳七八月开花，九十月结果。苍耳果具有祛风散热、解毒杀虫、通鼻窍的药用功效。

苍耳果实成熟时，呈黄褐色，表皮布满毛茸茸的倒钩刺，但不扎手，常附着兽类皮毛或人类衣物借以传播。大自然真是奇妙，许多草木的种子往往都有这种天然繁殖的属性。苍耳原不产于我国，早在古代就经由牲畜买卖而传入。《博物志》中有记载："洛中有人驱羊入蜀，胡枲（即苍耳）子多刺，粘缀羊毛，遂至中国。"故苍耳又名"羊带来"，是外来物种。

苍耳又称"葹"，很美的名字，不多见。比如《离骚》中有"薋菉葹以盈室兮"。有这么美的名字的苍耳，在民间却不受人待见。苍耳与蒺藜一样，两者的种子都有刺，在民间都被视为恶草，人们往往把它们比喻成小人。唐代诗人李白误入苍耳丛中，写下"不惜翠云裘，遂为苍耳欺"；南宋文天祥征战驰骋时曾写下"黄沙漫道路，苍耳满衣裳"。苍耳生命力顽强，哪怕在干旱荒凉的坡地上，苍耳也可繁茂生长，哪怕在冬日，草木凋零，唯其刺球状果实，依然招摇满枝，睥睨天下。

严家淤这条苍耳簇拥的小路，我每天走。

（原载《文学报》2023 年 7 月 20 日）

柴薪，中国作协会员，现居衢州，曾获首届三毛散文奖、第二届红棉文学奖、首届吴伯箫散文奖一等奖等奖项。

乡村物语

◎陈野

（一）

某日初冬，由杭州去往德清。一路行去，见平畴清远，山峦层叠，林木错落，村舍散布。饱游沃览的，正是东晋王子敬"山川自相映发，使人应接不暇。若秋冬之际，尤难为怀"的光景。几经曲径幽转，进入一片连绵低山围合出的谷地，于道路尽头开启一道竹扉，迎面而来一座山园。园内有小筑数重，果树漫坡，畦田齐整，花木扶疏。杉树干挺叶密，拉起通透的绛色纱帐；冬日暖阳映照万物，斑驳陆离的光线在空气里闪烁，银杏灿烂，竹林、桂树暗影深重。及至斜阳西下，霞光与山色交融，顷刻变幻，紫绿万状。

城里来的先生于园中开设一座书房，随机做一些习史读书的直播活动。既是工作之余的休憩之所，也是有心致力的文化传播平台。我们此行，便是与几位来自北京、杭州的学者，在书房里举办以《疏影》《暗香》为创作题材的诗词书画赏鉴直播。话语之间，园里自养的边牧大犬悠然而来，径直卧于直播台下，听着讲解安然入眠；屋外有闲散鸡群，于红、黄、绿叶夹杂的乌桕树下四处觅食。此景此境，与陶渊明笔下的桃花源十分贴合："土地平旷，屋舍俨然，有良田、美池、桑竹之属。阡陌交通，鸡犬相闻。"

今年仲秋，我们乡村研究课题组一行回访了曾经驻村深度调研五年的桐庐龙峰民族村。村里的畲族文化馆内，村民和村干部们正在为央视即将来此拍摄的纪录片做准备。所到之处，熟悉的痕迹历历在目，唤起亲切的忆念。重逢的欢快在滔滔不绝的晤谈中流泻。村里八十五岁高龄的雷依香老人，是畲歌传承人、金牌推介人。课题组老师循着她外出购物的步履，在村道上寻到了身板硬朗、爽朗健谈的老太太，与她做好了记录畲歌和创作畲族文化主题绘画的约定。

到达同为畲族村落的戴家山新丰村时，已近黄昏，暮霭渐起。我们在山间漫游，于村中流连。青灰色的远山层层叠叠，蜿蜒铺展而去，盛放着无限丰富的自然细节。近山笼翠，林长草丰。有青竹、枫香、玉兰、红豆杉高耸挺立、浓荫铺地。山道坡沿，各种植物自由生长。客舍边的枣树，绿叶红果映衬着黄泥土墙，古雅明丽。循着潺潺之声而去，但见清冽溪涧、竹篱小桥、嶙峋山石，上有农家民宿餐厅，恰似南宋画卷中边角之景的高台水榭。在以"大地上的异乡者"为标识的云夕图书馆里，书墙林立，足以让人细细检视，精挑细选，体会迥异于网上购书的书页摩指之感。

颇具声名的戴家山8号民宿，位于溪涧两侧。与时下的精品民宿一样，设施、用品与布置的完备、整洁与时尚，自不待言。令人欣喜的是它视野深远、风格现代，有任由住客自由使用的顶层活动室和那宛如蓝色碧玺般嵌于山地里的清澈泳池。晚餐后，"篱落疏疏水依轩，小窗明烛透轻绡"。我们在活动室围坐夜叙，喝茶聊天，挥毫画虎，水墨写竹，赋诗题词。吟诵之间，《兰亭集序》《陋室铭》《归去来兮辞》等等名篇，都化作了笔下的书迹。

（二）

这些年，我们在乡村大地上走街串巷，从东部海岛到西部田园，从浙南山区到浙北平原，于山野间见翠色连绵、林泉洄环，在田间地头看青禾浓绿、稻浪翻飞，在深街浅巷观游人如织、村颜新貌；也曾品味过黛瓦白墙里老旧衰颓的岁月留痕，感悟过老人黄昏独坐的人生孤寂，忧心于传统手艺的后继乏人。林林总总，在在如是，近距离感受着乡村的时代变迁与印迹，观察、品味、思考着我们这个时代的乡村形态和特征。

与自然山水紧密相连的乡村世界，辽阔、丰盈、包容，是舒缓紧张城市生活节奏的桃源之所。那些清风明月的山岗，那些兀自欢唱的流水，那些平远无垠的原野，那些古意盎然的村落，那些繁茂丰盛的田园，凝山川之气，聚草木之趣，生动灵性。现代人于此尽享"偷得浮生半日闲"的闲适，也在时时刻刻的发现之美和心灵触动中，获得任意自由想象、激发创意灵感的活力渊薮。

乡村的生活，透着人世间的本真。戴家山上的乡居生活，是勤勉不息的耕种劳作，殷勤待客的淳朴情意，新鲜的高山蔬菜，醇厚的红曲酒，遇人不惊、遇车不让的犬，与客对视、若有所思的猫，春联与灯笼织就的喜庆与祈福，处处都是陆游《游山西村》"莫笑农家腊酒浑，丰年留客足鸡豚。山重水复疑无路，柳暗花明又一村。萧鼓追随春社近，衣冠简朴古风存。从今若许闲乘月，拄杖无时夜叩门"的现实写照。朴实安稳的日常，是于历史中时隐时现，而于理想中不懈追寻的美好。其间的亲切温润来自家园故土的博爱，在"行行重行行"的人生旅程中，予人此枝可栖的依恋。

生发、沉潜、绵延于乡村的文化传统，为历代文人提供着精神寄寓的原乡。在他们于穷达、进退、隐显间的穿梭往来中，乡村永远在场。我们在这山里乡村所得的欢喜，便是南宋罗大经《山静日长》情景的印证和亲享："苍藓盈阶，落花满径，门无剥啄，松影参差，禽声上下。……随意读《周易》《国风》《左氏传》《离骚》《太史公书》及陶杜诗、韩苏文数篇。从容步山径，抚松竹，与麑犊共偃息于长林丰草间。坐弄流泉，漱齿濯足。……弄笔窗间，随大小作数十字，展所藏法帖、墨迹、画卷纵观之。"如此的深情与意趣，让卷轴简册与山色乡情交相辉映，建构起意蕴深浓的精神传统，涵育着人们热爱和追随文脉的天然基因，造就了人文田园绵密醇厚的不朽经典。

德清的半坡书房和文化直播，龙峰村的畲族文化馆和央视纪录片，戴家山的精品民宿与云夕图书馆，都是城市人群和当代生活方式走进乡村的足迹，以其关注、参与和创造回应乡土呼唤，致力于改善乡村人居环境，提供新的经济发展业态，将现代文明的观念、时尚和品质融入乡村生活，陶冶、提升着乡村的当代气质和整体风貌。

如上种种，呈现出当下乡村形态中风云际会、光被雨润的多重"会通"。半坡书房的直播活动，举办于充满人文气息的空间，而书房则坐落于优美的自然山川之间，这是人文与自然的会通；直播活动的参与者、我们课题组以及央视纪录片的拍摄者，都是来自都市的"城里人"，而活动于乡村环境，这是城市与乡村的会通；活动内容中的《疏影》《暗香》、诗词吟诵、经典解读，有众多古典生活的元素和意趣，它们不但得到传承，而且还有内容、形式和传播手段上的创新，表现出宛如春水般碧波荡漾的活化形态，这是传统与现实的会通；乡村文明经过现代文明的陶冶和融入，获得时尚化的品质，这是乡土与时尚的会通。

乡村中有种种不尽如人意的发展短板和不容忽视的衰败凋敝，但也形成了立足于当代经济社会形态，融合自然、古典、时尚、现代等要素的整体发展风貌，体现了乡村发展的历史际遇、内在逻辑和文明进程。

（三）

中国乡村曲折艰难的现代化进程，与一个东方大国的现代化追求相伴随，步履艰难而又波澜壮阔。其意蕴之丰沛，与中国生活、中国社会和中国文化深切相连。回溯中国乡村自1840年中国社会开启现代转型以来走过的兴衰起伏之命运轨迹，可谓千回百转，曲折萦纡。数辈乡民身居不同时代，应对多重挑战，以吃苦耐劳、隐忍柔韧、顽强进取的品格精神，维系了村庄命脉和厚重历史。

然而，由古至今，乡村也是最为缺乏历史记载和文献档案系统、最难听到其本真的话语呼声、最难触摸到其脉动的心灵、最难见到其在历史进程中完整形影的场所。即使在今天的文化场域中，相比于文化人众声鼎沸、各自张扬的景象，乡村以及乡民并未完全获得他们应有的文化话语地位。所以，在享受乡村生活的同时，在为乡村奉献的同时，我们更要为乡村发声。

（原载《浙江日报》2022年11月13日）

陈野，浙江省社会科学院研究员，浙江大学教授、博导，浙江大学中国古代书画研究中心首席专家。

纯粹学者夏承焘

◎陈大新

近现代以来，中国知识分子大约可以分为两个类型。一类是纯粹的学者，还有一类是致力于改造现实社会，追求社会效果，关注或影响政治文化生活的学者。前者打造"传世"之作，后者要建"觉世"之功。五四运动和新文化运动以降，后一类学者居多。而可称为纯粹的学者的如王国维、陈寅恪、黄侃、钱钟书等，则显得较为稀缺。一代词宗夏承焘无疑是一位纯粹的学者。

夏承焘（1900—1986），字瞿髯，浙江温州人。他的一生可以说就是问学、治学的一生。在他十四岁时，作过一首《如梦令》，有句"鹦鹉、鹦鹉，知否梦中言语"（有感朱庆余《宫词》"含情欲说宫中事，鹦鹉前头不敢言"之句），被国文老师张震轩激赏，以朱笔在句旁边画了三个大圆圈。此一鼓励，使少年夏承焘对词产生了浓厚兴趣。十七岁时，他听父亲说起自己二三岁时，一次头上长疮，总是号哭。有金公者抱他到外庭，不料他见庭联却破涕为笑，且注目联上字。金公奇之，告诉家人，说他以后必善读书。这个故事竟对他努力问学激励不小。

夏承焘以为自己"笨"，所以超于常人地用功。新婚之夜竟也挑灯夜读《文史通义》。他曾解释"笨"字称：笨字从"竹"、从"本"，头上顶着竹册，好好读书，方是做学问的根本。他一直有志于做大学问。1929年他三十岁时曾在日记里写道："安得假我十年好境地，成中国学术年表，亦足自慰矣。"1939年他四十岁时读刘师培《中古文学史讲义》，"自愧治学但能沉潜，而不能高明，而稍稍从事广大者"。从此引起警觉。在学问上真可谓如琢如磨。

夏承焘毕业于温州师范学校，没读过大学，时常感叹自己"少无名师，此生大憾也"（见1929年4月5日日记）。后来有幸结识了彊村老人朱祖谋。在夏承焘之前，词坛巨擘为朱祖谋、王鹏运、郑文焯、况周颐。从王鹏运到朱祖谋，词籍校勘之学渐趋完善。而夏承焘在二十岁左右就已熟读了朱祖谋的《彊村丛书》和王鹏运、吴昌绶诸家的著作，三十岁已开始深入校勘、考订之学。据他晚年《我的治学之路》称，他与朱祖谋通了八九回信，见了三四次面，而每次求教，彊村老人都十分诚恳，毫无保留地予以指导。

夏承焘做学问主张"十件事做到七分好，不如一件事做到十分好"。曾举近人李详故事，说李详家贫，买不起书，整天就读一部《文选》，每天贴一页在桌子上，深思钻研，反复琢磨。后来触类旁通，学有所成，成为《文选》专家。他的一位研究生（1961年第一届）陆坚回忆称：夏老师曾言读书要诵读，从来说"读文""吟诗"，不见说"看文""看诗"。还要学生用各地方言朗诵古诗词。常对学生说要"案头书少，腹中书多"，学问要用"文火"，不可用"猛火"。一次，夏承焘以"记得绿罗裙，处处怜芳草"启发陆坚，要心心念念记得学问，留意相关的问题，才能进步。又说：以养孩子的不辞辛苦做学问，无有不成功的。（见《古今谈》2018年第四期陆坚《追念夏承焘先生》）

夏承焘的研究生施义对（1964年第二届），曾谈道："1932年，瞿髯先生于《燕京学报》第12期发表《白石歌曲旁谱辨》，此文一出即成为其成名之作。"并称：先生一生致力于现代词学系统的建立。他建构起独特的词学体系，以考证之学为其词学治学之本。内容涉及词史、词人、词籍、词乐、词谱、词例、词论等。由于词至近代，字格具在，音理失传。在寻求词学音理方面，民国以来吴梅开其先河。夏承焘承其学，亦将词学当声学看待，通过字格寻求音理，并将义理、考据、辞章三事，当作一个互相联系的整体进行研究。夏承焘除了撰写《词学史》《词学志》《词学考》外，还有研究宋明理学和整理宋史的宏大计划。

夏承焘有《浣溪沙·自题学步集》云："六十犹为学步人，昌诗敢负百年身。"正是这种献身学术的精神，成就了一代词宗，使他成为一位杰出的纯粹的学人。

（原载《中华读书报》2023年6月21日）

陈大新，现居临海，浙江作协会员。有散文作品在《人民文学》《当代》《散文》《山西文学》《文汇报》等报刊上发表，出版散文集《坐对沧桑》《因曲折而美丽的河流》《静处的响声》等。

等　待

◎陈峰

"腊月二十四，掸尘扫房子。"母亲用竹竿绑了一把扫帚，绑好，扫帚一下子通了天，像孙悟空大闹天宫。母亲擦玻璃，我用扫帚东撩一下西撩一下，够不到的地方，就踩在凳子上，灰尘纷纷扬扬地飞下来，一道太阳光从窗外照进来，照得一粒粒的灰尘手舞足蹈，幸亏母亲事先用手绢包住了我的头发。

母亲拖地，我负责去河里洗拖把，一趟又一趟，直到把水泥地洗得发白光。"还是生女儿好啊，你那两个哥哥就连黄狗也追不上，不知哪里去了？"母亲在河埠头跟人感叹。这话让我心里暗笑，又得意。掸尘后贴春联，每道门贴着大红的春联，墙壁的空白处贴上年画，有大胖娃娃抱着鱼，有王昭君抱着琵琶，有宝黛共读《西厢记》。窗格子贴着福字或者窗花，把屋里映得亮堂堂的，真是又喜气又好看。

家里收拾得锃锃亮后，母亲在接下来的一个早上，早早地起来，开始生火烧水。开水"突突突"地翻滚着，厨房雾气腾腾的。父亲杀鸡，把鸡脖子上的毛一扎，干脆利落，一刀下去，鸡还没来得及啼出声来，血便"咕咕咕"滴在白壳碗里。把鸡扔进小脚桶，桶里满是刚烧开的滚水，冒着腾腾的热气，浸过滚水后，褪鸡毛，然后开膛破肚，热乎乎的鸡肫鸡心——取出来。鸡毛和鸡肫皮是我要的，晒干收好，等兑糖客人来了，可以换糖吃。

门口的河埠头，大家蹲着边说边洗，交流着各种信息。你家有没有谢过年啊，你家杀了几只鸡啊。我拎着鸡等着位置空出来。阿红在洗碗，用淘米箩在撩小鱼。"阿红，你娘等着用碗，再玩下去，又要被你娘骂了。"阿红端着脸盆站了起来，脚底一滑，一只碗飞出，掉到石阶上，"乓"一声，碎了，阿红的脸一下子红了，急急地回了家。我真担心阿红会被她娘骂，但好在过年过节的，大人也显得比平时宽容许多，过了许久也没有传出阿红的哭声和她娘的骂声。

我家有两口大灶。一口煮猪头，一口煮鸡。父亲说谢年和祭祖是一年当中最为隆重的家庭祭祀活动，表达了人们对大自然的感恩之情，祈盼来年吉祥。我的两个哥哥这下要出大力了，"哎嗬哎嗬"把八仙桌抬出，放在靠近大门口的厅堂，按照"横神佛，直祖宗"的规矩摆放。"横"与"直"指的是桌面的木纹路，祭祀神佛的桌子是横着摆放的。母亲说："这可不能摆错，要照老规矩办事，说不定什么时候横财就会飞进家门。"祭祀祖宗的桌子是竖着摆放的，孝敬祖宗自然要工工整整，不可乱了一点方寸。八仙桌上放着三只红漆木质祭盘，分别盛着三牲：猪头、全鸡、鲤鱼。猪头是"利市"，吉利。全鸡是公鸡，身上戳一把刀，昂首跪在祭盘中，口含一根葱，头朝门外，表示金鸡报春，恭迎神明。蒸熟的鸡血、内脏各放一边，请神享用。鲤鱼是活的，用红线穿背，红纸贴眼，悬于龙门架上，表示年年有余和鲤鱼跳龙门。除了三牲还有五鼎，是花生、豆芽、芋艿、香干、麸等五种用清水余熟的素菜，外加一盘豆腐、一盘盐。供桌上还堆放着一盘年糕、三杯茶、两碗饭和十二盅酒。

母亲清清楚楚地记着这一切，父亲不是忘了这样就是忘了那样。母亲就数落父亲，跟小孩子一样只知道吃不知道做事。父亲说不过母亲，只好拿好话夸母亲。

"我要是样样会，还娶什么老婆，我们家就数你劳苦功高。"夸得母亲没了脾气，只得把"坏"话咽下去。

谢年结束后，父亲捧着鱼，带我们去大河里放生。揭去红纸的鲤鱼，糊里糊涂，像是活了过来，本来死了心，以为要成为桌上的一道菜了，没想到还能回到大河里去，不禁感激涕零，眼眶水汪汪的，跟我们一一告别。

这天晚上吃的是汁水年糕汤。舀上几勺煮鸡和煮猪头的汁水，待水煮沸，放入切好的年糕，滚起，再放些许青菜。年糕汤是用来当晚饭的，母亲不会限量。一碗闪着油光，白是白、绿是绿的年糕汤，"嚯嚯嚯"地能吃上三大碗，直到吃撑了肚子，边打着饱嗝儿，边嚷着"汁水年糕汤一镬，吃得小舌头鲜落"。

谢年后是祭祖。八仙桌就摆在厅堂里，按木纹直向摆放，跟谢年的摆法相反，供桌的三边摆放酒杯和筷子，都是平时见不到的好菜，大鱼大肉，碗数成单，摆满一桌。点燃香烛后，父亲念念有词，合掌，请祖宗大人来吃年夜饭，并请祖宗大人保佑全家健健康康、太太平平。母亲叫我们许愿，我们收起平常的嘻嘻哈哈，正正经经地整个身子扑倒下去，跪拜在祖宗面前，一磕头二磕头三磕头，默念心愿。

那时候，母亲真是忙。忙好谢年祭祖，还得给我洗过年澡，这个澡被母亲戏称为"煺猪毛"。而我总能把一件无趣的事情当成游戏。比如说去河里洗碗，可以撩小鱼小虾，洗过年澡也同样是游戏。母亲把家里最大的木脚桶放在厅堂中间，然后叫我把浴罩拿出来。浴罩是一顶尼龙做的罩子，淡蓝色的，很大且很长。浴罩从房顶上挂下来，把木脚桶罩在里面，木脚桶里倒进一桶桶的滚水，热气立即氤氲了浴罩。外面的人什么也看不到，只闻其声不见其人，真有趣。脱了衣服跳进桶去，水烫得我龇牙咧嘴，像一只跳虫，跳来跳去，母亲抓不牢我，一按我，我就跳起来，大呼小叫。路人经过，在门边伸进头探一下，母亲笑说："在煺猪毛哩。"

三十年夜说到就到了。这一餐的菜肴很丰盛，母亲把春节待客的猪肉、鸡肉等菜留足，剩下的就在三十年夜吃。父亲喝着黄酒，我们吃着肉，满嘴的油，抢着给父亲倒酒，给母亲盛饭。真是少有的畅快。酒酣处，父亲摇着头哼起了小调："第一只台子四角方，岳飞枪挑小梁王，武松手托千斤闸，姜太公八十遇文王。第二只台子凑成双，辕门斩子杨六郎，诸葛亮要把东风借，三气周瑜芦花荡。"

此时，我们兄妹仨站在门边量身高，对比去年的刻度，互相交换着长高的喜悦。每个孩子都希望长得高高的，矮子是要被人取笑的，甚至会被取诨名叫矮冬瓜。我们吃着瓜子、花生、年糕干，和父母一起守岁。讲那关于年的民间传说和对来年的美好期盼，父母说什么就是什么，我们说什么也是什么，欢欢喜喜，压岁钱和新衣服都压在枕头下，一双新棉鞋并排放在床边，米甏里的米是满的，水缸里的水是满的，灶间的柴火堆也是满的，什么都是满满的。忙碌了一年的砧板和薄刀（菜刀）在灶台上呢呢喃喃，水桶和扁担在壁角交头接耳，扫帚和畚斗在地上也是款款深情。那佛龛里供奉的神像端坐在自己的位置。白天受祭祀的神灵和菩萨静坐在我们看不见的地方。

明天，可以拥有新的衣服和新的岁数。我摸出压在枕头底下簇新的压岁钱，簇新的五角纸币散发着一股油墨气，棱角像一把刀，能把手割出血来，扇一扇，闻一闻，心满意足地放了回去。睡意像潮水一样，一波一波地涌上来，终于淹没了我。

每年的除夕，我都想等待，等待十二点钟放的开门炮，但是我每年都是等着等着就睡过去了。父亲说，十二点，家家户户都放开门炮，比赛一样，一家比一家放得响。你呀，睡得跟死猪一样，被人卖掉也不知道。

大概天上的菩萨也喜欢热闹，听到"噼里啪啦"的鞭炮声，心里高兴吧。

（原载《读者》2022年第4期）

陈峰，中国作协会员，现居奉化。作品见于《江南》《清明》《文学港》《散文百家》《山东文学》《海燕》等文学期刊，多次被《散文选刊》《散文海外版》《读者》《读者·乡土人文版》《微型小说选刊》转载。

葛岭路13号

◎陈富强

一

黄源先生在人间的最后一个住处是葛岭路13号,与西湖只隔一条北山街。房屋主人去世后,这里就是黄源旧居了。黄源儿子黄明明和媳妇收集整理了大量黄源的遗物,尽量丰富故居展陈。

一个西湖荷花盛开的季节,我特意去了趟黄源旧居。从葛岭路至葛岭山门,去往抱朴道院的路上,大约再上行二三百米,至"又入佳境"亭,左转,可见一幢两层建筑,就是黄源旧居。在"黄源旧居"横匾下,大门紧锁,但室内灯光亮堂,我隔着木格子窗往里望,可见一张黄源巨幅照片,正在伏案写作,照片右侧,是一位前任政治局常委的题词:丹心铁骨。

我进入旧居,室内无人。一层是黄源先生生平陈列,二楼封闭。黄源生平按年代陈列,脉络清晰。其中1929年的三张照片,有特别的意义。一张是黄源夫人许粤华与长子黄伊凡在上海的旧照,照片上的许粤华风姿绰约,是一位江南绝色美人。照片的文字说明虽简短，却在一定程度上厘清了我心头的一个疑问。这张照片的说明如下："1929年夏，黄源从日本回国，与许粤华结婚。许粤华，笔名雨田，翻译家、散文家，浙江海盐人，是民国时期著名才女之一。1941年4月，黄源收到许粤华从福建寄来的诀别信。"黄源与许粤华这段婚姻的始末，没有更多公开的权威资料可以佐证，大多都是道听途说。我与黄明明餐叙时，黄明明似乎也是讳莫如深，我也就不便再多问。

不过，我还是在一些文学史料的夹缝中，找到了一些黄源与许粤华婚姻破裂的起因，以及许粤华那封诀别信的内容。1941年4月中旬，黄源在上海等待安排去苏北期间，收到了在福建工作的妻子许粤华的来信。这其实是一封宣告分离的永别信：我们离别已数年，各自找到生活的所在，今后彼此分离各走各的路吧，永别了吧。处于战乱的年代，也许是长久分离的缘故，许粤华正式向黄源提出分手。黄源收到信后表现得出奇的冷静，在复信中说道：我们曾有过十年春天的幸福，但幸福被战乱打碎，被迫分离。现在我只能尊重你的自由。我邀你同去的地方，并不是现存的福地，需要艰苦的（地）创业，你不去也就罢了。我惟一可告慰的是鲁迅逝世后，国难又当头，我终于找到了那条正确的道路，我将继续地走下去。永别了。

之后，许粤华与黎烈文结为夫妻。1946年春到台湾，许粤华在台湾继续从事翻译和文学创作。1972年10月黎烈文于台湾逝世后，她随二子一女到美国定居。作为70多年前曾亲身参加过鲁迅先生丧事全过程的见证人，许粤华的一生，也有些许传奇，她的影像出现在黄源旧居，也算是对历史的一个客观注释。

二

1929年的第二张照片是黄源的特写，头发从中间分开，戴一副圆形眼镜，系领带。照片的说明是：1929年黄源来到上海，开始翻译生涯，靠笔杆子谋生。他的第一篇文章（是）《介绍〈托尔斯泰未发表作品集〉》。《托尔斯泰未发表作品集》是在内山书店出版的。（他）编译的第一部译著《屠格涅夫生平及其作品》由丰子恺设计封面，在上海华通书店出版。之后先后翻译出版了《高尔基》《三人》《屠格涅夫代表作》《一九零二年级》《将军死在床上》等十多部译著。

1929年的第三张照片是上海内山书店外景，文字说明是：内山书店是鲁迅晚年在上海的重要活动场所，鲁迅常来此购书、会客，并一度在此避难。

从这张照片的画面上，我看不到任何人，但我们都知道，内山书店是鲁迅经常会客的地方。曾有文学青年写信给鲁迅希望见面，鲁迅回复，每日下午三四点，总在内山书店的。左翼剧作家夏衍来上海后，经常到内山书店买书，见到鲁迅时是"一个严寒的日子"。1930年，中国左翼作家联盟成立。萧红与萧军也在书店与鲁迅约见，鲁迅发着烧，将一个装有20元钱的信封放在桌上，缓解了他们初来上海的窘境。借由鲁迅，二萧也慢慢认识了当地的其他朋友，包括茅盾、聂绀弩、胡风和叶紫等一批作家。

内山书店的创始人内山完造也是鲁迅的好朋友。1929年，内山书店规模扩大，从北四川路魏盛里迁到了施高塔路11号，店里靠窗的位置有了一张藤椅，这是鲁迅的专座。鲁迅先生每次来都面朝里坐，内山老板则坐在对面相陪，有时进店的学生认出了鲁迅，就会躲在角落小声议论，这时鲁迅先生就会长叹一声："又有人讨论我了，算了，回家吧。"

在万国公墓的葬礼上，作为鲁迅治丧委员会中唯一的日本人，内山完造做了感人至深的演说："鲁迅先生的伟大存在是世界性的。他是一位预言家，先生的每一句话，都如同旷野上的人声，不时地在我脑际打下烙印。先生说，道路本来没有，是人走出来的。每当我念及这话，仿佛就见到先生只身在无边的旷野中静静地前进着的姿影，和他踏下的清晰的足迹。"

三

在黄源先生的一生中，最重要的时期是他和鲁迅先生交往的那段时间。

在黄源22岁那年，有着扎实英语基础的他在上海劳动大学编译馆工作，因为一次偶然的机会见到了鲁迅，并为鲁迅讲演做记录。过了几天，鲁迅又应邀去上海立达学园讲演，他又负责记录工作。从此，黄源追随鲁迅、茅盾等人，开始了自己的文学人生之路。1933年7月1日，《文学》创刊，编委会有鲁迅、茅盾、郁达夫等十几个人，黄源当编校。次年9月16日，《译文》创刊，在鲁迅主编了三期以后，笑着对黄源说："你已经毕业了。"从此，鲁迅便把编辑任务交给了黄源。后来，鲁迅在给徐懋庸的公开信中写道："至于黄源，我以为是一个向上的认真的译述者。"

黄源夫人巴一熔女士回忆过这样一桩让黄源终生难忘的事。自从黄源认识鲁迅以后，就经常收到鲁迅的赠书，作为礼尚往来，黄源也很想做一些回赠。其时，鲁迅正打算翻译《果戈理选集》。一天，黄源在上海静安寺路的一家外文书铺看到了一部德译本《果戈理全集》，共六册18元钱，他就买了下来，并在第一卷扉页上写下了"鲁迅先生惠存"字样。鲁迅十分高兴，欣然接受了赠书，但考虑到黄源的经济情况，无论如何要付给书钱，黄源自然不肯接受。双方推辞了半天，最后达成这样的妥协：鲁迅接受签了字的一册，其余五册照付不误，还了黄源15元钱。

黄源最后一次见到鲁迅是在1936年10月14日。那天，黄源前去看望身患重病但精神尚好的鲁迅，并把一位日本朋友的一尊高尔基雕像转交给鲁迅。当时，鲁迅还拿着雕像，让爱子周海婴猜是谁。五天以后的清晨，当许广平托内山书店的伙计把鲁迅去世的噩耗告诉黄源时，黄源立刻奔往他常去的鲁迅二楼卧室，伏在先生的遗体上痛哭出声。在鲁迅逝世后，黄源作为治丧办事处人员，日夜为之守灵。出殡时，他亲自送鲁迅的遗体到万国殡仪馆，以后又紧随鲁迅的灵柩来到墓地，与巴金等其他 15 位抬棺人一起，亲手扶着灵柩送入墓穴。

四

黄源在葛岭路 13 号定居后，巴金曾多次来杭州休养，每次黄源都会和巴老相聚叙旧，回忆鲁迅。

1981 年春天，巴金先生下榻杭州新新饭店，他在这里完成了《随想录》之六十四《现代文学资料馆》的写作。新新饭店与黄源居住的葛岭路 13 号相距不远，黄源得知巴金就在新新饭店，特意去看望了巴金。这也是黄源和巴金在"文革"之后的首次见面。新新饭店的名人照片墙记录了这两位文坛巨匠见面的画面。从照片上看，两人都戴着帽子，都是黑边眼镜，坐姿随意，隔着一张茶几，各自跷着二郎腿，坐在单人沙发上。黄源双手笼在袖子里，巴金的左手轻搁在耳边，似乎在听黄源说话，而黄源一脸笑意。整个画面看上去既随意，又融洽，是好朋友之间的见面闲聊。

1994 年 6 月，黄源看望在杭休养的巴金，说："要活到'九七'看到香港回归。"黄源老的夙愿终于得以实现。但后来，当年为鲁迅抬灵柩的，只剩下巴金一人，不知道巴老获悉黄源老去世的消息，心里会有怎样的伤痛。2005 年，巴金也走了，自此，中国现代文学史上最重要的创造者和见证者，基本都已离开人间。

（原载《文学自由谈》2023 年第 5 期，有删节）

陈富强，中国作协会员，中国电力作家协会副主席，浙江作协全委会委员。主要作品有《中国亮了》《中国电力工业简史：1882—2021》《万物无尽》等。曾获全国报纸副刊作品金奖、首届中国工业文学大赛长篇报告文学奖，四次获浙江省优秀文学作品奖、《能源工业革命：全球能源互联网简史》入选浙江省文化精品工程和《人民日报》推荐书单"2019年度值得一读的30本好书"。

如此，甚好

◎陈牟

1

古人饮酒，总能饮出神韵来。

一人饮酒，谓之独酌。

二人饮酒，谓之对酌。

更多人饮酒，不妨曰众乐乐。

当然，也可以"举杯邀明月，对影成三人"。

太多关于饮酒的故事。然而，读到《老学庵笔记》里这一则，还是震撼了。

还真不太有人饮出过慎东美与顾子敦那般沉静、脱逸，那般心神交汇的默契，那般物我两忘的简达。

慎东美，字伯筠，《中国历代人名大辞典》称其为钱塘人，而《衢州府志·隐逸》则曰衢州西安人。所记大同小异，慎氏工于诗，尝赴京师应贡，见考场规矩森严，以为此乃对天下之士不恭，竟拂衣而归。

闲话少说。慎氏于秋夜在钱塘江边候潮。那时，没有水泥浇筑的堤防，所以，他露坐沙上，应该是在高岸、安全之地。他带了一个大大的酒樽、一个小小的酒杯，对着皎月，怡然独饮，"意象傲逸，吟啸自若"。夫复何求？

此时，来了顾子敦。他是一个胖子，人称"顾屠"。一日，凭几假寐，东坡先生于其案前张贴"顾屠肉案"以戏弄，待其昂首，咋咋呼呼催他"且快片批四两来"（《东皋杂录》），想必瞅准了他是个厚道、容纳甚至配合职场游戏规则之人。碰上司马温公，东坡先生就只能在回家后，恨恨唤几声"司马牛"释放一下自己。

《老学庵笔记》说顾子敦是碰巧遇上的，我看不像。他是有备而来的，从怀里掏出一个小酒杯，拿起慎氏的酒樽，就为自己倒酒。

他们会说些什么？我欠你情了、这酒够醇的、这夜空真辽远、这潮势来得凶猛……

不！不！

"伯筠不问，子敦亦不与之语。"

酒喝完，他们就自顾自，回去了。

2

自古，文人笔下所谓读书，都很苦逼。

有很快乐的吗？

我想肯定有。我们读高中那会儿，班上成绩最好的，并非课桌前趴得最久的、练习卷做得最多的，而是运动场上最吸粉的、班队活动玩得最疯的。

打那时起，我就对这样的读书人持有敬意。对于他们，读书本身自有一股韵味。

《王直方诗话》里，就载有这样一对读书人。

郭功父（名祥正）从小就喜欢诵读欧阳文忠公诗。要知，没两把刷子，真难让这位爷服气，或者说让他这张好为人师的嘴稍息片刻。一次，郭氏跟黄庭坚论秦少游词，及"春去也，飞红万点愁如海"之句，黄说"海"字很难押韵，郭说怎么就难了，我来给你讲讲。头天讲了嘛也就算了，翌日遇见，还要继续讲，弄得黄庭坚很没面子，也很不开心，回了句"羞杀人也爷娘海"（《能改斋漫录》）。这个"海"可作"嗨"来解，表明已极不耐烦。

这次，是郭氏拜访了梅圣俞。梅诗人悻悻然说，欧阳永叔来信了，说在游庐山，写了自以为得意的诗，可惜还没能读到哦。这梅诗人可不是挂挂名的，他与苏舜钦齐名，时号"苏梅"，又与欧阳修并称"欧梅"。

功父却不知从哪里已经得来，得意洋洋"为诵此诗"。

诗坛领袖不是吹出来的。文忠公的诗自然扣人心弦、摄人魂魄。一边是"圣俞击节叹赏"，说让我再作三十年的诗，也不能道其间一句；一边是"功父再诵，不觉心醉"。

这样的时刻，岂能无酒？

"遂置酒。"喝一行酒，诵诗一遍，"凡诵十数遍"。

至于别的，直到分手，他俩一句也没说。

3

掺杂着说点家乡事。

确切地说，是载于《诸暨民报五周年纪念册》的一位乡村英雄。

他叫屠敏继，辛丑年，是他去世一百周年。

那是一个盗贼公行的乱世。各路手握军政大权的豪杰自顾不暇，哪管百姓死活。乡里子弟只能自己站出来保家护院。那个端阳，屠氏在家，听到有人呼救，知是又有群盗拦路抢夺行人财物了。他迅即持起土枪，带上弟弟，冲将出去。盗贼闻讯遁入山林，再追，就很危险了。

屠氏不管。他自恃有这个能耐。因为，他"躯干魁梧，有膂力"。曾经，邻居家遭遇火灾。正好门口有只缸，除非天旱，总会有水。乡亲们事后估摸，少说了也有个二百斤。他举起缸就将水往旺火处泼，那户人家就这么救了下来。他还嗜酒，饭量又大。给十个人备下的食，他一人就能风卷残云。

这些，都是他敢往前追的底气。

可毕竟是血肉之躯，在枪弹面前，与文弱书生何异？盗贼躲在树丛中，接连朝他开枪。他被击中了，死得很惨烈，"肝肠迸出"。即便如此，他还是撑着追赶数步才倒下，"口犹骂盗不休"。

保家是为了生，取义可以舍生。这样的人牺牲了，邻里老幼自然"皆叹息之"。

至此，都是老生常谈，无非是在英烈榜上添了个名字，向阳坡上多了口新坟。

当年的《诸暨民报》是这样结尾的：

"（屠敏继）好弄笛，夜深人静，辄临风吹之，闻者以为神仙中人也。"

向来，做文字的，都推崇要言不烦、意见言外。譬如，画老和尚担水，比形制规整的大殿，更符合深山藏古寺之旨。

张文宏医生说话，也是一针见血："语言少了，思想就出来了。"

喝酒、论诗、状写人物，莫不如是。

愈美妙的酒、高明的诗、脱俗的人物形象，愈归于不言。便如古人诗云："料得高人行未远，案头杯有带烟茶。"

如此，甚好。

（原载《浣纱》2022年第4期）

陈牟，原名陈仲明，现居诸暨。教过中学语文，干过报社记者，当过机关文秘，厕身乡科级干部二十来年，终回归读书写字之列。以诸暨文史和古人笔记为好，旁搜远绍，乐此不疲。

铁塔的生命力

◎陈荣力

　　那是大地上舍我其谁的钢铁巨人，挽云揽月；那是苍穹下天马行空的神奇天桥，跨江越岭；那是田野中骄傲崛起的壮美诗行，颂唱光明。

　　如果说电的发明和使用，是工业文明的显著标志，那么传输高压电流的铁塔，就是工业文明写在田野上的惊叹号，让阡陌沃壤的田野，别具创造的豪迈和伟岸的神韵。

　　曾在东北的黑土地上目睹高压铁塔的矩阵。

　　那是玉米将成熟的季节，驱车在一人多高的玉米海中穿行，扑入眼帘的除了散漫的榆树、疏稀的村落，就是那密密匝匝、无穷无尽的绿。虽然绿色是最赏心悦目的颜色，但看得多了、望得久了，难免单调、沉闷。蓦地，天际间一簇闪亮的银白让人眼睛一亮。"看，那是什么？"稍近，眼尖者首先发喊："铁塔！是铁塔！高压线的铁塔。"挨更近，众人全被震撼了。那是怎样的铁塔矩阵啊！但见蓝天之下、玉米海边，方圆四五里的范围内，三四十座四十来米高的铁塔拔地冲天，巍峨林立；那或梯形，或三角形，或菱形的铁塔，挺腰展臂、逶迤牵绊，势若座座钢铁的城堡，撕风揽云；城堡顶端是无数碗口粗细的电缆，纵横穿梭织成一张巨大的天网，伸向四面八方。轻柔的云缕从塔尖缓缓拂过，远来的风吹着电缆发出尖尖的回音，而阳光照在铁塔身上反射的团团光斑，让抬头仰望的我们忍不住眯起眼睛。

"蝉噪林逾静，鸟鸣山更幽"，东北天空的寥廓、旷达，黑土地的浩茫、辽阔，因了这气势磅礴的铁塔矩阵，尤显其深邃高远，愈彰得广袤无垠。也因为这铁塔矩阵，自然造化与工业文明的美美与共，且如一幅黑土地的木刻版画，深深烙印在我的记忆里。

与东北土地气势磅礴的铁塔矩阵相比，更让我走心的是家乡浙东田野上的那些铁塔。

家门口是一条通向杭州湾的大河，大河两边是阡陌纵横、麦黄稻香的田野。浙东的田野与东北的田野始终有着本质上的区别，你最多走一公里，不，或许只是几百米，肯定会看到蜿蜒的河流、清澈的水塘、像酒窝一样漾动的湖泊。湿润的水汽如无形的面膜，敷在田野的上上下下、角角落落。你目光所及的四周，始终会有修枝摇曳的竹园、绿荫婆娑的树木，石面斑驳的小桥和乌瓦白墙的村落。说穿了浙东的田野不应叫田野，就是田园风光，就是旖旎的诗意。

起先的时候，那田野上并没有铁塔，建铁塔大概是我小学四五年级的事。一艘艘满满的木船停在大河两边，无数银色的钢架像蚂蚁搬家一样被运往田野中间。木船不断地往来，田野里的钢架也在不断地升高。钢架很快到了我们需抬头仰望的高度，一个多月后，当钢架顶端的红旗在风中哗哗飘动时，一座"夫"字形的铁塔，终于成为方圆四五里内最瞩目的庞然大物！

大河两边的田野上各耸立起一座铁塔后，那些铁塔又向远处和更远处的田野延伸，及至伸向我们只能看见轮廓的远山。而那些耸立在田野上的铁塔，尤其是大河两边的那两座铁塔，给田野包括我们这些世世代代生活在这块田野上的人，带来的影响、濡染和变化，既显性又充满了幽微。

　　如果说钢铁巨人般耸立的铁塔，对浩茫辽阔的东北土地宛若锦上添花；那么同样耸立的铁塔，对秀丽旖旎的浙东田野无疑更似雪中送炭。因了铁塔的顶天立地，一向婉约柔美的浙东田野，骤然添了雄壮，长了粗犷，张扬着轩昂的阳刚之气。而在我的眼里，这挽云揽月的铁塔，更是一柱擎天的桅杆，让画舫一样停泊了几千年的浙东田野和村落，撑起了风帆，骄傲地开动起来。是啊，铁塔的耸立，在提升视野空间的同时，更赋予我们对田野的新的审美。

　　高考失利的那年，17岁的我一度陷于消沉，也很少与人交往。很多个清晨和黄昏，到有铁塔的那块田野里去走走、看看，成为我重要的排解方式。因为与田野和铁塔的零距离接触，我看过旭日从塔尖升起的瑰玮，目睹夕阳染红塔身的奇丽；我心醉于塔影随麦浪舞动的美妙，也细数过雁阵从塔上的天空北归的倩影；而维修电缆的电力工人，骑在四十来米高的空中，从大河那边溜向大河这边的勇气和高超技术，更让我血脉偾张、惊叹失声。很多时候我坐在铁塔底座的台基上一个人沉思，这样的沉思有恍惚，有迷惘，有纠结，也有领悟和开朗。如果说这钢铁巨人般的铁塔象征着力量，昭示着一种坚定和进取的话，那么那些从远方而来又向远方而去的电缆，无疑也是一种传送和灌输。在传送远方有更广阔更精彩世界的认知的同时，也灌输了我走向远方世界的信心和勇气。也许正是这铁塔和有铁塔田野的暗喻与启蒙，才让我找到了人生新的目标，并勇敢地迈进。

　　这样的暗喻与启蒙，想来也不仅仅局限于我个人。上世纪九十年代初，铁塔周边村庄里的许多人，率先闯荡上海、杭州等城市。搞建筑揽工程，修马路做市政，那些村庄成为远近闻名的建筑专业村，或许也是一种佐证。其实，在浙东的田野上，有两件事特别富有意义：一是上世纪一十年代末，萧甬铁路的开通；二是上世纪七八十年代，高压电铁塔的耸立。一横一竖，恰如工业文明在田野上画出的经纬。而这样的经纬，给浙东的田野和村落，给世世代代生活在这方土地上的人，带来物质红利的同时，所带来的观念红利、精神红利，无疑更深远也更具价值。这既应是文明的初心，也是文明的生命力得以延续的必然。

认识一位喜欢摄影的乡村女孩。她摄影的主要题材，就是家乡的田野和田野上那些高高耸立的铁塔。虽然女孩生活在乡村，也没有一份稳定的工作，但她一直乐此不疲。起先是手机拍，后来有了一架初级的单反相机。我看过不少女孩拍的铁塔的照片。有铁塔耸立于春天的油菜花海中群鸟掠过铁塔的剪影，有塔尖含着夕阳晚霞洒满河流村庄的远景，有雪落在塔身与电缆上天地一片苍茫的写真，也有如水的月光下铁塔无声守候的侧影。而其中几张，那黑云翻滚中闪电在塔尖炸亮的特写，看起来就像塔尖上长出一株直刺苍穹的火树。

女孩不善言谈，但看得出因为拍摄田野和田野上的铁塔，她是快乐和充实的。一次聊起拍摄这些铁塔的缘由，她这样回答："那些铁塔我一出生就在了，一直伴着我长大。在我眼里，那些铁塔就像田野上的树木、河流、云彩、庄稼一样，都是活的，都是有生命的。"女孩的话，让同样对铁塔有特别情愫的我颇为感动。是啊，物质文明的产物或标志，如果能像自然界的树木、河流、云彩、庄稼一样，都是活的，都是有生命的，这样的文明才是最珍贵，也是最美好的文明。

田野上，那些高高耸立的铁塔啊……

（原题《田野上，铁塔的生命力》，载《解放日报》2022年10月30日）

陈荣力，中国作协会员，浙江作协全委会委员，绍兴市作协副主席、散文创委会主任。在《青年文学》《江南》《散文》《人民日报》《光明日报》《文汇报》等发表作品一百五十余万字。出版散文集《流浪的二胡》《越韵五声》《私语江南》等。

画面上的喊声

◎陈士彬

从文泰（文成至泰顺）高速下站，很快到了小筱镇徐岙底古村落。虽然古村名"徐岙底"，可村中的居民却不姓徐，而姓吴居多。山重山，出走艰难，山里姓族基本不变，代代相传，故有山的纯朴与热情。据记载，宋宣和年间，方腊作乱，徐震率兵抵抗，不幸牺牲。殡葬时路过徐岙底玉溪前面的溪流，天降甘露，此后当地连年丰收。故徐岙底村的名字隐藏着一颗怀念的心。

正值初春时节，梅花与个别的桃花混合绽放，激发了人们受一个冬天的困扰与三年疫情约束的心情去旅行。

村口，一棵榉树，树干带着皴裂而弯曲有致的姿势，向天穿逸出枝茂叶盛的风韵，如一面旗帜。榉树的"榉"与举人的"举"同音。古人栽榉树，都是抱着吉祥如意的念头，埋下灿烂的期许。

站在这里向西仰视，全是黑压压的瓦背，隐约的黄色土墙，屋脊的翘角个个争先恐后的样子，向外面东张西望。

举人府，清乾隆三十五年（1770）恩科，23岁的吴永枫武举乡试中举，为全省武举人第37名。在穷乡僻壤的山区里出举人，当时是轰动乡邻的大新闻。吴永枫是候选的卫千总，这一候就到了退休。后来，他就把原来的老房拆建，规划起造举人府，立了旗杆石，摆上一把120斤重的大刀。这把刀有点像关公的青龙偃月刀，仅供摆设。他还把浙江教育界著名人士题字的"登科"匾额挂上了正堂。

吴永枫过辈后，刀一传就是两百多年。但不幸的是2004年一个月黑风高的深夜，一伙蟊贼潜入室内剪断了锈迹斑斑的铁链，偷走了举人刀。

如今，尽量恢复原状，人去楼空，只是提供游客观赏。院内天井四方宽阔，青苔丛生。

踏上楼梯，不是昔日的豪华，而是经过似水流年洗尽了朱紫，脚下能触摸到木头道道瘦挺的经脉。

廊上走一圈，脚下就是平时所谓的走马楼。这里，空气充足，空间大，也是风口，夏天纳凉，冬天晒太阳。

瓦是新翻的，有的椽子、栋梁、枋、窗楣等也是重新修茸的，特别是翘角的骨架，显得有精神。屋檐上的瓦当笔直地垂下。翘角与屋檐的斜走向，是古人的智慧，就是让雨流下起着缓冲作用，同时使雨水落到更远处。

"文元"，嵌入门楼中的匾额上两个大字，格外耀眼。明清时期秀才参加乡试考中为举人。举人中除前六名外统称"文元"，又称"文魁"。文元院，格局与举人府相近，主人名字叫吴存经，与吴永枫是族亲。文元院为吴存经被选为附贡生后落成，吴存经亲自在门楼檐下悬挂"文元"匾额以示来日中举的远大理想。正如其《南床夜读》诗曰："一盏灯火夜深红，猛着心时不计工。他日风云能际会，定应平地步蟾宫。"

庭院里，一口大铁锅，柴火熊熊，半米长的铁皮卷筒冒出一缕缕烟。一名妇女，时而搅拌锅中的豆浆，时而放入柴爿，然后把滚烫的豆浆倒入盆里便于出卖。左厢房，出售土产品之类，有杨梅汁、笋干、萝卜干、红曲等。右厢房，前面摆放一张长桌，可以喝茶、吃点心、聊聊天等。在小竹椅子上坐下来，休闲一阵。静下来似乎能遥远地听见主人的读书声。

二楼正厅，曾经拍过《儿子同志》的主题片。右厢房曾是主人的书房，顶有藻井。"藻井"一词，最早见于汉赋。清代时的藻井较多以龙为顶心装饰，所以藻井又称为"龙井"。此外，在沈括的《梦溪笔谈·器用》中还记载有藻井的一些别名："古人谓之绮井，亦曰藻井，又谓之覆海。"同时装饰以荷、菱、莲等水生植物，希望其能有厌火等作用。

黄泥土交杂着石子的围墙壁上挂着各种农具及日用品，比如竹笠、竹水勺、竹扁担、竹梯，还有筷笼、镰刀、木头纺纱机等，这些都是过去的人们使用过的相依为命的物件。今天，它们的故事留下了一段美好的回忆。

顶头厝可能是徐呑底村尽头的一幢房了。厝，多指房子的意思。就拿福建来说，带"厝"字的村，多达上千个，次之是广东。"厝"字是由"厂"和"昔"字组成。"昔"我们都知道是"从前""以前"的意思，"厂"指代石崖，合起来就是"厝"，意思是以前的房子。这说明以前人们生活困苦，找到了一处挨着石崖的地方从此居住下来。

在徐呑底，顶头厝算是最早的建筑。这里是吴存经的父亲于清朝乾隆早期兴筑。明代风格，许多构件仿宋。旁边的残垣断壁，流露出沧桑感。

拾级而上，斑驳的石阶，左侧是由青石栏杆围拢的莲花池，碧波荡漾，右侧是石墙，上面筑起两层楼房，迎面就是门楼。

门楼，一字形摆开，它的内部结构呈现出一片繁荣景象。劲爆的翘角、排列精致的榫头、玲珑的镂花，在宁静的山区里，显出匠人们的精心与丰富的想象力。

制造红曲，徐呑底最有名气。将米浸泡、蒸炊、加醇头和曲娘、发酵、散热再发酵、泡水、站窑、"红地起乌衣"、出窑。据传，吴氏先祖吴畦于唐末从祖地山阴（绍兴）迁居泰顺时，带来了红曲制作的工艺，至今已有一千多年的历史。清《分疆录》曰："然至十月，则家无不酿，谓之大冬酒，故有极陈美酒。"清后期及民国时期，徐岙底红曲生意最好，有曲窑100多家，几乎家家户户都做曲。

回家时，我再望一下这古老的村落时，黑瓦黄墙、残壁野草，在眼前一亮。可以理解成直线与弯曲、缭乱与整齐、朴素与妖娆，简直是无边无际的线条在山上描绘，是最细心的画家的杰作。他从山脚下开始画起，一点一横一竖一撇一捺，画到山顶头，然后画到另一座山，让群山无限抽象化。这样的简单与朴素，仿佛能听到画面上拉开长长的、热情的、怕我听不到的山腔——下次再来。空谷回音。

我拿了刚才回头看的一幅意象画，同时在路边买了一些红曲，准备酿一缸酒，让它发酵。

（原载《浙江日报》2023年3月5日）

陈士彬，浙江作协会员，现居平阳。出版散文集《故乡的谎言》，曾获第九届全国海洋文学优秀奖等。

焕新归来的草鞋

◎陈新森

　　沿着山溪溯流而上，满山铺翠，草木芬芳，耳边是抖珠泻玉的流泉声和婉转清脆的鸟鸣声。穿过曲折幽深的森林游步道，再从斤丝潭瀑布边缘的栈道攀缘而上，便是一个别有洞天的清凉世界。

　　花溪村，深藏在有"群山之祖，诸水之源"之称的浙中山区磐安县大盘山腹地，茂密的绿植将村庄严严包裹，那条有着"此地风光三吴无，平砥清流世间殊"美誉的平板溪，轻吟低唱着从村前缓缓流淌。一大群孩子在清浅的溪水里捉小鱼、打水仗，尽情地嬉闹，大人们也童心复苏，水珠飞扬，笑语喧哗，在热辣中享受一份清凉。

　　"穿上草鞋，去水里感受一下吧。"村支书李茂华取过一双草鞋，递给我。这草鞋用布条编织，样式精美，穿在脚上绵绵软软，说不出地舒适。脚踏进溪水，身心凉爽爽，有种与天地同呼吸的自由酣畅。

　　我对草鞋一点也不陌生。上个世纪六七十年代，我年纪尚小，爷爷一有空就坐在家门口编草鞋，长满老茧的双手在麻绳间左右翻动，时过不久，一双紧密精巧的草鞋便编制完成。爷爷的那份专注与细致，一直烙在我心里，甚至多少年后依然复盘着那温馨的画面。

听我聊起这些往事，李茂华也打开了话匣子："我比你年长，草鞋的经历更丰富。那时候，我们村子穷，什么都缺，就是不缺草鞋，无论男女老少，不分晴雨霜雪，村民上山砍柴、下地劳作都穿草鞋。我十来岁的时候，父亲就教我学编草鞋。我们兄弟四个，个个自编自穿，编草鞋就同耕田、插秧一样，是农民的看家功夫。"

"如今老手艺还会吗？"看着溪边林立的草鞋摊，以及色彩斑斓的各式草鞋，我问他。

"哪能不会呢，村里自从2000年搞起了旅游开发，这消失多年的草鞋一下成了热门产品。编草鞋、租草鞋、卖草鞋，条条都是生财路。"李茂华指着溪里玩得正嗨的游客说，"你看，来玩的，哪个没穿？"

脚下的平板溪清澈见底，平整如削，没有沙石和淤泥，可溜冰、可骑车，涉足溪中，如履平地，溪水刚好没过脚踝，流水轻抚，小鱼在趾间穿梭，酥酥麻麻，天然鱼疗令人陶醉。据地质专家考证，这平板溪是亿万年前火山喷发熔岩形成，总长3000余米，宽10至15米不等，河床平整光洁，金灿灿犹如花岗岩铺设。阳光照射下波光潋滟，在此嬉水濯足、逐水觅凉着实妙不可言、乐趣无穷。

如此罕见的自然奇观一直锁在深山。虽说村庄离县城安文街道只有10公里，但村民将竹木、山货送出山，生活物资运进山，连手推车都不好拉，只能靠肩挑背扛。溪上的木桥常被洪水冲毁，村民只得穿草鞋蹚水过河，以解决生产生活之必需。大水一涨，就成了"孤村"，村民无奈困在山中。直到上世纪90年代初，村支书李茂华在政府部门的支持下，带领村民投工投劳，扛着锄头铁锹，连续3年奋战在峡谷深涧，硬是从陡坡上凿出一条简易公路来，终于结束了世世代代"穿草鞋走山路"的窘境，村庄的美妙风景才引起山外人的关注。

李汉银从县食品公司退休后归居老家，这方清幽的山水令他魂牵梦萦。老李想，那么多人进村游玩，不能连个饭店也没有啊，其他村民怕风险有顾虑，那我先试试。2000 年，他花了几万元将沿溪的老木屋装修了一番，开出了全村也是全县第一家农家乐，菜品以当地土菜为主，红烧石板鱼、天麻土鸡煲、清炒番薯叶……全是道地的山里货，可就是怪，越是土得掉渣，越是食客云集。老李这头口水一喝，村民心里有了底——有这"天下一绝"的平板溪，洗脚上田吃旅游饭，何愁生意兴不起，一时间花溪村的特产店、农家乐如雨后春笋般冒出来。

店招各有不同，饭菜也口味有异，唯有草鞋家家户户都经营。我好奇地问："这草鞋怎么这么好销？"李茂华解释："平板溪太平滑了，下去戏水，赤脚容易滑倒，穿塑料拖鞋经常摔跤，草鞋最是适合。每年 40 多万的游客，卖得能不火吗？"

沿溪一路走去，成排五颜六色的草鞋在微风中摇荡，游客熙熙攘攘，久违的草鞋身影，热闹的交易场面，一种亲切感和幸福感蓦然升起。走进"得幽山居"民宿，见一村妇正在教游客编草鞋，搓布条、编鞋底、做鞋扣、修鞋型……十多道工艺一气呵成，全凭手上功夫，娴熟的技艺令围观者赞叹。李茂华告诉我，主人叫李冬菊，是金华市级"草鞋制作技艺"非遗传承人，一天最多能编 10 双，许多人买去当纪念品。

闲谈中得知，一开始当地村民也是就地取材，利用收割后的稻秆制作草鞋，老式的草鞋色调单一，有点硬邦邦。有的游客试穿后，脚上磨出血泡，火辣辣地痛，嫌这鞋不合脚、不舒服。脑筋活络的村民就从县城的礼品厂购进无纺布边角料，原材料一换，又将不同色彩的布条编在一起，轻便、柔软、防滑，不仅样式精美，而且穿上去脚感舒适，一下成为游客眼中的"潮鞋"，也成了花溪村民的"发家鞋"。

"别看一双草鞋，利润大着呢。早年租一双草鞋2元钱值过种一袋香菇，现在租一双5元钱胜过种一斤蔬菜。光草鞋这项，一年少点能赚几千元，多的达到一两万，而且坐在家门口就把钱赚了。"当了34年村干部的李茂华每天在村里忙乎，对村民收入状况知根知底，看到村民日子今非昔比，心里比蜜还甜："过去是穷得穿草鞋，想不到，村子兴起旅游，草鞋非但没被淘汰，还成了抢手货，你说，大家伙能不美滋滋吗？"

草鞋的含金量到底有多少？2016年村庄改造时露了底。花溪虽说景观独特，可村里基础设施太落后，连休闲的场所、像样的公厕都没有，再加上住宿条件跟不上，游客进得来留不住。于是村里决定整村改造提升，规划修改了20多次。村民对"不扩大面积、不改变风貌、不增加层高、不破坏肌理"的改造原则普遍认同。村民们将15年租售草鞋、开农家乐赚来的钱，全砸进新居建设，要在过去，几十上百万的建房款可要愁白了头。

经过一千多个日夜的辛劳付出，阔别3年的花溪华丽归来——黑瓦白墙，花木小院，推窗见绿，转角遇景，典型的江南山地民居。李汉银家的"花溪饭店"升级为"陌上花开"民宿。其他63家民宿也一同闪亮登场，落地窗、背景墙、小茶吧、亲子房，在这里，游客邂逅了理想的归宿和生活的诗意。

村委会副主任李相画在拆旧房时，特意将祖辈留下的几双老草鞋收集起来，新居装饰时，连同蓑衣、斗笠、葫芦壶等老家当，张挂在茶室墙上，满满的乡土味和怀旧感。他一边给我们泡茶，一边笑眯眯地说道："穿上皮鞋也不要忘记自己曾穿过草鞋，住上别墅式的新居也不能忘记草鞋带给我们的福利。"

村庄的共享服务设施也在"微改造，精提升"中步步跟进。共富集市、24小时书吧、健康小屋、文化驿站、健身房，每天都迎来八方宾客。在县旅游发展集团的支持下，村庄开通了海底世界灯光隧道，开设了音乐小广场，在花溪两岸增设了声光电设施。夏秋时节的夜花溪，波光灯影，闪烁迷离，如梦如幻，游客醉享其中。村口摆放的那只"大草鞋"，在灯光的映射下格外醒目。"大草鞋"长19.21米、平均宽7.1米，用来制作的铁架重7吨、缆绳重12吨，这大草鞋象征着走过的苦难岁月，也昭示着迈向美好未来。

"来来来，告诉大家一个好消息，我们村又被评上'中国美丽休闲乡村'啦！"驻村干部羊钦捎来了刚得到的喜讯，每个人脸上春风洋溢。这些年，花溪村名声日隆，游人如织，草鞋的故事也在翻篇续写，去年入选首批浙江省文化和旅游促进共同富裕最佳实践案例、世界旅游联盟旅游助力乡村振兴案例，花溪的水花溅得满世界叮咚作响。

离开花溪村时，我特意赶到村"共富工坊"买了一双崭新的草鞋。李茂华见了，凑上一句："买回去做纪念。"我笑笑。这双从时光深处走来又被改良焕新的草鞋，承载着多少人的乡愁记忆，饱含着多少人的苦辣酸甜，看一眼思绪万千，穿上走两步，步步都是岁月留下的足迹。

（原载《解放日报》2023年11月1日）

陈新森，中国散文学会会员、浙江作协会员，现居磐安。主编有《云峰茶韵》《很高境界的富——绿色发展看磐安》《心·磐安》等。

掸蓬尘

◎陈兴兵

童年记忆中的年，是从掸蓬尘开始的。

这一天，全家人一起动手，要将家里的角角落落彻底地打扫一遍。虽然民间有"腊月二十四，掸尘扫房子"的说法，但有时候也会前后调整，得看天气，需要选在大日头的晴天才好。

选一个大晴天，父母亲早早地起来了。

父亲要先把掸蓬尘的必备工具准备好。一个是"掸尘帚"，一个是"通烟帚"，这是必不可少的。它可不同于一般的扫帚，是掸蓬尘的专用工具。"掸尘帚"是在一根长长的竹竿一头绑上一把竹枝，专门用来掸扫高处的灰尘；而"通烟帚"是在一个大秤砣上绑上一根长长的绳子，绳子尾巴再绑上一捆稻草，专门用来通烟囱的。

而母亲则早早地烧好了番薯粥，大声喊叫着："小懒虫好起床了，太阳都晒屁股了！"见我们兄妹三个一点动静都没有，就咚咚咚上楼，故意把楼梯踩得比平时响。要在平时，我们在楼上做作业，母亲要上楼检查我们是否自觉，她就会脱下鞋子走得一点声音都没有，将正沉浸于玩耍中的我们抓个正着，让人措手不及。母亲上楼后，冷不丁地将窗户推开，原来黑乎乎的房间一下子充满了亮光，我们的小脑袋赶紧又往被子里缩，想钻回到黑暗里去。可母亲一把将我们拉了起来，嘴里说道："快起来，要掸蓬尘了！"我们的眼睛一下子睁开了，再次确认："要掸蓬尘了？"似乎不敢相信一年一度的幸福时刻真的已经来临了。因为在这一天，我们是不用做作业的，而是成为家里的小帮手。因为掸蓬尘，也无法做作业。

这一天的早餐吃得也比平时快，囫囵吞枣地喝完粥，快乐劳动的一天便开始了。

母亲指挥着要将什么东西搬出来，要将什么东西盖起来。那些衣被、桌椅、篮子等等能搬的都搬出来，花花绿绿的一大堆，晒在门口的阳光里；不能搬的就用塑料布、报纸什么的盖起来。此时父亲已全副武装地穿戴起来，身上是雨天才穿的蓑衣，平时防雨，今天却用它来防尘；头上戴的是笠帽，活脱脱的雪中一笠翁。父亲拿起那把长长的"掸尘帚"开始了扫尘。先是房梁上、屋柱间、墙角处，然后从屋顶到床底，从二楼到一楼，上上下下，里里外外，要将家里的每一个角落都打扫干净，似乎要把一年的晦气与不洁都扫出去，好干干净净地迎新年。

使用"掸尘帚"也有讲究，不能直扫，要与屋顶成四十五度角。因为仰着头，直着扫，灰尘就会掉到自己的眼睛里。我偷偷地试过，不光落了一头灰，眼睛也落了尘，又得哭丧着脸找母亲吹灰。扫的时候用力还不能太猛，也不能太轻，太猛会松动屋顶的瓦片，太轻则扫不干净灰尘。掸尘帚一把划过去，一把划过来，用力均匀，迅疾而精准，像赛马场上跑过的马，扬起一屋的尘土。屋梁上、床底下、柜子后那些沉寂了一年的灰，便都纷纷扬扬起来，整个房子似乎都笼罩迷漫在"硝烟"中。

而我们却全然不顾这些，像过节一样欢快地穿梭在这"硝烟"中。因为在父亲的扫尘中，会有不断的惊喜，让我们欢呼雀跃。有时是一个硬币，有时是半块橡皮，有时是一件不知什么时候丢失的玩具，此时会突然从床底下或什么柜子底下扫出来，像一只走丢了的小马驹，欢快地从角落里跑出来。我们兄妹几个跟在后面，抢着各自的"战利品"，乐此不疲。父亲却不停地挥手，要我们走开，去帮母亲干活。

此时的母亲，正在哗哗的溪水里，忙着洗东西。有凳子、碗筷、凉篮等等。凳子和碗筷都是正月里专门用来接待客人的，因为平时没那么多人，都放在阁楼里。每年的这时候都要拿出来洗洗干净备用，正月一过，母亲又会小心翼翼地放起来。那时候用的筷子都是红筷子，平时用的都磨掉了红漆，洗得发白发黑；而拿出来接待客人的那些筷子则是红红的，像新的一样。而凉篮是老家特有的一个竹制双层篮，平时悬空挂在屋梁下，吃剩的菜饭就放在里面，一防老鼠二防馊，相当于乡土版的冰箱。而过年是要拿来放祭品的，最为奢侈的鸡鸭鱼肉和猪头都要放在里面，必须把它洗干净了，再晾干备用。

母亲其实也用不着我们帮忙，洗碗怕我们摔着了，她可心痛。我们乐得什么活都不用干，作业也不用做，在小溪边上玩水，或在太阳底下晒着的杂物堆里捉迷藏。特别喜欢躲在晒着的被子中间，暖暖的，一股阳光的味道，闻着都是一种幸福。

到了下午，父亲扫好楼上楼下的尘，便要开始通烟囱了。千百年来，人们的食物都是在灶台上烧熟的，一直相信是有一位叫"灶王爷"的神在帮助。灶王爷又叫"奥灶菩萨"，专职向仙界汇报凡间动态，所以在供奉"奥灶菩萨"的地方要贴上一副"上天呈好事，下界保平安"的对联，寄托人们的愿望。烧了一年的灶，"奥灶菩萨"吃了一年的烟，受了一年的气，要给通一通，顺顺气。其实是烧了一年的柴火，那些焦灰积在烟道壁上，厚厚的一层，把出烟道堵上了，不通的话不利于出烟。

父亲架了梯子，爬到高高的屋顶，然后把"通烟帚"的铁秤砣从烟囱里一点点地放进去。那铁秤砣因为沉，一下子就沿着烟道滑进了灶膛子里。父亲最后把那个稻草尾巴也塞进了烟道里。这个稻草尾巴大小也有讲究，要刚好与烟道差不多大小，太大塞不进，太小通不了灰。塞好稻草尾巴，父亲又要绕回灶下，从灶膛里捣出铁秤砣，然后一点点地往外拉，直到见到稻草尾巴为止。这时候，烟道里会随着稻草尾巴落下一大把一大把的烟灰，偶尔还会掉下整大块的柴灰，感觉有种从耳朵里掏出耳屎的爽快。

有时候一次还不够，要将同样的程序再操作一次，甚至几次。如此反复，直至没有灰再掉下来为止。烟道通畅了，"奥灶菩萨"出气就顺畅了，这个年也会顺顺当当，来年的日子也会顺顺当当。上上下下地折腾几回，烟道是通畅了，父亲的脸上却黑一块白一块，成了个大花脸，惹得我们哈哈大笑。

通完烟囱，整个掸蓬尘工作才算基本结束。这时候，太阳也快下山了，大家一起把晒在外面的东西一件件地往里搬。原来黑乎乎的屋子顿时变得明净、亮堂了，每一件晒过的衣物和家具都散发着一股阳光的味道，溢满在空气的每一个角落，好闻极了。

就这样，一个亮堂堂、暖乎乎的年拉开了幸福的序幕，孩子们翘首以待的"红包季"就要来啦！

（原载《联谊报》2022年2月8日）

陈兴兵，1972年生，笔名三白等，浙江兰溪人。民盟浙江省委会委员、金华市委会副主委、兰溪市委会主委，中国作协会员，浙江省音乐文学学会会员。出版有小说集《怀念桃花》，散文集《草木春秋》《大雪无雪》《兰溪日子》《去看桃花》等。创作歌词数十首。

我的影子是河流

◎陈于晓

　　莽莽苍苍的芦苇，一路绵延着，跟随着河流，走向了无边无际的远方。

　　小小少年，站在岸边，不谙世事的眼睛，望着对岸的人来车往，望着水面的船来船往，心中充满了迷茫和向往。小小少年，想跟着一条河流，不知疲倦地走下去，看看河流是怎么消失的，是走失于大海，还是干涸于大地？

　　或者这是一种幻觉。清晨，朝霞，远方。有婴儿，被粼粼波光托起，沐浴在圣洁的光辉中。这婴儿，或者是波光变化的，或者仍将化作波光。一些天以后，这婴儿，或许会摇曳成亭亭的莲花，在一方旖旎中，给我一个神秘的隐喻。但现在，他仍是一个婴儿，在淡淡的水雾中，披着朝霞的红翅膀，拍动着。朝日也在拍动，拍动滚烫或者清凉的水花。晨曦是透明而清澈的，露珠也是透明而清澈的。这眼前的或者梦境中的一切，最终都将消失在透明与清澈之中。

　　很多年以后，我忽然发现，岸边那小小少年，是我。而幻觉中的那个婴儿，不知道是过去的我，还是站在彼岸的我。很多年后，我跟着一条河流，进了城。但是我怀疑，那不是来自我乡下的河流。我乡下的河流，早在我离开之前，已经瘦得不能再瘦了，并且已经有部分河段被填埋，成了高速公路或者现代化的厂房。我很怀念从前乡野的河流，可以在大地上，无拘无束地摆动身子，任性地穿越青山、田野、草木和烟火人家。因着这份野性，乡间的河流总是弯弯曲曲的。船行在河流之上，以为稍远处就到尽头了，到了近处一拐，眼前又是长长的流水，一眼望不到头。仿佛只要船不停泊，河流就可以这样永远地延伸下去。

这些年在城市，我依然枕河而居。城里的河，早已被人工裁弯取直，两岸也已经被"雕琢"，遍布着缤纷的草木与华美的灯光。走在这样的被打扮过的河道边，我一开始总感觉有些不习惯，仿佛一个久居乡野的农民，突然闯入了红绿灯前汹涌的人流。我乡下的伙伴芦苇，可能一向野居惯了，也不喜欢在城里栖息，我很少发现它们的身影。但渐渐地，我就习惯了与城里的河流朝夕相处。彼时，我早已换上了城市人的着装。

某一晚，我披着暮色来到河边，脚步声惊动了小生灵，扑通一声，一个小黑影跳入水中，漾起的涟漪也是黑的。过了一会儿，大概涟漪已经消失，我听到了一声清晰的蛙鸣，尽管我以为这是幻听。原来，这河流还在竭力为蛙声保存着一片黑。但这之后，在河岸边，我就经常可以听到蛙声了。我一直以为，这蛙声，是一条河流埋藏在内心深处的方言，它在不经意间，泄露了许多的天机。

夜深的时候，我会把枕河的房子，当作一条船。我知道，白天黑夜，不同的季节，不同的时节，河流在说着不同的话语，但在很多年里，我听到的却是同样的水声。在经历了一些沧桑之后，我渐渐地听得懂水的语言了。近来我常常觉得，水声中藏着很多人世间的秘密。呢喃的水声里，生动着鱼的呼吸，而有些水，呼吸着呼吸着，就变作了鲜活的鱼类。有水草会游动成鱼，鱼要是厌倦了游动，也会就地一泊，变作水草，被动或者主动地摇曳着。没有什么可以阻挡住水的脚步。在流动的水的诗篇中，石头和鱼，是一样赋予生机的动词。所有的生命，都应该是水所孕育的，包括那些不曾离开水的生命，比如浮萍。草木湿漉漉，不是被水声打湿，就是被雨声打湿；心上湿漉漉，有雨时是雨淋湿的，没有雨时是月光浸润的。

喜欢听雨，在河边听雨不仅仅是一种听觉享受，更是一种视觉享受，但如果涟漪是一种声音，那么视觉和听觉就不分了。更喜欢雨花，这种即开即谢的花朵，有时我会怀疑是河流的心跳。在越来越空旷的河面上，往来的船只越来越少了。走水路的人大都改走陆路了。只有鱼依旧没有上岸，船也没有上岸，船漂着漂着，就漂到了时间之外。我所钟情的乌篷船或者画舫，大多留在景区的河流之上了。很多次我依然走进乌篷船或者画舫，坐在里面听雨。我多次在古诗词中听雨，我喜欢在安静的花香中，在安静的雨声中，缓缓地把自己的影子，悄悄地移入线装的老书中。

在字里行间，会有一道龙门，隐隐地在升起吗？一条鲤鱼，啪地跃起，成为传说中的一条龙。而另一条，只安心在水草丛中修炼的鲤鱼，在某个月色溶溶的晚上，会禁不住人间烟火的诱惑，摇身变成人家女儿，走入某座古庙，做一红袖，为某个将来要当状元的书生添香。村庄中所有来历不明的女子，都是在水中幻化的。我很小的时候，记得祖母说过，那些以水为籍贯的女子，身上或者衣裳上，多多少少地会带着鳞片，在阳光下一闪一闪的。她们是水族，其实我们也是水族。

常常有河流，也来历不明。在这些来历不明的河流中，会有着我儿时的影子，它被水一次次地漫过，漫过很多次以后，影子依然被水草珍藏着。万事万物都是水做的，都将在河流里留下踪迹。所有在时光中消失的身影，也一定会在河流的某一处重现。我会在一条河流的辽阔中，寻找到一种"泊"的感觉，我知道，人生也是一只航船，前行，泊，不断地前行，不断地泊，像时间，川流不息，也生生不息。

在一条河流之上，生活着三个我。这些年，我才明白，那朝霞中的婴儿，是我，他后来隐身在河流的源头，生活在一滴水的清澈中，更多时，这婴儿，是郁郁葱葱中的一粒影子。还有一个我，站在河流的尽头，其实河流是没有尽头的，在水天一色中，那个渺小的黑点，是我，我至今还想象不出水天一色处那个我的模样。而现在的我，与河流若即若离，时而与河流有关，时而与河流无关。水的故事，全是流淌的故事，光阴的故事，也是流淌的故事。即便有一天河流消失了，故事仍将在大地上，独自诉说那份遥远与浩渺。

河流无止无息，无穷无尽。总相信生命中会有一条河，当你逆着水流上溯或者顺着水流下漂，你都可以抵达天河。这些年，我一直在翻阅流水的故事，希望弄明白，地上的河流，是对天河的复制吗？但也许，天河，只是地上河流的投影。天地之间，总有一种河流是虚幻的，或者天地之间的河流都是虚幻的，但这样的虚幻，又显得那么真实。

斗转星移，人间早已物是人非。天河边，仍然是牛郎织女，闪烁在我们的仰望里。天河，要何时才能走出农耕的久远？偶尔，也会有一条河流，流经某个老村庄，安静成一面镜子，把"晴耕雨读"的字迹，照一照，擦去那风中的斑驳。一片白云从河底飘过，一片片白云从河底飘过，再往深处，就成了纷纷扬扬的芦花。

有伊人在苍茫的秋水中一亭亭，河流就是缠绵的梦境了。我看到一条河流站了起来，像一棵树，深深地在泥土中扎了根，许多在时光中熟透的果子，扑向大地，腐烂成了泥土。随即，一声啼哭，破土而出。

忽然，我惊觉，这么多年，有一条河流，一直在我心中流淌着，它时而隐，时而现，我跟随着一条河流，也有一条河流跟随着我。但或者，某一条河流就是我的影子，日落日出里，它记下了我所有的履历。

（原载《岁月》2022 年第 1 期）

陈于晓，作品散见于《散文百家》《长江文艺》《诗刊》《星星》《星火》《草堂》《诗歌月刊》《文学报》等，多篇作品入选年度选本，著有《路过》《与一棵老树对话》《老树一家住村口》《地气氤氲》等散文集。

贵门记

◎ 陈瑜

一

　　嵊州方言把"贵门"，发音为"居门"，读起来"居"字平调稍拉长又加点越语特有的婉转，"门"字短促，像个语气助词，这就使得这"贵"字十分突出，尤显尊荣。贵门对幼年的我来说，代表着一群操着硬邦邦的南山口音的乡民，在姑妈家里进进出出。代表着那里有个书声琅琅的南山中学，姑父在那里当了多年的校长，把自己也当成了一棵南山的不老松。姑父那每每自豪的语气，总让我以为贵门是个开眼界的十里洋场，渴望着跟去看看，这个愿望却一直没能实现。或许因为想象得狠了，多年后当我真正站在这块土地上时，久久回不过神来。想象的底色太厚了，很长一段时间都无法用现实的图景抹掉，它始终若有若无地漂浮在时间的混沌之上。贵门于我，便成了"花重锦官城"一样浓艳的地方。

　　第一次去贵门缘于一场采风活动，这使得我和它的相见有了一种抒情性。

穿过村口古老的香樟树，沿缓坡而上，一座四合式两层建筑掩映在青山翠竹间。底层为石砌台基，台基之上构建木结构房屋，四面相向檐廊相连。东侧为更楼，西侧为书院。南、北两面各建一个拱券洞，垒石而成的拱券洞上分别写了"古鹿门"和"贵门"，从拱门进去，中间便是正方形的天井，拱券洞背面的字迹成了"隔尘""归云"，苍劲的字体老出了岁月的包浆，像是这个书楼的灵魂。站在天井中，仿佛空间、时间、人物同时出现在一个平面上。所有的感官都收敛起来，天光从天井上洒下来，有风声拂过，便进入一个想象构建的意境，而想象蜿蜒，不知终处……

现在的贵门，各种古老的遗迹多半成了朱熹的印记，吕规叔却成了隐在后面需要查阅的故书。浩荡的时光，淘尽了人间一个个鲜活的生命，大多成了无据可考的古人。朱熹作为中国的一座思想文化高峰，显然他足迹所到之处皆成地方文化的胎记。而事实上，吕规叔才是这片山水该铭记的主角。1174年的南宋，朝廷偏安一隅，刚刚天命之年的吕规叔绝意仕途，辞官归隐了。有一天，他到剡地丈母娘家走亲。从婺州一路过来，走到鹿门山一带，见"其山崖嶂干云，嶙嶒森错"，山涧时闻鹿鸣之声，只觉山水清妙适宜安放灵魂肉体。遂从婺州迁居鹿门，在此地定居了下来。

出世与入世，书斋与庙堂。人生的角色在转换，但经世济时的理想不灭，只是换一种方式做实事而已。吕规叔将他的政治热情全部转移到了办学上，将他的学术思想倾注到著书教学上。"凿山叠石一朝成，结构精舍三十楹"，不遗余力地建成一座鹿门书院。吕规叔出身"文献世家、中原望族"，吕学强调"多方求师，不名一师，转益多师，学以致用"。自身延续的强大文化背景、理学大家的视野和胸襟、多年学官生涯的体悟和思考，使吕规叔对各种学派都抱着"兼容并蓄"的态度，使得鹿门书院的起点就很高。加上侄子吕祖谦前来鹿门书院讲学，吕祖谦是浙东学派的代表人物，与闽学派的朱熹和湖湘学派的张栻并称"东南三贤"。吕学思想在此传播，一时间学子墨客纷至沓来，各派学术相互交流碰撞，迎来了书院的高光时刻。鹿门书院与当时东阳的石洞书院、金华的丽泽书院遥相呼应，推动了南宋学术的繁荣和发展。"日月两轮天地眼，诗书万卷圣贤心。"这是一代学者的天目，也是哲人的博大情思。

一声声鸟鸣带来了王维和孟浩然的诗句。看着现在荒草漫漫沉寂的古道，很难想象这在古代是一条"动脉血"。南北通衢，商贸往来，鹿门书院当时既是通向婺州（金华）的要道，也是军事要塞。如果从路的来处一直看过去，我幼年"异世通梦"般的想象或许是有来历有线索的。因为，除了书香，素有"十八碗窑，三千烟灶"之称的贵门也曾点燃手工业的繁华。那些埋葬在地层里的无数的陶瓷残片，都在讲述着这里曾是一片我们回不去的"神迹"所在。路本身是没有声音的，但它分明又充斥着各种杂沓的声音，有马蹄的疾驰、车轱辘的滚动、草鞋的摩擦、布鞋的轻叩……这些声音都是模糊的，像落在地上的树叶和花瓣，没有谁能说出它们的名字，它们甚至并不十分清楚将作为个体的生命带向哪里，但是它们都曾经真实地敲击过大地。

李白说："且放白鹿青崖间，须行即骑访名山。"鹿门书院作为一个可观可触可感的载体，一种古典文化的象征，历经兵燹天灾，数度修建，始终屹立于人们心中。它像一头白鹿，驮起信念和理想，人们在这里随时可以出发。

二

"叠书岩畔草堂开，杂树无多多种梅。"把书院建成精舍，而自己的安家之处，却草堂一间。但吕规叔终归是有文人的审美和风雅。手植的数枝梅花，每到冬天，疏影横斜，白花如海，谓之白宅墅。啜一口茶，抬眼便见青峦叠嶂，鸟鸣深涧，万物皆生欢喜。喝酒、读书、教学、做学问，有山中不知岁月的安闲和静气。花开花谢，三十余年光阴转瞬即逝，吕规叔绕过了理想的寂寥，他为人心和山脊种下了一颗种子。

淳熙九年（1182），时任浙东常平盐公事的朱熹到剡地赈灾，上鹿门山寻访故友吕规叔。

遥远的古代，山道上缓缓走来一个人影。知道有朋自远方来，吕规叔内心肯定是升腾起了一种比火焰还要热烈的情绪。他急切地迎过石桥，时间在这座桥上停留了800多年，我们还能闻到友情的味道。

朱熹此次借赈灾之便山水兼程赶来鹿门书院访友讲学，多少有点不务正业之嫌。鹿门山水清雅，讲学之余，朱熹和吕规叔一起登游庐峰，在白宅墅草堂前喝酒品茶，谈经论文。虽然两人思想体系并不相同，有切磋争鸣，仁者见仁，智者见智，各抒己见，但不妨碍他们惺惺相惜。花期正浓，大片大片的梅花高高低低地开满山野，灿若云霞。将白宅墅的草堂也镶上了盛装的蕾丝。"阳春召我以烟景，大块假我以文章。"就像穿越剧中常常出现一种叫"梨花白"的酒，我不知道此时的吕规叔是否奉上了一壶"梅花酿"。他们在梅树下畅饮，花瓣纷落如雪，酒杯里自有气一般蒸腾的才华。800多年的光阴云遮雾障，我们永远无法窥见朱熹和吕规叔坐在一起把酒言欢的场景。但在没有影像记录的年代，有美得惊心的诗文，为往事留下注脚。看到四周老梅怒放如琼花，朱熹兴致高昂，挥笔题下"梅墅堆琼"，又见村口小桥流水，喷珠溅玉，又书"石泉漱玉"。看着石刻的"梅墅堆琼"，不由得让人想起李商隐的那句"桐花万里丹山路"，一样带给人云蒸霞蔚、气象万千的既视感，一样堪称是一次文字上的飞跃，却让人推演出不同的感受来："梅墅堆琼"充满着积庆的喜悦和赞美，一个"堆"字，是聚集，是积淀，无论是人还是物，它的美好都成倍地累积和叠加起来了，我们都能触摸到这种厚度。而"桐花万里丹山路"，视野铺展开来，苍茫辽阔，"万里"两字，来路迢迢，去路也迢迢，一言难尽一切。

吕规叔捋须盛赞朱熹笔意："瘦健苍古，别具神锋。"朱熹夸吕规叔，夸鹿门书院，无以表达内心的敬仰，便以"贵门"两字相赠——从此鹿门这部烂漫的天书就有了一个厚重金贵的标题。其实，李易由给事中解职，前来投奔这片山水，就曾感慨："鹿山今是贵门山，尽室携扶万蛰间。"确实，"山有贤人良足贵"啊，这位南宋的第一位状元郎卜筑贵门，留下了大量吟咏山水风光的诗文，为此地踵事增华，也为我们留下了一幅幅鲜活的南宋山野耕作图。

老去的时间触目惊心，巨石与字迹都面目沧桑，陈年月色，旧事前欢，都在斑斑绿苔中。如雪的梅花却永远被人阅读和重温，从这个意义上来说，种下书香的吕规叔才是那个寒梅皈依的精魂。

从鹿门书院到白宅墅村，走在吕规叔行走了无数个春天的土埂路上。路边的竹篱笆上爬满了丝瓜、南瓜，菜园里茄子、豆荚、韭菜、大蒜，一行行排列整齐、生机盎然——那些亲手种下它们的人，在播下种子的时候，就已经预想了它的成熟与收获，一如吕规叔的辛勤耕耘。

"问渠那得清如许，为有源头活水来。"村口两口并列的古井，恰如一个规整的"吕"字，天光云影共徘徊，也将800多年的人间烟火收纳其间。一株古椰榆"玉树临风"地立在村口，茁壮的枝干向四面伸展，冠盖如云。枝叶有一半已经逶迤到水面，大有"八千岁为春，八千岁为秋"的气象。有老人在树下闲坐，像掉下的一片树叶。村庄一直在绵延——吕氏子嗣不断传递着吕规叔的血脉和基因。这里现世安稳、瓜瓞绵延、人才辈出，它反过来证明着吕规叔的眼光。吕氏门风，既通过言传身教传达，也通过家规家训传承。吕规叔在这片山水里种草栽花，种下蓝天白云，种下清风明月，也种下了满谷书香。

站在访友桥上，一阵风——自南宋而来，吹乱了我的头发和周边的草木杂花。桥的这端，写了各色标语的粉墙斑驳漫漶——大时代浪潮下总有各种内容细节留存下来，但时间的河流里没有永恒。

桥的那头，一棵柿子树旁逸斜出，一个个青柿子犹如岁月的风铃，叮当作响，打破了一场虚构的冬天。道旁的镇中庙里传来阵阵木鱼钟磬，这座风光旖旎的剡地名山，又何尝不是一卷情采丰盈、题旨悠远的经文，让千百年人人不忍释卷。吕规叔卜居此地三十余年，那绵密的心事是否也像野草一样生长？"人道公心似明月，我道明月不如公。明月照夜不照昼，公心昼夜一般同。"这是朱熹对吕规叔的推崇。历史滤去了人间烟火、生活过节，只留下书声在古道上千古回荡，一颗丹心照亮了生命和岁月的通途。

（原载《文学港》2023年第5期，有删节）

陈瑜，女，浙江作协会员，嵊州市作协主席，浙江散文学会理事。作品散见于《星火》《散文百家》《散文选刊》《野草》《文学港》《海燕》《美文》及各种选刊、选本。曾获第二十四届"东丽杯"全国孙犁散文奖、第五届"禾泽都林杯——城市、建筑与文化"诗歌散文大赛散文一等奖，主编《晋风唐韵今犹在——浙东唐诗之路散文集》《嵊州十年文学作品选》等。

听 瓦

◎陈冶勇

　　这世界，好多东西都在消失。比如，断井颓垣。它常令我想起《牡丹亭》中"原来姹紫嫣红开遍，似这般都付与断井颓垣"来。在深村古巷，一脉蜿蜒的残壁，映照在几抹酡红酡红的残阳下，几条稀稀疏疏的藤蔓撑着一片片或青绿或微黄的叶子，摇曳于风中，与之相随的还有那些紫色的牵牛在或竖或躺地吹着喇叭。叶的绿色，花的紫色，斜阳的酡色，颓壁的黄褐色，再辅以落叶与风声，如此，宁静的古意便扑面而来。我儿时常常在这样的断壁颓垣下静静站立，让心沉醉于其中。时光悠悠，静流无声，总是母亲那飘荡于袅袅炊烟中的呼唤声让我从醉中醒来。但而今却很难再见到那样的景致了。而今，那样的画面，只出现在《牡丹亭》那优雅的唱词里，只出现在影视的镜头中。断井颓垣常与青瓦为伴，它们是一个时代的象征。而今，颓垣远去，青瓦亦然。

　　我对瓦的认识源于儿时老家的故居。

　　儿时的家是农村的石头房。石头房其实并不好，一块一块的石头堆叠着，方圆不一。石块与石块间有着很大的缝隙，一到冬天，便是处境艰难时。屋子外面刮大风，屋子里面吹小风。儿时的冬天似乎都是伴随着风趔趄前行。但石头房的优点也很大，相较于之，它身上泄露的那些冬日冷寒便可谓瑕不掩瑜了。它站立在溪边，溪上是一座石桥。如此，溪水的缠缠绵绵便有了穿过石壁跃入家门的十足理由。我也便有了那听不完的天籁，奏不歇的水谣。春有小桥流水的悱恻，夏有暴雨袭墙的威武，秋有水落石出的萧瑟，冬有雪落有声的静谧。住在溪边，我自然成了名副其实的听水人。苏轼之"耳得之而为声，目遇之而成色"，我于儿时虽不知，却总在时刻领略着了。这种房子的好处除了听水声，还有便是它的屋顶用青瓦铺盖，在枯燥下雨的日子里，在没有音乐的时光中，除了水声，只有青瓦为我弹奏着绝世的歌谣。

青瓦们一片一片地码在木椽上，一年又一年，一岁又一岁，它们总是静静地趴在椽子上不言不语，它的使命本是为挡雨，生生世世被千万滴雨敲打是它们的宿命。这本是一种难以逾越刺破的磨难。但青瓦们却将之变成了一种与雨交织的幸福乐章。建筑的世界如果有乐天派，非青瓦莫属。

不论是大雨还是小雨，青瓦总能于其间弹奏出属于自我的歌谣。

细雨绵绵的时候，青瓦是温柔的。雨丝轻舒玉臂，拍打着青瓦。青瓦与雨合作着，轻抚着屋顶的每一个角落。不论站立屋子中央还是走向房间的低矮处，到处皆为雨与青瓦的絮语。站在楼板上，竖起耳朵，抬头望着青瓦，不觉端起一把凳子或椅子，立于其上。耳朵几近青瓦，侧耳听去，青瓦沙沙作响，窸窸窣窣的，絮絮叨叨的，似夫妇闺房密语，似万千条蚕咀嚼着桑叶，似清风与墙壁擦身而过，似千万里遥的千万只蛙在浅唱低吟。如此遥远又如此亲近，如此细切又如此模糊。暮色四合，乡间低矮的房屋早早地浸入了昏夜。一个人立在凳子上，被黄昏的夜带着无边的丝丝缕缕的黑裹着身子。光影退去，青瓦与雨的轻声细语倒愈发明晰。静耳听去，似山泉软语温存，似风拂过山尖树梢，松涛若有还无，身心为之沉醉。直到母亲喊饭的呼声或猪圈里猪儿吃食的霍霍声将我唤醒。走下楼梯，近梯窗户的檐角边，漏下一滴又一滴的檐水，落在地上那经久地散发着陈腐气息的木板上，木板有一搭没一搭地响着，像炉火边的白发在烤着炉火打盹，似感激着青瓦和雨在它孤寂的老年岁月中的陪伴。

　　青瓦柔时如静女贤淑，烈时则似硬汉劲霸。秋日台风路过，青瓦就是一个蛮不讲理的汉子，它应和着风雨，在屋顶疯狂地作着祟。雨敲击着青瓦，青瓦呼应着雨，噼里啪啦，噼里啪啦，滴滴答答，滴滴答答，雨强劲地敲着，青瓦疯狂地跳着，千万颗石头在屋顶共舞着，千万只榔头在青瓦上锤击着，活似千军万马奔腾驰骋，酷似黄河巨浪惊涛拍岸。风声猎猎，猛然间窗外的香樟一声惨叫，枝丫断裂。此时的屋内，再无片刻安宁。每一片青瓦都恐怖，每一滴雨水都有力，每一缕空气都透着惊惧。在某一个角落，一片或几片青瓦早已忘却了它作为瓦的存在与使命，呼的一声，呼啦啦离去，顺着风飞向天际，于是暴雨骤倾，雨水如龙，从天而贯，屋内挂在竹竿上的衣服瑟瑟发抖，魂魄全散，哗——，瞬息倒在了楼板上，雨水将溅起的尘土泼洒在衣服上，又混合着风，把房间折腾得面目全非。有几片瓦正在床的上方，大概痞性膨胀，也顺着风呼啦啦远去了。于是，床头与屋内毫无干处，今夜无眠。《红楼梦》中"忽喇喇似大厦倾"的滋味，我在彼时早已感受过的。

　　瓦声有喜有忧，瓦色则如茶怡人。我曾在暴雨后，在初晴的阳光朗照的日子里，站在屋后邻家二楼的窗户前，看着自家屋顶的青瓦。阳光打在青瓦上，青瓦正发着奕奕的蓝光。大概是雨为它荡涤去了多年的尘垢，一片片青瓦都洗心革面了，安静而端详地平躺着，显得规矩而有致，青得如瓦蓝瓦蓝的天。我突然明白为何世界有这么一个叫"瓦蓝"的词，似乎也懂得了语言的无穷意趣。枣红、墨蓝、草绿……我徜徉在美丽的物的色彩里。但我还是最喜欢瓦蓝。它让我看到了飞机掠过长空在瓦蓝瓦蓝的苍穹铺下的路，它让我想起了三月清明空中飘飞的无数只彩色的纸鸢。哦，多么鲜活的"瓦蓝"啊。此时的父亲正爬在屋顶上，整修着青瓦。阳光下，矮小的父亲正站立在高高的屋顶上，踩在大片大片的青瓦间，被大片大片的蓝天包裹着。父亲，青瓦，蓝天，织就了一幅明朗清净的画。父亲正弯曲着身子，像一个裁缝低头趴在缝纫机上修补着一件老去的衬衣。瓦楞间，不知长了几岁的草在风中摇曳着，它们有的已经白发苍苍，有的在阳光下发着青嫩的光。老的草说："羡慕你青春无限。"嫩的草说："羡慕您智慧无量。"

故居早已不在了。我也很久没见过断壁颓垣与青瓦了。在高楼大厦遍布的城市，它们早已没有了存在的空间，即便是乡间村落，造房也早都是用水泥浇顶了，院墙也都是高高的了。再看不见颓垣了，再无牵牛蜿蜒垣上了，也很久听不到母亲在黄昏日落呼唤吃饭的声音了，更无法看见父亲踩在屋顶整修青瓦了。

假如在一个山野村落，看到一间用青瓦或茅草搭盖的小屋，看到一道蜿蜒的断壁颓垣，那么我会十分欣喜的。因为它会让我想起儿时听瓦的情景，它会让我想起父亲站立在青瓦间的模样，它会让我耳边回荡起母亲呼唤的声音。如此，我的心便不孤了。

（原载《教师博览·中旬刊（原创）》2023年第3期）

陈治勇，杭州师范大学附属学校语文教师，在《语文教学通讯》等刊物上发表文章百余篇，其中十多篇被中国人民大学书报资料中心《初中语文教与学》全文转载或索引，教学案例入选《中学语文名师教例评析》《名师语文课》等众多著作，指导学生在各大作文杂志上发表文章四百多篇。出版专著《语文的本色》。

雪，落在一只云雀的身上

◎崔砺金

一只灰色的云雀，蜷缩在白雪簌落的枝头。它忧郁地望一眼我锄头下稀疏的小菜园，目光掠过我同样稀疏的头发，为过冬的口粮发愁。

这只云雀从遥远的灵隐寺飞来，它给我衔来佛祖一年一度的祝福。大雪封闭了所有出山的道路以及毒蛇爬过的伤痕，我听到它嘴里发出美妙的梵音。

纠结。我卑微的喉咙竟无法替庄稼地里每一株萝卜、青菜的灵魂代言。

错过了无数个果实和词汇翩翩起舞的节日，鞭炮声在城市的梦里隐隐作痛。

雪，一粒一粒落在云雀的身上，也覆盖了寒鸦的聒噪和人世间一些走散了的声音。

燃起炉火，我弯腰陪孩子在作业里攀登。

一盆炭火

整个寒冷的冬季，老家祖屋里，一盆炭火倔强地燃烧着。

大人们围火而坐。讨论一些关于外出打工、婚嫁以及出殡等的严肃的话题。而不懂世事的孩童相互追逐，洒下的欢笑声给那些沉重的叹息做了暖色的点缀，就像炭盆里扑哧一声蹿出的火苗。

是的，老家的炭盆极为卑微。黑黢黢的炭火灰里扒出的，通常是些长相丑陋的小土豆，它们一个紧挨着一个，成为乡亲们一日三餐的口粮。

是的，老家的炭盆极为渺小。深山里纯朴的木炭在火中炙烤、煎熬，释放的二氧化碳，连同孩子们尿布烤热的尿酸味，弥漫在简陋的农舍。更多时候，大人们束着双手不停跺脚咒骂出村的道路泥泞。

取几节还未完全燃尽的木炭塞在竹篾里，是老人们游走的取暖器。他们缩在村头的大樟树下，静静等候春节返乡的打工族里那张熟悉的面孔。

一盆炭火，明亮了整个冷湿的四川盆地。从那丛不灭的火堆里，我也小心翼翼地取了一点火种，随着飞驰的列车，在一座座城市里，焐暖我冻僵的诗歌。

这一年

有一些陌生的名字，走到了舞台中央。也有一些久违的面孔，湮没在尘埃之下。隔着大洋，巨人们忙着在战火中秀肌肉。

没有人能够逃脱时间的锋刃，一刀一刀地，把苦难雕刻成胸前的勋章。

这一年，苍老的父母总在电话线的那头战栗。而我俯身耕种的孩子，在汉字里拔节抽穗的长势，总会受到一些蚊虫的叮咬。这一年，走在寂静的街头，我总会与每一位路人自觉保持一米的距离。

我想，应该向太阳和人民广场每一次路过的暴风雪庄重述职。可我的喉咙喑哑失声。我才明白，自己是一只被囚禁的鸽子，飞不出雾霾的天空。早已想不起故乡的杜鹃鸟那啼血的声音。

2022年最后一个大雪的时节，我穿过一条小巷，瞥见了早摊铺子前，小贩和他的孩子热气腾腾的憧憬。

（原载《中国市场监管报》2022年12月31日）

崔砺金，笔名崔子川，曾任新华社地方分社副总编辑，浙江某报刊总编辑，高级记者，杭州市作协会员。发表诗歌、散文多篇，著有作品集七部，现任职浙江某省直单位。

江风吹醒少年的黑发

◎方向明

袁可嘉的小学和初中，都是在家乡读的。7岁到16岁这十年，《袁可嘉自传》里仅有短短十来行：

> 1928年我七岁时进入当地庆德小学学习，喜爱读课外书。当年家中藏有一些旧书报，又有长兄带来的新文学书刊，我接触到《西游记》和冰心的《寄小读者》等文学作品，开始萌发了对文学的兴趣。1932年初小毕业，考入余姚第一高等小学，1934年结业，我随长兄去上海自学半年，由他教我英语和算术，这对我后来专攻英美文学不无影响。

> 1935—1937年夏，我在浙江省立第四中学（宁波中学）初中部学习。宁波是个著名商埠，宁中以师资雄厚著称。这三年，我受到全面的德智体教育。我认真听讲，努力学习，年年获得奖学金，我的语文和英语打下了初步基础；我参加校刊的编辑工作和学术辩论会，增长了实际工作能力；我参加童子军活动和球类比赛，练出了一副结实的身体。我开始新诗习作也是在这个时期。

这是袁可嘉对自己"男孩"形象的最初描画，是粗线条的，显得有些笼统。

关于庆德小学，从史料看，这是袁可嘉父辈四兄弟合办的学校。袁可嘉小时候的"结拜兄弟"屠勇晚年在回忆文字里提到，袁可嘉的二伯父袁功成是清末的秀才，除了投资相公殿街上袁家产业外，"注重文化教育，与袁家其他兄弟在他屋后建了庆德小学，供袁家子弟及邻近孩子学习"；还说到一位乡绅许深洋曾协助袁家创办庆德小学并教书。

余姚读高小这一段，幸好有邑人孙群豪、童银舫选编的《乡魂》一书，收有袁可嘉1999年写的怀乡文章，让我们可以穿越时光，去走近一位九十年前的读书郎。

1932年，11岁的袁可嘉第一次远离老家去余姚县城读书，这对一个孩子来说是件大事。那时还不通汽车，交通全靠水路，半夜两点多起来，含泪和母亲告别，然后跟着一个家中帮忙的师傅走三四里路到相公殿坐船，要坐七八个小时才能到达余姚县城，一路上闷闷不乐，也无心欣赏沿途的景色。

但县城的生活对一个刚从乡村出来的男孩来说，还是很有吸引力的。袁可嘉的印象里，三十年代初的"虞宦街"，卵石铺的环形街道又宽阔又平整，两边商店林立，"普文明书局"是常去购买书籍文具的书店。"虞宦街"就是现在的"新建路"，而"普文明书局"是前清秀才邵循南1909年开的一家书局，位于虞宦街火弄口，主营古今图书和教科书，也卖文具、百货。1941年余姚被日寇占领后，书局卸下招牌，抗战胜利后重新营业，直至1956年关闭。最让袁可嘉感到稀奇的，则是火车和电话。每逢星期日，他总要和同学们去候青门看火车喷着白烟轰隆轰隆地驶进车站，或者到校门外的钟楼去打电话玩。

袁可嘉说，那时候，余姚县高小是当地最高学府，房舍宽敞，师资雄厚。他专心读书，很快就当上学生会主席，主持每周一次的周会，主办学生壁报，加强了对语文学习的兴趣。他记得县高小有一位陈树滋老师是大学毕业生，和同学们情谊很深。毕业那年这位陈老师与学生在江边话别，学生们唱着"长亭外，古道边"的骊歌，呜咽着和陈老师说再见。

余姚县高小的历史始于清末，姚人叶秉钧、史翊经于1898年创办达善学堂，以原试院考棚"达善堂"（县府大会堂旧址）为校址。学校1912年称余姚县立第一高等小学校。1935年据《小学教育规程》规定，县以下公立小学以校址所在地地名为校名，因学校地处"府前路"，遂改名为余姚县立府前路中心小学。1958年秋改名为东风小学。

如今姚江畔的府前路历史文化街区，新砌的大理石街面，竖着一些介绍姚城历史的碑石，上刻有"府前路中心小学"等旧名。更可喜的是，那家"普文明书局"的牌匾，赫然出现在了历史文化街区，就在通济桥与舜江楼东侧。2020年，在85后青年甘赐杰的推动下，"普文明书局"再次挂牌，甚至复建了上世纪30年代普文明书局的经典场景。

历史以这样的方式复原了。

1898年看来是个重要的年份，袁可嘉接着要走进的宁波中学，也创立于此年，时名为储才学堂。1911年易名为浙江省立第四中学，1933年8月改为浙江省立宁波中学。袁可嘉在回忆文章里说，宁波中学在甬江畔，可能是笔误。余姚江、奉化江在"三江口"交汇成甬江通向大海，而宁波中学所处位置在奉化江畔。这块地拨给学校之前曾是官办造船之区。今灵桥路164号即为宁波中学旧址，此处立有"孙中山先生演讲处"纪念碑，1916年8月22日孙中山先生应邀莅甬，当天下午在宁波中学讲堂发表演讲。

1935年，袁可嘉考入了宁波中学初中部，在这所当时的"浙东第一名校"度过了三年时光。这三年对于袁可嘉人格和身体的成长都是十分重要的。在袁可嘉的印象中，他们一早起来就在江畔背诵英语单词或做操，他也会经常到江边，或沿着江堤走走，看看江上往来的船只；或倚着栏杆发呆，循着江水流向，想着更远的世界会是什么样。学校校舍宽敞，全部是两层砖木结构的楼房，高中部更是西式洋房。学校不仅看重课堂教学，而且重视课外活动，如组织辩论会、讲演比赛等。袁可嘉很热心地参加这些活动，锻炼自己各方面的能力。

袁可嘉给人的印象是有些内向和安静的。但从袁可嘉晚年的回忆文字中，我们分明看到了与原本印象不太一样的"少年袁可嘉"形象：学霸，爱运动，很活跃的学生头头。袁可嘉的主体意识应该是在这几年里觉醒的。学校配有篮球场、排球场和一个足球场，袁可嘉说他因为个头小、速度差，哪一门运动都不是好手，但他样样参加。他觉得竞争是一种乐趣，能培养人的志气和毅力。在童子军活动中，他还是一个班级的中队长，参加过本省和全国的大检阅。他多次参与危险的救火演练，如从十米高台向下跳，当时他已患近视，并不适合这类高难度活动，但他觉得既然老师选拔了他，就一定要做好。袁可嘉清晰记得，有一年秋天他们去奉化雪窦山露营，刚到达营地，突遇暴风雪，帐篷怎么也搭不起来，大家浑身湿透，又冷又饿，最后做出了一锅夹生饭。第二天上山玩，又遇到一件险事，一个小同学不慎失足，滑到了一股瀑布的底下，挣扎着往上爬，又被水冲了下去，情况十分危急。同学们集合起来，想法子救他，终于想到身上带的童子军绳，立刻把几条绳子连接为一条长绳，奋力把他拉了上来。

读到这里，原来对袁可嘉的刻板印象消失了，眼前出现一位个子不高却时时活跃在球场和其他公众场合的男孩。

鲜为人知的是，他还曾与两位要好的男孩一起有过"三结拜"的经历。屠勇先生在文章里说，一个假期里，他和袁可嘉一起住在许家，就是协助袁家创办庆德小学的乡绅许深洋家。许家的大儿子许青航（原名许惠民）比袁可嘉大一岁，是庆德小学的同班同学。

屠勇比袁可嘉小三岁，幼年时就喜欢跟着袁可嘉。三人寒暑假常在一起玩，想到老一辈的"三结拜"关系，他们三个也想来个"三结拜"。结拜要有仪式，他们就各执一块绣有标记的手帕作为信物。想起学校童子军的训词"智、仁、勇"，不知谁倡议三人改名，分别叫袁智、许仁、屠勇了。屠勇还忆及1937年春天浙江省第五次童子军检阅大会的事，那时袁可嘉代表宁波中学童子军，屠勇是余姚第一小学童子军，两人都随学校参加了这次大会，检阅完毕晚间在西湖边跳集体舞并露营于万松岭，最后参观航空学校并第一次登上飞机，令他终生难忘。

《袁可嘉自传》说到宁波中学初中毕业后的人生经历，这样写道："1937年7月，抗日战争全面爆发。我原已考入浙江省立杭州高级中学，却因战事关系，未能入学，退回老家在庆德小学教书一年，业余从事抗日宣传活动。"

抗日烽火燃起，在青年学生纷纷投笔从戎的浪潮下，1937年10月间从医专回家的许青航赴浙江丽水受训，时年17岁。第二年，17岁的袁可嘉也去内地从军了……

（原载《十月》2023年第8期）

方向明，浙江慈溪人，中国作协会员，作品散见于《人民文学》《十月》《散文选刊》等期刊及多种选本，著有散文集《西皮散板》《故乡书》、纪实文学《烽火热土：三北抗战十四章》（合作），主编《斯人可嘉——袁可嘉先生纪念文集》等。

留不住一个黄昏

◎傅淑青

很多童年的傍晚，我带着母亲准备的南瓜粿和半斤五加皮，踩着夕阳洒射的斑驳金光，步行至南山坳给父亲送午饭茶。

父亲早已洗净手上的淤泥，站在坡上，用目光在纵横交错的一道道田埂里搜寻我的身影，或是一言不发坐在锄头柄上，十分专注地仰着头，哲学家似的盯着瞬息万变的晚霞出神。待我走近，他才急匆匆站起身，接过我手中的竹编藤篮，用汤布细细揩去我额上的汗迹。

夕阳缓缓西沉，南山坳的落霞开始明媚璀璨起来，像极了热恋中任性而又霸道的女子，爬上了南山坳纯澈透亮的半边天。被晚霞"柔化"了的父亲一改平常的刚硬和严肃，抿起小酒，点起香烟，吹起随身携带的口琴。许是醉在了血色残阳里，寡言的父亲总喜欢在这个时刻滔滔不绝："囡囡，看啊，这片晚霞像群奔腾的骏马，排山倒海般向我们奔来。那团像撅屁股下蛋的芦花鸡，咯咯嗒地叫'痛啊，屁屁真痛'。这缕是条腾云驾雾的飞龙，呼哧呼哧喘着粗气。那是待发的箭。那是盛开的芦苇花。那是龙纹样的图腾……"朱霞浪漫，她竟能把在地里刨食的农民变成出口成章的诗人。

夕阳在走，山风在吹，云朵在动，虫豸在叫，禾苗在节节生长，花生在地底下悄悄结果，藤架上的葡萄在变色，甜瓜在秧上慢慢"变胖"，红色小灯笼似的朝天椒与绯色晚霞交相辉映，水蛭、蝌蚪、小鱼在水渠里顾自游走，排成人字的大雁在高空中不停盘旋。天高，地阔，风清。红霞温柔地映着父女俩，也映照着南山坳的所有生灵。落日熔金，四野阒然。我和父亲与南山坳的万物一起，就这样被金灿灿的夕阳笼罩在巨大的寂静里。

很多年后，我如愿走出了巴掌大的故乡，在省城求学、工作、安身立命，可我仍无比怀念童年南山坳的黄昏。下班的傍晚，我不愿一头扎进黑漆漆、深幽幽的地铁隧道，我总喜欢骑上共享单车，像张开翅膀的鸟儿，穿梭在傍晚金黄辽远的柔光里，大汗畅淋，自由自在，仿佛我还是二十年前在南山坳追风逐日、永远长不大的少年。

又是一个有晚霞的黄昏。云霞鲜艳欲滴，红得像滚烫的岩浆，艳得像咆哮的火焰，又像回光返照的病人，倾尽全力在黑夜降临前释放她的万丈光芒。站在天地间，仿佛置身于熊熊烈火之中。城市难得见到如此壮美的晚霞，我忍不住点开父亲的微信，给他打视频电话，想告诉他这儿的晚霞像奔腾的骏马，像撅屁股下蛋的芦花鸡，像腾云驾雾的飞龙，像待发的箭，像盛开的芦苇花，像龙纹样的图腾。视频电话接通，在抗日神剧冲锋杀敌的嘶吼声中，传来父亲对着手机"喂喂"的喊声，此时画面突然卡住，定格在了父亲额头沟壑似的皱纹和被霜冻过般的白发上。父亲越来越老了。悲伤和恐慌浩浩荡荡向我袭来，那么快，那么猛，那么痛。我摸不到伤口在哪儿，可清清楚楚感知到胸口在撕裂，切切实实感觉到一阵阵剧烈的刺痛。在外这些年，我从未像此刻这般强烈地想回到过去，回到父亲劳作了一辈子的南山坳，再去数一遍天上到底有多少匹奔腾的骏马、多少只下蛋的芦花鸡、多少条腾云驾雾的飞龙，只是父亲被病痛纠缠多年，早就喝不下小酒、抽不了香烟、吹不动口琴了，更无法在南山坳彩色羽衣似的晚霞里有节奏地挥动锄头了。

夜幕降临前的向晚，上了发条的时间总是跑得飞快。夜色步步紧逼，落霞节节败退，五彩的天宇随即变成浓郁而又单一的靛蓝。人生在世，谁都要遭逢生离死别，看着至亲的灵魂和肉身慢慢枯萎，就像眼睁睁看着晚霞被黑夜徐徐吞没。绚烂的美景终将归于寂静，这是无可改变的命定。我只能祈求时光这把锋利的刻刀下手时柔一点、慢一点、轻一点。

天彻底黑透，火红火红的云彩彼时消逝得一干二净。城市躁动的夜风依然在吹，吹得行道树的枝叶拼命颤抖，柠檬色的残月悄然升起，灿烂的霓虹从沉睡中次第苏醒，擦肩而过的路人行色匆匆。这个平常的夏日夜晚，我好想大哭一场。

（原载《散文百家》2022年第12期）

傅淑青，女，90后，杭州市上城区文化馆文学干部。现为浙江作协会员、金华市青年作协副主席，入选浙江省"新荷计划"人才库和金华市"青年英才"培养计划。已在《江南》《四川文学》《散文百家》《延河》《牡丹》等刊物发表各类文学作品六十余万字。

新旧交替时刻

◎顾艳

转眼又到了一年的尽头，时间毫不留情地流淌过去。在新旧交替时刻，人们心里难免感慨。进入中年后谁不是眼角眉梢多几道皱纹，笑容深处藏几缕沧桑？但想以晴朗的心空跨年，调整自己情绪的最好办法，还是阅读。在阅读中，寻找乐趣、支撑和力量。

我曾读过吕迪格尔·萨弗兰斯基著的《海德格尔传》，只记得里面讲到了海德格尔与汉娜·阿伦特的关系；至于书中讨论的复杂而深刻的问题，我一知半解。如今重读海德格尔，我有了新的发现和思考；实在是辞旧迎新中的一大收获。

海德格尔是个复杂的人物，集哲学智慧、弱智的政治意识，以及不堪的个人品质于一身。但无论如何，他的经典著作《存在与时间》，奠定了整个现代西方哲学的基础和方向。之所以享誉于世，是因为它在现代西方"后工业社会"的特定历史条件下，提出了存在的问题；并对存在的意义进行了追问。的确，人的一生不都在寻找存在的意义吗？

在《存在与时间》出版前，海德格尔也和卢梭、萨特、托尔斯泰、罗素等思想家一样拥有情人。他的情人就是他的学生汉娜·阿伦特。

汉娜·阿伦特崇拜老师海德格尔的哲学智慧，以致爱得是非不分、忍辱负重。在 18 岁那年，她就把纯真的初恋献给了年龄比她大一倍的老师。

而海德格尔呢，在给汉娜的信中说："亲爱的汉娜，这是一个令人惊喜的冬天，我的旅程是精彩、愉快的。所有的一切使我的灵魂远离了一切不专一、不恒定的存在。你承载着我的爱。"海德格尔的情书，无疑是任何情窦初开的女孩都无法抗拒的。当然对于有家室，且在乎个人名誉的海德格尔来说，外遇的浪漫也只能是偷情而已，无法正大光明地公开，这就苦了汉娜。不过在汉娜心中，这爱情是她终身的秘密，直到晚年仍然主宰着她的生活。

1927 年随着《存在与时间》的出版，海德格尔声誉鹊起，获得了弗赖堡大学哲学专业胡塞尔教席。胡塞尔是海德格尔的老师，以胡塞尔的名字命名的教席，自然是这所大学最重要的哲学教席。不过，当海德格尔名利双收时，他和汉娜的师生恋也由此落幕。汉娜随即以闪电般的速度，与曾是海德格尔学生的冈瑟·斯特恩结婚，并随丈夫搬到了法兰克福。

后来海德格尔提出继续与她约会的要求，称她为"我的缪斯"和"我思想的激情"，还说："如果没有你，就不会有《存在与时间》。"汉娜经不住这样的诱惑竟然应允了，并与丈夫在 1930 年拜访了海德格尔。只是这次见面后，她清楚地意识到与海德格尔的恋情是悲剧，与斯特恩结婚也是悲剧。为了彻底摆脱他们，她毅然去了美国。这才有了后来的著名教授、律师、政治哲学家和反纳粹、反极权的思想斗士汉娜·阿伦特。那时光，她的《极权主义的起源》和《人的条件》，已成为同类著作中的经典。

女人大多是爱的奉献者、牺牲者和最终高贵者。女人真正爱上一个人，总是一往情深的，汉娜·阿伦特也不例外，她始终忘不掉海德格尔。二十年后，她从美国回到了弗赖堡，虽然与海德格尔的政治立场截然不同，但只要海德格尔谈到哲学，她依然崇拜他，被他的思想魅力所征服。于是他们旧情复燃，她重新投入到他的怀抱里，并在大学课堂上亲自讲述海德格尔哲学，为他的著作在美国出版东奔西忙，帮助他拍卖《存在与时间》的手稿。

重读《海德格尔传》，汉娜·阿伦特之所以成为与海德格尔捆绑在一起的哲学家，除了她能容忍他的全部人性弱点和人格缺陷，还有就是女人的忍耐，才使他们走到了最后。我似乎更加理解和喜欢汉娜·阿伦特了。大部分人都在寻找人生的意义，那么人生最大的意义是什么呢？如果说，汉娜·阿伦特以她犹太人的身份，杰出的智慧，研究极权主义的锐利眼光和深邃洞见，按常人的观念，绝对不应该回到海德格尔身边；那么她还是汉娜·阿伦特吗?!

（原载《今晚报》2023 年 1 月 4 日）

顾艳，一级作家，文学教授，博士。1993 年加入中国作家协会。已出版著作三十部，曾任教于杭州师范大学钱江学院，现居美国华盛顿特区。

香椿和香椿色

◎ 郭梅

我家小妞酷爱春笋。春天一到，只要餐桌上有油焖笋或炒笋丝，她就专往这盘里下箸，决不"移情别恋"。还说，超级难背诵的《千字文》如果她有改写权，那么"果珍李柰，菜重芥姜"的后半句就一定是"菜重笋笋"——在她看来，春天的美食冠军非笋莫属，且绝无第二选项，童言稚语端的令人忍俊不禁。于是，我在给她跷大拇指的同时也顺嘴说一句，换作是我，这句应该是"菜重香椿"。

明末清初才子李渔在其著名的《闲情偶寄》里给香椿的排名一如小妞口中的"笋笋"："菜能芬人齿颊者，香椿头是也。"也就是说，香椿是能让人口齿噙香的蔬菜魁首、春食班头，且在这位状元郎之下，没有任何一种蔬菜堪称榜眼、探花，可谓推崇备至。俗语有云"雨前椿芽雨后笋，一日一餐伴长生"，我家的小吃货在美食品鉴上竟与差不多四百年前的笠翁老前辈"英雄所见略同"，倒也煞是有趣。

香椿，楝科香椿属多年生木本植物，可供食用的部分是其幼芽嫩叶，俗称香椿头，与马兰头、枸杞头合称"春蔬三头"，又与桑树芽、柳树芽、花椒芽等均属"长在树上的蔬菜",以芳香味美著称,可生食,亦可熟食。李时珍的《本草纲目》记载:"椿木皮细肌实而赤,嫩叶香甘可茹。"明人屠本畯在其《野菜笺》中咏香椿曰:"香椿香椿生无花,叶娇枝嫩成杈丫……岁岁人可采其芽……嚼之竟日香齿牙。"无不强调的是香椿最显著的特性:香。当代散文名家张晓风酷嗜香椿,每每把香椿夹进嘴里,她急急品味的,便是"那奇异的芳烈的气味",甚至忍不住嚷嚷:"太完美了,让时间在这一瞬间停止吧!"

不过,我眼里嘴里心里的香椿,第一属性却非其香,亦非其味,而是其色——香椿有红、绿二色,杭州的菜场里能见到的,似乎均是红的——当然,并非正红,一般被叫作暗红、棕红或红褐色,而之所以说法不一,自然是因为这几种叫法均不够精准,均非典型。换言之,香椿的红,是很难用文字准确描摹的。私心里,我更愿意叫它香云纱红,或者直接就叫香椿红,它红得低调内敛而又决不卑微退缩,红得含蕴充盈而外柔内刚,仿若精工染晒历尽淬炼的香云纱,美得纯粹,美得丰富,美得持久坚韧,美得耐人寻味,是我生命里始终相伴相随相依相偎的那一份暖、一份爱、一份历久弥新的感恩——来自我亲爱的外婆。

我的外婆是大家闺秀,美丽善良,柔韧坚强,虽人生多舛但从未向命运低头,是我心中永远的女神。老人家酷爱香椿也酷爱香云纱,是我病弱的童年里最明亮温柔的那束光。我永远不会忘记,外婆搂着小小的我说,最好看的书是《红楼梦》,最适合我们江南女子的衣服是旗袍。在让老人家念念不忘的旗袍里,有一袭是暗红棕色的香云纱,简约婉约,端庄大气,上得厅堂出得街头,将人到中年的大美人外婆衬得越发知性。可惜,无论是旗袍还是外婆穿着旗袍的照片,都只存在于老人家的记忆深处,吾生甚晚,无缘得见。但,这又有什么关系呢?因为外婆,每当春来,我家的餐桌上少不了香椿炒蛋和香椿拌豆腐;因为外婆,我拿《红楼梦》做了识字课本，长大后还在讲台上引导一届又一届的学生进入了红学的世界；也因为外婆，我收到大学录取通知书后，母亲就应我的请求，好不容易找到会做旗袍的裁缝，给我做了两件，很是惊艳了全班甚至全校。如今，我也早已人到中年，定制旗袍时，面料往往首选香云纱，而且，是香椿色的香云纱。

（原载《新民晚报》2023年4月8日）

郭梅，杭州师范大学教授、中国南戏学会理事、中国散曲研究会理事、浙江省散文学会理事等。已出版《浙江女曲家研究》《杭州戏曲史》《我心如舟》等专著、小说、散文集五十余种。

缘溪行

◎黄美丰

有一些村庄适合抒情。

比如云和雾溪。

其实广义来说，整个丽水都是适合抒情的。从上高速开始，两边层峦叠翠，郁郁葱葱，偶尔打开车窗，吹进来的风清甜里带着乡野的气息。

县城进雾溪乡的路并不远，短短十几分钟车程。

正式去雾溪之前，我们去了县城的大坪社区异地搬迁安置小区。同行的乡党委委员艾月娥介绍，这里不是雾溪的属地，却居住着雾溪的上千名村民。他们放下农具进城，在城里安身立命。居住的小区宽敞明亮，环境整洁舒适，年富力强的进厂打工，年老体弱的则由社区和村里统一安排来料加工。经济和生活方面的双保障，令他们很安心。

说着话，我们上到了四楼，这里是小区的就业综合服务中心。一个宽阔的房间里，整齐地堆放着加工材料，中间一张大长条桌，两边围坐着聚精会神干活的人，粗粗扫了一眼，以女子和老人居多。见有人来，他们抬头笑笑，手中的活并不停。几个健谈的村民热情地给我们介绍情况，告诉我们，干活的人中最年长的已有九十多岁。那九十多岁的老人依然耳聪目明，听见我们的谈话，主动与我们打招呼，谈起自己鲐背之年一天还能自食其力地赚到几十块钱，满脸的皱纹里，都藏着满足的笑容。也有行动稍不方便的残疾人，这么一份并不特别需要体力的劳动，对他们也是最合适不过的安排了。看到门口挂着的"共富工坊"牌子，不禁感叹，共同富裕在这里，在每一个具体的人身上，真的不是一句口号，而是实实在在的富民行动。

那么，是什么原因，让上千名村民离开村庄，过上了城里人的生活呢？

带着这个疑问，我们来到了雾溪乡政府所在地雾溪村。

都说雾溪很特殊，一方面特殊在雾溪是全省十八个畲族乡之一，另一方面特殊在没有工业，没有旅游业，甚至没有民宿。这在当下的村庄里，的确很少见。

突然想起中国文联副主席、住建部传统村落保护和发展专家委员会主任冯骥才曾经说过，当下的传统村落正在变得千村一面。那么，没有工业、没有旅游业、没有民宿的雾溪，或者说，完全没有被工业社会侵染的雾溪，又是怎样的桃花源呢？

进入雾溪，小小的村庄很安静，只有路边的牌子提示我们，这是乡政府所在地。仅有的一条街上人很少，闲闲散散地开着一两家店铺，陈列着精巧的畲族工艺品和生态农产品。村的四周被大山笼罩，黄的、绿的、红的色彩远远地绚烂着。山脚有硕大的湖面，在秋阳的映照下，反射着粼粼的波光，像秋天的一幅画。

这是雾溪水库。

搬迁的答案，就在这里。

——这是云和十几万居民的水源所在地。这里的水质好差，直接关系的，是全县居民的饮用水安全问题。为此，雾溪走了一条生态保护之路。放弃了一个地方的工业、旅游业，放弃了所有一切可能会产生污染的产业，守护这一汪清水，守护全县百姓的生命之源。百分之八十的居民已搬迁，留下来的，亦在身体力行地为生态环境保护做着不懈的努力。

这是雾溪人的情怀。

所有的付出都会被看到。在村民积极配合保护水源的同时，雾溪乡政府出台了一系列的政策，既是补贴，更是鼓励。比如"两山银行"生态信用积分制以及在此基础上的"两山贷""两山兑""两山树""两山货"等生态信用积分应用体系。这是一种诚信体系建设，村民参与保护生态的行为可以累积成银行的积分，积分既可以换回各种各样的商品，还可以享受低息贷款。这些年，雾溪乡的"两山贷"中生态信用积分应用为群众节省了利息支出近百万元，"两山兑"合计兑换的商品价值近十万元。

这一系列的数字背后，是政府与群众的双向认同，更是共富路上的同向奔赴。村民们在享受政策的同时，一定也会衍生出满满的成就感和自豪感，这是对家园守护的回馈。

这是当下雾溪人为云和所做的贡献。

事实上，雾溪对云和的贡献，可以追溯到很远。

雾溪有一个村，叫坪垟岗。这是一个畲民聚居的村庄。这里有一座畲族红色革命历史展馆。

走进展馆，就是走进一段波澜壮阔的畲族红色革命斗争史。

1935年，中国工农红军挺进浙西南，辗转在云和境内五十多个山村，开展了近三年艰苦卓绝的游击战争。勤劳勇敢的畲族人民，展现出了忠勇、顽强奋斗、不畏牺牲的革命精神，为游击战争做出了重大贡献。坪垟岗村地处游击队活动的中心，是当时云和县委和武工队的后勤保障基地，它极大地保障了游击队的物资需求。1949年云和解放后，坪垟岗村还上交了七百多斤余粮至云和县人民政府。在人人都食不果腹的年代，这是一件多么了不起的事情。负责保管粮食的畲民，哪怕家里孩子饿得只能吃树皮草根，也绝不动半颗粮食。他们就是这样以实实在在的行动支持着革命。

这是信仰的力量。

1940年，坪垟岗村建立了党支部，成为云和县较早成立的畲族农村党支部之一，发挥了强大的作用。

在这片热土上，畲民们热情高涨，他们以无畏无惧的实际行动，推动了红色革命如火如荼开展，谱写了以畲民为主体的斗争华章。善于以歌为心声的畲民们，将这些可歌可泣的事迹编成山歌，传唱至今。

漫步在村里，看着路边一块块刻着畲歌的石头，听着耳边隐隐约约的歌声，仿佛回到了那段峥嵘岁月，仿佛有那么一些情感，就是需要这么直抒胸臆地唱出来。

往事可追，未来可期。在雾溪乡党委政府的带领下，今天的雾溪，山美水绿民富。一幢幢洁净的小楼，一张张温馨的笑脸，都在展示着雾溪人的美好生活。

畲族的图腾是凤凰。走进新时代，雾溪正像一只金色的凤凰，在生态共富之路上展翅高飞。

这是绿的雾溪，红的雾溪，金的雾溪。

这是适合抒情的雾溪。

（原载《湖州日报》2022年11月9日）

黄美丰，女，二十世纪七十年代出生于浙江遂昌，浙江作协会员，中国青年作家协会会员，浙江省散文学会理事，作品曾获首届中国青年作家杯征文大赛散文组一等奖等。著有散文集《烟火的味道》。

睡眠这件事

◎ 简儿

　　小时候贪睡，走夜路，趴在爸爸的肩膀上睡着了。中途醒来，爸爸说："小橘子，刚才要是把你卖掉你也不知道。"我睁大眼睛："卖给谁？"爸爸笑了："捡破烂的。"我也笑了，知道爸爸在开玩笑，于是放心地趴在爸爸的肩膀上继续呼呼大睡。

　　回到家，爸爸把我往床上一扔，我一觉睡到大天亮。早上醒来，我伸了个懒腰，真舒服啊。我想，世上最舒服的事情，莫过于睡一个好觉了。

　　一个人一生中有三分之一的时间是在睡眠中度过的。这三分之一的时间，我们什么也不做，只是一动不动地躺在那里，看起来好像纯属在虚度光阴。

　　有时候我想，人要是可以不睡觉，这三分之一的时间，不知道可以做多少事情？可是，睡觉是一件多么美妙的事情哪。想想看，躺在云朵一样蓬松的床上，眼皮渐渐合拢，继而陷入甜蜜的梦境……

　　睡眠是上天送给一个人最好的礼物。

　　小时候，在村子里，羊和牛，猪和狗，天黑了就闭眼。天黑了，我们也钻进暖烘烘的被窝。冬夜，被窝是世界上最舒服的地方。我们在被窝里打牌，一个人占一个角。我、弟弟、爸爸和妈妈。谁输了就刮谁一个鼻子。

我打牌最烂，我的鼻子总是被刮得红通通的。后来，我发现爸爸耍赖，偷偷地把臭牌藏起来，打到最后，牌越来越少。一把掀开爸爸的被角，赫然发现几张红桃三、梅花四。于是轮到爸爸被刮鼻子。小孩刮大人的鼻子，噫，真过瘾。

有时候，妈妈在屋子里生了炉子，我们裹了一床棉被，围在炉子旁。炉膛里爆出豆子的香气，炭火把我们的小脸烤得像小苹果。我迷恋那一间有炭火的屋子，不知不觉地，我会在炭火旁沉沉睡去。

我想，在冬天，一个内心有炭火的人，多么好。

来到城市以后，渐渐习惯晚睡。城里灯火璀璨，一直要到后半夜，才渐次熄灭。甚至，有一些窗子的灯火彻夜亮着。我不知道，那些灯下的人，都在忙些什么，做些什么。

我也是一个夜猫子。白天与黑夜，我似乎更偏爱黑夜。黑夜才是我自由的时间，可以冥想、发呆、看书、写字。每天不到十一二点，几乎不会上床。可是早上七点就要起来，如此算来，我一天的睡眠时间，顶多只有七小时。

幸好我的睡眠不算太坏，一躺下就能睡着，并且能一觉睡到大天亮。这真是神的恩赐。为此，我心中充满了感恩。

我听到许多人抱怨睡不着。我有一个同事，每天半夜二点醒来，仿佛闹钟上了发条，一到这个点，就睁大眼睛，再也睡不着了。她说，真是太痛苦了，再这样下去，非疯掉不可。

有一天，她老公带她去看心理医生，打出租车回来的路上，她睡着了。她老公对司机说，好不容易睡着了，让她多睡一会儿。出租车在城里绕了一圈又一圈。下车时，付了五百块车费。这一觉睡得可真奢侈啊。

那天晚上出去吃饭，听朋友说起年轻时在斜西街喝一夜老酒的事情，听得神往。朋友说，时值春夜，雨打芭蕉，时而缓，时而急，时而如擂鼓，时而如管弦，嘈嘈杂杂，凄凄切切。

屋子里，统共三五人，呷一口酒，吟一句诗，再呷一口酒，说一个笑话，一直饮至东方既白。那真是一生中最好的时光了。

可是，那天晚上，我们才饮了一壶酒，朋友已经哈欠连天。他摆摆手说，现在，通宵喝酒、聊天，想都不敢再想了。

年少时，喝了酒，三杯上马去。现在呢，当然是乖乖回家，倒头睡大觉。

（原载《嘉兴日报》2022年12月9日）

简儿，1981年生，中国作协会员。已出版《日常》《鲜艳与天真》《绿荫寂寂樱桃下》《玫瑰记》《枕水而居》《今天也要吃好一点》等多部散文集。曾获第九届冰心散文奖。

明天会更好

◎蒋孝辉

很高兴，又是一年了。

当飞机急匆匆地飞离萧山冲向夜空，窗外翻滚的薄云如丝绸般柔顺丝滑，月光下灯火璀璨的杭城是那么美丽动人。柳永笔下那"东南形胜，三吴都会，钱塘自古繁华"的盛景现在就在眼前，人们对炽热生活的渴望，迫不及待地扑面而来。

一

这份岁月的美好就在 1 月 9 日，相遇在新年第一次出差去桂林途中。杭州的勃勃生机，现代化国际大都市的那份自信与热闹又回来了，惊涛骇浪之后迎来一帆风顺。

"各位旅客，我们的飞机即将到达桂林两江国际机场。"我迷迷糊糊地望向窗外，恰巧远远地看见数发腾空而起的烟花，宛如一斛星斗洒满天空，那种美让人惊叹，令人醉。桂林山水甲天下，那种永争第一的勇气，让我对新的一年充满了憧憬。

螺蛳粉闻起来蛮臭的，吃起来可香了，这就是生活。螺蛳粉让人想起昔日生活的甜蜜，那是对生活充满欲望的张望。

无论杭州还是桂林，日子已经复苏，街上一间间的店面里吆喝声此起彼伏，浓烈的生活气息回荡在人海中。想吃又许久没见到的东西，现在都可以吃个够；想买又十分紧俏甚至脱销的东西，也排满了货架。

过去三年，我们对疫情带来的影响深有体会，可能还有切肤之痛。大多数人除了被隔离的记忆外，对疫情了解都不是太多。

"能不能挺进决赛？"

"正在'坐月子'中。"

学习株、干饭株、刀片株……人们第一次感受到，病毒是如此形象且真实。经历很是糟糕，甚至令人茫然无措，这使得大家一度变得莫名其妙地焦虑失常。正如孔子所说，"知其不可而为之"，危机中乐观的人们没有逃避，一招"邻里药箱"便成功地渡过一"劫"。

人生无常，亦是人生之常。疫情也让我们看到了更多人间真情。以前我们以为，病痛是一种能够用钱解决的事。但现在，好多人，为了照料家人，宁可工作上一切归零，也要全身心地陪伴慢慢老去的长辈。

日月既往，不可复追，只要行动起来，孝顺啥时候开始都不迟。常回家看看，多陪家人吃吃饭、聊聊天。

二

妻子是一名ICU医生，加班是家常便饭。她经常拖着疲惫的身体回来，有时都不想吃饭，倒头就睡。那种十分焦急又帮不上忙的感觉，令人好不无奈。"要是能救人一命，我熬个通宵，又算得了什么？"很欣赏妻子富有共情力的善意，我们一定能顺利实现病有良医、老有康养、幼有优育的美好愿景。

我们常常把医生比作白衣天使，我们不仅不能忘记他们是谋人民健康之福、解群众疾病之苦的英雄，更要多多以他们为榜样，做好自己手头的每一件小事，做大家都认为有利社会进步的具体事。

我下定决心，从今往后凡是妻子加班，不管多晚，我都愿意烧一桌热菜，等她回家。

海子在《面朝大海，春暖花开》里说，从明天起，做一个幸福的人。

幸福来自哪里？源自承续传统，我们要把因疫情失去的大把时光一点一点追回来。杭州正可以给予我需要的一切：我们可以一边围炉夜话，寻找才气纵横的苏东坡，洗涤自己的灵魂；一边观雪赏梅，流连断桥残雪的唯美，为平淡的生活增添几多色彩；抑或泡一杯龙井茶彻夜长谈，也可温一壶黄酒痛饮狂歌，只要是生活原本的样子，我们都要全力以赴。

心生向往，却又一时无法到达的远方，我们也要抱有希望。让我们想想，什么事情真的让我们内心感觉到异常轻松呢？是那种吃苦也像享乐的耕耘岁月，是燃烧的青春。

三

人间烟火气，我们期待已久。

当下，生活已经重启，我们没有理由再敷衍了事。我们已经回到了日复一日的、平凡而热烈的生活中，我们要主宰当下精彩的生活。

斑驳沧桑的靖江王城正阳门三元及第坊，有着厚重古朴的历史。数名"举人"正在为过往的路人指点生计。夕阳下，一位失明的老先生端坐在小凳子上。要是贸然捐款，想必定是不会接受的，和他探讨了一下当下过往，他自然也就笑纳了我的心意。

"独在异乡为异客，每逢佳节倍思亲。"清瘦的老先生已经是满头白发，他让我想起了我的父母。回家过年便是我们对家乡对故人的情感寄托，也是对来年焕发新斗志的力量源泉。

"今年，我一定得回去陪爷爷奶奶过年。爷爷蒸年糕我烧火，奶奶做豆腐我推磨，我还要写春联……"多年未曾回老家过年，一放寒假，女儿便早早地计划起了自己的回乡之旅。

一些平平淡淡实实在在的生活小事，将孩子和爷爷奶奶的亲情有趣地系在了一起。我感到特别自豪，孩子懂得爱，而将自己在老家和长辈们相处的时间排得满满当当。

哪怕是陪父亲喝上几口红曲米酒，哪怕是陪母亲到地里拔一次萝卜，都会为年味增色不少。还在部队的时候，几年回一次家。短短的探亲假，父母总是掰着指头算我回家的日子。可以想象，要过年了，他们现在也是踮着双脚站在村口等我们回去，我脑海中清晰地浮现出父母因为我们回去的那份激动，像小孩子拿到心爱的玩具一样手舞足蹈地开心。

狄更斯说，我今日所做的事远比我往日所作所为更好，更好。我只有一次做儿子的机会，不想等到一切都过去了才去怀念。

不必徘徊、无须挣扎，按时回家过年，我要遵守和女儿的约定，也是给父母吃一颗陪他们回家过年的"定心丸"。

四

希望我们的生活多些美好的记忆。

很是欣慰，带回去阅读的课外书，占去了女儿行李箱的一大半空间。一个五年级的小学生在阅读范围和习惯上，让我自叹不如。

"要是一天不阅读，我会很痛苦。"女儿往箱子里塞了一本又一本的书。

"难得回乡下，'农令营'除草、浇水、种地也许会脱你一层皮，也没那么多时间看书。"我逗想，让女儿多体验一些田间地头劳作的艰辛和快乐。

"'断粮'的痛苦，再也不要了。"我把书拿出来，她又放进去。女儿沉浸于阅读之中，那份简单又浓烈的快乐。

"我就是一个普通的小学生，没什么特殊的东西，唯一特殊的是我对阅读的那份热爱。"女儿已经习惯思考，丰满的内心恰好沉浸在美丽时尚的杭州，读书不再是月露风云。

我们一路奋战，虔诚感恩，是为了可以让自己的生活保持微笑，踏过四季与朝暮，从容地享受平安与自由。

《飘》告诉我们，不管怎么样，明天又是新的一天。

努力吧，亲。

（原载《浙江日报》2023 年 1 月 15 日）

蒋孝辉，现居杭州，一个行伍出身的文艺中年，童年酷爱摸鱼抓虾，少年喜好放牛赶羊，青年胜酒不嗜杯，中年闲读几本好书，敬畏文字，热爱生活。

朋友老牛

◎金慎言

移居丰惠快 20 年了，真正算是朋友的也只有三四人，"老牛"是其中一个。老牛一生爱象棋，到老棋艺不精，与我"三脚猫"旗鼓相当；他是 1937 年的牛，我是 1939 年的兔，年龄相仿；又因我常写些小文，老牛是忠实的读者。一来两往，成了棋友、文友、朋友。而他的人品、素养、爱好，每每使我感动而崇敬！

老牛的真名早被世人淡忘。他今年 86 岁，一头银发，一张白皙无斑痕的脸，脊椎严重弯曲，戴一副深度的近视眼镜。就是这样一位耄耋老人，却是家里的唯一劳动力：除负责"买、汰、烧"，打扫卫生，种植蔬菜外，还要服侍坐轮椅的残疾妻子的饮食起居。而更令人心疼的是他还每天凌晨去附近垃圾桶里捡废品卖了补贴家用。亦由此，他被一些人嫌弃，避之而不及。

老牛捡废品不假，但他自身不臭不脏，十分清爽。平时，他布鞋、线袜，干净的中山装衣裤，白净皮肤，戴着眼镜，文质彬彬，是一个常读书报的老人。我和他第一次邂逅就在"新四军纪念馆"楼上的老年活动室。他在读《上虞日报》上我的一篇文章，在闲聊中，他知道我是作者，就说："我常看您的文章，写得真好！"后来，我知道他爱读书，拎了几本《曹娥江》《上虞史志》去拜访。

老牛的家在十字街南端靠近万寿庵的一个四合院里，原是大户人家的厢屋，他住南首的两间，花格子窗户，实木大门，油漆褪尽，道地十分宽阔洁净，约有半个篮球场那么大。

老牛的屋也像他的人一样，在岁月的流逝中渐渐老去：屋内水泥地面多处断裂、凹陷；墙壁、柱子粘着油烟的黑，厚厚的；折间的板壁，本色无油漆，高低不平。家具全是20世纪80年代的，一张简易的木制小方桌、四五条未上漆的小排凳、七八把竹制小椅子。这些竹制小椅子大多用布条东缠西绕，在灰墙下立着，为弈棋者的座椅。

老牛一天到晚侍弄庄稼和花草，身上沾满了泥土清香和花草的芬芳。他在丰惠东光村支过农，那里有他的自留地，几十年了仍不荒芜。东光离丰惠虽只两站路，但毕竟不便，只种些花时较少、易于栽培的番薯、芋艿、粟（高粱）等。这些作物的下种、除草、施肥、收获都记在老牛心里，不误农时，收获良好。老牛说："番薯、芋艿吃不完，送人的多，粟直接兑粟烧，最多一年兑了两坛，40斤。"

老牛的主要精力花在前道地、后天井的蔬菜、花草种植上，以蔬菜为主，几个陶瓷花瓶里栽种的茶花、石榴、月季、吊兰，只是蔬菜品种的点缀。丰惠种花草的人多，但把蔬菜当花种的恐怕无出其右，唯老牛一人。

他种菜的容器是价格低廉的泡沫箱和塑料罐，春夏以西红柿、茄子、刀豆、丝瓜为主角，配以各色辣椒、天葱；秋冬以青菜、黄芽菜、大白菜、萝卜为主，配以韭菜、芹菜等。不同的器皿栽种不同的菜：泡沫箱常种青菜、茄子、西红柿；土墩种丝瓜、蒲子。下种苗，上搭棚；小罐种萝卜、辣椒等，一罐一苗。我亲眼见到、亲口吃过老牛的萝卜。一个个高不足20厘米，底部直径约10厘米的小塑料罐，却长出一个个圆圆的大萝卜，估计有半斤重。

他的前道地有泡沫箱8只、塑料罐20多只,摆放有序,错落有致,常年碧绿。后天井,约25平方米,实在是个后花园。土墩2个、泡沫箱13只、花瓶5只、大小塑料罐30多只,有的着地,有的高阁,四季青翠,花果飘香……总之,老牛一年到头,自种的蔬菜自家吃绰绰有余。

其实,老牛物质生活不错,他是知青,企业退休,老伴残疾吃低保。两老都爱酒,老伴喝啤酒,老牛喝老酒,一日两餐,雷打不动。每当星期日,女儿、女婿、外孙女、外孙来家,更是其乐融融!精神生活也丰富,除看电视、走象棋外,他是个被世人看作"呆子"的活雷锋:他每天去街里买菜购物时,手里拎着一只塑料袋,把沿途的果壳、狗屎、香烟蒂头等捡到袋里,然后投入垃圾箱,天天如此,从不懈怠;他常常一个人,拿着扫箕、小锄头,默默无闻地在八字桥上拔草……

老牛,我敬重的老哥!

(原载《钱江晚报》2022年8月14日)

金慎言,1939年出生,浙江上虞人,绍兴市作协会员。参与编纂出版《太平山村志》《南源村志》《许岙村志》等,散文、随笔在《野草》《钱江晚报》《绍兴日报》《绍兴晚报》等报刊发表。著有散文集《山乡絮语》《金秋拾笔》。

人生三层塔

◎金锡逊

　　人生可以看作是一座塔。

　　我望见人生宝塔巍巍然有三层：第一层居住着肉体生活，第二层居住着精神生活，第三层居住着灵魂生活。

　　进入第一层肉体塔。

　　肉体是宝贵的，我们来到这世上的入场券只有一张，而且机缘偶然。"我"在这世上也仅有"这一个"，无可复制，理当珍惜。他人也只有"一个"，自然更应予以尊重。故强调"以人为本"。

　　"高等动物"毕竟还是动物，故人有求生本能。求衣食住行好一点，无可厚非。孔夫子说："食不厌精，脍不厌细。"陶靖节说："人生归有道，衣食故其端。"而"路有冻死骨"则为诗圣所痛，"安得广厦千万间"为诗圣所想。现今，生活比过去确在改善。我们吃好穿好，我们运动健身，"物即是动，动即是物"。运动以求强健、长寿。肉体生活已今非昔比。

　　再迈上第二层精神塔。

　　光有肉体生活的人精神是单薄的，哪怕酒足饭饱，也不过只是酒囊饭袋。荷尔德林有诗说："人充满劳绩，但还诗意地栖居于大地之上。"凡动物都有肉体生活，难道我们和动物无异？于是我们读书求知，我们有理性，追求真理；我们有好奇心，追求精神生活。书籍、网络、电影、电视、比赛、讲座、报刊、收藏和"送文化下乡"等，皆因此而兴。

现今大城市人口膨胀，然而气质高雅的人似乎并非特别多吧。电视剧多得让人眼花，却不敢说有很多杰作吧。读书不得法可能变成食书不化的"两脚书橱"。有人读书仅仅是为了炫耀，有人读书只是为了考试，有人只读'谋略'作品学点"搞关系"，有人干脆不读书。可见，迈上精神塔实属不易。

继续迈上第三层灵魂塔。

灵魂生活是宝塔的顶，更是难能可贵。此层中之人不但有精神生活，而且对人生有更执着的追求。我们有人性、有信仰、有尊严、有诚信，并推己及人、关心同类。

人类的文化史，即从野蛮走向文明的历史，比起地球的生命，或从猿到人的历史来说，实在是十分短暂，庄子称为"白驹过隙"，汉代人感叹"人生寄一世，奄忽若飙尘"。佛家称之为"刹那"。

然而，人类这本已短暂的生命并不以长短论价值，而以灵魂高洁与否看质地。韩愈就品评过："生而不淑，孰谓其寿？死而不朽，孰谓之夭？"布鲁诺维护哥白尼的"地球绕着太阳转"，宁可被烧死在罗马鲜花广场上；李大钊坚持马克思主义，面对军阀的绞刑架神色坦然。他们灵魂不朽。这都是超越了常人的精神追求，故能将肉体看轻，做到视死如归。这种超越性无疑是对灵魂的较真，对真理的渴望。我们称之为有信仰。

小乘佛教仅仅追求个人的精神解脱，以证得阿罗汉果为最高目标，只修自己的"来生"，终于消衰；大乘佛教则宣布以"普度众生"为宗旨，终于东传。可见，大乘佛教的"普度众生"非为一己，是为同类而修行，它超越了个体。

其实，追求"天下劳苦大众得解放"的共产主义战士，何尝不是在"普度众生",将天下苍生渡至"天下大同"之彼岸?而且先就抱定牺牲之决心,并无"成佛"之奢望,显然应居于灵魂塔之最高层。能迈上灵魂塔的志士仁人不知能有几何?

（原载《联谊报》2023年6月6日）

金锡逊,1941年生,宁波市中学退休教师,退休后居住在杭州。系浙江作协会员,浙江省散文学会会员,散文见于《钱江晚报》《浙江教育报》《文学港》《星火》《江汉》《散文百家》等报刊。出版散文集《是谁给了我阳光》《似水流年》《从近海到远洋》三种。

迁徙与展复

◎ 来其

定海历史上，有两次不同寻常的人口大迁徙。

说到迁徙，我们马上会想到鸟的迁徙。由于气候的变化，在北方寒冷的冬季和热带的旱季，一部分鸟类为了应对食物的短缺，要经过长距离的飞行，迁徙到其他食物丰盛的地区。迁徙行程最长的是北极燕鸥，它在北极地区繁殖，却要飞到南极海岸越冬。

我们人类也有过大规模的迁徙，战争与动乱是大迁徙的主要原因。现在的苏南浙江一带，有很多家族是在北宋"靖康之耻"后，宋室在江南建立政权时，从中原迁徙过来的。这次南下移民累计有五百万，是我国历史上最大的一次中原汉民族南迁，东南各省甚至远至福建、广东都有大量北方移民。由于南宋定都临安府（今杭州），密集的移民迁徙到苏州至宁波一带，尤其是杭州城里。

与这种因战争而被迫迁徙不同，定海历史上的两次大迁徙，都发生在和平年代。明朝洪武十九年（1386），征南将军汤和经略海上，奏请遣徙舟山各岛居民入内地。定海紫微乡人王国祚冒死赴京"告御状"，才准留舟山本岛居民547户8805人，其余46岛居民13000余户、34000余人皆迁徙到浙东、浙西各州县及安徽凤阳县。

这次迁徙，表面上的理由是"悬居海岛，易生寇盗"，实质上却是朝廷奉行禁海、闭关、锁国的政策。

定海另一次大迁徙是在清朝顺治年间。这次海禁政策比前一次更加严厉，施琅《靖海纪事》载："朝命甫下，奉者过于严峻，勒期仅三日，远者未及知，近者知而未信。逾二日，逐骑即至，一时跄踉，富人尽弃其赀，贫人夫荷釜、妻褓儿，携斗米，挟束稿，望门依栖。"也就是说，限期迁徙的时间只有三天，距离远的人根本来不及知道消息，距离近的人就算知道了消息，也不相信。过了两天，军队骑兵就到了，于是富人抛弃所有财物，穷人拿着锅子带着妻子儿女，流离失所。这次人类的迁徙要比鸟类不幸得多，候鸟在迁徙前有很多时间准备，通过多吃多睡把自己养胖，体内积累下来的脂肪，就能为长远跋涉提供能量，但定海居民那次迁徙，什么准备都没有。

舟山春秋时已种植水稻，唐代成为重要产盐区，宋代形成渔汛，明清两朝两次大迁徙造成了社会发展大断层。迁徙后房屋被放火焚烧，岛上到处都是断垣遗址。没过几年，稻田、盐场荒芜了，桥梁、沟塍被水冲垮了，山林里各种野兽多了起来，坟墓也渐渐坍塌，髑髅枯骨散布在荒山野岭，昔日繁荣的家园再也不是一个适宜居住的地方了。朝廷还规定，凡官员兵民私自迁移到海岛，盖房居住，耕种田地，一律拿问治罪。不难想象，在中国这样一个安土重迁的农业国度，让人们放弃祖祖辈辈的生存之地，久客他乡，其精神上的流离失所、无依无靠，尤其是历年居远，子孙莫知其所，这是何等痛苦之事。因此，尽管严禁，但是仍有人违禁潜回。据《金塘镇志》记载，康熙二十年（1681），有个叫陆文韬的就违禁迁居金塘岛。陆文韬不会是违禁第一人，距此更早，定海有"康熙四年七月初五，飓风拔树，淫雨淹禾"的记载，如无迁移海岛之人，又怎么会有稻禾？

到了康熙二十二年（1683），台湾已经平定，朝廷想重开海上贸易。之后，清政府颁布"展海令"，召民开垦，并设舟山镇。又过了两年，舟山镇总兵黄大来与巡抚赵士麟联名奏请恢复县治，康熙准允了。但回迁者多数已贫穷潦倒，约八成人以垦荒为生，其余为捕鱼、煮盐、做手艺和小商贩，这些人有些却是原先的定海富裕人家。尽管如此，对于那个奏请设县的黄大来，当地百姓还是感激涕零。康熙二十九年（1690），黄大来病逝，当地百姓在南门大街建了座太保庙，年年祀奠。

展复大业，首要之事是筑城。明万历十三年（1585）间所筑的定海城墙，此时早已毁坏。筑城的奏折是浙江提督陈世凯抱病疾行千里，上京专程呈报朝廷的。他于康熙二十八年（1689）十二月初三叩阙觐见康熙，康熙见他气喘甚急，就跟近侍诸臣说，这个人病势甚危，但近侍诸臣都说无妨。然而，陈世凯第二天就病故了，康熙叹道，此归果殁矣，甚可伤悼！多少有点埋怨近侍诸臣的意思。于是，十六日辰时，当大学士伊桑阿等内阁官员拿着陈世凯生前的折本请旨，说陈世凯请求采取募捐集资的办法建造定海城，工部商议后觉得不可行，康熙就不高兴了，他不但批准了陈世凯所奏，还传旨拨皇银建造。

陈世凯，字赞伯，湖广恩施人，是一位勇敢善战的武将，军中呼为"陈铁头"，康熙二十三年（1684）任浙江提督。除了抱病亲递折子，史书上还有一个他与舟山有关的记载：康熙二十六年（1687）四月，他为法雨寺请来了一个住持，结果这一年法雨寺建起了藏经阁、东禅堂、三圣堂、官厅、三生堂、印寮，翌年又建起了智食楼、教诫楼。那时普陀山百废待兴，倘没有浙江提督的支持，是很难在短短两年内如此大兴土木的。

这一趟进京奏请建定海城，更不是一件易事。康熙平定三藩之乱和台湾之后，国库财力已十分紧张。动支皇银建城，在定海之前只有过一次，那就是康熙二十五年（1686）批准台湾建城，此外连修河南开封府城、直隶通州城都是靠捐纳，而且定海城规模不小，共动支皇银 31280 两。康熙还调集宁波府知府、同知，镇海县知县，镇海、慈溪、象山诸县县丞、典史、巡检等，分别担任定海建城的总裁、监造、承造、管工，可以说是重视到了极点。康熙如此重视，除了感到定海"关系紧要，捐纳非善事"外，更主要的还是被陈世凯感动了，陈世凯叩阙觐见的次日就撒手而去，令康熙难以忘怀，这实际上是以死相谏呀。定海城是康熙二十九年（1690）四月十六日动工的，十六个月后，竣工了。

展复后的几十年，定海人很有幸，遇着了黄大来、陈世凯，后来又遇着了周圣化、缪燧，他们既是清官，又是能吏。或许正是因为之前的苦难，才有如此幸运。

周圣化是建城前一年来定海任知县的，刚到任时百姓住的是草屋，常罹火灾，他就捐钱帮百姓换茅草为瓦片。筑城后，他又捐资修筑海塘，动员百姓开垦农田。此后周圣化在定海当了三年知县，离任时，定海百姓遮道攀辕挽留。继任者叫缪燧，当了二十二年定海知县，这在地方官三年一调任成为吏制的清朝，非常罕见。缪燧对定海展复的功绩，主要是修水利。当时定海遇到大风潮，海水就漫溢陆地数十里，毁船，毁田，毁屋，溺死人无数。缪燧修筑了二十三条海塘，造了万余亩良田，今白泉北半部港湾的海积平原，大部分就是那时围涂造田形成的。缪燧的另一大功绩是兴学。他初来定海时曾感叹："子弟十三四以上皆樵牧，不知诵读为何事。"为振兴文教，他捐俸重修学宫，设立义学，并延请鄞、慈等邑名士来定海教导。自此，学风渐兴，"岁科两试，每试得六七人"。

关于缪燧的传说很多，如说他穿土布衣、草鞋，在海塘上与民众同吃同住同劳动，后来腿扭伤了，人们才知道他是县老爷。这些传说应该是真实的。不过，他以知县之尊，去干普通劳力之事，其用意不仅仅是体察民苦，更不是为了增加一名劳力。在他任内，不仅修筑了海塘，还建了不少碶闸，挖了几十条河，掘了几百眼水井。如此浩繁的工程，在没有机械工具的清朝，只能全凭人工劳作，其艰辛困苦不难想象。因此在他任知县的二十二年间，劳役一定繁重，但史书却说他"役虽繁而民不受扰"，个中原因除了这劳役能给百姓带来实实在在的好处外，还在于他能以自己的身体力行堵住悠悠之口。

黄大来、陈世凯、周圣化、缪燧，四位循吏开创了 1686 年后定海的灿烂文明。一段舟山展复史，留下了他们坚韧不拔的身影。

（原载《散文百家》2023 年第 1 期）

来其，中国作协会员，浙江省散文学会副会长，舟山市作家协会专家委员会主任，舟山市文史馆馆员。著有《美丽的堕落》《一个人的岛记》《舟山有意思》《逐梦远洋》等小说、散文、报告文学著作。

风雨泽随

◎李舫

第十七卦

随。元亨，利贞，无咎。

象曰：泽中有雷，随。君子以向晦入宴息。

——《易经》

淅淅沥沥的小雨，下了整整三天三夜。

泽随——天地间这个寂静的村落，都被这湿漉漉的雨意笼罩着。放眼望去，天地一片苍茫。湿漉漉的绿色像大海的波浪，翻卷，飞腾。水波里，有怒吼的巨龙，有低矮的野草，有叫不出名字的各色灌木与乔木。

从杭州沿长深公路、溧宁公路一路向西南行进，泽随，便像一个老朋友伫立在村口，挥舞手臂，遥望远方。猛抬头，乡愁，如同浓墨重彩的云朵，飘然而至。

泽随的风和雨，总是这般情义缠绵。

泽随，位于衢州市龙游县城二十公里之外的塔石镇，东邻柯泉村和横山镇，南毗塘里村，西靠十里丰农场，北接衢江区大路口村。这个仅仅七平方公里的、仅有千户人家三千多人口的小小村落，却是国家级传统村落、浙江省历史文化名村。

小雨淅淅沥沥，雨帘变成了雨雾，雨雾又变成了蒸腾的水汽，细碎的水雾在日光中摇曳生姿。天地间，树林里，竹枝中，一朵又一朵野花在湿漉漉的空中、湿漉漉的地上悄然绽放。这是一种彻底忘记或者说从来不在意节令的植物，这是一个彻底忘记或者说从来不在意时间的地方……在风雨中的泽随伫立，心中顿时一片迷惘。

泽随，有漫山遍野的竹林。竹子，在这里被称为楠竹、孟宗竹、江南竹……竹生山间，竹生水畔，竹生村头，竹生溪边，竹子生长在村民的家园中，也生长在村外森森的山林里。独坐幽篁里，弹琴复长啸——这是王维的幽雅；绿竹入幽径，青萝拂行衣——这是李白的狷狂；斑竹枝，斑竹枝，泪痕点点寄相思——这是刘禹锡的痴情；绿竹半含箨，新梢才出墙——这是杜甫的隽妙；竹外桃花三两枝，春江水暖鸭先知——这是苏东坡的飘逸；西窗下，风摇翠竹，疑是故人来——这是秦观的萧散；衙斋卧听萧萧竹，疑是民间疾苦声。些小吾曹州县吏，一枝一叶总关情——这是郑板桥的牵挂……此时此刻，在泽随的时间和空间里，说不清今夕何夕，说不清身处何方。

泽随地势西北高、东南低。站在泽随的街巷里，猛抬头，目光正与西北方向乌龙般腾云驾雾的大山相遇。两座不高的山峰，一曰大乘山，一曰真武山，真武山海拔仅458米，峰曰豸屏峰，风景迤逦，山有真武庙，有"小武当"之称。大乘山和真武山，自古便是泽随之屏障。两山各有一支水源流向泽随村，是为东坂溪、西坂溪。村中有山名"珠峰"，两支水流环绕村落后向南汇入衢江，两溪与珠峰形成"双龙戏珠"之风水。

泽随南面则有树名"樟树"。

据植物学家考证，这棵数人方可合抱的古樟树已有一千多岁。当年，岳飞军士驻宋家，挖泥烧砖时，此树早已伫立此地百余年。

只有到了泽随，才会懂得自己的渺小。行走在泽随清幽的小石板路上，品味着泽随古色古香的雕梁画栋，方懂得泽随的幽深与宏阔。

泽随的居民大多是徐偃王的后裔。泽随，这个名字来自最早来到这里的一世祖徐偃王。相传，徐偃王之母姜界于周昭王三十六年（甲子年）正月二十日癸酉时产一卵，人产卵不吉祥，姜氏觉得奇特，准备抛弃。却从卵中传来婴儿之音，姜氏将卵剖开，只见孩童形容端正，声音和稚，有筋而无骨，其左手握拳不开，到七岁才伸开，见掌中有纹出现"偃王"两字，遂将孩童取名为偃王。

徐偃王后人徐文宁擅相阴阳，善观流泉。元朝大德年间，徐文宁狩猎至衢州，预感此处可能是风水宝地，故从西安峡口（今属衢江区）后山迁居于此。也是在这里，徐文宁占卜得卦"泽雷随"——"随"为《易经》卦名。震下兑上，卦词有"泽雷随"之语，此卦代表随和、吉祥，象征随遇而安，一切随缘、随和。徐偃王遂取首尾二字，以"泽随"为其村庄命名。

自那时至今，泽随已有七百多年。数百年来，宋元理学和明清龙游商帮的文化沉积，酝酿了泽随这个血缘聚居、古色古香的小小村落。

千年古村，以珠峰为中心，看似各家独立的楼房，但又别具一格，由直通大宗祠的跨街楼廊相连接，体现了泽随自古以来"分户合族"的传统观念。清一色青砖灰瓦，白墙硬山顶，两层楼，防火墙，石质柱础防潮防霉，既珠联璧合，又独立成章，外观庄重典雅。

泽随，共有明清至民国古建筑146幢，其中明代建筑占20%。古建筑按八卦布局，村子的中心有上湖、下湖，远远望去，如太极阴阳鱼一般，缠绕在一起。古建筑基本为徽派风格，白墙、黛瓦、马头墙，每栋都有一段厚重的历史。顺山缘水依势而建，鳞次栉比；里巷村道条石铺缀，曲径通幽；公共建筑恢宏大气，民居结构细巧精美。古建筑内部砖、木、石三雕齐全，尤其木雕，精雕细琢，内容丰富，巧夺天工。

雕梁画栋，在泽随不是稀罕物，纷纷进入寻常百姓家。穿梭在泽随古街古巷里，徽派建筑匠人高超的工艺才能和村落先祖的富裕程度，令人叹为观止。泽随古村另一特色是它的门楣文化，几乎所有古建筑的主人，都在自己的大门门楣，题上自己家族的精神追求和寓意吉祥的题词，如："德泽流芳""桂秀兰芳""玉韫山辉""积善馀庆""紫阁祥云""世居怀德""威凤祥麟"。这些在其他地方难得一见的或砖雕或墨书的门楣字匾，在泽随举目皆是。

泽随多古树、多古井，古建筑则多古亭、多宗祠、多古民居。徜徉在古街上，仿佛穿越时空回到了从前。泽随的古街上，有两处古民宅令人过目难忘。

一处是徐清元宅邸。这是一处一进一天井二厢房的宅院。门楣"威凤祥麟"由砖雕烧制而成，生趣盎然。麒麟和凤凰，古代传说是吉祥的象征，只有在太平盛世才能见到，通常用来比喻极为难得的人才。门罩为有厦式砖叠涩出檐，翘角，在门罩与门楣之间绘有图案，云彩图案及五谷花鸟，象征着丰收与吉祥。大门框，青石结构，二迭式马头墙，粉墙灰瓦，典型的徽派建筑。内部木雕精细，主要内容以戏剧故事为主，有"姜太公钓鱼""周文王推车""魁星点状元"等，其他吉祥图案为辅。二十多幅图案精美的平板浮雕，九块一字排开。老宅那"旧貌依稀"的豪气、雕饰俊美的图饰，仍散发着不尽的古香。

还有一处是被标记为"燕入寻常家"的徐岳祥徐国洪叔侄住所。这是一座清中期建筑。大门顶彩绘"鹿衔仙草与凤戏牡丹"，寓意长寿与富贵。宅内有明末家具桌、椅、脸盆架等，架上刻有杨宗保与穆桂英的爱情故事。

有趣的是，徐家屋梁下有燕窝无数，天井四周有"钟灵毓秀"，期望聚合天地之灵气，孕育出优秀子孙。童子托盒香出五谷，梁中蝠，惟妙惟肖。在中国传统文化中，燕子是吉祥之鸟，蕴意和谐、友爱、善良、感恩。江浙一带，通常有燕子的砖雕、木雕作品装饰，取其温良之意。

泽随多小溪。淅淅沥沥的小雨落在溪水中，如同大珠小珠降落玉盘。叮咚，叮咚，叮叮咚咚……一时间，清泠泠的声音响成一片。波光粼粼的小溪流进上湖、下湖，阴阳两条鱼便不时变幻形状和色彩。湖水潋滟，雨滴落在湖面上，仿佛仙子的凌波微步。她们或急或缓，或冷或暖，从天边袅娜而至，穿过草丛，穿过竹林，穿过树荫，穿过大樟树的枝丫，穿过暗黑色的乌云和泥土，嬉笑着远去，只留下淋漓的雨意，留下苍茫的回忆。

泽随百姓有一处雅集之地——报恩亭。

有恩必报，是泽随的文化传统。报恩亭初建时间早已模糊不清，然而经历数百年的建设与毁坏，报恩亭见证了泽随数不清的岁月和往事。到了清朝，战乱频仍，乡村日渐凋敝，村中百姓建议在此建设凉亭，这就是今天的过街亭。过街亭两侧借用附近建筑的墙体，初是作为哨卡、防盗、警报等之用，最后变成了休息、休闲、娱乐的聚集地。亭子地面，有河卵石铺设的图案，质朴无华，就像泽随，它的品质就是它的日常。承平日久，岁月也消弭了战火的痕迹，今天的报恩亭已经成为乡民避雨、休闲之地，然而，它的品质依然如往昔般高傲、坚韧。

远处，风声渐落，雨意渐歇。

乌云，渐渐变得轻薄、轻灵。云层之上，阳光从云朵的间隙里挤挤挨挨地挣扎着，像溪水一样清泠泠地流下来，在大地上一泻万里，涂满金色的图案。

这就是泽随，它有着不为众人所熟悉的名字、不为世界所传诵的故事，却有着穿透时间的伟大力量。

（原载《浙江散文》2022年第1、2、3期合刊）

　　李舫，中国人民大学文艺理论博士，《人民日报》（海外版）副总编辑，中国作协全委会委员，中国散文学会副会长，全国文化名家暨"四个一批"人才，曾获鲁迅文学奖，多次获得中国新闻奖，代表作有《春秋时代的春与秋》《千古斯文道场》《能不忆江南：杭州，一座天城的前世今生》《江春入旧年——嵇康与广陵》《山山记水程——李贽在晚明》等。

花朵的味道

◎李鸿

一

"栀子花，栀子花要哦？"软糯的声音从街角扬起，阳光正好，我趴在窗口两眼望着窗外，光线打在老街的石板上，是一溜长方形的形状。外婆手拈花朵，从光影中走到房门口，人未进门，声音却已响起：来来，戴朵水栀花香香。外婆语速轻快，说到那个"香"字，人已微笑着来到我跟前。我把手伸过去，怯怯地接住花朵，栀子花的香味就牢牢地锁在我的手心，再传到我的心头，那香味一直是我的心头好。以至于多年后，只要到了栀子花飘香的季节，我的书桌上，总会放着几朵栀子花。纯白的，大朵大朵的花儿，配以翠绿的叶子，像个素雅的女子。在我看来，绿叶配其他色泽的花，会俗了点，唯有这素心的白配绿，青葱得很，闻起来也让人放松。一阵一阵，和着桌上的书味和茶味，分逸出难以言说的安宁。

外婆喜欢花，一年四季，家里总有各色的花香味。房后的小天井里，外婆一个人捯饬出一片花的天地。春天的花、夏天的花、秋天的花、冬天的花，一个季节有一个季节的花。月季花、栀子花、玉兰花、茉莉花、木槿花、姜花、海棠花、梅花……外婆的脸在花丛中时隐时现。花事繁盛期，外婆的白瓷碗里盛满清水，那些花便一朵一朵地开在外婆的碗里，也开在外婆的发间、衣襟上。人走过，裹挟着丝丝缕缕的香味儿，即便很远，那气息一直都在。喜欢这些花的味道，我的胸前常被外婆吊一朵花儿，有大有小，味道绝对是香的。夏初的午后，小镇的街角弥漫着浓郁的植物气息，它们吐纳着旺盛的绿意。清雅粉白的小飞蓬，仰着雏菊一样的脸，雪白的花瓣细碎重叠，中间点缀着黄色花蕊，屋前屋后绵延着，热热闹闹。外婆在空地上拉一根绳子，把刚洗好的衣裳，一件一件地晾晒起来，屋角的绣球花浮荡在衣裳下面，蓝紫色的花朵，叶片云朵一样层层翻卷着。我紧跟在外婆身后，顺手摘几片叶子，扔纸飞机一样飞过，叶片在空中划出优美的弧线后，落在地上无声无息。

外婆是个勤劳且爱干净的人，木质老房被收拾得纤尘不染，房间角落里虽幽暗却洁净，有时会插上一朵从篱笆上剪来的花。外婆十八岁嫁给外公，当年，一顶轿子抬进门时，街巷里站满看热闹的人，外婆穿传统大红裙装，一双小脚迈出轿门，一脸羞涩。外公是一个手艺人，他的行当是打铁匠，炉火红红，铁锤抡下去火花四处飞溅。他在他的小铁匠铺里，张开臂膀，一下一下地锤打着，镰刀、斧子、铁钉在炉火中淬成。外公寡言，里里外外全靠外婆一个人打理，打铁的材料用完了，会对外婆说：没材料了，去买点。买材料的钱不够了，会对外婆说：找人去借点。外婆一声不响，踮着小脚去街上转一圈后，就会拿借到的钱去买材料。外婆操持着一家人的生活，舅舅小姨加上母亲，外婆便是这个家的灵魂。

外婆的脸上总是挂着温和的笑意，我从没见外婆大声地骂过人。我想，是不是喜欢花的女子，都是那样的温柔？外婆的人缘特别好，隔壁的姑姑、婶婶们喜欢聚集在她的小天井里，或绣花，或编织草帽。她们围坐在一起目光温和，无声的笑容特别明媚。有时会有笑声骤然响起，也不知她们在笑什么。但她们的笑声是那么自然那么轻松，仿佛屋后的河流和空中吹过的微风。外婆当然会编草帽，长长的灯芯草带着日光的馨香，她的手指灵巧地跳动着，一圈一圈地贴合着手形，先是帽子的头顶部分，接下来慢慢地延伸到帽檐。一顶帽子在外婆的手里，几天时间就可以完成。我坐在她们中间，似乎坐在一座花园里。这样的日子很长又似乎很短，眨巴一下眼睛，就过去了。

二

七月，一场盛大的摘花仪式开始了。《礼记》中说："夏至到，鹿角解，蝉始鸣，半夏生，木槿荣。"此时木槿开出繁盛的花。在小镇，木槿又称槿篱，也叫毛头篱花，常被当作篱笆用。它长得快，枝条密实，一朵一朵的花，艳丽蓬勃。木槿花的叶子揉碎会有微小的泡沫，那时去商店购买一块香皂需要票据。乡下很多女子洗头都会用揉碎的木槿叶子洗，又方便又省钱，洗过后的头发有淡淡的植物清气。外婆是盘发髻的，但她仍像集镇上的姑姑、婶婶们一样，喜欢用木槿叶子洗头，爱美是人的天性，外婆也不例外。天空湛蓝如洗，篱笆上大朵大朵的木槿花，颜如舜华。一群女子提着竹篮，扬着手，露出一截瓷白的小臂，踮着脚，伸展着曼妙身子，在木槿树下采集花朵。木槿树不高，枝条柔软，花朵到处都是，它们妖艳地盛开着，盛接着阳光和雨露。外婆长得端庄、白净，特别适合站在木槿花丛中。海昌蓝的上衣衬着她的圆脸，在花树的映衬下，也像一朵盛开的婆婆花。外婆的头发其实不多，细而绵软，却仪式感满满的。她在洗头前，慢慢解开长年盘压在脑后的发髻，散落下来的头发垂至双肩，然后用木梳子一下一下地梳理着。一面圆镜子照见外婆的脸庞，镜子里外婆的脸反而有些陌生。我习惯了外婆盘着发髻的样子，这乍然出现的样子让我有点茫然不知所措。只见外婆不慌不忙，用手掌揉着木槿的叶子和花，蘸点水，慢慢地把它一点一点地涂在发际发尾以及整个头部，再用木梳把头发梳开，洗净，吹干，做法有着旧时老派女子的模样。当然外婆一般也会让我洗，我喜欢用花朵洗头，却害怕水滴到我的眼里。外婆可不管这些，把洗脸盆搁在木板凳上，一把就抱我过去。洗好后坐在过道上，穿堂风一下子吹干了我们的头发。外婆端坐在竹椅上，她熟练地盘起发髻，那枚碧绿的玉簪斜斜地插在发间，经木槿叶子洗过的头发特别好闻。我依在外婆身边，草木清香味一阵一阵往我身上窜。

那时，很多个夜晚，外婆坐在门口窄长的小街上，月白色斜襟短衫，慈眉善目，脑后扎一个好看的髻，鬓边有几缕细发。风吹过，外婆会用手指轻轻地往耳后拢。一些水灵的花儿就挂在胸口，一低头就闻到浓郁的芬芳。月亮出来了，很亮，亮得发白。窗棂的木栅在月光中透着几何的形状，夜让一切事物变得虚晃起来，让人与人之间的距离变得迷离。外婆手持一把小扇轻摇着，草、树以及一切茂盛的植物都栖息在夜里面，小街对面草丛里虫鸣如织，声音充盈了夜晚这个大口袋。我和外婆坐在月夜里，她会讲述一些让我惊讶的神话故事，在她的讲述中，所有的事情都充满了乐趣，所有的人都是那样的和善。就这样，一大一小，偶尔抬头看看屋与屋空隙间那个天空，一重又一重的天青色很分明。有时会听到高一声低一声的蛙鸣。就这样，我和外婆度过了一个个夏的夜晚。

三

后来我离开外婆，回到父母居住的村庄。村庄的风景并没有多大的改变，屋舍、瓦墙、田野、河流、树木、炊烟。唯一少了的是一些花朵，我在这里没有见到大片的木槿花和栀子花（当然偶尔也会看到一两株），没有花朵的村庄让我感到有点陌生。黄昏时，瓦房的炊烟升起来，被风一吹，散落在屋顶的四周，散发着莫名其妙的孤独感。我六岁上学，就在老家的村校，然后是小学、初中、高中，一天又一天，走在尘土四起的泥路上，夕阳的余光照着一个背着书包的乡村女孩。我的周围有了新的朋友，都是花朵一样的年龄。可寒暑假时我依然会去外婆家，一个人沿着那条村路，穿过乡野穿过陌生的村屋，直至看到那个熟悉的街角。

一个春天的黄昏，我和外婆盘腿坐在门口的一张竹床上，外婆亦已苍老，没有了头些年的丰润，她的眼角皱纹层层堆叠，双手也变得迟缓了。外公前年已经去世，舅舅、小姨都已成家，外婆一个人守着她的老房。天井里的老房也被改装成一个透明的玻璃房。突然想起那个夏日，栀子花白得耀眼，外婆在正午的阳光里向我走来，她是那么的年轻而有活力啊。

一天，在网上看到一款以栀子花为原料的香水，忍不住下单买了一瓶。收到的一瞬间，我小心翼翼地旋开瓶盖，气味无声无息地升起并蔓延过来，我翕动鼻翼，仔细分辨着气味，我的嗅觉穿过初夏悠长的时光，一些蛰伏在大脑深处的记忆迅速被唤醒，哦，是栀子花，那种熟悉的味道令我沉醉不已，沉醉中又有些许感伤，只是此时，外婆已经去了天堂。

（原载《当代人》2023年第10期）

李鸿，女，中国作协会员，中国散文学会会员，临海市作家协会主席。有作品在《美文》《散文百家》《四川文学》《浙江作家》《浙江散文》等杂志发表，出版有散文集《边走边看》《江南小镇的闲适时光》等。

养 猫

◎李利忠

　　有一晚我扶醉而归，内人横眉竖眼之余，忽提出要养猫。我被吓一大跳，当即醉意全消。在人世间过活，这猫和狗我见多了，不外是些跳蚤般大小的摆设。你说这猫吧，奴颜媚骨的，一副太监嘴脸；这狗呢，甚至还不如猫大，跟小孩似的得抱怀里……但我想安耽过日子，自是不能这般表达。我只能词不达意地王顾左右："哎哎，你知道，猫是会叫的，这等于是拥有语言表达能力。如果照顾不周，你就不怕它抗议啊？最为重要的是，我们每天都要上班，回到家中，万一它跟我们倾诉它的孤独感，而我们却没耐心跟它交流，想想都很糟心不是！再说我们的生活也不是多精彩，感受也不是多丰富，一天下来，几乎想不起有什么值得说的，所以还是不养了吧？"内人阴沉着脸，最终架不住我嬉皮笑脸，总算折中了下，表示只要我不再外出狂饮烂醉，她愿意接受我的条件，每天写一个猫故事，就相当于她养了条与世相悖、不知所云的猫。

　　我故事中的男主叫李庄，长得玉树临风，丰神俊朗，不用说就是区区在下。猫则搔首弄姿，妆容精致，体态妖娆，常被男主拥在怀中，置于膝上，抚之摩之，爱不释手。一气写了两月有余，觉得

所写多少有些像我们沉闷人生中偶尔梦想的：把一个聪明女人的好脑子，放到一个愚蠢女人的活色生香的身子里。内人乐此不疲，每晚批阅，勤勉远超雍正，我则作茧自缚，深以为苦。虽思之烦恼，但为不至于食言而肥，自当一如既往，故今晚亦敷衍塞责，胡乱涂写数句如下。

一个秋天的夜晚，李庄读书到半夜，见窗外月明星稀，桂香氤氲，就拉开门，想去院子里小站一会儿，不想却被台阶下龇牙咧嘴嗷嗷叫着"我要抓花她的脸"的猫给吓了一跳，李庄赶紧将猫拉了回去，给她倒了一杯酒说："先喝酒！"猫边喝边哭，倒也没喝多。猫哭过后擦干眼泪，去洗了个热水澡，又敷了张面膜。第二天起来李庄见猫已在厨房忙碌，因为早睡的原因，气色还不错。

这天下班后猫又去做了头发，还买了两身衣服。见猫不再自暴自弃，拼命地让自己难过，李庄也就放下心来。后来猫告诉他说，因为一觉醒来，她懂得了乞求来的东西最廉价，再想拥有也须忍住，只有让自己变得更好，才会遇到下个更好的。李庄当即安慰她说："你真是聪慧。喜欢归喜欢，太卑微就没必要了，你这么妩媚有趣，别说就一有眼无珠的'渣猫'，任谁错过了都不是你的遗憾。"

（原载《安庆晚报》2023年5月9日）

李利忠，又名李庄、李重之，浙江建德人。文学创作二级，副编审。著有旧体诗集《绝句新裁五百章》、现代诗集《晒盐》及散文随笔集《百年一瞬间》《是什么让我们嚎啕大哭》《潮的人——百年来源自浙江的中国底气》等诗文集十数种，其中《〈汉书〉人物故事》被译为韩文在韩国出版，另有楹联百余副被国内各风景名胜区采用。

花木清香远

◎李俏红

一

木槿花，长在老家的院子里，一到夏天，开得特别繁密，风起风落，美得要死。奶奶一边摘清晨盛开的木槿花，一边有一搭没一搭地讲着故事。奶奶的故事是戏文里听来的，"三顾茅庐""单刀赴会""春香闹学"等。

奶奶摘木槿花是用来做菜的。花瓣洗净，调入稀面，用油炸得脆脆的，然后用一个青瓷小碗装着端上桌来，咬一口，唇齿留香、风味独特。奶奶做的木槿花汤也特别美味。在烧开的水中汆入木槿花，粉红色的花瓣马上褪成淡白，加入少量咸肉丁、香菇丁、葱花，再切入几块嫩豆腐，一碗色香味俱全、令人垂涎的木槿花汤便做成了。

上房的姊姊说木槿花的叶、果、茎皮与根均可入药，有杀菌作用。我时常看见她用木槿叶洗头，洗完后一头乌黑的长发在风中一飘一飘的。

我一天天长大，幼儿园、小学、初中……直到有一天，我在木槿花的篱笆墙边遇见他。青稚的模样，害羞的笑容，和雨水一样透明纯净的眼神。因为有他，我沉重的学业都变得无限美好。少年的他依稀很爱笑，爱谈似懂非懂的人生和一知半解的哲理，不知忧愁是何物，却偏爱去路灯下捡拾许多枯叶夹进书里，少年的我对他的话从没有一丝怀疑。

他路过我家院子的时候，我的心跳就会加快，木槿花的枝叶也会跟着颤抖。这是我人生中最单纯的美好，情窦初开的岁月。虽然我们彼此从来没有说过一句喜欢，但那时我整本日记上全是他的名字，少不更事的荒唐如今看来那样可爱。呵呵，木槿花开，多么美好的一段日子。喜欢谁就是谁，没有一点功利，没有一丝杂念，这样的感觉后来怎么也找不着了。

16岁那年我考进城里的高中，要住校，学校离老家很远。我不适应，总是想念家人。在午夜穿行的公交车上，我孤独地坐在最后一排，直到城市的疲累吞没了我。那时，我就特别想念那沐浴着阳光的小院子，想念院子里的木槿花。我想，明天木槿花会不会又开满了枝头？本想打电话过去问询，但此时他们肯定早已入睡，我不便打扰。

时间过得真快，一些原本能读懂我的人，渐渐离我越来越远了，他们已经因为城市改变了许多，因为时间改变了许多，以致我们再也无法听见彼此灵魂的声音。

二

爱上兰花，是因为外婆。

儿时清晨醒来，常常看见外婆在天井里精心莳弄兰花。拔草、松土、浇水，让赏兰成为一天的开端是外婆几十年来养成的习惯。看见兰花抽芽外婆最高兴，她会一一招呼我们去看。由于外婆的细心养护，这些兰花每年都会开很多花。

外婆是个实用主义者，她不为养花而养花，她认为花是要为人服务的。所以每当兰花开，她只留下一株在天井里散发幽香，其余的都摘下来，一朵一朵送给左邻右舍。有时兰花开得多，她不仅在我们孩子的发梢上插上兰花，也在自己的发髻上簪两朵素雅的兰花。

外婆是个极爱美的人，一年四季，衣服永远光洁如洗，发髻永远没有一丝凌乱。在她那个年代里，没有多少打扮自己的东西，她便对着兰花描鞋样、描枕样，然后一针一线绣出美丽的图案。

每年冬天，外婆都要像呵护自己的孩子一样，把天井里的兰花搬到厢房里去。她弱小的身躯，不知哪来这么大力气，捧着一大盆重重的兰花，颤巍巍地挪动着，真替她担心花盆会掉下来砸伤自己。但她最终总能把兰花一盆盆安置好。也许与兰相处久了，外婆本身就成了一个兰质蕙心的女子。

而今外婆过世很多年了，但外婆的兰花还在，在乡间阴凉的天井里，它们一如往日地葳蕤、清幽。那小轩窗簪兰的一幕，总在我思念外婆时悄然浮上心际……

工作后，我也在家中种了不少兰花，私下认为兰花是最能代表文人气质的一种花。

我所在的城市名叫兰溪，是江南一个温婉的小城，因境内崖岸多产蕙兰，故"溪以兰名，邑以溪名"——取了一个如此诗意的名字。

兰溪种植兰花历史悠久。兰溪最有名的咏兰诗当数明代唐龙的《兰阴春馥》："丹嶂阴茫长谷雪，翠岚光滴大江流。兰花十里照春水，山鸟无声香自幽。"兰阴山位于兰溪三江口，是一座以兰命名的山，也是郁达夫小说《出奔》里多次提到的那座山，山腰有元代所建"兰阴寺"，寺前有摩崖石刻"兰阴深处"，相传是明朝正德皇帝的御笔亲题。

李渔是兰溪的大才子，人称"东方莎士比亚"。他极爱兰花，晚年专门建造一座"佩兰亭"，种了不少兰花。他在《闲情偶寄》里将兰与蕙进行比较，认为不可厚此薄彼，指出蕙之所以逊兰者不在花与香而在叶。说到李渔与兰花，不得不提《芥子园画谱》，这本画谱传世三百余年，经久不衰。其中专门有兰谱，详细介绍了画兰的起手、撇叶等基本技法，浅显明了，曾是我大学时选修国画必备的教科书。

可能是水平不行，我种的兰花很少开花，但对我来说，观叶胜于看花。其叶参差披离、疏密有致，常年青碧如洗，仿佛还带着唐风宋雨滋润出来的风韵……

三

随着年龄增长，日子像雪花一样飞快消融。直到有一天，我遇见一个荷塘。

那是七月的一个清晨，阳光清爽地滑过翠绿的塘面，风里带着微热的气息，晶莹硕大的粉色荷花正慢慢打开……每一瓣都光洁清爽，让人心生欢喜。闭上眼睛，便闻到荷的香味，那是万物舒展的香味，是土地的芬芳。荷塘很安静，没有浮躁的脚步，没有奔忙的人流，人们仿佛在时光的深处，物我两忘。

朋友在塘边筑了一间小屋，我走进去时，朋友正躬身剥着莲子，我打了一声招呼，他缓缓地直起身子，对我说："来了。"以前风风火火的节奏不见了踪影，一个行走四方的旅人从此慢成了一个潇洒闲人。

小屋南边有一个小小的平台，建在荷塘之上。我们坐在平台上喝茶，抬头就可以看见无数荷花欣欣翘首。

朋友说，在这儿白天发呆看风景，晚上躺着看星星，感觉过的是一种神仙般的生活。荷塘有浓浓的乡野气息和随遇而安的自在从容。我想正是这种悠然气息吸引了朋友，让他陶醉其中，吟咏性情，与明月做伴，与清风为伍。

"岸芷一间，看星星点灯"，这是朋友微信上的个性签名。荷塘正是这样一个淡泊的处所，朋友放弃了原先的所有，包括工作、住房、财富，只愿静静地安居于此一隅，他懂得什么是自己真正想要的生活。

早年，看清人沈复的《浮生六记》，其中提道："夏月荷花初开时，晚含而晓放。芸用小纱囊撮茶叶少许，置花心，明早取出，烹天泉水泡之，香韵尤绝。"讲沈三白夫人小芸如何烹制荷花茶。坐在荷塘边，朋友也为我泡了壶好茶，虽不及小芸的讲究，但那种源自生活的雅趣是一样的。

印象中，李清照也是爱极了荷花。"莲子已成荷叶老，青露洗，萍花汀草。""起解罗衣聊问，夜何其？翠贴莲蓬小，金销藕叶稀。"最有名的当数《如梦令》："常记溪亭日暮，沉醉不知归路。兴尽晚回舟，误入藕花深处。争渡，争渡，惊起一滩鸥鹭。"可见李清照的日常生活也与荷花有着千丝万缕的联系。

"世上光阴短，壶中日月长。"我和朋友说，什么时候来他这儿住一段时间。他打断我的话，轻轻一笑说："你这样的人能静得下来吗？整日总是忙，虽然没有什么特殊的事情。但一件事干完了，又会有别的事情要干。整天除了忙来忙去，好像就没有别的什么念头了，你能承受这种寂寞？"我也轻轻一笑："只要心中方向正确，走得慢一点，行得久一点，不一定是坏事。"

年轻时的冲动已然没有，大喜大悲的日子亦不复存在，看他人眼色行事的时候越来越少，一切好与不好都看开了。做人要像荷花一样端庄大气、善良淳朴、不攀不附、自然天成。

"几时归去，作个闲人。对一张琴，一壶茶，一溪云。"余生，把生命开成一朵荷吧，外表温柔，内心明亮。自然，随缘，安宁，愉悦，得一份大自在。

如此，世间之味方谓从容。

（原载《散文百家》2023年第5期）

李俏红，中国作协会员，浙江作协全委会委员，金华市作协副主席。作品散见于《美文》《诗刊》《儿童文学》《散文选刊》《光明日报》《人民日报》等报刊。曾获冰心散文奖、骆宾王国际儿童诗歌大赛成人组大奖等。

金鸡山读云

◎李振南

春夏之交，正是金鸡山云海最美的时节。于是，我与一行文友专程去读云。

金鸡山，原名巾子山，因遥望其主峰，仿若一位老者披巾端坐，从而得名"巾子山"。金鸡山还有金子山之名，在瓯越方言里，因巾子山、金子山和金鸡山，三名同音，故又名之。

位于浙江省丽水市和温州市交接处的金鸡山，北坐青田县，东临瓯海区，南接瑞安市，西连文成县。正如清代书画家韩锡胙诗句写的："巾山岂如巾，青影天半得。瓯海控其南，吴越枕其北。"金鸡山主峰海拔1320.7米，巍峨挺拔，高耸入云，素有"东瓯第一峰"之称。全山奇峰巧生，怪石嶙峋，峡谷深幽，洞穴密布，已取名的景点景物30多处。这里植被茂密，野生动植物种类繁多。

这里可观赏的景点固然很多，也很神奇、美丽，但我觉得其最美最神奇的大概要数金鸡山云海了。

因常年云雾缭绕，变幻莫测，金鸡山又有"江南小黄山"的美名。这里的云无时不在，它们在山腰缠绵，在山顶弥漫，在山谷流涌，在天空聚集……登上高峰险崖时，云在脚下流转，在腰间舒卷，在眼前升腾，使人恍如置身仙境，变成了云中仙子、雾中神人。

金鸡山是云的故乡，在这儿看云，仿佛在读一部充满诗意的篇章。那些来去自如的云，静若处子，动若脱兔，在瓦蓝瓦蓝的天上尽情撒欢。它们有的像骏马扬鬃奋蹄，有的像仙女白衣素缟翩翩起舞，有的像威武军队，有的像巍峨城堡，有的像汹涌大海……望着天空中那些美妙的云朵，我为金鸡山云海的气势所折服。

金鸡山的云不仅有形的变化，更有质的变化。刚刚还是一朵连着一朵的白云，忽然聚集在一起，越聚越多，越聚越厚，变成一大块黑压压的乌云。不一会儿，一阵急雨就"哗"的一声洒落下来。雨点伴风掠过山巅，奏响独特的韵律。没过多久，云层像听到谁的口令，停止下雨，太阳渐渐露出了笑容。雨后的云变化最快，有时像被风扯着，一丝一缕地离散；有时则大块大块地迁徙，匆忙地向远处飞渡；有时还会出现俗称"佛光"的环状彩虹，绚丽壮观，令人称奇。

为什么金鸡山的云如此富于变幻？与我同行的友人介绍，在晴天的夜晚时分，金鸡山附近地面气温下降，水汽凝结成液态雾滴悬浮于空中，容易形成云海。地形抬升和局地扰动等因素也会对云海的形成产生影响。

友人还说，云是小水珠的结合体，由于这种结合比较松散，云显得轻柔、飘洒、自我。云千变万化，具有立体的魅力，但云是象征性的，有形无款，没有冲击力。云在风的作用下，静静地流动着，默默地翻滚着，云海里的浪花是一群不守法则的浪漫者，不像海浪那样有形、有款和有运动规则的实质性力量。云不墨守成规，不断地变化着，不停地改头换面，不停地变幻成形，不停地改变方向，正因为如此，云让我们看到了天空这个大舞台的神奇表演。而"佛光"在物理学里则是一种"日晕"，是一种大自然的奇观。当阳光照射云雾表面，在细小冰晶与水滴上产生衍射和漫反射作用，就会形成圆圈状的彩虹。

"难得一见的'佛光'奇观，须要有阳光、地形和云海等众多自然因素的结合。今天让我们见到彩虹和佛光，那真是难得的乐趣和奇遇。从全年来看，金鸡山云海多出现在3月至6月、11月至次年1月，最佳观赏时间为早晨和傍晚。"友人最后补充说。

在金鸡山，最为壮丽的云当数朝霞与晚霞。被冉冉朝阳或落日余晖照透了的云彩，斑斓绮丽，光彩夺目。晨观红日破云，金光四射，云蒸霞蔚；晚眺落日熔金，暮云合璧，如一幅"万壑苍霞满，群山暮影残"的画卷。这些多姿多彩的云，给人以无限美的享受。

我想，金鸡山的天空总是这样洁净、明亮、清澈、蔚蓝，或许就是这一朵朵白云擦拭出来的；金鸡山的云朵总是这样瑰丽、多姿、神奇、迷人，大概是大自然给予人们慷慨的馈赠。

[原载《人民日报》（海外版）2023年7月13日]

李振南，浙江作协会员，浙江散文学会理事，作品散见于《散文》、《美文》、《江南》、《西湖》、《人民日报》（海外版）、《中国文化报》、《中国旅游报》等报刊。出版有《雁荡山印象》《大地印象》《自然物语》《草木春秋——乐清植物札记》《行走雁山》《海鲜生猛：东海海错笔记》等散文随笔集。

离岛的日子

◎厉敏

　　舟山群岛有一千多个岛屿，过去住人的岛就有几百个。那些位置偏远的悬水小岛，远离本岛，环海而居，如飘荡在茫茫夜空中的孤独星辰；而岛民的生活基本都如鲁滨孙在荒岛的日子一般，自给自足，封闭而孤立。

　　我表舅家就在这样的一个岛上。这个岛很小，两个自然村，每个村几十户人家，都是渔户。大约五十年前，我还是儿童，学校停课，母亲就把我送到小岛的表舅家去。在那儿，我一待就是大半年。回想当年在离岛的日子，依然历历在目。

一

　　当时，表舅的船，在岱衢洋捕大黄鱼。岱衢洋是舟山群岛一个著名的渔场，以产大黄鱼而闻名。岱衢洋离小岛较近，就像家门口一样，一般一天就能来回。表舅问我，想不想跟着表舅去渔场看看捕大黄鱼？我真的很想看看海上捕鱼，马上说"太好了"。其实，带男孩到渔场观捕鱼，也是渔村人一种不成文的仪式，让他们意识到这就是他们今后的人生。

船队早晨6点出发。一路上，海水从橙黄到黄绿，从碧蓝到深蓝，经过四五个小时的航行，一路顺风地到达岱衢洋的某一区域。今天只有2—3级微风，船没怎么颠簸。此时的机帆船上已经配备了磁罗经、定位仪、鱼探仪等导航、探测设备，还有电台（收发报机）、对讲机、无线电收音机等通信联络设备。其实所谓的"渔场"，并没有什么标志和方位，只是一望无际的汪洋大海，大得令人恐惧。现在有了磁罗经和定位仪，就能确定自己的位置。

如果是木帆船的时代，渔民完全凭着潮水、洋流、风向、航行时间等经验，判断这片水域是渔场的哪个区域，这儿有没有鱼群；但现在号称"千里眼"的鱼探仪会告诉你，你的前面就有一个大鱼群。

带头船停了下来，其余的船像跳交谊舞一样，一对对"舞伴""手拉手"各自寻找下网的"潭地"。表舅的船是网船，它的搭档叫"偎船"。网船抛锚停稳后，偎船开始牵着网绳，在渔场里绕了个很大的圈，把网船上的渔网全部拖下水，渔网下端的纲上系着压网石，上端的纲上系着浮子，当偎船绕圈时，渔网就自然张开，形成一堵弧形的网墙，最后偎船与网船并拢在一起，网船便开始起网。

网船上一人操作着起网机，起网机转动，网绳一圈一圈在起网机上卷起来，渔网从海里渐渐出水，然后慢慢收紧。水手们靠在船帮上，他们有的身穿雨衣雨裤，有的身穿单衣外面仅系一条"渔布揽"。

他们一字排开，一把一把使劲地拉扯着渔网，船老大在一旁吹着口哨指挥，他起音："吗家罗——"于是，大家齐声喊："吗家罗啰嗳啰，嘁㘞啰啊啰！嗨嘁㘞啰嗨，嗨嘁㘞啰嗨！……"渔歌号子约定俗成，使大家拔网的动作协调一致，所有的劲儿都往一处使。大家兴致高涨，不一会儿，渔网露出水面，最为激动人心的场面出现了：

成千上万条金灿灿、活蹦乱跳的大黄鱼浮了上来，还响起一片

"咕咕咕咕"像青蛙似的鸣叫声，让人看了惊奇万分，太震撼了！眼睛感受到一种强烈的视觉冲击，好像眼前突然呈现出一片金色田野，视觉全被金黄色的色调填满。

这是我平生第一次在大海上见到如此壮观、如此难得一见的围捕大黄鱼的情景。我还第一次发现，原来大黄鱼的个儿差别这么大，大的足有几十斤，像个小孩儿；小的只有梅童那么点大，我们平时在菜场里看见的黄鱼可都是差不多大的个儿。没多少工夫，渔网拉进船里，现在船边只剩下一只巨大的网兜。

此时，起网机又转起来，吊杆慢慢上升，钩在吊杆钩子上的网兜也慢慢上升，然后转向网船的甲板，悬停后，水手长抓住网兜下的一条绳子使劲一拉，网兜扎口开了，大黄鱼如金色的瀑布一般倾泻而下，甲板上顿时堆起了一座小金山。仔细看，这些黄鱼身上的金色，似乎是由无数种不同深浅的金色组合的立体状颜色，真是大自然的造化，太神奇了。

二

接下来下第二网、第三网。网船上大部分人开始在甲板上分拣大黄鱼，特大规格的、一般规格的、八两以下的，都装入不同的箩篮，吊入中间的船舱，再一层层撒上冰块。这一次两条对船共下了三次网，估计捕获的大黄鱼已有一百多担，今日的任务圆满完成，船老大于是大喊一声"回港"，渔船上的排气管冒起黑烟，渔船满载而归。

航行途中，表舅坐下来同我聊天。我好奇地问表舅："渔船怎么像一条鱼的形状呢？"

表舅稍一思索说："我们和鱼天天打交道，就要变成一条条鱼呀。我们每天捕鱼、吃鱼，大海就是我们的衣食父母，所以我们不能忘记大海的恩典。"

表舅说："走，我带你到船上各处看看。"

他带我先到驾驶台。他说："你看，这里就是驾驶船的地方。那位握着舵轮的人就是老大。当然，老大也要休息或干其他事，只有大副才能接替他。"

表舅问我说："你有没有发现船员睡觉的地方？"我摇头不知。

我们从台阶走下来，走到鳖壳墩前面，往里一瞧，两边有两排阁子，前有移门。每个阁子非常狭小，一个人躺下后可能连转身都困难。"其实，渔民在渔场捕鱼非常辛苦，像冬场捕带鱼有时几天几夜都不睡，一躺下就睡着了，还管什么床不床的。"表舅补充说。

"鳖壳下面就是机舱间，我们船上60匹马力的柴油机就安置在这里。"我伸进头去一看，里面"嗒嗒嗒嗒"机器轰鸣，说话得贴着耳朵，一个表舅称"老轨"（轮机长）的人，在里面看管着机器。

表舅说："船员还有一个睡觉的地方，就在船头的第二个舱下。"我们走过去，表舅揭开一只像井盖一样方方的盖子，只见里面黑咕隆咚的，隐约看见船底下铺着不少席子还有被褥。我想，渔船就这么大，也实在腾不出更多的地方了。

我问："那么，船头的第一舱是什么？"

表舅说："你猜猜看。"我实在猜不着，他这才打开了和第二舱一样的盖子。我往里一看，里面像是一口水井。表舅说："出海吃得差一点，休息少一点没关系，但没淡水喝，那可万万不行。"

渔船的正中位置就是大大的鱼货舱，这个我在前面已见过了。"那么，在什么地方烧饭呢？"我问。

"火舱间在驾驶舱的下面。我们要从驾驶室的旁边走过去。"表舅说。

火舱间原来在船尾。走下去往里看，中间有一坛灶，烧的是机舱间用过的废柴油。两边是台板。此时一个比我稍大的孩子（"伙将歪"）正杀着几条鱼，掐头断尾开肚，就取中间一截，用打来的海水一洗，就放入大锅中煮，没放油只放些盐，洒点酱油，透骨新鲜的红烧黄鱼就出锅了。我问他还有什么菜吗？他说，还有一个咸齑黄鱼汤。他这一说，我的肚子真的有点饿了。

夜幕中，看见了灯光一闪一闪的小岛，这对船就慢了下来，并拢停稳后，表舅把我和分给船员的自留鱼送到偎船上，他的网船不回岛了，直接去本岛的水产码头卸货，而偎船则回港。跳上码头，表舅妈、表姐和表弟早就等在码头上，表舅妈拎起表舅分来的一网袋鱼，带着我们回家。

三

小岛上的人从未忘记大海的恩典。据我了解，从遥远的年代起，舟山的很多岛屿都有祭海的传统，既有地方百官及村长、族长等带领的公祭，更多的是以渔船与家庭为单位的私祭。

旧历的年底，渔船"谢洋"后均回港准备过年。表舅一回家，表舅妈更加忙碌起来。祭海的日子是提前拣好的，是个黄道吉日，这是请外村的一位算命的瞎子婆婆择定的，说那天正好是海龙王到南海（即东海）巡视，说不定刚好碰上你家的祭礼，如龙王能来参加，那是你家大大的福气。渔村人都晓得这样的规矩，祭海前一日，先要将家中里里外外拾掇干净，全家人都要沐浴更衣，这样做主要就是表达对神灵的敬畏。

表舅妈高高兴兴地做着准备，很多祭品是她早早托人从外地购得的。表舅妈说，明天祭海要候潮水，可能天不亮就要起床了，今天大家早点睡。在海岛凡办喜事或祭祖祭神，都要拣涨潮时进行。在海岛人心中，潮汐涨落并非单纯的自然现象，它蕴含着希望男人的运气像潮水一样上涨的含义。潮水一天里涨几次，什么时候涨，什么时候平潮，什么时候落，渔村人个个都能掐会算。

第二天，表舅妈四点钟就起了床，洗漱一番后，先把桌子的位置摆正，桌子要坐北朝南，香炉、红烛台要放在北向的位置，烛台前面竖着所请诸神的牌位。渔村人以丰盛的菜肴酬谢龙王的恩赐。烛台边上还压着一面写着"一帆风顺"字样的红色三角旗。摆好香烛后，表舅从热气腾腾的锅里，将一只肥肥的猪头、一只全鸡放在木盘子里，再端到桌上。猪头上放两片铜钱大小的红纸，还插一把小刀。其他的菜肴还有六荤六素，除此之外，还摆上水果干果、糕点馒头等。这就不怎么讲究了，菜多的多放，菜少的少放，每样菜品最好有个好名称，说得出好彩头。最好凑足六排，寓意"六六大顺"；鱼要带鳞的对鱼，寓意年年有余；鱼头要朝内，意为鱼游进家门来。

六时整，表舅家正式开祭。由表舅点燃红蜡烛，点上香，然后斟酒，跪拜，恭请。添酒约莫半个时辰要再斟一回，酒过三巡，才能将酒全部倒满。香要等第一炷香还剩一小半就及时续上，不能让香火断掉。其间，所有的人谨言慎行，有时候甚至只用眼神交流，手脚和喉咙都仿佛被一种莫名的力量禁锢着。祭海时要把门窗敞开，好让神灵进出方便，尽情享用供奉着的美餐。仪式宜在潮水平潮之时结束，时间一定要掐得准，不能因一时疏忽而耽误大事。仪式结束后，要掐一点供过的鱼、肉、菜、果、糕等，拌入茶酒倒入海中，恭送龙王及其他神灵回府。最后，表舅还要领走那面"一帆风顺"的彩色三角旗，插在船台上，以保出入平安、来年好运。

海，具体而抽象，熟悉而陌生，在海岛人眼中，海就是神一样的存在；膜拜海，感谢海的恩赐，就是渔村人用人性的方式去理解和接近神性的尝试。

（原载《浙江日报》2023年9月3日，有删节）

厉敏，中国散文学会会员，中国诗歌学会会员，浙江作协会员，先后任舟山市作协诗歌和散文创委会主任。

画布上的松庄

◎练云伟

　　一座半圆形的石拱桥，横跨在小溪之上，将倒影投在平静的水面上，偶有一群番鸭从桥下游过，荡出几圈涟漪。桥的一侧是一些上了年纪的古民居，桥的另一侧也是古民居，游人撑着伞，从桥上走过，来来往往。

　　我抵达浙江松阳县三都乡松庄村时，正下着小雨。群山合围的松庄村烟雨蒙蒙，一棵挂满红柿子的柿树从浮着白雾的瓦背上蹿出来，松庄瞬间有了喜气。

　　我一直偏爱古村落，古桥、古道、古树、古井、古民居、古宗祠、古庙宇，都会让我兴奋。松庄是中国传统村落，我有足够的理由与她对视，与她对话。那一日，我撑着伞，踩着石板路，在迂回曲折的巷子里穿行，感受一个村庄的脉搏；我在宗祠里驻足，慢慢打开松庄的前世今生；我在溪边的吊脚楼喝茶，听雨打芭蕉的声音……最后，一个叫"桃空间"的乡村美术馆，让我停下了脚步。

　　这是一座伫立在溪畔的民居，看上去有些年头了，土墙有些脱落，木窗有修理过的痕迹，但完整保留了江南民居的模样。进入屋内，迎面是一幅题为《村口的涂鸦》的书法作品，四周的土墙上挂着许多水彩、油画作品，还附有作者简介和照片。让我惊讶的是，这些书画的作者都是松庄村的留守老人。

我曾经耳闻有组织乡村留守老人吹拉弹唱的，有组织留守老人从事来料加工的，但组织留守老人绘画并举办画展的还是头一次见识。而且绘画方式也很特别，他们不是用画笔，而是用青椒、土豆、菜心、香菇、苹果等果蔬拓印！这是一群面朝黄土背朝天、日出而作日落而息的农民，或许一辈子从未作过画，他们又是如何爱上绘画，用他们的劳动成果完成了创作的呢？

"桃野"民宿品牌创始人孙迎盈的讲述，为我解开了谜底。

几年前，上海人孙迎盈来到浙西南，她想寻觅一处古村落，开一家民宿，既为自己，也为更多向往世外桃源的城里人。她兜兜转转，走过18个古村落，都没有找到心目中的桃花源。正当她准备放弃的时候，遇见了离松阳县城20公里、隐藏在峰峦叠翠之中的松庄村。与她走过的许多山村一样，松庄村显得很冷清，一个拥有600多年历史、600多人口的村庄，常住人口却不足百人，而且九成以上是老人，他们的主要工作就是维护100多亩的桃林。

在村口，孙迎盈看见一群老人正在包装桃子，面对风尘仆仆的陌生人，老人热情地送上几只新鲜的桃子。

桃子、桃花、桃林……孙迎盈眼里瞬间浮现出一片姹紫嫣红的桃花源。她登上高处，俯视村庄，但见一条S形小溪绕村而过，溪上有石桥飞渡，民居沿溪而建，偶有几缕炊烟、几声狗吠……那一刻，她决定留在松庄，不再行走。

不久，一座拥有15栋木结构夯土客房，配套咖啡厅、餐厅、书吧、会议室、手作工坊、展览空间、农耕体验园的民宿落成开业。民宿的名字与桃子、桃花、桃林、桃花源有关，叫"桃野"。

松庄是封闭的，因为封闭，村落未曾受到破坏，村民依然保留着传统的生活方式。松庄又是包容的，因为包容，孙迎盈与老人们成了好邻居、忘年交。一杯粗茶，一碗米酒，一声问候，一句祝福，一片诚意，友谊就这么简单。

除了干一些农活，老人们平时都闲着。孙迎盈一直盘算着为这群可爱的爷爷奶奶做一件有意义的事，为他们单调的乡村生活增添一点乐趣。此时，"桃野"民宿正引入"无恙"艺术展、"全球艺术家驻地"等项目，孙迎盈突发奇想，让爷爷奶奶来"涂鸦"！

73岁的叶金娟老人头发早已花白，但一直扎着两根麻花辫，笑起来有很深的酒窝，年轻时是村里人见人爱的"小芳"，她隔三岔五给孙迎盈送些新鲜的豆角、苋菜什么的。这些劳动果实，不就是最好的道具吗？孙迎盈和员工们手把手教叶金娟老人拓印，把青椒、土豆、香菇、苹果等果蔬蘸上颜料，印在纸和画布上，一组乡村主题的拓印便大功告成。

叶金娟老人还养有一群鹅，鹅是她最亲密的伙伴。有了果蔬拓印的经验，她用鹅脚掌和自己的双手为她的"伙伴"完成了一幅拓印，鹅的身体是用宽厚的脚掌拓印的，翅膀是用手掌拓印的，羽毛是用手指拓印的，再添上黄色的鹅嘴、鹅脚，一群"曲项向天歌"的鹅便跃然纸上。

而80多岁的叶国文老人从自家的茶园采来茶叶，花了整整五个小时拓印了《春》《夏》《秋》《冬》四幅画。

毛周法老人当了50多年的赤脚医生，他的作品是药箱。

一件、两件、三件……一共25件！老人们将日常又不日常的乡村生活搬到了画布上。"桃空间"乡村美术馆为这些作品办了一个画展，画展取名"村口的涂鸦"。因为村口，是一个村庄的起点，是梦想开始的地方。

爷爷奶奶的作品，还出现在明信片和当地农产品的包装上。松庄的农产品身价倍增，桃子从过去的每斤3元卖到了6元，桃胶、端午茶、米酒等农特产品火爆热销。画展也让更多艺术家关注松庄，进驻松庄，松庄摇身一变，成了一个画家村、网红村。

在松庄，我还听到这样一个故事：由于今年雨水少，叶金娟老人的一棵桃树枯死了，一向开心的奶奶十分伤心。驻守松庄的艺术家听闻后，为桃树安装了象征吉祥、好运的"曼达拉"图形，彩色的"曼达拉"在枝丫上摇曳，枯萎的桃树复活了……

［原载《人民日报》（海外版）2023 年 1 月 30 日］

练云伟，1969年生，浙江云和人，浙江作协会员，浙江省电影家协会会员。作品散见于《人民日报》（海外版）、《文学报》、《江南》、《浙江日报》等报刊，出版散文集《纸上还乡》《绿瓯江》、长篇报告文学《云和师傅》，编制纪录片、微电影十余部。

巷道里的出租房

◎梁翰晴

一

　　我在昏暗狭长的巷子里邂逅了这间上世纪八十年代的砖混房。那天没有一丝风，霉掉的木头散发出老年人的味道，沉闷、朽迈、单薄，像幽灵，浸着汗水的酸涩，在这条老胡同里盘踞。这是正午，几只灰鸽子落在屋顶，梳理着油腻腻的羽毛，咕咕叫着，侧头看看我，呱唧呱唧往下拉屎。做饭的人把葱段倒进锅里，滋啦滋啦的响声溢满了街道。逼仄的巷道，捧着青蓝而狭长的天。

　　翘首远方，视线的尽头是一个钟楼的黑色尖顶，钟声响了十二下，灰鸽子振翅飞起，不再看我。身边的人熙熙攘攘，喧闹着、流动着。我沉默着，似乎看见自己的峥嵘岁月被这条巷子吞下、吞下……

　　这栋房子最初是台州商校的职工宿舍。墙体呈现出微微的绛色，壁上有很多微小的凸起，有些地方的墙皮脱落了，看起来反而调匀些。风干了的苔藓，嵌在剥蚀的墙壁上，像是长满了老年斑的脸上的泪痕。

一户又一户像我们一样的陪读家庭，让这里焕发出新的生机。我们的出租屋在四楼，两个隔间。一间是堪堪能放下两张床和一个写字台的卧室，另一间是不到五平方米的厨房。没有客厅，餐桌只能摆在厨房里，唯一铺着瓷砖的厕所萎靡地缩在角落，断裂的坐便器被透明胶带重新固定，泛起衰朽的黄。一根锈迹斑斑的下水管紧贴马桶，像一根湿漉漉的拐杖。

楼上时常传来趿拉着高跟鞋踩在地砖上的声音，先是硬皮鞋底摩擦着水滑的瓷砖，马上"咔嚓"一下，尖尖的鞋跟发出脆响。有时候鞋跟钝了些，清脆中就混进去几缕沉闷。我坐在窄小的厕所里，听那声响在另一个窄小的空间里回荡，青春的心思偶尔会怔怔地猜想，那头顶的窸窸窣窣，像羽毛在我鼻子前拂动。很多时候，淅淅沥沥的水声转瞬汇成一泄如注的洪流，然后一切妖魔鬼怪都被那条其貌不扬的下水管吞噬，流放到一个不知道多深的深渊中去了，连最后的一点回响也消失在远方。身边的水管里剩下单调的滴滴答答，高跟鞋似乎也沉寂了。我无法凝视深渊，只好意兴阑珊地提起裤子——左边手肘上不小心蹭上了一些铁锈。

傍晚，当我走出学校，拐进这条巷子时，那些似乎永远不会改变的景致又一次徐徐铺展开。烧烤摊的老板围着条花花绿绿的围裙，裤脚折叠，露出半截萝卜腿，他往烤架上刷油，滋滋作响，红光在他的下巴上闪烁。一个成天喝醉酒的男人袒露肚脐，歪坐在烧烤店的蓝色塑料凳上，用外地口音向老板叙说着什么。一个老头子嘿嘿嘿怪笑几声，离开牌桌站起来，背对我开始撒尿，他仰起头长长地嘘了口气，恶狠狠抖了两下，把牌桌上的郁结全抖到了我身上。一切似乎都不会改变，结局也将永远定型。我这么想着，殊无欢意地拽开这栋楼的铁门，它又一次替我发出了深沉的感喟。

二

"扑通"一声，我从台阶上跳下来，铁门边上那盏高高的吊灯被吓着了。它一阵哆嗦，把我的影子抖成一团，暗黄的灯光下，也像一只鼓鼓的冬瓜。我站直了，影子肆意地铺在地上，蔓延在那些停靠在楼梯下的小电驴和破自行车上，几辆小电驴不安地呜咽了两声，蜷缩进了角落。

铁门从外面被打开了，飘进来的是一缕幽香，和一个高挑的身影。这缕气味很特殊，它依附在这个女人的灵魂里，穿过逼仄、沉闷、衰朽的巷子，保持了原有的纯粹和浪漫。我的嗅觉在被市井的烟火气同化许久后，再一次产生了诗化的沉醉。

她的穿着，已经在我的记忆中模糊了，那时的我还是不懂时尚的年纪，对女性衣服的认知停留在母亲身上的几件连衣裙和几条牛仔裤上。母亲那时从不喷香水，直到我参加工作后，女友喜欢从国外网购不同牌子的香水小样，也会给我母亲挑上一些，在这些形形色色的味道里，我再也没有嗅到当初的温存。

停驻在我记忆中的，还剩一个尖尖的下巴，应该是搽了很厚的粉，似乎过分白了，在昏黄的灯光下也显得刺眼，领口开得偏低，但我觉得她的胸脯并不饱满，胸口的肋骨向外凸着，肋骨以下的区域是黑色的阴影，与锁骨一起构成了一个倒三角形。那时我的个子已经接近一米八了，从这个角度看下去，能够捕捉到一些温柔的禁忌。

我感到一阵热气从脖子上升起来，把视线转向别处。她越过我，上楼去了，高跟鞋一下一下踩在楼梯上，间隔并不均匀，我猜她应该很年轻，因为好像无法完全驾驭高跟鞋。高高的吊灯依旧在晃动，我的影子被拉扯着，投射到她的小腿上，光影在她的小腿上闪烁，像妖精打架。

那一晚我没有睡好，总觉得厕所里像是钻进去个活物，时不时就滴答一声。鸟雀在不远处啼叫，广场尖塔钟楼里不时传来悠扬而单调的音乐。母亲翻了个身，在那几秒，她的呼吸变得短促了一些，接着又重新变得均匀。

出租屋里的日子似乎变得不安静了。当我刻意想制造偶遇时，却发现她和黑夜一道远去，远去，只剩了一些风言风语在邻舍间飘荡、扎根。

她终于在某一天搬离了这栋楼，厕所里再也听不到高跟鞋碰撞地面的声音了。不久之后，阿静和她妈就搬到了我楼上。

三

我时常想起一间教室，那里面总是静悄悄的，却并不沉闷。靠近阳台的几扇窗户半掩着，风从外面吹进来，天蓝色的窗帘就那么有一下没一下地掸着课桌，一次次扫过我垒起来的那一堆书。

又是正午，风凉了，软软地拂过来，裹挟着老胡同里混成被絮一样的味道。在楼梯上我碰到了阿静，和她聊了早上的考试，谈到了立体几何、解析几何与导数的答案，最后一起坐在了她家里。在那个女人离开后，我才算见到了这个厕所，和巷子一样逼仄、沉闷，那条湿漉漉的下水管和我家的连在一起，显得可怜。

母亲已经等在饭桌前了，她和阿静的妈妈现在形影不离，连买菜、玩麻将、跳广场舞都凑一块儿去，以最要好的姐妹自居，所以毫不在意地坐在桌边，心安理得地看着阿静的妈妈在厨房里忙里忙外。

阿静的妈妈叫雪燕，她做的肉圆和麦油脂，都是可以在味蕾上生根并让舌头一辈子长出倒钩的吃食。她的面目并不柔顺，脸颊的轮廓相当硬朗，棱角分明，丝毫看不见被生活驯服的麻木感。她身材微胖，言语直白，正在厨房里点煤气，抱怨着这出租屋没有煤气管道。

午休是母亲给我规定的项目，我也一向很配合。不过午休的时长，我可以自由决定——很显然，这取决于我吃饭的效率。我明显感觉到，母亲现在备受煎熬，她想让我迅速结束用餐，赶紧下楼睡觉去。但不知道为什么，我今天不想这样。我的嘴大多时候不是用来吞咽，而是用来和阿静聊天，一边啃糯米肉圆，一边叽叽咕咕说个不停。当感觉到糯米粘在牙齿上妨碍了说话时，我会干脆搁下筷子，安心地说，放肆地说，甚至配上手势，像个脱口秀演员。阿静细细地听着，偶尔低头扒拉一口肉圆，喝一口白粥。她的上唇沾了白白的一圈，像是小胡子，她浑然不觉地笑着，右边的酒窝很深，眼睛笑成了弯弯的月牙。

母亲的眉头皱起又松开，舒展又紧绷，身体微微地前倾着，我预感到她可能会随时打断我的表演，我甚至觉得下一秒钟她就会抬起手，把我面前的肉圆直接塞进我嘴里，然后驱赶我下楼。但出乎意料的是，她什么都没说，只是坐在我边上，一抬手，替我舀了一碗粥。

母亲为什么没有打断我呢？或许在那一刹那，她发现我是轻松的，是鲜活的，是真正具有少年感的。在这漫长的日子里，在这浑浊的巷子里，在这狭小的出租屋里，这是宝贵的喘息与自由。我由衷地敬佩母亲那一抬手的优雅与从容。

时至今日，我依然记得那天中午的情形，天气晴朗，阳光穿过厨房沾满油污的小窗，照在瓦蓝色的小圆桌上，糯米肉圆的味道在手上生根发芽，阿静的衣服上有淡淡的香味。

（原载《延河》2022年第9期下半月刊，有删节）

梁翰晴，浙江省台州中学教师。在《延河》《青春期健康》《浙江作家》《浙江散文》《北方作家》《作家天地》等报刊上发表作品二十余万字。获《人民文学》"近作短评"二等奖、第二届"全国大学生·牡丹文学奖"。出版文学评论集《只为遇见》。

退　潮

◎林杰荣

滩涂地

潮水悄无声息地退去，仅仅是因为大海的一声轻叹吗？那些曾被反复淹没的事物，反而让人看清了更多秘密。

灰黄的滩涂地就是一张诚实的脸，千百年潮来潮去，令它早已习惯了耐心聆听沉默的真相。

此时，阳光轻微摇晃，醉酒似的，软绵绵地趴在湿润的滩涂上，仿佛玩起了情人之间的小暧昧——海边的爱情当然是自由的。

挥着大红钳子的招潮蟹，箭矢般飞掠而过的弹涂鱼，从泥洞探出脑袋又立马缩回的蛏子，这些滩涂地里的原住民，都有着一个曾被潮水淹没的故事。

还有一些贝类，在大海深处获悉了更多秘密，于是被一波又一波暗涌流放。它们忍痛呼吸，吐尽泥沙，干干净净地合上翅膀一样的骨骼，在滩涂泥泞中，静静地化为一颗颗星。

这里布满了深浅不一的泥沟与泥洞，海水像一层覆盖其上的透明薄纱。遍地小生命爬呀，跳呀，游呀，场面热闹而又零乱，这何尝不是海边人简单快乐的童年。

你可以尝试光着脚踩上去，柔软的泥泞包裹着阳光的暖意，在你脚底轻轻摩挲，间隙贴上来一丝海水的清凉，让你的心莫名痒痒，浑身流淌着难以言喻的舒适，忘却烦恼，忘却欲望，甚至忘却时光。

安静的滩涂地，让你听到更多内心的声音，潮水退去，是否你心中也露出了一块如此温柔的隐秘之地？或许鲜有人踏足，但那里的秘密都能见光，笑声与哭声都被很好地珍藏起来，谁愿意听听，可以拿自己的故事来换。

码头附近

码头上行人不多，像退去的潮水一样，都退回到各自平淡的生活。

几艘渔船泊在码头附近的海面上，虽没靠岸，却如同稳稳扎根一般。早已习惯了漂泊，它们更加明白如何踏实地活着。

海风略显缠绵，拂过脸庞，就像一个又一个朦胧的吻印在额上，印在脸上，印在唇上。咸丝丝的吻，格外清新，与逐渐远去的海浪声遥相呼应，令人心醉神迷。

码头内侧是一片方形空地，可晾晒渔网和一些日常物件，当然也少不得各类海鲜的风干场面——这是渔村独有的风景。

码头往外延伸，则"一条腿"深深地跨进海面，三座百余米长的宽大石桥呈一个巨型"口"字架在岸边。这里本是泊船、出海、卸货、送别的繁忙之地，此刻却显得安静，所有纷杂的声音仿佛都被已退的潮水带回大海。

漫步在码头石桥上，目光会不由自主地沿着桥身往下打量。若你从未到过海边，或许会惊讶地发现，桥下竟裸露着大片绿莹莹的泥滩，仿佛诸多晶莹剔透的绿色宝石展示在你面前，任君品评。这是退潮的一个小小"馈赠"——大量绿色藻类分散附着在泥滩表面，经过阳光的安抚，闪耀出美丽动人的绿光。

大海可真是会隐瞒，把这么多美丽的秘密藏在心中，难怪总是看到海水蓝得深邃，像极了有太多话不知与谁倾诉的无奈和孤独。

一位老渔民坐在桥墩旁边的乱石堆上，本身就像一块风化的礁岩，骨子里透着浓浓的海潮气息——他在海水里浸泡了一辈子。叼在嘴角的香烟头已快烧完，而那仅有的一点亮，却比大海上的夜空星子更让人温暖。

老人的目光随着远处的波浪轻轻跳动，跳啊跳啊，越跳越远。他想要看什么，他看到了什么，都已不再重要。这，不过是海边生活的一种习惯——潮水会退，却永远退不出渔村人的眼。

造船厂

造船厂已老，静静地坐落在渔村的西南角，背靠一座小山，日复一日地望着涨退有序的潮水，雄心壮志早已悄然淡去。

这是村里唯一的造船厂，渔村生命线上仅有的一条"产道"，造船，修船，甚至处理船的残骸，仿佛一位妙手仁心的医生，见惯了渔村与大海的"生离死别"。

每当退潮，它总是显得格外落寞——这里已经许久没有生产新船了，渔村已经许久没有"新生命"接受大海的洗礼了。以往"咣当咣当"不绝于耳的打铁声和齐心协力推船下海的呐喊声，被一代人的记忆吞噬了。

曾经的夜空下，即便相隔百米千米，依然能感受到火光笼罩的造船厂散发着无限活力，那肆意飞扬的火星，仿佛在向黑暗里不断汹涌的浪潮宣战。"征服"是昔日造船厂当之无愧的名号。

它到底"接生"了多少船只，又送别了多少远航者，已不得而知。或许，这秘密也被一次次退去的潮水带进了大海深处。

如今，它只是偶尔修理一下渔船的"陈年旧患"，或者为一些废弃的渔船"料理后事"。更多时候则是安静地关起门来，遥望远去的潮水，追忆逝去的时光。

造船厂几乎已不再造船，这听起来难免有些讽刺。

那些再也行不动的老船，搁浅在滩涂上，侧卧在乱石滩中，退潮的时候，才不得不承认命运的无奈。它们最终又在造船厂相遇，在这个赋予它们"生命"的地方终结漂泊的一生。这算不算是一种"落叶归根"呢？而依旧在远洋航行的船只，是否还记得它们"生命的起点"呢？

赶海

潮涨潮落的规律，也是海边人生活作息的规律。百年，千年，这深烙在血脉里的印记已成为海边人自足、自律、自省的"至理"。

每当潮退，许多人就会挎着竹篓、提桶，穿着高掩过小腿的长筒靴或者不惧水浸的胶质拖鞋，到海边的礁石堆或者滩涂地，采集鱼虾、贝类等海货，这就是赶海。赶海要当时，赶海赶的是勤劳与踏实。

海边人非常乐意去受领大潮汛带来的惊喜：搁浅的贝类五花八门，令人目不暇接；梭子蟹灵活地穿梭在石缝间，难以捉摸；牡蛎披着粗糙锋利的外壳，实则内心柔软；浅水沟里的小鱼小虾，甚至幻想着蹦跳上岸。

这也是一句有趣的问候，赶海人要去回应它。手拿小铁铲，头戴小草帽，四十往上的渔家妇女几乎成了赶海主力军。此时，男人们多已随船出海，在风浪不定的远洋摇晃着打捞生活，一去往往两三个月。

丰富的回馈来自赶海人的不断弯腰，就像通过某种仪式来换取生活所需，"弯腰"是所有劳动者共同的美德。她们随时保持着弯腰或者下蹲的姿势，小心翼翼地在礁石堆里翻看，在湿润的滩涂泥里摸索，随手拾捡或刮下附在礁石上的贝类，熟练的动作就像是一位雕塑家在为石头雕刻——她们不是单纯地索取，而是在敬畏中倚靠。

海风虽大，却不影响赶海人的兴致，当然其中也难免夹杂着些许生活的无奈。海边人靠海吃海，而这并不起眼的灰黑的潮间带，恰是滋养她们生命的最肥沃的田野。在这片田野上，没有季节的约束，只有大海对渔家人的宽容和理解。

（原载《宁波晚报》2023 年 3 月 12 日）

林杰荣，浙江宁波人，中国作协会员，曾获李白诗歌奖、宁波文学奖、宁波市青年文艺之星、香港青年文学奖、中国作家网"文学之星"等，出版个人作品《渔村史》《海边的玩火者》等六部。

在四月里

◎凌晓祥

人间四月天，一直都是文人们吟咏的对象。这个时候，我本来想去茶山上采采茶看看花呼吸呼吸山野林间的气息，但因疫情的关系，只能在楼下的小区花园里走走。

花园里的花不少，但好多都过了花期。草坪边的二乔玉兰，在风中摇着小衣般的绿叶。它的花像洁白的鸽子，早在二月的料峭东风中绽放过了，而且刚开放就被一场暴雨打了个七零八落，几天不到就香消玉殒。之后，蜡梅、早樱、晚樱、垂丝海棠，也在墙角、泳池边悄悄来去。一个多星期前，红石楠开始发力，虽然散发出来的气味并不好闻，还被一些二、三楼的住户抱怨，但花形是漂亮的，白色的花身，一大朵一大朵泛起在油亮的红叶中，层层叠叠，煞是繁华。在亭子边练拳时，紫红的毛鹃花在身边艳艳地陪伴，让人颇有些受宠若惊。

但园中的这些花树，毕竟都是人造景观的一部分。我喜欢的，是自然的景观，自然的山野。

去年底，我参加了总社的一个培训。每天的课程都排得满满的，只能在离京的前一天，晚饭后，邀了来自"白山黑水"的曹阳、孙磊二君，打了辆"滴滴"赶往地坛。

这次去地坛，是想了却一桩心愿。

史铁生是一位坐在轮椅上的好作家，可惜天年太短。他直指灵魂的写作和对生命的理解，让我感佩。我去地坛，其实是在向他致敬，向不屈的灵魂致敬，向文学的良心致敬。可是，在环绕地坛公园走了一圈之后，我是有点失望的。为何？人工的元素太多。

史铁生的《我与地坛》，是一篇作者与自己灵魂对话的文章，也是一篇直面死神的文章。文中那种蔓生的杂草、纷披的稠枝密叶，还有在树间自由跳动和啼唱的小鸟，才是公园的旋律和灵魂。可是，这些元素，却被不同程度地忽略了。他们把地面硬化，让树木站成行，让泛白的黄土裸露出来……

这些年，新农村建设如火如荼。在浙江杭州，农村的干净与漂亮，常常让我眼前一亮。走进乡村，就等于是走进了图画里，脚下是平整洁净的路面，两边是整饬美化过的花坛、院墙与房屋，眼角有几抹淡淡的山影，脚下有曲曲的流水，还有到处翔栖的斑鸠、喜鹊、八哥……

可是，就在这么漂亮的画卷当中，我也发现了一种遗憾：那就是改造与建设当中的人为雕凿。而深山当中与老人们寂寞相守的古村落，反而显得稀奇和养眼了。因为那里留下了久经风雨的老屋，斑驳灰暗的墙壁，光滑亮眼的石板路，长满苔藓的台阶，还有狗尾草迎风摇曳的残垣断壁……"茅檐低小，溪上青青草，醉里吴音相媚好，白发谁家翁媪？大儿锄豆溪东，中儿正织鸡笼，最喜小儿亡赖，溪头卧剥莲蓬。"辛弃疾这首《清平乐·村居》所展现的画面，我相信许多人是喜欢的，原因也是一样的——展现了乡村的自然美。

国清寺是一座千年古刹。我每次去，最惊异的不是里面古老的建筑，墙头千年犹春的隋梅，还有可以让人做梦的亭子，而是寺院山门外长达几里的原生态的田野与小溪。那条小溪，水流清浅，长着各样的水草，还积着细沙。那座隋代古塔，无言地屹立着，却分明在诉说着什么。塔顶有棵小树，我记得十多年前就已经在那里。它与整个寺院崇尚自然的风格，还有寺庙周围原生态的山形地貌是一体的，和谐的，相生相映的。

还是想再唠叨一件事。有一年，我到厦门参加一次培训，课程也很满。在离开的前一天下午，下课已经是五点多，我"呼啦"一下冲出宾馆，打了个车，直奔鼓浪屿方向。

到了渡船码头，才发觉忘了带身份证。好在有个窗口可以办理临时身份证，才得以上船。船到中流，对面的鼓浪屿已是灯火点点。

船靠岸后，我在小店买了份鼓浪屿旅游地图，没来得及打开就跳上了一辆电瓶游览车。车开到一处黑不溜秋的地方，却不动了，一问，说是前面在施工，车辆不通。于是我们只好下车步行。起初还有三个人与我结伴，后来他们到了预订的民宿，就剩下我一个人了。

分别时，那位车上与我攀谈过的年轻女子，关切地问我要去哪里，我说随便走走，可能会上日光岩。她抬头望望黑黢黢的前方，转而迟疑地望着我，纯净的瞳仁中泛着美丽的波浪，说："你一个人，这么黑，上山不要紧吗？"当时我的心里好温暖好温暖，于是也就牢牢地记住了她。我对她笑笑，说："不要紧的。我一个大男人，有什么好怕的？谢谢你！"

我一边继续赶路，一边目送她窈窕的身影消失在酒店的篱墙内。我记得她说过，她来自大连。我去过大连好几次，除了吃了一通海鲜，在广场上看到过高大的华表，其他并无什么印象。

黑暗，很快重新包围了我，也淹没了身后的一切。

走着走着，我听到了海浪拍击岩石的声音，前面隐隐出现一条窄窄的由几根石条铺成的栈道。左边是山崖，右边是黑暗笼罩的海面，海水通过我身子底下的栈道，拍击着山体，发出震耳欲聋的声音。这种声音，是那样的宏大，那样的动听，那样的浑厚饱满，那样的富有节律和韵味……

我听着听着，忽然间明白了什么，一下子变得又害怕又兴奋。害怕，是因为海浪声越来越大，好像是在涨潮吧。这么大的潮水，来势汹汹，而且正在一波一波地通过我的身体下面，反复地冲刷着山岩，而我只是一个人，周围又没有路灯。兴奋，是我突然领悟到，我是交上好运了，来得正是时候，领略了"鼓浪屿"的神韵。原来，就是这种潮水击打岩体冲刷崖壁孔洞所产生的钟鼓般的回音，让人迷恋。鼓浪，鼓浪，就是这么得名的吧。我快速通过栈道，激动地站立在黑暗中，听着，感受着，不愿离去，直到潮水退下，钟鼓之音渐渐消逝。

大海的潮起潮落，天籁之音的声起声消，前后不过十分钟的时间吧，我真的是好幸运好幸运，撞到了水石交汇的那个时间点，撞进了山水对话、海天传音的佳境之中，比当年苏东坡在长江与鄱阳湖接口夜探石钟山所遇，还要来得幸运和有趣。之后，我加快了步伐，在一处蛋糕房歇脚并吃了糕点与奶茶。其间，我迫不及待地打开地图，找到自己的位置和刚才经过的路线，果然，在一处拐弯处，上面以极小的字号标着三个字：鼓浪石。而我此前一个人于黑暗中走过的荒僻的路，就叫"鼓声路"。

"啊，啊，啊。"我当时就开心地叫起来。店家奇怪地看着我。我问他："你听到过鼓浪屿的鼓浪声吗？"他说没有，只听到过潮水声。我真的好为小伙子感到遗憾，因为这奇妙的景点，这神奇的声音，就发生在离他不远的地方，在一个潮来的时间里。

我喝着奶茶，心情久久无法平静。鼓浪屿的奇遇，无意间也让我明白了石钟山命名的由来——身形如悬钟，声音如洪钟。其身形如钟，我是见过的。有一回，我路过鄱阳湖与长江交汇处，远远地见到它浸在水里面，外形完全就是一口巨钟哦。其音声如钟，我倒是没有听过，不过，彼之"钟声"，与今晚之"鼓声"，应均属天籁妙音，产生的原理也类似。区别只在于产生击打的主体，一个是江潮，一个是海潮，而海潮的力度更大，发出的音量更响而已。由此，我也再一次领悟到：大自然的美，是人工无论如何都无法模仿与复制的。尊重自然、顺应自然、保护自然，永远是人类的首要使命。

之后，我没去日光岩，因为上山的道路被一道铁门封住了。我一边继续环岛步行，一边不时地停下来，仰望岿然矗立于山顶的日光岩，它在灯光中呈现出宽瀑一般的巨大岩面。我想，这样的夜晚，即使我攀上了日光岩，看到的海面也只能是黑乎乎的一片，眼前不会有天际的归舟，不会有金门的岛影，不会有多情的姑娘向我招手，也不会有一朵浪花向我飘来。我唯一能做的，恐怕就是回过身来，看一看灯火璀璨的厦门夜景。如此，夜晚的登山，又能有几多意义？何况我已在海边感受过"鼓浪"的天籁之音，已经不虚此行。

那次夜访鼓浪屿之遇，让我一遍一遍地重温。那大连女郎的关切之情，那夜色中泛着波浪的美丽的眼睛，那白皙的鹅蛋脸，还有嘴角的一粒小痣，都一并烙在我记忆的底片上。

（原载《青春》2022年第7期）

凌晓祥，笔名草木，号苍崖子，浙江作协会员，中国散文学会会员，浙江省散文学会会员，著有散文集《庭前月色》。

向往花山

◎ 刘涵

去往花山岩画的路上，先要乘坐一小时的游船。今年似乎格外多雨，连绵的暴雨冲刷着泥沙，江水浑浊泛黄，但是江畔的凤尾竹仍是那样青绿。透过大块的玻璃窗，如诗如画的山水向着我的视野奔袭而来。

我的家乡在一千八百公里之外的江南，一年之前，我跨越了薄雾与群山踏上八桂大地。列车一路向西南方向疾驶，我没有特别留意地名的播报，只看到了路旁的山峦逐渐从青葱变成裸露。傍晚的暮色下，车厢里的人不约而同地将目光转向了窗外。喀斯特峰林安静地矗立在那里，她的美丽由漫长时间刻就，所以能够包容一切略显莽撞的惊叹。我在接连不断的手机快门声中惊觉，原来我已经抵达了广西。

而现在，船行江上，两岸皆是这样绵延的山。出行那日是一个难得的晴天，北回归线以南日光灼灼，我顶着炙热的阳光出了船舱，登上了游船露天的二层。游船前行带来了风，夏天的温度拂面而来，让我想起去年抵达时迎面吹来的风。我回到了游船的一层，开始在两岸风景的解说词中学习天琴的弹奏。

在龙州，我欣赏过很多场天琴表演。有一场演出，我坐得非常靠前，能够清楚地看见演奏者身上一切的细枝末节。她们穿着天琴演奏的服装，边弹边唱，虽然是我听不懂的语言，但是那种动人可以直达内心深处。她们绣着花的鞋子上还挂着一串铃铛，在弹唱的过程中，那串悬着的铃铛就随着音乐的节奏不断地撞击着地面，发出清脆的声响。我被这样的艺术与美丽震慑住心魂，终于体会到天琴缘何可以沟通上天，铃铛不仅撞击着地面，也一下又一下地撞在了我的心里。后来，我在语文练习题里学到，原来这种铃铛的名字叫作脚铃。天琴的弹奏方式是拨弹，一手按琴弦，一手执拨片，铮铮的乐声便流淌而出。就在阵阵天琴声中，我抵达了江岸。

沿着山路前行，穿过桥梁与浓荫，岩画猝不及防地出现在我的眼前。岩壁相当高，我又离得这样近，需要极夸张地仰头才能将完整的岩画尽收眼底。我在大学的课堂上学习过有关古文字的课程，甲骨文里惊惧的大眼符号曾经深深印刻在我的心中。此刻，我仰观着壁画上的这些红色的图腾，内心的悸动不亚于曾经学习古文字时。

神秘，瑰丽，生生不息。

至今我们也不能准确地判断出千年之前的骆越人是如何在这样陡峭高峻的崖壁之上完成如此大规模的作画的，我们也不能肯定地识别出这些红色颜料究竟是融合了哪些材料以至于可以在历史风雨的涤荡中瑰丽依旧，我们同样不能完整地领略出这些神秘玄妙的图腾究竟代表着何种具体的意义。千年之后，当我站在崖底，长久而静默地注视着这些红色图腾，先民的目光仿佛穿越了历史的重重帷幕，直直定在了我的身上。

三千多年前，骆越古国创造出了灿烂的文化，而花山满壁的红色图腾正是骆越文化最具代表性的标志之一。当地的民众用壮语把花山称作"岜莱"，意思就是画有花纹的山，也即神山。年少时读《西游记》，唐僧问及几时方可到雷音，孙悟空开解说："只要你见性志诚，念念回首处，即是灵山。"总觉得惊异非常。

如今，当我踏上离开花山的路途，在渐行渐远的游船上回望崖壁，那些图腾虽已看不真切，但历史的烟云仍笼罩着我。我终于明白，原来念念回首处，亦可是花山。

（原载《左江日报》2022 年 6 月 14 日）

刘涵，女，浙江衢州人，中国古代文学专业硕士研究生。曾获衢州市作协"新橘奖"、首届泰山·大学生影评大赛研究生组一等奖、"抒雁杯"青春诗会暨全国大学生诗歌奖等，作品曾入选《延河》《2020 浙江散文精选》《天津诗人》《中国研究生》等。

江南旧屋

◎刘会然

村队部

对队部最深的印记，是父亲在一盏带灯罩的玻璃煤油灯下，为队员登记工分的背影。那时，父亲才三十来岁，顶着一头黑发，坐在那张滞笨如牛的办公桌旁。他的身侧，围坐着秧塘村三队的队员。

那还是1980年前后，我只有三五岁。秧塘村三队队部的位置，地处现在秧塘宗祠的左邻。队部占的地方不大，就一幢房子后半截。但队部所在的房子和其他几幢房子摩肩接踵，连绵成片。估计是某个地主家先前的房屋。那几幢房子都是江南赣中最典型的砖瓦木头房。

父亲那时是三队的会计。傍晚，父亲提着马灯来到队部。从我家到队部，顶多三十米。父亲打开队部的北小门。此时，门外，喧闹的全是三队队员和他们的孩子。

父亲坐下来，一一为队员登记当天的工分。谁10分，谁8分，谁6分，大伙自有公论。有不服气的，会嘟哝几句，很快就会被其他队员怼回去。父亲通常左手拨弄着算盘，右手在造册本上记录着。谁谁多少，总共多少，父亲——告诉队员。队员有不放心的，怕自己9分写成了6分，就挤上前来，细细看。也有侥幸者，巴不得自己6分写成9分，嬉皮着脸往前瞧。也有丈夫看完，妻子不放心，又挤上前来盯的。但大部分是做做样子，因为他们很多人，斗大的字不识。当然，做事细致，不苟言笑的父亲，从来没有让他们担心或侥幸过。

工分登记好后，队长就叽里呱啦说些队里的大小事情，或分配第二天的任务，或宣传上面的文件，或褒贬队员。气氛有时沉闷，有时嘻哈。

队里的事情说好后，大伙就天南海北地闲聊。聊国内国际的形势，聊邻村邻乡的怪事，聊左邻右舍的琐屑……昏黄的煤油灯，袅袅的烟雾，男人叫，女人笑，孩子闹，杂杂碎碎的话，皮球般，团团流传。说说笑笑，打打闹闹，乡村的一个个傍晚，就这样开启。哈欠阵阵，睡意浓浓，乡村的一个个深夜，就这样落幕。

冬去春来，革故鼎新。1982年前后，村里开始分田到户了。土地包干到户，多劳多得，再也不用到队部登记工分了。父亲夜行的马灯歇息了。队部的门牢牢锁上了。每次路过队部，去村心老井打水时，我都会透过后窗，朝队部凝望。父亲和三队队员曾经围坐的房间，渐渐空寂、狼藉。

常年无人出没，队部所在那几幢连体房开始坍塌。开始是瓦片和瓦弄的纷落，接着是墙壁和栋梁倾斜。阵阵风雨，记记雷电，老朽的房子一堵墙连着一堵墙，渐次折腰。由于是公房，村人除了叹息还是叹息，只有心动没有行动。

秧塘村一带，中秋有烧塔的习俗。那些年，每年都要垒新塔。塔是砖瓦塔，下砖上瓦，砖少瓦多。村里垒塔的任务都是年青人的。每年中秋节前几天，年青人就怂恿小屁孩到处去找瓦。那时，前一年烧塔用后的瓦，会挖一个坑埋起来。后一年，把这些瓦挖出来再用。但这些瓦在来回搬运时会破碎不少，又都侵染了黄泥，不堪大用。年青人又鼓动我们去找新瓦。新瓦最多的地方，自然是那些破败的老房子。我们就浩浩荡荡来塌败的队部。最初的几年，队部屋顶的瓦，鱼鳞般整整齐齐。我们就用石头砸，或竹竿捅，这些好端端的瓦片就纷纷坠落。弧形的青瓦，从天空落入大地，终究会破损不堪。只有那些幸运的，我们才用畚箕抬去垒塔。

一年又一年，那几幢老屋的瓦片，在中秋节前夕，都会簌簌掉落，最终不是成了碎片，就是成了火塔的肉身。有老人呵责我们，好好的瓦，摔破去做塔，真是罪过。可我们不管不顾，公家的东西，不用白不用。再说，烧塔是祖传的风俗，哪年能不烧吗？中秋烧塔，越烧越旺，家家兴旺。你家有本事不来看烧塔吗？

渐渐地，队部所在的连体房，终于成为废墟。曾经的堂屋和房间，长满了青草。那些歪歪斜斜的栋梁边，成了最好的拴牛桩。

每次经过断壁残垣的队部旧址时，我都有种莫名的情愫。回想起父亲坐在办公桌前书写的背影和三队队员们喧闹的场景，以及我童年的时光，都会产生梦幻般的美好与温情。可现在，再也找不到梦幻起飞的踏板。无根的梦，梦中梦。

碾米厂

秧塘村的碾米厂处在田园和池塘边之间。碾米厂的北面挨着王家塘。碾米厂是单间砖瓦房，红砖灰瓦。朝东的门楣上，白灰刷成的长方形框里，写着"秧塘碾米厂"五个毛笔大字，墨迹刚劲疏朗。让我骄傲的是，这五个字竟然是父亲的手笔。父亲的毛笔字，在村里还是不错的。那些年春节时，祠堂和礼堂贴的所有春联，都出自父亲之手。大部分春联的内容，还是父亲的精心独创。

碾米厂空旷的室内，安装了一台碾米机和一台发电机。碾米机和发电机之间，用两溜黑色皮带相连。发电机转动带动碾米机。秧塘人说碾米为"机米"，说的就是原理。先前，村里碾米都是用人工转动的大盘磨，通过推动大盘磨来去皮，出米。我三五岁时，还看到过祖父他们推大盘磨碾米。用大盘磨碾米，是个苦差事。碾起米来也不利索。村里有了碾米机后，大盘磨就渐渐不用了。1985年后，村里的大盘磨都被丢弃在巷口，杂草丛生。

轰隆隆，轰隆隆……时不时，碾米厂里的碾米机会发出轰响。2000年前，秧塘大部分人家里都会养猪。猪除了吃蔬菜，还要吃大量糟糠和少量的大米。碾米机的两个出口，一口出雪白的大米，一口出金黄的糟糠。90年代前后，我家养了四头猪。每个月，父母都要挑几担稻谷来碾米厂碾米。

碾米厂并不是整天开机。那时，如果要去碾米，要去村口听听碾米厂开机了没有。如果听到碾米机轰隆隆的声响，母亲就准备挑稻谷过去。否则，挑稻谷过去，可能就是白等了。

在碾米厂，由于机器声轰鸣，大伙都成了聋子，都得吼着嗓子说话。有时，我们故意张大嘴巴，蠕动着嘴唇，朝向大人。大人就大声吼叫，你说什么，大声点，大声点。我们就哈哈大笑，其实我们什么也没有说，就是想逗大人玩。

我家去碾米时，母亲都是要我负责装糟糠。褪去外衣后的秕谷，金灿灿的，轻飘飘的。那时，糟糠除了喂猪，也是冬天烤火的好材料。村里的老人，到了冬天，喜欢烧火笼。火笼上覆盖一层糟糠，除了保温，还能让炭火烧得更长久。还有，做喜事时要烧大灶，也需要大量的糟糠。那时，最讨厌的就是夏天去碾米厂。整个碾米厂就像一个火炉，轰隆隆的声音异常烦躁，灰蒙蒙的粉尘，在空气和皮肤上弥漫。特别是糟糠，刺得全身都火辣辣的。

那时，乡村时常停电，一停就是三五天。碰到自家正在碾米时停电，那就是很沮丧的事情。什么时候来电是个未知数，只能等。大人很少等，他们还有其他农活要忙，等的活只留给小孩了。闲着无聊，赶鸟雀却是个有趣的事。碾米厂，是鸟雀最喜欢出入的地方。碾米厂里到处是稻谷，地上又有遗留的米粒。那些鸟雀就从屋檐下的缝隙，或窗户里钻进来。看到有鸟雀进来，我们就赶紧把门窗关上，用扫把在空中飞舞，吓得那些鸟雀在空中跌跌撞撞。

碾米厂东南面，蜿蜒着一条通往田园的路。挨近碾米厂，是个高斜坡。斜坡和碾米厂之间，有条深沟。这个斜坡陡峭，有个60度左右的转弯，弯下就是王家塘。小时候，推板车下坡时，得异常小心。特别是装稻秸秆时，高高的稻秸秆随着弯度倾斜，稍有不慎，板车和稻秸秆都会翻进这个深沟里。那些年，经过这个斜坡时，时常看到有板车翻滚在深沟里。我们家的板车每次经过斜坡时，我就胆战心惊。可父亲推板车的技术笨拙，很多次都是连人带车掉进深沟里。碾米厂靠斜坡这面墙上，板车翻滚撞击的一道道擦痕，异常醒目。多年以后，仍让人心有余悸。

深沟的岸畔上，长着几棵带刺的植物，叶小，吐白花。这种树很稀少，后来才知道是枣树。这几棵枣树年年不见长高，也没有看到结过枣子。

2000年后，村里有人买了小型的碾米机。后来，秧塘村养猪的渐渐少了。公家的碾米厂渐渐凋零了。没有人气的碾米厂，机器开始生锈。碾米厂在风尘中渐渐坍塌成废墟。修环村水泥路时，那个斜坡被挖掘机铲平了，拓宽了。崭新的水泥路就沿着碾米厂肋骨欢快而过。

碾米厂的往事，在飘忽的岁月中，风逝成了枯瘦的记忆。

（原载《太湖》2022年第6期）

刘会然，1977年出生于江西吉水，现居浙江义乌。中国作协会员。作品散见于《北京文学》《芒种》《星火》《雨花》《朔方》《芳草》《山东文学》《文学港》等刊物。有作品被《小说选刊》等选载。获全国梁斌小说奖、首届"中国校园文学奖"等。出版有《少年与花》《秧村往事》等多部短篇小说集。

天山赠我一轮王昌龄的月亮

◎卢山

塔里木，提到这个词，扑面而来的是白雪皑皑和大漠苍茫；三年来，我被这个词吸附着，燃烧着，因为它是我的精神修炼道场，我的诗歌栖息居所。

没有大地就没有大文章

"人生天地间，忽如远行客。"2020年9月，我完成了诗集《三十岁》《湖山的礼物》《宝石山居图》（"杭州三部曲"）的写作后，告别亲人和宝石山，登上云层远赴边疆。"风萧萧兮易水寒"，的确有一种"虽千万人，吾往矣"的孤绝。

新疆是一个具有多种文化融合的地区，面对塔里木的寂静与辽阔、神圣与庄严，我要交出怎样的诗篇来换取我的"通行证"？每天供养着我的是漫无边际的骆驼刺和芨芨草，苍茫浑厚的盐碱地和戈壁滩，在夕阳下燃烧着的胡杨和红柳。置身于这样的自然和文化语境中，我大部分的时候变成一条沉默的塔里木河，表面上看来风平浪静，实则内部凝结着来自雪山的巨大风暴。

诗歌在大地上。没有大地就没有大文章。那匍匐在月光下的一团团火焰，是从大地内部喷涌而出的吗？红柳，边疆大地的精灵。在塔里木河畔，河滩上碎石头间，一片片红柳如唐朝遗失的经卷，在大漠明月下彻夜燃烧……我写道：胡杨，我的大漠兄弟；红柳，我的边疆新娘。

没有大地就没有大文章。我多次在与诗友聊天中说到湖山对人的塑造，我期待可以将塔里木河像围巾一样裹在脖子上，帮我度过这北风凛冽的中国边疆的日子。来到天山脚下、沙漠之门、塔河之源，我的诗歌写作和人生迎来了一种深长开阔的表达。

"白马秋风塞上，杏花春雨江南。"我曾说行走和写作是一生的事情，而我的写作就是我的精神履历表，构成了我的人生镜像。从故乡安徽石梁河畔到成都求学，从成都东进南京深造，再次南下杭州谋生成家，最后又来到新疆落脚，这些年诗歌记录了生活的奔突现场和心绪的辗转反侧，形成了个人的生命诗学。故乡的石梁河是我写作的起点，我的文字里永远站立着河边上的那棵大柳树；成都和南京宠爱了那个不可一世的白衣少年，誓言和牢骚漫天飞舞；杭州山水安顿了我躁动的青春，并在一地鸡毛的职业困顿中给予我深刻的教诲和温暖的佑护；新疆塔里木为我的生命赋能，"天山赠我一轮王昌龄的月亮"，释放出了那只被生活囚禁的猛虎，得以暂时地驰骋在塔里木的星空下。

一棵骆驼刺的拯救

赴疆之后一段时间水土不服，鼻孔出血，双手红肿。这就是塔里木给我的"见面礼"。人生天地间，对一片土地的适应，其实也就是在自我全方位地调整，在购买大地的"通行证"。大自然很奇妙，适者生存，更多的是一种融合、平衡。我流落江南的几年里，蛰居宝石山下，口袋里装的是李煜和宋徽宗的月亮；如今我万里跋涉，闯入天山脚下，头顶闪耀的是王昌龄和岑参的月亮。

远离故乡，万里边疆，塔河之月和天山之雪，映照了我的孤独。"在距离边境线百余公里的阿拉尔/我的孤独走不出/这六分之一国土的中国边疆"（《阿拉尔之夜》），在这种孤独中，面向天地苍茫，打磨了我对词语的敏感，训练了我对塔里木的想象力。像一只从东海闯入沙漠的海豚，塔里木用它的苦涩和辽阔激活了我，也在某种程度上拯救和成全了我。近两年来，那一百余首从边疆大地的深处采摘的诗歌，不就是塔里木对我最大的厚爱吗？

罗伯特·勃莱说："恪守诗的训诫包括研究艺术、经历坎坷和保持蛙皮的湿润。"于世人而言，边疆大地是风沙弥漫、寒光铁衣的苦寒之地，如何在死亡之海里发现诗意，种下绿洲，并"保持蛙皮的湿润"？

有一次穿越沙漠，在一个地方小便，忽然发现一片死寂的沙漠里，竟然有一棵嫩绿的骆驼刺，举着颤巍巍的三角叉，对抗着塔克拉玛干沙漠。这天地间仅有的绿色，像一个被宇宙遗弃的婴儿。我极为震撼！绝望之中也有希望，死亡的嘴唇已经舔到裤脚那又如何？我领受了一棵骆驼刺的教诲。一位诗人说，一条鱼拯救了一条河。在这里，一棵骆驼刺拯救了沙漠。如果没有这棵嫩绿的骆驼刺，沙漠将会逊色、无趣和野蛮多少。

在塔里木，我见惯了太多的枯荣和生死，枯荣和生死是这片大地永恒的主题。沙漠里一半生一半死的胡杨，不是随处可见吗？只活了一个短暂季节的芨芨草，不依然是紧紧地抓住石头和沙砾，努力地绿着和活着吗？这是塔里木日常的所在。春风来了，天山的雪水逐渐融化，大漠里戈壁滩上的植物就抓紧生长开花，羊群和野骆驼们就争分夺秒填饱肚子。一旦到了冬天，四野寂然，天地昏黄，万物只能在漫天的风沙中默默隐忍和等待。"黑暗中的两匹老马饱含泪水/但它们相信：只要保持耐心/天山就会送来春天的雪水/野草的头颅将高过托木尔峰"（《冬日玉尔衮》），仿佛万物都已经习惯了自然的辩证法。

即使冬天风沙弥漫，也并不妨碍维吾尔族老人靠在墙角晒太阳。他们在街头巷尾，眼神平静，无比自在，仿佛这个世界上没有比晒太阳还自由、舒适的日子了。"活着多好啊，还能晒太阳。"一位维吾尔族老人告诉我，"大麦啊，小麦啊，用风来分开；远亲啊，近邻啊，用死来分开。"他们的诗和歌里都能闻到浓厚的穆塞莱斯的醇香，若能晒到太阳，世界的喧闹与繁华都与他们毫无关系。

有时候我撞见了那些赶巴扎的人群，在一辆辆毛驴车制造的滚滚灰尘中，维吾尔族老人们就这么在车上盘腿而坐，悠闲地哼着曲儿。汽车鸣着喇叭极速而过，他们看都不看一眼。相比于诗人，这些老人的心中都有一棵"嫩绿的骆驼刺"。这些南疆大地的日常，都深深地吸引和震撼了我。

我们的写作什么时候才能拥有这种气定神闲的气质？什么时候才能在词语的荒漠里，得到"一棵骆驼刺的拯救"？

大地的生殖能力

"天山雪花大如席，一朵雪铺牛背白。"荒漠和戈壁统治着古老的塔里木，死亡之海的气息仍在暗无天日地蔓延。但是有一次，我来到阿拉尔的托喀依乡，夏季里无数我叫不出名字的植物，忽然拔地而起，繁星一般炸裂枝头的果实，给我强烈的压迫感，惩罚着我如塔克拉玛干沙漠一样辽阔的无知。

那一刻我突然明白塔里木土地蓬勃的爆发力，盐碱地的生命力远远强过人类。大漠上随处可见的胡杨，遍地生长的骆驼刺和芨芨草，无不证明这片土地强大的孕育能力和气场。那匍匐在月光下的一团团火焰，是从大地内部喷涌而出的吗？红柳，边疆大地的精灵。正如作家周涛所说的"地球上没有应该遗弃的地方，只有可能被淘汰的物种"。

今年5月，我和友人沿着沙漠公路驱车和田，在通往昆仑山的路上，随着地理的位移变化，草地、戈壁、沙漠和雪山不断更替，大地万物呈现的层次感随之变化。仿佛一切都在自身命定的秩序中安之若素。色彩的对比，鲜明的反差，其中巨大的张力，让人血脉偾张。我的写作什么时候能具备这样的张力？通往山顶的时候，两边的土拨鼠不断涌现，睁大眼睛悠闲地看着我们这些闯入者。忽然一座座雪山傲然挺立，如牧羊人家族里供养的神。此刻，我一身尘土，唯有羞愧，想起海子的诗歌"面对大河我无限惭愧/我年华虚度 空有一身疲倦"。黄昏降临，一座耸入云霄的雪山，以及雪山之上普度众生的落日，呈现在西部大地上。此刻，我双手合十，集此生所有的修行，希望能成为一块昆仑山的石头。

塔里木的万物无时无刻不在给我教诲，赐予我诗歌写作的力量。在塔里木随处可见的白杨树，笔直的树身刺向天空，仿佛大地的箭矢，又如塔里木吐出的绿色胆汁。我常常问：需要多少想象力，才能使造物主创造出一棵白杨树？让我惊叹的还有塔里木的胡杨。大片胡杨排列整齐，如勇士披上耀眼的铠甲，在秋风中金光闪闪、威风八面。诗歌的桂冠不过如此，黄金的舞蹈也无法相提并论！面对这些从沙漠里窜出来的精灵，我搜遍脑海，却找不到一句可以匹配的诗。

在塔里木，多少次啊，一个诗人面对大地的失语和尴尬。

（原载《江南诗》2023年第2期）

卢山，1987年生于安徽宿州，现居杭州。中国作协会员，浙江作协全委会委员。出版诗集《湖山的礼物》《宝石山居图》《将雪推回天山》等四部，主编（合作）《新湖畔诗选》、"野火诗丛"等。作品入选《诗刊》第38届青春诗会、《十月》第12届十月诗会。

我与鲁迅先生

◎卢江良

作为一名写作者，我与鲁迅先生的"关系"，可谓非同一般。

我老家所在的绍兴市越城区富盛镇乌石村，就是鲁迅先生短篇小说《祝福》中"阿毛"故事的原型地。据说，鲁迅先生家的祖坟，在我们村边上的调马场村（后与青塘村合并，现名"青马村"）。那个村是山村，不通水路。鲁迅先生小时候，他家来上坟，要先摇船到我们村，然后上岸，走路去那个村。当时，我们村的土地庙香火鼎盛，逢年过节都要演社戏。因为戏台就在岸边，鲁迅先生他们就待在船上观看。有一年，我们村有个小孩，一个人在弄堂口剥毛豆，被后面田畈过来的一只毛熊（我老家对"狼"的称谓）给叼走了。鲁迅先生听说了这事，记在了心里，成年后，写进了短篇小说《祝福》里。

这个故事，在我孩提时代，听父亲讲过。不过，不太听得懂，只记住了有个写文章的人叫"鲁迅"；也因为那个被狼叼走的小孩家所在的弄堂，就在我家那排楼屋最右侧处，由于通向广阔的田畈，夏天风很大，颇为凉快，我们常坐在那里，编麦秆扇（赚手工费，补贴家用），我时不时会想起那个被狼叼走的孩子。后来，

1999年左右，我获赠绍兴市文联主编的一套书，其中有一本书中写到了这桩轶事，而且比父亲讲的更详细，还写到鲁迅先生小时候与他的弟弟周作人，经常一道去踏看同样在我们村的"跳山大吉碑"（正式名称为"建初买地摩崖石刻"，现为全国文保单位。我父亲在世时，被聘为业余文保员，曾悉心看护十多年）。

鉴于这层关系，我读中学时，接触到鲁迅先生的作品，感到特别亲切，没有其他作家所说的"违和感"。当然，这也许跟我与鲁迅先生同为绍兴人，语言上没有隔阂（不存在看不懂这个问题）有一定的关系。还有一个因素，我们高二上学期的语文老师董铭杰先生，毕业于浙江师范学院（现在的"浙师大"），本身是一位才华横溢的作家（他后来为我兼任执行主编的一本杂志写过好几年稿，直至病逝为止），他对鲁迅先生作品的讲解，有别于其他语文老师，精彩、生动、风趣，使我从此爱上了鲁迅先生的小说，并激发了对写作的莫大兴趣，立志成为一名作家。

高中毕业后，我业余从事文学创作，特别希望成为鲁迅先生那类作家。受这种欲望的强烈驱使，我有意识地阅读了大量外国现实批判主义作家的经典作品，像契诃夫、莫泊桑、欧·亨利、巴尔扎克等的中短篇小说。然而，由于受鉴赏水平的局限，虽然偏爱鲁迅先生的小说，基本上每篇都反复诵读，但事实上并未真正领悟其含义，只是拙劣地学了一些批判的手法，运用到正在创作的微型小说中，像《抢来的蛋糕》《洋房里的女人》《送花的男孩》《第十个流浪儿》《笑队队员》等，大都停留于简单地反映人性善恶的层面上，极少涉及所处时代的背景和社会问题。

2000年后，我从绍兴来到杭州，不再满足于"小打小闹"的微型小说创作，开始从事短篇小说创作，加上接触了刚兴起的互联网，每天浏览大量文学方面的信息，阅读了钱理群、张梦阳等学者深度剖析鲁迅先生作品的评论，对鲁迅先生的小说有了新的认识，真正理解了其深刻的思想内涵。同时，卡夫卡、萨特、加缪、昆德拉、博尔赫斯、奈保尔等一大批作家涌入了我的视线，让我在侧重鲁迅、契诃夫的"批判主义"的前提下，融合了一些卡夫卡的"荒诞主义"与萨特、加缪的"存在主义"，逐步形成自己的小说风格，创作了《在街上奔走喊冤》《要杀人的乐天》《逃往天堂的孩子》《在寒夜来回奔跑》《无马之城》《小镇理发师》《乡村建筑师》《谁打瘸了村支书家的狗?》《狗小的自行车》等一批短篇小说以及长篇小说《城市蚂蚁》。

这批短篇小说在网络上陆续推出，很快在全国范围内引起了较好的反响，读者和评论者不约而同地认为："批判有力、震撼心灵，颇具文坛巨匠鲁迅小说之风。"2005年，结集出版前，出版方要在封面上打上"当代鲁迅"的字样，被我断然拒绝。虽然，鲁迅先生是我的文学偶像，我梦想成为他那样的作家，但他是一座高峰，我辈可以仰望，不敢造次。后来，出版方只好向我妥协，改为"21世纪中国最具批判力小说"。但在"作者简介"中，还是引用了读者和评论者的那段跟鲁迅先生相关的评价。

就在这个节骨眼上，我的《狗小的自行车》被推上中国小说学会的"2004年中国小说排行榜"，承办活动的报社要出版上榜作品，来电话问我要照片和简介，我顺便将那个"作者简介"复制给了对方。事后，当初来电的编辑又向我约稿，说要刊登在他们报纸的副刊上。我给了3篇新写的散文。不料，最后一篇发表的同期，那位编辑在"编者手记"里，对我"创作简介"里的那句"颇具文坛巨匠鲁迅小说之风"大做文章，指桑骂槐地指出："有一次我看到一个作者的'简介'，让我'吃惊'并记住了。……如此'简介'，如果不是他的自吹，就是他被评论家吹昏了头。"这让我大为恼火，首次因为"鲁迅先生"而引起争端，当即写了一篇反击文《鲁迅是一尊碰不得的神?》，提出质疑："鲁迅先生是一尊世人碰不得的神？不允许任何人学习，也不允许任何人比较？"

在2000年至2004年间创作的短篇小说，结集以《狗小的自行车》为书名由花城出版社出版后，我希望在创作道路上有新的突破，在创作风格上进行了适度调整——从2005年起，注重于鲁迅、契诃夫的"批判主义"语境下对时代背景的有力介入，并逐渐加重了卡夫卡的"荒诞主义"与萨特、加缪的"存在主义"，创作了《赵子龙的枪》《一个会飞的孩子》《大街上撒满黑钉》《哭泣的奶牛》《村主任的功德碑》《梦想制造者》《洪大的摩托车》《穿不过的马路》等短篇小说以及长篇小说《逃往天堂的孩子》。

到2013年初，社会环境发生了变化，为了让自己的小说有"出路"，我对创作风格再次进行调整，淡化了鲁迅、契诃夫的"批判主义"，强化了卡夫卡的"荒诞主义"与萨特、加缪的"存在主义"，创作数量也有所减少，只创作了《六楼的那个露台》《这怎么可能?》《在劫难逃》等寥寥无几的短篇小说。鲁迅先生在我的创作道路上时隐时现。

2019年后，父亲多次住院，让我无心投入小说创作，重点创作一些短小的文化随笔和亲情散文，并应一家杂志社的约稿开设专栏，写了一组解读文艺大师的随笔。到2020年5月底，父亲的突然离世，使我陷入巨大的悲痛之中，彻底停止了小说创作，偶尔写几篇怀念父亲的散文以及文化思想类随笔。同时，由于工作需要，开始撰写宗教文化稿。还应龙泉宝剑厂掌门人张叶胜先生邀约，撰写长篇报告文学《中国宝剑史：龙泉宝剑》一书。鲁迅先生似乎退出了我的创作语境，成为我创作道路上的一位过客。

然而，鲁迅先生在我心目中的地位依旧崇高。2022年3月，在绍兴电视台拍摄我的一个访谈里，我这样说道："我从1991年开始写作到现在，已经三十多年了。在这个过程中，我们搞写作肯定要了解很多作家的作品，也受过很多作家的影响，但是在中国作家里面，我受到最大影响的就是鲁迅先生。"这是我对鲁迅先生的一种致敬，也是对我与他之间的那种关系的总结。

在此之前，他对我的重要性，也从文学创作跨越到了与这个时代的"对接"上。我发现鲁迅先生真正的伟大，在于几乎看透了所处的时代，懂得如何去融合，免受不必要的伤害。也因为他有看透时代的能力，创作的作品自然也就无比深刻，为其他作家所无法企及。鉴于此，我总是教导自己的孩子，以后不一定要成为作家，但要深入了解这个社会，看得透这个时代。只有这样，才能绕过生活中的很多"坎"，更好地跟这个时代接洽。而要看透这个时代，必须持有一种批评的精神。鲁迅先生永远是我们学习的榜样。

（原载《翠苑》2023 第 2 期）

卢江良，本名卢钢粮，男，1972 年出生，绍兴人，现居杭州。一级作家、中国作协会员。著有短篇小说集《狗小的自行车》，长篇小说《城市蚂蚁》《逃往天堂的孩子》和散文随笔集《灵魂的指向》等十余部文学专著。有三部小说被拍摄成电影，其中《狗小的自行车》荣获第八届电视电影百合奖，《斗犬》入围第六届温哥华国际华语电影节和第十届澳门国际电影节。

我能够为你们做些事，
感到非常高兴的

◎ 陆建立

去年下半年，我的一本散文集即将出版，此书列入了浙江散文学会的书系，陆春祥会长任主编，他还帮我起了书的名字《在卫城》，并作了总序。我还想找一个比较了解我的人，帮我写篇序，给我的散文搭搭脉。我第一个想到的就是李建树老师，李老师是宁波文坛的泰斗，我出版的几本书赠送他，他每次都认真翻阅，写了点评，使我对文学信心倍增。

就在2021年11月27日上午9点21分，我不敢冒昧打扰他，先在微信里发了一条信息："李老师，近日可好，好久没联系了，想你了。"中午12点11分，李老师回复了："陆主编好，谢谢问候，我好的，我能够为你们做些事，感到非常高兴的。"隐隐之中，他得知我有事找他，我想到他一个年逾八十的老人，平时坐在轮椅上，手拿放大镜阅读，我不敢开口，不好意思再去麻烦他老人家了，我就打他手机，没说写序言的事，只是与他聊了会儿，向他汇报了我的创作和《杜湖》的近况，他听我说散文集《在卫城》要出版，说书出版后他会好好看的。

今年元旦，宁波市作协理事群里，获悉了李老师前一天突然离世的消息，因疫情不开追悼会，丧事简办，我们只能在群里悼念他。想起他对我们观海卫作家群的关心——他就是一位慈祥的长辈，不遗余力地提携后辈，认识短短十几年间，往事历历在目，得知已经不能再与他相逢了，不觉备感悲痛。

记得2006年，一套观海卫文丛出版首发，里面有我的第一本散文集，还有张巧慧等人的著作，共5本为一套，此书应该是宁波地区第一套乡镇文学丛书，当时在观城宾馆举办了首发式，李建树老师应邀出席我们的活动，这是他与师母第一次来到卫城里，会上他对我们的鼓励，让我们终身受益，想不到一个宁波地区的著名作家，真的来到我们身边，一般大作家只能仰望的，粉丝们赶紧请李老师签字留言，借借他的光。两年后，李老师因突发大面积脑栓塞致偏瘫，一直奔波于杭甬的医院，我很晚才知道这件事。

《杜湖》是2010年复刊的，李老师收到几期杂志后，每期都认真在读，还给我们写了篇卷首语《由杜湖说到〈杜湖〉》，发在第3期的杂志上。他说以前只知道宁波东钱湖的浩瀚，慈溪还有这么大的湖，清澈的湖水，湖光山色浑然一体，他有点惊讶。当他看到《杜湖》杂志的时候，翻阅时感觉有一种独特的味道，或许因为他看了我写的《一座城的味道》，卫城里的杂志独特又别致。《文学港》荣荣主编首发式上也曾说过："《杜湖》杂志的问世，使我们又多了个兄弟。"有他们的支持、相护，我办刊的信心大增。方向明的散文集《西皮散板》、张巧慧的散文集《画荷的女人》、峻毅的报告文学《履痕》等，李老师看了都写了评论。2014年金秋，他的评论作品《为百姓放歌　为平民作传》获得了第二届池幼章·杜湖文学奖，由于身体的原因，他没有来卫城出席颁奖盛会，给我们留下了遗憾。后来我有幸作为宁波市文代会代表，而李老师是特邀代表，我们同住一幢楼。我到他的房间，把证书和奖金当面交给了他。老人家十分激动，他得过国家级省级的奖无数，这应该属于最低层的奖项了，他连说谢谢，还说《杜湖》杂志办得好，观海卫也有一个好的作家群体。李老师喜欢看《杜湖》，有次他非常认真地打我电话，说我编的杂志太好看、太畅销了，杂志到他的报刊箱成了一个空的信封。我哈哈一笑，就说快马加鞭，马上快递补你。

李老师家住美丽的姚江畔，甬城的文友经常到他家相聚，或拜访听他面授，或给李老师祝寿。我也记得了他的生日，一年中最后一天，12月31日。因我不住在宁波，没有参与祝寿。我曾到过两次，一次得知他大病康复了，我们参加期刊联盟会议后，去探访他，带了点慈溪杨梅等礼物。上了电梯楼，李老师已经坐在轮椅上等我们了，师母在照顾他。我们喝茶聊天，李老师说有一本新出版的书要送我，他转动轮椅要亲自去拿，却被师母拦住，说告诉她放在哪里即可。此书是他的散文集《我与月湖》，李老师还给我在书上签了名，那是2013年6月19日。另一次，我们从黄岩看望《杜湖》老主编池老师返回，顺路回宁波到李老师家去探望他。

我的《杜若文韵》出版后，李建树老师不但认真看了，还帮我写了一篇评论，题为《悠远绵长的歌谣——读〈杜若文韵〉》，此文还在《宁波日报》读书版上发表了。我主编的《杜若文韵》，全书所收集的全是关于慈溪观海卫一地的风情散文，共分"杜若云烟""鸣鹤烟雨""卫城风韵""经典遗文"等四辑。李老师点评说这是一部融知识性、趣味性、史料性、文博性、学术性、鉴赏性、考证性为一体的文集，凸显了一个读书人执着的精神追求和爱书情结。尤其是书中的"经典遗文"辑，编者精心搜集、选编了古代文人状写观海卫人文景观的经典之作。该书的出版标志着我由一名读书者、爱书者、写作者进而又成了一位颇有影响力的藏书者和编辑。作为观海卫作家协会的掌门人，我所主编的文学杂志《杜湖》自然就成了观海卫乃至整个慈溪文化界的一处不可或缺的风景。

另一本《慈溪地名传说》出版后，李老师收到看了即打我手机，评价这本书封面设计简约、大气，我说这是我儿子设计的，他称赞我儿子聪明，有我的基因，当时我听了脸也红了。他给讲了一课，《地名传说是家国历史的重要记录——评〈慈溪地名传说〉兼及散文写作的虚构边界》，"这部文稿为慈溪人民建起了一条寻根溯源、诚意问祖之路，它有利于推动慈溪市民共同尊重历史、尊重传统，缅怀先辈艰苦创业精神和传承优良村风、家风"。这正是听君一席话，胜读十年书呀。

《在卫城》，我请的是宁波大学教授、宁波市评论家协会主席南志刚老师写的跋。他是位专业的评论家，学院派人物，对于我这样半路出家的，没有系统学习过的人，也许是帖良药。他帮我的文章搭脉问诊，我相信李老师一定也会赞同的。等我拿到成书的《在卫城》时，必定先补寄一本给李老师。沐光斋里，我先闻闻书的墨香，再点上一支檀香，在我书的扉页上，工工整整，签上"请李建树老师斧正"，我相信他在天上也会看的。

李老师走了，在甬城上空，多了一朵云彩，有时候也会来到卫城里，正因为有他在，这里的文风正盛。他的风骨，不仰望高山，那是大地沉默的心骨；不向往海洋，那必是小溪静流的神韵。

（原载《文学港》2022年第9期）

陆建立，浙江慈溪人，现任宁波市作家协会理事、慈溪市作家协会副主席，主编《杜湖》《上林湖》文学杂志。作品散见于二十多种文学期刊，出版散文集、报告文学、民间文学等著作十多部，策划主编出版多套丛书。

蒙着面纱的画像

◎罗帆

朋友之中，我是最早得知辛禾离婚的。并不因为我们关系最亲近，仅仅凑巧而已。

和往常一样，周一晚上到辛禾画室作画。对我这个初学者而言，所谓作画，其实就是涂鸦。原本我可以在家里画，但辛禾建议先在他这儿画段时间，毕竟油画还是需要有人领进门，哪怕我画的是抽象画。

"最主要还是兴趣，有些人坚持不了多久。"我相信辛禾的质疑是对的，虽然我很有韧劲。"反正老厉的画架、颜料和画笔都在这儿，你也先别买了，就用他的吧！等你确定要坚持画下去的，再买套工具呗！"于是，我用上了老厉的行头，一堆硬邦邦的油画颜料和笔，还有放在画室落地玻璃窗芭蕉树旁的画架。

其他的，像画框、松节油、刷子，辛禾陪我到画室对面的艺术书店临时买了。

第一次去的时候，辛禾给我上了一堂美术课，素描笔握在他顾长枯瘦的手中，一边画一边讲解一个个立体透视的图形。光与影，一棵棵树在透视镜里的视觉原理，在他笔下似乎长出一对翅膀，悬在空中俯视。

正是在这堂课上，感受到了辛禾与佳佳的微妙关系。之前，只是听闻老厉所言。辛禾和我坐在画室里间的长条书桌边，佳佳陪女儿麦吉在外面门厅做作业。不一会儿，佳佳的声音越来越响："怎么这么简单的算术都做不对，怎么这么笨？"我的心跟着提起来，辛禾更是。从他的停顿，以及随之与外面形成落差的声音上可以看出这一点，他的声音越来越轻，像只蚊子嗡嗡。

"写字不要这样歪歪扭扭啊！你看看你写的字，像什么？就是些丑八怪啊！你要是再写这么丑，人也要变得和丑八怪一样。"佳佳又开始指责，能够想象她的脸色与声音同样尖锐。辛禾停下笔，可能是想让自己平息一下情绪。有那么一瞬，我突然认为，佳佳不会是对我有意见，才把火气出在麦吉身上吧？

直觉告诉我，有这个可能性。女人的第六感，很神奇。我在心里责怪辛禾，这个多情的男人，我们之间纯粹的友谊，如今在佳佳看来就像一块血淋淋的肉摆在砧板上，因怀疑使她变成了红头苍蝇，在她对辛禾感情叛变的臆想之地，飞来飞去。

我与佳佳是不熟的，仅在画室照过一两次面。她对我的印象，难道我像个闯入者吗？

当我犹豫要不要去辛禾那儿。老厉发来信息，说他已经在了，辛禾刚买了一批咖啡豆，让他去尝尝。

老厉在，应该不用顾及佳佳的脸色。我想着。等我推进重重的玻璃门，却只看见老厉坐在吧台的长木凳上。"辛禾呢？"其实我还想问，佳佳和麦吉呢？"他在里院烧火。"我才发现屋子里的确有些清冷。

放下布包，推开同样沉重的玻璃门，辛禾蹲着在烧炭火。一边吐着烟雾。我打了声招呼："佳佳和麦吉呢？"也不知怎么冒出了这话，是以示关心，还是让自己安心？"让她们在家做作业，这里进出朋友多，静不下心。"

我折回画室，拿出新的画框，摆上画架。脑子里一片空白。不知画什么。何况还有老厉盯着。老厉总说我画画时放不开，像个被线缠着的木偶。思想的禁锢，这是多年来体制带给我的磨炼。发散或是跳跃思维，在我身上都被磨灭了。这是种悲哀。我想。但我不能表露出颓丧感。这是职业道德。

画什么呢？抬头看看挂在画室墙上的画，才发现每一幅画的女主人公都是蒙着面纱，轻而薄雾似的。真想掀开，在辛禾的想象里是一张什么样的脸？

"为什么都蒙着面纱？"还是问了辛禾这个问题。"和你写诗一样，是隐喻啊！"辛禾没有描绘这一张张是什么样的脸。性感、妖娆、纯情，或是贤惠，任凭想象。

中间最长的一幅画，穿着一条淡蓝色纱裙的女子，蒙着透白的面纱，平躺在夜色里。辛禾的笔触非常细腻，都能看见纱裙上面一朵朵盛开的白色小花，油画的粗粝感，在他手里被遮掩了。"没啥可好奇的。"老厉摆着他的大手，在他眼里什么都不是事儿。可我的好奇心，或者说女人的好奇心，居然和佳佳精神同步起来，那个画里的女子是辛禾的情人吗？（梦中情人？现实中的女子？）

左右两边的画，一幅是紫衣女子站在淡雅的花丛里，蒙着面纱。另一幅是睡在画框里的黑衣女子，同样盖着一层面纱。隐喻。我在心底描绘了一番诗意。我所喜爱的女诗人伊丽莎白·毕晓普有一首《2000多幅插图和一个完美的和谐》，结尾处的诗句：

——黑暗翕开，岩石被光线打破，

一朵不被打扰的，不呼吸的火焰，

毫无颜色，毫无火星，自由地吞食柴禾，

然后，一个家庭连同宠物，在内部平静下来，

——并且用我们婴儿的目光向外看了又看。

有些事物的内部，真的如我们所见吗？真的能平静下来吗？我想辛禾的画，是在逃避什么吗？还是在与什么进行挣扎？身为诗人，我明白写诗有时是一种自我逃避，一种懦弱。现实生活里的无力反抗，在文字里搏击，这是一种懦弱还是勇敢，我不知道。

对着苍白的画框，画什么呢？我使劲想着。临摹莫兰迪？老厉说，别老是画些静物，画画是让你释放。辛禾说，大胆画，哪怕画得非常糟糕。

"总不能乱画吧？画一堆歪歪扭扭的线条也没事吗？"

"想怎么画就怎么画，画线条有什么事呢？画圆圈、方格子、小点点，随便画，大胆画。"老厉又摆着大手，给我力量。

我也不知画什么，在托盘里挤了一堆颜料，好像挤了一团彩虹在上面。又匆忙地调色，做心里没底的事，画没有构思的画，这对我来说是个挑战。严谨而规矩，才是我。

第二幅画，终于随心所欲的，收场。但只是一堆难看的线条，缠绕着。

老厉不愿意和辛禾谈他的婚姻，辛禾同样不愿意。这对幼稚的男人，我这样想。他们拥有各自的自转轴线，很少有观点交叉。男人的友谊，和我们女人不一样。女人喜欢什么都说出来，男人却选择什么事都少说。沉默是他们的优雅。

在一个午后，我和几个朋友借用辛禾的画室聊剧本。因为其中一个研究生要完成毕业作品，给辛禾拍一部纪录片，才得知他和佳佳离婚的事。他全程记录了辛禾办理离婚手续的过程。

"这么多年的婚姻，就是一场费劲的内耗。"辛禾喝了一口咖啡，是杯清咖，不是我喜欢的苦涩味，"所以年轻人，以我一个过来人的经验告诉你们，什么是好的婚姻，好的婚姻就是互相成就，而不是精神内耗。"

"打个比方，如果今天我们坐的这个地方，是上海外滩，或是纽约街头，我们用了同样的时间在不同的空间里奋斗，结局完全不一样。婚姻和事业一样，那个空间很重要，我现在的婚姻空间让我越来越压抑、不舒服，甚至捆缚我前行，这样的婚姻我不想再要了，它就是个毒瘤，如果不切除的话，会扩散全身致死。"火盆上的水煮沸了，有几滴水滋滋溢出来。

辛禾对婚姻的见解对吗？婚姻的真谛是什么？不可否认，我们父母亲这代人在婚姻里的退让与隐忍，在独生子女的我们这代人身上逐渐褪色，自我意识就像绘画里的主色调。为自己而活、不为家庭牺牲自我的宣言，四处可闻。

对于辛禾的比喻，我表示认同。我想老厉听了，也会认同。或许这会是他们为数不多的思想交集。至少，老厉身边又多了一个不为婚姻屈服的单身汉。

"那么这个蒙着面纱的女子，可以和你一起生活了呀？"女人之间的怜悯心，我指着画室墙上的那些画，好像在替佳佳提问。

"像面纱一样，朦胧产生美，难得见次面，其余时间大家各自生活，这样更持久一些。谁能确保和她在一起后，会不会产生新的内耗呢？"辛禾从桌子上拿起烟盒，抽出几根，递给大家。我没接，想到朦胧，一点都不想抽。

那天晚上做了个梦。

撬开辛禾画室的门，拉了张桌子，站到上面给那几幅蒙着面纱的画像，都涂上一个大大的红圈。具体的脸，仍旧是模糊的。

出于女性的报复，我很想把这个梦告诉佳佳。或以表明我与辛禾之间纯粹的友谊。

（原载《三峡文学》2023 年第 11 期）

罗帆，女，1982 年生，浙江金华人，平日里写诗和小说，出版诗歌随笔《透视镜里的手舞》。作品散见于《星星》《江南诗》《西湖》《三峡文学》等。

柿子红了

◎罗芹仙

一

里田湾村的形状像个盆子，经常盛着满满当当的阳光。不知道是不是这个原因，里田湾村的柿树特别多，山坡、地头、路边随处可见。

里田湾在山上，只有一条古老的石径可以到达。石级迂折向上，阳光和风逐渐提纯，清新如洗。走这样的路，慢慢地一级一级向上，脚步也是古老的。显然，这已跟不上时代节奏，于是，村庄里的人们一个接一个离开了。最后留下的，是一对上了年纪的老夫妻，守着老屋，种菜养牛。

拐进山嘴，看见村庄了。人走了，似乎把一些云也带走了，天空显得更蓝更空旷。四面青山合围，形成一个近乎封闭的山坳，阳光积聚，沉淀出灿烂的金色。几排黑瓦石墙的老房子，默坐在西边的山脚下，仿佛几方古老的镇纸，压在时代的角落，留住村庄的册页。中间低洼处原是成片的稻田，因无人耕种而有些芜杂，使村庄

_ 199 _

的秋色萎缩了几分。只有那些柿树，反而更加张扬了，一棵棵全挂满了红彤彤的果子。每一棵树都把叶子脱得精光，只剩满树丰满盈润的柿果，点亮的红灯笼似的，与阳光相互映照，简直有些辉煌。

柿子通红、圆融，由内而外散发着一种古典美，我们小时候叫"红朱柿"。落了叶挂着果的柿子树是最可入画的。苍黑的枝条疏密分叉，遒曲多姿，本身就有国画里焦墨皴笔的味道；朱红的柿果圆融饱满，鲜艳喜人，最适合以朱磦提点。齐白石的画里，柿子常登大雅之堂，画上几个大柿子，旁边一只玉如意，寓意"事事如意"。

在这山村里，你随处都可截取到这样的"图画"：斑驳的老墙边，几个横枝斜逸，枝上垂着三两个柿子，灰墙朱柿互相映衬，这是非常有中国味的写意画。转角处，几竿修竹绰绰，一角青黑的瓦檐上，挑着一条柿枝，枝上悬着几个将落未落的红柿，这岂非一幅富有江南特色的水墨画？半山坡上，一棵高大的老树分枝错落，累累丹柿衬着瓦蓝的底色，这是明朗灿烂的水粉画。山果成熟鸟先知，一棵高枝上，站着一只灰绿色的鸟儿，那小尖嘴对着一个熟透的柿子起劲地一啄一啄，吃得那叫一个欢，这可是一幅活生生的花鸟画。

一些长得不高的柿树，站在路边伸手就能够到。有些柿子成熟得看上去都要流出红汁了，有几个已经被鸟儿吃掉了一半。我挑了一个红透变软的摘了，揭去蒂把，撕开皮，吸溜吸溜吃了，是储存在童年记忆里的清甜味道。这是以阳光和雨水为主要原料在季节的流转里酝酿而成的甘美，是浓缩的自然丰华。

二

小时吃柿子的情景记忆犹新。韩愈说"霜天熟柿栗，收拾不可迟"，不过那时我们总是等不到柿子成熟，早就把它摘下来了。这时的柿子硬如石头，涩味很重，根本不能吃，不信咬一口，整张嘴麻得难受。要吃到甘甜的柿子，还需要一个脱涩的过程。这时稻子已经收割并晒干储进了谷柜，把硬柿子一个一个埋进谷子里，接下去需要的是耐心的等待。可小孩子缺少的就是耐心，过一两天，便要打开谷柜，手伸到谷子里一个一个地摸，还是硬的，只好继续等。如此三番五次，终于摸到一个变软的，迫不及待地拿出来，有时还没软透，涩味没有脱尽，也宝贝似的吃了。若是能等到涩味脱尽，吃起来清凉柔滑，真的甜如蜜汁。

这份童年的甜味深植在记忆里难以磨灭，直到如今，我仍然喜欢吃柿子。母亲知道我爱吃这个，每次有人送柿子给她，总不忘给我留着，却又要反复叮嘱，千万不要空腹吃柿子，吃了要生结石的。后来网上查了一下，母亲的话是有科学依据的，因为柿子富含鞣酸和果胶，空腹吃柿子，很容易得胃结石。

相传柿子因为好吃，还曾受过封。元朝时候，深秋里的某一天，一位形容憔悴的青年途经一个荒芜的村庄。青年已数日未食，忽见残墙败垣间有一柿树，霜果正红，连食十数个饱腹而去。这青年就是朱元璋，十年后，他又经此地，见柿树犹在，感念良久，下马为柿树披上一件大红袍，谓之："封尔凌霜侯，谢尔救命恩。"明人张定的《在田录》一书中，记载了这桩轶事。

柿果在朱元璋陷于饥饿困境时雪中送炭，立了大功。而在另一个故事里，柿叶则成就了一个学子。郑虔是唐代有名的书画家，传说他弱冠时举进士不第，学书无钱买纸，见长安慈恩寺内有棵大柿树，布荫达数间屋。他就借住僧房，每日用霜打的红柿叶练字，天长日久，把整树的柿叶全写完了，终成一代名家。后来，他的诗书画获玄宗御笔亲批"郑虔三绝"。

且不论这些轶事的真伪，古时人们对柿树赞誉有加却是事实。古人不仅盛赞好看又好吃的柿果，诗称"色胜金衣美，甘逾玉液清"，甚至觉得柿树全身都是优点，谓柿有"七绝"：一多寿，二多阴，三无鸟巢，四无虫，五霜叶可玩，六嘉实，七枝叶肥大。《西游记》里有一座"七绝山"，就是据此命名，山上烂柿堆积，道路秽阻，最后是猪八戒用嘴拱路，师徒四人才得以通行。

三

柿树"多寿"，活个两三百年稀松平常，且果盛不衰，名副其实的前人栽树，后人享受。里田湾的柿树大多是几十年甚至上百年前种的，以前可吃的水果零食少，山村人家在山坡地头、房前屋后光照充足的地方种几棵柿子树，秋后给孩子解馋。里田湾村一树树的红柿子在阳光下散发着诱人的光芒，它们没想到自己竟然会有红在枝头无人理的日子。

人走了，老屋丧失了元气，在阳光里也打不起精神，任凭荒草在窗前阶边疯长。坚固的静寂包围着村庄，似乎能听到阳光流动的声音，鸟鸣落不下来，被反弹到高处的空气里去了。在几间门窗摇落的老屋门前，还堆满了码得整整齐齐的柴爿——离开的时候，他们还没来得及把准备好的日子过完，不知道有没有不舍。

在第二排老屋的堂前，看到了那对留下的老夫妻。老妇人端着碗坐在竹椅上吃饭，老头子坐在一个树墩上靠着屋柱吸烟。堂前的阳光温暖而安详，我走过去在一条小木凳上坐下，与他们聊天。老头子挺乐意讲，告诉我他在山下的城区里也有房子，却喜欢住在这儿，这儿有地种，山下什么也没有。他对未来的世界充满了真切而深重的忧虑，山村都被人抛弃了，种田地的人越来越少，粮食哪里来呢？

老头吧嗒吧嗒地吸烟，目光空无而遥远，黑红的脸上沟壑密布，那是岁月犁出的沧桑。一辈子被土地养活，怎么能理解没有土地的生活？我问他，村子里这么多的柿树，树上的柿子怎么都没人摘呢？

　　他说，现在桃梅李果那么多，柿子不稀罕了。三四十年前，哪等到现在，柿子早就摘完了，这会儿家家户户都忙着晒柿子烘柿子做柿切呢。做柿切得忙十来天，柿子摘下来把皮削掉，切成一小瓣一小瓣，在太阳下晒个两三天，然后把晒蔫的柿子放在秕谷烧出来的烟上熏，熏好了再晒。做好的柿切放几个月都不坏，客人来了还能当茶泡。

　　柿切我知道，小时候母亲做过。经过烤晒烘熏等程序的脱水去涩后的柿切看上去乌黑干瘪，吃起来却更加香甜，软糯有嚼劲。这种方法，自古有之，清代汪灏等人编写的《广群芳谱》里记录着几种柿子的制用方法，其中之一名为"乌柿"，即"火熏干者"。柿切做好后，为了让我们能吃得长久些，母亲都要拿罐子装着藏起来。在那个几乎没有零食的年代，好吃的柿切吸引力太大了，我们总是翻箱倒柜地偷着吃。

　　老人说，是啊，以前柿切可是好东西，小孩子最喜欢吃。现在没人吃了，也没人做了。而且人老了，摘柿也危险。柿树大多长得很高，摘柿并不是一件容易的事。拿一根长竹竿，在顶端劈开一个叉子，叫"柿夹"。人爬到树上，挑一个结实的枝丫，站着或坐着，用柿夹叉住一个枝条，用力一扭，连枝带叶折下来，再一个一个地摘下枝上的柿子。一些上了年纪的老柿树，看着结实的枝杈其实已经老化松脆，爬在上面有摔下的危险。爬树摘柿，以前都是身手敏捷的年轻人做的。而里田湾村，许多年前就只剩下摘不动柿子的老人了。

　　不久的将来，老夫妻离去，里田湾村在寂寞的风声里关上最后一扇木门，村庄的历史戛然中断。而柿树仍牢记季节，在每一个洒满金色阳光的秋天里，挂出满树的红果，献给滋养了它的天空和土地，献给更需要食物的动物们。

　　或许，这并不是一件坏事。人离开后，一切自然都终将回归自然。

（原载《散文》2022年第5期）

罗芹仙，女，三门县沙柳小学教师，浙江作协会员。有作品发表于《散文》《散文海外版》《散文百家》《读者·乡土人文版》《文学港》《中国教师报》《台州文学》等报刊。出版散文集《且停停》。

"扯绳"往事

◎毛柯柯

上世纪七十年代，我在卓尼县插队当知青，我所在的村子离临潭县（旧城）约十华里。旧城在元宵节之夜，每年有一场声势浩大的"扯绳（拔河）"比赛。那年，我留在藏地过春节，恰好赶上了看"扯绳"，烟云往事，恍若昨天。

我们村临近洮河，是叫作寺布车的生产队，全村共17户人家。洮河的南岸也有个生产队——闹站，他们以牧业为主。寺布车和闹站同属于卓尼县卡车公社卓洛大队。由于在地理位置上寺布车离临潭县较近，我们习惯上"进城"选择去旧城。

1974年秋季，公社通知我到宣传队当舞蹈演员，同去的还有闹站村知青——秋花，我们赶着牦牛车去达孜多（公社所在地）报到。牛车上放着我们的被褥、衣物、锅碗瓢勺、菜刀案板、擀面棍及面粉、洋芋等生活用品。清风拂面，老牛碎步，路途颠簸，丁零咣啷……

春节前后是我们走乡入村巡回演出的日子，大家赶着牦牛车奔波，有点像吉卜赛人。卡车河清澈湍急，一股脑流入洮河。湛蓝的天空苍鹰盘旋。那会儿信息闭塞，娱乐匮乏，我们的演出受到农牧民喜爱。演员们的吃住都在农牧民家，藏族朋友为能把我们"抢"到家而自豪。巡回演出直至"迎回灶王爷"，我与秋花回到队里，点上的知青们都回了兰州，我们便在村里过年。

新年里的寺布车与往日不同，传统习俗洋溢着喜庆和热闹。村里出现许多新面孔，家家炕头坐着亲眷，空气中充满欢声笑语。我被乡亲们邀请，挨家挨户做客。家家年味十足，炕桌上摆满了油果子、烤锅盔、蜂蜜、奶茶、酥油糌粑……有些家庭的炕桌上还有囫囵的猪头。火盆上熬着浓茶——罐罐茶，黑黢黢的茶罐中要放些大粒盐，茶水在炭火上沸腾，不停溢出，滋啦作响。用老茶树枝叶制作的砖茶是藏区人喜爱的饮料，我好奇地喝了两盏，浓酽的汤汁让我醉了。好温暖的时光啊！

我在炕桌前听人们谝"干蛋"，他们的故事充满幽默和智慧。

人们在喜庆中辞旧迎新，一代代延续祖传的习俗。三十晚上掌灯时，全家围坐在炕上吃扁食（饺子），之后都上炕睡觉。子时一过，男主人率先起床，他先到大门外点旺一堆柴火，预示新年兴旺，然后回屋将煤油灯全部点亮。灯火通明中，全家老少都要起床。接下来是孩子们最幸福的时刻，他们在睡眼惺忪中穿好新衣，蹬上新鞋，一个个给长辈拜年。每位长辈都会摸出五分、一角，或两角钱发给孩子，孩子的手里攥着压岁钱，他们的表情得意极了。爆竹声此起彼伏，直响到旭日东升。此时，走亲访友，迎来送往的幕布拉开了。热热闹闹一直持续到二月二龙抬头。

临近元宵节，秋花托闹站村的联手（好朋友）捎话给我，说正月十五去旧城看"扯绳"，让我十四在闹站住，我如约前往。

秋花在闹站村有个藏族好友（闺蜜）叫格桑曲珍，二十四五岁年纪，是两个孩子的母亲。习惯着藏袍的曲珍，个子不高，发质乌黑，两根辫梢交织成结，用红线缠绕，形成U字形大辫，从发根垂落到腰下；她瓜子形脸蛋上焕发出红嫩和油润；她唇红齿白，鼻梁挺直，双眼清莹有神；她挪步时腰部以上的身躯微微前倾，似乎背上还背着木桶。她说丈夫去牧场还没有回来。两名儿童圆头大脸，干净漂亮，好像年画里的童男童女。我叫"卓嘎"，我叫"卓玛"，他俩躲在他们母亲的身后，羞答答地回答我的问话。"阿么滴咯是'扯绳'？"我又问曲珍，她瞅瞅我，转身笑了："就是大大长长的一根绳子，两边好多人用力往各家怀里扯呗！""啊——那就是拔河嘛。"我自言自语。

晚饭好了，曲珍托着大木盘放在炕桌上，盘中是个猪头，旁边有猪腿蹄爪、血肠面肠等。曲珍说："赶紧吃！"我便"哦呀"，秋花瞅着我使了个眼色，我会意点点头。托盘中的猪头在当地叫"偌巴"，懂规矩的人绝对不会碰它，只挑点肠肚、腿蹄吃吃。鲜见有"手起刀落"割掉猪耳朵吃的人，真碰上这样的人那也无可奈何，只是摆设被废掉了。秋花的暗示，我当然明白。

清晨，我俩去他们村的牛场看看，曲珍已经蹲在黑色牦牛身下挤奶，不远处三两名藏族妇女在木桶前打酥油，空气中弥漫着牦牛奶的醇香。我们花五分钱买了满满一大缸子牛奶，有一公斤吧。不掺水的鲜奶煮沸后须臾结出一层奶皮，煮熟的鲜奶在冷却中奶皮会越结越厚，表面泛出淡淡的黄色。我先挑起厚厚的奶皮吃掉，香；再喝一口热奶，依然是香。这么好喝的牦牛奶只能到藏区去喝！

早饭后我们出发去旧城。

出闹站村向东再偏南走进一条峡谷——闹站沟，峡谷里的寂静早被不断聚拢来的行人的嘈杂脚步声打碎。

"你啊哒去呢？"

"我旧城去瞭着呱'扯绳'。你呢？"

"哦呀！也是瞭'扯绳'。"

耳边不时传来路人的互问。喧闹把崖壁上的野鸽子惊动了，它们飞出巢窠，盘旋在我们头顶，俯冲时投下"炸弹"，怪我们打扰了它们的宁静。转眼到了下藏村，沿羊肠小路爬上山梁，过了巴拇泉、甘尼两个村，在达孜沟就瞭望到旧城的面貌了。

脚下茫茫大片草滩，那儿是红军长征时路过的地方。

元宵节的旧城街道热闹非凡，上下两街，人头攒动，车水马龙，熙来攘往的人流促进了地摊交易量。耳边传来有关"扯绳"的谈论，曲珍、秋花、卓嘎和卓玛，我们很快融入人群。

夜幕降临，圆月当空。人流不断汇聚，大家都自觉站立在道路旁，形成人河。一条望不尽两端的长绳，被无数双大手紧攥，对峙的汉子们双目圆睁，聚精会神等待起赛的哨声，赛前极短暂的静谧。哨音刚落，震耳欲聋的"加油——""加油——""加油——"的呐喊声一浪高过一浪，仿佛一股强大的气流被涌动起来，有如钱塘江潮水似的汹涌澎湃；两队人马互不相让，个个双脚生根固定在原地，他们后倾的身躯很像欲倒的多米诺骨牌。十多分钟过去，双方势均力敌，麻绳紧绷成欲断欲裂状，红线标记纹丝不动；助威者的情绪愈发高亢，他们吼声如雷，手势随声上下挥动，那么刚劲有力。观看者的激情也被点燃了，纷纷为喜欢的参赛团队呐喊。"加油——""加油——""加油——"，喊声响彻夜空。

我也汹涌澎湃，两手紧攥卓嘎、卓玛的小手，生怕滑脱后走丢。

"扯绳"活动在旧城已有悠久历史。两千多年前，楚越两国常在长江上水战，双方战船为达到乘胜追击或顺利脱逃的目的，采用了一种钩扯、撕拽、抵顶的战斗方式，这种力量的博弈遂变成军事训练科目在军队中延续。六百多年前，朱元璋派出一支由皖苏人组成的军队到临潭（古称洮州）屯垦戍边。斗转星移，这一极富魅力和乐趣的军事训练科目渐渐被民间化和民俗化，于是就有了拔河比赛，但旧城人始终称之为"扯绳"。"一根绳，一条心，一股劲"逐渐成为旧城人的信仰和精神支柱，悠久的拔河传统在代代相传中孕育出灿烂的文化和丰富的内涵。"快瞭嘛——快瞭嘛——上街的人们'扯绳'赢了。"我的思绪被惊喜的呼喊声打断……

记得二十三年前，我与好友于正月里去冶力关景区游玩。那时

冶力关还没有现在的名气，服务设施不配套，我们随意选择一户农
家居住，他家经营住宿还兼营小店。夜晚没事，我们从他家中买了
两瓶沱牌大曲，邀请男主人一起划拳喝酒，他高兴极了，随即让媳
妇煮好一锅羊肉送给我们。我告诉男主人我曾在寺布车插队，他说
他老家在术布，我们隔河相望。说到亲近处，又提起旧城的"扯
绳"，他说小时候年年都去观看。我们都留恋那个纯真朴实的年代
和人际关系，把酒言欢至夜静更深仍不愿罢休……

（原载《甘南日报》2023 年 7 月 10 日）

毛柯柯，奉化人，宁波市作家协会会员。上世纪七十年代在卓尼
县农村插队，抽调后在解放军驻甘南独立骑兵营工作。八十年代初调
到兰州，在部队后勤及地方党政机关工作。退休后回奉化溪口东山居
住。有作品在《中国石油报》《甘肃日报》《兰州晚报》《甘南日报》
《奉化日报》等报刊发表。

与 琴

◎孟红娟

耀眼的灯光下，我环视台下，转身看了一眼身后的姐妹们，和主持人的眼神快速对视后，双手轻搭琴弦。

"目中无人，心中有琴。"我默念了一遍自勉语，静候领奏老师的发令。

"3，2，1，走！"

随着口令，"re re mi la la sol mi do la……"一组轻灵平缓的泛音被"琴之韵"的姐妹们整齐拨响，这是古琴齐奏曲《云林禅音》的开首乐句。刹那间，照相机、摄像机的镜头聚焦在我们身上。

《云林禅音》为浙派古琴曲，表现的是日暮苍山、梵籁流筋、人心安乐的意境。作为齐奏曲，要求琴人服装和谐，琴容端庄，节奏整齐。

绰上，挑，勾，撞，淌，撮……

中秋之夜，群山静默，山风送凉，翠竹轻摇。在桐庐县富春江镇青龙坞村放语空乡宿文创综合体里，姐妹们衣着白色飘逸的琴服，在灯光聚焦的舞台上，从容地拨着琴弦，没人表现出一丝慌乱。静静流淌的四分钟里，禅音袅袅，绵延于青龙坞的云林深处，此时，身与心合，手与弦合。

这首安静祥和的齐奏曲拉开了"诗意富春　精彩宋韵'聆听'——青龙坞中秋琴会雅集"的序幕，也架起了江苏虞山派琴人和浙派桐庐琴人的友谊之桥。

谢幕后，虞山派古琴艺术代表性传承人陈蔚华老师对我们说："你们这首齐奏曲弹得很不错啊。"姐妹们第一次面对媒体的公开演出成功啦！

"琴之韵"是我们一起学古琴的几个姐妹的微信群。这个群，有时冷寂，有时热闹。没活动时，常常静悄悄的，似藏进了深山；有活动时，你言我语，群策群力，一时如煮沸了的锅。近年，因疫情影响，"琴之韵"基本处于深睡状态，姐妹们已久无联系。当听说青龙坞溪山深渡民宿李总邀请我们，参加与江苏虞山派琴友的中秋古琴雅集时，大家都做雀跃状。

李总将中秋琴会雅集的海报和公众号发给我。公众号上写着："民乐之根，文化之魂，找寻千百年之前的沉醉乐声，探寻不同时代的精神泛音……"这段文字让我感到学琴的雅趣和价值。公众号上配的图片有青龙坞的蓝天、青山和流云，有小溪、索桥和古树，有星空、古道和老屋，这黄公望挥毫泼墨的富春江畔山水正适合古琴"微、妙、圆、通"的音色。我将海报和公众号转发到"琴之韵"。

姐妹们看到海报后，表现出不同的反应。军姐说："从没上过这种高大上的舞台，怯场，手抖，忘音，怎么办？"燕子说："有些时日没练琴了，我也怕啊！"阿萍说："我要挑战自己！"尽管我也紧张，但还是强装镇静地说："艺高胆大。我们坚持'目中无人，心中有琴'，淡定，hold（坚持）住！"

紧张归紧张，姐妹们都极其珍惜这次登台机会，均表示要以"仙女"的形象出场。大家在群里商量穿什么服装。恰巧温州"听籁居"在搞中秋古琴雅集直播，我们参考他们的服装，决定统一穿白色的琴服。解决了服装，又商定时间，集中排练一首齐奏曲《云林禅音》。

"大家先合计一下，定个基调。而后将统一的节奏版本发至群里，大家在家继续练习；然后再约一次，都来排练。时间不多了，不能出洋相啊。"军姐先在群里招呼大家。

周末晚上，江风微送，在富春江畔的酒隐会所里，"琴之韵"的姐妹们携着古琴，兴冲冲地陆续到齐了。兰弦阁阁主李小刚老师也来指导了。

大家各自练了几遍后，李老师开始领奏。

"3，2，1，走！"弹着弹着，小娜和我"断片"忘音了，阿萍的音偏重了，燕子的滑音不稳。有一个 do 音，我怎么也想不起来，急得冒汗。军姐坐到我的琴凳上，边说边弹"绰上五弦八徽半"，我一下就记住了。阿萍学过古筝，落指偏重，小娜打开徐君跃老师演奏的《云林禅音》，让她感受禅音的音色。军姐的左手小指偏上翘，我将我的手形做给她看，帮她修正。会所里，姐妹们互为老师，互相指正。

"好，重来。大家控制好手形、力度和强弱。3，2，1，走！"李老师重新发令。

我们请一旁的观客帮忙录小视频，然后将视频发给浙派古琴传承人、西湖琴社顾问高醒华老师，请他老人家指正。高老师看后，说："还要在齐、静两个字上加工！做到不慌不忙。"在几位老师和姐妹们的相互指点下，经过几天反复的排练，节奏整齐的《云林禅音》，终于将我们带进了日暮苍山的禅境里。

"抚琴盼玉兔，赏月听瑶音。"得知我们要跟江苏虞山派琴人联谊，95 岁高龄的高老先生还发来了贺联。

"琴月对映"，在青龙坞中秋之夜的放语空里，琴音悠悠，月静，山静，鸟静，人静，好一个静静良宵。

（原载《新民晚报》2022 年 10 月 14 日）

　　孟红娟，中国作协会员，桐庐县作协副主席。作品散见于《中国作家》《大家》《江南》《山东文学》《湖南文学》《文学报》《中国文化报》《新民晚报》《杭州日报》等报刊。著有散文集《淡墨人生》《追梦》《盛开》《家在富春江上》《亲爱的梦》五种。

溪流中的鱼

◎倪田金

一天，我在溪滩上遇到了一个对手。一个在梦中见过，眼前正站在溪流中用电捕鱼的山里人。他身穿一套旧的蓝色工作服，头戴一顶有破洞的草帽，四十出头的年纪，脸色黑黝，体格强健。他肩上背的是捕鱼的绝杀武器——改装型的电瓶捕鱼器，电瓶上的电流魔鬼一样连接着他手握的两根长长的电棒。

那时，我在会稽山的中学工作不久。年轻的我面对挑战，从未想到过失败。

我暗自发誓要与捕鱼人斗智斗勇，但结局只有一个：我俩中的一人终将退出这条生态美丽的会稽山溪流。

看山里人捕鱼，他手握的电棒在水里"滋滋"地响，我惊呆了。电棒像神话中的魔棒划在水里，鱼儿像被催眠后昏睡一样浮出水面。捕鱼人左手拿着捞鱼网斗，娴熟地捞着睡梦中的鱼。那天，我在溪边看到一大群在水中会跳舞的鱼，同样遭电击，瞬间，一片惨白。那些平时我喜欢惹着玩的鱼子鱼孙，也无一幸免，在电棒下成了水中冤死的"白花"。这简直是对鱼的滥杀，对生态的破坏。

我看得心疼，山里人却笑得开心。我愤然说："这么小的鱼，也能吃？"

他恬不知耻地说："能呀，给鸡、鸭吃！"

他走后，我一脸沮丧地坐在溪滩上，每隔三四分钟扔出一枚石子。我把溪滩上能扔的石子，捡到一起，堆放在脚边，像童年捉迷藏打鬼子一样。石子是"手雷"炸药，扔在溪水里，发出"砰、砰"的炸声，这是在警告溪流里的鱼，但鱼在水中悠闲惯了，没有感觉，只有犹豫。我扔出了第二批"手雷"一样的石子。这次，几条稍大一些的鱼，迅速沉入深水，那些小鱼还在东游西转。我在溪边看得清楚，这短短几秒钟，正是捕鱼人的电棒插入水中发电绝杀的时间。于是，我更加用力地扔石子，希望石子在水中发出神奇的警示声。就这样，我在溪边接连扔了三天的石子。

三天后，捕鱼人又来了。他捕鱼的规律是三到四天在不同地方转。他手中的电棒随意地插入溪流的水草处，出人意料的是一条鱼也没漂浮起来。他捏紧了电棒，加大电量，接二连三地在水中乱插，但还是没有鱼梦幻般浮出水面。他表情复杂地看我，嘟囔说："奇怪，这鱼都去哪儿了？"我说："用电捕鱼，鱼子鱼孙无一幸免，哪里还有鱼？"他恨恨地看我一眼，气鼓鼓地说："我不信！去其他地方看看。"他背着电瓶，去了溪的上游。

一节课时间，他从上游下来，在我面前炫耀他的战利品。他的竹篓里盛满了鱼，那些张着嘴的鱼，似乎在痛苦地告诉我一个它们从未遇到过的噩梦。

我感到悲哀。望着他远去的背影，我想不出一个让鱼儿自救的更好办法。晚上，溪滩上繁星闪烁。躺在溪滩草地上，我听到了溪流中鱼在歌唱。是鱼在溪流中聚会？鱼在水中游戏？如果没有捕鱼人，这里应该是鱼的世外桃源，是鱼的天堂。我傻傻地想，鱼尚能在水中分辨白天与黑夜，所以，鱼喜欢群聚在快乐的夜晚。但此时如果捕鱼人突然出现，这无疑将是一场灭顶之灾。鱼在水中虽有自己的智慧，但终究敌不过穷凶极恶的捕鱼人。接连的失败，让我忽然想到法律课上的一个案例……

这次，捕鱼人与我几乎同时出现在溪滩上。在午后阳光下，我们都看到了溪滩边竖立的一块三夹板的警示牌，上面醒目地写着一行大字：严禁滥用电捕鱼，违者必究。捕鱼人手中的电棒迟迟没有划入溪流，他用狐疑的目光看我。许久，他问我："'违者必究'是什么意思？"我有点幸灾乐祸，但内心很平静，告诉他："滥用电捕鱼是破坏鱼类生态。轻者罚款，重者坐牢。"

"这是谁的规定？"捕鱼人心里不服，他的眼睛在冒火。

我笑而不答。我只是告诉他自己是中学的老师。

捕鱼人的电棒后来胡乱地在溪流中划了几下，悻悻地走了。

这年秋天，溪滩上再也不见用电捕鱼的人。一天，在镇卫生院看到一个熟悉的背影，问了医生，知道是昔日的捕鱼人。他的脚背被水蛇咬了一口，溃烂了一个多月。或许是蛇咬，或许是警示牌，这两件事让捕鱼人想了许多，最终让他放下背上的电瓶。我把消息告诉溪流中的鱼时，正是会稽山迎来最美风光的季节。

（原载《宁波晚报》2023年7月2日）

倪田金，男，浙江药科职业大学研究员，中国作协会员。著有长篇小说《开往会稽山的客车》《会稽山的雪》。曾在《北京文学》《文学港》《野草》《浙江作家》《安徽文学》《宁波日报》《宁波晚报》等发表小说、散文多篇。

小吃胜大餐

◎潘江涛

查《辞海》（1989年版）以及它的增补本，竟无"小吃"条目，倒是《现代汉语词典》（第7版）有"小吃"释义："饭馆中分量少而价钱低的菜；饮食业中出售的年糕、粽子、元宵、油茶等食品的统称；西餐中的冷盘。"

定义概念，内涵不宜过于"求实"。就像"小吃"定义，远远不能满足一个吃货对食物空间的想象。

简单一点，不就是民间所说的"小菜"和"点心"吗？

一

美好的一天，是从早餐开始的。

早点是小吃的天下。馒头、包子、烧饼、饺子、面条、油条、豆浆、稀粥等等，虽是天天见面的大路货，却因为馅料、浇头不同，选择余地颇大，也是百吃不厌。

除此之外，只有那些囿于地域、时节、技艺的食物，花样繁多，才真正体现小吃的特异性。

三和菜，是金华年夜饭的必备之菜——腌萝卜、黄豆芽和豆腐干。但实际上，金华人还嫌太单调，喜欢"和"进更多东西，比如千张丝、海带丝、红萝卜丝等等。菜是素菜，用的油也是素油。各自炒好，最后统统回锅，"和"成什锦。

"淡醋一分，酒一分，水一分，盐、甘草调和其味得所，煎滚，下菜苗丝、橘皮丝各少许，白芷一二小片掺菜上，重汤顿，勿令开，至熟食之。"《吴氏中馈录》中的三和菜有丝丝甜味。

金华汤溪"的卜"，不是小菜，而是一只用麦芽糖包着芝麻馅的小圆饼，比巴掌略小，薄如蝉翼，一不留神就一个下肚，唇齿留香。

初听"的卜"，总觉得名字怪怪的。细细打听，这只早已落户汤溪的"点心"，自问世以来就没人给它取过一个正经名字。1998年，丰子恺的小女儿丰一吟女士前来汤溪寻根问祖，在丰氏祖居品尝之后，拍案叫绝，随手写了篇《的卜情》，总算有了"芳名"。

的卜不能充饥，也不像馄饨、汤圆那样制作方便。我来婺城谋生15年了，也就尝过两三回，可遇不可求。听汤溪老人说，的卜流香的日子，年脚也就近了——小孩添一份甜蜜，而大人则多了一份忙碌。

义乌东河肉饼与别地饼食一样，也要和面、揉面、醒面，但更讲究面的筋道。因为它要先包裹剁得细细的肉末，再将其拉抻为薄如宣纸的面皮，倘无特别的韧劲，怎能承受那般"摧残"？饼贴鏊面，咝咝作响，吃到嘴里，除却耐嚼，那一抹柔柔的口感，实乃东河肉饼脱颖而出的资本。

"一根面"亦须拉抻，难点在于"不断"。在浦江街头某小店，曾见拉面师傅把一小块面团啪啪地摔在砧板上，捡起，攥住两端，一扬手，又一扬手，长条面团在他手中抛、甩、抻了几个回合，便魔术般牵扯出细细缕缕清白光滑的面丝，再抖一抖，顺手把它丢进翻滚的锅中……

凡事就怕认真。瞧那娴熟动作，令人想起维吾尔族的达瓦孜，仅凭一根长杆在几百米的高空行走，别人心惊肉跳，他们却收放自如。

二

华夏小吃，多半是时节的贡献，诸如中秋的饼、清明的粿、端午的粽、过年的糕……民以食为天的国度，节日和日常的分野，也是用食物来表达的。

七月半，中元节，糖饧是祭奠食物。

东阳城里，只要新米入仓，家家都蒸糖饧，故有"七月半，糖饧顿""七月半，食米饧"之俗语。

新米浸透，加少许茴香、姜末、橘皮、食盐和适量清水，磨成米浆，舀入蒸笼，蒸熟一层再添舀一层，至少三层。一俟米浆全熟，起笼揭盖，用小刀将其划成棱形，用一根竹签挑着吃。磨浆时，调入红糖的叫糖饧，不加调料的就是米饧。

在少年时代，在笔者老家潘庄，糖饧是最令人难忘的点心。那时，家中吃口多，难得蒸食一回，好在街头巷尾时不时会出现兜售的小摊。那一声声悠长的吆喝穿巷而来，仿佛具有磁性，引诱小孩翻箱倒柜找硬币。就算找不着，也会偷拿新米前去兑换。

俗话说，麦北稻南，南甜北咸。糖饧由稻米衍生，而锅巴则是由米饭派生，更是廉价便捷。

"大锅饭小锅菜"是餐饮界的口诀。大锅者，铁镬也。米饭盛完，留在镬上的饭皮，就是锅巴。

跳出农门、去杭州求学之前，难得吃上米饭。但是，只要锅里有饭，总会央求妈妈顺着锅沿滴几滴猪油，再往灶膛内加烧一撮松针，烀一烀，铲起整张锅巴——色泽金黄，抹点豆酱或者撒些细盐，掰一块入嘴，牙齿像在跳舞，那嘎嘣嘎嘣的声音仿佛天籁。

薄薄锅巴，小小食物。民间小吃的平民性、普适性、创意性和智慧性，正是其绵绵流长、源源不断的动因。

"食物成为愉悦的来源，和儿时的记忆有关"。小吃也是一种刺激的冒险，一次幸福的回味。只是，少小离家之后，这种快乐就无法复制，美味也只能在梦中粘贴了。

三

小吃，关键在小。因为小，所以它的姿态放得很低——朴素平和，温情亲民，就像离我们最近的邻居，总给人以稔熟而亲切的感觉。

小吃千千万，各美其美，美美与共，道不尽亦尝不够。"大菜"无非那几个菜系，而"小吃"则不然，地有东南西北，料分米面杂豆，搭配荤素兼具，质感冷热皆有，口味酸甜辣香鲜。

大餐离不了小吃，馒头焐肉、小葱拌面、干蒸饺子、水煮馄饨等等，都是上上之选。而那叠床架屋似的山珍海味，自有其美不可言之处，但天天吃，即便经济条件许可，肠胃亦会承受不起。倒是风味小吃，只要用心用情，十天半月不重样，一点问题都没有。

传统小吃几乎都是路边摊起家，即便已经拓展为颇具规模的店面，犹带着路边摊特性。比如，馄饨之于东阳上卢，牛杂汤之于义乌上溪，糖饼之于金东傅村，肉沉子之于兰溪游埠……

路边摊勾人，就算是达官贵人，也未必扛得住"思乡的蛊惑"。正因如此，饮食一道，最该夸赞的还是民间的自由创造。但凡号称这款小吃是源于御膳房的工艺，基本都是假的。

街头小吃，用料不多，制作不繁，但风味突出，俗中见雅。它们也许不太在意精美，甚至不太讲究卫生，但笃定下饭顶饥。此乃风味小吃之"宿命"。

四

义乌工商职业学院老师楼洪亮是浙江省烹饪名师，从事金华传统糕点寸金糖、红回回、油金枣、婺味月饼等制作几十年，一册《吴氏中馈录》翻得滚瓜烂熟，被人尊称为"楼师傅"。

每每向楼师傅讨教有关小吃的敏感话题，他都答得很专业。文而化之，大意是说——

小吃是有灵性的，必然受到那一个烹制人的"气息"影响，其他人再怎么学习模仿克隆，品质总是有所不同。

许多传统小吃只有手工制作才能确保产品活性，依托现代机械扩大生产规模，虽能提高生产效率，但无法保证原始技艺的到位。

城市是现代文明的产物，没有小吃的城市，不但缺乏古朴醇美的风情，也不值得人们勾留。有了小吃，城市才有了活力与生机，才有了性格与色彩。小吃越丰富，市井气就越浓郁，城市就越开放，市民就越智慧。

人之味蕾是有记忆的，最早吃到的"那一口"，通常是"妈妈的味道"和"故乡的滋味"，制作者稍微怠慢便会"掉粉"。

小吃通大道。小时候常吃到，长大了难吃到，所以成了回忆；在故乡能吃到，在外地吃不到，所以成了乡愁！

[此文先被2022年8月21日"浙江宣传"平台录用，后入选《笔墨当随时代》（上、下册）]

潘江涛，笔名三川。浙江省散文学会副会长、金华市作协主席。致力于挖掘地方美食文化，已出版《金华味道》《美食金华》两部专著。

点亮生活，点亮梦想

◎潘玉毅

开春时的大凉山，气温还有些低。地里的积雪还未化尽，又下了一场大雪。

家住四川省凉山彝族自治州布拖县日嘎村的吉子友伍清晨起来，推开门，映入眼帘的是满目的梨花白。他用卷尺量了量屋顶的雪，竟有四十多厘米厚。

儿子和女儿尽情地笑着，跳着，友伍却不由得皱了皱眉头：下了雪，西昌通往布拖的路就不太好走了。

从正月初七开始，友伍就时不时地站在村口向着远方眺望，心里默默祈盼着：大雪快点融化吧，好似在等待什么人的出现。

此时，一团阳光仿佛听到了友伍内心的呼唤，撞破厚厚的云层，从莽莽苍苍的大凉山深处奔跑而来，不偏不倚地落在友伍家的屋顶上。阳光明晃晃的，照在人身上暖洋洋的。

这明媚的阳光，不由得让友伍联想到夜里亮起的灯光。而一想到灯光，他的脑海里便浮现出一个个身影、一个个名字：钱海军、胡群丰、刘学、江建铭……

虽然他们离开布拖县已经几个月了，可几个月前发生的事情，友伍依然历历在目。

2021年10月的一天，友伍正在院子里忙碌，县残联的同志带着一群人来到他家，说这些人是从浙江宁波慈溪过来结对帮扶的，这次来，主要是为了调研布拖县困难残疾人家庭的室内照明线路和用电设备，根据实际情况实施"千户万灯"公益项目。

友伍把他们带进屋。一个戴眼镜的中年男子把屋子的角角落落仔细看了一遍，然后对同行的人说："线路有隐患，需要整改。"

友伍看了他一眼，嘴上没有说什么，但心里略微有些不以为然。家里的线路、灯盏都是他自己照着网络视频接装的，虽然算不得专业，可用的都是大品牌产品，怎么到了这人嘴里，就成了"有隐患"？

许是看出了友伍心中的疑虑，那个中年男子耐心地给他指出了问题所在，诸如没有安装漏电保护器、线头搭接的地方绝缘没有做好等等——这些都极易酿成火灾事故。见他说得在理，友伍心中的疑惑也就渐渐散去了。待听到中年男子说"我们这次只是来打个前站，下次带专业的电工师傅来"，他确信这些人是来干实事的。

交谈中，中年男子得知友伍是日嘎村的残联专委，县里和镇里的残联干部对他的工作很是认可，便客气地加了友伍的微信。友伍一看，对方的微信名叫"钱海军"。中年男子笑着说："我微信是实名的，请惠存，回头少不得要麻烦你！"

进入10月中旬以后，布拖县的昼夜温差已经很大了。到了夜间，气温能一下子跌落到零摄氏度以下。友伍以为钱海军所谓的"回头"再快也是年后了，谁知才过两天，他就接到了钱海军从慈溪打来的语音电话。

电话那头，钱海军告诉友伍，他们的团队想在11月初进场。为了提升效率，他拜托友伍先对日嘎村残疾人家庭的用电情况和残疾人信息做一个初步筛查。

此时正是村里农忙的季节，友伍白天要去地里收玉米，但他没有推托。他不推托，不只为电话那头那一句诚恳的"友伍，拜托了"，更因为自己也是残疾人，深知残疾人的不容易。而且上次家里的用电隐患经钱海军指出之后，他发现，类似的隐患其实在当地的残疾人家里十分普遍。作为村里的残联专委，他也希望大家用电时都能更加安全。

于是，一连数天，友伍白天在地里劳作，天黑以后，拖着疲惫的身体开始走访和排摸，有时连饭都顾不上吃。

日嘎村由友伍原先所在的苏嘎村和另外两个村庄合并而成，村里有四十多户残疾人家庭，其中十余户已经搬去了安置区，剩下的需要他挨家挨户去走访。之前苏嘎村的情况，友伍是熟悉的，哪家哪户的残疾人缺了护具、拐杖、轮椅、助听器什么的，他都会帮忙领取，有时还和妻子一起帮他们干农活。但另两个村里的残疾人他还不太熟悉，只能请分管的组长带路。组长将他带至门口便离开了，有时户主不在，友伍就只能在门口静候。若是久等不来，也只能先去下一户人家，然后再回来。有一户人家，他足足跑了四趟才见到户主。

夜里的风很冷，路也不好走，但友伍的心是火热的，也是快乐的。

那几日，他在网上搜索过钱海军的相关情况，知道钱海军是国网浙江慈溪市供电有限公司的一名普通职工，二十多年如一日利用自己的一技之长，无偿为社区居民尤其是空巢老人和残疾人提供免费的电力维修及生活关怀，前前后后帮助过万余人，也因此被授予全国劳动模范、全国"最美志愿者"等荣誉。他还成立了慈溪市钱海军志愿服务中心，以项目制的形式开展帮扶活动。"千户万灯"公益项目正是由该中心联合地方民政局、残联和社会各界力量所发起，旨在为生活困难的残疾人排除家中用电隐患，让放心灯照亮每个家庭。几年里，钱海军和同事们把项目从慈溪本地扩展到宁波市，再到浙江省各地，甚至在西藏、贵州、吉林等地也留下了他们的足迹。

看到报道中那些受益户的笑容，友伍明白，钱海军他们做的是一件十分有意义的好事、实事。友伍很高兴自己能成为与之并肩奋斗的伙伴。

友伍在走访中发现，很多残疾人和他自己当初一样，并不认为家里的线路、设备有什么隐患。友伍便耐心地向他们解释，告诉他们所有的线路、开关、人工都是免费的，改造是为了让家里的用电更安全，并将改造好的照片拿给他们看。征得同意后，他将屋内的线路、电器、开关一一拍照，并将残疾证等信息做好登记。

为了及早完成任务，不负所托，友伍将田里的农事交给了妻子，自己则专心走访。他用了整整四天时间，走遍了日嘎村的所有残疾人家庭，还拍了一千多张照片。将资料传给钱海军的那一刻，友伍的脸上笑得特别灿烂。

11月1日，钱海军如约而至，前后脚到来的还有另外几名志愿者。他们搬着材料来到友伍家里，打造起了"样板间"。

热情的友伍和妻子拿出食物、酒水想要款待他们，却被婉拒。只见钱海军一行人背着梯子，拿着工具，在房间里忙个不停。随着老旧的线路一条一条被拆除，新电线、新开关、漏电保护器被装上，整个房间就像变戏法一样，立时就变了一副模样。

打开开关，看着屋里亮起的灯，妻子感叹："改造过后，灯更亮了，整个房间都显得更大了！"儿子和女儿更是不停地按动开关，满眼都是新奇和欢喜。

友伍在一旁全程目睹了志愿者接线、装灯的手法，对比自己之前的技术，真切地感到了差距，也对用电安全有了新的认识。他浮想联翩："要是我也有这技术就好了！"

为了学习技术，也为了现身说法，让电路改造更顺利地推进，志愿者去其他残疾人家中时，友伍都会一同前往，早出晚归，毫无怨言。志愿者听不懂当地话，友伍就给他们当翻译；志愿者人手不够，他也会主动帮忙运材料、递东西，化身为钱海军志愿服务中心的编外一员。

钱海军见友伍每次说起"电"时眼里都透出浓厚的兴致，便问他："友伍，如果我们在镇上开设'乡村电工培训班'，把老师请到这里来，你想不想学？"

友伍脱口而出："想啊，我的梦想就是学电工。"

事实上，友伍曾经还有另一个梦想，那就是考个驾照，放假时带着家人一起去看看外面的世界。遗憾的是，十二岁的时候，他的眼睛被钢筋扎伤，落下了残疾，考驾照的梦想难以实现。如今，志愿者们不仅点亮了友伍的生活，也点亮了他新的梦想。

自从见识了志愿者的本领，友伍的脑海里经常闪过那些家中用电存在安全隐患的残疾人。他不止一次想过：要是我能把电工技术学好，就不用总麻烦远方的朋友了，无论乡亲们什么时候需要，我都可以帮忙解决，那该有多好！所以，当钱海军问"学了电工，必须要为布拖县的困难残疾人服务，你愿意吗"时，他毫不犹豫地表示"我愿意"。

他是这样说的，也是这样做的。友伍拜了钱海军为师，每次去困难残疾人家里改造线路，他总是认真观察，认真学习，还在钱海军的指导下动手参与实践。友伍说："我也想像师父一样，学习更多的知识，帮助更多的人！"

在布拖县实施的这一次室内照明线路改造，直到年底才结束。改完后，志愿者就离开了。友伍暗下决心，等到乡村电工培训班开班时，自己一定要报名。

东风乍起，草木萌动。友伍的梦想，也在和志愿者一次次的联系中，越发蓬勃起来。此刻，积雪在融化，朋友们要来了。他梦想的实现，一步步近了，更近了！

（原载《人民日报》2022年4月9日）

潘玉毅，中国电力作家协会会员，浙江作协会员，在《人民日报》《十月》《脊梁》等报刊发表文章二百余万字。出版有集子数本，曾获首届中国工业文学作品大赛长篇报告文学提名奖、首届中国电力文学奖、宁波市第十五届精神文明建设"五个一工程"优秀作品奖等。

日落之前

◎庞文辉

（一）

城市的傍晚，天空有种烟熏般的淡墨色。

在太阳沉没之前，小半个天空铺满了被烤成焦红的云朵，像是淡墨之中晕开的牡丹，花形层叠锦簇，极似那种名为珊瑚台的牡丹品种，它花瓣紧凑，基底胭脂红，至边缘渐渐淡化，最外层几乎白得同凝雪一般，与日光穿透云层，在云中辗转折射出的模样极其相似。我停下脚步，仰头看着这朵硕大无朋的珊瑚台在西边的天空盛开。

它在肆无忌惮绽放某种明媚的妖娆，遮掩了天空本来的颜色。

我记不清多久没有见过城市天空最初的湛蓝。大多数白天，它因雾霾而灰白，进入夜里，转变为笼着一层灰雾的厚黑颜色。灰雾是城市夜晚霓虹营造的氛围，从城市里看去，它是明亮的、喧嚣的、饱满的，是人类世界的边界往天空中的蔓延，融合了明亮夜空与漆黑背景所形成的亮灰。我印象中见过不少城市夜景，都如此一致，在暗淡中，仿佛藏着奇妙的光影故事。

（二）

眼下我行经的地方还是黄昏，街灯未亮，自然也看不到灰雾与太空视角的黄光。此时日落西方，西去的日光折射，给那整片的天空镀上一层奇异色彩，这色彩穿过厚重的云层，有些稀释，有些融化，像红黄混合的水粉颜料被水漾开，泼在了云层之上，瞬间便让颜料汁水渗透到云的周身各处。云开始显出应有的斑斓，和城市即将到来的华灯一样，温柔且温暖。我因而更喜欢此际泛黄的天空，日落之际的色泽温暖，是心中热情燃烧的温度，也是天空在一天中最后时刻的告别。告别之时，它如同在耗尽最后的力气，变得不顾一切，释放金黄的光，释放剩余的热。光，让人看清回家的路；热，温暖每一具晚归的身体，让人储足火苗抵御即将到来的冰冷夜晚。

我不喜欢告别，哪怕告别意味着我将要去往一个更有前途的地方，去做更迎合梦想的事情，我依然不喜欢。告别时总有一方是被送的，要么家人送我离开，要么我送家人离开。我总记得送别家人时的景象，她们从我所在的城市回去故土，我在后方看着，那载着她们的动车、汽车、飞机发动，慢慢远去，她们回头冲我招手，直至模糊不清，整个儿融入到远端的天空之中。告别如果能独自承受，或许我会好受一些，然而它却是如此公平，总有一方离开，总有一方留守，两方承受的情绪是一样的，伤感是相等的，失落是均衡的，惆怅是共同且漫长的。我看着送别时的天空，它如同此刻一样，红云渐渐退去，寂然满天，像是告别，又像不告而别。

我隐隐觉得，如若这一路迅速地跟过去，直至追上那日落之地，是否天就不会黑。这个问题无从测试，实际上目前陆地上最快的交通工具，也无法做到。我只是随性的，用双脚不自量力地走着，以此寻找着某种慰藉。每走一步，似乎都同落日靠近了，看，晚霞都变大了一圈，我更加地挺直脖子和胸膛，遥遥地看向远方。好像如此一做，心理上与太阳就更加接近了，事实上我清楚无比，我们之间已彻底疏远，一道无限狭长的地平线将两片区域完全分开，不多时，这里会和往常的傍晚一样，进入漫长的夜幕里。

此时我已经走到不知何处。这里的房屋楼宇，与我常见的相似又有许多细节上的不同，街道同样宽阔，树木却差异更多。城市的街巷有时候会很曲折，曲折到自己步入其中都好像失去了方向，犹如去了一处陌生的所在。或许什么时候驱车经过，或许什么时间坐车一瞥，或许某时某刻沉浸在耳机的音乐世界中慢跑穿过，留有印象却毫不清晰，最后只好归因于城市改造的沧海桑田。我已经习惯了这座城市日复一日的缓慢变迁，也能接受某些不常去的区域，在我某天偶然经过时带给我一片拔地而起的惊喜，然而我却想不起这片似曾相识又似未相识的地方。

（三）

我见到了一条河，它卧在路边，无比安静。我见过相似的路，却没有见过那条路边有河。

隔着一排低矮的灌木，它将天上霞光红得泛白的倒影抛向了路边行走的我。河上没有舟船，没有禽鸟，闲了一天的它显得无所事事。

我走近一些，更清楚地看到整条河的模样。它的表面清澈通透，深层却有些浑浊，混着顶上天空的淡墨色，稍微还能看清。水底的不平整让它的细微翻涌从无间断，波光粼粼，令人恍惚。我知道有很多上了年纪的河都这样，流速缓慢或几乎不曾有过潺动，随着时间流动，杂质与污垢开始沉积，虽然保有一副干净的皮囊，内部却混乱不堪。

这类河流的底层，积淀着一个城市一段时期的旧物，很多早已化作碎片的故事，随着河道枯水期的来临逐渐呈现：

水底依稀可辨的旧报，头条显眼，当日的热点如今或许早已被人们淡忘；

卡在两块石头中间的酒瓶，想必是一位酩酊大醉者在某个夜晚从旁经过时留下的，酒香荡然无存，唯有和风起时，空酒瓶里所盛的月光嗡嗡有声；

破损的瓷杯玻璃杯，偃卧着，含着一口淤泥，在它们旁边，我听见仍有水声起起伏伏；

被蔓密的黑色丝藻包裹着的，都是去年前年甚至更久远年代的水草，水将它们梳理整齐，顺着水流的方向摇曳；

唯独没有鱼虾，它们毕竟无法在这样的环境中生存。

（四）

我站在岸边，试探地将目光投入水中。

水中传回的信息似乎有阵悸动。它很谨慎，整个都被城市用条石与水泥构筑的堤坝牢牢禁锢着，多年来与江河湖海的隔绝让它变得极为沉默，水淌得很平，经过我面前的时候甚至没有一丝声响，我能从水面上浮游的泡沫与水龟看出它的移动。它表现得极度顺从，像是完全服从了城市给它的安排。城市也不亏待它，在它边上种了柳树，隔几步摆几张木头长椅，有时会有人过来，坐在长椅上与它对视，为它弹吉他唱歌，或者聊一些无边无际的话题。它仍然表现得十分平静，像是有着与生俱来的优雅，它不知道是它在看这些人还是这些人在看它，对视的时候，双方或许都能在对方身上看见彼此。

如果它有灵性，或许某一刻，会想起它的祖先，那条存在于另一个年代另一座城市，流过了北宋兴盛与衰亡的汴河。画师张择端读懂了汴河的心情，定格了它某天晌午的忙碌和忧郁。一辆接一辆独轮车穿梭着轧过青石铺就的桥面，路边叫卖的小摊贩目光迷离，憨厚的老农和拉车的驴都垂着头不言语，桥下水流滔滔，纤夫们的号子拉得万般响亮，更远还有社戏，聚集了一帮闲人。只有水中，似乎涌动着风云巨变的浪潮，自北而南的金戈铁马正遥遥而来。

穿越千年的纸上一片喧嚣，闹闹攘攘，怎么也平静不下来。

（五）

日落的最后时分，霞光淡去，燃烧之后天空的末尾只剩少许余烬，我在河的某处看见一株残荷。

残荷分为两根，一根是破败了一半的叶，一根是未彻底凋零的花，只剩下弯曲倒垂的莲蓬和几片荷花瓣。它们站在暗黑色的水里，沉默地随风微动。阳光已经微弱到几乎看不见，街边的路灯倒是亮起，透过柳树叶子的间隙，投射着一些光亮来到河上。残荷的到来已经无从考证，也许是某艘船舶的无心掉落，或者是某位植物爱好者的有心栽培，让它在这片水域中活了下来，长出了荷叶，开出了荷花。

白天通透得能看到底的水面，现在只余下深黑一片。我离它已经很近，就几步的距离，但没有继续往前，一个原因是水面散发的味道有些难闻，另一个原因是我看见了一张巨大的蜘蛛网。它张开着，悬挂在撑起荷叶与莲蓬的两根茎之间，正好被路灯投来的光亮打中，一只硕大精瘦的长脚蜘蛛正威严地坐在中间。

这个距离，我看清了这朵残荷的形态，它依然平整，叶子和莲蓬上充足的绿色表明它依然活着，而且活得很有生机，花瓣尚未全部凋落，那几片粉色水分充足，它让我在秋天看到了夏日的美好。它从水中伸出，骄傲地高耸，仿佛一盏风中摇曳的明灯，夜晚让人沉睡，它却在夜里清醒，肆意张开看着人间。

我在天黑的时候离开，它在水中与我告别。

这次我挥了挥手，没有不告而别。

（原载《散文诗》2022年第10期）

庞文辉，男，1988年生，浙江台州人，中国散文学会会员、中国微型小说学会会员。迄今已在《散文》《儿童文学》《意林》《散文诗》《中国青年作家报》等报刊发表作品二十余万字。

蒙童之字纸儿

◎钱国丹

我娘家那个村子叫泮垟，这个"泮"字，跟村人的姓氏无关。

古代学堂门前有半月形水池，曰"泮"，童子上学则叫"入泮"；"垟"，是家乡人对田畈、田野的总称。泮垟，顾名思义，就是学校和土地，也包含躬耕勤读、耕读传家的意思。

祖祖辈辈的泮垟人大都以种田为生，但也有些人喜欢办学堂。在父亲的记忆中，泮垟先是有一位叫卓西的穷秀才，屡试不第，又无别的谋生本领，就借了人家的房子，开了个学馆，自己就干起教书匠的营生来。他不会教别的，单教语文一门课。从前有句话叫"七讨饭，八教书"，教书就是穷途末路知识分子的最后一招。卓西先生教书一年，向每位学生收"学谷"一斗，一斗稻谷能碾出6斤米，先生一家就靠这个糊口。后来，又冒出一位叫灵享的人，他在法兰西做小买卖发了点财，回到家乡也办学堂。他的条件就好多了，有自己的房子，有办学资金，他的学堂不但教国语，还教算术。但他自己却不怎么识字，就请了两位从洋学堂毕业的青年来教书。再后来，一位富家少爷在婚礼的第二天凌晨就离家出走了，扔下他的小脚少奶奶独守一座大房子。也许是聊慰孤寂，也许是自己无后，希望别人的孩子更聪明些吧，她也尝试着办起了学堂。她也没读过多少书，请的也是外面的先生。有了这么多热爱教学的人，泮垟的学习氛围不错。哪怕是半饥半饱的人家，都能紧紧裤腰带把孩子送到学堂里来。

当时大多数的小学生都是先用铅笔学习写字的，可是泮垟的先生说："铅笔是画画儿的，钢笔呢，则是文化人挣钱的工具；小蒙童就得先学毛笔字，只有用毛笔写出来的字才叫字。"

上学伊始，家长们都得给孩子配备两支毛笔，一支写大楷，一支写小楷。小楷笔用得最多，写生字、抄段落、造句、作文、连做算术题也非它不可。因为用毛笔，还得配备砚台和块墨（我们家乡从来不用成瓶的墨汁），每当先生授完课要求学生写作业时，教室里便响起一片研墨声，如轻涛如急雨，却庄严肃穆。

刚刚入学的蒙童们要先练习"扨笔"，就是怎么握笔。先生拿支毛笔做示范："食指和中指在前，大拇指在后，将笔捏住；无名指的指背轻轻一靠，将笔扶直了扶稳了。手指和手指之间要拉开些距离，不能挤在一起捏成一把。"

可是说说容易做起来却难，五六岁的孩子，好不容易按先生的要求拿起笔来，对着面前的簿子册子，抖抖索索地不敢下笔。硬着头皮下去了，不是让墨汁污了本子，就是把笔画弄得歪歪扭扭的像虫子蠕动。先生看看不行，就过来"把笔"，先生的大手"把"住孩子的小手，嘴里叨叨着："横、竖、撇、捺……"先生从这个桌位跑到那个桌位，"把"了这孩子的笔又去"把"那孩子的笔，一堂课下来，常常累得满头大汗。

每天下午，都有20分钟的大字课。一开始练的是描红，那本子上有现成的红字：上大人，孔乙己，化三千，七十士……依样画葫芦。练了一学期，就可以弃了描红簿子，用印了方格的毛边纸练字了。先生还建议家长买些字帖来临摹。一两年下来，聪明好学的童生就能临得很像那么一回事了。

泮垟人对写过字的纸都很珍惜，说那是孔圣人的衣襟，全是文化。细心的家长会一张张地收藏起来。写坏了的废纸不能随地乱扔，更不能用来擦屁股。学堂里不设垃圾桶，却专设字纸篓。老人们说，用写了字的纸擦屁股罪孽大了，下辈子要瞎眼睛的。废字纸多了，先生就找一块空地，点火化了，学童们站在一旁看着，大家都很虔诚，好像给先人焚烧冥币似的。

有一种白得发亮的纸，先生叫它"光帘纸"。轻轻抖动，会哗哗作响，韧性也好。比较富裕的人家用它来糊窗子，把屋子也糊亮堂了。学堂里也用它给孩子们写大字，一笔一画黑漆漆的很是蓄墨。辛弃疾在一首《清平乐》里写道："绕床饥鼠，蝙蝠翻灯舞。屋上松风吹急雨，破纸窗间自语。"我想稼轩先生糊窗的就是光帘纸。若是毛边纸、宣纸，绵绵软软的，哪里能在"窗间自语"呢？

我们用的墨都是扁长方形的，一支支都烫着"文章一石"四个金字，一角五分一支。因为写什么都用毛笔，所以我们的"文章一石"也用得快。那时候我家很穷，记得我的"文章一石"都短得拿不住了，还无钱去买新的。那节习字课，我让那点短墨躺在砚台上，用一个食指戳着它磨墨，磨好了，它已薄成指甲般的一片，我把它推到砚台的一角。

第二天要写作业时，那干了的墨片儿紧紧地粘在砚台上，任我怎么挖也挖不下来。我急了，拿来把菜刀，让锋利的刀刃来对付它。我左手按住砚台左下角，右手将刀像拉锯一样对着那墨片儿来回拉着，啪的一声，墨片儿被"锯"下来了，可刀口却劈进了我的手指背，不是一个，而是一排儿三个。鲜血伴着墨污，像蚯蚓般在我手上扭动。过了些日子，伤口愈合了，三个指头皮下墨迹分明，像文身过一样。

好墨是可以吃的。我们写字的时候，碰上笔不好使，就用舌头舔舔，弄得嘴唇乌乌的；男孩子嘴馋了，把墨当糖一样吮吮，从来不会出什么问题。有一回一个同学流鼻血了，老师就赶紧研了墨，把墨汁一滴一滴地弄到他仰起的鼻孔里，一会儿就把血止住了。好墨还能消炎败火，农妇们煮猪食，熬猪油，一不小心把手烫出了泡，火辣辣地疼。她们就拿了针线，在我们的砚台里浸了浸，然后把这墨汁淋漓的针线从一个个燎泡里穿过，泡破了，涂满墨汁的伤口就不怕发炎化脓了。有一回，隔壁老五婆咯血了，她又咳又喘，背勾得像一只虾。中医阿申先生找了块上好的徽墨磨着磨着，磨出一酒盅酽酽的墨汁。她喝了下去。一会儿，就不再气喘也不再咯血，安安静静地躺下去睡了。

冬天，砚台里的水结了冰，硬邦邦的磨不成墨了。我们的先生跑到村里的小店，讨了些酒坛底的"酒脚"来，一教室的孩子分着用。黄酒一下去，冰即刻化了，我们用黄酒磨墨，磨得满屋生香。

每当学期结束时，先生会发给学生一张8开大的光帘纸，嘱孩子们好好写字，作为这学期的习字成绩。这时候，大家都格外认真地研墨。研墨时，用水都很有讲究，水多了，会四处飞溅，把书啊本啊弄得一塌糊涂，还把自己的小脸弄成个小花猫，磨成的墨汁也淡，写出来的字苍白无力；水少了墨汁太稠，写字不爽，有时墨汁不够了，还得再研一次，前后墨色就不匀了。

磨好墨后，孩子们一个个铆足劲去写字。那时候写的是竖行，一行行从右向左写的，手腕啊，衣袖啊，很容易就把写好的字刮擦了，光帘纸又不吸墨，一点一捺都像一个小小的黑色湖泊，你得小心翼翼地提着手腕，否则前功尽弃。

待字迹干了，先生将它们收了去。批改作业不打分数，只是在漂亮的字上画红圈圈，更好的画两个红圈圈，特别优秀的可以画上三个连环圈圈。黑得闪闪发亮的字儿，红得鲜花般的圈圈，错落有致，生动美丽。老师记下成绩后，把这作业纸儿发还给孩子们。逢年过节时，家长们就用这种字纸儿糊自家的窗棂，既挡风，又艺术。一个个窗口，一张张字纸儿，简直是书法展览。来了客人，主人就指着窗户说，这是我家孩子写的字。客人就夸，主人就觉得有面子，觉得这一斗学谷给得不冤。

我的外公、父母、叔叔、婶婶、舅舅、舅妈、姨妈、姨丈都是小学教师，年复一年，我们家的窗户都是好学生的字纸儿糊的。我坐在窗下，感觉很温馨，很舒适，觉得它们是世界上最漂亮的窗纸儿。

（原载《天津文学》2022年第6期，有删节）

钱国丹，女，1944年生，浙江乐清人，一级作家，曾任台州市文联常务副主席。发表作品五百余万字，出版个人文集二十一部。获国家级和省级文学作品奖四十余次。1999年获"建国五十周年浙江省五十位杰出作家"称号。

西子湖畔迎亚运

◎邱仙萍

我们有个微信群叫作"西子湖畔同路人"，是在2015年9月杭州成功申办第19届亚运会时建的，主题有点壮志凌云："爱运动，做公益，跑个赤道迎亚运！"为迎接杭州亚运会，大家决心共同跑完一个赤道的周长。8年来，群里三百多号人八仙过海，各显神通。除了跑马拉松，还有人游泳横渡钱塘江、登山、越野、打羽毛球……

群主叫飞哥。飞哥建群后购买了一大堆装备，和群里的人每天早上在西湖边跑步打卡。大家统一服装，脚步要快，姿势要帅，跑完了左手叉腰，右手高举，拍个美照。常常，他们和由施一公领着晨跑的西湖大学的老师们不期而遇，大家相视一笑，开启美好的一天。

跑着跑着，飞哥就对跑马上了头。从2015年到现在，每年最少跑5个半马和3个全马，参加了60多场马拉松赛事，从东跑到西，从北跑到南，简直画出了个中国地图。不仅在国内，他还曾到海外的芝加哥、大阪、北海道等地跑马。掐指一算，赤道周长约4万公里，飞哥8年马拉松总公里数超过了1900公里，21个飞哥就能跑完赤道一圈。"西子湖畔同路人"中有四五十个人在跑马，我们估计大家已经跑完了赤道两圈。

群里有个中学老师姓周，热衷于做马拉松"兔子"，一开始主要是为了欣赏美景。慢慢地，周老师开始学习急救，学习心肺复苏及 AED 操作，学习锁骨骨折、手掌离断伤等创伤的救护、护理，后来他成了杭州市西湖区红十字飞龙救援队队长、浙江省应急管理专家库成员。他所在的红十字飞龙救援队，现在是杭州亚运会和亚残运会场馆的保障团队。

亚运火炬在杭州传递那天，很多人清晨五六点就赶去涌金公园广场占位置。这个涌金公园广场是有来头的，处在西湖边的"C位"。南宋的《西湖繁胜全景图》中，有一处画的就是涌金门附近的筑球门和筑球场。足球，在宋代叫作"蹴鞠"。这种运动有两种竞技形式：一种叫"白打"，主要是炫技；另一种是"筑球"，有球门，即"风流眼"，两个队比谁进球多。火炬传递路线围绕着涌金公园广场，那一路美得令人猝不及防——有"空山寻桂树""载花如行云"的南山路、北山街，有"孤山寺北贾亭西，水面初平云脚低"的孤山，有"一段寒香吹不尽，西泠残月角声中"的西泠桥。

正是在人堆里，我看见了朋友老吴。他拎着两只轮滑鞋，脖子伸得像长颈鹿。我问老吴他的轮滑技术是不是可以参加亚运会了，老吴一听来劲了："前两年我们举办轮滑大赛，竟然不分少年中年老年，稀里哗啦全部安排在一组。一开赛，那些小年轻唰唰唰地就飘出去了，一骑绝尘啊。这次组织的迎亚运轮滑大赛终于分组了，我拿了个老年组冠军呢。"

老吴和我聊着聊着，谈到了我们共同的朋友王爱国，说最近要去找他。王爱国本名约翰·乔治，来自美国宾夕法尼亚州，来杭州后他给自己取了这个很中国的名字。王爱国很快就迷上了杭州的生活。他在西湖边骑车、跑步、喝茶、看书、观鸟，乐不思返，一门心思要做杭州女婿。他还想学习炒茶技术，要把中国茶叶销售到他的家乡。

我问老吴找王爱国干啥，老吴说，想起多年前有一次王爱国和他聊天，说有朋友吐槽中国的公厕。如今，亚运会召开在即，杭州有了更多美观且体现人文关怀的公厕，老吴想领他去参观。老吴拿出手机给我看照片："你看，这是西湖边的'兰心'公厕，江南水乡建筑，一步一景；这是东河坝子桥一个叫'雪隐'的公厕，青瓦白墙，禅意十足；这是西湖文化广场的五星级公厕，小桥流水，亭台楼阁，都成了网红打卡地呢……"

我和他说，见到王爱国，别忘了向他介绍一下"西子湖畔同路人"——杭州人喜欢运动，也热情好客，我们代表杭州市民，跑了一圈赤道欢迎四方宾朋。

（原载《光明日报》2023 年 9 月 24 日杭州第 19 届亚运会特刊）

邱仙萍，浙江作协会员，中国散文学会会员，曾在《四川文学》《湖南文学》《天津文学》《西湖》《文学港》《散文百家》《新民晚报》等报刊发表小说散文数十万字，出版散文集《向泥而生》《飞花令》。曾供职新华社浙江分社，现供职杭州日报社。

溪边的杏梅

◎ 裴七曜

　　六年前的春天，我在镇上的菜市场瞎逛，看到一个老人在卖果树苗。他的果树苗仅有两棵，像大拇指般粗，估计是自家院子里不知不觉中长出来的。然后，老人在某一天的清晨望着那两棵树苗想了想，还是挖出来卖了吧，反正老树还在。再说，卖的钱可以打几斤酒，梅子泡酒，沁人心脾。

　　我问：大叔，这是什么果树苗？蹲着的他微微一笑，并用手指拨弄着树苗。他说这叫杏梅，这树长得挺快，等明年的这个时候就有刀柄那么粗了，而后年、大后年……他摸摸自己的手臂又看了几眼自己的腿肚子。我明白了他的意思，决定买一株，反正不算贵，就30元钱。

　　我把树苗栽在家门外的溪边。那年秋天，我们进城了，因为小女要上初中。而老母亲还住在故乡的院子里，寂寞的时候，她站在溪边的桥上，看看行人，再看看这棵杏梅。

　　我偶尔回乡村，母亲说，这棵树咋回事，枝繁叶茂的，今年春天连花都没有开。我没吭声，我在想：难道我被那位大叔骗了？可我又想：也许现在不是时候，它不想开花，更不想结果，就像咱家的小女。

想起小女，我时常火冒三丈，因为她总是跟我对着干，我叫她好好读书，她偏偏每天玩耍，所以成绩一般般。不像大女儿，我们从来不管她，也不去参加什么培训班，可她竟然考上了排名在十之内的 985 大学。

妻子说，咱们得让小女去城里读初中，即使成绩上不去，那多认识一些人也好啊。

我想了想，觉得妻子的话有道理，做父母的都祈盼自己的孩子有个"锦绣前程"。

又是一年的春天，我来到乡村，母亲喜盈盈地告诉我：今年开花了，但不多，我数了一下，只有 3 朵。我也带着喜悦的神情站在桥上，看着那棵杏梅，却又莫名其妙地傻笑：主干比我手臂还要粗，竟然才开了 3 朵花。但，我还是挺高兴的。

这时，我的手机响了，是小女的班主任夏老师发的：小女这次的成绩从进校时的 398 名变成了 395 名。

我又傻笑了，3 名也是进步啊，就像我看到杏梅开了 3 朵粉色的花一样激动。

初夏，我又来到乡村，在枝繁叶茂的缝隙间探头探脑。母亲走过来说，别扒弄了，那 3 朵花后来被风吹走了，没结果。我挺失落的。

小女成绩又退步了，妻有些生气，忍不住说了她几句。她把书包一丢，坐在地上，号啕大哭。家里乱的时候，我总是喜欢偷偷地溜走。

妻说：这小女以后怎么办？咱们得让小女去培训班补课，这样即使成绩真的上不去，也算对得起她——问心无愧，绝不后悔。我本想说顺其自然，真的读不好也就算了。但看着妻子那么坚定的眼神，我又把话咽了回去。

其实，小女已经够累了，夜自习结束回到家，到晚上 12 点作业都做不完。第二天清晨又急急忙忙地去学校，由于睡眠不足，听着听着头又歪了。周末再去补语文、数学、英语……这马不停蹄的"大补"，到底有用吗？

小女初中毕业的那个春天，花开了不少，但依然没有结果。

中考成绩出来了，进普高还差几分，但去读职高可以进那里最好的班。我们决定让她去读职高，希望她从今往后有一张欢然的脸，一颗灿烂的心，可以一扫往日的压抑和忧悒。

冬天，杏梅落了叶，我在溪边漫步，偶尔望望它。路过的行人笑着问：你家的杏梅今年结果了吗？我摇头笑笑。有一个行人打趣着说：我教你一个方法，大年三十那天，你拿着斧头和锯对着树"吼"几声，大意是反正结不了果，今天要把你砍了、锯了。然后让你的老母亲装模作样地来劝架，说别砍、别锯，树还小，它像一个顽皮而又不懂事的孩子，明年会开花的，明年会结果的。

我被他逗笑了。我又告诉了母亲。稀里糊涂的老母亲信了，竟然真的去找斧子和锯，要我和她一起出去演一场戏。我借故溜了。

春天又来，花开着，它总是不结果。母亲说，难道真的是雄树？

但小女在学校里"混"得风生水起。她兴高采烈地去竞选学生会干部，去参加演讲赛，去争当节日主持人……她容光焕发，信心满满，还评上了区新时代好少年。

今年春天，这棵杏梅依旧在溪边花枝招展，看到它得意扬扬的模样，我又想到了小女，却又忍俊不禁。

小女说，提前招生已经开始，我去杭州和宁波的高校面试了，面试成绩我都在前几名，只要专业课考试考得好，我可以比别的同学提早放暑假。

我笑着说，只要有地方读书，老爸就踏实了。

没多久，消息传来，两所高校均可以进。她眉开眼笑地欢快了几天，然后约了同学一起去肯德基打工。是啊，自己赚钱自己花，这才爽。

我决定去趟乡村，把小女已被录取的消息告诉老母亲。当我走到溪边，无意间望了下那棵翠绿的梅树，竟然发现了几个青里透红的梅子，它们在那里悄悄地羞涩着……我深情地注视着它们，喜之不胜。

六年了，它终于结了果。

六年了，小女开始冉冉飞翔，我相信她自然而然会有灿烂的光芒。

（原载《钱江晚报》2023年7月2日）

裘七曜，浙江作协会员，浙江奉化人。作品散见于《人民日报》《天津文学》《散文百家》《浙江日报》等。曾获《中国校园文学》杂志社、《飞天》杂志社等主办的征文奖项若干。

源自山野，源自心灵

◎裘山山

　　我一直声称是个热爱植物的人。走在路上，见到的花草树木总能叫出个八九不离十；家里虽然没有花园，却喜欢种植。但这次来到衢州龙游，却两次被无比陌生的植物难住了，很羞愧。

　　一次是在龙游博物馆，看到展板上介绍说，在龙游海拔一千五百米的山上，有锥栗树、檫木树和短柄。这三个树名我都是第一次听闻，字都认识，放在一起却很陌生。查了一下，所谓锥栗树，果实和板栗接近，只是比较尖，故而用了锥字。檫木，很高大很有型的落叶乔木，唯短柄属于低矮灌木丛。

　　羞愧的同时我不免有些好奇，为什么龙游山上会有这些少见的树？难道是因为龙游是个移民城市，这些树也是"移民"而来？

　　两天后来到龙游皮纸厂，我在皮纸非遗展示馆里，又见到了几种非常陌生的树名：青檀、雁皮、山桠皮，以及楮树，顿感自己对植物实在是知之太少了，这些树不要说见，连听都没听说过。

　　更让我意外的是，它们都是造纸的珍贵原料。

　　原先我一直以为造纸的原料无外乎是麻、竹、藤、芦苇以及麦秆之类，是我们生活中常见的。却不料在这里被更新了。造纸的原料，尤其是造宣纸的原料，竟然大多来自树，具体说，是来自树皮。故而龙游的宣纸，有皮纸之称。

在此之前，我脑海里能把树皮和纸联系在一起的，只有桦树了，白桦或者赤桦。在遥远的大兴安岭，人们会在桦树皮上写诗送给心爱的人。因为桦树皮一层一层剥离后，很薄很光亮，可直接书写。但那不是纸，是树皮。真正的皮纸，是将树皮经过九九八十一道关的打磨，凤凰涅槃之后，生产出的真正的纸，即皮纸。

自古以来，我们的祖先尝试过用各种原料造纸。高档的如丝帛，低端的如稻草，甚至也用过破旧的渔网。渐渐地，找到了既能制造出优质纸张，成本又不至于太高的原料。浙江的造纸业是发展很早的。我曾在温州瑞安参观过保存完好的古造纸作坊"六连碓"，那里造纸的原料就是漫山遍野的竹子，不过生产出的屏纸只能用作生活用纸，不宜书写。东晋时，我的老家剡溪就已盛产藤纸了，其原料取自剡溪的古藤，因此也叫剡纸。到了唐朝，衢州龙游就已经生产出了纯皮纸，原料完全取自树皮。因质地优良，被作为贡品送进朝廷，用以书写诏敕、经书。

我不知道是谁最先开始用树皮造纸的，只知道龙游皮纸的历史已有上千年。清末时，龙游的造纸业已成较大规模，山农们为了谋生，都以制作手工纸为业，一时间纸槽（作坊）和槽工很多，造纸业兴盛。

新中国成立后，纸槽纷纷成立了合作社，再后来又发展为纸厂。龙游皮纸渐渐有了名气，最多时有七家宣纸厂，全部是生产传统手工皮纸的。但因种种原因，如今只剩一家了。这一家，便是前身为沐尘造纸社、龙游皮纸厂的龙游辰港宣纸有限公司。

我们冒着大雨来到了辰港皮纸公司，很遗憾，没能见到董事长万爱珠，她带着他们新生产出的宣纸品种，去绍兴参加工艺美术协会的会展了。万爱珠已年逾七十，工作依然如此繁忙。她是龙游皮纸的第四代传承人，是将自己的一生与皮纸联系在一起的国家级工艺美术大师。

还好，我们见到了她的女儿，龙游皮纸的第五代传人徐晓静。

在皮纸传承人谱系上，我看到了万爱珠和徐晓静的名字。我发现徐晓静与前几代皮纸传人有很大的不同，前几代或者与她同代的皮纸工艺师，都是土生土长的工人，唯有她是受过高等教育（华南理工大学毕业）的新一代。她不仅是皮纸工艺的传承人，还是高级经济师。

徐晓静告诉我，他们生产的皮纸，全部是以本地区的青檀皮、山桠皮、雁皮为主要原料，以稻草、龙须草为主要配料，采用的是延续了千年的古老手工技艺。这种纯手工制作出来的皮纸，细腻柔韧，纹理纯净。性能上与传统宣纸相似，但韧性更强，更优质。

之所以如此，我猜想是因为它们的原料取自树皮，吸收了来自山野、来自天地间的精华。

我认真查了一下这几个难倒我的植物品种。青檀是比较稀有的树种，高大挺拔，浑身都是宝。其茎皮枝皮是制造宣纸的优质原料，主干坚实耐磨，可做家具及农具，种子可榨油，叶子还是中药。雁皮自然不是大雁皮，而是落叶灌木，既可造纸，也可入药；楮树就是构树，这个我倒见过，阔叶红花，叶子可食。相比之下，山桠皮要矮小些，和我们常见的常绿灌木很像。同样是既可造纸，也可做中药的植物。

我很喜欢纸，喜欢到见到好纸就爱不释手。但我也很爱树。想到要把树皮剥下来造纸，心里不免有些嘀咕：剥了皮的树还能好好生长吗？山野里的树会减少吗？甚至，青檀、山桠皮会慢慢消失吗？

徐晓静的讲解消除了我的疑虑。原来，目前他们生产皮纸，主要是以山桠皮为原料。青檀树、雁皮、楮树等，用得很少了。而山桠皮，也不是一味地去山野中获取，而是进行人工种植。他们有八万多亩原料基地。

让我高兴的是，种植山桠皮不仅为造纸提供了原料，也为山农们增加了收入。山桠皮种下3年后即获益，将成熟的山桠皮枝条砍下后，老桩会继续发芽生长，每年都可获取。每亩山桠皮的收益可达六七千元。一旦解决了原料来源，皮纸便能可持续生产。

当然，即使有了丰富的原料，从树皮到纸，还要经过砍条、蒸煮、刮皮、洗涤、匀浆、压榨、烘焙等30多道工序。而这30多道工序所用的生产工具，全是传统器具，如铣山刀、刮皮刀、择皮帘、塘耙、鬃刷、焙笼，还有帘床、槽角等等，都是古老到没朋友的工具。其工艺流程也全部由手工制作，漫长、繁复、精细。

比如捞纸，一双手拿起帘架慢慢探入水中，然后不缓不疾地拎起，让纸浆在帘架上均匀排布。然后再将湿纸从纸帘中轻轻分离。这个过程，全凭手感。每一道工序，都需要耐心，需要韧性。

这样制作出来的书画纸，着色鲜艳，墨韵清晰，润燥自然，能独到地体现传统纸文化的特色，因而赢得了"纸寿千年"的美誉。这些纸不但作为高档书画用纸，还被用于故宫古籍的修复，并且远销海内外，在日本、韩国、新加坡、欧美各国和中国的港澳台地区都很受欢迎。

我在龙游皮纸传承人的谱系里，看到第一代传承人生于1831年。也就是说，他们这个企业可考的历史，已近两百年。但皮纸发展出现飞越，却是在万爱珠时代。在她的不懈努力和执着坚守下，龙游皮纸不但得到了很好的传承，还不断创新，赢得了极大的声誉。

徐晓静说起母亲，语气里满是自豪："我妈妈的荣誉和头衔太多了，我都记不全。"

万爱珠自20岁做学徒开始，就把自己的一生和皮纸联系在了一起。她跟着师傅点点滴滴地学，很快就熟练掌握了龙游皮纸制作各个环节的技术，20世纪90年代，年轻的她就成了龙游皮纸厂厂长。2000年企业改制时，她担心皮纸业不能很好地传承下去，便多方筹资将龙游皮纸厂买了下来。然后扩建厂房，增加工人，在短短几年里，皮纸厂得以发展壮大，企业的产值达到了2000余万元。

最重要的是，万爱珠并没有停留在传承上，而是在坚守古老工艺流程的基础上，改进了工艺和配方，不断推出新品。尤其是在原料处理上有了较大提升，皮料处理得更精细了。由此研制出的几种新型纸，先后获得多种奖项。尤其是"手漉仙纸"，被评为国家级新产品，跻身中国文房四宝十大名纸。

对这位无缘谋面的大姐，我充满了敬意。

2009年，龙游皮纸入选了浙江省非物质文化遗产。2011年，又被列入国家级非物质文化遗产项目，是龙游仅有的国家级非遗项目。2018年，龙游"皮纸制作技艺"成功入选"第一批国家传统工艺振兴目录"。万爱珠和皮纸工匠们的心血，渗透到薄薄的皮纸中，让厚重的千年造纸文化得以传承。

我问徐晓静，你们现在最大的困难是什么？

她不假思索地说，最大的困境就是后继乏人。由于传统工艺造纸劳动强度高，还需要很大的耐性，一些年轻人不愿做。随着高龄工人陆续退休，他们的工人已越来越少。

在这点上，徐晓静发挥出她的优势。作为高级经济师，她经常去造纸专业学校给学生们上课，在这个过程中，有意培养年轻人对皮纸的兴趣爱好。她还经常带学生到公司来参观学习，一旦发现对手工造纸感兴趣的学生，就邀请他们毕业后来公司工作。这样，他们已陆陆续续招聘到十几个学生。此外，他们也在扩大招工范围，以前只在本地招，现在扩展到了外省，如四川、贵州、江西等地。

绝不能让文化遗产传承断在自己手里，万爱珠时常这样说，我们要想尽一切办法，创造条件，培养更多的皮纸工匠，无论如何，都要将这一文化遗产世世代代地传下去。

我相信她一定能做到。

走出皮纸厂，雨过天晴，满眼不只是绿色，还有红色、黄色、棕色、白色。龙游的植被的确是丰富多彩的，那些我认识的、不认识的树木，那些高大的、矮小的植物，都郁郁葱葱，充满活力。

忽然想，龙游皮纸的韧性不只是来自山野，还来自心灵。正是万爱珠、徐晓静这样的古法造纸传承人，将她们血液中坚韧不拔的性格，融入到了皮纸中，才令皮纸有了与众不同的韧性。

既源自山野，也源自心灵。

（原载《浙江散文》2022年第1、2、3期合刊，《光明日报》副刊2022年8月12日）

裘山山，祖籍浙江，现居成都。1976年入伍，1983年毕业于四川师范大学中文系，成都军区政治部创作室原主任。已出版长篇小说《我在天堂等你》《春草》，长篇散文《遥远的天堂》《家书》，以及中篇小说《琴声何来》等作品约四百万字。先后获得过鲁迅文学奖、中宣部"五个一工程"奖、解放军文艺奖、文津图书奖、四川省文学奖、《小说选刊》年度大奖、《小说月报》百花奖、《人民文学》小说奖以及夏衍电影剧本奖等多个奖项，并有部分作品在海外翻译出版。

我和你都长大了

◎瞿冬生

冬日里的被窝是温暖的，一向晚睡晚起的我还在赖床。晚报老总林宇正值奋斗年龄，不赖床，一早来电约我写一篇《我和我的城》。放下手机，有些感动。这是我离开参与创办的《温州晚报》廿七年以来第一次收到稿约。

人到了一定的年纪，容易沉迷过去，哀怨时光易逝。我呢，正努力使自己迟点成为"九斤老太"。不过，这次稿约给了我一个名正言顺的怀旧理由。

那么，记忆里的温州城，是一幅怎样的画卷呢？我努力在脑海里搜寻儿时的印记……

我小时候的温州，用现在的眼光去看，也许是一座破旧的小城。但是，小城故事多。那些破旧的青砖黛瓦，炊烟袅袅，尽是人间烟火；那些鱼腥的蜿蜒河流，清澈见底，尽是人间乐园；那些坑洼的石板砖路，泥泞打滑，尽是人间乐土……

我于冬至出生，老天爷的"见面礼"少了暖意。我是在父亲蒙冤入狱五年释放后的"多生"儿（父亲说差点给我取这个名）。上世纪六十年代初，国运家运皆不济，父亲从功臣到"反革命"，从小学校长到板车夫，加上有哥姐四个，我自然属于"多生"了。听母亲说我是"在工人医院出生的"。"几时生的？""吃了汤圆去生的。"那时没有印上小脚丫的出生证，估计医院也不会有我等凡夫的档案了。不过，我至今纳闷，人一出生就知道吃奶，可为什么没有记忆？

我小时候的温州，冬天就没暖和过，冷得手都不敢伸，几乎年年生冻疮，手背肿得像馒头。那时的屋檐下都有"银璠儿"（冰挂），门前花坛里的"白月瓯儿"（栀子花）的叶子上面，会结一层状似银勺的冰。

这些大自然有意无意留下来的东西，自然是困难时期孩子们最好的玩物了。有时，央求大人把"银璠儿"掰下来，给我把玩。看着晶莹剔透的"冰棍"，忍不住伸出舌头舔舔，打个激灵也是一种快乐。有时，发现接雨水的水缸里有一层厚厚的冰。我们就拿来一支空笔管，对着冰盘中间吹啊吹，等吹出一个小孔，就把圆圆的冰盘弄出来，再用稻秆绳穿进去提起来，把冰盘当锣敲，一边敲一边喊："平安无事啰！"直到冰盘越来越小、越来越薄，掉到地上，大家才一哄而散……

那时，我住在广场后巷，附近还有许多河流，我们经常去附近的道前河边打水漂，看谁打得远，看谁漂得久。

那时，六中的大门是向周围居民开放的。我们经常去六中操场"挈里呀"（追逐游戏）、滚铁环，直到家人催喊，才满头大汗地跑回家。大清早，还经常看到袁镇澜老师打树桩练功。

忆及童年，我得跪谢救命恩人——文祥阿爸。

儿时，我家附近有个"河滩"（河流填埋出来的空地，就是后来做慈善出名的"三乐亭"所在地），因为场地空旷，小伙伴们都喜欢在此玩耍。有一次拔河，正当我使劲拉拽时，对方突然把手松开了，由于惯性作用，我重重地摔倒在地，额头撞上大石头（这石头是用来压坠打绳架的），顿时血流如注，不省人事，小伙伴们都慌了神。当时，我父母都在上班，危急之时，幸好被从武汉回温休假的文祥阿爸发现，他凭着海员的健壮体格，一路把我抱到医院抢救。我醒来后发现额头上裹了一层又一层的纱布。据说医生给我缝了三针。我妈妈生前常提及此事，一边感念好邻居，一边为我叹息："额头不撞破，你命会好些。"

隔壁叶家的确是我的贵人。后来，我因月份小不能跟同龄人上学，很是着急，是文祥的二姐叶文珠老师给我说的情，让我插班到"要武小学"就读。去年我妈妈去世后，叶老师特意来电，要将我妈妈给她的一枚缝被子的钢针送还给我作纪念。她发来至今崭新的钢针图片，并留言说："珍藏50年，几次搬家一直随身携带，很珍惜！""看着此针让我感动流泪。""你妈为人特好，聪明，织毛衣绝对是高手，我织毛衣都是她教的且很耐心。想想真后悔没送上最后一程。"

那时邻里关系相当和睦，真是远亲不如近邻。夏季昼长，我们都有烧"接力"的传统，昨天我家南瓜汤送去，今天你家绿豆汤送回，谁家有困难邻里都会帮上一把。一到夏天，妈妈还会给中暑的人放痧。她退休后，还跟邻居们一起烧了多年的伏茶，免费供路人解渴。后来修三乐亭，我父亲也捐款相助，那块石碑上应该还有先父瞿定授的名字。

尽管我的童年不幸而多难，但温州，不仅是我生命的摇篮，一度也成为我乡愁的家园。

父亲平反后的1981年，我又有了当兵的机会——以近郊黎明公社黎二大队农民的身份应征入伍，从而弥补了我高中毕业与消防部队失之交臂的遗憾。10月25日，我踏上"繁新"轮离开温州，北上南京，成为一名光荣的"临汾旅"战士。如果没有背井离乡，我很难体会想家的酸楚。如果没有经历磨难，我很难珍惜平安的岁月。

铁打的营盘流水的兵。三年后，脱了一身稚气的我回到了日思夜想的故乡温州，成为一名新闻从业者，且从一而终。

三十七年的职业生涯，我也跟随《温州日报》发展的脚步一步步成长。亲历了从1985年开始由周六刊改日刊，小报改大报，激光照排，创办晚报，数次扩版，大厦落成，温州日报报业集团成立等一系列重大节点。

三十七年的职业生涯，我参与采编了温州发展中的许多重大工程项目。筹建金温铁路，我为白鹿歌舞团义演讴歌；半岛工程竣工，我为连续报道策划统筹；"十问温州"，我为系列报道出台认真把关；"7·23"特大动车事故，我和"大爱之城"一起度过不眠之夜……

我曾为深爱的温州鼓与呼，曾为她披星戴月几十年。如今，岁月的刻刀在我的脸上留下清晰的笔画。我早已不是那个在中山公园"攀竹刻名求长大"的愣头青了。值得欣慰的是，我赖以生存的温州，也和我一样长大了。温州城不再是骑上自行车个把小时就能走完的小城了。

温州虽处东南一隅，但受多重文化滋养。温州人不仅传承了耕读文化，也受到渔民文化（或者说海洋文化）影响。比如说，温州人搬家大多会选择涨潮时动迁，寓意人往高处走；搬入新家铺床的时间，则要选择潮平的时候，以求睡得安稳。跟着潮水进退，也许是温州人独有的内在基因。另外，大家都知道事功学说对温州的影响，就不在此赘述了。

温州人抱团、讲义气，都是温州人引以为豪的特征。曾听说广场后巷有位老邻居，拆迁搬走后还特意回来看看，他用脚量来量去，发现原先的住处刚好是阴沟的位置，便当街大骂："×××的，妆呸（为什么）把我家做阴沟啊?"呵呵，骂街是不文明的，但他对故园的眷恋可见一斑。

此刻，我要感谢时光的流逝，正是她悄无声息的流逝，才让我倍加珍惜眼前的美好时光。

记得黄永玉先生曾说，世界长大了，我××的也变老了。我不知道黄老先生表达的是一种无奈，抑或是一种牢骚。但我觉得，变老是生命里应有的期待，谁都会老啊！假如早些领会这个结果，我想生活将会更加有意义与乐趣。

成长之路，难免坎坷。温州曾经作为"乱"的代名词的时代一去不复返了。历史的车轮总是滚滚向前，中国的发展趋势不可阻挡，城市的壮大亦属必然，但是，我不希望温州只有新颜，没有旧貌。我希望温州和我一样，慢慢恁"大起"（长大）。

温州是一座千年古城，我不希望有任何以"文化"的名义糟蹋文化，以"传承"的名义破坏传承的"建设"行为；我不希望给可爱的温州戴上千城一面的"面具"和"假发"。温州应该张扬自己的个性——拥有江南滨海城市的乡愁印记。凡是乱拍脑袋的"建设"，必定成为城市的遗患。我想，一座城市的某些个角落，需要一个静养期。

我是一个喜新怀旧的人，我希望未来的温州，或者说，我憧憬中的温州城，应该是一座诗画之城，是一座义利之城，是一座成长之城！

（原载《温州晚报》2021年12月11日）

瞿冬生，男，中国报纸副刊研究会副会长，高级编辑，《温州日报》原副总编辑。1963年12月出生于温州，籍贯永嘉，1984年底从南京"临汾旅"退伍安置到《温州日报》从事采编工作。曾开设个人专栏《老生新谈》，获评全国报纸副刊"最佳专栏"。独立撰写的《让"后花园"繁花似锦——关于党报副刊的几点思考》获全国报纸副刊论文评选一等奖。

一只蟹的县城

◎沈潇潇

随着东海开渔后第一波梭子蟹到港，微信朋友圈中瞬间晒满了蟹。立秋日当天我就吃到60元一斤的梭子蟹，此价已是禁渔期间的腰斩价。次日吃到45元一斤的。蟹价节节滑落，解了我的馋，但还不过瘾。第三天一早醒来，一只蟹浮上脑海，便直奔菜场。

菜场其实是县城（哦，几年前设区了）里的菜行一条街，出家门走五六分钟即能抵达。约二百米的小街开有二三十家大大小小的菜行。有几家专门的海鲜行，店主大多是来自象山港畔的桐照人。店主奇特的口音和大嗓门成了这些海鲜行的金字招牌。桐照人的母语是闽南语，主姓林氏祖先是福建人，宋元时期避难择居桐照，形成了这里非常独特的语言孤岛现象。上世纪末，闽南语歌曲流行城乡，不少桐照渔民一上岸就跑进OK厅，一出口就是刮刮叫的闽南语"爱拼才会赢……"，其韵味远非鹦鹉学舌者可比。这独特的口音俘获了众多"马大嫂"（买汰烧）的心，每天店门一开，数这几家海鲜行人气最旺。当然，这里的海鲜价位也高于其他菜行，因为这里有当下已越来越稀缺的"正宗上洋货"（象山港及附近海域海鲜）——小城里的正宗土著口味刁钻，好这一口。

　　我也不能免俗,走到一家桐照海鲜行门口就迈不开步了。约五时半,被海风吹得脸庞红黑的小胡子店主正和伙计在店门口把一箱箱刚运到的泡沫箱打开,分拣梭子蟹。他们熟练地把蟹分成三档:生龙活虎的分在两只装着海水的塑料大盆里,45元和35元一斤,差别仅是前者个头稍大一些。半死不活或已死的又分为一档,仅10元一斤。我按性价比优势选35元的,小胡子看我一眼说:你会不会拣?会拣你自己拣,不会我给你拣。我笑言:你不会替我拣两只好的,再搭上一只差的吧?他说:这个我做不来的。又说:你自己拣到差的没话可说;我若拣得不好,你明天会来骂我。我问:那你为什么还要替我拣?他叹了口气:有的买主拣蟹时捏来捏去,蟹捏过很快会死,我还怎么做生意?我宁愿拣好的给你们。我再问:那剩下的差蟹呢?他答:活蟹降点价总比捏死的蟹好卖吧。我信他的话。这里离海近,有"叫花子吃死蟹"之谚,当地人除用来做蟹酱外几乎不碰死蟹,这对都市里的居民而言就有点匪夷所思了。

　　我心满意足地拎着一袋蟹回到家,忽然想:35元至10元两档价格间的落差也太大了,在10元蟹里难道没有值20、25元的蟹?我自信对蟹也有点鉴别能力(刚才答店主不会拣蟹是本人的谦虚美德嘛),于是反身再赴菜行。不料,就这几分钟时间,顾客已多,店主随行就市报价15元一斤了。我也不在乎,因我自信是能从这15元蟹中拣出25元蟹来的淘宝者。就这样,我按蟹股还能动弹和分量还算重的原则,又淘了一袋蟹。

　　这天成了我的吃蟹自由日。先把两只大活蟹切块和面条煮成海鲜面,用作两人的早餐,滋味鲜美只能用几欲掉头发来形容。早餐后,挑出两只最鲜活的蟹放冰箱冷藏,其余八只蟹全蒸熟供中晚餐享用。中餐前,把两只还活着的蟹从冰箱中取出,来了个"十八斩"。这是我多年前在桐照海上饭店里尝到的生猛吃法:选一只鲜活大白蟹,手起刀落十八刀,斩去蟹股末端,削去蟹脐、蟹腮、蟹壳尖,再在切成整整齐齐的蟹块上洒白酒,拌盐和姜、蒜等简单佐料，再滴几点醋，装盆即可享用。生猛的蟹肉蟹黄色泽鲜亮、晶莹剔透，这种吃法能领略到最原初、最鲜美的蟹味。经过味蕾鉴定，我淘的15元蟹和店主替我拣的35元蟹似无多大区别，顿时成就感满满。

就像年轻人打拼事业宜在城市，我以为闲下来的人的日常生活最宜在县城。城市的文明和乡村的质朴，县城兼而有之，日常生活需求不缺与城市同样的超市，并且还有农（渔）民自产自销的跳蚤市场、候鸟市场，各种时令水产蔬果应有尽有。上个世纪80年代我在中学任教，有位桐照同事会掐着潮水起落的时间告诉我下午几点钟可去路边候鸟市场淘海鲜了。那时象山港畔赶潮捕捞的小海鲜，会在第一时间拿到县城来卖。有天下午我根据这位同事的指导，以三毛钱一斤的价格买来了六七斤鲜活的"小娘蟹"，虽二三两一只，但满壳饱绽，六七斤有好大一堆。晚餐邀几个年轻单身同事到家小聚。酒是楼下小店里县城啤酒厂每天下午定时送达的鲜啤，一升几毛钱。主菜是大盘（放茶具的玻璃大盘）的蟹，再配几个时蔬。那顿蟹宴非常过瘾，只是次日早晨醒来觉舌尖被蟹壳磨破的刺疼，但当晚即愈。那愉快的疼，至今记忆犹新。

十多年前，有省城媒体同行来访，我安排在海鲜夜宵城用餐。开吃没多时，这些见多识广的媒体人就惊讶不已，问：这里的梭子蟹也不过是清蒸，为何味道特别好？我答：清蒸固然无异，但城市饭店水柜里的蟹看似只只活，但是被泡养在有保鲜剂、海晶盐的水里的，与从海里直接到锅里的蟹当然味道两样。"哦——"他们恍然大悟：还是生活在县城里惬意。

县城的日常就是这样生趣盎然。我的这次晨间买蟹看似平常之遇，但出家门不远就是海边人开的海鲜行，一到那里又碰到店主正在开始分拣蟹而能在第一时间淘蟹，这种运气在生活格式化的都市里是很难撞上的。佐证是当我把买蟹、吃蟹过程发到微信亲友群里，女儿马上留言："周六回老家吃蟹！"

县城烟火让我欢，即使是仅因享用一只寻常的蟹。

（原载《宁波日报》2023 年 8 月 28 日）

沈潇潇，中国作协会员，奉化作协四至六届主席。作品散见于《江南》《小说界》《雨花》《文学港》《散文百家》等刊，出版有长篇小说《在红尘中遥望》，小说集《夜航船》，长篇散文《乡关处处》，散文集《开心魔鬼辞典》《边走边说》及编著《奉化人》、《溪口品读》、《溪口三味》、"溪口旅游文化丛书"等十余部作品。

沙地稻麦香

◎沈小玲

春风拂过，一夜之间，翠色没过了钱塘。麦田一望无际，麦株苍翠欲滴。头戴斗笠的施秋琴站在田埂边，手上拿着无人机的操作盘。跟前的无人机稳稳地起飞，到三四米高度时，悬空停了一下。施秋琴手指一按，无人机便往左移了一点，再一按，无人机旋转挥出了肥料。肥料像雨点一样四处散落，匀称地撒在麦田里。不过几分钟工夫，一亩麦地的施肥就完成了。

"我教儿子开拖拉机，儿子教我开小飞机。"61岁的施秋琴笑吟吟地说。

一

2009年，施秋琴随政府组织的参观团到国外学习。在一个农场里，他们观看全自动化插秧：一台插秧机开过去，8株秧苗便整整齐齐地插到田里，往返几次，一大片水田就插完了。施秋琴看得眼睛都舍不得眨，一台插秧机、一个人，竟可抵二十几人一天的劳作。

以前，做农活太苦，年轻人不愿意干。农忙时，施秋琴承包的梨园常常找不到干活的人，她每每为人工费大增而焦心。经过几天学习，施秋琴就琢磨：如果农民不愿意种粮，国家的粮食从哪里来？如果机械化种粮，是否可以提高农民种粮的积极性？

施秋琴打算种粮。

回国后的当天夜里，施秋琴跟家人说，她准备将已承包的部分土地做出调整——种粮；对将要承包的土地做出全新定位——还是种粮。

听了施秋琴的计划，她的丈夫皱着眉不说话。她的儿子不明所以，只是好奇地问机械从哪里来。母亲看着她斑白的两鬓，轻声说道："琴啊，几个姊妹就你最辛苦，头发白得这般早，妈心疼啊。"

施秋琴早年不容易。

她开过店，养过水产，跑过出租车，做过农家乐，什么苦都吃过。2001年，施秋琴在钱塘江边临江第一农垦场承包了400亩梨园。

在种梨的8年间，施秋琴一家吃住在梨园，生活极其不便。其中酸苦，只有家人最清楚。

钱塘江围垦出来的土地，是流沙泥盐碱地，没有多少肥力，乏力得很，种什么作物都欠火候，梨树只肯结鸡蛋大小的果子。梨子的价格最高只有两毛钱一斤，亏得一塌糊涂。

为了改善梨种，施秋琴给所有梨树高位嫁接了四五个品种。快要成熟时，梨压枝头低，但一场台风把所有枝条全打落了。眼泪尚未抹干，施秋琴就去收拾满地狼藉，把枝条嫁接重新做了一遍，还做起了循环农业。树下养鸡，河里养鱼，鸡粪肥地，淤泥养梨。3年后，等来了丰收。梨子销路极好，10多元一斤还被抢购一空。

3月，梨树枝条向上舒展，错织成网，梨花如云落枝梢，风一吹，落英漫天飞舞。城里人慕名而来，赏花游园吃农家菜。

好不容易过上了好日子，现在却要去做亏本买卖，家里人实在想不通。谈到深夜，没一个结果。家里人知道拦是拦不住了，施秋琴想做的，她一定会去做。

夜深了，万籁俱寂。施秋琴倒水，洗脸，热气腾腾的毛巾抚慰了她一天的疲惫。她抬头盯着镜子，凝神思索。过了半晌，她忽地直起了身，喃喃自语：

"我，一定会种出好粮！"

二

施秋琴开始大面积种植水稻。

买机械太贵，施秋琴就租来拖拉机作业。她与工人们一起平整土地，高地弄低，低洼填高。土层厚度不够的，再改造达到标准。在小河边架上抽水机，白天进水，晚上排水，水一泡，有些害虫就被消灭了。用有机肥，用鸡粪、鱼塘里的淤泥和秸秆肥田。

第一年，照行内人的说法，那块地还是"生田"，长不出多少粮食。施秋琴心里有数，她的估产很低，并不期待田里能有多少收成，但收割后称稻谷时，她还是很紧张。

"650斤。""750斤。""810斤。""850斤。"称重的人在报数。数字越来越高，施秋琴的心跳也越来越快。计算器噼啪作响，那人对她说："大姐啊，你的地，平均亩产800斤。"

施秋琴简直不敢相信自己的耳朵。

有亩产800斤打底，施秋琴信心十足，她把第二年的目标定在1000斤。施秋琴买来一台国产拖拉机。她开过出租车，车技好，稍微熟悉一下拖拉机的操作，即可熟练地开着那个大家伙去犁地。生活有了盼头，施秋琴觉得自己浑身是劲，一天松七八十亩地都不觉得累。

金黄的稻田，低垂的稻穗，饱满的稻谷，早稻丰收在即。施秋琴一家高兴极了。他们盘算着，等稻谷收获后，再购置一些器械，再多承包一些地，再多种一些粮食。

但说到底，农民还要靠天吃饭。

7月，一场超强台风的到来，吹走了施秋琴的增产梦。稻田里，稻秆东倒西歪，匍匐在地。施秋琴忐忑不安地扒开稻秆，只见稻谷撒了一地又一地。

谷子掉到松软泥地里是捡不起来的呀。

这个愁啊！

处理完早稻，施秋琴就忙起了晚稻，她咬咬牙贷款买了进口的拖拉机。所幸，接下来的日子风调雨顺。11月，晚稻收成很好，每亩产量如愿超过了1000斤。

第三年，施秋琴提前做好种早稻的准备。但怪得很，稻田里虫子特别多，有些虫特别耐药，农药喷几次都不济事。尤其可怕的是，田里长出来的谷粒是空的。这个症状似乎会传染，干瘪谷粒越来越多。

施秋琴慌了，赶紧请稻谷专家上门指导。专家告诉他们，虫灾是连续种稻引起的。早一年是暖冬，有些害虫没冻死，来年复苏便出来祸害早稻了，如果换种其他作物则无大碍。可惜明白得太晚，半年的付出打了水漂。

"种田，不勤快不行，不懂科学更不行。"这是施秋琴从惨痛经历中得出的教训。自此，她努力攻读各种农书，学习作物种植，掌握了土地轮作技术，用休耕保持土地肥力。

轮作休耕后，种稻的第四年，每亩产量增至1400斤。

种粮，施秋琴悟出不少道理。

"要买最好的种子，好种子才会长出好谷子。"施秋琴抚着手里的良种说。好种子就是粮食的芯片，种子不好，土地整得再肥沃，花再多气力，都白搭。

施秋琴承包的土地越来越多，直至今天的6000多亩；种粮食的面积也越来越大，直至今天总承包地的九成。

"日日是好日子哩。"看着年年攀升的粮食产量，施秋琴的心像自家种的梨一样，那个甜呀！

三

施秋琴不仅自己种粮，还带动周围人一起机械化科学种粮。

老陈就是被施秋琴带进门的。

老陈住在隔壁村，他种了不少苗木、花卉和蔬菜。前几年，老陈看施秋琴种粮磕磕绊绊的，还劝她回去种梨："我种大葱，一亩地至少有四五千元。可你种粮呢？没赚多少，还苦得慌。"

这几年，看施秋琴机械化种粮种得风生水起，老陈很是心动，但苦于没有机械，不敢种粮。

施秋琴看出了老陈的心事，跟他说："你放心，跟着我种，保证你一粒稻谷子进去，一捧稻谷子出来。"

老陈把买来的稻种交给施秋琴，施秋琴育好秧苗，把插秧机开到老陈的田里插了秧。几个月后，机器又开进老陈的地里，割了稻。运稻谷，烘稻谷，卖稻谷。老陈轻轻松松，存折上的数字却在升高。

除了老陈，同村的老吴也是施秋琴带着种粮的。

老吴尝到了机械化种粮的甜头，见人就夸施秋琴有眼光有魄力，了不得。

施秋琴的种粮"朋友圈"不断扩大，带动几十户人家种粮。光今年，她就带动农民种粮1万亩，几年累计几万亩。

原来文化水平不高、曾经对种粮不在行的施秋琴，经过十几年努力，掌握了多种作物种植技艺、多种农机操作技能，成了远近闻名的农技、农机专家，并获得全国三八红旗手、全国农村妇女"双学双比"女能手、全国农村科技致富女能手、全国农机使用一线"土专家"等荣誉。

稻田边、小麦旁、大豆侧，来观摩学习的农民、专家、学生络绎不绝。"土专家"施秋琴站在田间，侃侃而谈。谈起种粮心得，她绝不藏私，慷慨相授。

附近学校的老师会定期带学生来学农，进行劳动教育。跟大人们相比，小朋友特别爱问施秋琴"十万个为什么"，眼里满是好奇。

或许，施秋琴把兴农的种子种进他们心间了。

去年秋天，作为浙江省杭州市重要粮仓的钱塘区，在广袤的稻田边举办首届稻香节。稻香里说共富，施秋琴等12位种粮大户因为科技强农、机械强农被表彰，他们种的田成为"千亩粮仓"示范区。

晚稻收割后，施秋琴种上了小麦。如今，一眼望不到边的麦田，麦花扑簌落下，结出尖尖的麦穗。春日暖阳里，开无人机的施秋琴，真飒！

（原题《辛勤耕耘稻麦香》载《人民日报》2022年5月7日）

沈小玲，中国作协会员，浙江省特级教师。杭州市钱塘区文联党组成员、副主席，区作家协会主席。多篇散文在《人民日报》《文艺报》《读者》《新民晚报》《作品与争鸣》《浙江日报》等报刊发表，出版《一朵花的神话》《风过小铃》等散文集六部。

一辈子的味道

◎ 盛新虹

我已经老了。

大暑之夜，梦见先生。轩窗下，先生坐在书桌前，专注地看着手中的书。远处青山灼灼，天朗气清，一缕阳光投射进来，影影绰绰，照着先生的轩昂侧影，正好似一幅逆光的画，还是原来那个样子，温和、儒雅。他听见响动，抬起头来望着我，笑而不语。阳光和煦。厨房里飘来干菜水煮肉的香。

先生离去十年有整。生离死别，陌路归途。如果说生离还会留下日后相聚的期待，那么死别，却是完全的剥离。流水十年间，记忆正在缓缓抹去那些属于你我的往事。此刻，这样的夜深寂寂，簟纹灯影，回忆就如同倾泻在宣纸上的墨汁，迅速地漫淹开来。

先生不擅家务事，尤其做菜，很是随便。他在物质水平方面所求不多，菜饭饱腹，布衣暖身，如此便可安然。先生的母亲是出身乡绅之家的二小姐，不但识书知礼，还深谙烹饪之道，做得一手好菜，尤其是一道梅干菜水煮肉，当年绍兴城里最好的大厨都要来向她请教。只可惜先生少年离家，与母亲相处之日甚少，没学到一招半式。不过，在先生所做的菜肴中，唯独一道梅干菜水煮肉勉强还算过得去。

前几日，我的文友们在微信群里争论关于梅干菜水煮肉的正确做法。梅干菜水煮肉是我们老绍兴的一道特色传统风味名菜，属浙菜系。江南地区的人，大概没有没吃过梅干菜水煮肉的。每年三月春时，巧手农妇将芥菜洗净，晾干水分，渥堆变黄，细细切碎用盐拌匀后压实腌制，之后晒干。味香鲜嫩，咸淡适中，久储在坛子里而不变质，越陈越香。梅干菜炒四季豆，梅干菜蒸鳗鱼、蒸黄骨鱼，夏天的梅干菜河虾丝瓜汤，都是绍兴人喜欢的口味。

梅干菜也为鲁迅先生爱好之物，他借手中的笔写道："女人端出乌黑的蒸干菜和松花黄的米饭，热气腾腾地冒烟……好香的干菜。"鲁迅离开家乡在外地生活时，鲁老夫人经常寄梅干菜给他，那是妈妈的味道，是家乡的味道，传递着母亲手中的温度和岁月的沉淀。

我小时候物质匮乏，但几乎家家都有梅干菜。最常吃的就是这油光乌黑的梅干菜配白米饭，这是最强的下饭菜。我想这可能也是我们这一代绍兴人独有的味觉记忆了。

做梅干菜水煮肉，猪肉要选取肥瘦适中的五花肉，在沸水中过一下，用以去除其中的血水，再切成小块状。锅中放油少许，放冰糖溶化，下肉，大火爆炒，待肉呈金黄色再放入绍兴黄酒去腥提香，适量母子酱油，加入陈年干菜略加翻炒后，熄火起锅装碗。碗底铺一层梅干菜一层肉，梅干菜覆面，然后放进蒸笼屉里，旺火隔水蒸一小时左右。此时的梅干菜在充分吸收了肉的油脂后已经软化，又保留了肉的鲜嫩，肥肉部分呈淡黄色半透明状，咸香入味。也可以多蒸几次，越蒸越香、越好吃的。

梅干菜和肉虽非门当户对，但谁说不是天作之合的绝配呢？梅干菜略带酸味，吸收肉脂后去涩油润，肉经干菜吸脂后，肥而不腻。如此相辅相成，两者互相成就，去腻的同时又滋润了本身。荤与素，绵与软，甜鲜与咸香的搭配，各种味觉层次在口中慢慢散开，撩拨着舌尖的味蕾，一如江南水乡的温润柔美气息。

夫妻之道大概也是如此，两个家庭背景和文化教育程度或个性迥异的男女，要在同一个屋檐下生活，唯有取长补短，交互辉映，才能走过一生。

先生做的梅干菜水煮肉，我上面说了，相对别的菜而言，只能算勉强还过得去。五花肉是必须切成大块的，先生虽是文人，却喜欢大块吃肉大碗喝酒。肉和梅干菜同时放进锅里，加半锅开水，记得时可能会放点黄酒，再撒点盐，锅盖一盖，转身又回到书桌前，继续他的事业。整个过程可谓简单粗暴，所以我有时能吃到带有焦香味的梅干菜肉。有时他会哭丧着脸告诉我，今天的梅干菜水煮肉又烧焦了，全扔了不说，还赔进一口锅。他忘记了厨房是开着火的。惋惜，自责，常令我不忍责备，唯有安慰。

当然多数时候还是可以入口的，尽管品相不是差了那么一点点。当年宋太宗赵光义问翰林学士苏易简："食品称珍，何物为最？"苏回答："物无定味，适口为珍。"世间万物，没有完美，只有适合自己的才是最好的。生活中重要的是每个人自己的感受，而不是任何别人的看法。

人间有味是清欢。在每一个朝起暮落的光阴里，平凡的日常生活，一屋二人三餐四季，因为简单，而弥足珍贵，不负相遇。

黄夜醒来，再无睡意，独坐空堂，思绪万千。谁可与欢者？十年来，我撞过南墙，行过很多里路，吃过各个省市不同口味的菜系，却再没有遇到过一个愿意为我洗手作羹汤的人。埋首烟波，流年似水，转眼间物是人非。一些人、一些事，就这样明明灭灭地留在了沿途的风景中。一地的斑驳，在岁月的风声中越去越远了。

我也垂垂老去。这座城市的酒店里家家都有梅干菜肉这道名菜，虽然色香味俱全，却没了当日的心境。那道不一样的梅干菜水煮肉，那个似粥一样温润的男子，令我怀念至今。

用鲁迅先生《社戏》中的最后一句作为收尾吧：

"真的，一直到现在，我实在再没有吃到那夜似的好豆，——也不再看到那夜似的好戏了。"

古今之情，原是相通。

（原载《绍兴日报》2023年9月16日）

盛新虹，笔名如月，浙江绍兴人。浙江省散文学会会员，绍兴市作协会员，文章散见于各报刊杂志，著有散文集《蒹葭苍苍》。

芙蓉花园

◎ 施立松

与千万朵花共朝暮，是什么样的体验？从万千种花香中辨识最独特的一种，又是怎么样的体验？

难以想象。

置身于花事盛大的春日花园中，端起青花茶盏，问花园的主人。

这个以花为名的女子，只淡淡一笑，目光投向一侧的花架。风车茉莉展开一袭绿风衣，把整个花架遮蔽得严严实实，小小的白色的花蕾，密密麻麻，似乎极力隐瞒一个呼之欲出的秘密。

一场香气浩荡的绽放也呼之欲出。

主人的眼眸中掠过一丝柔情。仿佛老师面对一群调皮捣蛋的一年级新生，经了许久的调教，他们终于学会了规矩，懂得了秩序，可顽皮的性子又如何轻易调教得过来？一转眼就又放飞自我了——而我们爱花草，爱的不就是他们的自由奔放，纵情恣意吗！

生活在号称"海上花园"的洞头岛，岛礁、沙滩、海浪、鸥鸟，还有一条条的跨海大桥，甚至轻如飞絮狂似奔马的云霞，无一不美。只是，海上的花，委实不多，即便是春山半是花的时节，岛上的花都极其有限，杜鹃花零零星星，婆婆纳若有若无，桃花李花也难得一见，油菜花也得特意坐了船去到大门岛，才能一饱眼福。因此，每年春来，心间隐隐约约的总有些许惆怅——毕竟没有花事的春天，怎么着，也是一种遗憾啊！

这遗憾在我，只能无可奈何地喟叹，而有些人却付诸行动。

某日，无意中在抖音里刷到了一个满墙蔷薇怒放的花园，几个闺蜜立即约了周末去打卡。可惜天不作美，周末连日里大雨倾盆，风声大作。担忧花园里的花，经不经得起这一场风雨，暗暗埋怨这不知所谓的春天，说好的"吹面不寒杨柳风"呢，说好的"润物细无声"呢，这大风大雨，不成摧花辣手了！待风雨稍定，顾不得天色将暮，匆匆地就去了。

远远地，就看到抖音里那一堵获赞无数的蔷薇墙。几个人不由得加快了步子。蔷薇虽有些萎靡，但势头还在，仍兴冲冲地在微风中轻摆，含了雨水的花瓣更添几分楚楚动人之态。"满架蔷薇一院香"，湿润的空气中满是甜丝丝的香气。迫不及待地往院子里去。银灰色的院门上，一株铁线莲把持着，纤细的身姿把几朵淡绿的花轻轻托起，花蕾微微挺立，花朵徐徐下垂，几个圆形的花瓣像张开的手掌，将一群密集而娇弱的花瓣护在掌心，每一瓣都灵动得像一粒音符。这，应是世间最妖娆的门神吧？

轻推开门，脚步都放轻了，惊叹也硬生生地压制在唇边，怕惊扰了这一院的姹紫嫣红。月季瑞典女王，名不虚传，淡粉色的花朵很是典雅，花瓣像工笔画似的，一片一片交代得清清楚楚；魔法喷泉是穿紫衣的大家闺秀，渐变的紫也掩盖不了她端庄的气质，众多的花草中，她以高贵的气质摄人心魄；月季大游行是一群乡野里奔放的小姑娘，院墙上，她们或高或低，各自狂欢，位置在哪并不重要，她们只一门心思地盛放着，恣意又昂扬；拱门上，一大群月季雀之舞，红得发紫，滴血似的，很有些惊心动魄，坐在拱门下的白色雕花椅上，生怕一不小心，头顶会滴下一滴血来。深蓝鼠尾草、香水百合、风车茉莉棒棒糖，还有落跑新娘绣球，她们都在蓄势待发，假以时日，她们又将给我们什么样的惊喜？

红砖石小道尽头，是青石台阶，月季蓝色阴雨是这一块疆域的主角，她们在扶手上跳跃如脱兔，也在石壁上静默如处子。拾级而上，每一步，都是一幕蓝色阴雨的独幕剧。朱顶红家族迎我们在剧末。这时，我们才算进了主花园。

朱顶红安吉拉并不纯粹的白让被缤纷迷醉了的眼猛然一亮，厚实而娇俏的花瓣，莫名地有了几分贵气，看向她们时，身子不由得挺直了些，就像有些人，无须多言，只那么静静地站着，便是一身浑然的气势。台阶旁的水池里，几条肥壮的锦鲤悠然自得，花瓣飘然落下，他们便纷纷扑上去争夺起来。大而古朴的陶缸里蓄满了雨水，撩一捧水向水池，鱼们或向石间，或向花影处，匆匆躲开去。花锄和花勺都在缸边放着，忍不住拿起花勺，舀满一勺，却不知该浇向哪株——大雨刚过，实在不是浇水的时候。满院的花多不胜数，问主人，大概有多少株多少种，主人笑着摇头。花园开建至今，也不过四年。疫情三年，她便把心力全放在花园上，原来的家中搬来一些，采购了一些，培植了一些，自由生长了一些，当然枯败了一些，还有一些只开一季，所以，数量种类上，实在难以估算。我们也不在意，忙着掏出手机，试图将那一处处美好尽收囊中，一时间"咔嚓"声四起。

在主人精心打造的玻璃花房里坐下，静静地，任花香萦绕过来，捕捉那细不可闻的花开的声音。恍惚中，自己好像也变成了其中的一株，身体里涌动着绿色的血脉，血脉里有木质结出的暗香，发丝被露珠滋润，长出长长的触角，悄悄地伸向春天，抵达时间深处。这个黄昏是宁静的，鸟鸣都不忍打扰。

主人的先生送了茶水来，青花的茶盏，斟上温热而清亮的茶汤，氤氲的茶香中浸入花香，让素不喜茶的我，也忍不住轻抿一口。千万种花香中细辨那最独特的一种，就是在千万人中遇见那一个不早不晚刚刚好的人吧？

"养这么多花，很累吧？"我问。"不呀，浇水施肥剪枝修叶，看她们从枯败中萌发新芽，看她们努力生长，努力绽放，心都是欢喜的。"主人低眉，轻轻道来："清晨或月夜，坐在花丛中，看她们悄悄打开花瓣，就感觉她们在跟我说话，知己一般。"原来，莳花弄草，与千万朵花共朝暮，于她而言，只是一种日常，一种有知己相伴的、"朴素如泥土，却奢侈如十万朵花"的日常啊。

作家玄武在《种花去》一书中说："千军万马，不敌一颗种花的心。"在芙蓉花园，在主人淡然的笑意里，我读到了明亮、明净、明澈、明媚的灵魂香气，也读懂了花种进人心的洒然和从容，人染了花香的优雅与高贵。

去芙蓉花园，时间是唯一的行李。而这行李总在迷醉里遗落，于是我找到了再去的理由。

（原载《散文》2023年第12期）

施立松，中国作协会员，温州市洞头区作协主席，温州市"四个一批"人才。在《散文》《人民日报》《读者》等近百家报刊发表作品二百余万字，著有《纸上的故乡》、"民国文化随笔"系列、《一个人的抗战》等十余种著作。

青年是纱裙

◎舒鑫婷

青年最是闲情。无涯中最慌乱的年龄。

只会延续着晨曦初吐的微光，却不会在其上增添滤镜柔光。只是傻乎乎地相信终有一日会转向正午之后的两点，在青年的地平线上缤纷出岁月的晖华。青年是期待着栀子花开，却不舍得手植一棵的年龄；青年是看着阁窗里的月光，却不吟诵"肠断月明红豆蔻，月似当时，人似当时否"的容若词的年纪。

青年是纱裙。忘了出生时包裹的襁褓，是何种颜色；孩提时喜欢穿的是迷彩衫还是公主服；至于中年会不会丢弃掉那些衬衫白衣、西装牛仔，也不得而知。就更别提年老之后，那一种对衣着无感的寥落：想那时的肤色，怕都衬不起普通的素衣了吧。总之，这一件长纱裙，是遮挡丑陋的线条，掩藏身体的瑕疵，再靠着微微随风荡漾的柔和感，来托起一份对憧憬的、遥遥无期的、不知从何而来的自我安慰。

不是在雨巷里弄那种依偎着木窗静听雨声的地方，也不是实验学校对面沉浸了百年文化蕴藉的玉海楼的坐标，更不是冰川化掉，一方雪水汤汤而出的去处。青年只是穿着纱裙，平底凉鞋，双手提着裙边，穿梭在布满荆棘的鹅卵石小径上，硌得脚生疼，但也寻不出捷径的另一种穷途末路。窄窄的栈道，庄严了童年的玩闹，却让你再也触碰不到；冷厉的荆棘，沧桑了纱裙的百褶，便让你再也复原不了最初的样貌。青年所能做的，依旧是提着裙边，闭眼，想象着苍山洱海的罗曼蒂克，告诉自己，有希望。可这希望，渺茫得就像是被束之高阁的海棠花，任凭你再怎么努力，试图扭转乾坤，也改变不了它无香的事实。就算是搬张桌子，再叠上一张椅子，最后摇摇晃晃地爬上去，延展着双臂，却会被身上的那条纱裙，缠住脚腕，稍稍挪动，就是半步凌于空中，一个踉跄摔下来，硬生生的，毫不留情，可纱裙，依旧是熏染不上一丝芬芳。这样的徒劳，从一开始便已注定，它只是青年聊以自慰的工具，以防万一，去抚平未来无果但已然努力的曾经。可它是轻飘飘的，仅仅是纱裙的替身而已。

青年看不清俗世的沉浮，却习惯于幻想着某日可以登顶泰山，去渲染一回自己的"荡胸生层云，决眦入归鸟"。他们没有天赋异禀的习武之人与生俱来的清奇的骨骼，更不曾历经过中年况味人生后那种抱朴见素的豁达超然。他们很清纯，就像洁白的纱裙，还没有沾染过俗世红尘的人间烟火，总是怀揣着可以壮阔起波澜的热流，在那一壶在木架之下悬挂着的、不知熬煮过多少寒梅雪露竹香风影的茶水瓷瓶前，然后卑微虔诚地小心翼翼，一点点用自己斗篷下身体的余温去烘暖它们。可是青年们却忘记了，他们以为的人迹罕至，或许很多人都曾涉足；他们臆想里的风花雪月，也不过是世俗之人一处躲避芜杂的寺后禅院。青年们喜欢这种品茶谈人生的云淡风轻，却忘记了生活的支离，是一剂狠心的中药，它的破碎，便是不纯熟的针灸手法，在你还来不及喊疼的时候，早已是血淋淋的一片。正如苏轼在《南乡子》中所言，一点微酸已著枝。酸是酸矣，何况已然到了"花尽酒阑春到也"的境地，恍然而逝的冬，竟让人觉得少了些回甘，有些生怯。

青年是朦胧的贪恋，越来越繁华，可终究抵不住流年冲刷的年龄。没有一个女生抗拒得了纱裙的魅力，也恰恰会不由得沉浸在这方似是而非的一如既往里。纱裙的美，可以恰到好处地绘出青春的案发现场，过滤掉所有的烦忧，沉淀在最外层的最轻薄的纱上。然后在某个秋日的午后，倚靠着银杏树，听风沙沙作响，遐思云游一回，借来天上的那朵云，那朵霞光，氤氲青年对美的追求。但这样的不切实际，从里到外，一层一层地单薄，一丝一丝地透明，逐渐增长的裙摆，没有蓬松开一尺缝隙。每一条褶子，都是一曲《芳华》，柔软得像一片湖，情不自禁地深陷在里面。穿在身上，裙边垂至脚踝，没有拖地，若隐若现的。站在镜子前，看着对面墙上的日历，被风一张张吹落，自己似乎也粘在了日历上，随着风，旋转了方向，无垠了时空中的边界。穿着纱裙，莫名就会涌上一种清灵，那一份飘飘欲仙，是春意阑珊后的难耐五更的寒意，它失掉了遗世独立的傲骨，添了一分"无赖诗魔昏晓侵"的怅然。走在行道树旁，别人不经意的偷拍，渗透着树影漏下的那一段时光。羽化的背景，衬起了浮动的心事，潜伏在心底的朦胧，扬起了从童年到现在都不曾泛滥过的湖底的珊瑚，那一缕缕的光泽，随着律动的新弦，替换了那根不自信的旧弦。忖度着，心中越发不安。

可青年终究是青年，这一股毫无缘由的自信，竟慢慢磨损掉了青年本该有的韧度。纱裙是轻浮的，轻了你的身姿，浮了你的欲望。日复一日地浮沉在这池沾沾自喜的湖水里，连岸上垂柳边的时光都开始嗤笑青年的浅薄。错把闲暇当生活，似乎成了青年的权利，尤其是蔓延着浓厚纱裙气息的群体。清一色的语调，数落着生活的不如人意，顺势地由外及里，一点一点，增重怨气。生活的底色，本就是平凡无味，就像是胶卷相机里的底片，只是一个模糊的意象，没有镜头的光晕，枯燥了彩绘，黑白了瞬间。青年就是混沌一片，建立在纱裙之上的偏爱，似是家乡的雨，被罩在其中，辨不清方向。不是任何的城市都可以成为北京，杭州也只会是寥寥几人的后花园，纱裙的梦幻，仅仅是上海迪士尼门口的米奇头上的蝴蝶结。若是取下，也只是普通的一枚不事纹饰的女子马尾辫上的唯一的装饰。生命的韧度，在青年追寻的纱裙似的生活里，泡在了那一盆肥皂水里，情天长恨中的翻滚折腾，也抵挡不住现实人生中鞭挞在乏味生活上的血痕。纱裙渲染过的正经之事，那些原汁原味的青年风光，却都被扣在了酱缸里，用王羲之的笔力，入木三分地刻上"难登大雅之堂"几个大字。不知道为什么，我总是崇敬着青年干劲里的"胡闹、无聊、傻气"，相较纱裙覆盖之下的朦胧感，这些看似不正经的气质，才是青年精神的另一番诗意。

甚至是爱情，在这群习惯了纱裙的青年群体里，都懒得沉淀与酝酿，吞吐着童话的幸福，用裙裾掩盖现实中并不完美的爱恋。一旦瑕疵出现，便是撕开裙边，跳出自己囚禁了自己的牢笼，望着灰暗的天空，万念俱灰。几日颓丧，好友相劝，便又到了庆幸的时刻了，却不知为何，马上陷入另一段"情深缘浅"。每每看到此种情景，嘴角总会泛上几丝冷意。周晓枫曾在《浮世绘》里面提到，在悠远的中国古代，青年们舍得用大量的时间来思念和等待。抑扬顿挫，起承转合。那些古人害羞到笨拙，克制到古板，一生来不及经历几段感情。快节奏里，什么都是浮光掠影，混乱，动荡，转瞬即逝。一切都是破碎的。也许，纱裙里透露着复古的气息，可以尝试着去思念和等待。可当你想着凌驾于它时，那么极少的传统的慢姿态，也会销声匿迹。上下楼梯时的不得已，只是强迫你平心静气的引桥，容不得一丝焦躁，可转角遇到平地，全部复归为原形，破碎掉骨子里青年的"钝气"。过刚易折，终会搅乱既定的命局。浮光掠影在纱裙上潺潺着，浸润在风的怀抱里，煮红了樱桃，染绿了芭蕉，这么迅疾的催熟，流光真的不会反抗吗？

"况是青春日将暮，桃花乱落如红雨"，这是青年的暮期。没有了蓦然回首的惊喜，没有了吟啸徐行的魄力，只能是看着冷落的日暮，花瓣随风如雨而落。嘴唇沾湿涩味的玉液琼浆，任时光簌簌而行，不必追赶，也追赶不上，只能站在原地，惆怅。那一袭珍藏了一整个青年时期的纱裙，再不复"烟笼寒水月笼沙"般的梦幻，终究是添上尘泥，恍若隔世。

对于青年与纱裙，我无法分辨究竟是青年有情，还是纱裙无意，不过既然是时间荒涯里的擦肩，若是一别两宽，便此生不复再见。既然有幸相遇，就别问谁是锦瑟，谁是流年。

青年是"欲买桂花同载酒，终不似，少年游"的年龄。

（原载《瓯教文学》2022 年 10 月创刊号）

舒鑫婷，温州大学城附属学校语文教师。

茉莉知我意

◎苏敏

1

忽然夏已至，人生到中年。

偶得花两枝，茉莉和米兰。

新单位里，有许多喜欢养花的人，他们的办公室里都摆放着不同的盆栽。白鹤芋、一叶兰、文竹、发财树、吊兰……或宽敞，或略显拥挤的办公室里，有了这些生机盎然的盆栽，便立马有了不一样的格调与气息。

开头四句诗，是我在朋友圈里顺手写下的。实话说，我并不认识茉莉，也不认识米兰。这不，偶得两盆花，一盆是茉莉，我竟有一种说不出的兴奋来。

与一株花相遇，可能远比与一个人相遇更为难得。世上有朵美丽的花，但她的芬芳有几人真正知晓呢？穷尽人间的词典，描述花香的词语，比如，淡雅和馥郁这两种类别之外，还有其他的吗？

在一朵花面前，语言都显得苍白无力。

2

我这一生，为养家糊口四处忙碌奔波，为工作而辗转流浪各地。平日里，江湖风雨，案牍劳神，牵扯了我太多精力，大概我这一生是没有修花史的机会与可能吧。要能修花史，那该得有多大的造化与福分啊。

"他年我若修花史，列作人间第一香。"我所爱的，人间第一香——茉莉。

这两盆花是老王买回来的，连着花盆，花枝已到我腹部高。老王见我一脸迷惑，正经地告诉我说，这是茉莉。啊，茉莉啊。我早听说过茉莉，可直到今天才是第一次见到。

我一眼就喜欢上这株茉莉了。这多么像我当年对一名女子一见钟情啊。茉莉绿油油、嫩滋滋的叶子，亭亭玉立又随风摇曳的花枝，怎么看都觉得她就是小家碧玉，一名青春美少女。

那天清晨，还没等我走到办公室，便远远地闻到了一缕淡雅轻盈的香味，这香气扑鼻而来，沁人心脾。

我实在无法描述我初闻到的这股茉莉香味儿的感觉，我只知道，那一刻，我顿然觉得神清气爽。若硬要打个比方，这感觉就如同你踏破铁鞋，终于在灯火阑珊处蓦然回首时，遇见了那个你朝思暮想、念念不忘的人。唉，蹩脚的语言，怎能描述那一刻的愉悦、激动、兴奋以及美好呢？

"好一朵茉莉花，好一朵茉莉花，满园花开，香也香不过它。"我可以熟练地哼出它的调子，可以用我所掌握的几种乐器流畅地演奏它，但当我第一次真正遇见茉莉花时，我发现曾经所有的关于茉莉花的认知、印象，或者那些关于茉莉花的歌词与诗句传达给我的感受，在她的淡雅清香面前，都觉得表达不出千万分之一。

这样的香气四溢，我许多年都没有感受到过了。这些年，我一直在一家五金加工厂工作，咆哮的机器轰鸣，铺天盖地的灰尘是我的日常。

风大概是花的媒婆吧。一阵清风拂过，枝头的茉莉便竞相绽放开来。一朵朵白色的小花朵，伸出稚嫩的脑袋，挺立在绿油油的枝头，咿咿呀呀。再一阵风过，茉莉花的香气便愈发浓郁、热烈起来。是的，光阴不等人，光阴也不等花啊，茉莉攒着她全部的力量，"啪啪"地亮出花瓣儿，吐尽这迷人的芬芳。整个走廊里，办公室里，到处都是她飘泼的香气。连办公桌、椅子、沙发、茶几，桌上的笔筒、文件与书稿，全都浸染在这样的花香里。

也许是物极必反，盛极必衰吧。几天后，白色的花瓣儿开始枯萎、发黄，逐渐失去了前几日的水分与光泽，香气也已大不如刚开放的时候了。

茉莉花枯萎的速度让我有些诧异，像极了一个人断了最后那口气。枯萎的花朵在枝头耷拉着脑袋，眼神迷离，黯淡无光，摇摇欲坠。

我一时竟不知所措起来。

3

我以为，今夏与茉莉的缘分就这样结束了。

站在这株叶子已然有些憔悴的茉莉花前，我又想起她素净而淡雅的花朵，想起她留下的那一缕缕清香，还想起那些文人骚客写下的那些动情诗句。比如，环佩青衣，盈盈素靥，临风无限清幽。再比如，清香夜久偏闻处，寂寞书生对一灯。

我还记得，我初见茉莉之娇颜、初闻茉莉之清香时的喜悦与兴奋，我差一点就要大声喊出"茉莉——茉莉"。可当"茉莉"二字要狂奔而出时，我突然意识到，这儿是办公室。我不得不故作些矜持与稳重起来，硬生生地将"茉莉"二字咽了回去。

可这怎么能妨碍茉莉的多情与烂漫呢。一朵朵米白色茉莉，如同一束束白色火焰，毫无保留地将她的香气倾泻出来，随清风潜入每一个角落，被吸入到每一个人的鼻腔与心肺，甚至渗入每个人的肌肤与毛孔里。她怎会像我这般世俗，会在乎自己身处何地呢？

也许，茉莉花早就知道自己花期短暂，便毫无顾忌地绚烂与绽放吧。她如此热烈，如此毫无保留，如林间的夏蝉撕心裂肺，如突降的暴雨痛快淋漓。短短几天里，就从一只花苞，长成一朵花，又很快零落枝头，匆匆走完她短暂而又烂漫的一生。

我小心翼翼地从地板上捡起被风吹落的茉莉花。我不知道她掉落时是否会有疼痛，是否会有不舍与叹息？落在地板上的茉莉花，花瓣干枯，发黄，几乎没有了水分。我将她捧在手上，她干瘪瘪、轻飘飘的。我突然想起祖母。晚年的祖母被肺癌折磨，不能进食，日渐消瘦，到最后只剩下皮包骨头。祖母临走前，我抱着她，如同抱着一个皱纹满面的骷髅。这干枯的茉莉余香，不就是年迈的祖母那最后的细若游丝的气息吗？

友人说剪枝后，茉莉还能再开一次。我不识花，更几乎不养花，对于友人的话，我有些半信半疑。不过，我还是找来一把剪刀。我一边修剪，一边轻轻默念道：茉莉知我意，二度送香来。

就如同当年祖母为身患重病的我祈祷"南无阿弥陀佛"一样，奇迹在几天之后出现了。剪过的茉莉枝丛里，再次冒出一些张开的"八爪鱼"来。探下身细看，这些嫩嫩的细蔓，有的是五根、六根，有的是七根、八根，又像一只只毛茸茸的小手。花蔓的中央空荡荡的，似乎什么都没有。可我知道，她一定正默默地等着机会去捕捉些阳光雨露来美餐一顿；它又多么像是一张刚织好的大网床啊，这象征着希望的网床上正静静地孕育着一朵新的茉莉花啊。一两杯茶的工夫过去，"网床"间便生出了一只小米粒般的花苞来，花苞嫩嫩的，嫩绿之中又泛着一点点乳清白。无需多久，这花苞便会像一只破壳而出的小鸡崽儿，扑腾扑腾它稚嫩的白色翅膀。

　　一朵茉莉花，差不多有十来片花瓣儿，白色的花瓣儿紧裹着一枝细小的绿芽尖儿。那细小的绿芽尖，便是花蕊的中心。以花心为轴，花瓣层层叠叠，构成一朵饱满立体的花朵。每一朵花，每一片花瓣儿，都精神抖擞，笑逐颜开，令人赏心悦目。

　　熟悉的芳香再一次在楼道与办公室里洋洋洒洒起来。可不知为何，我却再也没有了初见茉莉时的那般惊喜与兴奋了，是我喜新厌旧吗？是我朝秦暮楚吗？

4

　　我在想：

　　对于这株茉莉来讲，她是否愿意经历剪枝的疼痛与我再续今夏之缘呢？

　　霜后的菊，雪后的梅，天边的彩虹，悬崖上的瀑，过尽千帆归来的少年……人世间那些所谓的美好，是不是都需要历经苦难，历经挫折，历经风霜雨雪，历经锤炼甚至折磨与摧残，才能获得我们所艳羡的美呢？

　　我们亲人之间，只会在这一生里亲近，相爱，成为挚爱的亲人，等到将来某一天，在天堂里，我们还会再次成为挚爱的亲人吗？我们能不能像茉莉这样，哪怕是经历一些疼痛之后，还可以再续一次情缘呢？

　　——茉莉花不声不响，在风里默默地倾洒着她浓而不腻的香气。

　　再啰唆一句：茉莉花和人一样，死了以后夜间就出来游荡。我记不得这是在哪本书上读到的。只记得当时读得一身冷汗。现在想起来，仍心有戚戚。

5

茉莉知我意。为今夏的茉莉，我再写了一段分行《夏夜的茉莉》。

昏暗的路灯下，我大汗淋漓
那株茉莉开始凋零，花期如此之短
如那些枝头的鸣蝉，短暂的一生
我小心翼翼地采摘下那些枯萎的花朵
她的香气淡了些，但依旧还在
没有别的，只是在这些无聊的日子里
我又常常把你想起，我只是
想让你也听听这夜风的温柔与缠绵

城市的灯火古典曲般响起，忽强，忽弱
疲惫的马路在某只夏虫的哈欠中强打精神
即使是行人如织，车水马龙
我却依然觉得，这满大街空空荡荡

每一个相隔万里的夜晚
我都会想起你的热烈与缠绵
想起那些曾经滚烫的誓言
只是，有些爱，多半飘忽不定
如掠过这夜晚的虚构的风声

（原载《温州日报》2022 年 9 月 14 日）

　　苏敏，安徽安庆人，现居温州，中国作协会员，入选浙江省新荷人才计划、温州新峰人才计划，获温州散文家奖。作品散见于《青年文学》《天津文学》《文艺报》《文学报》等报刊，出版散文集《我的右眼没有泪水》，多篇作品入选散文年选。

遇 见

◎孙敏瑛

一

惊蛰日，阳光轻软，一只沉睡的小蛙醒来了。

冰雪已消融。它从松软了的泥土里慢慢拱出来，就在我经过的小石子路旁。新出的草芽稀稀疏疏，并不能完全遮住它的行踪。我放轻脚步，跟着它，一直往河边去。它跳跃的身姿是那样的虎虎有生气，一点儿也不像是刚从冬眠中醒来的样子。

河并不大，却长，曲曲弯弯的。慢慢沿着岸边走，可以清晰地望见树木的细枝、花朵的软瓣倒映在水里。水是流动的水，总会有波纹来改变水下的光线，折射，再折射，魔术师一般，把一棵树变成了另外一棵树，把一丛草变成了另外一丛草，把一些叶子变成了另外一些叶子，把一朵花变成了另外一朵花。

有一年夏天，一些充满热情的年轻人曾到河边来办过一个音乐节。他们在沿岸的草丛里放飞从遥远的地方运来的萤火虫，门票卖出去几百张。宣传画册中，萤火虫飞起，一闪一闪，亮如远星。可是，那一次的活动却可以称得上是惨败。因为长途跋涉，萤火虫在运输过程中就死了大半，到了这里，那些来观赏的人，带了瓶子来，拿了透明的袋子来，几只甚或几十只地装走，能顺利飞到草叶上亮一会儿的萤火虫寥寥无几，黑灯瞎火的，还差一点发生踩踏事故。那些气急败坏的责骂和吵闹，让原来预备好要在河边台上表演的音乐节目草草收场。那些年轻人因此从中得到了一点人生经验：无论做什么事，光有热情是不够的，一些细微的瑕疵，终会使原本周全的计划功亏一篑。

秋冬之际雨水少，河水浅下去，岸边石子与石子之间的水洼里生出青葱的植物，铜钱草也有，野茼蒿也有，红蓼也有，许多小鸟会飞到这里来休憩。它们之中，我只认得白鹭和鹊鸲，白鹭有仙气，靠近不得。倒是那些鹊鸲，它们似乎并不惧怕人类，有时候，我在岸边坐着，它们也会落到石头上来饮水，或者到水洼里洗澡——它们洗澡的姿势非常干脆，像扎猛子一样，整个小脑袋和身体埋进水里，然后迅速地抬起来，从头到尾抖一遍，如果有慢动作可以重新播放，这会儿就能看到数不清的水珠从它们的羽毛里飞射出去。它们黝黑的眼珠、黑白相间的羽，长得有些像喜鹊，但尾巴比喜鹊短，也比喜鹊多一些贵族气。打理干净了，它们便异常轻疾地飞到附近的树枝上，飞起来的时候，翅膀并没有张开，似乎只凭一口真气上去，像武侠小说里的轻功高手。

二

春天刚起头的时候，公园并不是明媚、灿烂的，等到下过一两场雨，千万条枝子上钻出柔嫩的新芽，芽上缀着湛清的水珠，整座公园才像是被神奇的魔力唤醒，各种在秋天之后落光的叶子、各种在夏天之前凋敝的花朵，全都重新回来了，一片片、一朵朵，生在枝头，灿烂、明媚，时常会借着小风卖弄风情。这时节若去公园，不知不觉，流连的时间会愈加长久。

春光融融，原本清寂的上午和黄昏会变得不同。只要天光晴好，公园南边的广场上会来一些人，他们大多上了年纪，穿着白色的练功服，裤脚和袖口都有松紧带束着，衣襟上有盘扣。等他们操练起来，就可以看明白，他们练的是太极拳。这么多人，将一套拳法练下来，一点儿也不出错，委实令人惊叹。屈膝、沉肩、转身、抬腿……从起势到收势，皆舒缓从容，充满张力，单从背影看，好几个，根本看不出年纪。

广场周围种着几棵大树，只有六月间满树撑开粉色轻柔的小羽扇，才知道那是合欢。

那些人操练完了，会在合欢树下歇一会儿，嘻嘻哈哈聊一阵，拾一两朵刚刚飘落的合欢花戴在发间，这鲜美的点缀，可以让所有的人工发卡黯然失色。这会儿，他们脸上换了轻松的表情，已经不是先前严谨的习武者，而是俗世里快乐的普通人。

三

从河东边往北，快要离开这片河水的地方，建着一座木头矮亭，这里曾是我和爱芬经常见面的地方。我们靠着栏杆，长时间看平静的河水。河边的蒲苇长得茂密，尤其是秋天，苇花开起来的时候，白茫茫的一片，完全把我们遮住，这让我有一种安全感。有时候，我们还在亭子里坐着，别的人来了，我们不愿意走，就坐着听别人说话，直到那些人离开。

爱芬平时没啥别的爱好，就喜欢写点东西。写了，没有地方发表，就自己花钱去打印店打印了，装订成书，还会在扉页上签上名字赠给我。

她后来爱上了写诗，经常去外地参加一些有许多陌生人的诗歌聚会。她在黄山的一次活动上结识了一个外地的男诗人，互生好感，俩人打电话、书信往来了好久，男诗人居然来我们这边教书，两个人还结了婚。那段时间，她常把他们合写的诗带来给我看。我不太喜欢诗，尤其是写得很怪的诗。我虽然不会轻易批评，但也没有违心地赞扬，不过，我觉得，他们志同道合，这样也算是不错吧。可是，没想到，两年还不到，他们就散了。

爱芬离婚以后，我没有再见过她。我曾经给她打过几次电话，她都没有接，发短信给她，也不见回。翻看记录，与她最近的一次短信联系也已经是在三年前，那年的中秋节，我给她发了一个祝福短信，祝她节日快乐，她没有回复。之后的时光，我们之间只剩下虚无。

我有时候去公园，经过那个亭子，看见里面空荡荡的，想起她曾经坐在亭子里，脸上有笑地对我说话，我的心里便会有些难过。她失去了她的爱情，便将自己困于心灵的孤岛，但这样可以疗伤吗？

我不知道。

四

公园里，白天是安静的，有时候慢慢走上一圈，会一个人影也不见……看见的，只有那些独自生长、独自开花的植物。传到耳边来的声音也很有限，有时是风声，风吹动树叶发出窸窸窣窣、轻而细碎的声响；有时是鸟声，各种不同的鸟儿在这里唱歌。

无数次地去公园，自幼芽于枝头新萌直至斑斓的秋叶披上清白的冷霜，公园里，没有一刻景致会完全相同。即便立于同一棵树下，今日阳光下所见与昨日雨水中所见，今日微风中所见与昨日轻雪中所见，今日鸟鸣中所见与昨日寂静中所见，总有一些细微的差别，但是这种差别又都并不明显，往往是模糊的，只有人类的心灵能感觉到。就似在夜的帘幕即将垂临的时刻，天边所有的颜色皆一一消隐，如果人的眼睛能将这个过程细分到秒，毫秒，甚至更短的微秒，有那么一瞬，我们便可以看见，所有的枝干、树叶，一起隐去了，只剩那些浅浅颜色的温柔的花朵，仿佛脱离了一切支撑悬浮于空中——这便是黄昏和夜晚的分界，就像一扇门，推开它就是从生到死，就是从阳至阴，就是从宏大归于渺小，从清明归于混沌……

五

我是一个极无方向感的人，在这座阔大的公园里时常会迷路，我通常就是走到哪儿算哪儿，有时候，走了好久，会因为被某一棵树或某一处景致吸引，反复拐到一条相同的路上去。

进入秋季，多数植物显露出萧索的境况。这会儿，西边土坡上的那棵十月樱却开起花来。寻常所见的樱花多是重瓣的，且在春天的时候开，一团一团，有清淡的香气。这一棵却不同，竟然选择在十月里绽开笑脸。它的花朵也不似其他春天开的花朵那般深粉，而是白色的，单瓣，花蕊有一点点红，素洁而美丽。

一群蚂蚁选了这棵有树洞的十月樱做窝，这或许就是它们所认为的风水宝地——因为洞口有苔藓，还晃晃悠悠地探出一棵植物的小芽。蚂蚁们步调一致，用嘴将树洞深处它们不需要的木屑挖出来，运到洞口吐掉，一只接着一只。我不知道它们的工程会设计得多大，要进行多久，我也不知道我这样视而不见，算不算是以对蚂蚁行善的名义对一棵美丽的花树作恶。

初秋的某个夜晚，就是在这棵树旁，我竟然迎面遇见了那个人。

柔和的路灯光里，我看见他脸上温和的笑——许多已经淡去的记忆便倏忽而至，汹涌澎湃，几乎将我淹没。许多年前，他也曾这样问我："你好吗？"

我不知道，我脸上是不是仍然保持着平静的笑，他大约是看不出，我的心里仿佛擂响了许多只大鼓，我竭力用安静掩饰着内心的昏乱——许多年前那个青春的身影、灿烂的笑脸，全都在这一瞬间坍塌碎裂化成齑粉，眼前这个微微发福，额上皱纹堆起，鬓边白发苍然的人，真的会是他吗？

可是，我在他的视线里，也看到了同样被生活这张粗粝的砂纸打磨得千疮百孔的我，心里不禁涌起一阵悲凉。和许多年前一样，他和我要去的方向截然不同，我们注定只能擦肩而过。

一直记得当年他在宿舍里播放的那首歌："我的女孩，不是你不好，有些问题，确实存在……"

眼泪终于不争气地漫出我的眼眶。

（原载《青春》2022年3期）

孙敏瑛，原名孙敏英，中国作协会员，现居温岭。作品散见于《青年作家》、《清明》、《雨花》、《青春》、《散文》、《人民日报》（海外版）、《文学报》等，著有散文集《一棵会开花的树》《碎影》，小说集《暗伤》等。

炊粉皮

◎ 他他

　　从前乡间季候来得早。十月收进稻谷，颗粒归仓。瓦背落霜，秋阳浓艳，开始处理番薯。"胜利百"皮红肉黄，香甜可口，一部分切条，蒸熟，晒成干薯条；另一部分洞藏，可以慢慢吃到来年，还可以留着当种。"懵懂大"皮白个大，品相味道不佳，刨成丝、汰了粉，当猪食。脱了谷粒的稻秆、晒干的番薯藤，也可喂牛、喂猪。人畜过冬食物储备充足，心里便有了底气。

　　农闲的日子如小溪流水，又瘦又长。乡下人生活简单，忙里偷闲寻乐，无非一个"吃"字。腊月尚远，杀年猪、打年糕还得等些时日。

　　"那就炊粉皮吃吧。"父亲建议，说着舔了舔嘴角，仿佛粉皮的香味已通过舌尖传递到嘴里。但我知道，父亲一点也不馋，嘴上这么说，心里其实是想着我们呢。

　　炊粉皮材料简单，却极需时间、耐心和技巧，要经过浸、磨、蒸等多道工序，前后十几个小时。米是新出的籼米，颗粒饱满，晶莹透亮，散发阳光和泥土混合的清香。籼米在水里浸泡一晚，每一颗都吸足了水，变得松软。天还没亮透，父亲已将洗净的石磨搬到堂前，开始和母亲在石磨上磨米浆。他们一左一右坐定，推动沉重的石磨慢慢转动，每转一圈，母亲就舀一小勺米倒入进口，两人动作熟练，配合严丝合缝。吱呀！吱呀！石磨转动中，浓稠如奶的米浆慢慢流出。

奶奶在灶台前生火，先用火柴点燃狼衣或豆萁引火，再慢慢加大棵的柴火——主要为松木。松木段经过阳光暴晒，火焰旺盛，燃烧时间长，遇有松香的结节，还会发出"哧啦哧啦"声，平添几分喜气。松木实在太适合用来炊粉皮了。

我也比往常起得早，吵嚷着要帮忙。先是抢着推磨，将父亲的手从木柄上拿开，自己抓住就猛推。一圈、两圈、三圈……真好玩！可是，才推了十几圈，手臂又酸又麻，没力气了。我赶紧扔掉木柄，又去抢母亲手中的勺子。

"磨太重了，磨不动，我来加米。"我学着母亲的样子，舀一小勺米，对准进口倒进去。

"水太多了，会太稀的！"母亲着急地说。

"嗯，我知道了，水要少一点。"这一回，我先舀起一勺米，然后倒一部分水回桶里，再小心翼翼地对准石磨的口。但我光顾着看进米口，勺子不小心撞在木柄上，米全撒在了石磨的背上。

还没等父母亲骂出口，我扔下勺子，飞也似的逃到厨房找奶奶去了。

"婆，我来烧火。"

"不用，不用，你去读书。"

"我来，我来，你先歇一下。"说着便去抢奶奶身下的小凳子。

奶奶没办法，把小板凳让给我。我坐下一看，灶膛里的火"哔哔"地响烧得正旺，不过只剩下两段木柴了。我赶紧往里塞松木段，一段、两段、三段……哎！火怎么灭了，还冒起了烟。

我想不通，为什么大人干起来那么轻松的活，到我手上就这么难？没办法，只能再次当了逃兵。

奶奶重新坐到小凳子上，拣出几段木柴，用火钳把灶膛里的木柴十字交叉、架空，再拿起火筒对着吹几下，火苗又神奇地"呲呲"往上蹿了。

不一会儿，大铁锅里的水"咕咚咕咚"滚开了，冒出阵阵白气。母亲将竹笼屉架在铁锅上，铺一层湿白棉布，右手执铜勺，从脸盆中舀一勺米浆，浇在棉布上，迅速摊匀，盖上锅盖。大约2分钟后，母亲揭开锅盖，棉布上的米浆已经凝固，有些地方还起了泡泡，粉皮蒸熟啦！她拿起一双筷子，将粉皮一头撬起，顺势卷成了一个小长卷，对折，放入洋花碗中，再浇上汤料，一碗绝世美味就完成了。

我年龄最小，母亲照例将第一碗分给我，同时还会吩咐一句："吃慢点，小心烫！"粉皮洁白、晶莹、柔软，汤料香气袭人——母亲在里头加了酸菜、虾皮、蒜、姜、紫苏、酒糟。用筷子夹起粉皮一头，轻轻咬一口，粉皮的清香，混合酸、辣、甘、咸，以及紫苏淡淡的清凉——那味道，实在找不到准确词语来形容。

这一天，全家人都不用上饭桌，哥哥姐姐在灶台前排队，依次从母亲手中接过粉皮，在厨房就"稀里呼噜"吃起来，三下两下就饱啦！

我们摸摸肚皮，上学的上学，干活的干活，闲逛的闲逛去了。父母亲还不能歇着，要继续处理余下的粉皮。端几碗送给亲近的邻居，剩下的粉皮则折成五六折，压平，切成丝晒干，就变成干粉皮。干粉皮留着日后招待客人，或者当作走亲戚的礼物。粉皮在笼屉里蒸熟后，不马上出锅，而是一层一层往上加，就变成了千层糕……

母亲真厉害！简简单单的食材，到了她手里，可以变戏法一样变出花样繁多的美味，让我们在贫瘠的年岁里踏实、欢欣，茁壮成长，化为无法磨灭的记忆。

现在想来，旧日乡间炊粉皮的场景，如同电影胶片般，从眼前一格一格拉过，但那种味道，却再也不会回来了。

（原载《丽水日报》2022年12月6日）

他他，原名吴小东，浙江作协会员，浙江省散文学会会员，丽水市作家协会副主席。现供职于杭州银行丽水分行。

马臻墓漫笔

◎陶剑刚

一

夏日艳阳下，荷依然年轻。从水中跃然而起时，像个细高个的跳高运动员，也如清纯绝伦的翩翩少年。在人们看不见的一瞬间弹跳，蹦出水面已几尺高。放眼望去，一群荷欢呼雀跃般相继怒放了。

荷，自古以来被赋予崇高的含义。花语有坚贞、纯洁、清正、无邪、信仰之意。

与热热闹闹的荷不同，对面静静地住着一位老人。但有人说，那是一道光。这道光自公元140年永和五年的东汉深处照来，一直照到今天。那一年，为消除越地旱涝之灾，他登高一呼，毅然发动百姓，在山会平原南部原有堤防、湖泊的基础上，筑堤蓄洪。总纳会稽、山阴两县（今上虞、柯桥和越城）三十六源之水于堤南，遂成鉴湖，灌良田九千余顷，惠民造福浙东千余年。

老人说那时的鉴湖，水域面积相当于今天的三十个西湖。1800

多年的日日夜夜，人们不会忘记，历史铭刻在心：当年他为成就那一泓鉴湖清波而献身。他就是东汉会稽太守马臻。鉴湖之始，源于马臻。

如果是荷花盛开时分，我约你一同去拜谒荷对面住的那道光。光不会老，那儿常有微风吹拂荷塘；那儿荷叶细语，荷花含笑，恰似歌他之功、颂他之德、记他之恩。那儿养眼，也可修心。

二

最喜欢这儿浅水荷塘的清静。

一年一度的荷花，在夏日浓荫里铺天盖地，长相恣肆。不光有"穿花蛱蝶深深见，点水蜻蜓款款飞"的醉人场景；尽可在远溢的阵阵荷香里，漫不经心地抬眼看白鹭扑扇着翅膀，在荷塘上飞来飞去；也可选一处荷叶澹淡的石阶边，掬水留香，将自己的身影，倒映在清澈的水中，在湖波荡漾里与荷嬉戏。在这样的氛围里，在蝉鸣鸟鸣蛙鸣之间，赢得一片属于自己的宁静；在荷塘碧波的细纹里，用心灵捕捉荷花怒放的声音。

微风吹拂。田田荷叶，恰如细细的涟漪，一波接一波、一层连一层，慢慢扩散开去。内心也随之感受"接天莲叶无穷碧，映日荷花别样红"的美感。落日余晖，披着临荷塘的太守墓和太守庙。那一刻，时光凝固而显苍凉，隔着时空，仿佛看到当年太守筑湖的劳动场景。

大多数古迹，记录着有文人造微入妙的浪漫，而这里唯有一池清风荷塘，映日荷花与太守静静相望。

三

绍兴古城西南。到偏门，过跨湖桥，沿着古山阴道这条闻名遐迤的窄窄石板路，走上几百步，忽见一廊，上挂大匾，朱红色，古色古香，书有"山阴道上"四字，字体苍劲，古意扑面。一阵穿堂风徐徐而来，沁人心脾的荷香也飘然而至。过廊后，不远处，一湾荷塘安卧于南边微缩版的会稽山下。盛开的荷花正映着对面肃穆的太守墓和太守庙，恰似献给它的主人。据说，这一湾荷塘是对当年鉴湖的仿造和微缩。虽"微"得可爱，但仍可遥想和窥视鉴湖当年的风貌。湖两端有小河；湖面上有纤道、纤桥，隐喻鉴湖。

伴随满池荷香，映入眼帘的是旁边马臻墓前的高大牌坊，上刻"利济王墓"四个大字，为嘉祐四年，即公元1059年，宋仁宗所赐。墓圈前方后圆，四周条石砌叠，正中置有墓碑，边框有浮雕双龙抢珠、卷云海水图案，上刻"敕封利济王东汉会稽郡太守马公之墓"。墓前撰有一副长联，其内容表达了后人对马太守操守功德之景仰：

作牧会稽，八百里堰曲陂深，永固鉴湖保障；奠灵窀穸，十万家春祈秋报，长留汉代衣冠。

墓旁东侧建有马太守庙，分前殿、大殿和左右厢。大殿东西两壁，绘有三十二幅彩图，栩栩如生地展现了马臻的治水功绩和民间传说，壁画迄今隐约可见。庙内颇多古碑文，宋代王十朋有《马太守庙》诗云："会稽疏凿自东都，太守功从禹后无。能使越人怀旧德，至今庙食贺家湖。"

四

坐在荷塘，遥想当年，八百里鉴湖，湖光潋滟，湖水浩渺，湖面澄净如镜，是何等秀丽。被文人称之为"镜湖"的鉴湖风光，令人如醉如痴。"少小离家老大回"的贺知章面对这一方湖水，感慨"惟有门前鉴湖水，春风不改旧时波"；坐于一叶"船头一束书，船后一壶酒"的乌篷船里，泛舟湖上的陆游，看到一路秀美的鉴湖风光，心潮澎湃，诗兴大发，他喝一盅老酒，不禁吟咏起来："千金不须买画图，听我长歌歌镜湖……"

鉴湖，这是一座集灌溉、防洪及供水作用于一体的大型水利工程，也是我国最古老的大型蓄水和灌溉工程之一。

在满塘荷香里赏荷思古，深深感慨当年马太守的实干与伟大。没有马臻这样为越地百姓办实事的大智与大勇，很难成就后来鉴湖的那一泓清波。

似乎听到历史老人如是说，马太守造就了鉴湖，也造就了绍兴，使绍兴成了一方风水宝地。从此，绍兴有了发达的水产业、平原农业和著名的酿酒业。

鉴湖，水之魂；水，绍兴之魂也。

五

鉴湖筑成，本该喜悦，然悲剧降临。《嘉泰会稽志》记载，马臻创湖，蒙冤受戮。因创湖之始多淹冢宅，有千余人怨诉。臻遂被刑于市。

史家笔墨，冷淡冷峻，哪怕墨汁蘸血，搅碾研匀，亦不露声色。功也鉴湖，泪也鉴湖。一生伟业，寥寥数语，惨绝人寰。马臻被诬陷获罪，冤死于永和六年，终年54岁。

然公道自在人心。山会百姓悲愤万分，冒着生命危险将其在京师洛阳的遗骸运回会稽，归葬于郡城门外，鉴湖之畔。农历三月十四马臻生日那天，百姓更是纷纷涌向马臻墓，祭拜这位为民造福的好官。北宋宋仁宗取"利民济世"之意追封马臻为"利济王"，历代文人墨客对马臻、对鉴湖的歌咏更是层出不穷。

"禹迹茫茫千载后，疏凿功归马太守。"绍兴儿女也以自己的方式纪念这位心系百姓、一心为民的父母官。他是"老百姓的一种希望，一种期待；也是官吏们的一种榜样，一面镜子"。

那一池映日荷花是敬献给马太守的，而他的伟绩何尝不是在暗香浮动里，彰显出荷的品格？

荷香氤氲。凝望着纯洁无瑕、一尘不染的一池荷花，忽而想起鲁迅那句名言：我们从古以来，就有埋头苦干的人，有拼命硬干的人，有为民请命的人，有舍身求法的人，……虽是等于为帝王将相作家谱的所谓"正史"，也往往掩不住他们的光耀，这就是中国的脊梁。

（原载《绍兴日报》2023年6月24日）

陶剑刚，1962年7月生，浙江绍兴人，中国报告文学学会会员，浙江作协会员。1984年开始发表文学作品。曾从业新闻媒体，有诗歌作品曾获省部级奖励。

花　事

◎汪群

　　上世纪七十年代末，我家第一次搬迁，建新房。那时，农家建新房的土地选址，以原拆原建为主。

　　我家是当年的"下放户"，举家来到农村时，"上无片瓦"是事实，但"下无寸土"很快就解决了，因为生产队来了"新户"，自留地立马可以得到分配，当然是可以种植菜蔬的那种旱地。没有实现家庭联产承包责任制之前，水田还没有分到户。当时老农嘴里常常念叨"大包干面积"，我对此印象很深。新中国成立时的土地分配，生产队为最小核算单位，按照实际丈量面积，确定每个生产队的水田与旱地面积，这是土地分配的"总盘子"。因而，队里缴纳公粮税也是以此面积作依据的，可谓一以贯之，雷打不动。无论"新户"进来，还是老户"添丁"，自留地是按人口，也就是按需分配，增加与减少就在这个"大包干"旱地面积中进行调节。至于"上无片瓦"，一家人来农村，起先几年得到农村老干部的照顾，住在一个祖传的大院子里。后来，父亲用180元下放退职费购置了"一间半"两层砖墙、木结构的徽派建筑楼，但与所在生产队离得较远，每天参加劳动只能是往返赶上三五里路。缺憾的是，买下的徽派建筑是"三进"中的"二进"，又处西侧，只有天井，升起的太阳照射不到，晾衣、晒物"占"了邻家的院子。

那年，父母亲落实政策，只有一个名额重返原工作岗位。喜事临门，权衡利弊，母亲还是让父亲去工作，家里的一大摊事母亲独自承担下来。

居家与所在生产队离得较远，遇到老屋改造，就不会有原拆原建的打算；老住地环境堪忧，选择新址建新屋，就要得到生产队社员大会的通过。

第一次建新屋，在母亲身边的我们兄妹俩心情特别高兴，犹如又一喜事盈门。生产队提供了几处建房地址的选项。母亲在这个问题上可谓高瞻远瞩，是因为在老屋吃尽了没有阳光的苦头，建房新址选择大队"村首"的桥头边，选址实现了地域三级跳，从此过上看日出日落的好日子，风光一派明媚，与老屋之比较似乎天上人间。队里把我家原先分配的自留地也进行了调整，集中在了新居的周围。新居巧变"大花园"，房前屋后种植树木与花草的蓝图徐徐展开。

母亲制订了"绿色规划"，我们兄妹俩积极响应与参与。花园种下的树木渐渐有了水杉、泡桐、杏梅、苦楝、桂花、玉兰、杜鹃、红枫、棕榈、香樟、含笑等等；竹子有红竹、早竹、黄苦竹、紫竹、佛肚竹等等；果木有了杨梅、杏梅、枇杷、石榴、桃、栗等等，还有芍药、三七、黄芪、麦冬等药材，一年四季还有各类果蔬可采。日复一日、年复一年，整个花园生机勃勃，春意盎然。

时逢数次搬迁，花园里的植物尽管不能全盘相随，只能根据新居现状，择少量植物品种移迁。

说到花儿开得旺，果儿结得多，给我带来惊奇的要数红豆杉的果儿与黄芪的花儿了。这两种可说都是药材类树种，比院子里一般花草可要名贵一些了。

那年，属虎的女儿嫁给同属虎的爱人，婆家加盟"一虎"，家人喜笑颜开。女儿的公公知道我们乡下新居落成不久，二话没说，从自己承包种植的缓坡山上挑选两棵红豆杉，亲自挖掘并用自己的桑塔纳轿车拖运过来，让我感动不已，脑海里随即蹦出：结亲家真好。亲家夫妇勤劳持家，从一辆破旧的"桑塔纳"就能看出，车的后备厢里装的是开荒锄头、雨靴和雨披，只要有空隙的时间就往山上跑。难怪孙女语浠不爱乘坐这辆轿车，说车上都是脏兮兮的烂泥巴。亲家在我院子里栽下的两棵红豆杉，可不是随意从山上开掘的，而是精心挑选的一对"小夫妻"。我一点也看不出树还有雌雄之分。前几年，也不见"红豆夫妻"有多恩爱，就是生长得平平淡淡，与其他树种并没有区别之处。而且，属于"杉"类，到了深秋与寒冬，树枝上便会纷纷落叶，继而树干呈现光秃秃模样。后来，在一个年份的秋后，突然发现一棵红豆杉挂满了红彤彤的果子，我纳闷，平常怎么没有发现果子，似乎一夜间结满红果了呢。原来，从春到夏再到秋，青涩的红豆杉果深藏在密密匝匝的绿叶丛中，低调着呢，就像成熟的爱情果子偷着乐。仔细再看，结出果子的那棵红豆杉，要比他的"爱人"个子矮些、苗条一些，又应了那句"小鸟依人"。然而，我仰望他们，觉察到了树木也有亲情般的那种幸福。

红豆杉果挂满枝头，这是我有生以来见到的最美风景。我细细观察红豆杉果的形状，它们颗颗圆润，又似一把把纯明、透亮的心伞，把自己扮靓，那种透彻心窝的红艳，似乎让人怜惜，舍不得它们成熟后的离枝，多想它们始终与枝头不离不弃，把苍穹大地映衬得分外妖娆。"红豆最相思"，我对红豆滋生了那种莫名的别离心情。于是，用手机摄录下来保存，也发在朋友圈给大家分享。朋友留言最多的一句：相思红豆可泡酒。泡酒？百度上搜索，然而各种说法都有，但"有毒"两字让我犹豫不决，脑海里自然而然跳出"香水有毒"，这是多么深沉、迷离的诱惑啊。女儿的公公一句："你不敢喝红豆酒，就让我来喝吧。"哈哈，我的底气上来了，于是，把一颗颗心爱的红豆小心翼翼地从柔柔的枝头上采摘下来，清洗干净后，选择优质白酒与它们配伍、相伴。红豆煮酒，男人最爱呢。

每逢搬迁，新居院子里总会有"黄芪"的立足之地，这是我和夫人对母亲的一种思念。

母亲生前经常挂在口头的一句话："久病成良医。"年轻时的母亲会从书店买来各类中草药书籍，从中了解身边许多植物对人类提供的帮助。小时候，母亲经常叫我去野外寻找"益母草"，母亲对症下药，一些病痛也得到解除。至于黄芪，母亲栽种得多些，有些植株托人从外地采来，说是"野生"，品质更好。与黄芪一起种植的还有麦冬、三七之类，一家人在改善伙食煮个鸡或鸭时，少不了放些黄芪和麦冬。母亲经常说黄芪、麦冬对人体有多种好处，我对此记忆特别深。即使家中未能烧煮鸡或鸭，母亲日常也会在煮饭的蒸架上，用一个瓷杯蒸煮黄芪和麦冬，放上适量冰糖，让家人一起享用。黄芪的花儿很绮丽。花朵在每一根枝条上呈一字形间隔排列，整整齐齐，花朵未开时，似一双双漂亮的微型女靴挂在树枝上，随风摇曳；花冠颜色从奶黄、嫩黄到金黄，与油菜花一样开得如此热烈，清香幽幽，招蜂引蝶，尤其蜜蜂喜欢从中采蜜；花儿怒放时呈蝴蝶状，安吉当地人又称"倒挂金钟"，模样特别，好像灯笼花、吊钟海棠似的。

花事就是家事，居家无论是平房还是高楼，有了花儿点缀，心情就会像花儿一样美丽。

（原载《散文选刊》2022年第12期）

汪群，中国作协会员，湖州市文学研究会副会长。已出版《山风徐徐》《汪群散文选》《谁与你相约》《又见紫云英》《岭上花开》《呼啸的原野》等散文、随笔、诗歌、小说十六部。

"秘境"松阳记

◎ 王必胜

江南，一个地理概念，也是一个诗意词语。唐诗宋词中的江南，人文风华，锦绣情怀，千百年来是人们美好的记忆。

江南好，山清水秀，文采风流，滋润大地万物，惠润社会民生。如今，在振兴乡村的经济发展中，保护好绿水青山，赓续历史文脉，让看得见山水，守得住美景，记得住乡愁，成为振兴乡村实实在在的举措。

浙南山区的松阳县，自东汉设县至今已有一千八百多年，世事沧桑，却保存了一些自然村落的原始面貌，是全省以至全国自然生态村落保持完好的集群地。先后有七十五个村落被有关方面认定为"古典中国样本"的自然村落。这些品貌完整、古色古香的"中国传统村落"，或居于山坳深谷，或坐落于清溪之畔，或隐没于竹林树丛，历史悠久，风习朴野，建构奇瑰，成为独特的江南村落生态，2013年被《中国国家地理》杂志誉为"最后的江南秘境"。

一

山路弯弯，密林深涧，出松阳县城半小时车程，是松阳村落名片——杨家堂村。时值深秋，金黄的柿子，火红的枫叶，茂林修竹，一派江南的田园风景。冬日里山中云雾，如同顽童，时隐时现，远山近水，土墙民居，黄泥青瓦，在缥缈雾气中，显出几分野趣、神秘。

一棵二十多米高、枝叶繁茂的古樟树，与并排的另两株，是村道上的迎宾树，树身名牌写着三百多年树龄，也是村子的守望者。秋景光影中，霜皮溜雨，树冠蔽日。一位老太太手持竹筐条把，清扫落叶，笑指三棵香樟，说是看着它们长粗长老的，三代同堂，是村上老宝贝。在松阳，民间有敬拜古树的传统，"樟树娘，樟树娘，保佑家中读书郎"，升学要拜树娘。大树荫庇，人丁兴旺，老树精灵，世传好风。和蔼的老者，温暖和善的镜头，扑面沁怀。松阳大小数十个自然村落，杨家堂的特色突出，2013年入选国家第二批传统村落名录。二十多栋清代、民国时建造的土木结构的院落，不是松阳最古老的，却是齐整最有仪范的。依山而建，次第层叠，形成五层十八栋的立体结构，高低落差约二至三米，紧凑勾连。在对面的山坡远看，呈现一个巨大的立体建筑面，阳光下，斑驳的墙体泛着金色，有如一幅偌大水墨图，村庄轮廓呈布达拉宫式的浑然错落，被称为"山村的布宫"。

"暖暖远人村，依依墟里烟。狗吠深巷中，鸡鸣桑树颠。"走进黄土与石头混砌成的巷道，仿佛走进古诗意境。夯土黄泥墙，木檩青瓦屋，围篱菜畦地，有鸡鸣狗吠，猪牛闲窜。小巷深幽，石块路面泛着青光，墙角青苔、爬墙绿植，水井台、豆腐碾磨、旧式农具，经年风雨剥蚀，有些残破，留在屋前村头，让人仿佛穿越时光，行在陶诗的意境，也能领略江南村落的秘境。

随意推开一扇门，别有洞天。这是六号院，松阳民居典型的三合院，前面墙，后面屋，左右两开厢，天井下的地池，鹅卵石砌成元宝金钱图，墙壁上有渔樵耕读画、朱子格言等，显现了富裕人家的讲究。据说，这是有名的教授之家，近代以来，出了二十多位学者名人。村中的宋家祠堂，更是村落文化集大成者。雕梁画栋，供台祖位，或有木雕花刻，窗棂、牌房、木质器物、精妙的牛腿雀替，尽显杨家堂建筑的古雅、精奥、深邃。约三百年前，曾经是宋朝官宦人家后裔的宋姓，躲祸避险，辗转这里，依风水建屋场，世代繁衍，瓜瓞连绵。如今，这里的宋姓仍然是大姓。近来，在抢救自然村落的行动中，杨家堂民居掩映在山林大野中，保持原生态面貌，坚守着山水自然的乡村日月。

二

不同于依山而建的杨家堂，三都乡的松庄村，是水边的民居，小桥流水人家，尽显山水松阳的桃源风情。

松阳的母亲河松荫溪流经全境，支流如血管注入各地，山高水长，山泉奔流，分支出长年的涓流，形成了水网丰饶的古堰群。穿越松庄村的是神坛堰一脉支溪东乌源堰，溪上一单孔拱桥连接两岸，偶有农人挑担，或牵着牲畜，沿阶而上，孔桥、水溪、牧耕、山居，定格出一幅江南水乡村落风景画。左右两侧民居逶迤，保留了乡村的朴野之气。一座座夯土老屋，一砖一瓦仿佛留有岁月痕迹。为方便来往，溪中由十数块条石横卧为一石碛桥。若是秋阳和暖，溪流石上，有主妇们漂洗衣物，屋场上晾晒的串串鲜艳，衬出青山绿水的别样生动。站在水漫的石碛，逆流回望，穿过百米外石桥孔，直透远方景致。山峦树丛，风烟云雾，历历在目。百年岁月，拱桥摇曳在风雨中，历经沧桑，见证历史，感知人间烟火。杨家堂山居体现的是阔大，是沉实，是形制，松庄村的溪边民居，是灵动，是气韵，是鲜活。

同百年老桥一道，松庄村沉入历史纵深的，还有土屋、宗祠、吊脚楼、古驿道、两栋明代建的古屋、清代乡绅叶氏的大院。山水日月，松庄村人日出而作，日入而息，悠悠岁月付于这清溪的不舍昼夜的季节更迭中。

那天，在松庄溪边茶室，品着松阳的端午茶，一种用中草药、姜等配制的特色茶。浙江山地的茶品较多，以端午之名为茶，有些特别，据说是在端午节气焙制，初暑气候湿燥，为祛火除瘟，生产一种介于茶与饮料之间的饮品。其味浓酽，是浙南民间地方茶。在国内各类茶品中，多以地名或形状味道命名，端午作茶名，是民间的草根味，或者与南方山地生活习性相匹配，朴素、平实、醇厚。当地人外出回乡，以一杯端午茶解渴，也解乡愁，已成为习俗。山中天气变化快，一会下起了小雨，端午茶正好缓解寒凉，明亮的玻璃杯中，色泽青暗，叶片杂糅，大小不等，看不出特别，却有自己的风范。

近年，乡村振兴计划，悄然改变村民生活，县上提出相应政策，如何在发展中保护原生态，守护村落，吸引了一些能人，也有回乡的创业者。90后单晓明，留学归来，偶然来到松阳，在松庄村进行艺术实践。通过考察，他发现自然生态村落中，一些老物件正在消失，这些是上年纪的人多年甚至一生的最爱，他"以修复老物件"为名，为村子里的老人们翻新一些废旧桌椅，保持生态原始状貌，板凳、凉亭、茶几等一些旧物，或贴上鲜艳布缦，或嵌补一块小艺术件，并不作工匠式修复，只用一些色彩装饰或护理，旧物得到艺术点缀，鲜亮而喜兴，老人们新鲜之余，恋旧的情感也得到了满足。从另一角度，也是满足一种艺术乡愁。年轻的艺术家的创新理念得到了拓展。几位老奶奶高兴地拿着修复的旧木凳，在小溪边的亭子里合影、展示，成为松庄村的一大风景。

一栋溪边的房子，白色墙壁上画着稚拙的艺术。远远望去，在村中是个另类，这是"村口涂鸦"馆，26件作品是村里老人们的手笔，其中的涂鸦是以村头屋前的日常物件，比如蔬菜、水果、树叶，粘成或拓成朴拙不规则图案，或者用手印拓出小动物类的涂鸦，因为是山里人的"艺术"，又在村口设馆展览，自诩"村口涂鸦"。2021年，不足百人的村子，举办了一个特别画展，村口涂鸦被传播开。展览序言说，从起初的疑虑到羞涩，到后来的主动说好玩。不只是一个展，而是村民生活中的一道小彩虹，乡村美育的启蒙，是对乡村振兴力所能及的实践。73岁的叶金娟老人，识字不多，从不知道画画，却在这个行动的推动者上海孙迎盈女士的启发和指导下，把自家种的土豆、黄瓜、青椒、苹果，当作了涂鸦内容。她平生第一个艺术品手迹，被印成端午茶袋上图案。本不知"涂鸦"二字为何物的古稀老人们，有了兴致，激活了艺术细胞。一位老奶奶，从自家养的鹅得到灵感，用脚掌和双手，拓印了鹅爪形图，很另类，深受好评。馆中作品，裱印摆放，配有老人的简介、照片，从没有过这般"待遇"，让老人们欣喜、兴奋、害羞、五味杂陈，却时不时去瞧下自己的作品。

松庄村修复旧物，村口涂鸦，保护传统村落有了新举措，有着七十多处国家级自然村落的松阳，无疑有着示范作用。如何守护青山绿水，守住原生村落，发展好乡村经济，惠及民生，是个大题目。松阳的一些村落，已在探索，比如，建民宿，办特色书店和文创商店等。我与同行的县长梁海刚探讨，他说松庄村的做法有代表性，新的外来艺术加入，与本地本村百姓喜爱的习俗结合，调动村民积极性，能产生动力，也产生效益，是保持这最后江南秘境的黏合剂。

（原载《浙江散文》2022年第4、5、6合刊）

王必胜，人民日报文艺部原副主任。著有自选集《我写故我在》等文论、随笔多部。散文《单位》获第七届老舍文学奖。曾任茅盾文学奖、鲁迅文学奖、"五个一工程"奖等奖项的评委。

俯瞰沧海桑田

◎王楚健

　　时值春夏之交，浙东括苍山脉深处仙居县的神仙居景区云蒸霞蔚，青岚弥望，奇峰危石、古松崖柏、碧樟翠竹若隐若现。文化旅游考察团成员们乘索道上山，沐着朦朦胧胧的雨雾，沿着天梯、栈道、索桥鱼贯穿行于海拔近千米的绝壁断崖，恰似在云中漫步，雾里看花，有一种超凡出尘、飘飘欲仙之感。

　　一路上，仙居国家公园管委会主任吴宏伟如数家珍般介绍，当地颇具文化特色的景点有白垩纪恐龙化石、河姆渡文化同期的下汤文化遗址、夏禹时期的蝌蚪文摩崖石刻、道教第十洞天括苍洞、千年蟠滩古镇、高迁古民居……景区建设就像穿针引线，长年累月串连起这些珍珠般散落的景点。

　　"真是天下奇秀，秘境仙乡啊！"浙江工商大学教授徐建春对周围胜景连声赞叹，并向随行的几位大学生讲解，神仙居是世界最大的火山流纹岩地貌集群，记录了亿万年前一座复活型破火山演化的历史，地质构造险峰林立，层峦叠嶂，沟壑纵横，洞深石怪，处处凸显大自然的鬼斧神工。

　　"你们在悬崖峭壁上铺路搭桥，将关山变通途太不容易了。如意桥、卧龙桥凌空飞架，太极台、莲花台高空悬挑，一出场便成了网红。"浙江省徐霞客研究会副会长王俊友拍着吴宏伟的肩膀说。吴宏伟在县国土资源局任职时，王俊友恰是市局领导，他们一起见证了仙居县旅游项目逐一从规划到落地，神仙居由深山老林逐步变身为国家级5A旅游景区的发展史。

"神仙居开发的过程像是一场马拉松接力赛，这二十多年没有停歇过，我只是在前人栽的树下乘凉而已。"吴宏伟谦虚地说。

我们深知，仙居县"八山一水一分田"，自古以来人们聚居在四面环山的盆地渔樵耕读，世外桃源般的生活虽然充满诗情画意，却严重制约着经济发展。上世纪末，仙居人普遍意识到再也不能守着"金山银山"过着穷日子了，他们坚持绿色发展，生态立县，把旅游作为战略性支柱产业来培育，推动绿水青山走出"深闺"，大做"显山露水"文章，不断打造集农业观光、文化传承、生态保护、休闲康养为一体的综合类旅游景区。最初的景区建设工程堪比挑战极限的攀岩运动，工作人员在高峻峡谷风餐露宿测量作业，在荆棘密布的危崖开凿栈道，伤筋动骨或受毒蛇猛兽惊吓的事常有发生。淳朴的乡民看在眼里，对景区建设群体赞誉有加，在口口相传中添了不少传奇色彩，仿佛票友们在追捧实景出演越剧《定军山》《大破天门阵》的武生，在相当程度上激发起全社会的精神动力。

众人来到南天顶，蓦然发现绝壁断崖处泊着一艘悬空的"宇宙飞船"，凑近才看清是双层结构的大型玻璃观景台。吴宏伟疾步奔到观景台前端，指着对面雾霭中忽隐忽现的柱形山峰朝我们呼喊："那就是观音峰，神仙居的标志性景点。"

大家蹑手蹑脚踩在一大片玻璃板上，耳畔有疾风袭来，脚下是令人发怵的万丈深渊，不禁倒吸了一口凉气，陆陆续续站上"船头甲板"，一个个衣袂飘飘，乱发飞扬，皆望着白云苍狗变幻无穷，怔怔出神无言。

随着风流云散，眼前山峰犹如揭开神秘的面纱，宛若一尊巨大的观音菩萨侧面坐像，头戴天冠，身披青绿璎珞，面朝西北，双手合十，庄严宁静，似在俯瞰大地，普度众生，让人惊叹于天地造化竟然如此神秀与壮观。

一位带旅游团经过的导游小姐戴着耳麦侃侃而谈，称观音峰高919米，是国内迄今发现最大的天然佛像，而观音菩萨出家日正好是农历九月十九，数字神合简直是天意，因此这个景点定名为"慈航普度"。

我无意中听见，在神仙居深度开发之前，这座山峰远离人间烟火，人们只能遥遥眺望，因视角关系，看上去一柱擎天，高耸入云，被称为天柱岩。"天柱岩"三字顿时让我想起多年前的一桩地名之争的公案，缘起唐代"诗仙"李白的一场梦游，留下一首千古名诗，也留下"天姥山"无尽的悬念。为了争夺这个品牌资源，先后有四地加入混战，新昌县以天姥山之名由来已久而大力宣传，天台县认为当地天姥峰即天姥山，仙居县则考证天柱岩为天姥山，邻省福建更是抛出福鼎太姥山就是天姥山的观点，一时争论不休，"口水仗"愈演愈烈。好在仙居人除了争论之外，从没停下务实探索的脚步，当"天路"铺到天柱岩跟前，每个人在近距离观瞻了这座惟妙惟肖的大自然雕塑之后，早就将"口水仗"抛在九霄云外。

"发现这座举世无双的观音峰，不枉二十多年的接力赛。"我感奋地说，"她既浓缩了地质文化的背景，又蕴含中华民族传统文化的元素。"

"观音峰守护这方水土亿万年了。"吴宏伟由衷地感慨，"直到亿万年以后，才等到我们翻山越岭来到她的面前。"

"你来，或者不来，观音大士都在这里静静地等待。"我浮想联翩，诗情纷飞，"她坐看云卷云舒，静听花开花落，任凭沧海桑田。"

王俊友为"沧海桑田"这个成语抚掌而笑，皆因其典出仙居。成语故事讲述的是古时候，仙道王方平盼咐仙居籍弟子蔡经在家里准备酒席，宴请仙女麻姑，麻姑姗姗来迟，说自己得道成仙以来，已经看到东海三次变成桑田，刚才经过蓬莱又发现海水浅了一半，这些地方大概都要变成山陵陆地了吧。王方平叹息道，仙界的圣人都在说，东海不久又将扬起尘土了。

徐建春教授听后，阐明许多神话传说并非空穴来风，科学考证海陆变迁在地球的历史上真实发生过，青藏高原和新疆戈壁滩至今都有海洋生物化石的遗存，中国东部在最近十几万年中确实经历了三次"沧海桑田"的巨大变迁，而这尊亿万年的"观音菩萨"肯定比麻姑看到天下沧桑巨变的次数多。

女大学生小赵突然冒出一个问题：从来都是别人拜观音，那么这尊观音双手合十是在拜谁呢？众人对这个问题始料不及，一时发蒙。徐建春教授打破沉默，说同样的问题北宋大文豪苏东坡与挚友佛印法师也曾讨论过，佛印法师解答观音是在拜自己，为的是点化众生，使之明白求人求佛不如求己的道理。

所谓大道至简，大家醍醐灌顶般颔首称许。

不知不觉，阳光穿过云层，驱散了所有的烟岚雾霭，洒下万丈金光，辉映得千峰万壑更加巍峨壮丽。观音峰犹如披上一件锦襕袈裟，勾勒出愈加优雅逸致的观音菩萨坐像轮廓，她依旧保持着俯瞰的姿态，淡若青莲，自在安然，进而渲染着遗世独立的气质。在她的前方，层峦叠嶂，莽莽苍苍，峡谷深处无数溪泉如一条条白玉锦带，伸向村庄、田野、河流。她一定会看见，淡竹原始森林里野笋在疯长，广袤的茶园翠绿如染，成群的鹭鸟翔集于绿油油的稻田，漫山遍野的东魁杨梅又将迎来成熟季；她一定会看见，高速公路宛若巨龙穿越在山川原野间，高速铁路已经延伸到神仙居脚下；她也一定会看见，农文体旅深度融合的"金丝银线"，正在串联起一条名贵的"珍珠项链"，光华四溢，璀璨夺目……下一场沧桑巨变就在眼前，就在行则将至的未来。

［原载《人民文学》第九届"观音山杯·美丽中国"获奖作品专号（2022年12月增刊）］

王楚健，现居台州，中国自然资源作协全委会委员、散文委副主任。有作品发表于《人民文学》《上海文学》《广州文艺》《诗歌月刊》等刊，著有散文集《无梦到江南》《墨庄问素》等。

草木松阳

◎王寒

松阳、山阴，这两个古地名，起得真好，仿佛对子，天对地，阳对阴，苍松对山柏。

山阴早就成了绍兴，而松阳依旧是松阳。松阳因处长松山之南，松阴溪之北，故名。松风时起，清溪长流，一千八百年间，这个名字依然带着草木清香。

松阳除了县名，不少地名亦与草木有关，山曰长松，曰箬寮。村曰横樟，曰紫草，曰枫树地。民宿的名字，曰酉田花开，曰桃野，让人想到陌上花开，想到桃之夭夭，一派天真烂漫。村民酿的酒，也与草木有关，金刚刺酒、红豆酒、番薯烧、米酒。这些名字，俨然一本植物志。

不仅如此，在松阳，农事稼穑、生活方式，样样离不开草木。从林间、松下、茶山、果园，佑护村庄的木结构的祠堂庙宇、百年老树，到村头廊下随处可见的竹椅、厨房里的竹壳热水瓶、搓澡用的丝瓜络、老人睡的棕绷床，再到日常劳作中的割松取脂、摘叶炒茶、草木染布、种田割稻，无一不是与草木打交道。

一

茶是松阳的草木之王。国内最大的绿茶批发交易市场——浙南茶叶批发市场就在松阳。西湖的龙井、永嘉的乌牛早、安吉的白茶、福建的福云、天台的云雾茶，在这里打擂台。松阳有一半农民的活计与茶有关，农民收入的一大半来自茶产业。茶为南方嘉木，俨然成了松阳的摇钱树。有一种黄茶，当地人称之为黄金芽，名字大富大贵，由质朴山人的口中说出，仿佛是一种隐喻，书中自有黄金屋，山中自有黄金木。

来松阳，见的是茶人，说的是茶事，闻的是各种茶香，甚至于美食——绿茶粿、茶叶虾仁、抹茶蛋糕、茶烤鲫鱼，也都离不开那一片片碧绿的茶叶。

到松阳，喝的第一杯茶，是端午茶，也叫百草茶。是在明清老街喝的。

明清老街，热闹了数百年，有两公里长，从北头朝天门，直到松阴溪畔的南门码头。木结构的老房子里，打铁、打金、制秤、做棕绷、卖草药、做裁缝、磨豆腐、折锡箔、卖陶瓷、弹棉花……金木水火土，样样齐全。

在老街正逛得带劲，没来由地下起了雨，雨点砸得石板泛青，躲在"山中杂记"书吧避雨喝茶。夏天的雨说来就来，说走就走，仿佛爱耍小性子的女子。门内的人，喝着端午茶，有一搭没一搭地聊着天；门外的风车茉莉，快爬到房顶，在风中点着头，似在偷听我们的谈话。

端午茶，说是茶，却见不到一片茶叶，只有植物的根、茎、叶、花、果。

松阴松阳，溪边山林，散落着两千多种中草药。金银花、三叶青、覆盆子、朴皮、白芷、菊米、干姜、六月雪、紫苏、蒲公英、黄芪、艾叶、鲜芦根、白茅根、樟树根……采摘，晒干，既是良药，又是茶饮。草药堆中，东抓一把，西取一撮，热水泡煮，便成了端午茶。热性、凉性、中性，什么脾性喝什么茶。早年驿站、凉亭、道观，夏秋皆置木桶、陶缸，满盛端午茶，供路人自取饮用，曰施茶，既是人们的修行积德，也是站亭人的神圣职责。现在游人进村落，走得口渴，只消在村民家门口多站一会，村民便会端上一杯端午茶。一杯茶，照见松阳人的古道热肠。

二

喝的第二杯茶，是上垄村的野茶。

野茶种在半山腰，自有野性。说是种，其实是自生自长，许是山间野鸟衔来的种子落下，风里雨里自由长大。

承包这片野茶树的叫美俊，她跟野茶树一样，也有几分野性，当过兵，在银行上过班，干过房地产，还跑到千里之外的云南大理种过夏威夷坚果，年过半百，不想再劳碌奔波，退休后，喝茶跳舞，倒也自在。周末开车到山里转悠，偶然间发现村里的野茶树长得比人还要高，四周长满杂草，多年来无人打理，仿佛林中弃儿。

野茶树有五十多年的树龄，跟她的年龄差不多。美俊爱喝茶，就想，可否用野茶树的叶子炒出好茶呢？4年前，她包下村里的野茶树，锄草、采茶、炒茶，忙不过来，就找来村民当帮手。这里的村民采茶，可以从春采到秋，一年采多次。美俊只采春天这一茬。她说茶跟人一样，要休养。休养得好，底子才好。村民初始不解，她跟村民说禅茶，村民问是不是开过光？

美俊给我泡了一壶手工炒制的野茶，味道醇厚，香气纯正。山间的这些叶子，让她割舍不下，她再也没有出过远门。村民说，这些野茶树也要谢谢你呢，是你让它们重见天日，就像五行山下的孙行者遇到了唐三藏。

三

第三杯茶，是在叶子庄园喝的。

叶子庄园的绣球花开得如梦如幻，紫的、红的、蓝的、粉的，花团锦簇，铺满了园中小径，像是童话中的绿野仙踪。我年轻时不喜欢绣球，觉得它大得笨拙，人到中年，倒格外偏爱起它，开花时一团喜气，像唐装上的团花图案。

叶子庄园的花很多，有一千多个品种，绣球、铁线莲、月季、向日葵、睡莲、蓝雪花、百日菊、小丽花、太阳花……花是女主人叶伟兰一棵一棵种下的，女主人在花园里忙碌。几万株花，像幼儿园的小朋友，有的吵着要喝水，有的要锄草，有的要剪枝，有的要施肥，她从早忙到晚。

男主人王超杰陪着我，悠闲地喝茶聊花。一壶红茶，色泽乌润，热气蒸腾。老王喜欢红茶，说味醇，养胃。老王也喜欢花，不过是被老婆拉下水的。他在国外打拼，在奥地利、西班牙开了二十多年的餐厅。他想让老婆出国，帮衬他一把。伟兰不愿去，不懂外语，在国外没意思。

老王拧不过老婆，关了餐厅回了国。夫妻俩一起，在松阳办过幼儿园，开过餐馆，做过美容。四年前，开始打造这个庄园民宿，花了600万元，从第一朵花种起，一直种到现在一千种。有绣球园、玫瑰园、夏日花园等六个主题花园。一年到头，花朵随风起舞。伟兰穿梭园中，如花仙子。

老王现在的日子很惬意，每天一杯咖啡，一壶红茶。他说，同样是打拼，国外只是生计，现在的日子才叫生活。

四

第四杯茶，是在蛤湖村喝的。

六是日本人，大名叫上条辽太郎。喜欢音乐和行走，十八岁出国看世界，走着走着，心就静了，想找个合适的地方住下来。他到大理，住在苍山脚下，娶了旅途中喜欢上的日本姑娘阿雅，生了三个孩子：和空、结麻和天梦。在大理八年，过着自给自足的农耕生活，他的朋友苏娅与他合作出了一本书，书名就叫《六——一个日本人在大理的耕食与爱情》。现在，六一家人住在松阳蛤湖村。离开大理，是因为"在大理认识的人太多，太累了"，六像陕北老农一样，头上包了块土布帕子，留着胡子，发际线退得很后，看上去像个道人。

他租的黄泥房，租金3000元一年，房前一大块地，他种下了秧苗和蔬菜，前几天下过雨，田里积了一寸高的水。六说，他喜欢这样的生活，与自然、土地、庄稼打交道，日子简静。他种稻种菜，从不打农药，山里人讶然。他在村里酿酒、做豆腐乳、做辣椒酱，看书、演奏、办音乐会，阿雅刺绣、染布、做酸奶。跟他聊天，仿佛山中问禅——山中何事？松花酿酒，春水煎茶。

我请他表演一种乐器，他拿起一根木头，两米多长，一头抵在地上。他把嘴贴在木头上，"呜呜"吹奏起来，木头发出的声音，浑厚低沉，如山谷回声。他说，这根迪吉里杜管，是他用大理的梨木自做的。他抚摸着它，很珍惜的样子。平素，干完农活，洗脚上岸，他扶着它吹奏。木头被磨出包浆，有温润的光泽。

他的阿雅温柔地坐在一边，给我不停地续茶。一杯绿茶，清新淡雅，我喝了四五杯，直到喝不出茶味。

他家的木柜上，有一本描红本，封面上一行字：我留下来的理由。我理解了六。

松阳三日，看的景少，见的人多。我遇到的这几人，美俊、伟兰夫妇、六和阿雅，他们与自然亲近，与草木为友，过着自己想过的生活，他们内心安静敞亮，劳作，喝茶，酿酒，看山，看花，生活简单，心情愉悦，因为心中有光，日子闪闪发亮。

（原载《解放日报》2022年7月20日）

王寒，中国作协会员，中国散文学会会员，浙江省摄影家协会会员，走过四十多个国家，出版著作二十余部。现居杭州。

在这疾驰的人间

◎王加兵

村庄像是喜鹊抛弃的巢，摇摇欲坠，空洞无物。

许多欢喜的鸟走了，许多热闹的人走了。独留乡野的风，裹挟野蛮生长的草木，和飞禽落下的羽毛，在这疾驰的人间呼呼奔跑。

我也奔跑，从轰轰烈烈的城赶往僻静的乡村，从无人问津的夜赶往红火的黎明。

我老迈的长辈们渴望红火的日子，但都如灰烬一样正黯淡冷却。火光在前，我看见有人躺在木板床上，泪花一样摇晃，火花一样喘息。想起往年火热的端午时节，野火灼烧麦地，灼烧肌肤，灼烧毕剥作响的秸秆，没见谁落荒而逃。伢子们不怕，老人们不怕，生离死别都不怕，没人会怕一把自己点燃的野火。火舌贪婪地舔舐，像是暴雨后肆无忌惮的晚霞。麦子熟了，土地熟了，一场疾驰而来的烈火像是追风少年，把家园撩拨得嗞嗞作响。

风尘仆仆，我返乡看望草木一样不能醒来的侄儿。我们叫他二子，二子有姓无名，他的名字被我连同照片一起删了。但他依然悄悄推门来我的梦里，像清晨的风，摇醒我，欢喜地说："小大回家啦。"

我当风而立。风是村庄的女巫，她没有魔杖、幻药、黑科技，但她会煽风点火，驱鬼避邪招魂术。我是听村里张嘴漏风的老白杨说的。树说，风有时像王家的嫂子，着一身草绿色缀蝶裙，挎一篮韭菜，笑吟吟从东南边的菜园来。有时像冯家的奶奶，心事沉沉，一身土灰棉袄，冷冷地敲响邻家紧闭的门。若从头顶冷冷地穿过，一定是她在乌云忧郁的心里看到了雨，暴雨，雷暴雨，要进村撒野来了。风从襄河渡口那儿来，从龙岗公墓那儿来，从黑烟囱上的白烟轻摇里来。若赶着严肃的日子没有风，空心的村庄很无趣。鸣蝉，田蛙，摇着蒲扇的人，风是大家没有节制的牵挂。村庄的女巫，心在云端，身却与村人一同栖居尘间。

风从夜里来，人不会醒，狗却会叫。人只对村庄的白天负责，晚上都托付给了梦。劳作一天，只为夜晚有一场未完待续的春秋大梦。狗，不会做梦，他是女巫的守夜人。村庄没有夜贼，家家户户的门窗都对星辰敞开。星辰爱怜乡村，城市的喧闹很让他们失望。风叮嘱守夜的阿郎和二黑，村人的梦想得美，离谱走调，要看紧。梦丢了，明晚可以接着做，而精气魂丢了，村庄的田就再也没人照看了。村庄缺人手，年幼的伢子进城做工，年长的爹妈走不动路。过去老人家们的村庄，门前屋后种树扎篱笆，防野鬼，避邪气。现在，伢子们不信邪，还能防点什么呢？半夜狗叫，不是毛贼光顾，是谁家伢子梦中青云直上，呼呼呼地膨胀，咻咻咻地飞翔。风，追不上，狗拦不下，人的野心呀，害得守夜狗对着蓝汪汪的星空叫破了嗓子。

风对二子说，梦里遇见狗在追，狗在叫，别跑，停下来，醒来就没事了。

二子的梦里总有条村里的狗在追。谁家的狗，他认不出。离开村庄太久，是狗认不出他。想跑，细长的麻秆腿，抬不起来。想喊，大不在，妈不在，自己十来岁的丫头也不在。祖屋的四角漏着风，红瓦正一片片在乳白的月光里碎落成灰。村庄轻飘飘，田野雾茫茫。夜间的雾气在汇集，湿湿的，像村里人水淋淋的梦。二子满头是汗，张嘴喘，涨红了脸。风追着二子呼啦呼啦地喊，别跑，停下来。狗叫，呜汪，呜汪，吓坏了二子。一直跑，没命地跑，飞起来，悬浮在村子的黑烟囱上。夜里没人生火，二子只看到黑黑的杨树叶在风影里鼓噪。那是大妈种的杨树，早已高过了黑屋顶。

二子奔跑的村庄没有人影，四下里都是风。风是村庄的女巫，挥挥手，接管了人的村庄。蓼蒿、苘麻、牛筋、白茅、构树、水蜡烛，翻沟越埂，拖儿带女，移民而来。蚂蚁在庭院的日光里洗浴，蝙蝠在堂屋的黯黑里欢宴。火赤链，爬进瓦楞下的麻雀窝，偷偷地吃起霸王餐。野猫、野兔、黄鼠狼，终于可以人模人样，光明正大地活出一点存在的尊严。它们都是欢天喜地的新居民。庭院，圈舍，人走了，禽畜也散了。黑狗黄狗，悲戚无趣，转投风的门下，偶尔去村人的梦里惊慌失措地追逐几回。

风说，人的村庄，人的田地，是向乡野借的，好借要好还。

二子想在被抛弃的村庄撞个熟悉的人影，托他证明自己曾是村里的人。但这已很难，老迈的糊涂不堪，同龄的作鸟兽散。草木兴旺，没有炊烟的村庄阴森森。人老老少少地逃，曾经重重叠叠的人影都枣树叶儿一样落寞入土。一层，两层，堆积成村外山样的坟丘。风揪住一片叶子，一树叶子，哗啦啦地数落。村里的白杨树，只顾自己往屋顶上长，要星，要月，要风光，却忘了自己的职责是看护村庄。村庄被城市掏空，杨树很委屈。村庄种树，人要避雨乘凉，牛要蹭痒拴桩，喜鹊要搭窝叫四方。出村的石子路，泥做的根基，若没有杨树的拥护，伢子们出不了远门，牛羊找不到回家的路。白天，太阳高高在上。许三一家，大文大胜兄弟，突突突，冒黑烟，四轮拖拉机摇摇晃晃往全椒城里搬东西。麦子谷子，铁锅木盆，八仙桌，黑碗橱，鸡鸭牛羊，汪汪叫的草狗。场地上一垛黄亮的麦草，许三舍不得施与村庄的麻雀，烧，像村里出殡送的火。

晚上，月亮守着村口的白杨，她要看看还有谁往城里搬村里的家当。是一辆摩托车，把冯家十八岁的女伢和李家二十岁的男伢一并搬走了。矮屋里黑脸的女人一路追，跌跌撞撞，什么也没攥着。一不小心，撞红了月亮慈怜的眼。女人哭，养只羊，天黑了还记着回家；喂个姑娘，十八年，半夜里说跑就跑。

村里的月亮像剥了壳的熟鸡蛋，中看，但再也不能孵出小鸡。咯嗒，咯咯嗒。母鸡的伤心公鸡不懂。歌唱黎明不像悲伤的时候抬头看月亮，有时像冷冷的弯刀，有时像黑幕上被风吹破的洞。

村庄被掏成一个空洞，是迟早的事。伢子们成人，要进远方的城。老人们老去，要去村外的坟。人的两条腿进化得如此不安分守己，风追不回，狗叫不停，村外的祖宗开不了口。还好，村庄的草木反而多了，村庄的风少了屋舍遮拦，愈发意气风发了。

二子，一个人，十年前把田退了，大妈垒砌的几间青石红瓦房也轰隆隆推了。什么遗产也没发现，只溅起一团霉湿的尘埃。小玉告诉我说，二子腿散，心野。二子总埋怨村庄的石子路窄，颠，容不下他二十来岁飞驰的心。二子想进城，可城里没有他的田。村里女人的心太小，婚姻缠绕得他透不过气。田里的活太慢，镰口的锈迹比割下的麦穗还多。加速，拉紧油门加速。挣钱，嗅着钱的味道去城里挣钱。二子的心其实不野，攒钱，满足老婆孩子，去南京新街口疯几天，或是十天半个月。钱花光了再挣，挣了再花。嘻，傻二子，只有点焊接的手艺，只有点攀爬脚手架的胆量，只打南京城路过几次，竟有如此奢侈的念想。看那阴冷斑驳的明城墙，何曾对他开口说过邀请？嘻嘻，朱皇帝在南京砌城墙，不为开发旅游，是为防着谁谁。

二子的妄想症，多是我的传染。一九九六年，二子十三岁，我二十二岁。我们一起坐绿皮火车，逃往猛进如潮的江浙。润湿的江风，把咱叔侄激荡得哐当哐当响。窗外都是别人家高耸的楼房。我摸摸二子毛茸茸的后脑勺说，好好读书，你也可以有这样的风光。但他不爱读书。返乡，从杭州到南京，从武林门到中央门，逆着冷冷的风，天地白茫茫一片。一片雪花只会融化，但一场肆虐的寒流，足以颠覆一个孩子的梦想。

二十年前，二子还是个孩子。小玉打算去学裁缝，哥的肝病折腾人，嫂子黑亮总是笑。后来，哥没了，二子退学。后来，二子离婚，嫂子投水，七八岁的丫头也随了妈妈。二子一个人，蹬着摩托车，满世界做活，焊接，焊接，焊接。火花飞溅，弧光灼烧，二子把别人家的事无缝对接，而自己呢？

城里的每条路都流向乡野。而乡野的路，有的去了城，有的下了田。一环，二环，三环，城里人，乡里人，转来转去，踏出一个逃不出去的圈。白天是疾驰的城，晚上是泥做的梦。这中间，有一条石子路，弯曲、狭窄、颠簸、破碎。为糊口的钱，为进城的梦，二子与摩托车生死相依，在风尘里飞驰，突突突，气喘吁吁。

鱼离开水活不了，水没有鱼照样清。二子想进城，城却不缺蝼蚁一样的芸芸众生。傻二子，即使你住在南京城，十天，一个月，两个月，三个月，证件上依然写着，你是那个叫冯石村的村里人。

砰……出血，高烧，昏迷。南京的医生说，弥漫性轴索损伤，头部遭受加速性旋转撞击，豆腐一样，外表完好，内里已经碎了。

唤醒。城里的医生说，找最亲的人来。二子最亲的人只剩他姐，小玉。

二子别怕，姐不会放弃你，姐再也不走开。

二子，睡一觉就好了，回家我来照顾你。

二子，姑来看你了……叔来看你了……舅姨来看你了……

二子，丫头与她妈也来了……有什么放不下的说说，过去的事大家都不再计较。

二子，小时候你赖床，大妈叫不动，我一叫准醒。你怕早起去放牛赶鸭子。我从不让你做事，还会给你好吃的。喏，今天我给你做鸡汤，家养的，多少好。

二子，你总跟我说做梦都想住进城，现在真的住进来了。慢慢住吧，想住多久就多久……等你醒来，推你去看中山陵，看狮子山，看总统府，看长江大桥。

……

小玉坐在二子身边，握着他粗糙的手，早早晚晚地说，不停地说。康复医生说，这是最后的医疗方案。

我去南京的病房，听小玉在说：

二子，我妈不怨你，是她怄气想不开。我们也不怨你，农村人谁不想过好日子。

二子，大妈他们还在一起，清明上坟时，你看到的，王家人都还在一起。

二子，你喜欢狗，家里养过黑的灰的黄的，大大小小，十几条，都是矮板凳狗。母狗长大了，就生养小狗。小狗长大了，又要生小狗，一窝五六条。你舍不得扔，妈就偷偷地送人，圩里舅舅家姨娘家，枣树姑姥家。板凳狗，不咬人，你到哪儿都追着，像一阵风。上学，追到学校，被老师骂。上班，你的摩托车太快，追不上，呜汪呜汪，好可怜。

……

我去全椒的病房，听小玉在说：

五月的黄瓜长好了，小姑说明天就带来。

六月番茄酸，七月西瓜甜。

八月太热。

秋天凉快。八月节，我们去大舅家过，他家的塘里有菱角，年年有，脆，也甜。

冬天风大，我们不出门，想谁了，打电话叫他们到医院来。

……

一个月，两个月，三个月。梦醒，人世几回伤。只管不疼不痒地躺着，万事与二子无关。吃，流汁，不用嚼，针管打到胃里。睡，睁眼闭眼的事。有人按摩，有人翻身，有人擦洗，大便小便也随意。不疼，不累，不想。婚姻的事，喝酒的事，捉鱼的事，欠债的事，讨工资的事，丫头抚养费的事，一笔勾销。

夜晚如此，白天如此。南京的医生说，他像紫金山里的一棵树，消失在时间之外。悄悄地长叶子，无人知晓。叶子绿了，就算醒了。叶子黄了，就算枯了。生与死，只隔着一片叶子的距离。白天的人看不见，夜里来的风知道。

五月，六月，七月。亲人们像一只只卑微的乡下老鼠，在城市的地下迷宫疾驰穿梭，一号线转二号线转三号线，一个个幽深的洞口进进出出。呼，呼，地下隧道的风没有颜色，也没有乡野那匀称的呼与吸。大家沉重的梦被地铁一遍遍催醒，追逐，碾压。我们去城里看望二子，也看南京的城。南京潮湿，南京闷热，南京灰褐的城墙与白色的病房一样，堆积涂抹着凡人的焦虑与疯狂。城，乡，一边极速在膨胀，一边萎缩至消亡。

我与二子有一样的大梦。只是他的梦刚开始，我的已经做了二十年。起风的夜里，我把梦挂在路边的杨树上。二子回村的梦一定路过这里，破碎的石子路，摇叶的白杨树。遇见了，我就学他家的板凳狗，呜汪，呜汪，沙哑地叫。二子，别跑，风说，停下就醒了。停下多好啊，丫头可以赶上你的时间，放学回家，看着你笑。停下多好啊，走掉的大妈回转身赶过来，还把你当孩子宠。

豆腐的心碎了，二子纸片一样的魂被风掠走了。小玉对我说，二子想回村里。村庄能让杨树长得那么盛，村庄也能让二子好好活。不管好坏，我们让他回村里过中秋，过新年。醒不醒，是他的事，我们只负责陪护。

我们说话，二子都听得见。他不愿醒。随夜里的风追梦不需要姐帮忙，梦再大也不占医院的床。小玉说，爱躺就躺在梦里吧，等大家都累了，再撒手放你回大妈的身边。

回家没多久，三月的风便把二子干瘪的身影领出门，丢进王家的坟头，汇入一场疾驰而来的草火。水生木，木生火，从造字那天起，注定火是木质村庄最后的安慰。

四月清明，我去坟地看父亲，也顺路对二子说上两句。碑上嵌着他二十几岁的头像，浓黑的眉眼，嬉笑的脸庞。草木周而复始地萌发，二子，你哪个季节能醒来？

清点落入泥土的先人，我之上，有四代，我之下，只二子一人。几十口人，长幼有序，像一垄又一垄绿了又黄的麦田。一粒种子落进疾驰的人间，哭哭笑笑，有的拔节扬花抽穗，有的染了赤霉病，灰黄腐烂，倒入无尽的黑暗。

人与草木无异，各自向乡野借着碗口大小的土地，吃它，喝它，终了依旧归还于它。草木把它叫地母，我把它叫乡关。

（原载《中国校园文学》2021年第12期）

王加兵，浙江作协会员，现居嘉兴。出版有散文集《风在摇它的叶子》《南湖四时生活手记》《在这疾驰的人间》三部。

松阳的契约

◎王剑冰

石头，那么多的石头，有序地堆在一起，堆起一个石头列阵，堆起一座没有一块砖瓦的博物馆，让你想到这里的地名：石仓。但你绝对想不到，里面精心保存的，是来自村民家中的一份份发黄的契约。这是深藏于乡间的惊艳与惊叹。就像一座雕塑，固执地守着自己的诺言。

浙江松阳县石仓古村的契约，最早的时间是明代隆庆六年，多数集中于清代至民国时期，漫长的岁月接续了二百多年。卖契、当契、租契、借契、抵契，涉及范围之广，同样超乎想象，包括婚丧嫁娶、过继续弦、土地交易、房屋买卖、炼铁砂扎坑、商业凭据……除此，还分家书、账簿、票证和法律文书。

走进博物馆深长的展室，就像进入一条跳动的血脉。这里离从前很近，离祖母很近。虽然契约都老旧了，却仍带着岁月的体温。让人想到辛勤耕耘，想到经营致富，想到安居乐业。可以说，这里是有人情味、有烟火气的地方，既藏着温情绵绵的细雨，也藏有热望暖暖的火焰。

承诺不是一句话，不是一瓶酒。几行字一张纸是一种保证、一种承担、一种责任的具体体现，也表明着一个地域深厚的人情世故、生活理念和社会认知，所透显出来的是笃信、本分与尊重。

近万份的契约，曾被它们的主人精心地保存在层层布包里边、箱子底部、老屋深处。说实话，老旧的契约早已失去了它的表面价值，但是，它的内在价值却阐发着无尽的力量。

村庄横卧在风的长笛里，水稻和茶田在笛声中起舞。石仓溪映照着葱茏的大山，白色的山茶花顺着溪水纷扬。小路上，担着畚箕的老人还在忙着。空气清净，天蓝得透亮。一座座老宅，如发黄的线装书，堆叠在夕阳中。

这里住的，大部分是从外地迁来的客家人，每一次迁徙都是乱世。石仓地处栖霞深山，且又有可耕的平地，还有流溪，符合所有栖身的条件。逃难者留下来，开荒种地，繁衍生息。他们在山坡上发现了铁砂矿，于是采掘淘洗，置炉冶炼。

石仓人一点点积累，一点点做大，而后修建祠堂，尊祖奉教。他们把供奉祖宗的祠堂叫作香火堂，只要香火在，人气就旺。围着香火堂建起了大屋，近三十幢厅井式宅院，显示出村中过往的辉煌。

在石仓人开基创业、买田置地的过程中，也就产生了各种各样的契约。比如阙天开家传下来的230份契约文书，涵盖了乾隆、嘉庆、道光、光绪各个时期，种类繁多，有土地、店屋、林木、鱼塘、水堆、炼铁砂扎等，涉及金额一千万文。

富了不忘祖训，有事大家做，有难大家帮，凡造桥修路、建祠扩庙及其他事情，石仓人无不仿效先贤，捐资出力。由此构成一个互助互爱的和谐家园。

我在博物馆见到了一个人，他总是守在这里，凡是有参观者进入，就热情地迎上来，给你讲解，回答你的提问。这个人就是阙龙兴。我慢慢知道，正是这位村里的小学老师，积极搜集和整理了这些契约。而他的兴趣，竟然是上海交大的曹树基教授引出的。曹教授是位历史学家，2007年第一次来到石仓古村，看到这么多的老宅，就知道必然有其兴盛的原由，也必然有其相应的秘密。于是打听到了村里的文化人阙龙兴。

老阙自家楼下开着一家小杂货店，他当时还是"石仓教学点"的负责人。听教授打听"祖先留下的写字的东西"，就知道这些东西一定有着不一般的价值。几天以后，老阙就在他家的一座老屋里，翻找到一些契约文书，他立刻打电话给曹教授。从曹教授喜出望外的语气里，老阙越发感到了这些陈旧地契的珍贵，于是用心地搜寻起来，先从自家和亲戚中找到了百余件，又凭借与村人的良好关系，从家族和石仓的六七个村庄做起，渐渐积累到上千份。

时间还在继续，契约不断增加。那些压在箱底的"写字的东西"，就这样一张张地见了天日。看到有人如宝贝般地珍藏，老阙就拍照复印，原件还留给人家。这样，在曹教授的指导下，老阙不仅积累了五六千份契约，而且还知道如何分类、整理、修复。他在博物馆的工作台上，就放着全套的修复工具。

影响大了，也便有了建造一座契约博物馆的动议。各方关照下，一座知名专家设计建造的庞大石头建筑，终于矗立在了石仓溪旁，成为中国古典村落里的独特风景。

这样，作为农村社会形态的活标本和重要的非物质文化遗产，石仓契约受到了学界的深切关注。上海交大的学者们把这里看作富矿，不断地来开采发掘，继而发表出一系列极有分量的人文论著。

老阙也成了这方面的专家，他与曹树基教授等人编纂了五辑四十册的《石仓契约》，实证了松阳石仓一段厚重的历史。

尘埃落在时光里，有的契约字迹已经模糊，但无论你站在哪张契约前，似乎都能感知到其中的信息，听到主人的言语，那或有痛苦与无奈、意外与欣喜。

一个姑娘，小时候被当作童养媳卖给一户人家。在村人的见证下，两家签了契约。多年以后，她看到了这个因她而签订的文书，而她的日子过得还算不错。所以她非常珍惜这份契约，精心保存着。再多少年后，女孩变成了老太婆。后人在她的箱底发现了小手巾包着的"纪念"。

女子三十六岁时丈夫去世，她带着三个未成年的孩子改嫁，男方也有三个孩子，孩子母亲一年前病故，两家合成了一家，立下契约字据，视他子如己出。之后的日子里，两家果如一家人般亲密，孩子们相处得也很好，长大后各自成家，却依然孝敬两位老人。那份契约也始终伴随着他们，作为传家至宝。

老人将心爱的女儿嫁与女婿，看女婿家底薄，怕女儿嫁过去吃苦，便将三处好地出让，耕作、出租、典卖，任由女儿女婿支配。在场作证的是老人的三个本家兄弟。三处地块虽然不大，却是老人一点点经营出来，种什么都有好收成，现在让给女儿女婿，难得一片父母心。

一份份契约就像一面镜子，方方正正地映照在我们的面前。

这里空旷无比，看不见多少人。而实际上，每一个契约周围，都聚集着无数的人，那些人正经持重，在其间操忙着。也就是，这一帧帧会说话的老物件，不管你来没来，它都在那里喋喋不休地诉说着。

不要觉得这些契约与我们无关，岁月中走过来的都懂得契约曾经带给人们的精神和力量。契约，既是一种个人行为，也是一种社会行为。有了这些契约，才有了诚真淳厚的民族传承和文化传统，才有了石仓及松阳七十多个古村的锦绣繁华。

夕阳西下，七彩的晖光覆盖了整个石仓，黄墙黛瓦之上的契约博物馆，显得愈加深厚凝重。随着夜幕的拉开，那些石头包裹着的契约，将再一次沉入坚实与坚硬之中。

（原载《浙江散文》2022年第4、5、6期合刊）

王剑冰，中国散文学会副会长，在《人民文学》《当代》《收获》《十月》《中国作家》《花城》《钟山》等发表作品，出版著作四十二部。

里山坞

◎王秋珍

里山坞在西楼村的西北三公里左右。小时候，我把里山坞看作一处心灵福地。心情不好了，去走一走；心情太好了，更要去走一走。

里山坞的山，四面环绕，把一个水库抱在怀里。水库里的水，比妈妈做的择子豆腐还嫩滑，让人恨不得捧上一把。水中倒映着蓝丝绸一样的天空，以及密匝匝的松树、栗子树、映山红、山黄栀等。每次看它们，我都有欣赏世界名画的感觉。

水库北侧的山上，有几棵柿子树。夏天，青中泛白的柿子像一只只调皮的眼睛，在枝叶稀疏的枝头，眨巴着。伸出右脚狠狠地踢树干，柿子纹丝不动。几个人伸出双手摇动树干，枝叶像被搔了小痒，微微地扭了扭。腿脚如猴的阿发噌噌噌就上了树，他左手攀住树枝，右手一捞一个，装了衣兜装裤兜，摘到最后，索性把柿子往灌木丛里扔。大家麻雀一样呼啦啦扑过去，找啊抢啊，笑声把水库里的鱼儿都惊动了。

我吃过里山坞的柿子、栗子、乌饭，还吃过根白白的，长得一节一节的草，咀嚼起来有一丝丝的甜涩味，它们伴着渣，缠绕在口腔的感觉，是我童年生活里难忘的体验。

但里山坞最刺激我的是毒蛇和野猪。

爸爸经常给我们讲蛇的故事。他说，如果被蛇追逐，不要直线跑，而应该S形逃跑。他还说有人在山里，被蛇咬了，找不到水，就用自己的小便清洗毒液，还说耳屎能以毒攻毒，是治蛇毒的好东西。于是，有事无事就爱挖耳屎的我，管住了手的冲动。留着它，说不定哪天去里山坞，能用上。

我盼着耳屎能派上用场，又担心着有一天真的被用上。

爸爸还讲过一个特别可怕的故事。他说，有一种毒蛇叫蕲蛇，俗称五步倒。只要被它咬了，走不出五步，就倒下了。有个男人被蕲蛇咬了手指头，他果断地砍去手指头，走出五步，没倒。他出于好奇，又回去看被自己砍下的手指头，结果被感染，死了。

这故事让我很长时间胸口都像压了一块石头。此后，每次去里山坞，我都会穿上鞋底柔软的雨鞋。棕褐色的蕲蛇喜欢伏在落叶里。我左顾右盼，看着那些土黄色的落叶，辨认着它们的身形。落叶动了，钻出一只蜥蜴；又动了，是风儿在撩。我终究没有一次遇上过毒蛇。

爸爸说，里山坞山多林密，很多毒蛇被野猪吃了。

我一般只走到水库那儿。往山林深处看，一层一层又一层，根本看不出尽头在哪里。山的邻居是山，山的远处还是山。我从来不敢涉足。

有一次，家里死了一只鸡。爸爸兴致勃勃地说，这只鸡，要拿去打野猪。里山坞的野猪把他种在水库边的毛芋都拱掉了。

"怎么知道是野猪，不是狗头熊?"村庄里的人，都把狼叫成狗头熊。

"有脚印啊。"爸爸伸出手掌比画道，"野猪的一个脚印里，有四个坑，前两个大，后两个小。"

野猪，好可怕的东西啊。万一打不死，引得它杀性大发，朝人冲过来，怎么办？

"不怕，我有办法。"爸爸陶醉在他的憧憬里，"到时猪肚就送给你外公。"

外公是老党员，正直热情，一心为公，却在"文革"中受苦受难。爸爸说，野猪身上，最值钱的就是它的胃，也就是野猪肚。野猪肚对各种胃病有特殊疗效。野猪经常吞食蕲蛇，每吃下一条蕲蛇，就会在胃里留下一个"钉"。"钉"越多，越有药用价值。

说着，爸爸开始了翻找。当时，西楼村的每一户人家造房子，都要去里山坞炸石头。石头炸好了，运回来排墙脚。把山炸成一块块石头，这自然是非常危险的。西楼村的方林就是在炸石头的时候出了事。爸爸是"端"字辈，我是"方"字辈。我喊"方林"是"方林阿哥"。要造房子了，方林阿哥眉和眼全是笑着的。他把一节节炸药拿出，将其中一节和雷管连在一起，点燃了导火线。

一般情况下，导火线一点燃，人就要逃开。方林阿哥也迅速逃开了。可是，等了一会儿，又一会儿，里山坞静悄悄的，鸟儿们依然唧唧啾啾唱着歌。方林阿哥就返回去看究竟。与此同时，响起了震耳欲聋的声音。方林阿哥就这样被炸得血肉模糊。

我家造房子后，还剩一点雷管。爸爸找到那半支香烟一样大的雷管，说："一个雷管就有500斤杀伤力，把它埋进鸡的大腿里，野猪只要一咬上，就会被炸翻。"

此后的几天，我每天都在期待爸爸给我们带回好消息。我的耳朵迷迷糊糊中似乎听到了爸爸欢喜的声音："成了，成了，快带人去扛野猪！"

"危险野。老实野。"四五天后，爸爸终于下了结论。"危险"和"老实"，在我的家乡东阳都是"非常"的意思。"野"，即"狡猾"。对野猪，爸爸有了既恨又赞的复杂情绪。明明把鸡放在有野猪脚印的地方，野猪居然能掐着猪蹄一算，知道前方是陷阱，就是不去触碰，看见了就绕过去。畜生的能力和智商，是我们人类不可小觑的。

后来，我听说有小野猪窜到附近的村庄，被村民关起来养，还和家猪培育出新的品种。于是，我看家里的猪时，总会脑补出野猪的样子。它的牙很长很长，轻轻一挑，木质的猪栏就会晃动起来，像遭遇了大风袭击。

冬天的风好像才刮起，弟弟的手背就肿得馒头一样，轻轻一按，就现出一个印。妈妈知道，冻疮又来了。

弟弟的冻疮，像顽固的病毒，马上就能蔓延，且攻城略地，气势汹汹。他的手背迅速变得透明，好像里面的脓水饱得即将爆裂。不知何时，手背上的皮又破了，露出鲜红的血肉。

弟弟脱下的袜子，有血迹，有硬块，像刚从战场归来的士兵。妈妈每次都要把袜子泡上一会儿，再拿去洗。

妈妈到处打听，想找到秘方。最终，她去了里山坞。

妈妈背回鸡血藤、白茅根、金樱子、白花蛇舌草等，每天晚上给弟弟煮成开水，放上一会儿，让他泡手泡脚。

弟弟是早产儿，出生后，疾病一直缠着他。后来，他患上了肾炎，经常要吃没有盐的食物。他坚持着，一边和疾病斗争，一边读医科大学。不料病情恶化，弟弟休学住进了医院，后来又从省城回到了西楼村。妈妈和爸爸整夜整夜地失眠，头发大把大把地掉落。他们恨不能祈求老天，把自己的寿命续给儿子。

没有钱，把一切都困住了。弟弟的肾一天天地腐烂，还引发了很多并发症。他的身体肿得像馒头，脚穿着很大的拖鞋，脚跟还是露在外面。那么帅气，那么清爽的小伙子，在病痛的折磨下，脸色蜡黄，脸皮浮肿。但他的衬衫总是洁白如云，他的双眼炯炯有神，他的笑容憨厚得让人心碎，他说："我死了，会在天上保佑大家的。"

妈妈低着头，去了里山坞。她一边走，一边流泪。里山坞的石头，认识了妈妈的身影；里山坞的花草，感受着妈妈的悲伤。妈妈采了小金钿、瓜子草等药材，一篮一篮地背回家。她心里有一个信念，我儿子的命，能长一天是一天。万一，万一有奇迹呢？

那段时间，妈妈不是在里山坞，就是在去里山坞的路上；不是在洗药材煎药材，就是在给弟弟按摩。听说有个和我弟弟一样的尿毒症丈夫，整天在家里砸东西，动不动就让妻子从楼上背到楼下，从楼下背到楼上。得这种病的人，全身每一块骨头都痛，每一处肌肉都不舒服。患者往往脾气暴躁，觉得世界对自己不公，以折磨家人来发泄自己。

可我弟弟的心向来是那么绵厚。他总是一个人默默忍受。他像里山坞水库里的水，清澈得让人心疼。他的理想是当医生，消除很多很多人的病痛。可他消除不了自己的病痛。

妈妈给他按肩膀，按背部，按腿按脚。一日两次，看着弟弟喝下一大碗黑色的中药，喝下来自里山坞的希望。

可希望终究是无情地破碎了，碎出了一地的玻璃片，每一片里都闪动着疼和痛。1997年4月11日，那个热爱生活、善待他人的生命，消失在里山坞的附近，消失在他深深爱恋的土地上。

此后很多年，我都没有再走进里山坞。

里山坞的柿子和栗子，里山坞的毒蛇和野猪，里山坞的小金钿和瓜子草，一次次地出现在我的梦里。我一次次地哭喊着醒来，想拉住那个年轻帅气的身影，却生生看着他离我而去。

时间，仿佛睡着了。里山坞，却一直醒着，醒在我的疼痛里。

（原载《金色少年》2022年6期，有删节）

王秋珍，中国作协会员，现居东阳。出版《走过冬天便是春》《作文觉醒》《雪的心里，藏着一个春天》《藏在文字里的魔术》等作品十五部。

柔　软

◎吴梅英

　　母猫叼着一只老鼠走进来，灰黑的地板上，它轻手轻脚又大摇大摆。煤油灯昏黄的光照着它黑白混杂的毛发、竖起的两只尖耳朵、叼在嘴里还没完全死去的老鼠。老鼠四只小脚还在踢腾着，肥硕的肚皮暴露在光里，露出一片惨烈的白。

　　走至床前，母猫把老鼠放下，看着老鼠在地板上惊恐地翻腾。它伸出前爪，轻轻拨了一下老鼠的肚皮，又拨一下，神态里满是戏弄的意味。老鼠惊惶失措，却怎么也爬不起来。母猫终于不想玩了，"呜"一声，白胡子抖动着，两只前爪捉住老鼠，一口咬了下去。

　　三只小猫趴在床沿上看。三只不同花色的小猫，大花，小花，还有一只，身子全黑，四只脚却呈现雪白的颜色，像踩着四朵祥云。它们前爪搭着床栏，头伸出床外，喵喵叫着，却不敢跳下床去。母猫又拨弄了一下老鼠，确定死了，一把叼起老鼠，神气地一个箭步蹿上床。三只小猫转身，激动地跟着母猫，小尾巴轻轻摆动。母猫迈着稳健的步伐，一脸严肃地在草席之上走。走至床靠近墙壁那一边，母猫放下老鼠。三只小猫迅速围了过去。

　　这时候我们也趴在床沿上观看。我们是猫们亲密的朋友。白天吃饭时，猫们守在桌子底下，等待分享我们碗里的食物。天黑下来后，它们跟我们一起爬上二楼房间，卧在床上玩耍。

　　我们，我和我姐，祖母和祖父。我跟着我祖母睡，我姐跟着祖父睡，两铺床床尾相接在房间一个转角。每天晚上，我们从这张床跑到那张床，猫们也从这张床跟到那张床，就这么来来去去，人和猫一起，两张床上玩得不亦乐乎。

　　小猫是在他们的床上出生的，不是我们的床，我姐坚持说。她说她亲眼看着小猫一个个出生，母猫一个个吃下自己的胎盘。我记忆里的场景是母猫叼着小猫在两张床间来来去去。我那时候特别担心，总怕母猫会咬破小猫脖子上的皮，怕母猫走动过程中一不小心，小猫会从床上掉到地上。有时我忍不住抱过小猫，将小猫抱到某个自以为母猫想要的位置上。母猫走过来，再次叼起小猫。三个都成功转移后，母猫坐下来，将小猫揽到怀里，伸出舌头，一只一只地舔。

　　我们很高兴小猫出生在我们床上，终日守在床边，凝视它们的一举一动。我们说话的声音很轻，都是脸对脸地，彼此靠近了用气声说话。不是怕惊动小猫，而是怕惊动楼下卧室里跟我父母睡的妹妹。我妹小时候像男孩子，健壮又刁蛮，小动物到她手里必死无疑。我们担心小猫出生的事被她知道，都当一个天大的秘密守着。

　　夜里，小猫依偎在母猫怀里睡，我依偎在我祖母怀里。母猫像是怕我踢到小猫，远远地卧在我脚那一头。一些夜里，半睡半醒间，我会感觉自己的脚碰到了母猫，一种温暖舒适的感觉从脚底传来。我缩回脚，转动身子，再次抱紧祖母，又安然睡去。人和猫有节律的呼吸，响起在阁楼漆黑的夜里。

　　小猫稍大就藏不住了，它们是活泼的家伙，常常我还没醒就蹿到楼下，在我妹卧室门口探头探脑。我妹跳出来，一把抓起小猫，各种玩耍。那只最弱的小花经不起我妹折磨，越来越瘦，毛发也越来越干。家里人看着说，长不大了，要被玩死了。我于是常常抱起白蹄，我姐抱起大花，我们都高度警惕，时刻防备我妹突然伸出魔爪。可怜的小花有一天终于死了。我祖父编只简陋的小竹篮，把它装起来拎出了家门。我姐跟了去看，回来说，小猫被挂在了村子西边那棵高高的椐树上。

白蹄和大花长大了。我妹好像没有玩耍大猫的兴趣。也许，大猫行动敏捷，她也捉不住它们。冬天，祖父和父亲出门去江西，我妹和母亲睡到我祖父床上，跟我姐一起，三人一床。

一个夜晚，我母亲睡梦中突然惊恐地哭喊起来："婶啊，我压死母猫了，我压死母猫了！"我母亲叫我祖母婶。我们都被她凄厉的哭声惊醒，内心升腾起凝重的恐惧。夜那么黑，天那么冷，父亲和祖父不在家，什么样的风吹草动都让人心惊。更何况，她说母猫死了，死，这是多么恐怖的字眼，我们平常很忌讳说它。我们全睁着眼睛，从被窝里伸出头来。我祖母迅速爬起，划根火柴点亮油灯，走到母亲那边，伸手往床底下一摸，母猫一个翻身从被窝里钻出来，低着头不声不响地走到我们床上，很快又在我脚边卧下。它淡漠的神色里透露着一种不耐烦，好像是怪我母亲大呼小叫，惊扰了它的睡眠。我祖母回到我们这边床前，吹灭油灯，掀开被子躺进来，人和猫又开始睡梦中的漫漫长夜。

说来也奇怪，三个孩子，三只猫，都横七竖八的，却从来没有压死猫的情况发生。我们一起玩耍，一起睡，相依相偎着，共同抵御冬夜的寒冷与寂寥。

五个人、三只猫的和乐持续了一个冬天。春天一到，人和猫都按捺不住地想往外跑，老鼠从洞里钻出来，探头探脑的，大白天也招摇着想从我们眼皮底下跑过。猫的心被春风吹散了，虽然寒潮还牢牢控制着龙井，祖父和父亲也还没回家，猫们却忘记了自己的责任似的，家里经常看不见它们的踪影。

一天晚上，我们上楼时，发现只有母猫和白蹄跟着，大花不见了。我祖母下楼，喵呜喵呜地连连呼唤，大花也没有出现。我姐跟她一起点着火篾，里里外外地找，终于在柴房一个角落里找到了已经死去的大花。祖母说，可能吃了死老鼠。老鼠四处流窜，争抢着人不多的粮食，有些人家投放了鼠药。

又有一天，母猫也死了。母猫吃死老鼠时，我们是看见的。它叼了老鼠进来，像往常一样，还想与白蹄分享。是我祖母发现了异常。她说不好，好像是只死老鼠。她大声叫骂着，甩着正拿在手里的火钳子要打母猫。母猫急忙丢下死老鼠逃出门去。但已经晚了，那天夜里，母猫没有上楼。

只剩下白蹄了，我们都很紧张，生怕白蹄也误食死老鼠。我们姐妹出去寻找过鼠药，没有找着。我们只好一遍遍教育白蹄，让它一定不能吃死老鼠。我们单纯地以为，只要它一天到晚吃饱饭就不会出去瞎吃，三餐都把它喂得饱饱的。没事的时候就喵呜喵呜唤它过来，经常抱她。白蹄很反感，它好像感觉我们想要控制它，不断从我们怀里蹿下来，箭一般冲出门去。有时似乎仅仅是为追逐门前一缕阳光，甚至一阵风卷起的一张纸屑；有时不知它跑些什么，好像远处有什么在呼唤。

白蹄死的那天，我们都不在家。我们上山去了，老屋的女孩，大的小的，只要天晴，都一伙一伙上山砍柴。我们扔下柴，没看见白蹄，问母亲，母亲笑着说，死了。我们以为她开玩笑。我母亲有时像个孩子，会跟我们开玩笑。里里外外找，还是没看见白蹄，我慌起来，问祖母，祖母说，又吃死了。我大声哭起来，我姐哭起来。想不到的是，我妹也哭了，她的声音很大，坐在地上踢腾着，叫喊着要白蹄，好像白蹄是她的最爱。

我和我妹去找了那棵大椤树，我们从桥头的小路进去，往西走到村口，在大椤树下仰着头观望。高处隐蔽的某个枝丫上，似乎确有个篮子，不知里面躺的是不是白蹄。回到家里，我姐说，不是村头那棵椤树，要继续往里，找到最大那棵。我和我妹转头走开，各自玩去了，再没去找过什么大榧树。

我读初二那年，我祖母去世。此后，我们家再没养过猫。但一只一只的猫，一直在我记忆深处走动着。它们走过我家堂屋、厨房，跑上楼梯，进入卧室，直接就跳到了我们床上。有时，它们从阁楼外一个缺口爬上去，在矮墙、瓦背之上轻盈跳跃。我站在阁楼光线明亮的地板上，仰头朝它们喵喵叫唤着。它们回头，就那样定定地看我一眼，又跳跃着继续前去。我就在那光里睁着眼睛，看着它们消失在瓦背之上，青山之前，消失在无比明亮柔软的光里。

（原载《飞天》2023年第8期）

吴梅英，浙江龙泉人，浙江作协会员。作品散见于《大家》《延河》《草原》《西湖》《飞天》《青岛文学》《诗歌月刊》等期刊，入选多种年度选本。著有散文集《小村庄》。

静若一棵树

◎吴燕萍

（一）

　　那时候，我正收起一把伞。春天的寒风是那么料峭，像个尖酸刻薄的妇人，让人望而却步。我抵御不了它的侵袭，冰冷刺骨，于是赶紧躲进了屋檐下，毕竟廊檐遮蔽了风雨，会让人感觉暖和些。

　　此刻，我们所处的位置，正是桐庐圆通禅寺的大圆通殿。这座具有千年历史的古老禅寺，在舞象山的山脚静静矗立着，在时光中散发出幽深静谧。深山藏古寺，是多么有意境啊。或许在画师们的眼里，只有深山才是古寺最佳的落脚之处；而同样，因古寺的存在，也让深山显得特别耐人寻味，别有天地。

　　在这座小城生活这么多年，去过舞象山很多次，不同的季节，不同的伙伴。每次上山下山，在山林间穿梭，抬头低头之间，总觉得能把整座城都收入眼底——确切地说，是将富春江的南岸一览无余。可是我却从未踏入过圆通禅寺一步。

　　圆通禅寺一直安静地存在着，我也在，可是我们之间却没有交集。

可是，我的内心还是有过无数的神往。据清乾隆二十一年（1756）编撰的《桐庐县志》上记载，当时的圆通禅寺内种着上万棵树，这些树郁郁葱葱的，长得很茂盛，这让附近的老百姓很担心，怕它们会妨碍田地日照，影响庄稼生长，于是就将住持告到了县衙。县老爷接状问住持怎么办，住持没有说话，埋头写下了四句诗："本不栽松待茯苓，只图山色镇长青。老僧他日不将去，留与桐庐作画屏。"我终将老去，可是这一片的绿荫将永存。

老僧人的睿智和远见，不禁让人动容，并肃然起敬。如今的桐庐，确实家家都在画屏中。就这样，我在文字的天地里想象着，参天的森森古木是如何把庄严的寺庙衬托得愈发神圣；如画的桐庐也在后人的眼中如何变得熠熠生辉。

（二）

江南三月的小雨，淅淅沥沥下得别有情致。

3月，"富春文学院·陆春祥书院"首批全国知名作家入驻，为了更好地走进桐庐、了解桐庐，我们陪同三位作家一起在桐庐县城内走走看看，没承想，最后一站竟然完全没有预设地走进了桐庐的圆通禅寺。

寺庙很安静，我们也很安静。突然下的雨，临时找到了两把伞。我和佟鑫老师一把伞，李龙和林森老师凑一把伞，胡竹峰老师则酣畅细雨中。收了伞，站在大殿前的走廊上，看着眼前的雨密密落下。温润无骨的雨，无处不在，像是一重重帘幕，笼罩着世间万物。湿漉漉的雨水，让春天的风有股凛冽的寒意，还好，殿内的香火让人觉得暖和，廊前的四根汉白玉柱子，也是葳蕤生光。

跟一般的寺庙一样，这里的建筑亦呈现对称样式，以中线为轴，依次推进。主建筑为五殿一楼，最主要的佛殿就是圆通殿。大

殿之前，是一排排参天的古木。古木森森，忽然就想到了那位富有
远见的僧人，我在心里默念着，瞻仰着。一阵风过，悬挂着的雨珠
哗啦啦地落下，那是它们在对我点头致意，诉说着只有彼此才能听
得懂的言语。

我被这里的古树吸引，静静伫立，远远观望，因着之前的故
事，这些树在我的眼里自然是带着光芒的。当年老僧种树，除留下
这一片绿荫之外，更是给人一种精神的栖息地。十年树木，绿荫丛
丛，参天的大树像是一把把的庇护伞，让人的心灵得以安静栖息，
这是其他植物无法比拟的。喜欢这样的静默，无限的静默里，会衍
生出无穷的意境。

我在自己的思绪里遐飞的时候，忽听得随行的黄总介绍说，前
面那棵是六叶子树，树因叶名，亦很珍贵。于是，就回头把目光停
留在那棵珍贵的树上了。乍看像香樟，只是比平日里的樟树稍细
些，许是地面潮湿，树上竟然还长出了青苔，颇有些古朴沧桑的意
境，这样的意境和寺院很般配。

就在视线切换的不经意间，我瞥见了远处靠近墙角的那棵树
下，一片片白色的花瓣悄无声息地落下，那么轻盈，像是一只只的
小白鸽，又似薄薄的小纸片，被冷风一吹，细雨一淋，唰唰而下，
落在了地面上。

那一幕，在我的脑海中镌刻成一幅美妙的画卷，绽放出春天的
气息。

（三）

惯性使然，我们移步向前，古寺幽深，香烟袅袅，分明感受到
的是满园子的安静。

越是安静，越是有思绪在涟漪。但凡世上的美好，大约都只能
在刹那之间。但是刹那之间的记忆，又是会自动滤去一些背景的。

比如那片花瓣落下，当时是怎样的一棵树，又是怎样的落下，都无从找寻它的痕迹了。

带着满满的疑惑想，是栀子花吗？好像不是。那么，是广玉兰？似乎又不大确定。凑巧的是，第二天，我在朋友圈看到了这棵树的剪影，才恍然大悟，原来是玉兰花。黄色的院墙，黑色的琉璃，弯弯的檐角，在蓝色的天幕的映衬下，白色的玉兰花愈发清新脱俗，自有风骨了。

就在城南街道云栖西路的西段上，也有玉兰花的身影。我常常在那儿散步，有时一人，有时一群。来来去去的时候，总会有意无意地与它们相遇。因为栽种的年限不长，玉兰树并不十分高大，它娇小的身躯，倒是让人平添了几分亲近。记得刚开花的时候，花儿的颜色很丰富，有白色的，也有玫红色的，最美的时候，像一支支耸立的毛笔，又似一盏盏高脚的酒杯，傲然立于枝头。这些花开得很纯粹，只管自己一路风风火火，却又在倏忽之间败下阵来。

作为一棵树，生长，是它必须要做的事，无论向上还是向下。分明还记得玉兰花初初绽放的俏模样，可是一个不小心，却见肥厚的花瓣一片片地凋落在树下的灌木丛中。在尘世中摸爬滚打，早早消散了它的娇艳与芬芳。于是想，玉兰花的美，大约只有在幽深的古寺中方能显现，在安静之中播放着属于自己的序曲：生长，开花，凋零。

一方净土，三炷清香，便是人间好风光。很多时候，当你安静成一棵古树，静于一隅，尘世喧嚣自然就不见了。

（四）

还是有许多的树，依然在红尘里摸爬滚打。

行政楼下的转角，原本是有两棵银杏的。一棵雌树，一棵雄树，它们并肩而立，相互依偎，共对晨昏，淡赏流年。如此紧密相连，就像是一棵树一样，常常让人艳羡。可是后来长着长着，茂盛的那棵把另一棵挤没了。或许这便是自然生存法则，强者生存，弱者淘汰。但我更愿意相信，它们是合二为一，彼此相融，就像人世间的爱情，终究需要有一个归宿。

从此，它把自己站成一棵树的模样，静静地矗立在行政楼前的转角处。许是内心恻隐，当它孤单成一棵树的时候，我倒是经常关注它。每次上下楼，我都能看到它的身影。白天人多，脚步匆匆，偶尔瞥一眼，见它总是被边上的篮球场上的喧闹声淹没。我知道树是有魂灵的，那些青春的身影，生龙活虎的画面，树都安静地收在了眼里。

等到夜深了，人静了，我一个人慢慢地从楼梯拾级而上。转过楼梯，总见它的目光与我对视。我看着它，它也看着我。我意志消沉，它也耷拉着脑袋；我欢喜雀跃，它也迎风招展。我看见它在光阴四季里的流转——发芽，长叶，叶片开始慢慢泛黄，然后枯萎，飘零。它也看着我的内心，如何柔软，欢喜，却又因世事打磨，生出茧来。

树的生长，从不声张。哪怕是到了秋天，它的高光时刻，也依然是在静默中兀立着。当你走近，你会发现，当阳光像金子般给树叶铺上了一层金灿灿的光时，叶子也开始变得闪闪发亮。它们通透的身体，逐渐融化在秋光的妩媚中，然后在微风中轻轻摇曳。

我忍不住伸出手去，捡起一片落叶，就像擎住一把小伞。对着阳光，想，再没有一种叶片，可以像银杏叶这般剔透晶莹，通体发亮。看着它们，忽然觉得，自己的内心也变得澄澈透明了许多。这世上的纷纷扰扰，都如烟云散去，内心澄澈如明月，岁月契阔有山河。

因为能看到这样的美，我常常偷偷地乐；也因为只有我看到它的美，心里总是觉得讪讪的。一直以为它就活在我的视线里，哪知道，有一天，邵校长突然对我说，你发现没，我们学校的这棵树，还是很有特点的。他递过手机，我定睛一看，原来正是楼下的这棵银杏树。透过屏幕，但见树的芽头饱满，挤挤挨挨，正争着奔向人间。

这世上有多少棵树，就有多少个人。不同的树有不同的活法，人也一样。

（五）

就在圆通禅寺的一隅，有一间静室。

屋内，一群孩子，在临摹抄经，一方小小的砚台，一个精巧的台灯，这些天真的脸庞上，沐浴着圣哲的光辉。他们提笔凝神，专注在自己的一笔一画中，任墨香袅袅，满屋子的静气。笔墨在手中轻盈婉转，墨韵在纸间跌宕流淌。这时候，耳畔传来一阵阵梵音，像是来自宇宙的声音，那么轻盈，又那么深刻，仿佛它们是来自内心的声音。

但诚一念守其中，勿使心神乱恣纵。

在纷乱的尘世间，留一片安静的天地，让自己的内心静下来，这或许是大多数人向往的境地。与笔墨结缘，与内心对话，就像那一棵棵的古树，沉浸在自己的岁月中，与时光握手言和，与岁月同步心跳。

在光阴的镜像里，愿我们都能活成一棵树的模样。

（原载《安徽文学》2023 年第 2 期，有删节）

吴燕萍，浙江作协会员，桐庐县作家协会主席，浙江省桐庐富春高级中学教师。作品散见于《中国作家》《安徽文学》《文学报》《中国艺术报》《新民晚报》等。

秋 祈

◎吴艺

前两天入冬了。下了几天雨，气温也降了许多，被湿冷包围着，一丝丝的寒意暧昧地漂浮在街衢巷陌。

而我却心念着渐行渐远的秋。想着我穿着短袖奔波于秋日的街头；壬寅年的这个"夏天"确实有点漫长。寒露的前一天，我发了一条"朋友圈"——明天都"寒露"了，依旧是热，稍一动就出汗。早晨的野外也没见着"遍地冷露"，更别说"凝结为霜"了。一切都在改变，但你内心曾留下的越来越清晰了。

到了"入秋"的岁数，内心也变得开阔起来，喜欢天高云淡，喜欢一切温暖的事物。物我两忘时，也有察觉不到的呆傻。那会出门，浓浓的桂花香飘散在小区里，这才发觉花期比往年迟了近月余，但毕竟还是开了，一瞬间就觉得"真好"。也猛然想到了"秋以为期"，这样美好的约定总让人憧憬。

对于秋天，我不知道从什么时候开始，也怀着一种难以言说的憧憬。

私下里觉得，秋天，应该从"立秋"开始，此后便是秋风送爽，白露初降，寒蝉嘶鸣，山水枯瘦……呈现如此多变的天地细节，注定秋天充满着故事和想象。

这个季节也是稻谷稔熟的时候，田野金黄一片，像一幅情暖意浓的油画。稻谷满仓，构成了农耕时代最具典型的物象。关于稼穑与田园的文字，我们只要去翻翻《诗经》《乐府诗》等典籍，喜忧之间，满纸家国情怀和离愁别绪。

有评论家说，进入工业文明时代，有些人不会写诗了。许多人骨子里就"根深蒂固"着农耕情结的审美传统，若要面对机器的噪音、化工的气味等，自然失去了诗意与美感；其实，还可以写写社会的进步与变迁。可能你又具备了"现代性"的时代审美。毕竟，每一种情绪都来自你的内心世界。当你读着欧阳江河的《玻璃工厂》，哪有一丝的农耕意味呢？其实，诗意就在你的身边，也在你经过的地方。

在秋天，经历着层林尽染，也经历山水腴枯，哪怕再冷漠的人也会生发一些情绪。触景生情的后面就是人生的境遇。而你只能是一个旁观者，既无法挽留，也无法相送。特别是对于那些羁旅他乡之人，更能感知其中况味了。"秋思"二字，蕴藏着多少的情亲眷恋和儿女情长呀。一部《乐府诗》，写尽了闺思之泪，征夫之憾。其实，人类最原始的情感是朴素而简单的，"愿得一人心，白首不相离"，只要相守在一起就好了，古人的男女之情总让人羡慕，情到浓时，就化不开了。还有《西洲曲》，从春写到秋，从早到晚的相思，女子可能只是在"单相思"。但她却是痴情的，"君愁我亦愁"，还"南风知我意，吹梦到西洲"。这首诗通篇是优美的，若听着它和乐而歌时，多少萌动的内心会起波澜啊，只是思念却不哀伤。这是长江流域的古辞，情思绵长，渗透着南方一样的黏稠和缠绵悱恻。

也许，就因为秋天是有缘人相聚的日子，所以才会有期待和期许。可许诺的是人，爽约的也是人……

喜欢徘徊于我们小区公园里的合欢林中，高大的乔木挺拔直立，秋天凋零，春天茂盛，周而复始，如同一个响当当的盟誓，可信而可期。我曾为此写过一首《合欢林》的诗——繁花已落尽，那曾节日般的/娇艳，紫色的睫毛/或者是王冠上的流苏/爱情，就这样开始了/事物的象征性/都是我们的赋予//在这片高大的乔木林/更多的时候/飞来飞去的鸟雀/像在念着甜蜜的台词/与人类脱口而出的盟誓相比/尽管不懂却更值得信赖//这是初夏的一个场景/早晨的雨刚刚下过/我站在合欢林中/看着桥上的轮毂碾轧而过的水花/想着一整夜野猫发情叫碎的夜晚/树干上新生的一朵朵菌菇/像竖起的耳朵/塞满了情意绵绵的话。

人活着，是要有些盼头的，这就是念想，人生的意义所在。那就相约在秋天吧，别再"隔断红尘三十里，白云红叶两悠悠"了。想见的该见的，都见见。在有着如此丰富情感的秋天，难道还拨不动尘封已久的心吗？

想起也是在某个秋天，在满城桂花还未飘香的初秋，满山红枫还未尽染的初秋，岭上银杏还未泛黄的初秋，山道两旁梧桐还未凋零的初秋……我与省城来的作家们在安吉中南百草原去赶赴一场秋天之约。

我们徜徉在百草原的山径上，轻步缓行，这里虽然浓浓的秋意还没有到来，但绿色之中已有了色彩的变化，有些树叶开始泛黄，像内心的一个起伏。那么多的植物相互簇拥和弥漫着，偶尔被轻柔的风划过，就会齐刷刷摇曳婀娜的身姿，她们所释放出来的活力，总是让人流连和心醉。

这里叫"中南百草原"，我不禁想到鲁迅笔下的"百草园"，这是我从小在心里埋下的种子。那时的童年都有着相似的经历，充满了童趣，至今不忘。遗憾的是，我虽与绍兴相隔不算远，有几次因公事去过绍兴，也不好突生旁想，另辟蹊径去百草园，且只好留个念想了。

但有一点可以肯定，这里不仅有何首乌、皂角树等，更有代表爱情和浪漫的玫瑰园，姹紫嫣红的桃花、杜鹃、樱花以及梅花等，还有临溪婆娑的淡竹林、苍劲挺拔的松林、纯净静谧的湖水、清幽宁静的山间石径……深秋之时，满山的植物色彩特别丰富，别有一番风韵。

我们就这样一路走来，这些省城来的作家也许是久居喧嚣的都市，现在猛然间邂逅这样一处山林野趣，作家们再也无须掩饰什么，尽可以大呼小叫，把心中郁结的疲惫和烦恼统统释放出来。秋天，也需要这样的喜悦来驱散愁怨。

可有相聚就有分离，情深意长也无法挽留；欢宴总是要散席各奔东西的。上次在高铁站送辽宁来的几个师友，我终是对他们不舍，人生中的情谊投契也算是一种缘分。特别是在薄凉的世情面前，至少我们有值得珍视的友情。也能让我体会"孤帆远影碧空尽，惟见长江天际流"的苍凉、旷远。当年李白送孟浩然去广陵，于长江边相送，也是一揖三别的，要不就不会有孤帆都没影了，直到水天一色的交汇之处这样的"长镜头"呈现，证明他在江边伫立良久，可谓"眼看帆去远，心逐江水流"啊。我想孟浩然也应该在船头挥手许久，同为诗人，心的柔软是一样的。二人的深情厚谊让人动容。

人生当中有很多次的送别。只是不在江边而是换成了高铁站和机场，"加速度"时代，让送别的过程缩短到一瞬，可能只是一次挥手后，他们的身影就被行旅之人淹没。而此时，我心里总默念着，"秋以为期"……

如果再到明年的这个时候，还是这样的一群人，再说着今年相聚时还未说尽的话题，那将是人生中多么美好的一件事情！

（原载《湖州日报》2022年12月9日）

　　吴艺，中国作协会员，现居湖州。作品散见于《十月》《安徽文学》《福建文学》《诗刊》《星星》等几十种纯文学期刊。诗歌、散文作品入选多种年度选本。著有诗集两部。

生命，刹那间的终结

◎吴芸

　　我曾天真地以为，人可以慢慢老去，然后像落叶般静美死去。但近些年，亲友长辈戛然而止的故事，让我心生对无常生命的敬畏感和无限唏嘘。

　　先生堂嫂母亲做心脏手术的日子，恰是全国笼罩于新冠病毒的恐慌之年。倘若没啥重病，谁愿意那时去医院呢？堂嫂和她的姐妹们是孝顺的，冒着极有可能被病毒感染的风险，在医院里静候她们母亲做手术。

　　令人意想不到的是，术后第二天，医生觉得她们母亲可以出院了，老人也执意要回老家。十几小时的小车颠簸，老人在快要到家时，不幸去世了。堂嫂每每想起此事，颇感遗憾。她们花了几十万元，结果她的母亲却是死在归乡路上。

　　堂嫂母亲去世虽属意外，但向来身体健康的大伯忽然辞世令我们始料不及。大伯是高级工程师，平日他的起居照顾都由大伯母操心。大伯毫无征兆地倒在自家阳台那天，恰好是大伯母去医院动手术之日。我们无法猜测大伯去阳台是晒太阳，是看报纸，还是去取东西？当他被侄儿发现时，虽然被送去医院抢救，但还是回天乏术。我无法想象大伯在快要离开这个世界时的内心感受。他有无法言说脑出血的痛苦，还是安然去往了另一个世界？

大伯从倒下到没了，仅仅是一天时间。朋友的父亲从摔断胸椎骨到死亡，也只有三个星期。

当我们得知友人父亲摔断胸椎骨的消息后，我第一时间和他们交流如何快速治疗。友人工作很忙，养家糊口压力大，他父亲刚受伤的那几日，只是在县城医院简单治疗。当他匆忙赶回家，他父亲的病已经没法治了。

中年人，在平衡事业与陪伴家人看病间，就像歌词唱的那样：真的有点烦！有点烦！他的老爷子估计疼惜独子，不需要亲人端屎端尿伺候，自己干干脆脆走了。这个插曲让我想起电视剧《天道》里理智得近乎缺少人情味的男主人公。他对自己的兄弟说：如果父亲的病能治，他不惜任何代价。如果他父亲变成了植物人，那么他会立即拔掉氧气管。电视剧里男主人公的父亲也怜惜自己的孩子，还没等他儿子背负拔掉氧气管的骂名时，他已默默离开了这个世界。

世上最残酷的事是，我们眼睁睁看着亲人饱受病痛折磨而无能为力。人之将死，其形与在岸上大口喘气的鱼类无异。倘若只是单纯依靠呼吸机吊命的病人，那么思前想后的家人也许会在某一时刻放弃治疗。但比这更残酷的是，身患重病的人，还有极强想活下去的念想，但他的亲人却没有送他（她）去积极治疗。

我们能责怪谁？我们只能敬畏生命。

人生，总会在刹那间终结。我们活着的人，更需珍爱生命，珍惜亲友情。因为似乎并没那么多的来日方长可以等待。

（原载《钱江晚报》2023年4月2日）

吴芸，"芸文化"工作室创始人，在"华语之声"开设《吴芸老师荐好书》栏目。中国散文学会会员，中国报告文学学会会员，浙江作协会员，著有散文集《芸香世界》。

男子簪花

◎徐惠林

爱花种花的男子不少，一张老照片里，作家老舍蹲在一堆鲜艳的盆花面前，左手夹支管烟，满意而自在地欣赏。花是老舍自栽的，于莳花好手的他而言，此即是爱好，也是漫长写作的调剂手段。

种花人多，更多是女子。朋友圈里，几乎每天都有人晒她家阳台或院子，这个时令月季开了，那个夜里昙花绽放。至于冬日的踏雪寻梅插花入瓶，春日踏青归来满把艳丽映山红，双休日居家伺候自己的数盆多肉……小资们都乐此不疲，鄙有时揶揄其"雅也成了俗"。

男士们呢？前些年菖蒲风行一时，城里读书人书案置一盆，成了清供，反正它四季常青无须几多养护。老男人爱花，极端的我碰到一例。

那时，我在他家访谈，他"不在状态"，左右总是心不在焉。初以为天太热，他身体一直不太好，午后更是困乏。后，他抱歉地说，我要给院子里那些兰花儿浇水。我按下话题同往，看见其屋后院子，高温下矗立着一顶硕大的"黑帐篷"——原来里面是他精心莳弄的绝品君子兰。我连连夸赞，他却似仍不太满意，说自己照顾得还不够。一边洒水一边兴致勃勃地跟我介绍说，过了暑热，等那一盆开了，就能招呼最好的兰友来了，精神头与前面判若两人。

后来，我跟他孩子开玩笑，说起他父亲简直是"花痴"，孩子说"就是这样，照顾他的花比我们还亲呢"，每有稀罕品类，花开了，他就约上几个同好来赏，在他人的夸奖中自己得到极大满足。

说了种花养花，就有了插花簪花。古时文人四大雅事，焚香、点茶、挂画、插花……插花而言，今日早不分男女老少。很多居家者家中瓶插四季不断，市面上鲜花店也是常年生意红火。一位资深女诗人，常在朋友圈展示她的插花艺术。花瓶、佛手、枯荷，或莲蓬、花生、橘子……不多的几样物什，被她灵心巧手变出了一帧帧怡人之景。

簪花在当下的女子中，也不多见。

昔年深巷频闻"卖白兰花哦……"，现偶亦能在某种场合见到簪花女子，那白兰花只挂于旗袍的对襟腰部，谦逊而低垂，躲闪中释溢兰香，迥异如今的洒香水，它全然是古典的逸韵。

至于山里云游，采一朵好看的野花簪上同行女子的发髻，那是恋爱中的男子疯魔恰到好处的神来之笔。在一张张大千现场作画的影像中，我看到这样一个镜头：古木森林间，漫游的大千先生随意采撷了一朵红花簪在夫人徐雯波头上，徐氏扭动腰肢嫣然一笑，好一景风情曼妙。

我今说男子簪花，乃是看到一幅照片引起：毕加索耳边戴着一朵大红花。说簪花也行，其带给我的惊异如同他以面包做成手掌样，然后莞尔、粲笑。要论"花"，中国文士比老毕早上千年。

旧时南方农历二月十二日是花朝节，为百花的生日。人们在这一天喜欢摘取鲜花，插在头上，是为簪花。至大唐时，仕女簪花非常流行，存世名迹《簪花仕女图》便是明证。

想象一下，百花盛开之辰，皇帝带领王公大臣一起春游，兴致处摘下鲜花，赐给近臣，簪戴头上，该是如何昌明一景。有记，宋徽宗巡幸地方，返回京师时，都会赐花给随行大臣、仪仗队、护卫等。凭着簪花，他们可以自由出入皇宫。由是，御赐簪花是荣耀，也是身份的象征。

男子簪花，以花的雍华匹配君子的儒雅，也彰显雅士的英姿。久之，它融入了男子们的精致生活。而后由宫廷传向民间，发展成全民戴花。

南宋文学家杨万里在一首诗里风趣地写道："春色何须羯鼓催，君王元日领春回。牡丹芍药蔷薇朵，都向千官帽上开。"——不仅描述了宫中正月十五欢庆的喜乐场面，还有当时人人头上簪花的盛景。远远望去，一片姹紫嫣红。

有一个著名的"四相簪花"故事，记在《梦溪笔谈》。说宋时有一种奇特的芍药，花瓣上下呈红色，一圈金黄之蕊围在中间，称为"金缠腰"。一次饮酒赏花时，扬州太守韩琦剪下四朵金缠腰，插在了宴请的三位宾客头上，当然自己也不忘插上一朵。后来这四人皆吉星高照，官运亨通，先后做了宰相。如此看来，簪花图景"看着美"，还很吉祥，能"带来好运"。

壬寅春来，披阅古代画迹，所见，时有"男子簪花"图样，很是幸会。

南宋李唐的《田畯醉归图》中，你能见村官田畯接受乡民敬酒后，骑牛醉归的情景。满脸醉意的田官老者，头戴鲜艳之簪花巾子，由人扶持，前面村童一边牵牛，一边吃包子，乡村生活、民俗风情十分生动。

明朝的簪花习俗虽已不那么盛行，但图画中无论官宦还是雅士，簪花者还是很多，画家陈洪绶的作品为我们留下了诸多的视觉"佐证"。在《杨升庵簪花图》《阮修沽酒图》《钟馗图》里，多个男士头上都插着花，是追慕先贤遗风，还是惊艳时俗？是离经叛道的名士做派，还是压抑中的风华展露？其中三昧，一时难知。

至清朝，男子簪花式微。

今日，男士们簪花，只在重要仪式，如婚礼、书画展上能见到。作为嘉宾，每人胸前簪别一朵，可视为礼仪的符号、喜庆的象征。只是它们在多元文化盛放的花海中，颇显孤单，缥缈得有点悠远、有点寡淡，但仍可理解成喧闹时代一份幽隐诗意的逸存。

而谢却自然花朵佩饰，我们也欣然看到，当下越来越多的现代男士，将传统的琴、棋、书、画、剑、舞、茶之研习，作为修为必备，簪文化之花以为"配"（佩），这种新的风尚时俗，无论如何都值得大大点赞。

（原载《钱江晚报》2022年6月19日）

徐惠林，杭州大学中文系毕业，现居湖州。在《散文》《清明》《西部》《绿洲》《星星》《微型小说选刊》等数十家刊物发表作品。著有诗集《飞翔岁月》、散文集《油灯点亮的日子》等。

舌尖地图原乡

◎徐剑

1

天还在下雨，暮色已经浓了。湖光山色不再，红木小镇像罩上一件黑色长袍，沉落在烟雨朦胧与暮色之中。他们坐在一家酒店大包厢里，听雨，观湖，品衢州龙游美食。人皆喝烈酒，唯有他独喜黄酒，与两位文友对饮成三，三瓶下肚，陡升景阳冈十八碗的英雄胆。人呈微醺状，飘飘欲仙，那感觉妙极了。酒足饭饱，他步出宽敞大门，行至大平台，与家人通电话。雨从湖上飞过来，落在脸庞上，清凉的，像故乡云南的雨，有点甜，甚至还有酥痒的抚摩感，点点滴滴，落在脸上，滴在石阶上，敲在他的心坎上。他与家人说了好一阵话儿，饭桌那边有人大声喊他，说主食上来了，是碗面片，好吃得很。他摇头，一点也吃不下去。可是还是禁不住多人鼓动，他从平台走回原位，一看，桌上摆了一碗面疙瘩，酷似当年大板桥老家母亲搓的面泥鳅，或者叫面鱼儿，长长的，两头尖尖，粗不过筷子，清汤，葱花，加点酸菜，或者再加点猪油，香爽诱人。

他嗅着，很像年少时吃过的面汤。遂拍了一张照片，发给老家做大厨的三弟，问这碗面疙瘩，是否与母亲搓过的面泥鳅一样？然后俯首一品，居然吃出童年的味道，他大口吃了起来，将氤氲的乡愁浓缩到舌尖与味蕾里。

到浙江好多趟了，巡弋城乡之间，他不止一次发现，这里的生活厨具、食材、烹饪方法，与云南老家酷似。其实，彩云之南与之江，山高水远，隔着八千里地云和月，怎么会在食材做法上如此契合？他有些讶异，比如蒸米饭的木蒸子，比如糍粑、年糕，中午在古民居里吃的发糕，还有毛豆腐、炒米线。而这碗面疙瘩，与少时妈妈做的面泥鳅一模一样。身在异乡为异客，却无陌生感。处处氤氲乡风、乡雨、乡愁、乡韵。一位文友一语道破天机，一笔写不出两个徐字，衢州为姑蔑国，为徐姓先祖所建，也许你就是当年的徐国子民，从江南迁徙到西南极边之地。

真的？错将他乡作故乡，还是真正寻找了云南徐姓的原乡，他有些恍惚。好多年了，那个问号，拉直成一个天问，凡有乡井处，便吟饮水词，就是游子的原乡。那天在龙游县板桥村时，他怔然，他的故里在昆明城东，也叫大板桥啊。"鸡声茅店月，人迹板桥霜。"七月梅雨季的龙游，没有霜天，只有黄梅雨，还有一瓶瓶绍兴黄酒，点点滴滴，将乡愁化作一个个舌尖地理上的标识，给了他一个温馨的答案，他寻找了半辈子的密码，终于被破译了，他的徐氏先祖就像那碗里的面鱼儿一样，一江春水向西流，从浙江大地，从衢州姑蔑国，千万里大迁徙，向着西南边陲迤逦而行。

2

那天，他从济南坐高铁来衢州，道遥且长。纵使云龙风驰，抵达龙游时，已是夜里十一点多。六个多小时车程，旅途劳顿，洗过澡后，很快沉入梦乡。因为睡眠质量差，他一直处于浅睡眠状态，梦魇不绝于夜。一枕残梦到天明，天之尽头，是百鸟朝凤，是鸟啼破晓。风从高天吹过来，居然挟着新安江的雨，钱塘的风。摇啊摇，不是在乌篷船上，而是在酒店大床房里。清晨鸟鸣声，胜似一场音乐会，将他喊醒了，落寞了城郭的寂静与沉睡。他有点讶然，在十七层的酒店里，怎么会有这般清脆鸟啼啊？

先是黄鹂的叫声，父亲当年养过，体小而嗓子好，尖啸如竹笛，似有一种穿透天空的悠远。继而，是画眉的晨曲，清脆悠长，一唱便是鸟儿王国皇后的美声，长一声，短一声，时而高亢，时而激昂，一声清音声动一城。再后来，则是鹧鸪之唱，旋律短促，喊山，林中低吟，一句余韵未尽，另一声又起，穿越时空，连接着伤逝与重生。然，季令已经入夏，鹧鸪天还在最后挽春?! 后来，是一场百鸟叽叽喳喳的合唱，他躺着床上，听着龙游的百鸟晨曲，有一种梦回故里的感觉。

好一座生态之城哟。晨光潜入房间，负氧离子和湿润弥漫于室。他拉开窗帘，却是另一幅图景，衢水纵横，钱塘风来，一个盆地惊现于他的视野中，远处的高速公路与河流，将一个南国小县城，装扮得如此之美。

故乡在哪里？原乡归于斯。多次来过之江大地，他觉得，衢州更像他的故里，冥冥之中，他像一个拾野生菌的樵夫，找到了寻宝的路径，那就是食材，舌头上的地理方位。

犹忆少年时，大年初一，母亲总会早早起床，做发糕，那天是不能动刀的。午饭是吃发糕，一笼发糕熟了，母亲先祭祖，然后分给他和弟弟妹妹吃，说吃了发糕，一年会升糕（高），节节高升，日子一年比一年好。

那天上午，他们在一个整屋搬来的古民居神游，眼前一座座江南氏族豪宅，门上砖雕似曾相识。从大门顶上始，镂空浮雕镶嵌门槛上，第一层为麒麟瑞兽、雄狮、蝙蝠、莲花、绣球，瑞兽憨态可掬，花则工笔铺张，一点也不遑让黄杨木雕。再上一层，则为古树城郭，奇石仙葩，柳暗花明又一村。第三层则是古戏场面，演的是英雄义胆，才子佳人，金榜夺魁，洞房花烛，然后上书四个字：世泽绵长。顶部又是一层云纹，回形图案和灯笼柱及斗拱，都是从泽随古村等地，整座古民居原样搬迁，尤其是那栋写着"高冈凤起"的古屋，门阙飞檐斗角，如双凤飞翔，凤翥九霄，四进院落，极尽江南世家的豪奢。

"世泽绵长""高冈凤起"，蓦然回首间，他觉得这两块题匾寓意甚佳，世泽何年是乡亲，凤起高冈故人还。中午，在古村落一隅吃午餐，桌子上居然摆了发糕，他惊呼，这是云南老家大年初一的中饭呀，先祭祖，再饷午啊！

龙游发糕，天下小吃一绝。凡有良辰佳节红白事，我们都要蒸发糕啊，也不忘祭祖，你们老徐家的祖上，也许就在泽随村啊！文旅局长说。

好一个泽随。他有点愕然，沿着舌尖上的地理线路，他居然一步步走向了自己的原乡。

他读《史记》，知道徐氏出自嬴姓，是东夷少昊之后代，相传其祖伯益因辅佐大禹治水有功，夏禹时被封于鲁，就是现在的江苏泗水与鲁南一带。徐国历经夏商周三朝，周穆王时，传至第三十二代徐君偃，已经非常强大了。春秋史官皆有记载，徐君好行仁义，乐善好施，让百姓休养生息，彼云：此地可养吾生民兮，以求万世。徐姓百姓和泥烧砖，夯土筑城墙，一年又一年，百姓城外建村庄耕牧旷野，春播秋收，种桑养蚕，衣食所安也，但是对于城郭里的居民，徐偃王想江山永固，加高城墙，以防别的诸侯国来袭。岂料此事一传百，百传千，风一般地吹向北方，传到了镐京，惊动了周天子。徐国城墙高于镐京，等于有"僭越"之嫌，徐偃君想称王乎，周穆王遂下令，派鲁侯远征徐国，将徐偃王擒来问罪。毕竟，春秋周王朝是有规矩的，诸侯国城墙不能高于镐京都城的城墙，否则，就是犯上作乱。车辚辚，马萧萧，伯禽大军过大河，转道泗洪，四乘骑、八乘骑的战车，风尘滚滚而来，楚军也加盟远征，击鼓过河。千军万马围住徐国，如铁桶一般，徐偃王插翅难飞，伯禽军队过了护城河，将进徐国城下，只见一城百姓皆跪于道上，父老乡亲哀求，徐偃君乃贤王，治国有方，爱百姓如父母，放他一马吧。一城百姓都称徐君贤，跪求王师。

伯禽观此景，命令士兵让出一道，让徐偃王与百姓逃之夭夭。

《诗经·闳宫》云："鲁侯之功……遂荒徐宅。"在伯禽大军压境下，徐国只好南迁淮夷。

最是仓皇辞旧庙。徐偃王弃国出走，一个徐氏大家族人，万余众生扶老携幼，向着烟雨江南而行，步履迤逦，因为其颇得民心，跟随他进山的百姓熙攘往来，徐偃王躲进彭城（江苏徐州）武原山中，这座山亦称徐山。风声过尽，千万里走来，过了一村又一村，大平原成了丘陵沟壑，终于走到了衢州龙游一带，徐偃王马鞭一指，就在衢金盆地建都城吧，此乃姑蔑国的所在地，就在当今龙游一带。

那天，他在浙江衢州博物馆看到唐代大文学家韩愈撰写的《衢州徐偃王碑》，碑文记载：

"穆王闻之，恐遂称受命，命造父御，长驱而归，与楚连谋伐徐。徐不忍斗其民，北走彭城武原山下，百姓随而从之万有余家。偃王死，民号其山为徐山，凿石为室，以祠偃王。"

他伫立在衢州徐偃王的画像前，心里轻轻地叩问，图上的人像他，还是他像图中人？呸呸呸，掌嘴，怎么敢称圣王，惊骇后，不免羞赧一笑，内圣为王，殿堂江湖皆宜，他双手合十，向这位徐家先祖鞠躬致意。

3

红木小镇的夜晚，吃完面条，他仿佛觉得碗一翻，母亲搓的面鱼儿，游进他灵魂的内湖、精神的大河。碗里的面鱼儿，一碗，一池，一湖，一河，骤然游动起来，从衢州游向遥远的西极美地——云南。少年吃过的母亲搓的面鱼儿，满足了他对遥远原乡的想象与追溯。

逝者如斯夫。时光之河淌到了大明王朝，和尚出身的朱元璋入主金陵城，突然折腾起来，将半城居民迁至奉阳，而将江浙百姓迁进南京城，随后填湖广，填四川，再填云南。驿道熙来攘往。他伫立在昭通盐津豆沙关上，帝国的五尺道上，每个马蹄印里盛满了雨水，那是先祖一双双闪烁的眼睛，或明亮，或灿然，或黯淡，或凄楚。那一双双泪眼，镶嵌在云南道上，马蹄印里，盛着一条条面鱼儿，一条条面搓的泥鳅。百姓如鱼，官家绳子一拴，押解着走向四面八方。多年前，他曾问过父亲，老徐家从哪里而来？父亲答曰，南京高石坎，老柳树下。遥想当年，徐氏一族发于金陵，跟着沐英，一根麻绳手拴着手，从江南踉跄走向云南，且将他乡作故乡。

"溯洄从之，道阻且长。"他千万次的追寻，终于从极边之地云南追至了古姑蔑国。那天中午的发糕，还有后来的面泥鳅，就像追溯一条鱼儿，引领他找到了源头，还乡千万里，原来他的原乡，就在姑蔑国的地盘上。史书记载：姑蔑国是春秋时的小国。附属越国，国都位于衢州市龙游县境内，区域覆盖浙江衢州全境，与兰溪、遂昌、金华以及江西玉山之一部。刹那间，历史的烟云向他涌来，将他淹没了。

梅雨一直在下，暴雨袭来，经历了一代代的风雨，他终于走到了属于自己的村庄——泽随村，一个徐氏人的村庄。据说，徐偃王藏匿于徐山后，有一天他带着一只猎犬出去打猎，狗追兔子和鹿到了一个台地，猎犬太累了，抑或它的嗅觉闻到了什么，坐卧在此，嗷嗷地叫。徐偃王打马追过来，唤狗不起，马鞭抽它也不起，他遂跳下马背，站在野山坡上，环顾左右，好山好水好风水啊，坐北朝南，后边，一个盘龙横亘山岭，朝前，两个池塘如两条鱼儿，旋转了一个八卦图，上边一条阳鱼儿，下边一条阴鱼儿，搅动一片大好河山。他惊叹，在此建村，可以厚我徐氏万代。于是，一个叫泽随村的村庄，在这片山水中骤然崛起。

数千年往事，烟雨般地朝他涌来了。

入梅后，一场强降雨，新安江上游涨水了。衢州水满，浩浩汤汤，昨天还清澈见底的江面，浑浊了。雨点落下，像一根上苍的手指在巨大的铜镜上戳了一个个眼，湖面、江面，瞬间千疮百孔，映衬着徐偃王的春秋大梦。

雨好大啊！车进了泽随村，恩泽雨露今犹在。一场连一场的梅雨像瀑布落下来。下车，地面上汪了大片雨水，陪同人员遥指前方村前的两个池塘就是八卦池塘，上湖为阳鱼儿，下湖为阴鱼儿，旋转着，走过了千载岁月，给泽随村带来好日子。

眺望，两个湖儿如两条巨大的鱼儿，搅动了八卦村的寻常人家和平凡时代。

听听那冷雨，看看那两个阴阳湖。每个游子心中，都有一个八卦图。入村，沿一条小巷右拐，古村民居，大多建于宋、元、明之间，雨巷深深，不见撑纸伞人，难得娇娘回眸，更无佳人倩影。走进一个寻常人家，进门一个天井，落雨存于天井石缸中，寓意肥水不流外人田。纵是暴雨如注，八百年过矣，千年如斯，村里下水管网依然可用，顺着阴沟，由高向低排入村前的池塘，哗哗的，八卦池塘，水满，溢向沟里，融入衢江，再汇入钱塘江。

雨巷无人君自来，不知为何，他觉得这个古村，与他有一种天然的感应。故乡，原乡，也许云南昆明城东大板桥驿徐氏一族，就出自徐姓的泽随村啊。

暴雨仍不愿停歇。躲雨，无意走入村里文化活动室，此为民国初年建筑，为一位小学校长所修。两进院，前边一个大天井，穿过大堂屋，后边有两个小天井，中间是正屋，天井的门窗，格子门上，皆为浙江黄杨木雕匠人留下的镂空杰作，梅兰竹菊、棋琴书画，五子登科，洞房花烛，鲤鱼跳龙门，尽是好寓意，工艺刀法不输大国工匠。

风雨故人来，他算故人吗？抑或是，抑或不是，他只是故村故人的一个徐氏后代，从遥远的云南而来，像朝圣般地，按照舌尖地理分布图的路线所引，回到了他梦中的原乡。

那天晚上，他吃完了那碗面鱼儿，有点乡愁泛起，梅雨渐次停了，他仿佛做了一场梦，变成一条舌尖地理意义上的鱼儿，返回了自己的徐氏村庄。

那条鱼儿还在游，宛如雨巷边的水沟，落雨成溪，咆哮入河，引领他走到了村前池塘。雨还在下，池塘水陡涨。风中，雨中，那对阴鱼儿、阳鱼儿搅动起来，八卦阵成，风吹雨润家国江山，然后宁静为每天的好日子。

泽随万代，休养生息，故乡可以看兮，可以抚摸。你，我，他，都是人间长河里的一条鱼儿。大河里有水，小河里的鱼才不至于被晒死。家国安宁，就是众生的好时代。

回乡路漫漫。诸君，你找到归乡的路了吗？舌尖上的地图，不失是一个好路标、一条捷径，引得他千万里从彩云之南，找到泽随村，风雨夜归人，日丽佳人随。

好一城龙游的美食哟。

（原载《浙江散文》2022年第1、2、3期合刊）

徐剑，云南省昆明市人。火箭军政治工作部文艺创作室原主任，中国报告文学学会会长。出版"导弹系列""西藏系列"文学作品三十余部，曾获首届鲁迅文学奖、中宣部"五个一工程"奖、中国人民解放军文艺奖、中国图书奖、中华优秀出版物奖、"中国好书"奖等，主要作品有《大国长剑》《东方哈达》《原子弹日记》《经幡》《金青稞》《天晓1921》等。

海上花开

◎徐琦瑶

一　我的花海里没有深夜的花

二十岁前，我看过的花不到二十种。

这并不妨碍我在作文里经常写花，花的情态在我笔下总是很美。上五年级时，一次老师在班上读完我的作文后，说，这个同学的心里有一片花海。花海，我第一次听到这个词。我的目光透过教室破角的玻璃窗，投向空荡荡的操场。那片干硬的黄泥地，除了东头一排矮矮的冬青树，似乎再没有什么了，只有纷躁的尘土在咸涩的海风中乱闯。

小学毕业，我们终于迎来了校园里第一丛鲜花。冬青树旁的夹竹桃，突然噗地开出了粉红的花。这夹竹桃是什么时候来的，怎么躲在冬青树旁，怎么躲过了我们？我们把这些问题都抛到脑后，忙着在它面前拍毕业照，个个笑得很开心。照片出来了，夹竹桃大部分被我们挡住了，只在右上角露出一两朵花，羞羞怯怯的。

岛上，开得最多的花，便是浪花。大海把小岛衔在口中，舔一下就吐出一圈白浪花。浪花转瞬即逝，留下的不是花的清香，而是海的体味，咸中带腥。这气味经海风一搅和，便沙沙地洒向岛上每个角落，硌着人们的脚心，黄着人们的脸孔，粗着人们的喉咙。

岛上的人，说话粗粗躁躁的，像一粒粒有棱有角的石子，石子蹦来蹦去，互相撞上了，就会跳出火星。渔人之间发生冲突，或许仅是因为一句话一个动作，但往往不是两三人的事，而是两三条船二三十人的事。船上作业的特殊性，使得他们做任何事都团结无比。渔人爱喝酒会喝酒的多，喝了酒打起架来，像捞网一样使劲。

一个月圆之夜，一群渔人在我家门前的大路口闹上了。嘈杂之中，嘭的一声，一块大石头落进院子，熟睡中的鸭子嘎嘎惊叫扑飞。父亲抓起酒瓶，一脚蹬开院门，母亲呼地扑上去，死死拖住他，半个身子磨在了地上。等一切归于寂静，我抱着院门口的楝树，按着狂跳的心，偷偷向外张望。地上一片狼藉，散着木棒、石块、鞋子之类，还有摊摊点点暗红的花。是的，在明洁的月光下，我分明看到洇在黄泥与石板上的花，或浓艳，或淡雅，或盛放，或含苞，或三五成丛，或一枝独秀。夜风拂来，隐隐有股腥味，比海的体味更难闻。此后好多个夜晚，我从噩梦中惊醒，都不敢睁眼，怕看到四周有成团成团带着腥味的花朵在黑暗中滋生。

我渴望能在清晨的阳光中，闻到清甜的花香。有人说，夹竹桃的花是臭的。我特意溜回母校偷偷闻过它，虽没有想象中的甘纯，但毕竟是咸涩之外的清香，像溪流，像笛声，像草叶上的露珠，让人舒爽、清明。

二 花儿不会说谎

那年暑假，我把邻居姐姐家的一簇太阳花移栽过来了，种在一个破搪瓷盆里。岛上鲜有漂亮的花盆，女人们大多用破脸盆甚至破尿盆来养花。有时，栽着花的尿盆放在院墙头，恰巧有人在此倚墙而立，墙与人齐，乍看过去，好似尿盆顶在头上，甚是滑稽，但也不惹人怒。

好不容易栽上的太阳花，在落日之下疲惫地闭上了眼，只可惜还未入梦，就被收工回家的父母粗暴地连根拔起。

这脸盆只破了一个小洞，补一补还可以用。母亲把整个盆倒扣在地上，磕出土，泼水冲了一下，端着盆对着余亮的天光照了照，又用手指头轻摩盆底的破洞。

就知道操这份闲心，还读什么书？明日还种，把你书包也扔掉！父亲丢下臭烘烘的汗衣，从院角的井里打上一桶水，把脸埋进去，连喝带洗。扑哧扑哧，水花飞溅，爬上他黎黑的肩膊。

委屈如潮水般涌涨。我擦着泪眼，在院子里独自怨到深夜。

舅舅搞来一台照相机，兴冲冲地来为我们拍照。母亲环顾院子四周，破渔网、断麻绳、黑白浮子等渔具，狠狠占了一半院子，那边用竹条和网片围了一个小菜圃，种着热闹闹的番茄和茄子，角落里还撒着鸭子吃剩的糠皮。母亲抱出几件平日舍不得穿的衣服，叫我们换上，自己飞快地跑到邻居家，捧来几盆花，在院子里东摆摆，西挪挪，一时之间放不下来。父亲火了，一把拉上我蹲在番茄架前，叫舅舅拍了一张。这番茄红通通的，跟花有什么两样？种花也要有种花人的命！父亲吼完，横着脖子去船上干活了。

院子里顿时一片空寂。母亲身上蓬勃而飞扬的欢欣倏然落地。她像一朵瞬间蔫掉的花，在空气中枯焦着，衰颓着。我的眼前乍现出那片火红火红的太阳花，带着明亮的痛灼感。母亲分明是爱花的，但既然爱花，为何又拔了我的花？她拔了我的花，又被花所伤害，是悔了痛了，还是在怨在恨？以后，她还会爱花，还会拔花，还会拍照吗？

许多问题，都在我睡了几觉之后忘记了。只记得，不久后我家的院子经过一番整修，平整、空阔了很多。夏夜，蚊子少了，院角水井的凉味足了，院墙外边的草木香浓了。躺在竹椅上，望着夜空中花朵般的浮云在月光里飘荡，听见父亲在跟母亲商量，说要去黄沙冈挑沙，以后造房子用。早点造新房吧，太阳照到我家，都不过午，孩子们的脸也阴着呢。睡意蒙眬中，母亲细柔的话音，听起来像渺远的花香。

三 每朵阳光都是香的

风起的日子，母亲常常把剖洗干净的鲜鱼，平摊在竹盘子上，晒到太阳底下。父亲从海上回来，家里总有一碗鱼鲞烤肉。肉质肥厚的鱼鲞有韧性，有嚼劲，加以油汪汪的五花肉，入口不干不涩，细嚼慢磨之间温香阵阵。父亲常说，这鱼鲞吸收了阳光的精华，能补人的元气。

元气是什么？我问父亲。父亲眯起眼，吸了口烟，说，元气就是让人踏实、有力、不害怕的体内真气。

父亲喜欢阳光，喜欢吃鱼鲞烤肉，是因为他胆小不安吗？我坐在门槛上，默默地想着，看到父亲正弯着腰，在低矮的屋檐下整理渔具，阳光一身橘色，在他的背上跳舞，让人想到远方的花海。

一想到花海，我很自责。当我穿起裙子，不再往泥滩上打滚的时候，就幻想我的裙摆里能飘出一朵又一朵的花。可是，当我看到父亲每次出海回来疲惫不堪的样子，内心就像被什么塞满了，大概是花海之外无边无际的荒草吧。

父亲是轮机长，负责船上的机器运行。如果机器出现故障了，就要下舱修理，有时要在那阴暗窄小的空间一连耗上几个小时。

父亲身上的烟味越来越重了。在家里，早上起来，他往往什么事都不做，就先抽上三支烟。抽烟的时候，他喜欢待在阳光下，眯着眼，大口大口地吸着，吸着。船舱里没有阳光，父亲大概是把烟味也当作阳光的香味来品了吧。哦，真香啊，这胜过一切花香。

父亲的劳作，终于让家里驻满了阳光。那一年，我家搬进了新造的楼房，每间卧室都亮堂堂的，阳光常常能眷顾上一整个白昼。我连睡觉都不敢拉上窗帘，生怕暂时的回避会惹恼了太阳似的。我想替父亲攒下整屋整屋的阳光，容他在疲惧孤冷之际慢慢消受。

父亲在海上奋斗了四十多年后，带着一身的病痛，上了岸。人老了，什么事都做不了了，只能出门晒晒太阳了。父亲总是这样笑着说。

我邀父亲来城里住。我家在整个小区的最前排，还是顶楼，有个大平台，太阳能从早照到晚。可父亲说，城里的阳光不够野，不够香。我笑笑，没有去驳他。

父亲说归说，还是来了。在我家宽阔的大平台上遛了两三圈后，他皱着眉说，怎么也不种些花，荒了这地。我说，这哪里是地啊，没土，没有地气，花儿也不会喜欢。我边说，边偷眼瞟他。他别过头去，什么也没说。

儿子满三周岁了。这一回，父亲竟然隔海过洋，为我们带来满满一大袋岛上的黑泥。他坐在平台上，喘着气，看着外孙乐颠颠地跑来跑去，说，种些花吧，别让孩子阴了脸。

我想打趣，但张了张口，什么也说不出来。

父亲好像知道我的意思，微微一笑，仰起脸，闭上眼，侧过头去，深深吸了一口气，说，今日东风，海的味道吹过来了，又香又野。父亲的脸突然一红，现出孩子般的羞怯，以及一种陌生的饱满的兴奋。

这一刻，我真切地看到了我遥远的花海，每一朵花都是自由而丰盈的，迎着海风，闪着腰，像波浪一样，疯狂地起舞。

起舞的，又不仅仅是她们。

（原载《散文百家》2023年第4期，有删节）

徐琦瑶，浙江作协会员，入选浙江省"新荷计划"人才库，主要从事散文、小说创作，作品发表于《人民文学》《时代文学》《散文百家》《小小说选刊》等刊物。

千年鸟道

◎徐伟军

　　杭州湾南岸，靠近喇叭口，千百年来潮涨潮落，口子愈小，潮往往愈大。我的老家就在这个叫盖北的小乡镇，与杭州湾很近很近，几乎听得见每天涨潮的声音。

　　我的童年岁月于海边留下了深深浅浅的印记。放牛、割水草、涉滩涂、抢潮头、掘沙蟹……还有傻傻地看扑棱棱纷飞的各种各样的鸟儿。

　　那时候，我不知道这些鸟儿叫啥名字，听说最多的就是海鸟，海鸟又是什么呢？海鸥吗？后来见到了老家一带的一句民谣，"海头百姓苦难熬，做人好比沙头鸟，潮头一来心发跳……"

　　这让我开始留意起沙头鸟，沙头鸟又是一种什么鸟？找遍了网络，也搞不清楚，或许，只是泛指沙滩上的各种鸟吧？

　　记忆里打捞起一个片段，那次，我走进了一个叫中沙岛的地方。

　　2005年春天，我陪着《人民日报》的记者拍摄野生鸟类。这是一个无人生活的世外桃源，我们坐船渐渐靠拢，从离岸近3公里处远望，岛似海中漂浮。

不知这岛形成于什么时候。每天潮涨潮落冲刷淤积，江沙不断下泄和海潮的反复顶托，塑造出了我们面前约莫5万亩游弋不定的沙土岛地。中间核心区高高耸立着一圈风中芦苇，春天的翠绿在阳光下明晃晃的，各种鸟儿摇动一秆苇叶，再去摇动另一秆苇叶。

我见到更多的是一些叫不出名字的滩涂鸟，在海边或逐水行走，或站立远望，或相互戏逐……记者在拍，我在看，我被起起落落、翻飞缤纷的鸟儿迷住了。这些自然的鸟类精灵，聚集在这块无人涉足的中沙岛，多么自由多么畅快多么美妙啊！记者那天说拍到了好几种别处没见到的珍贵鸟类，包括震旦鸦雀。我对鸟类知之甚少，对这块无人问津的中沙岛更觉得是神秘之境了。

澳大利亚著名鸟类生态学专家、鸻鹬鸟类研究组副主席菲力史卓先生为我们揭开了这神秘的面纱。也在那一年，他深入中沙岛实地考察后惊喜地发现，中沙岛与黄海湿地一样，是鸻鹬鸟类国际迁徙途中的"加油站"。

每年澳大利亚有500万只鸻鹬鸟类途经中沙岛湿地迁徙至美国阿拉斯加、俄罗斯的远东地区，再在北极冰原地带繁殖。为什么会迁徙这么远？如何迁徙？中间的路径究竟如何？很多问题纠缠着我。事实上，后来我也没搞清楚，倒是知道了四条途经中国的全球候鸟千年迁徙路线，有一条便是经过我们上虞中沙岛的东亚—澳大拉西亚路线。

这令我生出满满的自豪感。在时光隧道上，千万鸟儿一代代从我们家园上空接续飞翔，在中沙岛作客停留，这该是一份怎样的情缘啊！

由于围涂，中沙岛这块千百年来在海上摇摆游弋的地域消失了，不是失去，而是成了从海上剥离出来的陆地，一块即将肩负起另一种使命的土地。在这块土地上，至今仍保留着两千亩左右的湿地，摄鸟人都称它为"世纪新丘"，位置应该是原中沙岛最东面一部分，隔了塘，便是余姚界。

后来，我很偶然地又邂逅"世纪新丘"，也游弋于鸟的世界里。

偌大的水面已经变身千亩养鱼塘，半野生的，人工放了鱼苗，也放了外海里抓来的小海鲈鱼、小蟹等，几年捕捞一次。老王在这里负责管理，他负责管理的还有野鸟保护事务，一块"野生鸟类保护协会"牌子矗立在塘路边。

后来成为我摄影朋友的老王，说起野鸟眉飞色舞。这里的摩托车、汽车上都贴上了"野生鸟类保护"的红色醒目文字，他会不时地告诉我一个季节一个季节不同的鸟类，甚至是从未在海涂出现过的鸟类。

我第一次进入"世纪新丘"，老王既做向导又驾驶水上皮划艇。自西向东，视野所见便是一个鸟类展示的天然大舞台。面临正西，滩涂裸露面积特别开阔，这似乎像一个村口，往往集聚着饭后闲暇最多的人。

这是鸟的盛会，高高耸立的苍鹭、池鹭、大白鹭、灰鹭、白琵鹭、长脚鹬、豆雁、白额雁……很威武的样子。水面上一些羽毛颜色深浅不一的小鸊、野鸭，还有最普通的白鹡鸰都在忙碌地游嬉、跳动。

最引人注目的还是一大群反嘴鹬，在荷花荡和芦苇荡前表演群舞，嘴细长而上翘，经典"黑白穿搭"，修长的双腿将雪白的身体高高抬起，高雅、清新，宛如美丽精灵，也被誉为"翘嘴娘子"。反嘴鹬觅食时，一面入水埋头前行，一面左右摆动，修长弯曲的喙便如扫雷一般，犁出藏于泥淤中的小动物。而在稀泥里搅来搅去，也难免会有"失手"的时候。哎呀！不小心被蚌给夹住啦！这就衍生出"鹬蚌相争，渔翁得利"的成语故事。

成群的反嘴鹬刹那间也会跃出水面、腾空而起，钴蓝的天空下，翻滚的鸟浪涌动黑白两色，时侧、时俯、时仰、时滑、时转、时回……水塘上千亩空间任其绕翔。不一会儿，鸟浪压低了，再敛一下翅膀，身子前倾，齐刷刷落回水面，果敢、干练、快速、合一。这样的照片、视频拍下来，常常令人不厌其烦地看，似乎也能激发和填补我们内心的一些能量。

鱼塘的外一圈被芦苇密密围绕，还有许多生命力极强的一枝黄花，靠水边的咸艾蒿、莎草、碱蓬、水蓼、铁苋菜、盐地鼠尾粟、苦荬等，也不时地有花草招摇，紫白相间，低垂枝头。

黑脸琵鹭的出现，把我的视野一股脑儿收回来。离我们皮划艇约百米正前方，滩涂上，浓郁的芦苇丛前，两只黑脸琵鹭优雅地站在一起，偶尔转头，左右张望。这是国家一级保护鸟类，全球仅存几千只的濒危珍稀鸟，是仅次于朱鹮接近消失的大型涉禽。

我几乎是屏住呼吸，细细凝望，其身子高挑，肩膀白皙宽厚，额头有羽冠，淡黄、垂挂，还端着一个"勺子"，扁平如汤匙状，或许与中国乐器中的琵琶相似而得名吧？前额、眼线、眼周至嘴基的裸皮黑色，形成鲜明的"黑脸"。

黑脸琵鹭在宋朝元丰年间就有典籍记载："鹬之属有曰漫画者，以嘴画水求鱼，无一息之停。"据考证，"漫画"一词在我国古代就是黑脸琵鹭的别名，因其嘴在水中捕鱼与画家在纸上恣意下笔的姿态相似而得名。

众多小小的鹬鸟闪亮登场，水草疏朗朗的，出泥不高，似兰花，短而有精神。大杓鹬、白腰草鹬、黑翅长脚鹬、青脚鹬、黑腹滨鹬……仔细分辨，真是个鹬的小型博物馆。稍远一点，10多只黑尾塍鹬聚集在一起，行走在浅浅的水滩上，毛色如虎皮，普通鸭子一般大小，嘴长得极具艺术感，尖端染黑，上部橘黄，细长如锥丝，迸发出利器般的力量。最先一只黑尾塍鹬已经拉长了身和颈，义无反顾地冲向前方。水，淡淡的，清冽。虚化的芦苇，消融于绿韵之中。我，端着相机，忘情地陶醉在镜头里。

最令人迷醉的还是在落日斜阳的那一抹晖光里。阳光已滑落嘉绍大桥，"世纪新丘"的水面金光闪耀，芦苇也染上了稠稠的金黄。这时，宽广的海涂上，归巢的鸟儿从余晖霞光中飞出来，又飞进去，一大群一大群远影穿越了千年、穿越了时空，也穿越了我心旌摇动的梦和远方……

（原载《浙江日报》2023年12月3日）

徐伟军，浙江上虞人，中国作协会员，现任绍兴市文联副主席、上虞区文联主席。有作品发表于《人民文学》《青年文学》《散文》《人民日报》《解放日报》等三十多家报纸杂志。出版散文集《浅草春色》。

一抹会奏乐的青釉

◎鄢东良

一

公元 2022 年 3 月的一个上午，在武义县博物馆被冠以"婺瓷翘楚"之名的武义婺州窑陈列馆内，我零距离地与它久久对视。

展厅柔和的灯光爱抚着它，青褐色釉烁来的一束光亮，让我觉得，它仿佛是刚从哪一座婺州窑 1280 摄氏度烈焰熄灭后出窑的新瓷物，清莹透彻，天然美质。

这件国家一级文物是县博物馆的"镇馆之宝"，国内文物专家赋予它精美的名字——"三国青釉伎乐俑五管瓶"。文物专家朱伯谦、汪济英一致认定它是婺州窑的典型器物。

作为古代陪葬器物，它和另一只名曰"三国青釉伎乐女俑五管瓶"，姊妹般地静静沉睡在武义履坦镇棺山的三国古墓中已逾 1700 年。公元 1994 年 3 月 15 日晚 7 时，中央电视台新闻节目播放了这里的一次考古发掘实况，这对古婺瓷瓶的出土，在整个文物界不啻一场地震。

也不知是何种缘故，这两件珍贵稀罕的文物，很快被借到了上海博物馆，一借就是整整27年。到如今只有其中的三国青釉伎乐俑五管瓶在时隔多年后荣归故里，能让我等市民和游客大饱眼福，一睹为快。

青釉伎乐俑五管瓶，顾名思义是一只瓶身上拥有五个管口的瓶。从陪我参观的博物馆馆长口中，我了解到它是一件造型另类独特的"堆塑瓷器精品"。

面对着它，我的眼前幻化出一位古代大师级窑工凝神屏气的创作状态。在摆塑、模印、刻画、堆贴、镂空这些艺术手法的细腻变换间，成就了一件轰动后世的国宝。这该花去他多少心血智慧，又该用去多少个晨昏午旦！

二

这只用来陪葬的婺州窑瓷瓶，被古人称为"魂瓶"。魂瓶上堆塑出人物、乐器、动物，通过奇崛、生动、夸张的艺术手法，还原出当时的生活风貌，也为后世人提供了一窥古代人宗教观念世界的入门钥匙。五管与瓶腹皆通，中间大管塑造的却是胡人形象，凸脸高鼻、浓眉大眼，两腮络腮胡子，喜笑颜开地吹奏着一种叫筚篥的乐器（西汉丝绸之路形成后传入的"胡夷之乐"）。处于瓶身中部的其他两个小管上，塑着两个年轻胡人小伙子，左边的在和着节奏双手打拍子，右边的在吹排箫，俩人中间还站着一个学着打拍子的萌萌的小孩，惟妙惟肖、栩栩如生。

我对考古及文物认知肤浅，从陈列馆简介中才了解到，这种"五管瓶"发源于东汉，历经三国、西晋、南朝、五代、两宋、元、明、清代，其间不断发展演变，成为独具特色的中国古代瓷器品种之一，它因瓶肩部各面分布着多个圆形管而得名。

其实关于它的用途，目前文物界也尚无统一说法。有"烛台"

说，有"谷仓"说（用于墓葬，作为盛放粮食的一种冥器），等等。古人有"事死如事生"的观念，认为死亡是另一种生活方式，希冀死后亦可过上"五谷丰登"的生活，我对"谷仓"说比较认同，因为它符合当时农耕社会生活的实际状况。

五管瓶上刻画的胡人形象，向人们述说着胡人迁入中原地区后的那段漫长历史，以及西域文化传入后对中国南方制瓷艺术产生的巨大影响。

三

我走近一个叫张骞的人物，一个有"第一个睁开眼睛看世界"美誉的人物。这位汉武帝身边深受信任的侍从官，他"为人强力，宽大信人"，性格开朗，坚韧不拔，他是中国历史上第一位对外友好使者。

西域其实是一种地理概念，它处在中西交通极其重要的枢纽地带。2100多年前的那个春夏之交，张骞率领一支由数百人组成的驼马队从长安城出发，顶酷暑冒严寒，风餐露宿一路向西进发。"荒滩大漠鬼难行，鹏鸟欲飞终未能。"在历经千辛穿越了还在匈奴人（蒙古游牧民族）占领下的河西走廊和新疆后，张骞一路遇见的都是黑头发黄皮肤的黄种人，直到他翻越了帕米尔高原后，到达今天的乌兹别克斯坦边境的大宛国，张骞才惊诧地见到了"深眼、多须髯"的白种人，再向西直到安息国（今伊朗），一路见到的人都是这般模样。

张骞出使西域之后的40年里，勇猛的汉军接连西征，从匈奴人手中夺取了河西走廊和西域。从此，汉帝国才与中亚白种人世界有了直接联系。东汉前期，班超、班勇父子二人在西域又苦心经营了50多年，像一条强有力的纽带，维系着汉王朝对这里的统治。

汉朝的旗幡插在这片土地上后，统一安定的秩序得以建立，东西方移民之路逐渐开通。从东汉中后期开始，中亚的商人、移民翻越帕米尔高原，逐渐出现在西域南北通道上。

西域文化之风浩浩向东飘扬过来，商贾、移民带来了文书、佛经、经籍、诗文、乐器、西域画作和玉石。而代表古代中华文化的工艺品、礼节、风俗习惯、绢帛、纸张、丝织品、茶叶、先进军事经验、文化典籍等，也如涓涓细流汩汩流入西方。

四

"阳关西出鸟忧愁，万里黄沙汉使游。"可以毫不夸张地说，张骞是那条被十九世纪德国人李希霍芬首次提出的"丝绸之路"的开辟者和奠基人。从玉石之路发展到丝绸之路，各民族频繁迁徙，中原文化迅速传播到西域各国，甚至漂洋过海远播欧洲。中原地区也以海绵汲水之势，包容和接纳了西域文化以及它的服饰、饮食、娱乐、建筑风格、风俗习惯。

历史的河流永不会断流。从"丝绸之路"这个极富诗意的名字里，我领悟了东方文化冲击的柔韧伟力，以柔克刚的力量远远超越了武士刀剑、宗教的渗透。这也是一个开放包容的文明古国煌煌屹立在世界东方欣欣向荣的根本所在。

拨开历史的烟云，一切都是如此清晰、生动，许多疑团刹那间迎刃而解。这也就不难理解，在中国南方的三国墓葬中出土的这件国宝级文物——三国青釉伎乐俑五管瓶上面，为何会出现胡人形象，他们也是丝绸之路上的重要使者啊。筚篥之音今犹在，一抹青釉合奏乐，世界大同该有多美！

（原载《钱江晚报》2022年4月14日）

　　鄢东良，中国金融作家协会会员，中国散文学会会员，浙江作协会员，现居武义。曾出版散文集《石榴红》《时光底片》等。

时间都去这儿了

◎严国庆

　　风平浪静的生活里，有些群体不一定为人所熟知。他们安于自己那方天地，知道时间都去哪儿了——比如，野外地质勘探队员。

　　我是在浙皖赣交界的钱江之源——开化见到他们的。在一处民房门前，标着"开化县士谷村地质文化村项目部"，边上可见地质文化村策划平面图，线条里布满了人与自然情感的花纹。冬日的雨，飘在风里，仰面可见山岚。我们与项目部的地质小伙一同上山，没走几步，双脚沾满泥土，向前一步，后滑半步。有同行者停在那儿，想了想，收起雨伞，又把它倒过来，当作拐杖。不时有提醒的话语传过来，一个听过，便会传给下一个。我身边的一位地质小伙想法子靠近、抓紧一棵树，趁势登了上去。

　　上了山，满眼地质景观。那样子，或似千层饼，或似花式面点。那气势，远观，山峦如大海般辽阔、奔涌；近看，有的如龙盘虎踞，有的像龟兔相逢，有的酷似礁石、浪涛汹涌……大自然之奇总引人去想它们"像什么""为什么"。一旁的地质队员则很轻松自然地把岩石的名称、年代说清楚了。用专业的话说，他们是在黄毛秆和杂草覆盖的山体上，发现18处地质遗迹点，布于山谷峰峦；

结论：此处云岩石的地质演化史，六亿年！

我们听来"轻松自然"的结论，在地质勘探队员脚下，迈过的是三年多的未知与艰险。

未知的另一面，是他们把时间给了希望与坚持。当这个海拔200多米、名叫"士谷"的小山村确定为浙江地勘系统的帮扶村之后，这儿出了名但仍很寂寞的百年、千年柿树渐渐红火了起来——"地质文化村"呼之欲出的消息，仿佛挂满枝头。主管这一项目的女地质队员金丽谈起其中的滋味，会感慨于上级地质局主事者的"野外情结"，坐了几小时车，一进村子就往山上跑，边走边看，边看边问；看到震撼的地质景象，就会站在那儿展开联想、寻思赋名……

这里，开山化石，土开石化，不已初现开化石景山、浙西景石山的模样？

当地质文化村有了审美之亮色，他们首先想的不是庆功，而是希望找些文化人过去，一起想象、玩味、创造，为山野加持人文品质。我便有了此行。旷旷山野，有我的十年青春。算来，因从业媒体与"地勘"告别已近三十年，而今再见这个群体，我依然有许多话想说，有很多事想问……

我记下一个数字：村子的前山海拔453米。与通常的帮扶相比，这是不是意味着难度和高度？项目部里大都是年轻的地质技术员，向往霓虹的岁月，伴着古老的村庄；他们上大学"出山"，他们又进山。有位叫肖华的地质小伙一进村，就多了个"驻村干部"的身份，一周一记的《士谷地质志》录下他的青春万岁。一次上山野外作业遇路塌失足，留给他永远的伤残之痛，从此怕爬楼梯，熟悉的大山变得遥远，但他没有离开。后来接任的青年地质员宁思懿，老家广西，新家安在开化县城，虽已为人夫为人父，平日等他入睡的那张床却在项目部吃住的民房里……我随闫姓技术员在房子里转，看村嫂正给野外归来的他们洗菜做饭。几大碗"山珍"冒着热气，我们坐在一起喝酒取暖。

第二天，我在广西小伙发的微信里看到一条信息，说"士谷村夜色撩人，酒不醉人人自醉"……几张夜色图片，很安详，就如小伙的姓氏——宁。我记着这儿的夜色宁静，而如果要说撩人的，却是短短几日我在这里遇见的纯粹。

上好的矿石，不就好在纯粹？纯粹，也许就是地勘和地勘人的质地吧。从山野带回的不多的几页资料里，我看见他们为士谷人编织的梦：地质风貌奇观，大片富硒土地，宋时人文地理资源，这方土地种植业愿景……他们不止于找矿，还在为山村找光——地质勘探队员在灯下形成的规划文字里，"共富"闪动于笔端。"云岩谷""富硒地""红柿林""冬桃园"都已在路上，村子集体和居民收入渐增的数目，特别让人欣喜——他们帮着扶着，还努力想让村民们追求富足；他们盼着乡村振兴，还想着村民"振心"。这是多么纯粹的梦！从时间上说，赞美老一辈地质学家李四光的《地质之光》已远，我却分明能感觉到今日延续的地质之光，依然亮得纯粹。

这里远繁华，近繁星。等有点繁华起来的味道了，他们就会去别的地方。那天听不善言辞的肖华说夜晚怎么过，他的意思是，人住下了，心也住下了。

他们的时间，都在这儿了！

写下这些之时，闻远方四位地质调查人员失联遇难之不幸，他们的时间从此凝固于云南哀牢山，哀哉！同行的人们以及后来者还会前行。驻扎士谷村的地质队员向着前山的背影，已是我记忆的相片。只希望，地质队员的艰辛能为外界知，得到应有的致敬。新年已近，我要向迎着艰险前行的人们寄上祝愿：每次归来，都是平安的开始！

（原载《新民晚报》2021年12月14日）

严国庆，男，1964年10月生于绍兴。曾任绍兴县报社党组书记、总编辑，绍兴县委宣传部副部长，绍兴市文联副主席等职。现供职于绍兴市社科联。散文、随笔散见于《新民晚报》《人民日报》等，著有散文集《生活的刻度》。

茧花，世间最美的花

◎杨崇演

尘世间最美的是什么花？茧花！

环卫工老王，种过地、卖过菜、刷过盘子，后来选择凌晨扫大街，顶风冒雨一扫就是37年。

他手中扫帚的另一端，不仅系着城市的洁净和美丽，还"托"着他年迈父母的晚年生活。去年，老王被评为了劳动模范。

儿女心疼老王，劝老王别再干了，老王没听。前半生养家操心儿女，后半生兼顾奉养二老——两边的担子，他都想尽力挑好。

一次，在早餐店，老王摘下他那厚手套，一双粗糙的大手布满老茧，赫然在目——一个个凸出于平坦手心的茧，像极了怒放的梅，开了"花"，有些血黄，更像是他人生的勋章。看着他手心里的茧花，我想起了一句话：劳动最光荣！

对于手心里的"茧花"，我是熟悉的。

小时候在家里，母亲最喜欢抱着我，常用结茧的双手摩擦我的脸。

记得有一年冬天，母亲披一件蓑衣，戴一顶斗笠，半蹲在河埠头，双手浸泡在冰冷的水中，搓洗萝卜。路过的二婶问母亲："姐，那么冷的水，你手上的'茧花'不痛吗？"

"痛，像刀割一样痛。"母亲回答道。

什么？茧儿能开花？我好奇地跑上前去，想看个究竟。可是，母亲手上，除了一道道皲裂开来的细细的小口子外，什么也没有。我凑着鼻子闻，以为会闻到花朵沁人的芬芳，结果令我失望。

"手上为什么会有'茧花'呢？"我问母亲。母亲一边洗萝卜，一边对我说："是风把花开在我手上的。"

母亲说得诗情画意，可我分明发现，开在母亲手上的一个小口子在往外渗血，那是"茧花"在盛开吗？长大后，我才幡然醒悟——最为可亲可爱的是母亲那双结满"茧花"的手！

"茧花"似花非花，却比花朵更具有生命真谛与情爱积淀。

一次，跟着母亲去割草，母亲教我把那些野草割掉，放在篮子里带回家喂猪。初次劳动，小手上就磨出了水泡，钻心地痛。看我龇牙咧嘴的样子，母亲很心疼，她把我手上的水泡细心地挑了，还给我包扎好，嘱咐我不要碰水。没几天，我惊奇地发现，手心里水泡慢慢萎缩的地方，居然也开出了"茧花"。慢慢地，我才懂得了"茧花"的涵义——名字好听，现实残酷。

父亲今年八十多岁了，依然情系田畴，他肩上的"茧花"依旧清晰可见。

父亲肩上的"茧花"，是被扁担磨出来的——挑稻捆、挑麦捆、挑水、挑粪、挑筐子、挑簸箕等等，充满了每个日常。

记忆中，最深刻的要数挑稻捆了。两捆稻秧，一百多斤是有的，挑在肩上，便会晃来晃去，着实让人受累。

挑担子，挑的时间长了，就会将扁担磨得光滑锃亮，同时也会将肩膀磨出老茧。扁担因光滑锃亮，而变得特别有质感；肩膀因老茧，而变得特别宽厚。肩膀上的"茧花"，是扁担与肌肉共舞而来的"华尔兹"，它充分展现了劳动的朴实之美。

每次看到父亲肩上的"茧花"，我就会想到一句名言，"铁肩担道义"。

父亲肩上的老茧，像一朵芬芳荡漾的无名花，默默地温馨着家里每一个人。

"茧花"，生活的一个特殊标记。劳动者的"茧花"大多开在脚上、手上和肩上。"茧花"虽然部位形态各异，却都有着巨大的承担，隐秘的伤痛和执着的坚持。"茧花"里，装载了太多的鲜血和汗水！

我见过最令人动容的"茧花"，是来自一位同事的奶奶。她的右手中指上，戴着一个顶针。靠着替别人缝缝补补，她养活了几个孩子，并将他们一个个培养成才。同事为老人买了一枚金戒指，希望她将那个顶针换下来。可是，顶针戴得太久了，将顶针两侧的手指，挤磨出厚厚的老茧，根本摘不下来。老人直到临终，手指上还戴着那个陪伴了她大半生的顶针。

每一朵"茧花"，都是生活在他们身上打下的深深烙印——大爱无疆，值得每个人敬重。

"五一"来临之际，我敲下这样的诗句——

金花、银花

美不过劳动者身上的茧花花

千种花、万种花

香浓难比茧花花

一朵朵、一瓣瓣

汗流中吐蕾

磨砺中绽放

拼搏中闪光

它是一幅美丽的画

它是一束爱的光荣花

（原载《联谊报》2022 年 4 月 26 日）

杨崇演，现居浙江苍南，浙江作协会员。在《散文选刊》《海外文摘》《思维与智慧》《人民日报》《中国文化报》等百余家报纸杂志发表散文作品二百余万字。著有散文集《绿叶归根》《乡村辞条》《万物的样子》等。

沽酒三田漾

◎杨静龙

沿河一长溜村舍，有五六十栋，大多是两层楼，上世纪八九十年代的建筑，虽略显陈旧，却依然结实耐用。

村妇们三三两两，在河埠头洗刷衣物。微波粼粼的河面上，漂来几蓬水草，一群鸭子竞相争啄，嘎嘎的欢叫声打破了冬日乡村的宁静。

在小河与屋子中间，是连成一片的水泥地，宽七八米，从村东连到村西，说是村道，是晒谷场，也是各家门前的院子。

这是我朋友潘文泉的老家，太湖南岸一个普普通通的水乡小村，在湖州城东北三十里外。村内有一只水泊子，叫三田漾，村庄即取其名，叫三田漾村。江南人精细，水泊子大者叫湖，小者叫塘，不大不小的叫漾。三田漾涝时蓄水，旱季供水，几条弯弯曲曲的小河像飘出去的风筝线，把浩渺的太湖拉到了身边。稻田，河港，水漾，略显冷清的村落，远处欣欣向荣的工业园区，构成一幅现代江南农村的奇特景象。

潘文泉当过当地晚报的总编，才华横溢又古道热肠，听说我要买当地土烧酒，就陪我们来到他老家。不一会，他抱着一坛土烧酒，吭哧吭哧从农户家里出来，我和同行的两位朋友谢根林、黄其恕见状连忙上前搭手，几个人七手八脚抬上车去。酒坛小半人高，坛口用水泥封着，50斤土烧酒，加上坛子，一坛总有六七十斤重吧。

村民们围拢过来，我掏出香烟撒了一圈，就热闹了起来。

一个有酿酒习俗的村庄，自然是有话题的。

潘文泉的姐夫站在一群人当中。我说："去年到三田漾买酒，你请我们吃饭，喝的是你家酿的存放了三年的土酒，口味真好。"

对方笑道："是嘛是嘛，我们可是正宗的'三粮液'嘛。"

"我们三田漾水好地好粮食好，我们自己酿的'三粮液'，都比得上五粮液了……"潘文泉接过去说，口气中满是自豪。他在老家读小学中学，下田插秧割稻，农活样样拿得起，又写得一手好文章，深得当时大队公社两级领导赏识，干过类似于文书的工作，直到恢复高考才考上学校离开。激情燃烧的青春岁月，总是让人追忆感慨从而更添深情，每每提起家乡，他就会加一个前缀词：我们。

旁边的村民解释道："三田漾的土烧酒用高粱、小麦、稻谷三种粮食做原料，自称'三粮液'。"

人们都笑了起来。

一幅画面在笑声中浮现在我眼前。晒谷场上，高高竖着几台洋铁皮的酿酒炉，村民们坐在炉前矮脚凳子上，往炉膛里添着柴火。炉子上端是发了酵的高粱、小麦和稻谷，热气腾腾，发酵的粮食蒸熟后的甜香味扑面而来。一根细细的软管子从炉底一端伸出，下方是一只收口很小的大肚子酒坛。一汪清流从管子里淌出，淅淅沥沥，落入坛里，纯粮酒特有的迷人芳香随之四处飘散，带着酒香的云朵在三田漾上空徘徊，醉了一般……

那是去年秋天我来三田漾买酒时看到的一幕，今年却是没看到村民们在自家门口土法酿酒的场景，也许是过了时节，也许是因为疫情，我没有问。

"你们也种高粱吗?"我想到了另外一个问题。

江南农村多种水稻,小麦也偶有种植,但种高粱的并不多见。村民们却给了我肯定的回答,说,我们也种高粱,种高粱就是为了酿酒。

看起来,三田漾人酿酒已经有了情怀,他们酿造的"三粮液"除了自己喝,逢年过节作为"好东西"送亲朋好友,不是有人求托,一般并不出售。这么说来,我这是沾了朋友潘文泉的光了。对于像我这样爱酒的人来说,开车到郊外买一坛两坛土酒,形式已经远远大于内容,乡愁超过了酒香,可谓"沽酒客来风亦醉,卖花人去路还香"。

潘文泉的老父亲九十多岁了,身体硬朗,独自住在三田漾的老屋里。

当我们走进这栋五进深的狭长老屋时,老人正手脚麻利地剁着一条新鲜的鲢鱼,灶头上放着几只酒瓶。我想老人肯定也是一个爱酒之人,一问,果然平时每天都喜欢喝一盅自酿的"三粮液"。

车子在浓浓的酒香中驶离三田漾,经过邻村一排粉墙黛瓦的村舍时,谢根林指着其中一间说:"诺,那就是我家的老房子……"他与潘文泉早年隔三田漾而居,也是一个喜欢喝几盅的人,黄其恕打趣道:"三田漾养育了你们两个文人,也培养了一大批酒人,哈哈……"

(原载《工人日报》2022年2月13日)

杨静龙,中国作协会员,曾任浙江作协主席团委员、湖州市文联副主席、湖州市作协主席,在《当代》《钟山》《花城》《中国作家》《诗刊》《星星》等刊物发表作品数百万字,小说多次由《小说选刊》《中华文学选刊》转载并选入国内多种年选本。

有趣的黄永玉

◎杨新元

一

2023年6月13日，对我来说是一个忘不了的日子。

因为，就在这一天，我非常钦佩的那个人走了。

这个人，是当代文人中的大家。他既会画画，又会写文章；他博学多产，幽默风趣；他人品贵重，潇洒自如。

我曾在他九十岁的时候，写过一篇《黄永玉的忠告》，刊登在《浙江日报》"钱塘江"副刊上。

文章一开头，我写道："有一个90后网友在微博上问黄永玉：'您一生当中最骄傲和最失意的事情是什么？您对我们年轻人又有什么忠告？'黄永玉答道：'我一辈子没有什么骄傲和失意的，我从来没有丢失自己。年轻人，珍惜时间，好好读书，一辈子跟着书走，不会错。'这番90后与90叟的对话，颇发人深思。"

他在80岁、90岁时都举办了个人画展，并打算在100岁时也举办一个画展。然而，他在99岁时走了，安详地走了，"挥一挥衣袖，不带走一片云彩"。

二

打开百度，对黄永玉是这样介绍的：

黄永玉（1924年8月9日至2023年6月13日），笔名黄杏槟、黄牛、牛夫子。出生在湖南省常德县（今常德市鼎城区）。祖籍为湖南凤凰县城。土家族人。中国画院院士，中央美术学院教授。2020年6月4日，黄永玉以2019年度公开拍卖市场作品总成交额3700万人民币名列"2020胡润中国艺术榜"第17位。

黄永玉负有"有趣"之名。湖南美术出版社出版的《黄永玉全集》在北京首发时，该全集主编刘骁纯以《幽默大家黄永玉》为题，作了美术编之序。刘骁纯说："黄老先生在艺术、人格、生活等各方面，都有着统一的、强大的幽默品性。"

他被人们称为"老顽童"。他喂马、打拳、吹小号、刻烟斗、养动物，热爱自然，回归自然。因此，每次看到有关他的新闻，"老顽童"三个字就会从我脑海里蹦出来，就像《射雕英雄传》里的老顽童周伯通，那么可爱、那么自信、那么有趣。

我记得，他最后一次出现在公众面前，是去年中央电视台的访谈节目《鲁健访谈》。画面中，他叼着烟斗，撸着心爱的猫大橘。这位有趣的艺术家，总是那么潇洒。

去年春天，"黄永玉诗和插画展"在中国现代文学馆举办。诗和画的结合，更彰显了这位艺术大家的才华。而在他离世的前三天，也就是6月10日，"黄永玉百岁版画展"在厦门开展。

这位艺术大家对年轻人的忠告是，"我从来没有丢失自己"。他是一个有信仰的人。在百年的人生中，不管逆境还是顺境，他都努力生活，做一个对社会有用的人。

窃以为，这是老人的肺腑之言。希望年轻人在任何时候都不要

"丢失自己"。老人知道，当今的中国社会，各种思想鱼龙混杂，金钱崇拜、信仰危机，对年轻人的诱惑到处都是，是极易丢失自己的时代。

一个人，如果在世界观、人生观、价值观上出了问题，那就好比盲人骑瞎马，坠入悬崖是迟早的事。因为，以金钱为主导的价值观，必然会出问题。

这样的教训还少吗？

为了钱，官场就会腐败，买官卖官；

为了钱，教育也会腐败，高学费，低质量，一个大学就会变成文凭的批发部；

为了钱，医院就不再奉行人道主义，就会见死不救；

为了钱，企业就会昧着良心生产假劣产品，欺骗消费者……

可以说，当今所有的乱象，皆出于信仰的缺失。而缺失了信仰的人，也就丢失了自己。看看媒体披露的法官集体嫖娼、产科医生贩卖新生儿、小学校长性侵女学生等，一件件都令人发指。

"我从来没有丢失自己。"这是黄永玉对自己的肯定，也是他对年轻人的忠告。

他以自己的切身体会告诉我们，人是需要信仰的。一个人，心中有信仰，就会为信仰而奋斗，再苦再难不动摇，在人生道路上就不会丢失自己。

一个国家、一个民族，必须有共同的信仰。有了共同的信仰，才会万众一心，为实现中国梦而共同努力。

三

1980年，中国邮政发行了第一枚生肖邮票《庚申年》金猴邮票。设计者就是黄永玉。在2017年保利拍卖会上，这套设计精美的金猴邮票拍出了201万元的高价。黄永玉也因此被誉为"猴票之父"。

36年后，在2016年，92岁的黄永玉又设计了《丙申年》猴票，全国邮票收藏界再次为此沸腾。

2023年1月5日，中国邮政发行《癸卯年》"癸卯寄福"和"同圆共生"特种邮票。这是黄永玉在近百岁之年第三次提笔设计生肖邮票。"癸卯寄福"中的那只蓝色兔子，几度登上热搜。

2008年，北京奥运，黄永玉创作了油画《中国＝MC²》，描绘了和而不同的世界文明之树。他获得了"奥林匹克艺术奖"，是现代奥林匹克史上唯一获此奖的中国人。

黄永玉不仅画画是大家，他还写诗歌、散文，写小说，都得到了不小的成就。半自传体小说《无愁河上的浪荡汉子》，在"悦读中国·全民阅读周刊2013图书势力榜"上，黄永玉获得年度致敬奖。

83岁那年，黄永玉登上了《时尚先生》的封面，他叼着烟斗，穿着吊带裤扮靓仔。他说："你们都太正经，我只好老不正经。"他就是如此率性。

然而，他始终以一颗平常心来看待金钱、名利、地位。尽管黄永玉在艺术和文学领域中已经取得了闻名于世的成就，可他认为自己一辈子没有什么值得骄傲的东西。

没有得意也就无所谓失意。"宠辱不惊，任庭前花开花落；去留无意，看天上云卷云舒。"这是人生的一种高境界。

在近100年的人生道路上，黄永玉也经历了种种的磨难，吃了不少苦，受了很多罪，可他始终以诙谐和调侃的方式，看待人生中的种种不如意。"不以物喜，不以己悲"，以自己对人生的理解，过着自己想要的生活。他一辈子与文学、艺术为伍，在艺术、人格、生活等各个方面，都有着统一、强大的幽默品性。这种幽默品性，使他成长为一个大家。

他经常对人说："在此时此刻，世界上有多少艺术家在拼命地奋斗，我们哪有工夫去偷懒啊！"对名利，他是淡淡的；而对艺术，他又充满了激情。这就是黄永玉，一个艺术大家的情怀，我们身边现成的榜样！

"珍惜时间，好好读书，一辈子跟着书走，不会错。"这是黄永玉对年轻人的忠告，也是他的切身体会。

富兰克林说："读书使人充实，思考使人深邃，交谈使人清醒。"而培根说："读书给人以乐趣，给人以光彩，给人以才干。"读书，这个我们习以为常的过程，实际上是我们的心灵和上下古今一切民族的伟大智慧相结合的过程。喜欢读书，就等于把生活中寂寞的时间变成了巨大享受的时刻。

一个喜欢读书的人，就会在人生的道路上不断追寻自己的梦想，与自己心中的目标相伴而行。正因为黄永玉在自己的人生低谷中，时时与《楚辞》相伴，才使他对生活不灰心，对前景充满希望，始终与艺术不离不弃，最终成为一个著作等身的大家。

养成了"一辈子跟着书走"的习惯，就是交上一位良师益友，让自己一生得益匪浅。黄永玉就是一辈子跟书走。他的万荷堂里，不仅有荷花，有猫有狗有猴有鸟，更有数不清的好书新书，这让他永远不会感到寂寞。

西·切威廉斯说："人生是一次航行。航行中必然遇到从各个方面袭来的劲风，然而每一阵风都会加快你的航速。只要你稳住航舵，即使是暴风雨，也不会使你偏离航向。"在漫漫的人生道路上，我们每个人的生命之舟都航行在命运之河上，有时顺风顺水，有时逆水行舟。无论顺境逆境，无论有名无名，每个人都必须对自己的航向作出判断。尤其是在暴风雨来袭时，把稳航舵，不迷失航向，不丢失自己，这是需要有一定的定力的。

如果黄永玉在那个特殊的年代里，自暴自弃，丢失了自己，那么，我们就不会看到今天这个幽默、自信的"有趣老头"，也不会看到他在艺术和文学领域里捧出的累累硕果。

黄永玉老，一路走好。

（原载《古今谈》2023年第3期）

杨新元，中国作协会员，现住杭州。著有《多彩人生》《新元散文》《走读人间》《国药传人》等数十种，作品多次在全国、省内获奖。

苦瓜记

◎ 姚立雄

我对菜园边那架苦瓜常有些瞧不上眼呢！

三角形的菜园地，轮到苦瓜出场，似乎总是站在角落里，和玉米站"C位"完全不同待遇。也不像南瓜大佬，可以袒着大肚皮独享三柱四梁的豪华大棚。它甚至连身边的韭菜丛也比不上。清晨韭菜翠绿的长发上，总缀满闪亮的晶钻。

瘦弱的苦瓜苗长到一尺来长的时候，母亲看上去很不待见地随手在它边上插了根两米多高的竹梢。这不剔枝的无叶竹梢，每每让我联想到苦瓜苗是个不听话的孩子。小时闯祸，母亲都是从门后拿出竹梢鞭伺候。竹梢鞭抽到屁股上，伤皮不伤骨，却极能醒人。它果然从此爬得小心翼翼，一步一步，小细藤儿抓得紧，脚步儿也踩得稳，不像番薯藤那样自由散漫。等到枝叶布满竹梢，蓬蓬勃勃，倒也有几分趣味。

到了开花季，它的臭脾气显露出来了。一朵朵黄花小小的，花瓣既不张扬，没有南瓜花那么大的嗓门，把大黄蜂都唤来，也没有木槿花的秀雅清香、洁白之姿。嘤嘤嗡嗡的只有很少的几只小蜜蜂在上下穿梭传花授粉。整个苦瓜蓬散发的独特气味，人畜不喜欢，蝇蝶也不喜欢。每次路过它身旁，我都捏着鼻子，敬而远之，自然没给它好眼色。它的门庭算是够冷落的。

小苦瓜结出来，嘿，这个丑孩儿皱巴巴的！全身上下似乎都是清规戒律的刻痕。不像小黄瓜儿连刺儿都剔透可爱，也不像小番薯，干脆躲在地下不见人。要是被人从地下捉出来，那一身红袍着实惹人喜爱。小时候每次去菜园，苦瓜蓬那边照例是一眼都不瞟，急切的目光总是先去找黄瓜藤。要是看到一条条成熟的黄瓜悬在藤上，那欣喜！黄瓜摘下来，手上将将刺儿，就咬在嘴里，那脆甜！也会从土里去扒小番薯，去龙洞的泉水中洗净了，扔到饭甑底下，虽不够糯甜，却能惹动邻家小孩子羡慕的目光。

不能生吃的苦瓜窝在角落里冷冷清清。谁叫它守着自己的怪味儿，从不肯放松它自个儿的一股苦劲倔劲。

除了母亲偶尔会去照看一下它，领受路过的邻居一句："这苦瓜长得好。"也仅仅是这一句罢了。没人会伸手去摸一下苦瓜，大家都怕惹它身上的怪味儿，怕一靠近就沾上了。

路过的牛羊啃食了番薯藤，拱走了地里的番薯；村里贪便宜的顺走了菜园地里的玉米棒子，独对苦瓜视而不见。苦瓜藤上的小苦瓜虽然越结越多，仿佛自带篱笆似的，果实繁茂，而鲜见损失。

它的角落里月明、风清。

小苦瓜日渐丰满修长起来，果肉饱胀，圆润有光。这时我才发现自己一直亏待了它，原来它有着白玉一般的色泽，那些晶莹如玉的颗粒，是世间的巧匠都雕琢不出来的。

等到母亲将它摘下和丝瓜、茄子放在脸盆里时，一起洗菜的妇人都会忍不住夸一句："好白的苦瓜！"

白白的苦瓜被母亲切成片，渍上盐去苦水。柴火灶下燃起大火，切上几片火腿心，佐以青椒清炒了，一红一白，相映成趣。这时的我，目光瞟着的，是桌上的鸡鸭鱼肉，筷子伸往的，总是自己喜欢的菜碗里，从不光顾苦瓜片。

不用吃，那一股清苦之味就够让人嫌的。

"苦瓜苦自身呢！"母亲仿佛没看到我嫌弃的神情，边说边夹起苦瓜片放入嘴中。她嚼得有滋有味。我试着夹起一片，舌尖刚一接触，就"呸"一声吐了出去，苦瓜片上的苦味立时将我的舌头苦倒了。

然而吐掉苦瓜片，吐不掉的是苦味。留在舌尖的那一点清苦，在饭菜填饱肚皮之后，回味时却是令人倍觉清爽，涤烦除躁，解毒清肠。再吃什么，似乎都是甜的。

隔了一段时间，在我逐渐忘记了舌尖上的苦味时，我陪父亲去菜园挖小番薯。我快乐地捡拾着小番薯，父亲忽然指着苦瓜蓬："裂了裂了，快去摘来吃！"

我从番薯的领土上抬起头，只见角落里的苦瓜蓬上一根尺长的白玉苦瓜异常夺目，它全身白玉般闪着世间少有的白光，全身比水洗过还洁白。尤其令人移不开眼睛的，是苦瓜的下半段已转为红色，并绽放开来。在绽放的地方，鲜红的苦瓜瓤散发着极为诱人的甜香，绽成了一朵颜色极为红艳的花朵！

我简直看呆了。这是那皱纹里都刻着苦痕的小丑孩儿？这是母亲切片清炒让人一尝难忘的白玉苦瓜？这分明是自苦岁月中结出的一枚甜果、孤芳自赏中的一朵绝世美花。

我小心地捧着瓜，用嘴将红瓤籽吸入嘴中。

"真甜！"

"甜得嘴都咧开了！"

谁能相信，这是极苦的苦瓜中酝出的甜？！

"你只要一直坚守着苦而不自苦，这苦最终是会变甜的。"

作为家中长子的父亲，一生艰辛如苦瓜，他的这句"甜得嘴都咧开了"，和三岁无娘却把一生苦难刻在细密皱纹里的母亲那句"苦瓜苦自身哩"，我似懂非懂。我手里捧着不再散发苦味的成熟白玉苦瓜，吃得满嘴都是甜甜的苦瓜红瓤，吃得仿佛自己也成了一粒被红瓤包裹的苦瓜籽！

（原载《中国纪检监察报》2023 年 4 月 7 日）

姚立雄，笔名李寂如，现居开化，在各类报纸杂志发表文学作品一百余万字。著有长篇小说《十二间》《青瞳》《桃花寺》，中篇小说《翻肠记》等；有诗词散文发表于《词刊》《儿童文学》《北方文学》《诗歌月刊》《江南诗》《浙江诗人》等。

泉州印象

◎姚之忆

　　泉州古城形似鲤鱼而得名"鲤城"，在这儿停留的时间仅有一日半，实际发现踏上道路后却更愿随心行走。

　　朝天门一路步行南下，在北门街上会心生时间的停滞感，留恋于沿路两侧高大的榕树，在夏日绿荫的庇护下，百年老树遒劲有力，我却抬头望不到顶。错落有致的建筑让我忍不住频频回头，精美的雕刻、高耸的燕尾脊和陡斜的坡面，生怕来不及将它们印刻进我的脑海中。顷刻间，我就走到了钟楼处，湛蓝天空作背景，屹立着洁白的钟楼，四面八方的人、车瞬间激增，旅游车上坐满了开怀大笑的人们。在一个不经意间，我瞥见了挂在泉州影剧院外墙上红底白字的"泉州"图样，图样由丰富的泉州地标建筑们集合而成。

　　或许每座城市都有一条属于它们的"西街"，抛开商业化视域下的泉州西街，还真别有一番洞天。从东起点的"钟楼"开始，便能尝遍特色小吃，什么姜母鸭、香骨鸡腿、面线糊、石花膏、四果汤、花生汤、芋头饼、腌水果，我的味蕾上绽放着当地人引以为傲最爱的美食。西街主路的游客络绎不绝，若有心还能发掘到隐藏着的各条支巷小弄，像小西埕就极具特色。而泉州的红砖建筑群，一直给我以恢宏壮观之势，红砖红瓦的不可亵渎感在西街又给人一种古朴素雅的内涵。

很多人总喜欢把西街的另一头定义为"开元寺"。开元寺香火旺盛，"镇国""仁寿"东西双塔拔地而起，久久矗立在西街，见证着鲤城唐宋千百年以来的兴衰荣辱。而出开元寺后，许多人不太把延伸段的这条老街放在心上，转身离去，其实它依旧是西街的一部分。这条延伸出去的老街本身的价值和意义，我认为远超于此前的西街，也算是偶遇的"新发现"，这儿更多保留了原始未经开发的老建筑，世代生活于此的居民们吃住行都有条不紊地进行着。扇动老蒲扇、饭后买两块糕点是常态，丝毫不受外界干扰。与拥挤人群大相径庭的是，这儿清净不少，游客也几乎无人到访，充满浓浓的市井生活气息。

沿着延伸段走向尽头，倏地，像是失去了红砖建筑群的保护层一般，视野开阔起来，一股凉风轻轻吹拂到脸颊上——西湖的晚风。心里打着趣儿想着：浙有杭城，杭城有西湖，西湖景区留有我的足迹；闽有鲤城，鲤城有西湖，西湖公园亦有我的足迹。遥隔着八百多公里外的两处西湖都拥有共同的美丽之景，湖光山色交相辉映。湖畔走一走，去过当地人平静安心的生活吧。

这块福地还涌现出承天寺、崇福寺、李贽故居、朱熹遗迹等文物古迹，为后世留存南音、梨园戏、提线木偶戏等珍贵古老的非遗文化。我无比坚信，泉州是一生有机会一定要来一趟的城市，有众多值得追溯的历史文化底蕴，那些此行未到之处，日后定有机会。

随心而行，临近离开泉州前再遇一位有趣的司机。这是在福建四城所有旅行内遇到的最有意思的一位司机，文人精神在他身上彰显得尤为突出。上世纪八十年代出生的他会选择夜晚的江滨北路，指着几座横跨晋江的大桥，感叹城市的日新月异；当得知我们来自他不曾到过的浙江，回想起幼时书本内学到的烟雨楼，好奇地询问着他未知的问题；会和我们讲述泉州的刺桐树颜色、泉州古城的发展变化；会谈论马可·波罗的游记、郑和下西洋的线路；会分享当地闽南方言的"平舌"历史……言语中我们都像是城市的代言人，彼此交互信息。在泉州几次人与人的接触中，我感到欣喜，因为他们自然地道、朴实无华。而乐于分享和耐心真诚正是大多数泉州人的标签，毕竟人海茫茫相识即缘。

走进一座城，再走近一段这里的故事。泉州，历史书里的城市，我终于有机会亲身体验，是"半城烟火半城仙"之地，是一座朴素又热情、多元文化融合性极高的城。泉州，如期而至，脚步不曾停歇，那就把爱与善留在这与众不同的泉州吧！

（原载《嘉兴日报》2023年9月14日）

姚之忆，女，杭州市天长小学教师，是一位热爱文学、热爱生活，用文字和照片记录下美好瞬间的青年人，善于捕获细小的真善美。

与树为邻

◎叶琛

鹅掌楸

鹅掌楸以其身体形态获得命名，为此在对诸多乔木的记忆中，自然占据着显赫的位置。秋风渐紧，一阵一阵掠过冈上疏密有致的阔叶林之时，鹅掌楸就早早开始变色了，叶脉清晰的浅绿瞬间变成褐斑点点的黄。正在你感慨季节匆匆之时仰目望去，满树的黄所映衬出的天空高远，多少有些豁朗之意。

漫步于林间，面对鹅掌楸的萧萧落叶不免有所眷顾。踩在它蓬松的落叶堆上，脆生生的咔嚓嚓让人有肆意狂奔的冲动，但当你静静站立并与这样一棵几十米高的粗大树木对视之时，恻隐之心油然而生。即便它耐旱、耐寒，并有着对病虫害极强的抗性，但是面对四季轮回的命运，它依然显得那般无奈和无力。

"马褂木"仿佛是鹅掌楸的乳名。叶形鹅掌，更似马褂。分布在浙南闽北交界处——百山祖上的鹅掌楸其叶片相对瘦长，有四个尖，顶部平截，犹如马褂的下摆；叶片的两侧平滑或略微弯曲，好像马褂的两腰；叶片的两侧端向外突出，仿佛是马褂伸出的两只袖子。可谓裁剪干净利落，款式修身耐看。

鹅掌楸不但叶奇，花朵亦美。它的花单生枝顶，花被片9枚，外轮3片萼状，内二轮花瓣状均呈淡黄色，基部有黄色条纹，形似郁金香。花半开，欲语还休，矜持含蓄，这或许是木兰科植物的花与生俱来的气质。待到初秋花谢以后，鹅掌楸就结出纺锤形的聚合果。果实尚未成熟之时，袭一身绿色紧身外衣，逐渐成熟以后，则以褐色示人并轻轻敞开，露出扇着翅膀的果实，它是木兰科中唯一的翅果。

查阅相关资料，鹅掌楸诞生于白垩纪，曾经与恐龙一起生活在地球上，是古老的孑遗植物。野生鹅掌楸只有中国鹅掌楸和北美鹅掌楸两种，北美鹅掌楸的叶片相对圆胖，有六个叶尖。巧的是它们还就分居在太平洋两岸，这种现象在植物学里有专业的表述，称之为"东亚—北美间断分布"。科学家推测，造成这一现象的原因与地质变迁和冰川期有关："数百万年前，欧亚板块与北美洲板块之间尚没有白令海峡的阻隔，植物存在跨板块迁移，约在258万年前，地球进入了第四季冰河时期，不断扩张的冰川从北至南吞没了大片地表，也吞没了大量物种，而我国长江流域以南地区和北美洲东南部部分地区幸免于难。"

植物分布和地质年代之间千丝万缕的关系虽难以追溯，但不可否认的是，世间万物无不契合着宇宙大化的流衍，我们所依存的自然大地，并不一定能比秋天里一堆鹅掌楸落叶的命运要稳固多少。

鹅掌楸是万千药名里的一种。夏秋采树皮，秋采根，曝干入药，可祛风除湿、止风寒咳嗽，这样的药效与之高大挺拔、茎干粗壮、不惧风雨、不畏严寒的品质特征倒也是极为呼应的，当然也与在这片土地上生存着的百姓需求相呼应。野外劳作的人们，避免不了清晨时的水汽缠身，也避免不了晚露打湿裤管，日积月累湿气必然重一些。在那个缺医少药的年代，对于在大山里生活的每一个人来讲，识别并科学掌握草木入药的能力显得尤为日常。

可以说大山是山民们的全部依靠，几座土屋牢牢附着于山脚，良田附着于山脚。村人们白天进山劳动，傍晚就搭上一担枯枝柴火下山去了。阔叶林里，鹅掌楸的大大的叶片越落越多，越积越多，没有人会去打扫，风透过枝丫宽宽的空当吹往低处的时候，不难听到干燥树叶之间移动、摩擦的"沙沙"之声。风停了，当一切恢复平静时，地洞里的小山鼠则急急从落叶上倏地穿过，唰啦啦就跑远了，消失于落叶覆盖的山林深处。

秋风又起，绵绵细雨淋遍这座大山的时候，整片山林蒙着一层水雾气，光秃秃的鹅掌楸直直地立于天地之间，若隐若现、忽明忽暗，从容自在。我们并不知道它的一生是否活得如己所愿，但可以肯定的是，它与人们建立起了真实而牢固的密切关系。

南方红豆杉

如果说百山祖国家公园是一个植物博物馆，那么南方红豆杉绝对算得上是一件镇馆之宝。苍翠、风雅、俊美、素净，树龄悠久，古朴沧桑。想要找到它并不难，沿着庆元百山祖镇三堆村至景宁英川镇小溪流域一带，于山谷，或于溪流，相较阴凉处，就会与之迎面相遇。

谈及南方红豆杉，就不得不提它的近亲——红豆杉。南方红豆杉和红豆杉实则是两种不同类型的植物，尽管都谓之"红豆杉"，但从植物门类、形态特征、分布范围方面，都有很大的区别。就像我们所熟知的大熊猫和小熊猫一样，尽管都是"熊猫"，但从其亲缘关系、体形，以及分布来看却不尽相同。在"红豆杉"之前加上"南方"二字，可见其分布范围主要在中国的南方。据现有发现的南方红豆杉的地域来看，贵阳的花溪、乌当，安徽皖南的黄山、歙县，包括百山祖国家公园，均在长江流域以南。而红豆杉的分布范围，则越过了长江，直达黄河流域，在甘肃南部、陕西南部都有分布。植物门类上，红豆杉属于裸子植物门；而南方红豆杉属于有胚植物门。

南方红豆杉别名紫杉，是第四世纪冰川时期遗留下来的物种，在地球上存活了已有250万年左右，是真正的植物王国里的"活化石"。南方红豆杉属于国家一级重点保护野生植物，为优良珍贵树种。作为植物爱好者，与南方红豆杉相遇的刹那，便有了一见倾心之意。凝望其树干、枝叶、果实，宛如欣赏一个古典美人的容颜、腰肢、气度和姿态。能够看到南方红豆杉开花的那一刻是幸运的。尤其是百山祖的野生红豆杉，花期更短，只在春夏之交时，开出黄粉色的小花。且是公树开花，母树不开花，多少有些逆人类常识而为之之意。花开败以后，就会结出红色的果子。形如樱桃的红色果实挂满秋天的枝头，微风拂过，漾起红色的波浪，渗透着沁脾的甜香。莫要说我了，就连红嘴蓝鹊、白头鹎、灰喜鹊等鸟儿，也会馋得振翅翩飞，着急地啄食着那一粒粒红果。

但鲜为人知的是，南方红豆杉的果实有毒，人或其他动物误食则会出现肠绞痛等症状。然而鸟儿却可以美美饱餐，或许这正是大自然赐予鸟儿们的一种特殊福利吧。大自然总是这般神奇，种子要借助鸟儿的身体完成一项特殊的使命：那就是将体内未消化的南方红豆杉的种子，通过排泄传播到更远的地方。尤其是红嘴蓝鹊，在取食完南方红豆杉的果实后，会飞向山坡的背面，于阴凉潮湿的地方，将种子遗落在肥沃的土壤旁。大自然有大自然的生物进化秘径，通过这种形式的远距离传播，提高了南方红豆杉的生存概率，让种子和幼苗去开启一个独属于自己的全新世界。

说说南方红豆杉的叶子吧。那对称的叶片，着实令人着迷。在主干上排成两列，像两队士兵，挺直了腰杆。当红色的果实，从枝叶上旁逸斜出，绿色的叶子做背景，就有了诗意的舞台陈设感。秋阳在上，背靠一棵南方红豆杉，阳光透过枝叶，洒下金光。红色的果实在阳光的照耀下，愈发鲜红；而碧绿的叶子，也显得愈发碧绿。仿佛一切都在既定的规程中持续，这种稳定感来源于大地的隐秘。

南方红豆杉之所以被人们所熟知，还因为从它的树皮和枝叶中提取的"紫杉醇"是世界上公认的疗效较好的抗癌药。人们对于这种和人类健康息息相关的植物，都极为敏感。亲近它，就好像有了特殊的庇护和依靠。

人工栽培的南方红豆杉，甚至被当作盆景摆放在家中，也成了一种潮流。人工培育南方红豆杉，不仅需要耐心，更需要科学的管理。我对温室里生长的植物，始终存着一种怜悯之心。总觉得这是人类的一厢情愿，为了满足自己的审美需要，把植物们请进家中，反而让它们失去了天生地长的野性，也失去了感知季节变化的基本权利。这也是为什么当我见到百山祖国家公园那一树又一树的南方红豆杉，就容易品出它们与众不同的古典与气度了。在森林覆盖率百分之九十的百山祖国家公园，南方红豆杉和百山祖冷杉、伯乐树、厚朴、鹅掌楸等珍稀物种生长在一起，让生物多样性呈现出百花齐放、百树争奇的特点。也正因它们在大自然的世界中，尽情吸收着天地的灵气，从而让它们身上散发出的野性气息显得更浓也更足。

人是群居性动物，需要和谐的人居环境才能感受到那份自然、纯真和幸福。其实植物也一样，它们也需要舒适的生存环境，才能更好地展示自己美的一面。心怀草木之心，这样我们就能把身姿俯向低处和每一种植物进行心灵的对话。有的时候，我在想，对于生长在丛林中的野生南方红豆杉，我的突然到来，是不是把它们吓了一跳？也许，林间穿梭的小动物，雀跃于丛林中的灰喜鹊、画眉、云雀，才是它们真正的亲人或者好友。

（原载《岁月》2023 年第 4 期）

　　叶琛，1986年生，中国作协会员、丽水市作家协会副主席兼秘书长。作品发表于《诗刊》《星星》《当代》《青年文学》《散文》等文学期刊。著有诗集《窗外的雨都是我的听众》、散文集《在雨中叙事》。

胭脂鱼生

◎叶青

20世纪80年代，温州乐清人南怀瑾先生馈赠"五味和"鱼生给居住在台湾的温州平阳人、一代名师、新闻巨子马星野。马先生爱不释手，心潮澎湃，连夜赋七律《呈南怀瑾先生谢赠乡味》以酬谢："拜赐莼鲈乡味长，雁山瓯海土生香。眼前点点思亲泪，欲试鱼生未忍尝。"他老泪纵横、浮想联翩，急切想品尝，又舍不得打开。他是想邀请同乡好友一起分享鱼生的美味，共忆家乡山山水水，遥思故乡父老乡亲。醇美咸香的鱼生，让游子如漂泊的船，找到温暖的岸。

玉环人称鱼生为"带柳丝"，因为它细长如初春的柳条；在温州称呼就比较直接，叫"白带生"。

带鱼是浙江主要海产鱼类，它们在披山渔场一带南北往返洄游。越冬时往南游，潜于八十米以下的海底层；春暖花开，水温回升的三月，开始游回来产卵。但三月的带鱼幼子太小，经不起腌制，常发酵成一坛卤水；四月时带鱼大规模进入披山海域产卵，被称为"回头带鱼生产季"，产出的"小带鱼"肉肥骨软，身材细条匀称，实属沧海一粟，却自有妙用，最适合腌制鱼生。

每年农历四月中旬，外婆蹲在家门口水井边，把外公从船上挑回来的带鱼幼子盛放在宽大的圆形木箍桶里，仔细分拣，剔去海蜇之类的小杂鱼，拣掉断头断尾的小带鱼。我们想帮忙，她总说这活只能一手"插"到底，那一蹲就是好几个时辰。

外婆躬操井臼，弯腰伏背，两眼专注，双手小心清理摆布。挑拣完后即加入"百肴之将"的盐，适量的盐既可使鱼体紧致，又能洗尽鱼身上的黏膜。鱼要洗得很干净，洗不干净，卤水不清，味道不佳。若加盐不足或用量过大，幼鱼会在水里溶化，要有足够的操作经验加配方才能避免功亏一篑。每次洗净鱼生，外婆的手指都会布满大大小小的伤口，若淌血不止，她就从针线蒲篮里找出布条捆扎手指，用线系紧止血。日子如熹光，温柔安详了我们的岁月，外婆腌鱼生时始终面带欢喜，一如她一生的隐忍。

清洗后将眉目清秀的小带鱼静置一夜，沥尽水分，加盐拌匀，再敷上家乡的红糟，似给新娘的脸搽上一层胭脂。晚上熬好一锅糊烂糯米粥，经一夜冷却后倒入其中，加入自家晾晒的香喷喷菜头丝，充分搅拌，这个过程叫打磨。打磨得好，鱼生条条赤红，鲜亮水嫩；打磨不好，辛辛苦苦腌的鱼生或很柴，或变一缸盐卤。外婆腌鱼生，似吃了算盘子——心中有数，从没有失手过。她把鱼生连同剩下的卤水装入口小肚大的陶缸里，在上面放置几支竹签，再压两块洗干净的鹅卵石，避免鱼生浮起，让它完全浸泡在这特制的"高汤"里。

密封坛藏这个程序很重要。玉环丘陵山貌，有一种红土壤分布在海拔两三百米的山坡，俗称"红赤土"，有独特的黏性。父亲从山上挖来红赤土，外婆将它和粗米糠搅揉成块，做成土墩，压在缸口，包上棕榈叶，用麻绳绕圈系上，严丝合缝。最后沿缸口圆周洒上白酒。这是她独有的程序，说是能避免虫子偷袭，看那虔诚的样子，倒有点祭祀行礼的庄重。

过了二伏，一般就是农历六月中下旬，就可以开坛食用。外婆腌出来的"带柳丝"出坛时，色泽奇艳，香气浓郁。鱼体缠绵交织，小带鱼与菜头丝耳鬓厮磨，融为一体，腌糟鱼中属鱼生的形象最为曼妙生动，也被称作"带鱼妹妹"。

家乡有俗语"杨柳青，断鱼腥""好囝不挣六月钱"，说的是三伏天，渔民不出海了，少有新鲜海鱼。这时，开启后的"带柳丝"刚好接上。外婆用大大小小的玻璃瓶罐装好，分赠给左邻右舍，或让她们自带容器来取。有手艺的渔家都会腌上二三十斤"带柳丝"，备一夏之用，如过去北方人冬天腌大白菜，供一冬食用。

鱼生属重口味菜肴，咸酸甜鲜辛兼有，还有一种特殊的气味散发出来，令人兴奋，能把你"嘴门子打开"，一口下去，食欲迸发，会让人吃上瘾。若加一撮白糖，倒一勺黄酒或醋，白酒更佳，提味又有劲头，是喝粥下饭的神器。小时候饭桌上弟妹们爱挑菜头丝吃，我更喜欢夹两根胭脂红又浸了白酒的"带柳丝"拌入碗中，三两下一碗粥就落肚了。有时碟子里"带柳丝"吃完了，剩下鱼卤，外婆闽南语顺口溜就来了："卤沾沾保平安，卤戳戳变财主。"意思是说只要我们用筷子蘸鱼生卤吮吮，把饭吃下去，保准长大以后平安又富有。这是清苦日子的循循善诱，今日回想起来包含着通俗的人生哲理。

外婆除了腌一手好鱼生外，还会充分利用鱼生卤的鲜美调味作用。她用鱼生卤炒萝卜、炒鲜榨菜、炒包心菜、炒蒲瓜或冬瓜、炖老豆腐，比味精更鲜美。用鱼生卤泡花生米，有意想不到的复合滋味，还有生生不息的寓意。秋末冬初，坛子里还有剩下的鱼生卤，正逢白萝卜上市，外婆会用一个搓衣板模样的刨丝板刨出一大盆萝卜丝，铺在竹簟上，晾到贴壁光景，收起丢进鱼卤里，用长筷子搅拌均匀。不出三五天，餐桌上便多了美味的萝卜丝泡菜。

现在，常年可以吃到海鲜，鱼生倒成为稀罕物，吃完大鱼大肉后，想吃点鱼生解腻，还得寻寻觅觅。特别是在温台一带的小酒店，宴席结束前叫服务生来一碗米饭，配一小碟鱼生下饭，心满意足，着实痛快！沿海一带餐席冷菜常有海蜇皮或海蜇头，配的若是麻油醋，家乡人会问：有鱼生卤吗？老板知道这是遇到温台吃货了。没有，只好讪讪道歉，有的话宾主气氛活跃，鱼生卤与海蜇头、海蜇皮被奉为圭臬。2005年8月6日，台风"麦莎"在玉环干江镇登陆，干江盘菜因味美随着"麦莎"一举成名。干江盘菜怎么做最好吃？切片，隔水蒸，蘸鱼生卤或虾蚬酱。

鱼生是温台饮食文化中的一朵奇葩，是渔家人匠心匠艺的百年传承。现在，渔民赖以生存的海域发生巨大变化，半个世纪以来，东海一网下去从捕获鱼种无数到东海少鱼，再到东海护鱼。伏季休渔已二十七个年头，渔民也积极保护海洋资源，海鲜摊上难得有幼带鱼，我也多年没吃到"带柳丝"了。

前些日子，朋友从老家回来，赠我两瓶"带柳丝"，在杭州家里打开即食，仿佛就是外婆腌出来的味道。

周作人在北京获绍兴老家人送的臭苋菜梗，感慨"近日从乡人处分得腌苋菜梗来吃，对于苋菜仿佛有一种旧雨之感"，他说的旧雨之感是对家乡及友情的联想和感念。我得"带柳丝"何止"旧雨之感"，那是魂牵梦萦，入骨相思无人知。

（原载《新民晚报》2021年5月15日）

叶青，浙江玉环人，中国散文学会会员。作品见于《浙江日报》《解放日报》《新民晚报》《钱江晚报》《台州日报》等报刊，著有散文集《鲜为人知》。

跟着运河走人生

◎叶炜

　　几年前，我应邀参加长三角文学发展联盟大运河文化主题创作实践活动，和来自江浙沪皖的作家一起沿着京杭大运河江浙段走了一圈。彼时正是炎热的暑期，头顶七月骄阳，脚踏丰饶大地，伴着运河上慢吞吞驶过的货船突突突的马达声，我们一行三十余人沿着运河从北走到南，横跨了徐州、宿迁、淮安、扬州、镇江、苏州，最终抵达京杭大运河最南端杭州。巧合的是，这次运河行走，恰逢我从徐州调到杭州工作一周年，等于是再次从参加工作的起点，重走一遍人生新的起跑线。加上我从小就生活在枣庄，那里的微山湖和台儿庄都是运河的关键节点。再联系到我从枣庄考入位于济宁的曲阜师范大学读书，对于曾经的运河明珠济宁这座城市又有过亲近的机会。如若把大学所在地济宁、出生成长地枣庄、二十年之久的工作地徐州和最新的工作地杭州连成一线，不正好是大运河的轨迹吗？说起来，我其实不过是一直在跟着运河行走人生，从懵懂无知的童年到为赋新词强说愁的少年，从苦读奋发的青年到今天人近中年，所走过的路仿佛都没有离开过运河。

水润童年：
微山湖畔小龙河

上世纪七十年代末，我出生在一个离微山湖不过三十里地的小村庄。村庄后面有一条河岸宽阔的大河，名曰小龙河，这条河从"沧浪之水清兮，可以濯吾缨；沧浪之水浊兮，可以濯吾足"的沧浪渊发源之后，最终汇入的就是微山湖。而微山湖自古以来就是大运河的一部分，南北狭长126公里、总面积1000多平方公里的微山湖，处处可见大运河的踪迹。资料显示，早在元代初年开挖济州河时，济宁以南借泗水作为运河河道，元代至元二十六年（1289）又开挖了会通河，京杭运河自北京起，经过微山湖直达杭州，微山湖湖区运河恰在大运河中间地段，具有举足轻重的作用。

微山湖区具有得天独厚的水运条件，许多古河道、新河道流经和汇入这里，周边的入湖河道达53条之多。而家乡的小龙河，不过是其中微不足道的一条。

从小就喝着连通湖上运河的水长大的我，最欢喜的事情就是与水打交道。小时候，小龙河是我和小伙伴们最常去的玩耍地。一年四季，这里都有我们的宝藏秘笈。春天，河面解冻，我们一大早便把成群结队的鸭子赶向小龙河。那些鸭子仿佛和我们有着同样的顽劣，兴高采烈、摇头摆尾地一路小跑着奔向它们的极乐之地。鸭子们扑通扑通跳入水中，我们则去岸边折那刚冒出新芽的垂杨柳，一大把一大把地带回家编织成花环。每次都要留下其中一根最粗壮的柳条，用拇指和食指捏住，转着圈儿搓几轮，使之变软，然后用嘴叼住柳条芯，轻轻拽出中间的柳枝，剩下的就是一个柳树皮空壳了。把柳树皮边缘用牙齿咬齐，去除最外面的一层薄皮，一支柳哨就做好了。吹着这支柳哨，我们开始呼朋引伴，仿佛对暗号一般，开始了一天的自由快乐时光。夏天就更不用说了，我们恨不得一整天都泡在小龙河里，游泳、嬉闹、捉鱼，从这边横渡到那边，到对岸的姜村去捣乱，故意惹怒那些在岸边洗衣的女人，再呼啸着潜入水中，一个猛子扎到河中央。气得那些愤怒的女人干跺脚，却没有什么办法。秋天鱼肥螃蟹多，小龙河沿岸到处都是被我们这些小孩子挖出来的坑洞，什么鲶鱼啦，泥鳅啦，当然更多的还是螃蟹，一个个被我们抄了个底朝天，一个不落地遭受着灭门之灾。那时候小龙河里的鱼像是怎么捉也捉不完，螃蟹挖了一茬又一茬，吃得我们满嘴流油，总也吃不够。冬天嘛，小龙河水变少，逢上大旱年月甚或干枯，这时的小龙河简直就是"小三峡"，一道"大坝"接着一道"大坝"，连绵不断，那可都是我们小孩子布下的"天罗地网"，为的就是"涸泽而渔"！我们从最低的那道"大坝"开始，把水用洗脸盆一点一点舀干，眼看着水一点一点减少，那些鲫鱼啦、鲢鱼啦、鲶鱼啦、大虾啦，都开始浮出水面，暴露在我们眼皮子底下。待水舀得差不多了，我们就一脸盆一脸盆地往岸边端鱼。那些鱼儿可真是喜人！黄澄澄，金灿灿，每一道"河坝"都有捉不完的鱼。尽管我们采取的是满门抄斩、斩草除根的"焦土政策"，可奇怪的是，第二年大水一上来，小龙河里的鱼儿又是数不胜数！

就这样我不知不觉在小龙河边度过了快乐的童年时代，等到真正亲近运河上的微山湖时，已经是少年时期了。

水照少年：
一条"大"河偏曰"微"

关于微山湖，最先听闻的是父亲跟着爷爷在微山湖边当鱼贩子的故事。父亲说小时候经常半夜就被叫起来，用爷爷特意给他改造过的小扁担挑上两个鱼筐，跟着爷爷去微山湖贩鱼。从家里走到微山湖，要翻越一座凤凰山，那里有一片黑松林，里面布满了黑漆漆的坟头。和爷爷一起还好，父亲还不是那么害怕。但爷爷偶尔也会让他一个人去微山湖挑鱼，父亲走过这片黑松林时就特别害怕。但走得多了，即便是风高月黑夜，他也能坦然而过了。半夜从微山湖挑回来两筐子鱼，回到镇子上的鱼市时，天刚好亮起来。微山湖特有的四孔鲤鱼味道十分鲜美，贩鱼的生意因此也越做越大。照着这个规模发展下去，父亲觉得我们家肯定能发一笔大财。但不幸的是，爷爷那时候喜欢打牌赌钱，一打就是大半天，把好不容易辛辛苦苦挣来的钱都输了个精光。好在父亲那时候胆子比较大，时不时悄悄把赚来的钱偷藏起来一些。估计他自己都想不到，就是靠着这些偷藏的零钱，后来竟然盖了三间大草房。

上小学的时候，我本家的一个姐姐嫁到了微山湖边的一个小村子。她出嫁那天，族长安排我跟着去"押车"。"押车"是鲁南嫁娶的一个风俗，女儿出嫁，得让一个本家弟弟跟着，我猜那意思无非是要给婆家人看看，我们家族这边是后继有人的，不要老想着欺负本家姐姐。我记得那天下大雨，微山湖发大水，婚车开到村口就开不动了。新郎背完新娘子，就接着来背我，那意思仿佛也是为了表明对于婆家人的尊重。

在微山湖边上生活，好处是水草丰美美景无限，万亩良田从不缺少灌溉的水源。坏处当然也是有的，就是水随天去，湖水减少以后，湖地露出，往往会成为众人争抢的对象。有时候为了争那天赐的湖田，不惜拼了老命也要打一架。因此这个地方的民风尤为彪悍，这才有了那形形色色的革命英雄故事。而其中最出名的就是微湖大队。微湖大队也叫铁道大队。这些故事有的和刘知侠所著《铁道游击队》有所重合，不过村里人的版本更多，也更为真实。比如刘洪实有其人，但其实是两个人，一个姓刘，一个姓洪，两个人原来都生活在这个村子里面。从小就是很好的小伙伴，后来一起到枣庄中兴煤矿当矿工，再一起起来闹革命，到津浦线上劫火车，练就了一身飞身扒火车的本领，成为飞虎大队的队长和政委，两个人最后被刘知侠定格为了铁道上的侠义好汉刘洪。我写"乡土中国三部曲"之《福地》和"红色鲁南三部曲"第一部《东进》时，也把这些微山湖上的英雄写了进去。被我写到小说里的，除了微山湖，还有运河古城台儿庄。

台儿庄在枣庄的最南端，和江苏北部城市徐州接壤。我在少年时期到台儿庄的机会并不多。只知道这里是大运河的一个重要码头，在运河鼎盛时期，这里一度繁华富庶，成为来往运河的达官贵人和底层人物的歇脚地，茶馆酒肆等也应运而生，让这里有了红尘烟火气，成了各色人等的热闹好去处。我们说水润一座城，大运河在台儿庄拐了一个弯，让古城台儿庄成为往来运河上的人歇脚的最好地方。后来运河退去，这里的水道变窄，终于"风流都被雨打风吹去"，此地唯余古城楼。但历史总是会惊人地轮回，大概二十年前，主任枣庄的一方大员，大手笔地在这里搞了个"复古"的"新城"——号称"天下第一庄"的台儿庄古城。借助于台儿庄国共合作抗战的历史大背景，一城连"两岸"，沟通大陆和宝岛台湾，俨然将运河时期台儿庄的繁盛景观重现。现在，这里居然也成为一方旅游重地，来往游客络绎不绝，成为枣庄当地经济发展的一个强劲引擎。

水映青年：
运河水闸回家路

在枣庄读完中学之后，我考入了在济宁办学的曲阜师范大学，在这里度过了四年大学青春时光。济宁是运河的一个集散重地，码头众多。但说实话，我去过的很少。一个原因是大学所在地曲阜离济宁还有一段距离，去一趟也不容易；更主要的原因则是那时候的济宁运河段的运营几乎没了往日的繁盛与热闹。但据说那里仍然有不少在水上生活的人家，还有很多水上村落。我曾经看到过一个完全由船只组成的自然村，所有人家都生活在水上，船上家家户户都通了电，有小卖部，也有卫生所，生活设施一应俱全。这个运河上的村落人人生活自得，吃在水上，喝在水上，出生在水上，也终老在水上。我没有见过水上的葬礼是什么样子，但我可以想象，那一定是不同于陆地上的另一道凄婉之风景。

据在水上村落生活过的同学说，在运河水上生活的人几乎都喜欢饮酒，且酒量很大，以此祛除身上的湿气，因此性格也极为豪爽。巧的是，我所在的曲阜师范大学一墙之隔就是孔府家酒厂，每天傍晚，在学校操场散步的时候，那浓郁的酒香就飘荡于整个校园。我们那时候都开玩笑说，大学读完了，酒量应该也上去了吧。不说喝酒，熏也熏得差不多了！不少生活在运河边上的同学，确实不乏好酒量者，然而他们对此说法却并不以为然。他们说自己的酒量就像运河水，从北流到南，从南流到北，那酒量都是打小就被走南闯北的家里人逼出来的，靠熏就能熏出好酒量？那怎么可能呢！

关于酒量大小和在运河生活之关系，我至今也没弄明白。反正在曲阜师范大学待了四年，被曾经的央视新闻联播标王孔府家酒厂熏了四年，酒量依然是没有渐长，反而是每况愈下。直到大学毕业，来到运河航道上的另一座节点城市徐州工作，我的"不胜酒力"之"美誉"终于达至顶峰。

我在徐州工作了二十年，在这里度过了最珍贵的青年时代。这里的运河景观丝毫不逊于枣庄，堪比台儿庄古城的窑湾古镇，至今仍可见当年的繁华。大运河成功申遗之后，徐州窑湾古镇再次得到深度开发，依照当年的样貌，修旧如旧，逼真呈现了一座古色古香的运河古镇。和台儿庄古城不同，这里的建筑多半都是当年的老房子，尤其是一些参天的古树，作为窑湾当年繁华的见证者，依然挺立在运河边上，令人莫名地感叹岁月无情却又饱经沧桑。给我留下深刻印象的当然不止这些。最让我感到难能可贵的，是在这些老房子里依然住着很多老人。这是一座活态的古镇，烟火气息浓郁的古镇。当然，窑湾既然是作为运河边上的名镇古迹，难免会有着浓郁的商业铜臭气，许多住户都在从事着各种小生意。这些小生意多半还保留着当年古镇的气息，什么窑湾风味小吃啦，小酒馆老磨坊啦，旧行当皮影戏啦……让人眼花缭乱之余顿生今夕何夕之感。

说起来有些好笑，从童年和少年时期到青年时代，从枣庄到济宁再到徐州，竟然没走出大运河的湖光山色——连绵不断的微山湖——这条贯穿了徐州和枣庄以及济宁三个地级市的大河。而这条明明是宽阔绵长而历史悠久的运河大航道，偏偏起了个特低调特谦虚的名字，曰"微"还"湖"！它至少应该是一条江的体量和规模啊！

据史料记载，自明代以来，大运河的开挖与贯通赋予了微山湖新的历史使命。湖上运河的开通，是大运河历史上一个新的里程碑。湖上运河从韩庄入口到济宁，纵横交错的运河上光大大小小的运河闸就有78座之多，因功能、作用不同，名称也有所不同，如节制闸、积水闸、减水闸等。如今，这些恰似大运河上闪闪发光的珍珠的河闸绝大部分都消失了，少数留下来的也失去了作用。

在徐州工作初期，韩庄水闸大坝是我从徐州回老家的必经之地。与其他水闸不同，韩庄水闸仍旧在发挥着非常重要的作用，仍旧是运河上的一座重要的调节枢纽。每次从韩庄大坝上开车而过，总是忍不住要多看几眼。每当看到大坝上那烟波浩渺的水面，我就知道离家不远了。这座水闸和大坝带给我的记忆远不止这些。我记得一开始经过这里的时候，大坝上还有一个收费站，每次都要收取过桥费五元，这个费用虽然不算高，但总觉得不那么舒心：过个桥嘛，还收费？这样的话，和走高速的花费没差多少嘛！还记得我结婚时，婚车经过这个收费站，意外得到了放行。后来没多久，这个收费站就拆除了，从此车辆自由出入，回家时也就越发顺心。

我出生的地方叫山亭，虽说离运河不远，但从这个名字就可以看出，这里肯定大山环绕。有一段时间，我开车时老是喜欢循环播放《父亲》这首歌，因为里面有一句歌词给我触动很深，那词曰

"忘不了粗茶淡饭将我养大，忘不了一声长叹半壶老酒；等我长大后，山里孩子往外走……"我其实就是那个山里的孩子，一直在努力地走出那个小山村。从枣庄走到济宁，又从济宁走到徐州，最后来到杭州。如今蓦然回首，发现自己一直走在大运河这条"水路"上，可谓是一直"顺着运河往外走"。

水墨中年：
浙东运河又出发

2019年下半年，我从在徐州办学的江苏师范大学调到了在杭州和桐乡两地办学的浙江传媒学院。像是冥冥之中自有注定一样，和枣庄、济宁和徐州一样，杭州和桐乡也都是大运河的重要节点城市，这里是大运河重要的组成部分。

杭州的大运河博物馆是运河文明的集大成之地。如果没有时间走运河，完全可以到这里来看看。在这里，真的是一眼看千年，千年运河在这里得以全貌呈现。现在，扬州也有了一座运河博物馆，在2020年长三角文学联盟一起采风大运河的时候，扬州运河博物馆还是雏形初现，但已经可以大致领略其设计的现代感和科技感，同时也保持着扬州这座运河古城的传统风貌和古典韵味。与扬州不同，杭州的运河博物馆因为修建时间较早，所保存的运河原始资料很多，同时因为处于沿海发达省份，其声光电的现代设计感也很强。我感觉如果要看从前的运河文明，那就到杭州来；如若对近现代运河有兴趣，则不妨到扬州走走。

大运河杭州拱墅段，串联起杭州最繁华的区域，是杭州历史底蕴最深厚、文化遗产最丰富、文旅价值最优越的运河明珠，有着"十里银湖墅"的经典繁华与时尚魅力。如今，运河水依然穿城而过，水上仍能现出当年的车水马龙和船来船往。来杭州旅游的人除了要看看西湖，多半还要去看一眼这里的拱宸桥。拱宸桥始建于明崇祯四年（1631），清光绪十一年（1885）重建，中间几经兴废。该桥是京杭大运河到杭州的终点标志。全长92米，桥身用条石错缝砌筑，上贯穿长锁石，桥面呈柔和弧形，为三孔薄墩石拱桥，纵联分节并列砌筑。桥形巍峨高大，气魄雄伟，是杭州城区最大的一座石拱桥，同时也是拱宸桥地区的标志性建筑物。

历经百年风雨的侵蚀，拱宸桥依然坚固。虽然砌体表面风化严重，桥面石阶和石栏板也有局部破损，但东西横跨大运河的雄姿依然。拱宸桥这个名字也大有讲究。相传在古代，"宸"是指帝王住的地方，"拱"即拱手，两手相合表示敬意。每当帝王南巡，这座高高的拱形石桥，象征对帝王的相迎和敬意，拱宸桥之名由此而来。我曾经看到一篇文章，说拱宸桥对于杭州的意义很不一般。很久以前，返乡的杭州人在看到这座古桥后，总会不由自主地坦然和兴奋起来。这座桥，便是古运河杭州终点的标志了。远走他乡的游子见到故乡熟悉的小桥迎面而来时，总是会生出许多的欣慰和感慨。这欣慰和感慨大概类同于我当年从徐州回枣庄过韩庄水闸大坝时的感受。这里面有近乡情怯，更有相思之苦。如今，拱宸古桥在几经修整后依然是行人往往来来。走上高陡的桥面，望运河远去，拱宸桥就如同一个维系点，它将整条腾龙系于杭州这片土地，里面是家、是根，外面则是一片供人闯荡的世界。

因为学校两地办学，除了杭州，我时常要到桐乡校区去上课。来得多了，便对桐乡这座小城有了更切身的了解。一开始开车去桐乡，我还要开导航。现在完全可以不用导航就能摸清这里的每一条道路。我因此笑称，自己已经是一个道地的桐乡人了。

熟悉了这座小城之后，我慢慢知道了人们常称的运河东线，就是指的大运河（桐乡段）——又被称为杭州塘、杭申甲线、杭申线（嘉兴—石门—崇福—大麻）的河道，全长41.77公里，占江南运河的十分之一、浙江段运河的三分之一。这样说来，桐乡是浙江段运河流经最长的县域。正因为有了大运河的水润，这里不但有闻名遐迤的文学大家茅盾的故乡乌镇，还有大运河流经的濮院、石门和崇福等，它们并称为四大千年古镇。时代巨轮向前，现在的乌镇和濮院等地已经不仅是经典江南景点，还成为在世界互联网和时尚等领域不可忽视的标志性小镇。如果说乌镇"最未来"，那么濮院就是"最时尚"，石门可谓"最吴越"，崇福则是"最宋韵"。

就在两天前，桐乡大运河国家公园建设项目团队到学校来调研，提出要依托浙江传媒学院桐乡校区的办学资源，在和校园一墙之隔的运河边上建设未来田园大学的规划和设想。我当时就被这个"未来田园大学"的提法惊呆了——如果真的可以在运河边上建成这样一所把传媒艺术教育和田园生产融为一体的"大学"的话，那不啻是一场乡村振兴背景下的高等教育的大变革！

历史上，浙江段运河数次重大改道变迁，都在桐乡境内发生并留下痕迹，彰显出大运河桐乡段的重要价值。今天，桐乡在大运河边上将进行的这场高等教育改革，也必将为大运河在新时代的大发展写下最浓墨重彩的一笔！

我也相信，跟着运河走人生，一定越走越精彩！

（原载《文学报》2023 年 8 月 10 日）

叶炜，浙江传媒学院文学院教授，浙江网络文学院执行院长，著有"乡土中国三部曲"等长篇小说十四部，另有其他著作八部。曾获第三届茅盾文学新人奖。

汪曾祺六题

◎叶燕钧

国庆假期，不敢外出看人山人海。呆坐家中，闲翻《汪曾祺全集》（人民文学出版社2019版），偶有所得，随手记之。

盛开的金银花

汪曾祺在八十年代初接连发表《受戒》《大淖记事》等一大批小说名作，轰动一时，洛阳纸贵。汪老晚年在一篇文章里对此有个生动的比喻。他说，他家后园有一棵藤本植物，从来不开花，家里人都不知道是什么东西。有一年夏天，它忽然爆发似的一下子开了很多很多白色的、黄色的花。原来这是一棵金银花。

他说："我八十年代初忽然写了不少小说，有点像那棵金银花。"

栀子花与薛大娘

1994年发表的散文《夏天》里，汪曾祺生动风趣地描写栀子花：

栀子花粗粗大大，色白，近蒂处微绿，极香，香气简直有点叫人受不了，我的家乡人说是："碰鼻子香。"栀子花粗粗大大，又香得掸都掸不开，于是为文雅人不取，以为品格不高。栀子花说："去你妈的，我就是要这样香，香得痛痛快快，你们他妈的管得着吗！"

1996年发表的小说《薛大娘》，写的是卖菜的街坊薛大娘，这薛大娘的主要事迹有两桩，一是给年轻人拉皮条，二是偷汉子，和保全堂药店的管事吕三偷情。薛大娘和吕三的事传得沸沸扬扬，她的老姊妹就劝她不要再"偷"吕三。薛大娘回道，吕三"一年打十一个月光棍，我让他快活快活，我也快活，这有什么不对？有什么不好？谁爱嚼舌头，让她们嚼去吧！"

我总觉得汪老笔下的栀子花就是薛大娘，薛大娘就是栀子花，栀子花和薛大娘都是汪曾祺。

汪曾祺两岁丧母，父亲非常开明随和，自小待他如友，养成了他无拘无束的自由天性。青年时代，他在联大求学，联大自由宽松的氛围让他如鱼得水。他晚年回忆在联大常常逃课去泡茶馆、酒楼，或者去图书馆乱七八糟地看一些杂书。新中国成立后政治运动不断，"老是怕犯错误，怕挨整"，连小说都不怎么敢写，活得谨小慎微。1958年划了右派，1962年摘帽后调入北京京剧团。运交华盖，得到江青的青睐，成为革命样板戏的金牌编剧。表面上颇风光，实际上更加临深履薄。他在京剧团的同事梁清濂说"那几年他战战兢兢，不能犯错误，就像一个大动物似的苦熬着，累了，时间长了也就麻木了"。只有到了改革开放以后，已过花甲的汪曾祺才迎来了一个自由宽松的创作环境，佳作不断，名满天下。生活当中的汪曾祺也终于"故态复萌"，率真自由的性格让他成为作家队伍里人人喜爱的老顽童。晚年的汪曾祺通过栀子花、薛大娘等等艺术形象，执拗地讴歌自由天性，只不过是要将多少年来郁结于胸的憋屈与窝囊一股脑儿地统统释放干净!

文人与知识分子

毕飞宇在他的《小说课》里为读者解读汪曾祺的《受戒》。毕老师讲,好的作家是要有自己特有的"腔调"的,汪曾祺的腔调就是业已灭绝的"文人气"与"士大夫气"。他建议年轻人千万不要去学汪曾祺的腔调,因为你学不来,容易东施效颦。毕飞宇甚至说:"汪曾祺是用来爱的,不是用来学的。"他的这些说法都深得我心,我觉得他是深懂汪老文字之妙的。

毕飞宇对汪老作品艺术性的见解可能主要来自对《受戒》等小说名篇的深度解读,他对汪老及其作品的某些总体评价则明显存在误解。比如,他说:"汪曾祺是文人,不是知识分子。"他进一步解释,所谓知识分子,比如鲁迅"一定是抗争的、激烈的、批判的、金刚怒目的"。而文人如汪曾祺则是温和、冲淡、飘逸、唯美、诗意的,"他是不批判的,他是不谴责的,他更不是憎恨的"。按照时下流行的话语,总结起来一句话,在毕飞宇眼里汪曾祺是不愤怒的。那么果真如此吗?表面上看,汪老的小说散文在艺术上一直反对怒目圆睁式的表达,他的调性永远是娓娓道来如涓涓清流。但是如果你真正全面细致地阅读过他的大部分作品,你当然就会明白,汪曾祺从来不缺少愤怒、批判与谴责。即使是憎恨这种极端情绪,在他的文字里基本上见不到,但也不是绝对没有的。

他写陈小手费了九牛二虎之力,保住团长太太母子平安,团长却从后面一枪把他打下来。团长说,我的女人,怎么能让他摸来摸去?团长觉得怪委屈。他在《徙》里写善良敦厚的高北溟生活的艰难困顿;他在《八月骄阳》里写太平湖与老舍之死;他在《虐猫》里写大人斗大人、小孩虐猫玩;他在散文《贺路翎重写小说》里痛感路翎的长期被迫害,直指"对一个人最大的摧残,无过于摧残了他的才华"。这样的例子真的是举不胜举，你怎么敢说汪曾祺是"不批判，不谴责"的呢？说汪曾祺是文人、最后一个士大夫、抒情的人道主义者等等都对，但同时汪曾祺也是知识分子，一名具有高度理性自觉的现代知识分子。

其实，类似毕飞宇的这种说法，在汪曾祺生前就有了。汪老在1994发表的题为《老年的爱憎》一文里讲，当时不少人都把他的作品归为"悠闲文学"一类，把他看作是"悠闲文学"的一个代表人物。汪老对此十分反感，表示自己非常讨厌中国人所谓的"忍""难得糊涂"等等庸俗的人生哲学。他说："我不是不食人间烟火，不动感情的人。我不喜欢那种口不臧否人物，绝不议论朝政，无爱无憎，无是无非，胆小怕事，除了猪肉白菜的价钱什么也不关心的离退休干部。"他还举例说："我写的《陈小手》，是很沉痛的。《城隍·土地·灶王爷》，也不是全无感慨。只是表面看来，写得比较平静，不那么激昂慷慨罢了。"

高雪之死

汪曾祺在《徙》里写高雪之死：

病了半年，百药罔效，高雪瘦得剩了一把骨头。厚基抱她起来，轻得像一个孩子。高雪觉得自己不行了，叫厚基给她穿衣裳。衣裳穿好了，袜子也穿好了，高雪微微皱了皱眉，说左边的袜跟没有拉平。厚基给她把袜跟拉平了，她用非常温柔的眼光看着厚基，说："厚基，你真好！"随即闭了眼睛。

很多人讲高鹗续写《红楼梦》虽是狗尾续貂，林黛玉之死还是写得很精彩的。我觉得也不好，非常做作矫情，曹雪芹是断断不会写成那个样子的。汪曾祺写高雪之死，手段就十分了得，寥寥百余字，平实平淡，而悲戚之情尽出。高鹗不及也！

春初新韭，秋末晚菘

某出版社给汪曾祺出散文集《蒲桥集》，请汪老亲自写个广告词。他写道：此集诸篇，记人事、写风景、谈文化、述掌故，兼及草木虫鱼、瓜果食物，皆有情致。间作小考证，亦可喜。娓娓而谈，态度亲切，不矜持作态。文求雅洁，少雕饰，如行云流水。春初新韭，秋末晚菘，滋味近似。

汪老后来说："这实在是老王卖瓜。'春初新韭，秋末晚菘'吹得太过头了。"

这当然只是老人家自谦，他的散文完全配得上这八个字。其实这段话也可视为汪老的散文观，是他心目中所认为的好散文的审美标准。

梦见沈先生

1997 年 4 月 3 日的凌晨，汪曾祺做了一个清晰的梦。他说自己以往做梦都是"飘飘忽忽，乱糟糟的"，醒来就忘得干干净净。但这一次的梦境却记得清清楚楚。在梦里，汪曾祺到《人民文学》编辑部小坐，见到桌子上一份校样，竟是恩师沈从文先生的小说。他拿起来看，觉得好是好，但还有需要改进的地方，就拿起笔来添改了一下。正要找沈先生讲讲，一出门就见沈先生迎面走来。老师一点也不责怪他，反而说你改得好，自己多年不写小说，笔僵了。师徒俩一起热烈地讨论起文学的事情来。在梦里，汪曾祺说自己没有感觉他已经死了，相反可以活生生地见到沈先生还是那样瘦瘦的，穿一件灰色的长衫，挟着一摞书，神情温和而执着。

汪曾祺醒来后一看手表，时间是凌晨四点二十分。汪老生怕忘了这个梦，趁记忆清晰马上起床将梦境记录成文，起的题目即《梦见沈从文先生》。

《梦见沈从文先生》发表于5月28日的《文汇报》，汪曾祺没见到。他不幸已于5月16日因病在京猝然离世，去往彼岸与他毕生敬爱的恩师相会了。

生前最后一个月，清晰梦见去世已近十年的恩师，总让人感觉阴阳两界似乎真的有某种神秘的联系。

（原载《兰州日报》2023年11月5日，有删节）

叶燕钧，浙江青田人，浙江作协会员。著有文化随笔集《远见有多远——刘基如是说》（台湾秀威书局曾出版繁体版）。2018—2020年与画家应为众合作，出版刘基寓言连环画《智者的教诲》上下册。近年转向文化散文写作。

过 行

◎尤慧莲

过行约等于赶集。行，行情的行，行业的行。但这样的表达总觉得有些勉强，碧湖人的"行"并不这样读，差不多是 ong 的第三声，ǒng 基，ǒng 口，牛 ǒng，猪 ǒng。某人穿着出客衣、包边鞋、尼龙丝袜，步履轻盈，人问：哪里去？答：过 ǒng。仿佛过节般喜气洋洋、春风得意。可见，碧湖人的过 ǒng 从容又美好，比赶集来得"高级"。

我说的是上世纪 70 年代初的事情。

我们村离碧湖街（碧湖镇通常叫碧湖街）两三公里，过的当然就是碧湖行。碧湖行每逢农历一、六为行日，五日一行，一个月六个行日。那时碧湖街的人颇有些优越感，把住在镇周边平原地区的称"乡下人"，住山区的称"山底人"。乡下人没什么"出水"（可以换钱的农产品），一年到头大概就指望着几头猪几只鸡，他们卖了鸡蛋，买回油盐酱醋过日常，卖了猪仔，买回布料做过年新衣裳。山底人经济"活水"些，但过行不容易。因路途遥远，安全起见，往往由生产队组织几个正劳力，半夜三更点着火篾出门，每人肩扛毛竹或树木，或挑上自家打造的竹木制品，到街上换了钱，再买点生活必需品。逢年过节，则买些白糖苏饼荔枝桂圆等礼包走亲戚。

行日的碧湖街自然分成许多区块，各区块的买卖泾渭分明，有经验又忙碌的人会直奔主题，买卖完了就打道回府，这就比较符合"赶集"的意思。也有的人不用赶时间，不卖什么也不确定要买什么，只是随便找个理由来街上逛逛，看看热闹，吃点好吃的，听听四邻八乡有什么新鲜的事情发生。他们可以早上来，傍晚才回家，"过行"的意味就足了。

邻村有几对夫妻，四五十岁的样子，几乎每个行日去碧湖街过行，一过就是一天。这一切都被我们村的人看在眼里了，就评论他们"享识"。这可不是什么溢美之词，而是揶揄他们贪图享受的意思。小小的我带着更小的侄儿侄女玩耍，安静地听着他们说话，居然能听懂八九分，就偷偷地乐，也会想：那一定是个好地方。

但我的母亲是不会带我去的，因为她自己就不怎么去碧湖过行。即使去，也不会带上我的——碍事呀。然而……

是因为我乖巧听话？照顾侄儿侄女有功？是学期末被评为五好战士（没错，就是五好战士）？可能兼而有之。总归，那个八虚岁的冬季，母亲决定行日卖小猪时带上我，还说卖了小猪，要给我买花布做新棉衣。这对于从未穿过新衣服的我而言，是天大的喜事。我身上的黑色棉衣是大哥小时候穿过的，袖子差不多在肘关节处，衣长遮不住肚脐眼，幸亏外面有花罩衫（姐姐们穿过的），加上自己的小心翼翼，才不至于在体育课上露馅。这回，很快就会有人生第一件属于我自己的花棉衣了！

到了那一日，母亲四五点就起来做早饭了，另一口大锅里煮着猪食。听到动静的我立马滑下床走出来，被"骂"回去后只好重新钻进被窝，可哪里还睡得着？便睁大了小眼睛，等着母亲的叫唤，就怕误了大事。

手拉车、猪笼头天就摆在了天井。小猪们在我们家吃了最后一顿早餐，一个个圆滚滚着肚子，嘶叫着，被捉进笼子，它们将去往不同的家庭，继续它们各自的"猪生"。

在车子左前方的一个角落，母亲细心地垫了点什么，让我坐好。大嫂拉车，母亲在后面推着。我们各自怀着心思，碧湖街过行去喽。

猪行，在下街，塔下殿旁边。那可是个热闹地，卖猪人拖家带口（一般两个大人一个小孩。大人负责卖猪和守住钱袋子，小孩当然就是跟来吃东西的），买猪人除了附近散客，据说还有天南地北的收猪客，都是冲咱碧湖小猪的名头来的。收猪客以温州、平阳人为主，他们收够小猪，拉到下江埠，用船运走。面积不大的猪行，手拉车接着手拉车，笼子叠着笼子，人们挤挤挨挨，不断有小猪被捉起来看品相：嘴长而尖的挑食，养不胖；腿过短的，将来个头也不会大。你得品，细品。猪们则扯着嗓子叫，声嘶力竭，四脚乱蹬。被看上的小猪被捉进买家的笼子，看不上的放回卖家的笼子。小猪的尖叫声、讨价还价声、大人呼喊小孩声，此起彼伏。空气里还不时飘过猪的尿臊味，难闻至极，我只想母亲赶紧卖了小猪直奔布店，毕竟那里才是我此行的唯一目的。母亲可不，说还要转到行基，买扫帚、笤篱、筷子、锅刷。说快过年了，都要换上新的，正月里亲戚来了才不会丢面子。

比起猪行，行基更像集市。偌大的场子，闹哄哄，挤挨挨（好像还有戏台的，如果运气好，还能看上木偶戏）。地上是光滑的鹅卵石，认真看还有花纹。四周摆了各式摊子，卖啥的都有，除了母亲要买的，还有犁耙铁耖，笤菜篮，竹交椅，鸡、鸭、鹅、鸡蛋、大米、豆子、玉米、芝麻，装盛的物件也是各式各样，篮子、箩筐、麻袋、抽紧袋。更有不少小吃摊位，油骚股（油条）、灯盏碟（油碟）、面食（馄饨）、米豆腐、豆腐丸、葱花饼……要说一点不想吃，那是假的，而且刚刚卖了小猪，有钱！可母亲平日里一角一分都计算着用，我就不忍心提要求，关键是今天要给我买花布做新棉衣，做人不能太贪是吧？就建议给全家小孩每人买一根油馓股。母亲赞许地点头。

挤过窄窄的行口，到了大街，右手边是卖针头线脑的小百货店，左边是卖酱油醋的店，隔壁就是著名的"饮食商店"。临街的锅里，水沸腾着，木锅盖漂浮在水面上，明显比锅子小，要不是店员掀开盖子加水时让我看见了里面有馄饨，我还以为是在煮锅盖呢。

不作停留，我紧拉着母亲的手，对街道两旁的美食熟视无睹。小心穿过大街，不远，棉布店已在眼前。快快地挤进去，目光越过大人的肩膀，看见三面靠墙的货架上排放着各色布匹。最神奇的是，店堂中心处有人高高坐着，以他为中心，向四周发散开的一条条铁丝，上面是飞来飞去的纸夹子。

母亲拉我挤到卖花布的柜台前，吃力地抱起我，让我自己挑选。五颜六色的，看花了眼，就那块红底白点的吧。母亲依了我，告知服务员要买的尺寸。服务员从货架上取下布匹，"嘣"地放在了木柜台上，一下一下地往外拉，每拉半圈，就"嘣"地响一下，"嘣""嘣""嘣"，越拉越快，得有好多下了，才见她停住动作，拿尺子一尺接一尺地量，完了用左手拇指和食指捏住，右手拿剪刀剪一个口，放下剪刀，两手同时用力，"嘶"的一下到底。折好布，用细线一扎，交给母亲，同时接过母亲手里的布票钞票，拿过一小张白纸，写上尺寸、价钱，包好，抬头夹进一个空纸夹，右手拿尺子用力一推，"唰"地送到了收银台。过一会，那夹子又飞过来了，服务员取下，将找回的零票和收据递给母亲。我看得出神——长大了能在这里卖布该多好啊！

有了新棉衣，肯定还得做棉衣罩，不然棉衣容易脏，关键是一件棉衣要穿好多年的。于是，我们又买了一块"米汤花"的布，只是至今不明白什么花是米汤花。前阵子我还试着对照江寒汀的百鸟百卉图册，仍然找不到记忆中的米汤花。

那天，母亲应该还给家里其他成员买了布。我不关心，只抱着两块新新的香香的花布，靠在母亲身边，觉得自己是世界上最幸福的孩子。肚子饿吗？不饿！

出布店，过毛弄井，往上街走，不久，母亲就停下来跟人打招呼，同时拉过躲在身后的我，让我叫娘舅。我猜一定就是"政和娘舅"。此刻，政和娘舅卖菜秧的担子就放在自家门口，里面还剩一些菜秧。他热情地邀请我们进屋喝茶吃午饭。母亲是个识大体的人，到了吃饭时间，突然多出三个人，舅妈得忙成怎样？就说还早，要赶紧回家。喝了茶水便要告辞。政和娘舅又硬要塞给母亲一些菜秧。我想，那些年，我们家后门菜园里应该有不少来自政和娘舅家的青菜。

临近村口，侄儿侄女们早已等在池塘边梧桐树下了。他们从奶奶手里接过油条，那叫一个兴高采烈。又问我过行好玩否，我说了人多、热闹，重点描述了布店飞来飞去的神奇场面，他们挺羡慕。停下来，喘口气，我才觉得特别饿，开吃忍了一路的、属于我的那根油条。

按照母亲的意思，裁缝师傅把棉衣做得长长的。一年又一年，我越长越高，那件红底白点的棉衣越来越短，却顽强地陪我到小学毕业。做棉衣省下一块布，母亲在煤油灯下熬夜为我做了棉鞋，大年初一穿上，暖烘烘，喜洋洋，也让我在小伙伴面前狠狠地长了一回脸。小时候的我体弱，运动能力极差，踢毽子，跳皮筋，什么都玩不过人家，这回凭着厚厚的软软的棉鞋，学起电影里的白毛女，踮着脚尖，在晒场上一圈一圈地走，把小伙伴们远远地甩在后面。只可惜，没几天，新鞋子就破了。母亲心疼到掉泪，唯一一次扬言要打我……姐姐背起我转圈跑，母亲一直追，姐姐一直躲。其实我也很后悔，很难过的，不如被母亲打几下出出气，可奇怪的是母亲总追不上我们，那只高高扬起的手臂一直定格在我的记忆里。

半个世纪过去了，父母早已作古，可回忆起来依然清晰甜蜜。

前几天去碧湖看望了八十七岁的政和娘舅，舅舅舅妈脸色红润，精神焕发。他们家临街的店面统一修缮过了，整齐划一。不过，舅舅说现在的集市摆在很远的地方了，街上冷清得很，行日里，再也没有亲戚来喝茶吃饭了……我用心回应着舅舅舅妈，又说到碧湖新城的宏伟蓝图，将来一定是越来越好的，逗得原本有些失落的二老，笑成了两朵菊花。慢慢地，两朵菊花模糊成父母中年时的模样。某个泛黄的午后，父亲对母亲说："三个女儿，一个嫁本村，等我们老了，可以端茶递水；一个嫁到丽水，乡下人也跟城里搭个边；另一个就嫁碧湖街吧，过行方便。"遗憾的是，我们未能实现父母当年的人生理想。一日，当女儿挽着我的手来到大型商场，穿过琳琅满目的货架时，突然想：这不是天天可以过行吗？如果左手挽着爸右手挽着妈……

（原载《丽水日报》2022 年 9 月 26 日）

尤慧莲，现居丽水，从事文学副刊编辑工作二十余年，编辑或参与编辑多部本地文化类书籍，有散文入选《浙江散文精选》《江南》，诗歌入选《浙江诗人》。

西湖的眉眼

◎俞天立

　　说起"西湖"如雷贯耳，而外乡人理解的西湖大抵是外西湖。其实西湖分里、外西湖和西里湖等，西里湖内还有个茅家埠。

　　里、外西湖平阔广博，却也因游人如织，显得聒噪而逼仄。西里湖恰如小家碧玉，水秀山明，是一处低调的胜景。依我看来，西湖最为动人的眉眼，当数西里湖的茅家埠。茅家埠起初叫"毛家埠"，传明朝总兵毛文龙死后安葬于此，遂有了"毛家埠"之谓。又因此地茅草丛生、水网密布，是沟通西湖南北的船码头，渐而成了"茅家埠"。茅家埠一度成为香客上香的渡口，因香客前往灵隐、天竺一带，必从此埠上岸，旧时茅家埠迎船揖客，繁华非常。明朝刘泰有诗云："六龙扶日消春雾，画船撑过茅家埠。吴姬双唱遏云歌，惊散鸳鸯与雁鹭。"

　　茅家埠在西湖以西，西接龙井，东临杨公堤。它的美，非寥廓秋日不能尽数领略。一湖澄澈碧波随秋风而皱，翩翩黄叶如舟船争渡，顺风一路斩波劈纹，在湖面映出金黄色的倒影。远处水鸟声声，近处芦花丛丛。沿着蜿蜒的木板路走去，芦苇、菖蒲、水烛、乌桕、桂树尽是一人多高，拉洋片似的从眼前闪过，真像是走入了

"小人国"——上有参天古树蔽日,下有芦花水鸟遮身,一时不知身在何处。

我去过茅家埠多次,最近一次去是立冬节气,仍然可见远处北高峰层林尽染,由绿至黄至红渐次变幻,调色盘也兑不出这许多颜色的。而那峰顶处,必然映了湖的碧和天的蓝,在白云掩映下虚虚幻幻、影影憧憧,友人便说:"真像雪山哩!"我心想,可不是嘛!神奇的是,"雪山"之下却是秋色峥嵘、漫湖碧透,于是一首毛泽东的《沁园春·长沙》便吟起来了:"鹰击长空,鱼翔浅底,万类霜天竞自由……"自然是应景的。

便说那湖。西里湖的情状,自然与外西湖不同。由于群山环绕,形成一处洼地,西里湖便更为清秀雅致些,并不似外西湖那样喧阗。近处浅滩无水,岩石遍布,稍远处却是水渚湿地。干湿对比下,层次分明,俨然一张贾科梅蒂的名画《在湖边》。童稚小儿在斗大的岩石丛中嬉戏,笑声爽然明净,简直是在秋水里洗过一般的清朗。几个携着孩子的中年男女在临水处游嬉,一抬手还摸出几颗螺蛳来,兴奋得呼朋引伴。两个古稀老人面湖而坐,吹起呜呜噜噜的葫芦丝,更添几分空灵。若将目光移至湖心,则可见一只乌篷小舟施施然划去,漾开一波又一波绸缎似的水纹。于是,那近处的人,稍远处的船,更远处的山,便连成了一条弧度优美的线来,我成了牵线之人,线尽头的"风筝"便是那目力所及之处苍蓝蓝天空飘着的云朵。午后,忽然想小憩一番,我就很自然地在沿湖长木凳上闭目小寐,将遮天蔽日的乌桕叶、芦苇秆当成幕布和窗帘,直到太阳偏西,"山气日夕佳,飞鸟相与还"。我的躯体就成了自然的部分,手成了枫树枝,足做了水鸭蹼,这可真是"天地与我并生,而万物与我为一"的感觉。

如果只是看景,那茅家埠已然足以快慰了,然此处偏还有人文之美。茅家埠是近代著名民族企业家都锦生的故里。都锦生号鲁滨,1898年生于茅家埠,1917年考入浙江甲种工业学校就读织机科，此公一生倾心于精进织技。茅家埠的秀山锦水造就了都锦生明秀瑰丽的创作风格，他常想：怎么将西湖山水织成锦缎，示艺于人呢？大概是想起九溪十八涧的飞云、茶山、清溪、涌泉，起了创作灵感，于是绘出意向图，自制轧花版，织出第一幅表现"九溪十八涧"的丝织风景画。先生创作热情一发不可收，又向亲戚借了五百元买了台手拉机，自己先画下西湖十景，备好花版式，再聘下师傅织造——杭州都锦生丝织厂就这样脱胎于茅家埠了。

都锦生故居临湖傍桥，东靠玉涧桥，南北枕西里湖，隔湖与丁家山相望，山环水绕，静谧清幽。从茅家埠水码头坐船去平湖秋月，出杨公堤，穿苏堤，一路的碧波，满屏的青翠。当年都锦生就是背了织毕的样品，从这条水路出发，向游客讲解织法和其独特之处的。故居颇有复古之风，木质的老式住房，隐在一棵参天蔽日的老梅树后，透出江南园林的古雅秀致。会客厅八仙桌、太师椅一应俱全，"润馀堂"主匾下，一幅照潘天寿画作织造而成的《松鹰图》形神毕肖。满屋的织锦画细腻温润，真是要把看客的眼睛都弹出来的，让人恨不能放大数倍，将那纹理和光华都参透了。侧边的生产作坊里，还供着部老式织机，全不采用机械动力，尽是老师傅凭感觉，一脚一手踩踏纺织呢！织机上丝线犹然可见，同一锦地便有数十种颜色抛道，真是姚黄魏紫、柳绿花红。线缕条条笔直挺立着，紧绷着——那是都锦生的铮铮铁骨呀！可不是嘛，"九一八"事变后，作为爱国民族企业家，日寇威逼利诱邀其在伪政权任职，都锦生丝毫不为所动，甚至被日寇追捕、全家被洗劫一空、机械厂房被日机炸毁，他也依然坚守在一线织锦，不屈地挺起了民族的脊梁。眼看企业尽遭毁坏，都锦生悲愤交集，忧郁成疾，病逝于1943年，埋骨茅家埠小兔儿山，后移灵至南山公墓。

在这座老宅院里，大师音容笑貌犹在。看桌前写字的都锦生蜡像，和全家言笑共乐的那场景，真是"欢言得所憩，美酒聊共挥"，旧时光随西湖碧水流到面前了。这庭院深深、湖水渺渺，要不是还有三两游客进出，真是宛若置身于半个多世纪前，让我给都锦生研墨递笔、端茶送水又有何不可呢！我对着都公的艺术作品肃然。他的心态是极适合隐在茅家埠的山水间，用手中的一匹匹锦，织出西湖里外之美的。尺幅之间，却存振兴实业、教育救国之志，可不是如同千年西湖的涓滴之水，流淌出杭州一城的博大胸襟呢！

所以我是极推荐去西里湖走走看看的，尤其是往茅家埠揽胜寻芳。这人文的情怀和自然的秀美，尽在天地无言中，实在值得细品。

（原载《浙江日报》2023年1月15日）

俞天立，金融学硕士。现为浙江作协会员。浙江省"新荷计划"入库人才。已出版散文集《茶当酒品》《素手调艺》。

晒 盐

◎虞燕

"唰——唰——唰",盐耙推到之处,洁白的盐粒似听到了召唤,纷纷聚于耙下,还没来得及结晶的卤水则难为情地让道,潮水般往前涌。盐耙的木柄被一双黝黑的手握着,一上一下,时松时紧,手的主人弯腰、低头,四十多摄氏度高温下,他灰白色长袖衬衫被汗水浸透,草帽下露出的一小簇短发贴在额前,弯弯扭扭,帽边析出了盐花,跟盐田里似雪的盐并无二致。

盐场建于平坦的沿海滩边,一格格方形盐池鳞次栉比,里面养了深浅不一的海水,因卤水盐度不同,呈现的颜色就有了区别,简直可以用色彩斑斓来形容。盐卤水倒映着蓝天、白云、飞鸟,也映出盐工忙碌的身影。盐工杨叔摘掉草帽,抹了把脸上的汗,一手拄盐耙,一手接过矿泉水,"咕咚咕咚"下去大半瓶。水分输送进去,杨叔就像受到了浇灌的青青麦苗,立马恢复了生机,连笑容的幅度都大了,白牙一闪,皱纹呈放射状展开,涟漪似的,一圈一圈。阳光下,那张刻满岁月痕迹的长方脸黑得发亮。

杨叔六十来岁,中等个头,精瘦,从事晒盐工作已三十多年。烈日如何灼烧盐田,便如何灼烧他的肉身,海水被蒸发、浓缩、结晶析盐，他身体里的汗水也是，他的衣服常常湿了干，干了湿，摸上去硬挺挺，像涂过一层胶水，用指甲一刮，盐粒"沙沙"地掉。

晒盐一行，以海水为基本原料，日光、风力为天然动力。杨叔说，主要还是靠太阳晒，日头越猛，晒出的盐就越多。所以，每年七到九月份是盐业生产的旺季，也是决定晒盐产量的关键期。

炎炎酷暑，正午时分，潮水快速上涨，海水便被放入盐田最高处的澄清池。东海的海水比较浑浊，潮水纳入后，先在澄清池沉淀，滤去杂质，再引入蒸发滩。如此，新一轮的晒盐轰轰烈烈地展开，制卤、旋卤、收盐、整滩……那是盐工最辛苦的时光，正所谓"凌晨出门鸡未啼，头顶烈日晒脱皮"。

为防止晒伤，盐工均穿长袖长裤，但好像效果欠佳。杨叔的肩背和手臂上，皮肤不平滑且颜色不均，乍一看，好似烫伤留下的细碎疤痕，实则为多次晒伤后色素沉积所致。毒日头连续肆虐几个月，区区纺织纤维终究抵挡不了。杨叔厚嘴唇一咧，露出标志性的白牙，跟他晒的盐差不多白，他说年纪大了越来越皮实了，近两年都没怎么晒疼过。在岛上，男人到了杨叔这个年纪，有这么一口白牙的极少，这可能是他爱笑的原因之一。而后，杨叔故意用力甩起胳膊，"嗨哟嗨哟……"，这是他在晒盐时老唱的渔歌号子，似乎哪一句都有"嗨哟嗨哟"，他每每唱得铿锵有力，脚步噔噔响。

晒盐，不可缺了小小的波美计。它用来测盐卤的浓度，达到24.5波美度方可上滩结晶。盐工往返滩间，时不时舀起一竹管盐水，测量后，根据卤值来决定换放滩水或取卤晒盐。炎阳下，结晶滩上薄烟袅袅，油光不断冒上来，小盐花如丝如絮，晶莹剔透，一朵，又一朵，一片，一大片，仿佛带着微不可闻的"簌簌"声，如雪花从天上飘下来。

渐渐地，滩面铺满了白色结晶，像闪着银光的鱼鳞。因盐滩的卤水是静止的，阳光长久照射，导致上层卤面温度尤其高，自然先一步结晶，结出的盐成块状，犹如一层壳，罩住了下面的卤水，上下温度不一，必然影响出盐率和品质。为防止粗盐板结，变成大颗粒结晶体，也为使盐粒更均匀细腻，就得不断搅动卤面，将晶体打散，于是，就有了"旋卤打花"这道工序。

杨叔是盐场的"打花"主力。盐滩中央拴一条长绳，另一头系一根竹竿，杨叔手持竹竿，沿着滩边走，来回拖动结晶滩中的长绳。这活看似简单，其实非常费力。绳子拨动密集的结晶体，逐渐浸湿，且长度那么可观，会变得相当沉重，颇考验臂力是肯定的，还要把控好力度和速度。过快过于用力，打不细；过慢过轻，则打不散。

结晶最快时即是气温最高时。毒辣的日头炙烤大地，盐滩边放几个鸡蛋就能烤熟。杨叔着一身长衣裤，戴着那顶变了形的草帽出现在盐田。他两手一前一后握住竹竿，绕着盐田不紧不慢地走，嘴里不自觉地哼起"嗨哟嗨哟……"，偶尔闪露的白牙发散出如盐粒般晶亮的光。杨叔绕了一圈又一圈，热浪从地上穿透脚底，与涌入头顶的赤烈之气在体内交汇，整个人如置于烧开了锅的蒸笼上，汗水先涌至后背、脖颈、腋下，然后是前胸、腿部，绕了不到三圈时，身上就已跟淋了一场雨似的。

"旋卤打花"，大概每隔半小时一次，一次得绕好几圈。只要太阳火辣辣地挂在那，没下山，"打花"就得继续，划渣、推盐、"走水"等也一样。

绳子在结晶滩里不断挪移、翻搅，咸咸的水汽泛上来，如烟似雾，杨叔感觉眼睛糊糊的，不知是因为汗水的滴入，还是这氤氲的水汽，突地，嘴里渗出一股咸味，好似盐田里的菱形晶体自动跑了进去，一会儿，又开始发苦，喉咙干得要冒火，渔歌号子也哼不出来了。他知道自己得歇一会了，得补充水分，盛暑之下，连轴转地"打花"太消耗体力了。他毕竟年纪大了，怎比得壮年时那般强壮。

杨叔在盐滩边上坐下，望向经过自己"打花"的结晶滩，那些线条任性、夸张，形成的图案奇特、抽象，它们嵌在白色盐田里，似乎想努力勾勒出什么。

从一汪荡漾的海水，到一粒粒规则的结晶体，晒盐人目睹并造就了这神奇的变化，盐粒更被赞为"色白、粒细、易溶""鲜嫩美"，每到收盐时，虽辛苦万分，脸上的欣慰、欣喜是万万掩不住的。

杨叔说起年轻时收盐，身体上的苦倒罢了，最难的是早上起不了。夏日里，收盐都在凌晨，白天收盐会影响卤水的质量，再者，夜里气温低，天气凉爽，适合干体力活。那会，到了时间，杨叔经常让家人、同伴把他打醒，或迷迷糊糊中用力掐自己，再用冷水泼脸、搓脸，才踉跄着出门。而年纪渐增，觉少了，易醒，原来的难事反倒不难了。

凌晨三点多，村里的公鸡刚叫过头遍，星光贼亮贼亮，杨叔和其他盐工匆匆涌向盐场。夜色里，盐田像落了一层霜，白得晃眼，又像拌入了天上的云，浮浮沉沉。穿了雨靴的杨叔走进去，用木耙推盐，即把四处的盐都赶到盐田中央。他脚步轻盈，肢体放松，忽左忽右，忽前忽后，别的人也不示弱，推得可起劲了，像在跳集体舞似的。

"集体舞"的效率还是很高的，盐田的盐乖乖归于一处，盐工们铲盐到簸箕里，再从盐田挑到几十米外的盐坨。扁担压在杨叔肩上，两个装满了白盐的竹簸箕一前一后晃悠，两只手分别抓住簸箕的绳，他又唱起了"嗨哟嗨哟……"，脚下踩得"噔噔噔"，脖子微微前倾，阔步而行。多个来回后，杨叔的脚步小了，衣服湿了，哼唱声时有顿滞，并夹杂着粗重的喘气声，扁担从右肩换到左肩，又从左肩回到了右肩。那些年，他的两个肩膀早磨出了厚厚的茧子，杨叔说皮糙肉厚挺好，像衬了垫子。

一担又一担的盐挑往盐坨，盐坨越堆越高，雪山般耸立。天亮了，晨光映照，皑皑"雪山"前，一些黑如煤炭的人露出了如释重负的表情。

（原载《青年文学》2022年第6期，有删节）

虞燕，中国作协会员，现居宁波，入选浙江省"新荷计划"人才库。在《人民文学》《散文》《作品》《四川文学》等刊物发表作品百万余字。著有中短篇小说集《隐形人》《理想塔》，散文集《小岛如故》。

记得你的微笑

◎张绍光

　　生活中总会有一些不尽如人意和无法抗拒的事情发生，似乎注定人生就是一条崎岖的山路，只有攀登，没有退路。因此，我们的生活离不开微笑。不管你快乐还是痛苦，不管你处于顺境还是逆境，不管你受到赞扬还是指责，也不管你被人拥护还是遭到冷落，你一定要记得微笑。

　　一个微笑，是人和人在交流碰撞时发出的灿烂的火花，拉近彼此之间的距离。一个微笑，可以给人以温暖，驱散笼罩在心头的阴影，赶走一切沮丧和忧愁，让人充满平静和幸福。一个微笑，可以消除人与人之间的误解，增加相互的信任感和亲近感。一个微笑，也许可以化解仇恨，正如鲁迅先生说的"相逢一笑泯恩仇"。

　　前些日子，我在医院住了10多天，做了一次手术，与医院大部分科室的人都有过接触，感慨良多，让我感受最深的就是微笑的力量。

　　一个人在生病的时候是最痛苦的，不仅肉体受尽折磨，而且精神近乎崩溃。此刻，最需要一位贴心的医生，详细给病人讲述病情和治疗方案，不仅让病人有知情权，而且能让病人感受到关怀和温暖。以前，我总觉得这样的医务人员不多。但经过住院期间的细致观察，我发现好医生、好护士就在我们身边。

一天下午，我到医生办公室里咨询自己的病情。此时，一位医生正在电脑前和一位患者谈话。他很年轻，似乎刚从大学毕业不久，高高的身材，英俊的脸庞，他手里拿着笔，一边敲打电脑，一边在纸上画图，详细地向患者介绍病情，他是那么专注，那么耐心，脸上始终挂着微笑。虽然在他看来，这是应该的，但病人从他的微笑里，看到一种"医者仁心"的高尚品德，从而增加战胜疾病的勇气和信心。

轮到我的时候，我有些忐忑不安。当我看到他的微笑，心里踏实多了。医生大概看出我内心的恐惧，立即安慰我说："你的情况我们研究过，无非是一个小手术，不必担心，我们会认真地做好，但需要你的配合。"在他的目光里，我看到诚实，看到信任。接着，他详细地给我分析手术的步骤，特别嘱咐手术前的几点注意事项。

当我被推进手术室时，我很紧张。一位麻醉师轻轻地在我耳边说："别怕，我给你做麻醉，尽量减轻你在手术过程中的痛苦，不过，你的神志是清醒的，不要有什么顾虑。"他头发有点花白，戴着大口罩，我看不清他的脸，但依然感觉到他的微笑。这一句简短的话语，这一个温暖的笑容，顿时让我的情绪平静了许多。术后，他还专程到病房看我，我很感动。

住院的日子里，每天看到白衣天使们忙碌的身影，无论在病房，还是在走廊，她们为病人打吊针、量体温、测血压、吸氧气，这些琐碎而繁杂的事情，她们都一丝不苟，细心认真，脸上挂着微笑。遇到一些情绪波动的病人，听到一些埋怨甚至责怪的话语，她们也是莞尔一笑，耐心解释，从不计较。

微笑是真情的流露，微笑是善意的表达，微笑宛如春天的风，绽开心灵的花朵；微笑宛如夏天的雨，滋润枯萎的树木；微笑宛如秋天的清泉，流过广阔的田野；微笑宛如冬天的阳光，照亮人们的心田。

我的一位朋友，经历过人生太多的挫折和痛苦，少年时失去父亲；青年时上山下乡；中年时在外打工；到了老年，又受到疾病的折磨。尽管如此，他从不悲观，总是保持微笑。他说："微笑是世界上最美丽的表情，最动听的语言。虽然我是一个失败者，但我用微笑给自己以安慰，给别人以快乐。生命从不绝望，切莫辜负时光。"

岁月流逝，人生无常。生活并不像人们所期盼的那样，永远充满激情的甜蜜，有时也会有低迷和无奈。给幸福的人一个微笑，那是分享他的喜悦；给悲伤的人一个微笑，那是鼓励他摆脱困境；给迷茫的人一个微笑，那是增强他前行的勇气；给懦弱的人一个微笑，那是希望他振作精神，做一个强者。

微笑无处不在。当你登上飞机，乘务员微笑着在机舱门口迎候，也许会缓解你紧张的心情，对即将启程的旅行充满期待；当你走进商场，售货员微笑着向你介绍商品时，也许会增加你购买的意愿；当你来到餐厅就餐，服务员微笑地向你说一句"你好"时，你也许会有一种"宾至如归"的感觉；当你参观展会或者游览景区，讲解员微笑地说一声"欢迎"时，也许你会更加认真地聆听讲解，激发兴趣。

当然，在不同的场合，遇见性格不同、处境不同和心情不同的人，也有不同的表情，有人可能不对你微笑，甚至冷漠。这也无所谓，只要你对他微笑，即使不苟言笑的人，总会热情相报，正如《诗经》所描写的："投我以木瓜，报之以琼琚。匪报也，永以为好也。"

毕淑敏在《提醒幸福》一文中说："生活中总是有灾难。其实大多数人早已练就了对灾难的从容。我们只是还没有学会灾难间隙的快活。我们太多注重了自己警觉苦难，我们太忽视提醒幸福。"微笑是一种满满的正能量，也是对幸福的提醒。

记得你的微笑。清晨起床，晴天也好，下雨也好，给天气一个微笑；出门上班，开车也好，步行也好，给时间一个微笑；来到单位，工作忙也好，闲也好，给同事一个微笑；下班回家，早一点也好，迟一点也好，给亲人一个微笑。相聚时刻，人多也好，人少也好，给朋友一个微笑。只要你时时刻刻记住微笑，你就是一个热爱生活的人，一个乐观的人，一个开朗的人，一个幸福的人。

（原载《温州晚报》2023 年 3 月 11 日）

张绍光，浙江省温州市人。中国散文学会会员、浙江作协会员。已出版作品集《美丽并不遥远》《秋窗流萤》《海外风》《人生风景》等六种。

父亲的岛和我的这片海

◎张一芳

　　我曾经在一篇文章的开头写下这样的文字："这些岛，对于我来说，意义全在父亲。"

　　父亲从一个城市回到家乡，就被派到这个岛上。那时节沿海岛屿刚解放，要巩固人民民主政权，要发展生产。父亲在岛上是怎样的工作，童年的我不得而知，只记起父亲出门时，军绿色挎包上的红五星，在我的脑海里闪耀了一辈子。多年后，听当年的乡长刘张林老伯说："你父亲在岛上的工作很辛苦！"我记住他的话，一是因为他的名字，竟然是三个字都可以是普通人家当姓的，觉得这样的人就适合当乡长；再就是这样一句可以作为领导评语的话，是一个大人当着一个小孩对另一个大人的评价，掷地有声；况且这另一个大人竟然是这个小孩的父亲！

　　我的父亲在岛上，大约是忘了自家孩子该上学识字的事。我比我的发小晚读一年书。没有玩伴的日子便经常跑到屋后的石碑山，眺望苍茫大海中的那个岛。那个岛是我父亲辛苦工作的地方，是他作为政府机关工作人员的第一份工作，父亲是政府机关工作人员中上岛第一批吃洋蓝墨水的人。

对于这个岛，父亲是怎样的一种存在，我在稍长大后能够体会到。他在隔海的栈头渔村有了第二份工作，住处的开窗正对着的还是这个岛；他从上海这样的大都市回乡后，经常跑到后山凝神眺望，看到的也还是这个岛，仿佛这个就是他的岛，是他的生命中的牵挂和纠结，从此奠定了他的坚韧、执着和坚持。

在父亲离岛的20年后，我才登上了这个岛。以后的数十年，我已不知去过岛上多少次。我都记着父亲给我的一句嘱咐：好好看看这个岛！

大概是心中存着太多东西的缘故，父亲的早逝可能是一种必然。我选择在看得到这个岛的后山安葬了他，以岛的屹立、岛的坚持，父亲寄存了自己的灵魂。

而我的这片海，因为岛的缘故，而显得似乎话题更多。我成为一名"讨海人"，17岁生日那天领到了打着钢戳的渔民证，和千百万大海里讨生活的人一起，起早摸黑，放钓捕鱼、张网撩虾，斗风闯浪，喝酒、摔碗、唱歌、动粗口、骂人，甚至蔑视万物主宰和神灵。无论寒暑，朝迎旭日出东海，晚看繁星缀白帆。这片海，是我们共同的生命依存，共同的快乐和诅咒。

我无法本能地巡游疼痛和惊涛，以及弥漫的咸腥和荤臊，驶行在岛与岛、岛与群岛和列岛之间，甚至岛之外的无限浩瀚。仿佛是一个哲学的话题，其实父亲是从一个岛，到了另外的一个岛。而我的这片海，若做广义的延伸，应当包括船的抵达，以及风雨人生和社会。

因为父亲的缘故，我的生命形式和父亲的岛非常接近，和我的这片海非常投合，在年岁的成熟过程中，无可拒绝地在这片海上写下自己的履历。

岛因为海而伟岸，海因为岛而壮阔，这和人生的道理似乎是一样的。

不管是挂着棕色风帆的木船，还是独自一人驾着小舢板，印证了流传广泛的谣谚："脚踏船板三分命，七分交给海龙王。"我学会在心中暗记岛与岛的距离，岛周围的礁滩和暗流。学会看潮水、辨风向，以及摇橹、操舵、使风帆，有过顺风顺水的悠然，且横橹把作枕，或者惊涛骇浪时的奋力，凭一只罗盘，就可以在风高夜黑或雾锁瀚海中，回到生命的锚地，回到家。

父亲的岛，会成为我的航标。父亲是岛上的一盏灯。

驶近父亲的岛，我知道从大洋到港湾，我走过了多少路；生命的历程，离岸还有多么远。

与海的经历，其实是我最精彩的一段人生。经过生死历劫，已无所谓浪高风险的说道，汛期洄游的鱼，有记性的海豚，会飞翔的巨魟，会唱歌的黄姑鱼，黑嘴鸥，以及奇怪模样的翻车鱼，鲸……无论辛苦，无论坎坷，无论险恶，无论荣光，无论得和失，在人生的每一个阶段，活出一个很好的自己。阳光如失落的指环，滚过蔚蓝，和自己随性嘟嘴吹哨招来的一场风暴，所有少年时的诱惑和迷恋，全在这片海，取之不竭的写作灵感像浒苔一样疯长出来……

这些故事是在我的成长期里生长出来的，它注定了我的生命形式，就像是父亲教过我，就是楫橹断了一截，也得奋力振动，让汗水的块垒，在肱二头肌上长成山丘。有时也像不小心踩着岩滩上的蛎石，身上感觉扎心的痛，几十年过去了，疤痕褪了些色，却依然没有长平。仿佛伤痛的尽头，会是奇迹的开端。

我的学历，便是那支桅杆和桅杆上被无数次撕裂的帆。思想的拔节之声，如同一把木橹搅动着海面，会发出叽叽嘎嘎的歌吟。

其实我和父亲一样，如同一些鱼，必然要从祖先那里延续蓝色的血液。尽管不断会有各种外力企图阻断这种遗传，用风暴、涡旋、急流，甚至沉船之类的恫吓，但战胜它的快乐似乎比上述种种更加强大。灵魂在海上畅行，它是有生长能力的。这个时候，我觉得自己依然在我的这片海，父亲，依然还在那个岛上。

父亲的岛已经不是过去的那个岛了，岁月更替，沧桑巨变，日新月异，父亲若再去，会不会还是工作得那么辛苦？而我换了身份，进入职场也已经有了些年头，我却坚定地认为，我的骨子，和身上流着的血，依然属于这片海里的少年。

人的一生经历过海，会是一种财富。

我便会经常对人说：人的一生，总要有一次去看海！

这个时候，我会感谢父亲的岛和我的这片海。

（原载《钱江晚报》2022年10月9日）

张一芳，浙江玉环人，浙江作协会员。当过渔民、供销员、文化馆创作员。曾任玉环县文联主席。发表各类作品约六百万字。出版专著《渔乡石板路》《不系舟渔人文集》（六卷）等。

从康平路到前丁街

◎章云龙

　　下班了，漫步在康平路上，一缕落日余晖穿过樟树叶的空隙打在地上，恰好照射在地上的一片樟树落叶上，蓦然间，我似乎发现了新大陆：火红的樟树落叶，纹理清晰，叶面斑斓，形状各异。我激动地蹲在地上观赏起来，这熟悉的落叶好像从未见过。细细端详，叶片种类还不少。有火红一片的，有青红相间的，也有黄褐红杂陈的，似手掌，似扇子……我拿出手机狂拍，心完全被一片落叶牵系，车流、人流似乎远遁了。世界之美，有时系于一念。一花一世界，一叶一菩提。

　　这熟悉的陌生带给我无与伦比的美的享受，行走，仿佛又有了新的意义。世界，是需要观察的。只要用心、入微地观察，定会发现与众不同的新世界。

　　我的脚步与我的目光一起巡视着每天行走的路，视野豁然开阔了。惠安寺大门边，站着三位沐着夕阳的出家人，黄衣、灰衣与阳光的色彩似乎交融在一起，浅浅的笑容挂在脸上，人间的气息有了一分生动。一天的念经礼佛，木鱼与黄卷相伴的生活结束了，该舒展一下身姿，走入尘世生活的空间中。没多久，三位出家人的身影融入了下班的人潮中，从我的视野中消失了。

惠安寺边的赤龙山，一条绿道通往山深处。几个饿了吧、美团的外卖员正慵懒地躺在草坪上，边上停着一辆辆送货的电瓶车。春天，草绿天青，草地背后绿植繁茂，鲜花盛开。路边，横陈的电瓶车，或玩着手机或聊得正嗨的外卖小哥，成了一道城市的风景。网络时代，外卖正改变着一个个城市的交易方式，也改变着一个个人的生活方式。外卖小哥烙着时代的印记，超负荷地挑着一份份生活的重担。小憩片刻，只为重新出发。城市，因他们的存在变得便捷。

脚步丈量着红色的慢行道，边上一辆辆轿车停着，公共自行车、共享电瓶车杂陈在街道两边，这是当代城市常态化的一道风景。行人匆匆的脚步声还有接打手机的声音在街道响起，那是归家人恋家心切的鼓点，也是公务员们午休生活的延伸。青年人成群结队地从我身边走过，仿若一座城市活力的心脏在此跳动着。

转个弯，街巷地名牌"前丁街"三字突然进入我的眼眸。一次次地从这条街走过，千百次的行走好像都是视而不见。傍晚的用心凝视，似发现了"新大陆"。于是，我细细地打量着这条不到五百米长的小街，店铺林立，业态丰富。食品店、美容店、文具店、打印店、五金店、花店、小超市、银行等散列在这条小街上。

从南往北，从北往南，一个人在小街转了一圈，饭店种类之丰富让我吃了一惊。曾经只沉浸于散步的我，心思集中于脚步的距离，脚下道路的平凹，还有与车辆的心理安全距离。当我以审视的眼光重新打量着这条熟悉的街巷时，陌生的惊喜充盈着我的周身还有我的大脑。这一刻，城市仿佛活了，多彩了。台州八宝饭、小海鲜、临海麦虾，温岭猪肉饭，黄岩食饼筒，三门年糕，沂蒙山铁锅炒鸡，福建沙县小吃，江西小炒，兰州牛肉面，湖南湘菜，重庆小面，四川肥肠鱼，陕西肉夹馍、炸酱面、凉皮，东南亚钵钵鸡，港式烧鹅饭，泰式生腌……这是一条汇集台州地方特色美食与国内外特色美食的一条街。还有麻雀食堂、连锁店、老字号组成的店铺，不时见到外卖小哥留驻店外，想必这是一间备受网上食客欢迎的店铺。这里的店铺标牌也没有一些地方统一的呆板的式样，有灵动，有诗意，有粗糙，有简洁，有繁杂，却也真实、多元。不同的文化，不同产品的定位都可从不同店名及店铺招牌上窥见一斑。一家名为"家宴"的饭店打着"人间有味是家宴"的广告语，透着温暖，还有感动；"鲨甲小海鲜店"下挂着一条"我喜欢台州，更喜欢这个城市的你"，直指客户定位，以情招客；"煲煲现做有锅巴"，店名不同常规，醒目位置打上台州煲仔饭热销榜第一名的广告，想必其真有独门功夫；至于"二师兄猪肉饭""鱿鱼爱上糕""炸七炸八"等店名，别具一格；更多的店名直截了当，如"炸酱面"，下署陕西美食；羊肉砂锅，下有黄焖鸡米饭，道出此店主打的两道美食。

一家门面装潢不错的店，旁有"这家店，注定不平凡"的广告语，大门紧闭，一张红色的"店面出租"纸贴着，关门大吉了，惜哉！一家名为"息壤易购"的门面很大，旁有"让生活不再是成本"，下有连锁店编号，大块玻璃上，还有"盛大开业""狗年大吉"的彩色宣传帖，想必开业时间不长，我看不出其经营项目。市场残酷，活下去、活得好并不容易。

康平路是美食一条街，长长的，其东西南北的美食难以数清。车水马龙、灯光闪烁、食客如织是晚上的盛景。前丁街，是一条窄里小街，不豪华却实在，人间烟火充盈。万物皆空，唯美食不可辜负！

（原载《散文选刊》2023年第9期）

章云龙，浙江作协会员，台州教育作家协会主席。作品散见于《海外文摘》《江南》《散文选刊》《浙江日报》《诗刊》《散文诗》等百余种报刊，发表作品三百余万字。

点点鸟，鸟会飞

◎赵霞

那时我们家的屋还是老屋。除了我们一家和家里的老猫，地洞里还住着老鼠，屋檐口住着麻雀。夏天的时候，麻雀最烦人，它们打着群落到铺满稻谷的晒场上抢谷子吃，害得我们一遍遍地跑去赶，才赶走又来了。但到了冬天，别的鸟儿都飞走了，看见它们还挤在檐下叽叽喳喳地说话，不怕冷地跳到雪地里找东西吃，又觉得愉快。我从不知道我们家屋檐下的麻雀把窝搭在哪里，它们好像总是从那里忽地冒出来，又忽地不见了。有时候无聊，撒一把碎米粒在空地上，马上有三两只麻雀从檐头落下来啄吃。每啄一粒，它们侧一侧头，马上看到了下一粒，再跳过去啄。碎米粒渐渐通往我脚下，它们也不担心，还是一跳一跳地向前。我觉得差不多就要逮住一只麻雀了，却在出手的一瞬，让它嘟一下飞走了。

脑海里便浮起小时候拿手指头玩的游戏："点点鸟，鸟会飞，嘟啦——"

冬天一过，屋檐下的鸟声多起来。燕子是归来的常客，叫起来也稳重，"叽"一声，飞进屋了，"叽"一声，飞出去了。小燕子叫得急，那是因为饿的缘故。还有黄鹂，轻易不到屋檐下来。有一年春天，我们家楼上的玻璃窗户少了一块玻璃，还来不及装回去，大清早从这缝里飞进来五只小黄鹂鸟儿，在屋子里旋绕鸣叫。我跑来跑去想要捉住一只。小鸟们纷纷往外飞，几次撞到窗玻璃上，坠落地板，再飞起来继续找出路，渐渐地都又飞出去了。忽然有一只鸟儿闯进了我眠床的纱帐。我把纱帐一放，它就这么给我捉住了。这只嫩黄色的鸟儿真漂亮，我捧去给外公看。外公说小黄鹂鸟儿新学飞，不更事，才会撞到别人家屋子里来。我把它装到一个纸盒子里养着，趁我走开的时候，它顶开盒子盖，自己飞走了。

往山里走，偶尔经过一片灌木丛，从里头呼啦飞起来一个大东西，往往是野鸡。它是灰色的，样子像大麻雀，只是肥硕得多。可惜遇到这样的情形，我总是先被那呼啦一声惊退，等到反应过来，它早飞没影儿了。有时候，草丛里捡到一根长长的灰羽毛，我们就猜测这里曾经住过一只大鸟。大人们说深山里有雉鸡，五彩的锦毛，十分漂亮。戏文里武将冠帽上两根长而软的羽饰，就是雉鸡的尾羽制成。下雪天，这鸟看见人来，就把头埋进雪里，以为躲起来了，尾巴却露在外。此时便抓住它的尾巴，拔萝卜似的将它捉走。这也是大人告诉的。我们自然从未在山里遇到过雉鸡。只有一次，隔着远远的山谷，望见一只大鸟从对面山顶飞起来，长尾巴拖出一道炫目的锦色。我们一齐立着，望了许久。

布谷鸟叫的日子里，山谷田野里回荡着它们的叫声。我骑着自行车放学回家的路上，竟在田头意外捕到一只布谷。它应该是受了伤，不能飞行，躲在路边的草丛里，受了自行车声的惊吓，从草丛跳落田间，一拐一拐的，被我顺手捡走。从野地里带回家的雀鸟，这布谷算得上大了。为了养这只布谷，隔壁人家慷慨地把家里箩筐似的一个大鸟笼借给了我。但这鸟在笼子里不吃不喝，最后只好把它放生。

秋天里，雁群从我们头顶整齐地飞过去。偶尔它们飞得低，让我们看见了灰茸茸的腹部和笔直向后伸开的脚杆。长腿的白鹭鸶也远远地飞来，涉水寻找小鱼。这鹭鸶细长腿脚，姣美身段，头上一簇洁白的翎羽，涉水迈步轻巧优雅，吃鱼也不露贪相，只是绝不近人。它们盘旋着飞落，往往落在远离湖岸的水洲边。我们就在岸上看它们举着长喙，走来走去觅食。更远人的是水活鸹，也许是鸬鹚的一种，形似野鸭，却小巧许多。水活鸹善潜水，眼看它浮在河上，眨眼不见了，再一眨眼，它已在远远的另一处水面滴溜一下浮起。

村里有年轻人从外面带回一把气枪，四下里拿鸟雀练手。麻雀们首当其冲。砰的一声，铅弹飞出去，中弹的麻雀应声而下，有的落在陆上，有的掉在河里。白鹭鸶听见枪响，吓得赶快飞走。老人家在边上看见了摇头。这后生提着气枪上山打鸟，一无所获，下了山还在瞄准鸟儿放子弹，竟打中了水里的白鹭鸶。旁边人终于看不下去了，都拿眼睛剜他。他却浑不以为意，从另一岸涉水过去，捞起鹭鸶鸟儿，一手肩枪，一手提鸟，得意地回去。

好在气枪不久就禁了。

却还有比气枪更厉害的。我父亲那时在轮窑厂开挖泥船，专挖河底的淤泥，用作砖瓦料。有时船开得远了，赶不回来，就在河上过夜。周日我不上学，父亲还要上班，偶尔也带我上船。那日暮色四合，船舱里晚餐已毕，我跟随父亲走上船头，望见河面白雾茫茫，一些大鸟在不远处的水洲附近扑腾飞落。此时同行的一位长者忽然神秘地借船上洲，溜了一圈方回。人人似乎都知晓他上岸去做什么，又窃窃地不说出来。涡轮声在耳边突突地响，我在迷迷糊糊里睡去，又在迷迷糊糊中醒来。走到船舱口，天色未晓，借着舱里投出的灯光，我看见他从船头大跨步走来，手里垂拎着一大串什么物什，暗影里却看不清楚。父亲后来告诉我，这是他药回来的一大串野鸭子。原来他此前上岸是撒药去了。"药野鸭子做什么呢？"我问。"自然是煮来吃，"父亲答，"不过野鸭本来是不让药的。"所以他才要趁夜行事吧。第二天再见此人，他大声问我："船上睡得惯吧?"我赶紧躲开。我害怕他拎过那串野鸭子的手。

当然那是很多年前的事了。

很多年后,有一天爬山,走入一处密林小道,忽见道旁一只羽色鲜亮的大鸟在扑腾翅膀。再细看,这鸟原来挂在一面极细极韧的绳网上,挣扎不能脱身。我上前去想要帮忙,它以为我是猎人,转过头用漂亮而坚实的喙狠狠啄我。我只得退开步。细看这张网子,原来从上至下密布道旁,乍看几乎无形,难怪鸟雀会撞上去。若给这网缠住,脱不了身,或者给布网的人捉走,或者饿死。网上果然还悬着不少死去的雀鸟。

我下了山,准备找一把剪刀把这网铰破,放走那只鸟。一路上,我向人询问,山上怎么会有这样的网。人人闭口不言。也有人悄声告诉,这网是山下经营菜馆的所设,为的是增添野味,吸引顾客。

等我再爬上山去,那只鸟不见了,网也不见了。

好多天,我心里总想着那只鸟。它的羽毛那样好,喙那样强壮。它后来是自己挣脱网子逃走了吗?

现在回乡下,看到的鸟倒比以前还多。鹭鸶不是一两只,而是从田里成片地起飞和降落。初夏穿过一片浓密将收的油菜田,惊起来两只绿羽毛、长尾巴的大鸟。我一点儿不认得这美丽的大鸟。它们在空中盘旋几圈,确认没有危险,复又隐没入地面的一片碧色中。

但愿它们住在这里,长久,自在,安宁。

(原载《文汇报》2023年2月15日)

赵霞,文学博士,浙江外国语学院副教授,中国作协会员,著有《童年精神与文化救赎——当代童年文化消费现象的审美研究》《思想的旅程:当代英语儿童文学理论观察与研究》《幼年的诗学》等个人学术著作、论文集七部,出版散文集两部。

风水宝地

◎赵宗彪

　　村民们都说，赵宅风水好。至于好在哪，每个村民都有自己的说法。现在的行政村叶宅，大部分人姓叶。本村叶姓的始祖，迎娶了赵家的女儿。赵宅村是叶宅的外婆家。

　　村民们相信，好的风水会让自己与子孙荣华富贵、福寿安康。特别是有钱有地位的人，为福寿绵长，私下里都会请懂风水的人来勘察。

　　风水先生的地位比算命先生高，开价更高，视力也要好。毕竟要望风水，近视当然不行。

　　舅公有文化，懂风水这一套，朱雀玄武、青龙白虎、前水后靠什么的，他都讲得头头是道，但不相信。他的理论是：中国古代的帝王们，都将自己的墓地选得最好，可是，有哪一朝代的皇家子孙永享富贵？王朝短的十几年，长的也不过几十年、几百年。更惨的如朱元璋的子孙，基本上都被杀光了。

　　有一个迷信风水的人，在看风水上花了许多钱，还将父母安葬多年的坟迁移到宝地上，结果家境也没有改变，子女又不成器，并无翻身的迹象。别人的结论是，要么是风水先生水平差，要么那个墓地确实是好风水，只是他们家没福消受。

不过，相信的人依然不少。有的人则是抱着宁信其有不信其无的心态，反正自己为后代谋福利，成本又不高，是非常合算的买卖，不妨一试。

舅公曾给我讲过许多精彩的风水故事。

王五与徐六是同村人，都喜欢看风水，也相信风水。

王五看中了一块风水宝地，自带罗盘看了很多遍，又找来懂风水的朋友反复论证，确认是方圆五百里内最好的寿域，非常兴奋，在请懂风水的朋友喝酒后，得意忘形地同村民说，准备让父母亲过世后安葬于此，以利子孙富贵发达。

同村的徐六听到了，跳起来两尺半高，找王五论理：这是我早几年就看中的，是徐家的。并且找来了当时一起商量过的朋友做证。王五大惊，一拍桌子，跳起来有三尺高。

双方为了子孙万代的遥远利益，各不相让。村干部调解多次，无果。一者都是本村人，非亲即故。二是双方都证明自己最早发现，都有人证物证。千怪万怪，只怪当时没有专利法。

后来，请了一个讲事高手出马。他分别听完两派的意见后，召集王五、徐六等人，宣布：王家与徐家，谁的父母先死，风水宝地即归谁家！

纠纷瞬息终止。

（原载散文集《山河故人》，浙江人民出版社2022年8月版）

赵宗彪，浙江天台人，1964年生。作家、画家。出版木刻作品集《木上江南》、散文集《山河故人》等十多种，举办木刻个展十余场。

一世界

◎郑春霞

1. 一页纸

不能恨他，那就爱他吧。一页纸躺在一沓纸之中，这么对自己说。他酗酒、颓唐，喜怒无常。一页纸能对一个作家有什么其他的指望？一页纸那么空，那么满，就快要蔓延出A4的边界和疆域了。一页纸期待着作家的亲临，他的脉息和掌纹将铺满雪白的一页纸。

他写诗，写小说，也写话剧和散文。然而近来，他已不写。写作于他而言，实在是一件多出来的事情。一页纸觉得一生都荒废了。它比作家更渴望灵感的来袭。一页纸被窗外的冷风吹得翻飞起来，烟尘在光晕中回旋。在下一次的翻飞之后，一页纸重新躺下去，无计可施。那是多么亮洁的一页纸，挺括而精神。如果没有被书写，那么一页纸的肌理也终究得不着蓝墨水的浸润，它将老死在一沓纸之中，化为灰烬，那是多么及时的废除和遗弃。一页纸在一行一行浅淡而隐隐的纹理之中，枉自叹息。

然而，就在那一刻，窗外的风向还是降雨量或者是能见度，恰到了好处，作家就这样走了过来。一页纸倏地醒活了。它觉得自己的心游走出 A4 的规范，蠢蠢欲动。同时，它坚定地按捺住了自己。一页纸知道，只要他过来，伏案，低头，他就回到赤子。作家就会横陈自己的魂灵在一沓纸之上。那种时刻的作家才是一页纸最可宝贵的回想。俯首疾写的作家一如裸婴，贫穷到一干二净，富满到无边无垠。而现在，他写得并不顺，蓝墨水也几近枯竭。一页纸在一沓纸之中探身窥觑，一页纸多么着迷于那清隐的眼神和暗涌的沉思。一页纸莫名豁然，心门洞开，整个周遭都亮堂堂了起来。

他翻过去，翻过去，写了又撕，写了又撕，一页一页纸，被揉成团，抛进了故纸堆里。那么多页纸，蜷缩着，无能为力。啊，终于轮到了自己。一页纸抖擞着精神，命令自己终生不能忘记。一页纸默默无声地全心全意地袒露在作家的面前。没有躲闪也没有羞惭，甚至错过了呼吸。整个世界都停顿了下来。所有的计时器被抛到了云里雾里。蓝墨水润泽着一页纸闪亮的肌肤。一页纸不去想将来，也忘了过去，方圆千里，听不到鸟鸣，也看不见花开。只有一页纸，静静的，在世界里。

或者，它终究也会被揉成团，抛了过去。但一页纸多么不甘心。它狠了狠心，将锋利的页脚深深地划进作家柔和的手心。看得见的血晕，展开，散去。作家的内里被刀尖挑起，一刹那，灵思如雨。一页纸终于得逞了，一页纸在作家的生命中脱颖而出。

蓝墨水不停地游走，迫不及待。沉寂了多年的作家在声名鹊起的聒噪之后，终于得以一泻千里地书写。作家的灵思在一页纸的身体上跳舞。一页纸被注视着，一遍又一遍，那么近，那么近，近到一页纸和作家都撞破了彼此的呼吸。

一页纸被越来越多的人捧在手心，品评，朗读，回甘不尽。一页纸依然有着 A4 的疆域，然而一页纸远涉重洋，走向了无穷无尽。作为上个世纪伟大作家的最后的手稿，一页纸被尘封在博物馆的展览窗里，如一个标本，和作家的诗一起，得到了永生。

人们依稀看得见，那洁白的一页纸上鲜红的一滴，来自一个东方作家的精血魂灵，也来自一页纸的精心布局。

2. 一本书

翻开还是不翻开，一本书费思量。它躺在小镇图书馆靠窗的那一排橱架上，春风也翻不动它。那是一本厚重的古籍图书，端庄得有些寂寞。一本书被自己的身体压得透不过气来。一页一页纸，那么多页纸，叠在这么局促而规定好的空间里，不能外出。

比不得那些杂志，那些流行小说，或者畅销书。它们轻装、艳美，吸引人。它们被一页页翻开，哗啦啦啦，像风儿拂脸，像水面的波圈，像次第剪开的裂帛。世界上没有一本书不曾迷醉于那一种被翻开的声音。那一种声音里面迷藏着每一本书温柔的体香。就连书自己都能闻得到。每一天，书儿们都期待着被翻开，期待着一双双渴慕的眼神来窥探它们的芳踪。有些书，淘气地跳开，引逗，回眸。有些书，一尘不染地坦呈在那儿。有些书，还没来得及想好，一刹那脚点密集，一刹那无迹寻找。

然而，一本书也知道，对于书来说，翻开不翻开都是一种浪费。那么多人走过来，翻开来，他们哩哩啰啰，有时哼着小曲，双腿在有节奏地抖动。他们用唾液舔蘸着手指，翻起来就更顺手一些。或者，也有人拎了小刀，割走了他需要的那些部位。啊，一本一本书被搜身，被剖解，身体一点一点不附于自己，更遑论腾出空位来安放灵魂。

一本书算是看开了。在这个世上，一本书要找到一个爱书的人，比一个爱书的人要找到一本好书，更加困难。那么，翻开还是不翻开，又何必去思量。一本书觉得自己只剩下时间了，它已经没有了任何的盼头。生命就此打住，也不过如此。

然而，那是一本多么智慧的书。它知道一本书不可以这么轻易就给自己下结论。它在意念之中，翻了个身。假寐及至沉睡。那么多时间以后，一本书自然醒来。依然不变的背景。这时候，管理员走了过来。他是图书馆里唯一的管理员，戴着深黑框的眼镜，套着卡其色的袖套。他一手拿着糨糊，一手翻着书页。他把那些书一本本地抚平，压齐。那些破损的书页，他用糨糊将纸张一点点修补回去。至于那些被开了小窗的页码，他会复印回来相关的内容，整整齐齐地贴回原先的地方。

管理员走过来，拍了拍一本书。一本书无动于衷。一本书知道在这个小镇上，他才是真正爱书的人。虽然他从来不读它。但一本书时不时地总得着他的抚触。他用鸡毛掸子轻轻拂去一本书封面上的尘，用手拍拍它的书脊，极其快速地翻查一遍。如烟似雾的轻尘飞扬在他们中间。

又很多时间过去了，背景有了变化。一本书分明看见窗外的墙上一个红红的"拆"字。推土机越来越近。不远处是新起的小洋房。管理员好几天没来上班。图书馆也关闭了。一本书，慌乱了。

千回百转啊，一本书沦落到了夜市的书摊上。按照最时尚的手法，论斤出卖。啊，一本书觉得自己的肉身多么累赘和多余。如果它是虚空，那么何来这么沉重的耻辱？因为它是沉重，它承担了那么虚空的刑罚。一本书被放上了公平秤，战战兢兢，难以自持。

"放下它吧！"一本书听到了熟悉的声音。啊，是管理员。他已经老了，但声音总是比面相迟一些老去。一本似曾相识的书，翻开扉页，果然是图书馆蓝蓝的印记。一本书被揣在怀里，顿时泪流满面。但它不敢长哭，倏地收住了自己。一本被赎身的书，噤若寒蝉，不敢动弹。

一本书被放在管理员的卧室里，管理员翻开它，一页一页修补。其实它是完整的，很少有人翻的缘故。但一本书多么需要修补。一本书觉得自己的灵魂，一页一页地回来了。管理员很快老去，死去。一本书成为管理员唯一的藏书。在葬礼上，管理员的孙子从国外赶回来，带走了爷爷唯一的一本书。

一本书被翻开，被翻开。一双秀美而儒柔的眼睛落在了一本书的身体上。啊，一本书全身心地把自己翻开了。它被品读，被赏识。它的每一个角落都隐藏着韵节和注脚。而他懂得它。一本书被带上课堂，一页页地翻起，他给国外的学生们讲起那么深奥的古代汉语和训诂学。还有《离骚》和《楚辞》。一本书代表了一个遥远国度曾经有过的灿烂文明，令蓝眼睛黄头发的年轻人叹为观止。

一本书多么庆幸自己的厚实和庄重。总算是没有轻飘飘地度过啊。一本书被不断琢磨、研讨。他翻开它，以书为枕。在海外，他们相依为命，托付终身。

（原载《草原》2023年第6期）

郑春霞，中国作协会员，中国散文学会会员，鲁迅文学院中青年作家高研班学员。出版散文、评论、儿童文学集数十种。

龙顶来

◎郑凌红

飘飘荡荡，到大龙。似乎是一个人，心里还跟着一群人。

也算途经，却是冥冥之中的有备而来。大龙，是一座山，如果不是和龙顶茶绑在一起，它只不过是一座山而已。像这个世界上所有的山一样，无仙则无名。大龙山应该是有仙的，你得自个儿寻去。这仙是仙界般的境地，也是仙人般的境界，更是遇茶后，成人中之龙，乘风欲仙的仙事。

三省交界，千米之上，目光辽阔。这里是浙江母亲河钱塘江的源头，也是好茶开化龙顶的根。远处的光阴里，人们沿上山小道，找寻身体栖息地，也找寻心灵栖息地。四百多米，不过是山腰的高度，跋涉的歇脚处，底牌是文明的中转站。房屋散落，四野稀疏，保留了原始的神秘感和没有感情色彩的沧桑。沧桑，在懂的人眼中，无疑是好的。炊烟起时，鸡鸣狗吠穿插，仿佛村里来了人。宗谱里，脑门里，喃喃自语里，朱元璋大驾光临。逃离，休整，落脚，问路，品茶。自我感觉良好，又逢山名大龙，欣然赐名龙顶，从此茶香一路下山，飘荡如神灵，捧在手上，热、温、暖、凉、浓、淡、苦、香，个中滋味，化为凡夫俗子的万千思绪。

当然，世界上没有无缘无故的爱。龙顶茶之爱，还是有来头的。传说，是它的面纱，犹抱琵琶，带着心甘情愿的畅想。山顶的那口龙顶潭，不仅是高僧云游，一见钟情，经年累月的挖石见水，植茶辟园，更是独坐幽篁，超然于世的意外值得。彼时的他没有想那么远，也许每日的独饮，便是自认的修仙之道。哪知，凑上了茶圣陆羽在《茶经》里说的那般："茶者，南方之嘉木也。……阳崖阴林紫者上。""往往得之，其味极佳。"苍茫忽聚散，仙山缥缈间。大龙山上的龙顶潭，无疑是"阳崖阴林"的正解、首解、最佳注解。旧时，开化有四乡之说，东南西北也。西北产茶尤佳，有出处，有口碑，无异议，齐溪镇，大龙村，便自信登堂，悠然就座。土层深厚，农人可感，晴天遍地雾，阴雨满山云，匠人可认。一年多云雾，来者可遇。想来，高山云雾茶，当如是。何况，优越的出生地，让它赢在了起跑线上。北靠"屯绿"，西接"婺绿"，东北邻"遂绿"，"谈笑有鸿儒，往来无白丁"。尽管列为明朝贡品的茶不在此山，但作为龙顶茶的祖山，它的衣钵自然是流光到了本邑他处，只是一路来，感恩的人不曾忘记罢了。同样被铭记的还有如大山一般沉默的百姓们，搪瓷碗、塑料杯、玻璃杯、茶壶，各种器具，各种场合，各种时空交集下，哪怕喝一口茶，闻一阵香，捧一刻暖，心里的甜蜜便像山涧的细流，缓缓而出，春意东流。它的紧实是直观的，入水后的舒展是自然的，与时光的邀约是难以抵挡的，杯中是一个有氧的世界，也是一个翩翩起舞的世界。

谁不说俺家乡好。乡情作为朴素的心理取向，无可厚非。就像龙井茶，入人心也非一朝一夕。它一定是有懂它的人，爱它的人，捧它的人，念它的人，无时无刻地在想，在思，在勾勒，在描绘，在憧憬，在糅合。像一道道淳朴的工序，从源头流向大海深处，掀起磅礴之势。这况味，似飘荡的人间烟火，尘世在那儿等着我们，那是另一片森林，我们一生都在穿越，哪怕抵达不了它的尽头。

那天，在山里。我的脑子里有很多条龙在穿梭。第一回，是两条龙。一条是龙井，一条是龙顶。龙井是公龙，热烈，激情，自信，从远处呼啸而来。龙顶是母龙，含蓄，安静，在近处安然若素。第二回，是一条龙，它跟我说，来自大龙山，是这里的山神，长1193米。在它眼里，我看到了舅妈出嫁的那道茶，看到了一碟菜里的片片情，看到了春日里始终不渝的身姿，亘古不变，如同信仰。

龙顶来，意难平，忽入梦。

我扯开嗓子：伙计，沏一杯茶。

来啦，来啦。

我要源头水沏的龙顶茶。

（原载《浙江日报》2023年5月28日）

郑凌红，浙江散文学会会员，现居开化。作品散见于《浙江日报》《浙江作家》等报纸杂志，著有散文集《红尘味道》。

寻幽思古思远楼

◎周胜春

　　一座楼撑起一座城。世人只知南昌有滕王阁，武汉有黄鹤楼，岳阳有岳阳楼，却不知温州也有思远楼。

　　被誉为温州第一古楼的思远楼，位于城西南部瓯海景山，建于宋代，凭文人墨客登临之后留下的传世诗词歌赋而得名。它在所在的年代，也曾经独领风骚，引得我辈复登临，也曾经览尽温州山水，披阅一城风景，也曾经骨骼清奇，美出新高度，成为城的标志，城的代言，带动了这座城。它的人文气质、文化底蕴以及浪漫情怀，也是彪炳史册，永远流传的。

　　南宋祝穆《方舆胜览》载："思远楼，刘述建。对西山群峰，瞰会昌湖，里人于此观竞渡。今人歌'思远楼前路'之词，即此是也。"公元1051年刘述任温州知州，三年后1054年，他在会昌湖畔建造了思远楼。

　　"庆历四年春，滕子京谪守巴陵郡。越明年……修岳阳楼"，庆历四年即公元1044年，越明年即1045年，此时修建岳阳楼，凭范仲淹《岳阳楼记》而名垂青史。重修而成名的岳阳楼跟思远楼建成时间只相隔9年。

该楼"擅湖山之胜，思远者致幽"而名"思远"，人们为纪念刘知州，也称其为刘公楼。它面对着西山群峰，往下可观看会昌湖，是观看龙舟竞渡的绝佳场所。其风景名胜风水宝地的地理位置的优越性，已一锤定音。

"思远楼前路"是指南宋甄龙友写的一首《贺新郎·思远楼前路》，他在思远楼上观看龙舟竞渡时，写下的壮观场景："望平堤、十里湖光，画船无数。……尚有经年离别恨，一丝丝、总是相思处。相见也，又重午。……且尽尊前今日醉，谁肯独醒吊古。泛几盏、菖蒲绿醑，两两龙舟争竞渡，奈珠帘、暮卷西山雨。看未足，怎归去。"平堤指温州刺史韦庸凿湖治水成塘河雏形，筑韦公堤十里。

这首词对于后世影响深远，许多文人进行了模仿。宋王奕在秦淮河观看了龙舟后，也写了一首《贺新郎·秦淮观斗舟有感，追和思远楼》："……到如今、荃蕙椒兰，尽成禾黍。……天外长江浑不管，也无春无夏无晴雨。流岁月、滔滔去。"此处的思远楼应是指温州的思远楼，诗人追和着甄龙友的诗。

元代散曲名家张可久也追："海树离怀近，月英眉黛愁，《金缕》一声双玉舟。留，共登思远楼。重阳后，菊花风雨秋。"有跟"思远楼前路"相似的相思愁绪。

思远楼跟岳阳楼等名楼一样，备受文人墨客的喜欢，来登临吟诗作赋。从这些墨宝中，还原它的盛世美颜，万方仪态。

另一位北宋温州知州杨蟠说"吴兴刘孝叔，楼此面苍陂"，他还说"思远城南曲，西岑古渡头"，说楼位于古城的南部，西山河古码头边。西岑即西山，这里指会昌河的一部分西山河。

王十朋说，"湖上轩窗对遥碧，新诗写出旧城南"，"地环碧玉轩窗莹，舟入红云笑语香"。诗人还备注说"宋侍郎别业中、思远楼之南，有轩名遥碧"。诗人在楼中赏景写下此诗，可以看到"落霞与孤鹜齐飞，秋水共长天一色"。有滕王阁的气吞山河、睥睨天下的宏伟浩荡气势。

宋谢隽伯《西湖偶成》中说"思远楼西平屿东，会昌湖上藕花风"，此西湖指温州西湖会昌湖。

住在思远楼附近的叶适，来此楼登得最多，写的诗文也最多，《醉乐亭记》说："舟艇各出菱莲中，棹歌相应和，已而皆会于思远楼下。"他在《雪后思远楼晓望》中说："急从高处赏，已向负前晴。……楼头接远岫，历历正分明。"诗说思远楼的顶端接上了远处的山峦，天空的澄澈清明。他在《端午思远楼小集》中写道："凭高难为观，楼居势尽倾。思远地不远，空复生遐情。上惟山绕围，下惟溪环萦。此实擅清境，岂以旷朗名。土俗喜操楫，五月飞骇鲸。鼓声沉沉来，起走如狂酲。……"人在湖上龙舟阵阵鼓声中，走起路来像个大醉的人，东倒西歪，摇摇欲坠，似在狂歌乱舞。

叶适的学生戴栩也说："盖摩集云门，艇凑思远渎。一觞为我陶，千载期尔勖。"可见，思远楼除了吟诗作画，也是讲学论道头脑风暴的地方。

元代许谦说"思远楼前会昌湖，花开十里红芙蕖"，他还有《思远楼》："玄楼矗城端，檐影堕水涯。凭阑对堤草，鸣橹飞浪花。旧闻会昌湖，一望十里赊。……芙蕖已销落，寒水浮枯荄。……"它矗立在城的南端，为城的标志性建筑物之一，屋檐倒映在水中。

元楼有成《题思远楼》："甍连雉城揖江心，势壮东瓯枕海门。……珠帘半卷烟峰矗，画鹢争飞云浪翻。遐想倚栏人去后，一钩新月钓黄昏。"想象着我们离开后，月光会悄悄地把黄昏钓来，又是一个赏月好去处。

温州著名的南戏《荆钗记》中，有"越中古郡夸永嘉，城池阛阓人奢华。思远楼前景无限，画船歌妓美如花"，使我一下子想起秦淮河中的"烟笼寒水月笼沙，夜泊秦淮近酒家"，以及西湖"山外青山楼外楼，西湖歌舞几时休"的盛况。

南宋绍定二年（1229），温州知州史宜之将思远楼更名"湖山风月楼"。到景定三年（1262），知州赵希忞恢复思远楼名。

元大德年间，宣尉使洪模重新修葺此楼，至正二年（1342）冬楼毁于火，次年郡守阿都赤重建。据记："广其故址，作崇台高榭，甍飞栋举，璨然加盛焉。"林泉生有《重建思远楼记》记述："遥望晴峰落日，长河流云，林园茂密，禾麦满野，蒲菰荇芡之属。集还川涧，风骚烟艇，渔歌樵唱，相往来应答于空濛杳霭间，皆足以涤烦虑，发幽趣也。"诗人心旷神怡，神清气爽，一扫忧虑。

我不由得想起王勃笔下的"渔舟唱晚，响穷彭蠡之滨；雁阵惊寒，声断衡阳之浦"，一股豪气油然而生。

宋元间，温州城有红云楼、翠微亭、华盖楼等，思远楼别具一格，地理位置优势突出，不但是"观竞渡"的最佳所在，还是观景、喝酒、饮茶和娱乐等公共休闲的场所。

元至正十七年（1357），矗立在会昌湖边达303年，引无数文人墨客折腰的思远楼，被飓风摧毁，有温州第一名楼之称的它由此埋没在了历史尘烟中。

前几年，消逝在历史云烟中600多年后，瓯海区在思远楼旧址建成了会昌阁，又名龙船阁，虽然名字变了，楼上有一匾额"思致幽远"，实为重建思远楼，思远楼重现会昌湖畔。据悉，开放不久的梧田老街，其高达15米的最高建筑即叫思远楼，也为追记它。

思远楼只经历过两朝，在浩瀚历史的短暂光阴里，它的肉身如流星一般璀璨过后就消逝了，只是围绕着它写下的诗文，却永远闪亮着光芒，照亮着历史的天空，还原它的瑰丽风采，万种风情，还原它的威武雄壮，不凡气势，还原它的精致构造，先进工艺……

它靠山依水，位于山水之间，不怒自威，从此巍然不动，一瞰湖水就是几百年。它是高高矗立的，与峰并肩，瞰尽湖水，望断天涯。视力所见有芬芳田野，十里荷橘，澄澈洁净的天空，落日与孤鹭齐飞；有百舸争流，千帆过尽，人潮汹涌，鼓声阵阵；有遮不断的青山隐隐，留不住的流水悠悠；有败叶萧萧，荷枝枯断；有桨声灯影，画船憧憧，琴瑟和鸣，歌舞升平，琵琶声里藏着忧伤；也有轻掠江心的潮，拂拭西山的雨，点拨会昌的水。

在它里面，有人涌上了相思，对于再见遥遥无期的叹喟，一叹就是千年。也有人涌上怀念屈原秦楚之战的家国情怀，忧国忧民之心，迄今仍如龙泉壁上时时鸣。也有人年年过来，寻幽访古，做成了邻居，看它的四季变幻，淡妆浓抹出镜总是相宜。也有人步子慢了，错过了晴光潋滟，金光乍现。

对于它及由它所见所思的一切，文人的笔墨是浓烈的，如河里舟竞掀起的波涛，西山朦胧缠绵的细雨；是拓开的，楼前除了山水，天地均可诉诸笔端；是深情的，忧伤和豪情如影随形，饱蘸笔墨，直抒胸臆；是想象的，天马行空里，任意挥洒；也是一笔点睛、直抵心窝精准到位的。

我极想去登会昌阁和梧田老街的思远楼，探询它们能带给我的有多少，是心潮澎湃豪情万丈的水上飞扬，是雄关耸峙铁马冰河的家国情怀，是流水悠悠荷藕枯黄的淡淡伤感，还是峰峦连绵起伏跟云接壤引发的壮志？还有我该会用怎样的笔墨来抒写呢？

（原载《十月·长篇小说》2023年第5期）

周胜春，浙江作协会员，温州市瓯海区作家协会主席。作品散见于《中国校园文学》《十月》《江南诗》《解放日报》《浙江日报》等报刊，出版散文集《迅电流光》《湿地植物物语》，长篇小说《那一片番薯园》等。

文武双全岳少保

◎朱光明

最近，电影《满江红》的热映，让本就家喻户晓的南宋名将岳飞再次引起关注。电影《满江红》里，整部影片没有岳飞出现，却又无处不在讲述着他对那个时代的影响。今天，重提岳飞或者《满江红》已不再是单纯的怀旧，而是烙印于心的家国情怀。在战场上，他是叱咤风云的将领；在家里，他为子为父；在学养上，他也是文采出众。

自古英雄出少年

岳飞，河南汤阴人。父亲岳和，是个农民，生活不富裕，可总是省下粮食来周济更加贫饥的人。有人占了他家里的粮田，岳和则直接把被占的部分送给对方。关于岳飞的名字，有一个吉祥的传说。《宋史》曾载："飞生时，有大禽若鹄，飞鸣室上，因以为名。"岳飞，字鹏举，名字中寄托着父母的美好愿望。

岳飞"少负气节，沉厚寡言"。他在思考什么呢？我猜，十有八九是兵法。岳飞自幼好学，喜读兵书，日夜琢磨。作为将领，身体素质好、力气大是一个很重要的因素。项羽力能扛鼎，神勇盖世。岳飞也不逊色，他"生有神力，未冠，挽弓三百斤，弩八石（宋朝一石大约相当于今日110斤）"。在《宋史》中，曾用一个"神力"传神地体现了岳飞力气之大。

或许，岳飞深感自己若只有力气不懂兵法，便仍是孤陋寡闻，于是，他决定走出自己的狭小天地。岳飞拜家乡的周同为师，学习骑马射箭，"尽得其术"，能左右开弓。周同去世后，他跟随陈广学习刀枪。那个时代，骑射和刀枪是打仗必备的技能。在家乡汤阴，岳飞为入伍做足准备。北宋宣和四年（1122），刘韐（gé）在真定府（今石家庄）招兵，20岁的岳飞从此开始他的军旅生涯，收复建康（今南京）、襄阳六郡（六郡为襄阳、郢州、随州、唐州、邓州、信阳，均地处长江中游地区）等地，在北伐中，"岳家军"形成较大影响。于是，有了"撼山易，撼岳家军难"的感慨。

学者孙毓修在《岳飞》一书中谈到，我国数千年的历史中，名将不少，但是一提到他的名字，老少妇孺皆知的只有两人，一是关羽，一是岳飞。孙毓修考证关羽生平，谈到"其可传者，忠义之气过人，勇武之略盖世，受后人之崇拜，亦固其宜"，相比之下，岳飞则是后来者居上，"而武穆之为人，尤足为少年之模范"。在孙毓修看来，这两位著名的将领，还是岳飞更胜一筹。

血泪心声铸壮词

儿时听故事，岳飞时常被提起。"岳母刺字""直捣黄龙""三拒诏书"等故事耳熟能详。岳飞名言："文臣不爱钱，武臣不惜死，天下太平矣。"至今难忘。

以岳飞事迹为题材的小说、戏剧很多，比如清代钱彩的《说岳全传》，流传甚广。而在提到一位武将时，大家往往会想到他打了多少胜仗，参加了哪些著名的战役，很难想到他写了哪些文学作品。而宋代是一个文化高度繁荣的时代，文人带兵打仗，武将写诗作词都不稀奇，比如，范仲淹、辛弃疾等都有着难忘的军旅生涯，写下不少诗作。但是范、辛二人留给后人更深刻的印象是文学家。岳飞生活在这样一个时代，尽忠报国，已是无人不知，而署名岳飞的《满江红·怒发冲冠》，更被推崇为"一词压两宋"。

诗言志，词言情。言为心声，是时代的号角，为人心的折射。文学关乎世道人心。成长的经历，壮丽的山川，战斗的悲壮，青葱的岁月，都可以借由文字抒怀。岳飞留下的一首首诗词、一篇篇文章，无不在诉说着武将的内心。儒将的形象，正是借助诗词笔墨来描画。在岳飞的诗词中，恢复中原的赤胆忠心，迸发于字里行间。比如，岳飞作于绍兴元年（1131）的七言律诗《题翠岩寺》：

秋风江上驻王师，暂向云山蹑翠微。
忠义必期清塞水，功名直欲镇边圻。
山林啸聚何劳取，沙漠群凶定破机。
行复三关迎二圣，金酋席卷尽擒归。

翠岩寺在南昌的西山。岳飞平定湖北、江西的地方叛乱后，在南昌屯驻时，游览了翠岩寺而作此诗。迎还二圣、北定中原，是他当下里最为紧迫的志向。在其《满江红·登黄鹤楼有感》中也有强烈体现，"何日请缨提锐旅，一鞭直渡清河洛"，正是写出他对恢复故土的期待；而在《小重山·昨夜寒蛩不住鸣》中写到的"白首为功名。旧山松竹老，阻归程。欲将心事付瑶琴。知音少，弦断有谁听"，更让人读来潸然。

绍兴七年（1137），岳飞所作的《乞出师札子》，虽是奏折，却展现了岳飞为社稷而谋的深远考量，文采斐然，值得细细品味。比如他谈到军旅生涯——臣自国家变故以来，起于白屋，从陛下于戎伍，实有致身报国、复仇雪耻之心，幸凭社稷威灵，前后粗立薄效。陛下录臣微劳，擢自布衣，曾未十年，官至太尉，品秩比三公，恩数视二府，又增重使名，宣抚诸路……

岳飞用不到十年的时间，由一名普通士兵一路披荆斩棘到太尉的位置，这让宋高宗不免心中起疑，担心他功高震主，威胁江山。在这篇文章中，尽管是"昧死一言"，拳拳忠心也尽在字里行间。

纵横潇洒书心声

武将的书法，似乎知名的不多，岳飞又是一个例外。岳飞喜欢在戎马之余写字，其书法长于行书和草书，遒劲有力，酣畅淋漓。他的书法作品有《吊古战场文》《前后出师表》等，受到众多文人学士的点赞。

文天祥观赏其手书的《吊古战场文》，赞其笔法，"若云鹤游天，群鸿戏海"。在杭州岳王庙里展示的《吊古战场文》（草书），相传为岳飞手书，刻于光绪九年（1883）。字迹是一个人的心电图，在《吊古战场文》中，他的字迹如同高手舞剑，纵横潇洒，气象万千。"吊古"，让人追思，而岳飞又何尝不是在追思他拼杀过的战场呢？

知己并不难寻。朱元璋的军师刘伯温，读到《出师表》，也曾感慨万千，"喟然感涕"，等他见到了岳飞的书法后，则发出了"今观岳公之手书，悠悠千古，怀恨何穷"的感叹。幸运的是，刘伯温辅佐朱元璋实现了天下统一，建立了明王朝。这或许可以弥补岳飞未能实现统一中原的遗憾。

岳飞的书法作品已经很难见到真迹。所幸，上海图书馆藏有宋拓本《凤墅帖》残帙。这部法帖由南宋江西庐陵人曾宏父所辑刻，汇聚众多宋人墨迹，分前帖、续帖、书帖、题咏，共44卷，现存12卷，里面收录了岳飞的三通手札，字体端庄，清秀圆润，有东坡之风。或许，这和大家想象的不一样。岳飞的孙子岳珂也曾谈到，在书法领域，岳飞"景仰苏氏，笔法纵逸"。东坡的豪放，让世人深受影响。岳飞也是其精神上的追随者。这些手札，将一位儒将的艺文风采定格珍藏，但更为吸引我们的，仍是一份永远滚烫的爱国精神，一份"以天下为己任"的男儿气概。

（原载《杭州日报》2023年2月10日）

朱光明，复旦大学文学博士，浙江省散文学会会员、中国宋史研究会会员，作品散见于《文汇报》《钱江晚报》《杭州日报》等报。出版散文集《巾帼何曾让须眉——蕉园诗社与清代杭州才女文化》等。

春到田庐

◎朱礼卓

春雨已过,惊蛰将来,繁花即将漫过额头。春色无边,河流闪耀,我们去坛头看风起山青,风歇水绿,雨来小巷梦呓般絮语,雨去蜜蜂欢天喜地。

到明招寺了解了明招文化之后,我们的车子在"武义活字典"邬老师的指挥下,来到武义坛头湿地。坛头村位于武义县西北部,距县城8公里。下车,拾级而上,迎面看到古朴的青砖墙上"田庐"二字,不由得令人想起陶公的"方宅十余亩,草屋八九间"。

走进一方窄窄的门,里面别有洞天。厅堂、天井,一尘不染。厅堂三面墙壁上挂着名家书法作品,正中间摆着一张会议桌,桌子上一盆火红的郁金香、一盘黄得通透的金橘迎接远客。我们几个像孩子似的坐在宽大舒适的红木椅子上,让摄影师留下精彩,留下快乐。还没快乐够,那边邬老师在大声招呼了:"你们几个赶紧围过来喝水,都老大不小了,还这么贪玩!"我们暗地里一吐舌头,做个鬼脸。起立走过去正儿八经坐下,茶已经泡好,呷一口,茶是好茶,满嘴留香。其实我对喝茶并无研究,虽然嗜茶好多年了,绿茶、红茶、花茶、乌龙茶、普洱茶都喝,主要还是喝普洱。喝普洱，缘于那次去云南，偶遇一高人，他说嘉木为茶，茶之为物，人在草木中，为山川灵禀，使人宁静。那时，我还真不明白其中的含蕴，只是从此喝上了普洱。今天坐在田庐——一座300多岁的老宅，忽而仿佛悟到了高人所说的真谛。

一盅茶的工夫，那边又在召唤吃饭了。站起来去吃饭时，路过弄堂，见旁边一书屋，忍不住走进去，四壁书架上满是书香。小冰先生介绍樊登读书会每月一次在这儿进行读书活动，果真见一块牌子醒目地挂在靠门边的墙上。

我们用餐的雅间叫一品香，是一间泥土垒成的房子，外面墙上坑坑洼洼。由于连日阴雨，有几处墙面留下雨水的痕迹，墙脚长满青苔。走进门，却是温馨宜人，红木圆桌，暖色壁纸，柔和吊灯。菜是土菜，做得精致可口，还留有泥土的气息。席间，徐小冰说，他是兰溪人，最早在永康神雕工作，娶了一个永康媳妇，现在武义经营一家厨具公司。但喜爱诗文、酷爱艺术的他被坛头的古宅、巷弄、炊烟、古朴的民风所吸引，决定在这里实现他的田园诗梦。"我有田庐，可蔽风雨；我有田庐，可致耕读。"这是他把光裕堂取名"田庐"的初衷。

小冰先生说坛头村历史悠久，据武义县志记载，南宋景定年间（1260—1264），其祖先从义乌迁往现址建村居住，至今有750多年。朱姓为该村第一大姓。一听到是从义乌过来的，我马上想该不会是跟我同宗的吧，我们金城川朱氏祖先北宋时从义乌过来的，于是马上对这个诗意的地方多了一份亲切感。小冰先生说清朝诗人朱慎，是坛头人。康熙十年（1671）左右，从小"受学鲤庭"的朱慎，已是风流偶傥的青年才俊。他离开了家乡武义，独自赴京师闯荡，在当时最高学府"虎观"读书。康熙十四年（1675），朱慎又去京师参加"中书舍人选考"，路过杭州，怀着敬畏之心给戏剧大师李渔写了一封信求书。李渔是一位"拙刻之携来者，送尽无遗"的豪爽文人，回复：书我给你留着呢，你放榜后必来，我必赠书。那时李渔的剧本一书难求，据记载，《笠翁文集·复朱其恭》的页眉上，还落有张壶阳的评说："笠翁文章，婉媚处人得不到。"京师铨选之后，朱慎遵守承诺来到杭州，与李渔见面，一同游览了西湖，诗词唱和，相见恨晚。婀娜的杨柳、起舞的水波、如娥的山影、如酒的温风、多情的断桥，为他们做证。那一年，李渔64岁，朱慎23岁。

李渔《暑夜集朱其恭暨同寓诸子，湖滨看月，时有报儿辈游庠者，分得五微》记载了当时情景，诗云：

> 解衣盘礴送斜辉，暑到湖滨力渐微。
> 胜集止应来酒伴，世情岂合上渔矶。
> 饮当皓月宁知夜，歌到阳春尽欲飞。
> 惭愧平原无十日，一宵犹放醒人归。

缘于此，小冰先生准备把老家的李渔引进田庐，为田庐诗意文化增加新鲜的血液。说到李渔，我对他情有独钟，惊叹他丰富而独特的美学思想，以心为乐的生活美学态度，写过一篇《芥子园遐思》。每每读他的《闲情偶寄》，他对生活细节的雅致品味总是给我许多的启发。

撑一把伞，与邬老师走在鹅卵石铺就的巷道，巷道错落而有致。木质门窗古典中透着优雅，白墙灰瓦，绿树红梅点缀其间，偶尔有松鼠从檐上出现，突然又不见了踪影。听雨敲伞，恍若天籁，恍惚间，撑着油纸伞的姑娘向我踽踽走来，带着淡淡的忧伤，与我擦肩而过，走到了巷子深处。脚踩在青石板上，我深信，每一块青石板下面都一定有一个故事，或凄美，或圆满，或感天动地，或流芳百世。故事中的人隔着风帘雨幕，注视着过往的行人。

抚摸着小巷的墙砖，粗糙却温婉。随便走进一扇门，就如同翻开一册古书。站在幽暗潮湿的天井，望见屋檐瓦楞上蒿草葱葱。凝神静听，听到往事在院门间进进出出的脚步声。红梅依旧热闹，她努力地伸出院墙，把自己的疏影横斜展示给小巷深处的人。

蒙蒙细雨，继续湿润着朵朵红梅，花蕊的怀抱里嵌满了晶莹剔透的幸福的珍珠。不知谁的手机里放着《渔舟唱晚》，寂寥的雨巷顿时有了动人心弦。意随，心醉，明朝的雨，清朝的风。

从村头观景台往下看，一个用绿色植物植成的大大的"孝"字映入眼底，脑袋里突然蹦出刘恒，他以仁孝之名闻于天下，侍奉母亲从不懈怠。母亲卧病三年，他常常目不交睫，衣不解带；母亲所服的汤药，他亲口尝过后才放心让母亲服用。刘恒在位24年，重德治，兴礼仪，注重发展农业，使西汉社会稳定，人丁兴旺，经济得到恢复和发展，他与汉景帝的统治时期被誉为"文景之治"。一个国家的发展离不开"孝"，同样一个村落的生存也离不开"孝"，坛头人深深懂得"百善孝为先"。

村子不远处有一片松树林，同行的邬老师说，这片松林以前是用来防洪用的，现在倒成了一处景致。走进雨中的松树林，就像走进童话世界，感觉自己变成一个小精灵，每棵树都给我很多喜悦，晶莹的雨珠从针尖上滴落，落在伞面上就像一首歌。遥远的山洪轰鸣声幻化成烟雾，裹缠住过客的脚步，透着清雅，带着风韵。

走在坛头湿地的小径上，看雨落在枯黄的芦苇上，看雨抚摸着探头的小草，看雨模糊了垂钓者的背影，看雨笼罩了湖中的画舫，犹如水墨画一般。风扑面不寒，雨沾衣不湿，温温的，柔柔的，粘连着过往的人儿。

绿色，从眼角缓缓流出。

（原载《永康日报》2022年3月19日）

朱礼卓，笔名草婴，浙江作协会员、浙江省散文学会会员，政协永康市委员会特邀文史研究员，永康诗词学会副秘书长，著有散文集《在桃花源看太阳》。